U0398989

李壮鹰 主编
李春青 副主编

中華古文論釋林

南宋金元卷

本卷编著 刘方喜

北京大学出版社
PEKING UNIVERSITY PRESS

图书在版编目(CIP)数据

中华古文论释林.南宋金元卷/李壮鹰主编;刘方喜编著.—北京:北京大学出版社,2011.8

ISBN 978-7-301-19282-5

Ⅰ.①中…　Ⅱ.①李…②刘…　Ⅲ.①古典文学-文学理论-中国-辽宋金元时代　Ⅳ.①I206.2

中国版本图书馆 CIP 数据核字(2011)第 145737 号

书　　　名:中华古文论释林·南宋金元卷

著作责任者:李壮鹰　主编　李春青　副主编　刘方喜　本卷编著

责 任 编 辑:徐丹丽

标 准 书 号:ISBN 978-7-301-19282-5/I·2375

出 版 发 行:北京大学出版社

地　　　址:北京市海淀区成府路 205 号　100871

网　　　址:http://www.pup.cn　　电子邮箱:pkuwsz@yahoo.com.cn

电　　　话:邮购部 62752015　发行部 62750672　出版部 62754962

编辑部 62752022

印　刷　者:北京中科印刷有限公司

经　销　者:新华书店

890mm×1240mm　A5　14.625 印张　408 千字

2011 年 8 月第 1 版　2011 年 8 月第 1 次印刷

定　　　价:36.00 元

总　　序

李壮鹰

多年以前，我们就曾经发心：在一个较宽的范围内，选取中国文学思想史上发生过影响的一系列重要理论经典，撰成一套大型的古文论选注本。这不仅能为古代文学、古代文论的学习者、研究者提供一个基础性的依据和参考，也可为当今的理论建设总结历史资源。为了实现这一夙愿，我们在2004年申请了此项研究课题。本课题有幸获得了广大学界同仁的认可和教育部社会科学研究领导部门的大力支持，被列为人文社科重点研究基地的重大项目。现在，放在我面前的这套《中华古文论释林》十卷稿本，就是这个项目的最终研究成果。在书稿即付剞劂的前夕，关于本书的指导思想、学术意图和编撰体例，有几句话需要简单地说明一下。

古文论研究，经过几代人的努力，迄今取得了不小的成绩，但与其他学科相比，在整体水平上还存在着差距。尤其是最近一个时期以来，整个研究局面总给人一种声势有余而底气不足的感觉。研究者虽然在方法、视角上力图出新，但在理论发掘上却少有实质性的突破。不少论者醉心于“宏观”的考察、“体系”的营造，他们不肯花些工夫去深入地钻研古人的具体论著，而是浮在空中，手持瞭望筒，这儿瞄一下，那儿瞥一眼，对古文论只得到一些支离破碎、模糊朦胧的印象，便敢以金鸩擘海、气吞山河之势笔扫千年，横发议论。在他们居高临下的“视野”之下，可轻而易举地缔构出一幅幅“概貌”，继而紬绎出一条条“规律”，最后总结出一套套“理论”。这些论者视物，颇有堂吉珂德骑士的特点：来自客观者少，而出于主观者多。他们的眼睛不管收纳，只管放射，故往往看朱成碧，指鹿为马，甚至于凿空为有，无事生非，鼓怒浪于平流，震惊飚于静树。览其大著，构篇虽颇宏阔，发思不乏杼轴，但论述却总显得浮泛、空疏，缺乏稳固的支撑。原因何在呢？其实说起来很简单：病在不学而已。大抵治学，尤其是治古学,对古人原典的阅读和释义,本应该是所有研究的基础和出发点。但我们的这些研究者却漠视甚至干脆脱离了原典,像明清实学家笔下的心学末流,“束书不观,游谈无根”。也正因为他们的研究不是从研究对象的实际出发,而是从先入为主的某种理论出发,则所著除了以“创作”来代研究,凭想象去“画鬼魅”,别无他途,此孔子所谓“思而不学则殆”也。打个比方,古文论研究好比建塔,而对原始文本的准确解读应该是这座塔的根基。可我们的有些研究,“塔”造得很高,但愈来愈觉不稳,摇摇欲坠,最后惊视脚下,才发现原因盖出于塔基之不牢:因为他们的整个研究是构建在对古人文本的误解上的。值得指出的是,在目前的研究中,误解原典并不是个别的现象,而是带有一定的普遍性。从整个学界来讲,此种倾向作为一种学风,其产生的根源是多方面的,但就古文论研究这个特定领域来讲,它与我们长期以来忽略了研究所应凭借的基础建设有直接关系。当然,此种状况,也与古文论这一研究对象的特殊性质有关:古文论所由产生的古代文化背景与现代相异,古人所用的思维方式和阐述方法上与现代不同,而这些都决定了古代的理论与今天的理论话语之间不可能简单地通约。在这种情况下,如不把古人的理论文本放回历史之中去精读、把握,偏差的发生几乎是必然的。

“历史的经验值得注意”。在明清之际的学术史上,为矫正理学、心学的空疏浮泛,曾经有一次规模浩大的实学运动。学者们以回归经典为号召,发扬“言必征实,义必切理”、“实事求是,无征不信”的实证精神,从而有力地矫正了长期的学术积弊,大大深化了对古代文化的研究。现在看来,前代学者的实学路径,对深化今天的学术研究仍然具有现实意义。为了扭转古文论研究的空疏浮泛之风,为研究注入活力,我们认为有必要在学界重新提出“回归原典”的口号。在本项目中,我们力图发扬前辈学者的实证精神,通过对古文论经典文本的仔细考索、认真解读,重新找回被我们忽略或抛弃的古人的“本来的思想”。同时,我们也想通过这个课题研究建立起一种理念,即恢复文本本身在古文论研究中的本体地位。也就是说,所有历史上的文论论著文本,绝不像很多人认为的那样只是古文论研究的

“材料”，而是古文论研究之旨归。因为所谓“材料”，是可以随意取舍、砍削，用以营构别的建筑的工具。而历史文本却不然，它不能是工具，而应该是我们研究的对象本身。如果说，任何真正的学术研究在本质上都不过是一种文本解读，那么关于中国古代文论的研究就尤其是这样。它所直接面对的，应该是古人关于文学的论著文本，整个研究不但必须以这种文本阐释作为基础，而且应该作为核心。脱离了文本，其研究必将丧失客观性、科学性，从而沦为凌空蹈虚的游戏。

应该说，在重视文本的搜集、整理方面，以往的古文论学者一直有很好的传统。因为古文论相对来讲属于比较新的学科，而我国的文论著作原本又极其零散，故上个世纪学科草创以来，古文论的研究一直伴随着对古代文学批评论著文本的整理。这工作可分为两方面，一是搜集，二是注释。前辈们关于古文论论著的搜集整理，为我们的项目研究提供了珍贵的经验，打下了坚实的基础。但也应该看到，以往的选注本，由于受社会形势、思想认识和文化视角等诸多因素的影响，在选材的范围、理论的辨析、观点的评价等方面还都存在着相当的局限，故已不能很好地适应今天的古文论学习者和研究者的需要。我们亟希望通过我们的努力，在充分吸纳前辈的学术精华的基础上，同时也能弥补以往研究的不足，对当前古文论研究的空疏、浮泛之风有所匡正。

《中华古文论释林》共分十卷。第一卷：先秦两汉文论；第二卷：魏晋南北朝文论；第三卷：隋唐五代文论；第四卷：北宋文论；第五卷：南宋金元文论；第六卷：明代文论上卷；第七卷：明代文论下卷；第八卷：清代文论上卷；第九卷：清代文论下卷；第十卷：近代文论。各卷都按照时代的顺序，精选了本时期具有代表性的古代文学论著文本，对各篇文本给予仔细的考订和阐释。本书选文的标准注重纯文学和美学的角度，突出建设性的理论。不过因为我国传统的文学观念始终较为宽泛，文学思想的表述也往往伴随着具体的作品的评论来进行，故这方面的著作不可能完全剔除。古人的文学观念是逐步清晰的，对文学规律的探讨也是逐步细化、渐渐深入的，这也就决定了选文分量的分配，中古以前选材较少，中古以后选材渐多。而对评注分量的安排，正与此相反：中古以前时代较远，不少的命题和概念又属初次提出，故诠释和辨析需要多费一些笔墨；唐宋以后则诠释从简。《释林》每一卷前都设有前言，概述本时期的社会历史文化背景，介绍文学和文论发展的脉络。每篇文本阐释都分为理论评述、文义疏证、附录文献几方面内容。理论评述一般放在选文的题注中，简要概括本文的文论思想，揭示其社会思想背景，评述其理论价值和历史地位。本书的注释不止于疏通文义，而是在疏通文义的基础上，把力量集中在对理论精神和思想内涵的阐发上。对于文本中提出的一些重要命题和概念，不是简单的今译就能谈清楚的，我们就索性铺开摊子，从文字考源、语义追溯、史实的辩证、论理的剖析等等角度进行较详的阐发，力图把隐于概念之中的深刻的思想、真实的意蕴开掘出来。这一工作，与前文所讲的过度阐释的流行病不同，它是一种必要的解剖或稀释。古文论的有些概念，好比核桃一样的果实，它外边包着坚硬的壳，要吃它，需要费些力气把它剖开，仔细地把嵌在壳里的果仁剥出来。它又像陈年丹药，因为它浓得化不开，故需要注入足够的清水来加以稀释。在这种剖剥和稀释的过程中，我们既立足于文本本身的阐发，又特别突出了注释的开放性。以往的注释，大都只强调对文本的导入，著者多将具体的文本视为一个孤立的、封闭的屋子，故解读和阐释只限于文本之内。而我们则把文本看成是一个窗口，它之中的每一个命题，都是时空经纬复杂关系中的交汇点，它既承接着历史，也反映着现实，又开启着未来。一句话，它连接着许许多多文本之外的东西。因此，对于解读者来说，文本既是一个特定的世界，又是一个四通八达的路口。故对文本的阐释，不能只是导入，也要导出，要使注释具有开放性的特征。基此，我们在注释中，努力做到点、面结合，论、史结合，疏、证结合，文意的释诂与观点的评述结合，集注和新注结合，辑评与新评结合。注意适当运用上挂下联、触类旁通的方式，以使读者通过领略文本而获得一个立体的历史时空感。——这一点，可能算得上是我们在注释思路上对以往的突破。

考虑到我国古代文论在外在理论形态上的零散性，我们在每篇

（或每组）选文后面又选了若干有关的材料作为附录，以供研究者参考。这些材料，有的是同一作者的其他论述，结合选文来读，可窥出作者的思想全貌；有的是历史前后对选文中有关问题的不同论述，可帮助读者把握某种特定理论的发展过程；还有的是后人对选文理论的评论，可帮助读者了解选文的影响和在文论史上的地位。总之，我们通过每篇附录的参考篇目，还是想为读者提供走出文本的链接途径，使人们看到部分之外的整体，零散背后的关联。

原典文本的准确可靠，是正确阐释、科学研究的前提。古代文论的文本与所有的历史典籍一样，在漫长的流布、传写过程中，有版本上的讹误、改窜甚至伪托等等问题。这些情况会严重影响对古人真正思想的把握。过去的选本在这方面多是忽略的。本课题在阐释文本时，首先以文本的考订校勘为基础。尤其对中古以前的论著，我们不仅尽量挑选善本入选，而且在文中列出重要的校记，以帮助读者对文本原义的斟酌揣摩，在审慎的比勘之中求得定谳。

本书各卷的选注工作，是由多位学者分工完成的。选文的篇目、编著的指导原则和大致体例，是经过反复协商而决定的。各卷初稿交来统一协调后又经过分别的修改润色。因每位执笔者的学术品格终有不同，故在原则体例大致相得的前提之下，也保留了每一卷的个性，相信这样做只会加强，而不会破坏全书的整体感。当然，由于编著者水平有限，下的工夫还不够，全书各卷都会有疏漏、失当甚至谬误之处，诚挚地希望广大读者提出宝贵意见。

本书作为北京师范大学文艺学研究中心的课题研究成果，在整个研究和出版过程中都得到了部、校、院、中心等各级领导的大力支持和资金襄助。北京大学出版社也为本书的出版作了辛勤而细致的工作。谨此并致谢忱。

2011 年 4 月 22 日

目　　录

朱　熹

吕祖谦

叶　适

姜　夔

魏了翁

真德秀

包　恢

刘克庄

王　柏

元好问

元(1206—1368)

郝　经

方　回

刘　埙

戴表元

范　梈

揭傒斯

吴　莱

欧阳玄

王　沂

陈绎曾

陈　旅

张　翥

傅若金

杨维桢

戴 良

王 礼

祝 尧

钟嗣成

前　　言

一

郭绍虞以南宋为界把中国古代文论史分成两大阶段："中国之文学批评，从大体说：北宋以前以文学观念为中心，其批评理论每因其对于文学之认识而转移其主张。南宋以后以文学批评本身的理论为中心，而文学观念只成为文学批评中的问题之一。"（郭绍虞《中国文学批评史》下卷，第3页，百花文艺出版社1999年版）南宋确为一重要转捩点，以诗学为例，唐宋两朝都有对本朝诗批评的声音，中唐元结《箧中集序》指出："近世作者，更相沿袭，拘限声病，喜尚形似，且以流易为词，不知丧于雅正"，主要立于儒家教化立场，此种批评在宋代诗学中依然存在，尤其是南宋诗学中出现了新的东西，突出的例子是严羽批评本朝"以文为诗"、"以议论为诗"云云，显然不是立于教化立场，而是立于诗歌本身的"体制"特性，后来明人许学夷《诗源辩体》卷一即指出："圣门论得失，诗家论体制"，词学反对"以诗为词"，赋学有祝尧的《古赋辩体》，再如《文章辨体》等等，由此可见，重视"体制"建构也就成为此期文论重要的焦点。

从文学活动整体格局看，应当注意理论史与文学史发展的不平衡，郭绍虞指出："一时代的文学，自有其一时代的风气。中国文学自南宋以后很明显的倾向于语体的演进。语录体的流行，小说戏曲的发展，以及方言文学的产生都在这一个时代，所以自南宋以后是中国文学开始发挥语言特点的时期"，但是，"新兴的文学虽在文学史上是主潮，而在文学批评史上不成为主潮；古文学的势力在文学史上尽管是余波，而在文学批评史上却仍不失为中坚。这是我们所应注意的一点"（《中国文学批评史》下卷，第5页）。此期，小说等在创作上尚未有大发展，虽出现刘辰翁评点，但主要价值在发凡起例；元杂剧固已蔚为大观,也出现钟嗣成《录鬼簿》,但格局尚小,理论总结尚待时日。郭先生所谓的“古文学”主要指诗与文,他还分析道:“南宋时代,只见道学家的活跃不见古文家的气焰,故其文论没有古文家的主张,而所论遂偏于道的问题。”(《中国文学批评史》下卷,第6页)与之相比,北宋古文家尚可与道学家相“角立”。所以,在传统“古文学”范围内,“文”论价值也相对不高,此期整个文学理论的价值不能不说主要集中在“诗”论上,其次是“词”论上。

此期“文”论尚主要围绕“文学观念”展开,其中一重要主题是“经生之文”与“文人之文”之辨。北宋欧阳修后,学术文章逐渐分化,形成以王安石为代表的经术派、以苏轼为代表的文章派、以二程为代表的理学派,三派之末流,各自拘于门户之见,相互攻讦。汪藻《答吴知录书》对以王安石为代表的经术派及以二程为代表的理学派“作文妨道”的文章观作了批评,其《鲍吏部集序》还揭示了中国古代文艺思想史中两条既相斗争又相交织的脉络,“孔子设四科,文与学一而已,及左丘明、屈原、宋玉、司马迁、相如之徒,始以文章名世,自为一家,而与六经训诂之学分”,六经皆是“文”,而“逮左氏传《春秋》,屈原作《离骚》,始以文自成为一家,而稍与经分”,文化上的“经”与“文”之分,在士人群体上就形成“经生”与“文人”之争——这可以说贯穿着古代文艺与学术史之始终。永嘉派重要代表人物王十朋,在“文以气为主”说的基础上提出“刚气”说,“刚气”乃是开拓事业、主持公道的政治家所应具有的不为外物所挠的凛然正气,王氏以此来要求文章创作主体,正体现了其欲融合义理、事功、文章的倾向,而永嘉派也正以糅合北宋文章、经术、性理三派之旨而为世所知。

南宋批评“文人之文”最力者当属大儒朱熹,其《沧州精舍谕学者》谓“老苏但为欲学古人说话声响,极为细事,乃肯用功如此”,所谓“学古人说话声响”从反面点出了唐宋古文运动的个中三昧,后来清桐城派所鼓吹的“因声求气”也不外此法。此外,在朱熹看来,古文家的问题出在“文”与“道”分而为二,他批评李汉“文者,贯道之器”云:“这文皆是从道中流出,岂有文反能贯道之理?文是文,道是道,文只如吃饭时下饭耳。若以文贯道,却是把本为末,以末为本,可乎？其后作文者皆是如此。”他强调“道者，文之根本；文者，道之枝叶”，批评“东坡之说，则是二本，非一本矣”。但与二程作文害道论比，朱熹的思想还是比较通达的，他对文也有具体的探讨，强调自然平易，含蓄及自然与法度的统一等。附会朱熹说者有王柏、真德秀等。王柏《题碧霞山人王公文集后》中的“贯道”与“载道”之辨大抵敷衍朱熹旧说，提出“正气”说，强调以“道（理）”驭“气”，因此他评论强调“气盛”的韩愈是有所保留的真德秀论文推崇“鸣道之文”而贬抑“文人之文”（《跋彭忠肃文集》），“夫文者，技之末尔”，又以气论文（《日湖文集序》），大抵不出一般理学家范围。他编辑《文章正宗纲目》强调：“以明义理、切世用为主，其体本乎古，其指近乎经者，然后取焉，否则辞虽工亦不录”，《四库全书·文章正宗纲目提要》指出：“其持论甚严，大意主于论理而不论文”，“盖道学之儒与文章之士各明一义，固不可得而强同也”。此外如周必大论文亦持传统的主气重理说，强调“文质备者为先，质胜文则次之”，还强调“气”与“学”的统一，“天分”与“人力”的统一等。再如魏了翁强调“辞虽末技，然根于性，命于气，发于情，止于道，非无本者能之”，并有轻视文艺的倾向（《裴梦得注欧阳公诗集序》）。

元人也多有“经生之文”与“文人之文”之辨。如戴表元以气论词章，并注意到了文与道二分现象：“自夫子之徒没，言道者不必贵文，言文者不必兼道，如此几二千年。”（《紫阳方使君文集序》）虞集《庐陵刘桂隐存稿序》云：“宋之末年，说理者鄙薄文辞之丧志，而经学、文艺判为专门。”戴良强调“文以气为主，气由学以充”，其《夷白斋稿序》亦云“摛辞则拟诸汉唐，说理则本诸宋氏”，并指出宋“南渡之末，卒至经学、文艺判为专门”对文艺创作的影响。再如元儒吴澄《周栖筠诗集序》也强调：“世有学术贯千载、文章妙一世而诗语或不似者，唐宋六七百年间有学有文而又能诗不过四五人而已，兹事岂易言哉。”郝经论文极重“实”：“事虚文而弃实用，弊亦久矣”，“六经无虚文，三代无文人”，“后世文士，工于文而拙于实，炫于辞章而忘于道义”（《文弊解》）。郝经还颇重自然，提出文可“顺”而不可“作”的观点，“顺”则有我在，“物感于我，我应之以理而辞之耳，岂校其辞之工拙哉！"(《文说送孟驾之》)由重"我"，郝经又提出了"内游"说，"持心御气，明正精一，游于内而不滞于内，应于外而不逐于外"(《内游》)。文而重"道"又表现重"理"重"意"，金人赵秉文即强调"文以意为主，辞以达意而已"，其《答李天英书》云："太白、杜陵、东坡，词人之文也，吾师其辞不师其意。渊明、乐天，高士之诗也，吾师其意不师其辞。"这未免有割裂辞意关系之嫌，此亦过分重"意"的经生之文的一大流弊。

二

此期诗论研究价值相对较高。笔者以为，今人研究古人诗论一大重要缺陷是"格局"之未辨、"体例"之不明。首先，在整体格局上，今人一最大不足是将对古代"诗学"研究的范围框定在"诗文评"之内，而严重忽视了古代诗学的另一翼即作为"经学"的诗学：魏晋以前"诗文评"尚未大量出现，今人讨论诗学问题还兼及《诗经》学研究，"诗文评"大量出现后，作为"经学"的诗学发展史这一重要脉络在今人通史研究中就基本消失了。钱锺书分析唐孔颖达《毛诗注疏》时指出："仅据《正义》此节，中国美学史即当留片席地与孔颖达。不能纤芥弗遗，岂得为邱山是弃之借口哉？"(《管锥编》第1册，中华书局1986年版，第62页)且不论中国美学史，即使中国诗学史，又有何人以孔氏为"邱山"而留其一席之地呢！其实，在李唐一朝，孔颖达《毛诗注疏》讨论诗歌的理论价值，至少不低于殷璠的唐诗选评、皎然《诗式》及中晚唐大量诗格的理论价值，或者说，此期作为"经学"的诗学的理论意义并不小于作为"诗文评"的诗学。现代研究的这种格局性缺失，又与今人对古代诗学思想整体观念的认识的偏失互为因果：大致说来，古代诗学有两大基本理论传统，一是情景交融，二是声情交融——今人对于情景交融及相应的"意象"范畴研究甚多甚深，而对于声情交融及相应的"声情"范畴研究则做得甚少甚浅——而有关声情交融的探讨的大量理论文献恰恰出现在作为"经学"的诗学文献之中，今人却仅仅只把《诗经》学中的"诗乐交融"视为是个技术性、形式性的问题，不知还涉及古人对诗歌功能性本质的基本理解（参见刘方喜著《声情说——诗学思想之中国表述》相关分析，知识产权出版社2007年版）。

从南宋来看，清人叶矫然《龙性堂诗话》初集有云：“有诗以来，郑渔仲主‘声’，马贵与主‘义’，持论各有所见……天然之妙，似于主‘声’之说居胜。”郑樵（渔仲）主“声”说甫一提出，即遭到王柏、马端临（贵与）诸儒的批评，后至清人程廷祚还力加批驳，可见主“声”与主“义”之争，实为汉语古典诗学中一重要而基本的理论话题；明人李梦阳《缶音序》指出：“诗至唐古调亡矣，然自有唐调可歌咏，高者犹足被管弦。宋人主理不主调，于是唐调亦亡。”屠隆《宋元诗序》亦云“宋专用意而废调”，诗唐宋之争也是汉语古典诗学 重要而基本的理论话题，由李、屠二氏所论可见：唐宋之争跟主“声”主“义”之争又是交织在一起的。郑樵《通志·昆虫草木略第一·序》有云：“夫诗之本在声，而声之本在兴，鸟兽草木乃发兴之本。汉儒之言诗者，既不论声，又不知兴，故鸟兽草木之学废矣。”声的重要功能正是“兴”，而郑樵最大的问题仅把此“声”限定为音乐之声，批评者指出：既然古乐不存，主“声”岂非画饼充饥？后来元人吴莱《古诗考录后序》分析道：“古之言诗主于声，今之言诗主于辞，辞者，声之寓也。”要之，古之诗乐交融中，不仅乐（器）之音谐，诗之辞（人）之音亦谐，且两种音之间亦相谐，是故，后来诗之乐亡而诗之辞存，失乐之诗之辞之音依然和谐，而由辞之音之谐依然可得乐之大概。总体说来，朱熹《诗集传》还是“声”“义”并重的，顾镇《虞东学诗》卷六即指出：“《集传》：欢忻和悦以尽群下之情，恭敬斋庄以发先王之德，政在是、理在是矣；辞气不同，音节亦异，则体与声之说具焉。”朱熹《诗集传序》云：“人生而静，天之性也；感于物而动，性之欲也。夫既有欲矣，则不能无思；既有思矣，则不能无言；既有言矣，则言之所不能尽，而发于咨嗟咏叹之余者，必有自然之音响节奏而不能已焉——此诗之所以作也。”若言性情为诗之本，则“自然之音响节奏”乃诗之不可或缺之用；“于是乎章句以纲之，训诂以纪之，讽咏以昌之，涵濡以体之”，“讽咏”、“涵濡”乃学诗之基本法。《朱子语类》在有关“论读诗”语录中反复强调“吟咏讽诵”的重要性：“读诗正在于吟咏讽诵，观其委曲折旋之意,如吾自作此诗,自然足以感发善心","读诗之法,只是熟读涵味,自然和气从胸中流出,其妙处不可得而言"等等。重"声"在宋元《诗经》学中是极普遍的,置于《诗经》学史中,可视为宋学与汉学分野之一。吕祖谦《春秋左氏传说》中提出《诗》为"全经"说,准确而充分地肯定了诗之价值,他认为,在六经中,其他五经易于"破裂"、"支离",而作为"全经"的《诗》对此有补救之用。那么,《诗》何以能"全"? 吕祖谦认为首先在性情之真、自然之遇;其次,《诗》之能使"片言有味而五经皆冰释",正在《诗》之"一吟一讽,声转机回",即《诗》能救五经"破裂"、"支离"所仰赖者之一乃是和谐声音的审美功能,而若"格以义例而局以训诂"则会使《诗》丧失这种审美功能。总之,朱熹的《诗经》学研究、郑樵的有关诗是主"声"还是主"义"的讨论等,其理论价值也绝不低于《沧浪诗话》等大量诗话著述。本卷强调南宋以来诗学的一个重要主题是围绕诗歌独特体制特性展开的,而诗体建构的一个重要方面是对"声情"的强调——相比之下,这在作为"经学"的诗学中有更突出的表现,所以,本卷择录了朱熹、郑樵、吕祖谦等大抵是在《诗经》学范围内的相关讨论,以昭示这一理论发展脉络。

其次,与整体格局相关的是表述体例问题。孔子删诗也就是选诗,据说从三千多首中选录了三百多首——这种去取本身就体现和表达了孔子的基本诗学思想;后来儒者在选本的基础加以"序"——这种序、注当然也体现和表达了一些诗学思想。所以,从"源"上来说,这种选编、序言、注解本身乃是古代诗学在理论表述上的"正体",后世诗人理解孔圣人的诗学思想除了理解其论及诗的片言只语外,最主要的方式就是去诵读诗三百。从"流"上来看,后世文学研究者的各种选本对文学创作实践的实际影响似乎要远大于理论著述:比如《文心雕龙》与《文选》皆可视为一时代文学创作实践的总结,而从对后来唐诗的实际影响来看,《文选》的影响显然要大得多,大家如李白、杜甫等皆受其影响很大;再如《花间集》对宋词创作的影响等等。因此,本卷强调南宋以来诗歌体制建构首先在诗歌选本上有突出体现:首先是杨士弘的《唐音》之选,其重要理论意义在于以“音”选诗论诗，强调“体制声响”。明人杨文驄《唐人八家诗序》指出：“因思前辈选诗诸家无虑数十，亦鲜及此，惟杨仲弘《唐音》一选，于盛唐诸大家略而弗采，而中、晚差备，其所选诸什，又皆有一唱三叹、余音袅袅之致——此政以于‘声情’风味之间，有独得其玄珠者也。”《唐音》独得之秘正在“声情”。其次是周弼的《三体唐诗》，周氏与严羽一样也标举盛唐，并且强调即使飘逸如李白诗也是有“法度”可循的，探寻和总结唐诗尤其是盛唐诗之法度、体制等，对其时宋诗流弊有所批评。明人李东阳《麓堂诗话》云：“选唐诗者，惟杨士弘《唐音》为庶几，次则周伯弜《三体》”，杨以“音”选诗论诗而强调声情交融，周以虚实论而强调情景交融，正体现了诗体建构的两个基本方面——这两个选本对后世诗学影响很大。

与文论上的“经生之文”与“文人之文”相关，在诗论上则有“文人之诗”与“诗人之诗”之辨，而此辨最终主要强调诗不同于文的独特的体制特性——此乃贯穿南宋金元诗学中的一个重要主题。元人陈旅《跋许益之古诗序》即揭示了“近世有儒者、诗人之分也，深于讲学而风雅之趣浅，厚于赋咏而道德之味薄”的二分现象。此辨又涉及唐宋诗之别，范德机《诗法源流》有云：“宋诗比唐，气象迴别”，“盖唐诗以诗为诗，宋人以文为诗。唐诗主于达性情，故与三百篇为近；宋诗主于议论，故与三百篇为远。然达性情者，国风之余；立议论者，国风之变，固未易以优劣也”。而宋诗的批评者认为宋诗的毛病就出在“文人之诗”上。

有关声情交融，吕本中“字字响”、“句句响”说影响颇大，但总体上宋人诗文评中重“声”之论比较少，而元代则逐渐多了起来。赵文《萧笠山墓志铭》有云“近年与余为诗友者玉田萧汇皆宗唐”，其“宗唐”又具体表现在对诗之“声”及其自然生成的重视，其《来清堂诗序》指出：“诗也者，以言之文合声之韵而为之者也。声而后有言，言而后有字，字而后有文，文至于诗，极矣。”其《陈竹性删后赘吟序》云：“诗之为教必悠扬讽咏，乃得之，非如他经可徒以训诂为也。古之学诗者，必先求其声以考其风俗，本其情性；后世学诗者，不复知所谓声矣，而训诂日繁，去诗浸远”，“观诗妙处在吟哦，解说纷纷意转讹”。顾嗣立《寒厅诗话》云:“延祐、天历之间,风气日开,赫然鸣其治平者,有虞、杨、范、揭,又称范、虞、赵、杨、揭,一以唐为宗,而趋于雅,推一代之极盛。”虞集“以唐为宗”有多方面表现,其中之一是重“声”之于诗歌的价值,他常以“声”论诗:“古之人以其涵煦和顺之积而发于咏歌,故其声气,明畅而温柔,渊静而光泽”(《李景山诗集序》),其《新编古乐府序》强调“歌之有辞则意义之通可以兼音声而得之”。再如张翥《居竹轩诗集序》云:“余学之大氐诗以法为守,以声为准,以神为用,故法贵整严,法不整严则声为之散矣;而声贵谐婉,声不谐婉则神为之黯矣;而神贵飞动,神不飞动则徒法矣。”他如戴表元、傅若金、杨维桢等也颇多重声之论。在情景交融方面,周弼以“虚”与“实”来论“情”与“景”关系,为后世所沿用。从近体诗理论的发展史来看,周氏的情景理论不是宽泛言之,其着眼点是近体诗程式化的形式建构——在他之前,近体诗的形式建构主要是在“声文”即声韵格律上展开的,他则将这种形式建构扩展到“形文”上,是颇具创新意义的。其后范晞文《对床夜语》对虚与实、情与景之间的相互作用进行了进一步的具体阐发,提出“不以虚为虚,而以实为虚,化景物为情思”,“景无情不发,情无景不生”等等,不再局限于情与景、虚与实的静态组合关系,而是更关注两者之间相互生发的动态关系。再其后就是方回《瀛奎律髓》、《文选颜鲍谢诗评》中的相关探讨,推崇“以情穿景”,“景中寓情”,“景在情中,情在景中”等。

当然,虽侧重点不同,但《三体唐诗》、《瀛奎律髓》等也有对声韵的分析,而《唐音》也论及情景问题。再如《对床夜语》也侧重情景理论,而其卷一先引许多“晚唐警句”,认为“情景兼融,句意两极”,但又指出:“然求其声谐《韶濩》,气泐金石,则无有焉,识者口未诵而心先厌之矣”,揭示了晚唐诗或有好的意象,而其不足正在声情不够茂美、声气不够雄浑。元代声、象并重的诗学家更多。吴澄论诗即颇重声色双美,“凡六体无一体不中诗人法度,无一字不合诗家声响”(《刘鹗诗序》);“余爱其章而不敢忘。诵者琅琅,听者跻跻,虽穷冬冱阴,而春风满堂”,“长翁诗不专学杜,而与此体合,声情自然,不事雕镌,众之所同,其籁以人,翁之所独,其籁以天”(《题刘爱山诗》)。自然成文之声响就成为人情之自然流露,故“声”与“情”合而为“声情”。袁桷强调:“拙近者率悻悻直致,弃万物之比兴,谓道由是显,六义之旨阙如也。”(《李景山鸠巢编后序》)直致、直言其理的问题就出在摈弃了强调情物交融的“比兴”传统;直致其理又表现为淆乱诗不同于文之特有体制特性:“滥觞于唐,以文为诗者,韩吏部始。然而春容激昂,于其近体,犹规轨然守绳墨,诗之法犹在也。宋世诸儒一切直致,谓理即诗也。取乎平近者为贵,禅人偈语似之矣。”(《书括苍周衡之诗编》)袁桷强调“六义”之“法度”、“体制”又与“音节”密切相关:“诗以赋比兴为主,理固未尝不具,今一以理言,遗其音节,失其体制,其得谓之诗?”(《题闵思斋诗卷》)佚名撰《诗家模范》云:“体制、声音,二者居先。无体制,则不师古;无声响,则不审音”,“体制不一音节亦异。大抵学者在分别得初唐、盛唐、中唐、晚唐及宋、元人诗,某也如是。看得多,识得破,吟咏得到,审其音声,则而象之,下笔自然高古”。王礼诗论也大抵推崇汉魏、盛唐,以性情为本而以意象、声情为用,如其《黄允济樵唱稿序》云“本既立矣,音响节奏又各有说焉”,其《钟子温吟稿序》评诗云“宫商相宣”、“情景俱备”等。杨载《诗法家数》云:“今之学者,倘有志乎诗,须先将汉、魏、盛唐诸诗,日夕沉潜讽咏,熟其词,究其旨”,“律诗要法”强调“须要血脉贯通,音韵相应”,“字实则自然响亮”,此外还有“下字响”、“音韵欲其铿锵”、“下字要有金石声”等等,皆是强调声韵和谐之于诗歌的重要性;“律诗要法”第二方面强调的是情景如何安排的问题,“作诗准绳”包括:“写景:景中含意,事中瞰景,要细密清淡。忌庸腐雕巧”,“写意:要意中带景,议论发明”等等。范梈《傅与砺诗集》指出“声”之于诗的重要性:“(兴观群怨)兴者岂非居先乎?感人之道莫尚乎声音,入焉寂然泯然,忽而歆起,震奋动荡,沦浃入之、深而化之敏者,斯其效曷从而至哉!”署名范德机的《木天禁语》分析了诗之所谓“六关”:“篇法、句法、字法、气象、家数、音节”,而《诗学禁脔》大致探究了七言律诗的情景建构问题。今存陈绎曾《诗谱》拎出二十个字讨论诗学问题,其中多方面涉及“声”的问题:“三制”之“三停”,“五言律诗声语重”、“七言律诗声起语圆”、“七言律诗颔响亮警峭拔”、“五言律诗声细意长”、“七言律诗声稳语健”云云,八“音”、九“律”更是对各体诗的声音安排作了极细致的讨论;十一“变”也涉及声,“五声变:稳响起嘔细”等等。其理论价值大抵可从三方面来看。其一,声之功能论,如二“式”十八名之“歌:情扬辞远,音声高畅。吟:情抑辞郁,音声沉细”云云;九“律”之“七言古诗,情乐者贵响、起,不骤用嘔、细;情哀者贵嘔、细,不得暴用响、起”等——皆因声论情,已是极成熟之“声情”论。其二,声之韵味论,集中体现在十八对“八音”的讨论中,“金:韵在断句外,渊然留有余之意”,“丝:韵在抑扬转折中,悠然有无穷之意”等,八音中大都能造成含蓄、有余的表达效果。同时《诗谱》也多情景交融论,兹不赘述。

此期诗学家还强调诗之“味”也由声、象二形式而出。郝经《与撖彦举论诗书》:“诗,文之至精者也,所以歌咏性情以为风雅。故摅写襟素,托物寓怀,有言外之意,意外之味,味外之韵。”陈旅也指出:“近世为诗者,言愈工而味愈薄,声愈号而调愈下,日锻月炼,曾不若昔时闾巷刺草之言。”(《周此山集序》)旧题揭曼硕撰《诗法正宗》强调“法”的重要性,“若欲真学诗,须是力行五事”,即诗本(吟咏本出情性)、诗资、诗体、诗味、诗妙,其中“诗味”强调“要见语少意多,句穷篇尽,目中恍然别有一境界意思,而其妙者,意外生意,境外见境,风味之美,悠然辛甘酸咸之表,使千载隽永,常在颊舌”等等。刘埙《新编绝句序》云:“辞弥寡,意弥深,格弥严,味弥远。”《禁题绝句序》则强调:“景色彰表,律吕协和。”戴表元也极重“神”“味”与自然的统一,如“无味之味食始珍,无性之性药始匀,无迹之迹诗始神也”(《许长卿诗序》)等。再如王沂,一方面重视“写形与神,如明鉴取影”(《樊彦泽山斋诗卷序》),另一方面也推崇“炳然琮璜之状,琅然笙磬之音”(《送刘秀才序》)。托名范德机《总论》云:“大抵善写诗者或道情思,或言景物,即欲意味深长,不至窒塞,不流腐弱,斯为得体矣”,情景交融,诗方有“味”;只有具有“兴起”的诗方有“味”:“(然则又何谓使人兴起?)只是作得意思活动不死杀,言语含蓄有意味,使人读之,若含商嚼羽”等等。在这方面,张戒《岁寒堂诗话》论述较为全面,揭示诗之“韵”“味”可从景象、声韵两种形式而出,其论“韵”尤值得注意：

> 观子建“明月照高楼”、“高台多悲风”、“南国有佳人”、“惊风飘白日”、“谒帝承明庐”等篇，音节铿锵抑扬，态度温润清和，金声而玉振之，辞不迫切，而意已独至，与三百五篇异世同律，此所谓“韵”不可及也。

“韵”与“音节铿锵抑扬”、“金声而玉振”紧密相关而可以说从“声”而出。

声、象形式而能有“味”而传“神”的关键在自然，与“味”、“神”、“韵”相关的严羽“兴趣”说对此有所揭示，其《沧浪诗话·诗辨》云：

> 夫诗有别材，非关书也；诗有别趣，非关理也。然非多读书，多穷理，则不能极其至。所谓不涉理路，不落言筌者，上也。诗者，吟咏情性也。盛唐诸人惟在兴趣，羚羊挂角，无迹可求。故其妙处透彻玲珑，不可凑泊，如空中之音，相中之色，水中之月，镜中之花，言有尽而“意无穷”。近代诸公乃作奇特解会，遂以文字为诗，以才学为诗，以议论为诗——夫岂不工，终非古人之诗也，盖于一唱三叹之音有所歉焉。

此说多受钟嵘《诗品》影响：在严羽看来，关“理”则诗无“趣”，钟嵘强调“理过其辞，淡乎寡味”，并且在他看来“文章殆同书抄”、“表学问”、“加事义”恰恰表明“自然英旨，罕值其人”——总之，诗之“趣”“味”“神”“韵”等等，无论怎么表述，重“理”而缺乏自然兴会是达不到的。钟嵘评张协诗云：“调采葱菁，音韵铿锵，使人味之亹亹不倦”，可见其所谓“味”与铿锵之音韵是有关的；严羽有“一唱三叹之音”之说，《沧浪诗话·诗法》云“下字贵响，造语贵圆”，“语忌直，意忌浅，脉忌露，味忌短，音韵忌散缓，亦忌迫促”——由诗之“理”难生出“味”，而由诗之“音”则易生出含蓄不尽之“味”——当然前提条件是此“音”必须是自然生成的，而非人工雕琢而成的。

置于南宋金元诗学发展整体趋向中来看，《沧浪诗话》更具理论意义的方面在诗之“体制”之辨，严羽强调“作诗正须辨尽诸家体制”，其论诗法有五，而“体制”为先；“夫学诗者以识为主”，而“仆于作诗,不敢自负,至识则自谓有一日之长,于古今体制,若辨苍素”,《诗法》篇又云:“辨家数如辨苍白,方可言诗(荆公评文章先体制而后文之工拙)。”可见,沧浪颇为自负之“识”最终正落在“体制”上;“入门须正”,具体而言则为“体制”须正,“体制”正,则为当行本色;以盛唐为法,正在盛唐“体制”之正,“近代诸公,乃作奇特解会,遂以文字为诗,以才学为诗,以议论为诗”,或即所谓“以文为诗”,其弊正在“体制”不正或淆乱“体制”,苏黄、“江西诗病”在此。严羽围绕“体制”的有关诗文、唐宋之辨对元人影响很大。戴良《皇元风雅序》云:“唐诗主性情,故于风雅为犹近;宋诗主议论,则其去风雅远矣。”刘埙《隐居通议》也论及诗唐宋之别、诗文之分:“往往宋人诗体多尚赋,而比与兴寡”,“唐诗之清丽空圆者,比与兴为之也,宋诗之典实闳重者,赋为之也”(卷七)。“后村‘经义策论之有韵者’一句最道着宋诗之病,然其自作则亦有时而不免,岂知而故犯者邪?”(卷十)这里有必要特别提及王若虚的说法,其《文辨》对宋文极为推崇,“宋文视汉唐百体皆异,其开廓横放,自一代之变”,但对宋诗则持批评态度:“杨雄之经、宋祁之史、江西诸子之诗,皆斯文之蠹也。散一文至宋人始是真文字,诗则反是矣。”其《滹南诗话》对江西诗派多有批评,如“予谓黄诗语徒雕刻,而殊无意味”等等。

《沧浪诗话》涉及的另一问题是“借禅以为喻”,而此又与诗之“法”相关,“先须熟读《楚辞》……”、“试取汉魏之诗而熟参之……”云云,可见沧浪之所谓“悟”其实是需要下很大工夫的,“悟”之具体落实即是对古人经典诗篇之“熟读”。“悟”而需“工夫”,乃是宋人诗法尤其所谓“活法”论的基本点。吕本中《夏均父集序》提出“活法”说,大抵可从互有交叉的三方面来看:其一,“不变”与“变”之间,“规矩备具,而能出于规矩之外;变化不测,而亦不背于规矩也”,不变者,规矩也;其二,“定”与“不定”之间,“盖有定法而无定法,而无定法而有定法”;其三,“有意”与“无意”之间,活法主要是“无意于文者之法”。此外,吕本中在《与曾吉甫论诗第一帖》还提出“悟入”说。杨万里《江西宗派诗序》以列子御风比拟李(白)苏(轼)诗,以屈原乘舟驾车比拟杜(甫)黄(庭坚)诗,“无待”而“神”即吕本中所谓

“无定而有定”,“有待而未尝有待”而“圣”即“有定而无定”,“一其形,二其味”者,“神”与“圣”离而不同,李苏与杜黄,风格不同也;“二其味,一其法者”,“神”与“圣”合而不分,“一法”者,“活法”也——此论可以说将吕本中的活法论进一步具体化了。方回《瀛奎律髓》等也多有“活法”之论。那么,严羽所谓“法”与江西派之“法”有无区别呢?刘克庄《江西诗派序》云:“豫章稍后出,会粹百家句律之长,究极历代体制之变,搜笔穿穴异闻,作为古律,自成一家,虽只字半句不出,遂为本朝诗家宗祖。”可略见江西家法,此序中刘克庄述而未评,但其《野谷集序》云:“古人之诗,大篇短章皆工,后人不能皆工,始以一联一句擅名。”而江西派重“字眼”、“句律”的路数难免造成只“以一联一句擅名”。“句律”亦赵宋人论诗常用语,《诚斋诗话》举宋人诗句与唐人相近数例指出,“此皆用古人句律而不用其句意,以故为新,夺胎换骨”,可见,黄庭坚所谓“夺胎换骨”“点铁成金”之法,讲究的大抵就是“句律”。《沧浪诗话·诗评》强调“汉魏古诗,气象混沌,难以句摘”,“建安之作全在气象,不可寻枝摘叶”。其实“点铁成金”、“夺胎换骨”云云何尝不是向唐人、古人学习,只是所学者主要为字句法,而明人尤其受沧浪诗学影响的格调派强调在“熟读”、“熟参”中体悟古人作诗之法,则相对而言是一种篇章法:重“句律”,有句可摘,但往往篇章的整体难得其“浑”。在诗禅关系方面,元刘将孙诗论《如禅集序》云:“诗固有不得不如禅者也。”诗禅相通处在“味”、“境”、“趣”、“悟”,而刘将孙也指出两者不同处:“然禅者借滉漾以使人不可测,诗者则眼前景,望中兴,古今之情性,使觉者咏歌之、嗟叹之至于手舞足蹈而不能已。登高望远,兴怀触目,百世之上,千载之下,不啻如自其口出。诗之禅至此极矣!”诗歌这种兴发感动、生机勃勃的特性与禅者的滉漾、空寂是不一样的。刘克庄对诗与禅的关系解释得也比较通达:“诗家以少陵为祖,其说曰语不惊人死不休;禅家以达摩为祖,其说曰不立文字”,“夫至言妙义,固不在于言语文字,然舍真实而求虚幻,厌切近而慕阔远,久而忘返,愚恕君之禅进而诗退矣。”(《何秀才诗禅方丈跋》)元好问《陶然集序》亦云:“诗家所以异于方外者,渠辈谈道,不在文字,不离文字;诗家圣处,不离文字,不在文字”,皆强调诗禅同中有异。

当然,诗之体制建构还涉及很多方面的问题,比如古体与近体不同的体制特性等,刘克庄在这方面多有探究;再如杨维桢对拗律、拟古乐府的探究等等,兹不多论。从宋元诗歌的实际发展来看,南宋陆游、姜夔、杨万里、刘克庄等著名诗人的创作皆是先由江西诗派入手而后越出江西派畛域者,在理论上又对其流弊有反思。如姜夔《白石道人诗集序》介绍自己的学诗经历,初“师黄太史氏,居数年,一语噤不敢吐。始大悟学即病,顾不若无所学之为得,虽黄诗亦偃然高阁矣”,“余之诗,余之诗耳”,强调自我于诗的重要性。其《白石道人诗说》亦云:“一家之语,自有一家之风味。如乐之二十四调,各有韵声,乃是归宿处。模仿者语虽似之,韵亦无矣”;又强调“语贵含蓄”,“东坡云:‘言有尽而意无穷者,天下之至言也。’山谷尤谨于此。清庙之瑟,一唱三叹,远矣哉”,“句中有余味,篇中有余意,善之善者也”。此外如“气象欲其浑厚,其失也俗;体面欲其宏大,其失也狂;血脉欲其贯穿,其失也露;韵度欲其飘逸,其失也轻”等说法,多为严羽及明人所采用。再比如杨万里《诚斋荆溪集序》即勾勒了自己“始学江西诸君子,既又学后山五字律,既又学半山老人七字绝句,晚乃学绝句于唐人。学之愈力,作之愈寡”,到“忽若有寤,于是辞谢唐人及王、陈、江西诸君子,皆不敢学,而后欣如也”的创作历程,而“麾之不去,前者未雠,而后者已迫,涣然未觉作诗之难也”大抵可视为其对自己越出江西派畛域后创作状态的写照。杨万里在创作论上推崇自然论,重“兴”重“天”重“我”等等,皆体现了超越江西派的理论努力。宋元诗整体又大致有这样一种演变脉络:西昆体、晚唐体、欧苏、江西派、江湖、四灵等。从风格上来说,这一演变在“粗豪而怪奇”与“自然而靡弱”之间来回摇摆。元诗学所面临的一个问题就是走出这种摇摆,其发展脉络是:“格”高以救江湖派等诗之萎靡,“调”响以补江西派等诗之声哑,而后成朱明“格调”一派也。陆游提出著名的“工夫在诗外”(《示子遹》)说,作为南宋著名词人,他对轻薄靡丽的词风进行了批评,实际上否定了以《花间集》词为正宗、本色的传统词学思想。他还以“天风海雨”描述东坡词的境界,以为“学诗者当以是求之”，表明其对苏轼“以诗为词”、扩大词境、改革词体的赞许。元好问《论诗三十首》的主题其实也是“辨体”，“汉谣魏什久纷纭，正体无人与细论”，所提出“正体”，乃是这组诗的核心概念，而“正体”显然与杜甫“别裁伪体亲风雅”之所谓“伪体”直接相关，元好问又以诗体的“疏凿手”自居，组诗的主题也就是在诗史流变中辨析诗之正伪。概括言之，其所谓“正体”乃壮浪气骨与浑然天成高度统一之诗。

三

诗学领域反对“以文为诗”，而词学领域相应地反对“以诗（文）为词”，与诗学一样，关于词的体制特性的探究也成为此期重要的理论发展脉络，如后来焦循《雕菰楼词话》即指出：“词以艳丽为本色，要是‘体制’使然。”

李清照《论词》批评苏门词作“皆句读不葺之诗尔，又往往不协音律”的创作现象，正面的立论则为著名的词“别是一家”说，细而论之，一是“尚文雅”，二可谓尚浑成，三可谓重“铺叙”“典重”“故实”与“情致”之高度统一。当然，《论词》一文论述最多也是最重视的是协音律，从理论上来说，此乃词之体制论词的体制特性涉及的一个重要问题是音乐之声与语言之声的关系，王灼《碧鸡漫志》于经典旁征博引，得出“因筦弦金石，造歌以被之”“终非古法”的基本结论，后来顾炎武《日知录·乐章》亦云：“以诗从乐，非古也。”诗词之为语言艺术与音乐艺术之间的关系，从相互区别来看，即使精通音律的周邦彦、李清照等所作词也不能做到完全合乐；从相互影响来看，若“以诗从乐”，音乐曲调结构的和谐有利于造成语言篇章语音结构的和谐，同样，若“因歌而造声”，语言篇章语音结构的和谐也有利于造成音乐曲调结构的和谐。从广义诗歌发展史来看，明人认为“宋人主理不主调”，“宋专用意而废调”，“以议论为诗”，则赵宋狭义诗歌的一大缺失就是声情不够茂美，而若把“词”作为广义的诗歌，则声情茂美的词无疑是对狭义诗歌缺失的一种补充，这一补充表明汉语古典诗歌追求声情茂美的主导传统并未中断。

张炎《词源》倡导“雅正”，而这首先是对音律的要求，反对粗豪之气，“词之作必须合律”，“古之乐章、乐府、乐歌、乐曲，皆出于雅正”，“美成负一代词名，所作之词，浑厚和雅，善融化诗句，而于音谱且间有未谐，可见其难矣”。“音谱”条强调“词以协音为先”等。其次“雅正”还是对语词、“情”的要求，“制曲”条强调“命意”与声韵并重，“杂论”条强调“音律所当参究，词章先宜精思，俟语句妥溜，然后正之音谱，二者得兼，则可造极玄之域”——语词只有平易而不艰涩、妥溜而不生硬，才能容易与音律相协谐。“赋情”条则专门强调“情”要雅正，“杂论”条亦强调“词欲雅而正，志之所之，一为情所役，则失其雅正之音”。《词源》另一重要思想是“清空”论：“词要清空，不要质实。清空则古雅峭拔，质实则凝涩晦昧。姜白石词如野云孤飞，去留无迹；吴梦窗词如七宝楼台，眩人眼目，碎拆下来，不成片段——此清空质实之说。”“太涩”难近清空，“疏快，却不质实”则近清空，“杂论”推崇白石诸词“不惟清空，又且骚雅，读之使人神观飞越”。清空还与含蓄、“意趣”等有关。张炎“清空”论对后世词学影响很大，后来清代浙人朱彝尊选辑《词综》，论词以“清空”为宗，一时词家相习成风，形成影响极大的浙派。沈义父《乐府指迷》也强调“雅”，“盖音律欲其协，不协则成长短之诗”，此外对声与词不可兼得现象有所揭示。沈义父词论对后世影响亦颇大，清中叶常州派兴，尊清真而薄姜张，沈氏实提倡在前。张与沈、清之浙派与常州派虽有纷争，但在词的体制建构上也存在相通之处。

欧阳玄指出：“古人之诗被之弦歌，其入人之深犹有待于声；今人之诗，简牍而已。”(《虚籁集序》)问题在于：类若“简牍”之诗也大抵是合辙押韵的，在这方面与李清照“句读不葺之诗”相近。刘克庄提出了“经义策论之有韵者”的著名表述，其《竹溪诗序》云：“唐文人皆能诗，柳尤高，韩尚非本色。迨本朝则文人多，诗人少。三百年间，虽人各有集，集各有诗，诗各自为体，或尚理致，或负材力，或逞辨博，少者千篇，多至万首，要皆经义策论之有韵者尔，非诗也。”其《恕斋诗存稿跋》亦云：“近世贵理学而贱诗，间有篇咏，率是语录讲义之押韵者耳。”可见“文人之诗”的问题并不出在外在的形式体貌是否有韵等上。祝尧《古赋辩体》也提出诗赋在体制上不是“有韵之文”,并且对此作了较为系统深入的分析。严羽等强调诗要“辩体”,李清照等强调词也要“辩体”,祝尧则强调赋也要“辩体”——而祝尧特为标出“辩体”二字,较之严、李等尤见理论上的自觉,可以把祝尧《古赋辩体》视为南宋金元以来广义诗歌体制建构论之理论总结。

《古赋辩体》卷首语云:“欲因时代之高下而论其述作之不同,因体制之沿草(革)而要其指归之当一,庶几可以由今之体以复古之体云。”又《两汉体引言》末云:“今故于此备论古今之体制,而发明扬子丽则、丽淫之旨,庶不失古赋之本义云。”祝尧强调赋之体制的本源在诗学“六义”之中,在赋之内质上,《唐体引言》突出了“情”的本体地位:“辞不从外来,理不由他得,一本于情而已矣。若所赋专尚辞、专尚理,则亦何足见其平时素蕴之怀、他日有为之志哉?”他还强调“盖六艺中惟风兴二义每发于情,最为动人而能发人之才思”。在诗与文之间,祝尧非常明确地指出:“赋之源出于诗,则为赋者固当以诗为体,而不当以文为体。”“以文为赋”滥觞于刘汉、泛滥于赵宋,《宋体引言》分析道:

> 赋之本义当直述其事,何尝专以论理为体邪?以论理为体,则是一片之文,但押几个韵尔,赋于何有?今观《秋声》、《赤壁》等赋,以文视之,诚非古今所及,若以赋论之,恐坊雷大使舞剑,终非本色。

他在分析谢惠连《雪赋》时指出:“雪、月二赋篇末之歌,犹是发乎情本义,若《枯树赋》,簇事为歌,何情之可歌哉?”原来,和谐语音有两种不同的组合方式:“理(事、论、意等)—韵(歌、吟咏等)”与“情—韵”。《三国六朝体引言》指出:“诗人所赋,赋其情尔,故不诵而歌。诵者其辞,歌者其情,此古今诗人、辞人之赋所以异也。”“歌者其情”,而“情”在“歌”中,“咏歌嗟叹之情”也,“声情”也,而“声情”乃“不直致”、“不正言”之情。所以,诗赋之特质不在有韵,而在韵能传情,即“声情”是也;而在“有韵之文”之“理(事、论、意等)—韵(歌、吟咏等)”组合中,“韵”本身并不能传情,因而无茂美之声情。

总之,全面地看,“以诗(文)为词”固然扩大了词的表达领域,但同时也削弱了词体本身的声情表现力;“以文为诗(赋)”诚然拓展了诗体的表达空间,但同时也削弱了诗体本身在声情、意象这两种特有语言表达方式的表现功能。祝尧并不反对赋体与他体的相互作用,而其严于诗赋体制之正的旨趣在于,强调使声情、意象这两种语言形式的表达功能充分发挥出来。我们大抵可将此视为“向内深掘”汉语表现力的追求,而可把“以文为诗”等视为“向外扩展”汉语表现力的追求,只有使这两种趋向保持一定的张力,才能使汉语的文化功能充分、全面、和谐、均衡地发挥出来;也只有作如是观,才能较为充分地揭示和把握此间诗体辨正思潮的理论价值。

南宋(1127—1279)

汪　藻

汪藻(1079　1154),字彦章,号浮溪,又号龙溪,饶州德兴(今属江西省)人,《宋史》卷四百四十五有传。崇宁二年(1103)进士,任婺州(今浙江金华)观察推官、宣州(今属安徽省)教授、著作佐郎、宣州通判等职。宋钦宗即位,召为起居舍人。高宗时,任中书舍人、给事中、兵部侍郎。绍兴元年(1131),兼侍讲,拜翰林学士。出任湖(今属浙江省)、抚(今属江西省)、徽(今安徽歙县)、泉(今属福建省)、宣等州知州。绍兴十三年(1143)罢职居永州(今属湖南省)。藻学问渊博,文才出众,早年即有声誉于太学。长于四六制文,时号大手笔。诗曾受江西诗派徐俯、洪炎等人赏识,不太有拘束雕琢之苦,写景抒情皆能挥洒自如,语言或劲爽明快,或坦易清新,与苏轼、白居易时有相近。南渡后感时伤乱之作学习杜甫,诗风凝重沉郁。有《浮溪集》传世。

答吴知录书[①]

藻启知录吴君足下:得足下名于士大夫间久矣,又闻尝从徐师川游,愿一见之,而彼此拘挛[②]未遂也。张司理来,蒙教并示诗文一编,把玩至于旬时,不能释手。甚矣足下之文,不牵乎流俗之好也。孔子设四科[③],文与学一而已,及左丘明、屈原、宋玉、司马迁、相如之徒,始以文章名世,自为一家,而与六经训诂之学分。譬均之饮食,经术者,黍稷稻粱也;文章者,五味百羞也。用黍稷稻粱之甘,以充吾所受天地之冲和，固其本矣；若遂以五味百羞为无补于养生，皆废而不用，则加笾陪鼎，殽蒸折俎，不当设于先王燕飨之时也。自王氏[4]之学兴，学者偃然以经术自高。曰：吾知经矣，天下之学复有过此者乎？彼文章一技耳，何为者哉！使此曹有秋毫自得于圣人之门，其谁不服膺敛衽？奈何朝夕占毕者，类皆掇取前人咳唾之余，熟烂繁芜，喋喋谆谆，无一字可喜者，亦何异斥八珍不御，而以饐腐之糜强人曰：此养生之本也。其不为人出而哇[5]之也，则幸而已耳。又，数年以来，伊川[6]之学行，谓读书作文为妨道，皆绝而不为。今有人于此，终日不食，其腹枵[7]然，扪以示人曰：吾将轻举矣，其可信乎？二先生者，天下之宗师也，其文章过人万万，议之者非狂则愚。然陵夷[8]至此者，其徒学之之过也。足下才高识明，既卑去场屋举子之文矣，力追古人而及之，岂难事哉？在乎加之意而已。藻少时，盖尝疲精于科举之文，顾随人后者，非吾之所学也。颇欲求所以自得者于文见之，而年为世故所分，徒有其志耳。既得罪屏居，则又欲捐书焚砚，不复为文。呜呼！过屠门而未尝得肉也，何以属餍足下之所嗜哉！

《浮溪集》卷二十一　《四部丛刊》初编本

【注释】

① 此文批评了王安石离析经义、轻视诗赋及理学家重道轻文的文艺观。宋代欧阳修后，学术文章逐渐分化，形成以王安石为代表的经术派、以苏轼为代表的文章派、以二程为代表的理学派，三派之末流，各拘门户之见，相互攻讦。王安石为配合其实行“新法”，倡导“新学”，在科举方面废诗赋而专试经术，急功近利的士子们遂“以经术自高”，视文章为小技，形成熟烂繁芜的文风。同时，汪藻对二程为代表的理学派“作文妨道”的文章观也作了批评。当然，汪藻绝非完全否定王、程，称“二先生者，天下之宗师也”，在《鲍吏部集序》一文中，他还指出，“本朝自熙宁、元丰，士以谈经相高，而黜雕虫篆刻之习，庶几其复古矣”，还是予以充分肯定的，但紧接着同样指出：“然学者用意太过，文章之气日衰。”另一方面，汪藻对“流连光景之文”也持批评态度。汪藻强调的是经义与文章的兼容统一。

从理论上来讲，汪藻揭示了中国古代文艺思想史中两条既相斗争又相交织的脉络，“孔子设四科，文与学一而已，及左丘明、屈原、宋玉、司马迁、相如之徒，始以文章名世，自为一家，而与六经训诂之学分”，《鲍吏部集序》强调六经皆是

“文”。文化上的“经”与“文”之分,在士人群体上就形成“经生”与“文人”之争。这可以说贯穿着古代文艺与学术史之始终。大致说来,在汉代,经生在文化生活中居主导地位,而文人创作也逐渐兴起,至魏晋南北朝而勃兴,唐以诗赋取士,大抵说来文人与经生基本上相安无事(当然争论也一直持续着),中晚唐至于赵宋,尤其理学兴起后,双方的争论则愈演愈烈了。那么究竟如何看待这两种不同文化活动各自的价值呢?汪藻作了一个形象的比喻:“譬均之饮食,经术者,黍稷稻粱也;文章者,五味百羞也。用黍稷稻粱之甘,以充吾所受天地之冲和,固其本矣;若遂以五味百羞为无补于养生,皆废而不用,则加笾陪鼎,殽蒸折俎,不当设于先王燕飨之时也。”这种比喻对后世文人强调诗文价值理论的思想启发、影响很大。理学、治经活动的价值立足点在“义理”,倘能得圣人之义理而有所发明,则行文即使不美也无害其价值——汪藻对此是有充分肯定的,但是,于义理上无所领悟、发明,只模袭圣人经文之字句,就没有什么价值了。汪藻《呻吟集序》指出文章也可以使人不朽,对文章本身的价值也是予以充分肯定的。总体来说,汪藻的文艺价值观还是比较通达的。

② 拘挛——拘束。

③ 四科——孔子在教授弟子时,设有德行、言语、政事和文学“四科”。

④ 王氏——指王安石,以其为代表形成宋代学术文章的经术派。

⑤ 哇——呕吐。

⑥ 伊川——指宋儒程颐,字正叔,人称伊川先生,宋代理学派的重要代表。

⑦ 枵——饥饿,读若嚣。

⑧ 陵夷——衰落。

【附录】

古之作者无意于文也,理至而文则随之,如印印泥,如风行水上,纵横错综,灿然而成者,夫岂待绳削而后合哉!六经之书皆是物也,逮左氏传《春秋》,屈原作《离骚》,始以文自成为一家,而稍与经分。汉公孙弘、董仲舒、萧望之、匡衡,以经术显者也;司马迁、相如、枚乘、王褒,以文章著者也。当是时,已不能合而为一,况陵夷至于后世,流别而为六七,靡靡然入于流连光景之文哉!其去经也远矣!本朝自熙宁、元丰,士以谈经相高,而黜雕虫篆刻之习,庶几其复古矣。然学者用意太过,文章之气日衰。钦止少从王氏学,又尝见眉山苏公,故其文汪洋闳肆,粹然一本于经,而笔力豪放,自见于驰骋之间,深入墨客骚人之域,于二者可谓兼之。

汪藻《浮溪集》卷十七《鲍吏部集序》(节录)　《四部丛刊》初编本

所贵于文者，以能明当世之务，达群伦之情，使千载之下读之者，如出乎其时，如见其人也。若夫善立言者不然，文虽同乎人，而其所以为文有非人之所得而同者。孟子七篇之书，叙战国诸侯之事与夫梁齐君臣之语，其辞极于辩博，若无以异乎战国之文也。扬子之书数万言，言秦汉之际为最详，简雅而闳深，若无以异乎西汉之文也。至其推性命之隐，发天人之微，粹然一归于正，使学者师用，比之六经，则当时所谓仪秦谷永杜钦辈，岂惟无以望其门墙，殆冠履之不侔也。宋兴百余年，文章之变屡矣。杨文公倡之于前，欧阳文忠公继之于后，至元丰元祐间，斯文几千古而无遗恨矣，盖吾宋极盛之时也。于是丞相魏国苏公出焉，以博学洽闻名重天下者五十余年，卒用儒宗位宰相，一时高文大册，悉出其手。故自熙宁以来，国家大号令，朝廷大议论，莫不于公文见之。然公事四帝，以名节始终，其见于文者，岂空言哉。论政之得失，则开陈反复而极于忠，论民之利病，则援据该详而本于恕。有所不言则已，既言于上矣，举天下荣辱是非莫能移其所守，可谓大臣以道事君者也。若其讲明经术之要，练达朝廷之仪，下至百家九流律历方技之书，无不探其源、综其妙者，在公特余事耳。此所以一话言、一章句，皆足以垂世立教，革浇浮而已媮薄，与轲、雄之书百世相望，而非当时翰墨名家者所能仿佛也。

汪藻《浮溪集》卷十七《苏魏公集序》(节录)　《四部丛刊》初编本

造物者轻与人以富贵寿考，而重与人以令名。自古富贵未尝一日无，人久生而长世者亦每每有之，率逌然与草木俱腐，世初不知其尝有是人也。以童乌也而夭，以王辅嗣卫叔宝也而夭，以李元宾李长吉也而夭，是数子，皆天才卓超，非偶然而生，游戏须臾之间，已暴白于世，如此较之久生长世者，大都不过数十年之顷耳，彼今安在哉？而贻声名以资说士者，炳然至今，虽垂之无穷可也。使数子复生，肯以此易彼乎？元祐初，异人辈出，盖本朝文物全盛之时也。邢敦夫于是时以童子游诸公间，为苏东坡之客，黄鲁直张文潜秦少游晁无咎之友，鲜于大受，陈无已李文叔皆屈辈行与之交，虽不幸短年，而东坡以为足以藉手见古人，鲁直以为足以不朽，无咎以为足以追逐古人，今《呻吟集》是也。

汪藻《浮溪集》卷十七《呻吟集序》(节录)　《四部丛刊》初编本

李清照

李清照(1084—1151至1156年间),北宋末南宋初著名女词人,号易安居士,济南人,生于宋神宗元丰七年,李格非女,十八岁嫁太学生赵明诚。靖康乱后,1129年,明诚病逝,清照孤身流落杭州,约在1151年到1156年间,孤苦离世。俞正燮《癸巳类稿》卷十五有《易安居士事辑》。作品颇丰,但多散佚,清人整理时已所剩无多,全集有李文奇辑《漱玉集》五卷,收词七十八首,诗十八首,文五篇,其中伪作不少;词集有王鹏运四印斋本《漱玉词》一卷,辑有词五十首;另外还有近人赵万里《校辑宋金元人词·漱玉词》收词六十首,其中存疑九首,伪作八首作附录。胡仔《苕溪渔隐丛话》后集卷三十三录有清照《论词》一文,提出词"别是一家"说,对后世词学影响颇大。

论　词[①]

乐府声诗[②]并著,最盛于唐,开元天宝间,有李八郎[③]者,能歌,擅天下,时新及第进士开宴曲江[④],榜中一名士,先召李,使易服隐名姓,衣冠故敝,精神惨沮,与同之宴所。曰:"表弟愿与坐末。"众皆不顾。既酒行乐作,歌者进,时曹元谦、念奴[⑤]为冠,歌罢,众皆咨嗟称赏。名士忽指李曰:"请表弟歌。"众皆哂,或有怒者。及转喉发声,歌一曲,众皆泣下。罗拜曰:"此李八郎也。"自后郑卫之声日炽,流靡之变日烦。已有《菩萨蛮》《春光好》《莎鸡子》《更漏子》《浣溪沙》《梦江南》《渔父》等词,不可遍举。五代干戈,四海瓜分豆剖,斯文道熄。独江南李氏君臣[⑥]尚文雅,故有"小楼吹彻玉笙寒"、"吹皱一池春水"之词,语虽奇甚,所谓"亡国之音哀以思"也。逮至本朝,礼乐文武大备，又涵养百余年，始有柳屯田永者，变旧声作新声[7]，出《乐章集》，大得声称于世，虽协音律，而词语尘下。又有张子野、宋子京兄弟，沈唐、元绛、晁次膺辈继出，虽时时有妙语，而破碎何足名家！至晏元献、欧阳永叔、苏子瞻，学际天人，作为小歌词，直如酌蠡水于大海，然皆句读不葺之诗[8]尔，又往往不协音律者，何耶？盖诗文分平侧，而歌词分五音，又分五声，又分六律，又分清浊轻重[9]。且如近世所谓《声声慢》《雨中花》《喜迁莺》，既押平声韵，又押入声韵；《玉楼春》本押平声韵，又押去声，又押入声。本押仄声韵，如押上声则协；如押入声，则不可歌矣。王介甫曾子固，文章似西汉，若作一小歌词，则人必绝倒，不可读也[10]。乃知〔词〕别是一家，知之者少。后晏叔原、贺方回、秦少游、黄鲁直出，始能知之。又晏苦无铺叙[11]，贺苦少典重；秦即专主情致，而少故实，譬如贫家美女，虽极妍丽丰逸，而终乏富贵态；黄即尚故实而多疵病，譬如良玉有瑕，价自减半矣。

胡仔《苕溪渔隐丛话》后集卷三十三　《四库全书》本

【注释】

① 今人一般认为，李清照《论词》，乃是有宋词坛当然也是古代词学史上有自己见解、有一定系统性的第一篇词论，前此散见于序跋诗话词话中的论词之语，往往片言只语，不成系统；同时《论词》也是我国妇女作的文学批评第一篇专文，如此女性专文后世也极其罕见。此文乃有为之作，具有极强的针对性，主要是批评苏门词作"皆句读不葺之诗尔，又往往不协音律"的创作现象，正面的立论则为著名的词"别是一家"说。所论有三：一是"尚文雅"，以此而批评柳永词"虽协音律，而词语尘下"，此可见宋词文人化、雅化之趋势；二可谓尚浑成，以此而指出一些词人"时时有妙语，而破碎何足名家"；三是尚协律，容后详论；四可谓强调"铺叙"、"典重"、"故实"与"情致"之高度统一，此点与风格论密切相关。今人一个颇为流行的看法认为易安在风格论上反对东坡词之豪放，而倡导婉约风格，而若就《论词》本文来看，其中似并未表述出这种观点，相反，"少故实"而"专主情致"的秦观词当是婉约之至，而易安居士对其并未全加肯定；强调"铺叙"、"典重"、"故实"其实恰是苏黄、江西诗派家法，尤其"典重"、"故实"也是使词体雅化的重要手段，此等"尚故实"而"典重"之词风，恐怕很难说是婉约的。与此相关，今人或又认为宋人"诗庄词媚"的保守观念对李清照多有影

响，而不知“典重”与婉媚正相反对。总之，应强调的是，不能把《论词》本文所无之观点强加其上。

当然，《论词》一文论述最多也是最重视的是协音律，从理论上来说，此乃词之体制论，今人于此解悟不深，未得个中三昧，故而对《论词》一文理论价值的认识不够准确、全面。大抵说来，今人对《论词》一文的理论价值的讨论往往囿于词之一体而未置于诗体整体格局中，囿于一人之论而未置于诗学整体格局中。宋人为东坡不协音律辩护者颇多，如赵令畤《侯鲭录》引黄鲁直语云：“东坡居士曲，世所见者数百首，或谓于音律小不协。居士词横放杰出，自是曲子缚不住者。”王灼《碧鸡漫志》卷二亦云：“东坡先生非醉心于音律者，偶尔作歌，指出向上一路，新天下耳目，弄笔者始知自振。”陆游《老学庵笔记》云：“世言东坡不能歌，故所作乐府多不协。晁以道云：绍圣初，与东坡别于汴上，东坡酒酣，自歌古《阳关》。则公非不能歌，但豪放，不喜裁剪以就声律耳。”清人刘熙载《艺概·词曲概》指出：“太白《忆秦娥》，声情悲壮；晚唐五代，惟趋婉丽；至东坡始能复古。后世论词者或转以东坡为变调，不知晚唐五代乃变调也。”其实相关问题不在声情之壮与婉，而在声情之有与无：不协音律则乏声情，易安何尝批评东坡词声情之豪壮而以声情婉媚为词之正调？由此亦可见，将易安批评东坡词视为婉约与豪放之争，确未搔着痒处。不协音律具体表现为词成了“句读不茸之诗”，即所谓以诗入词、以词为诗，而“王介甫曾子固，文章似西汉，若作一小歌词，则人必绝倒，不可读也”云云则是反对以文入词、以词为文，这其中的关键在于东坡诗及黄庭坚、江西诗派诗有何特点？稍晚于李清照的严羽指出：“近代诸公，乃作奇特解会，遂以文字为诗，以才学为诗，以议论为诗”，即以诗为文，如此则“一唱三叹之音有所歉焉”，所以从大的方面来看，关键恰在于以诗词即广义的诗歌为文，而淆乱诗歌与散文体制的主要问题又在缺乏茂美的声情。今人大抵抓住词与诗之不同在于是否合乐，也指出李清照及另一标榜协律的周邦彦等人的词作也未必篇篇合乐，这其中涉及的一个关键问题是音乐之调与文字之调的关系，从文艺史的发展实情来看：词的音乐之调不传后，就剩下文字之调，后人从词作所能感受到的茂美声情只能是来自文字之调（后人填词依循的也是字调谱而非乐谱）。不管怎么说，肇自《诗经》的诗乐交融传统一大重要影响是：使古代诗歌创作特别重视对文字音调情感表现力的开掘，其实合不合乐尚在其次。严羽在批评“近代诸公”之前强调“夫诗有别材，非关书也；诗有别趣，非关理也”，此颇近乎易安“别”是一家说，而李东阳《麓堂诗话》强调：“诗在六经之中别是一教，盖六艺中之乐也。乐始于诗，终于律，人声和则乐声和。又取其声之和者，以陶写情性，感发志意，动荡血脉，流通精神，有至于手舞足蹈而不自觉者。后世诗与乐判而为二,虽有格律而无音韵,是不过排偶之文而已。使徒以文而已也,则古之教何必一诗律为哉?”“别是一教”与“别是一家”说相参,可悟汉语古典诗歌文化精髓所在。诗之体制论,后来构成有明一代诗学的重要主题,而明人正是在诗与文的关系中讨论诗之体制的,比如李东阳《匏翁家藏集序》强调:“言之成章者为文,文之成声者则为诗。诗与文同谓之言,亦各有体而不相乱。”而诗不同于文之体制特性,不仅仅只在外在的形式特性,更在内在的功能特性——“声情”、“声气”范畴即强调了诗词声韵的内在情感表现功能。明人许学夷《诗源辩体》卷一指出:“风人之诗,诗家与圣门同,其说稍异。圣门论得失,诗家论体制。至论性情‘声气’,则诗家与圣门同也。”明人尤其格调派中人认为宋诗一大问题正在在体制上淆乱诗与文,后果是声情不够茂美。

总之,仅仅只从外在形式特性上来理解词“别是一家”说是不够到位的,词之协音律,并不仅仅只是合乐与否的技术问题,还牵涉诗词声韵的情感表现功能问题,因此,李清照强调音律准确地说其实是强调声情。只有不囿于词之一体、不囿于一时、一人之论,才能准确而全面把握李清照“别是一家”说的重要价值。一般认为,有宋一代,狭义的诗歌大抵缺乏茂美的声情(诗作的声韵结构缺乏情感表现力),唐诗一大重要特性却正在声情茂美,明人则跨越赵宋而力图恢复汉语诗歌声情茂美之传统。但若把词也视为是广义的诗歌,则宋词总体上的一大特性正在声情茂美,如此,可以说在有宋一代,汉语诗歌追求茂美声情的民族文化传统并未中断——只有置于此等诗史发展的宏观格局中,才能明了李清照“别是一家”说的重要意义。

② 声诗——一般认为,唐“声诗”是处在汉“乐府”与宋“词”之间的一种音乐性文学样式,指乐府以外唐人采作歌词入乐歌唱的五七言诗,任半塘有《唐声诗》专著,对此有专门讨论。

③ 李八郎——唐代善歌的男子,名衮,以下所述故事见李肇《国史补》。唐人有斗声乐以较胜负的风气,白行简《李娃传》、段安节《乐府杂录》等都有这方面故事的记载,且都是先隐名易服,然后出奇制胜,与下述李八郎故事相类似。

④ 开宴曲江——曲江在长安城东南,是唐代京郊著名的风景区,那时新及第的进士照例皆会到那里游赏宴会。

⑤ 曹元谦、念奴——曹元谦,不详;念奴,唐天宝时著名的歌伎,元稹《连昌宫词》自注云:“念奴,天宝中名娼,善歌。”

⑥ 江南李氏君臣——指五代时南唐国主李璟、李煜父子与臣子冯延巳等,下引“小楼吹彻玉笙寒”乃李璟词《摊破浣溪沙》句,“(风乍起,)吹皱一池春

水”为冯延巳《谒金门》名句。

⑦ 变旧声作新声——指利用唐宋既有旧曲，加以改制，翻作新调。

⑧ 句读不茸之诗——此语指苏轼等“以诗入词”、“以诗为词”等淆乱词之体制的现象，晏殊（元献）、欧阳修（永叔）词并无此现象，与苏轼并论，当属偶然牵连其中。句读不葺，句子长短不齐，此为词体之外在形貌，而在内在体性上，词有不同于诗之处，貌似而实非则失词体之当行本色。清冯金伯辑《词苑萃编》上卷十一纪事二录《吹剑录》语云：“东坡在玉堂日，有幕士善歌。因问我词何如柳七。对曰：‘柳郎中词合十七八女郎，执红牙板歌杨柳外晓风残月。学士词须关西大汉，铜琵琶、铁绰板，唱大江东去。’东坡为之绝倒。”陈师道《后山诗话》有云：“退之以文为诗，子瞻以诗为词，如教坊雷大使之舞，虽极天下之工，要非本色。”强调词以婉约为正体，张炎《词源》卷下有云：“簸弄风月，陶写性情，词婉于诗。”又云：“辛稼轩、刘改之作豪气词，非雅词也。于文章余暇，戏弄笔墨，为长短句之诗耳。”清毛先舒《诗辩坻》卷三有云：“盖诗必求格，而情语近昵，则易于卑弱；词则昵乃当行，高顾反失之。”焦循《雕菰楼词话》：“词以艳丽为本色，要是体制使然。”后世持平之论较多，如清田同之《西圃词说》：“填词亦各见其性情，性情豪放者，强作婉约语，毕竟豪气未除。性情婉约者，强作豪放语，不觉婉态自露。故婉约自是本色，豪放亦未尝非本色也。”沈谦《填词杂说》：“词不在大小浅深，贵于移情。‘晓风残月’、‘大江东去’，体制虽殊，读之皆若身历其境，惝怳迷离，不能自主，文之至也。”清孙兆溎撰、香甫辑《片玉山房词话》：“词以蕴蓄缠绵、波折俏丽为工，故以南宋为词宗。然如东坡之大江东去，忠武之怒发冲冠，令人增长意气，似乎两宗不可偏废。是在各人笔致相近，不必勉强定学石帚、耆卿也。今人谈词家，动以苏、辛为不足学，抑知檀板红牙不可无铜琶铁拨，各得其宜，始为持平之论。”当然，要强调的是词之体制的当行本色首先当在声情茂美，风格之豪放与婉约还在其次。

⑨ “歌词分五音”等四句——此数语强调词当协音律。张炎《词源》卷下有谓：“盖五音有唇齿喉舌鼻，所以有轻清重浊之分”，以唇齿喉舌鼻为“五音”，与发音部位有关；《周礼·春宫大师》以宫商角徵羽为“五声”，与音高有关；“六律”代指“十二律”，“十二律”中六阳声为“律”、六阴声为“吕”，六阳声包括黄钟、大蔟、姑洗、蕤宾、夷则、无射；张世南《游宧纪闻》卷九以为轻清为阳、重浊为阴，清浊实即元人论曲之所谓阴阳。

⑩ “王介甫曾子固”等五句——此数语强调不可以文入诗。

⑪ 晏苦无铺叙——晏几道《小山词》皆为小令，极少长调，故有此说。

【附录】

《复斋漫录》云:无咎评本朝乐章,不见诸集,今录于此,云:世言柳耆卿曲俗,非也。如《八声甘州》云:"渐霜风凄紧,关河冷落,残照当楼",此唐人语,不减高处矣……东坡词,人谓多不谐音律,然居士词横放杰出,自是曲中缚不住者。黄鲁直间作小词,固高妙,然不是当家语,自是着腔子唱好诗。晏元献不蹈袭人语,而风调闲雅,如"舞低杨柳楼心月,歌尽桃花扇影风",知此人不住三家村也。张子野与柳耆卿齐名,而时以子野不及耆卿,然子野韵高,是耆卿所乏处,近世以来,作者皆不及。秦少游如"斜阳外,寒鸦万点,流水绕孤村",虽不识字,亦知是天生好言语。

苕溪渔隐曰:无已称今代词手,惟秦七、黄九耳,唐诸人不迨也。无咎称鲁直词,不是当家语,自是着腔子唱好诗。二公在当时,品题不同如此。自今观之,鲁直词亦有佳者,第无多首耳。少游词虽婉美,然格力失之弱。二公之言殊过誉也。

胡仔《苕溪渔隐丛话》后集卷三十三　《四库全书》本

唐自大中后,诗家日趣浅薄,其间杰出者,亦不复有前辈闳妙浑厚之作,久而自厌,然梏于俗尚,不能拔出。会有倚声作词者,本欲酒间易晓,颇摆落故态,适与六朝跌宕意气差近,此集所载是也。故历唐季五代,诗愈卑而倚声者辄简古可爱。盖天宝以后诗人,常恨文不迨。大中以后,诗衰而倚声作,使诸人以其所长格力施于所短,则后世孰得而议。笔墨驰骋则一,能此不能彼,未易以理推也。

陆游《渭南文集》卷三十《跋花间集》(节录)　《四库全书》本

词曲者,古乐府之末造也。古乐府者,诗之傍行也。诗出于《离骚》、《楚词》,而《离骚》者,变风变雅之怨而迫、哀而伤者也,其发乎情则同,而止乎礼义则异。名之曰曲,以其曲尽人情耳。方之曲艺,犹不逮焉,其去《曲礼》则益远矣。然文章豪放之士,鲜不寄意于此者,随亦自扫其迹,曰谑浪游戏而已也。唐人为之最工者。柳耆卿后出,掩众制而尽其妙,好之者以为不可复加。及眉山苏氏,一洗绮罗香泽之态,摆脱绸缪宛转之度,使人登高望远,举首高歌,而逸怀浩气,超然乎尘垢之外。于是《花间》为皂隶,而柳氏为舆台矣。芗林居士步趋苏堂而哜其胾者也。观其退江北所作于后,而进江南所作于前,以枯木之心,幻出葩华,酌元酒之尊,弃置醇味,非染而不色,安能及此。

胡寅《题酒边词》(节录)　汲古阁《宋六十名家词》本

器大者声必宏，志高者意必远，知夫声与意之本原，则知歌词之所自出。是盖不容有意于作为，而其发越著见于声音言意之表者，则亦随其所蓄之浅深，有不能不尔者存焉耳。世言稼轩居士辛公之词似东坡，非有意于学坡也，自其发于所蓄者言之，则不能不坡若也。坡公尝自言与其弟子由为文[至]多而未尝敢有作文之意，且以为得于谈笑之间而非勉强之所为。公之于词亦然。苟不得之于嬉笑，则得之于行乐；不得之于行乐，则得之于醉墨淋漓之际。挥毫未竟而客争藏去。或闲中书石，兴来写地；亦或微吟而不录，漫录而焚稿，以故多散逸。是亦未尝有作之之意，其于坡也，是以似之。虽然，公一世之豪，以气节自负，以功业自许。方将敛藏其用，以事清旷，果何意于歌词哉，直陶写之具耳。故其词之为体，如张乐洞庭之野，无首无尾，不主故常；又如春云浮空，卷舒起灭，随所变态，无非可观。无他，意不在于作词，而其气之所充，蓄之所发，词自不能不尔也。其间固有清而丽、婉而妩媚，此又坡词之所无，而公词之所独也。昔宋复古、张乖崖方严劲正，而其词乃复有浓纤婉丽之语，岂铁石心肠者类皆如是耶？

范开《稼轩词序》(节录)　涵芬楼影印汲古阁抄本《稼轩词》卷首

吕本中

吕本中(1084—1145),字居仁,寿州(今安徽寿县)人,晚年深居讲学,因祖籍东莱,学者称东莱先生,曾任中书舍人,又称吕紫微,宰相吕公著的曾孙,以恩荫授承务郎。因为是元祐党人子弟,绍圣初被免官。南宋初,流落至湘、桂一带。绍兴六年(1136)召赴行在(杭州),赐进士出身,任起居舍人,迁中书舍人兼侍讲、权直学士院。在南宋初年的政治斗争中,吕本中坚定地站在主战派一边,因得罪秦桧而罢官。其祖父吕希哲是北宋著名理学家,家风濡染,吕本中也熟谙理学。有《童蒙训》等传世。

夏均父集序[①]

学诗当识活法。所谓活法者,规矩备具,而能出于规矩之外;变化不测,而亦不背于规矩也。是道也,盖有定法而无定法,而无定法而有定法。知是者,则可以与语活法矣。谢玄晖有言:"好诗转圆美如弹丸。"[②]此真活法也。近世惟豫章黄公[③],首变前作之弊,而后学者知所趣向,[④]精尽知,左规右矩,庶几至于变化不测。然余区区浅末之论,皆汉魏以来有意于文者之法,而非无意于文者之法也。子曰"兴于诗","诗可以兴,可以观,可以群,可以怨;迩之事父,远之事君,多识于鸟兽草木之名",今之为诗者,读之果可使人兴起其为善之心乎?果可使人兴、观、群、怨乎?果可使人知事父、事君而能识鸟兽草木之名之理乎?为之而不能使人如是,则如勿作。吾友夏均父,贤而有文章,其于诗,盖得所谓规矩备具,而出于规矩之外,变化不测者。后果多从先生长者游,闻人之所以言诗者而得其要妙,所谓无意于文之文,而非有意于文之文也。

刘克庄《后村先生大全集》卷九十五《江西诗派》引 《四部丛刊》本

【注释】

① 在此文中,吕本中提出了著名的"活法"论。又,其《东莱诗集》卷六《别后寄舍弟三十韵》有云:"笔头传活法,胸次即圆成。"吕氏"活法"论当时影响很大,如谢薖《竹友集》卷一《读吕居仁诗》云:"居仁相家子,敛退若寒士。学道期日损,哦诗亦能事。自言得活法,尚恐宣城未。"又,《两宋名贤小集》卷一百九十录曾几《茶山集》之《读吕居仁旧诗有怀其人作诗寄之》云:"学诗如参禅,慎勿参死句。纵横无不可,乃在欢喜处。人如学仙子,辛苦终不遇。忽然毛骨换,正用口诀故。居仁说活法,大意欲人悟。"赵蕃《淳熙稿》提及"活法"处更多,卷四《论诗寄硕父五首》:"东莱老先生,曾作江西派。平生论活法,到底无窒碍。微言虽可想,恨不床下拜。欲收一日功,要出文字外。"卷六《遂初泉》:"诗传活法付乃兄,酒有名方属吾弟。"卷十《以旧诗寄投谢昌国三首》:"活法公家论,东莱盖有承。"卷十七《琛卿论诗用前韵示之》:"活法端知自结融,可须琢刻见玲珑。涪翁不作东莱死,安得斯文日再中。"卷二十《次韵李袁州绝句七首序》:"我是两翁门下客,未传活法且深参。"再如北宋胡宿《文恭集》卷五《又和前人谢叔子杨丈惠诗》:"诗中活法无多子,眼里知音有几人。"许纶《涉斋集》卷三《得赵昌甫诗集转呈转庵却以谢梦得诗见示有诗次韵》:"居然老手斫方圆,出户中规还中矩。转庵活法已参遍,何止得心仍得髓。"张镃《南湖集》卷六《呈曾仲躬侍郎》:"诗章活法从公了,要使诸方听若雷。"卷七《携杨秘监诗一编登舟因成二绝》:"造化精神无尽期,跳腾踔厉实时追。目前言句知多少,罕有先生活法诗。"张栻《南轩集》卷二《初春和折子明岁前两诗》:"古今同活法,妙处在阿堵。"王迈《臞轩集》卷十二《别永福张景山》:"文亦有活法,先使意气张。"卷十四《人日六言五首》:"饮食鲜能知味,巫医各有单传。要得胸中活法,勿求纸上空言。六经桑麻谷粟,诸子绮縠奇珍。常常灌溉胸次,久久功用入神。"姜特立《梅山续稿》卷八《送虞察院》"君能兼众作,活法参已久"。韩淲《涧泉集》卷三《赠潘德久舍人》:"安心参活法,一涤尘土污。"徐元杰《梅埜集》卷十二《和祝子寿作诗须索意韵》:"翰墨绝畦径,言词中律度。……其中有活法,此理若大路。"方岳《秋崖集》卷九《次韵徐太博》:"欲与东湖传活法,当家衣钵付谁参。"《江湖小集》卷六十六录赵崇鉘《鸥渚微吟》之《答维溪》有云:"会须握手论活法,静看碧水生玄珠。"

再如宋林季仲《竹轩杂著》卷六《苏诏君赠王道士诗后》:"文章盖自造化窟

中来,元气融结胸次,古今谓之活法,所以血脉贯穿,首尾俱应,如常山蛇势,又如风行水上,自然成文。”释居简《北磵集》卷五《送高九万菊磵游吴门序》:“尝出唐律数十篇,活法天机,往往擅时名者,并驱争先。”《对床夜语》卷四:“老杜泉诗有云:‘明涵客衣净,细荡林影趣。’涵、荡二字,曲尽形容之妙。严维《咏泉》亦云:‘独映孤松色,殊分众鸟喧。’颇得老杜活法。”等等。“活法”论不止于诗论,辛弃疾《稼轩词》卷一《水调歌头·又赋松菊堂》:“诗句得活法,日月有新工。”程公许《沧洲尘缶编》卷六《谢新胥口监征赵立之》有云:“习篆隶而未得活法。”总之,“活法”论在赵宋诗坛影响极大,乃是其时最为流行话头之一。

此文所谓“活法”,大抵可从互有交叉的三方面来看:其一,“不变”与“变”之间,“规矩备具,而能出于规矩之外;变化不测,而亦不背于规矩也”,不变者,规矩也;其二,“定”与“不定”之间,“盖有定法而无定法,而无定法而有定法”;其三,“有意”与“无意”之间,活法主要是“无意于文者之法”。此外,吕本中在《与曾吉甫论诗第一帖》还提出“悟入”说。吕本中在赵宋诗史上是个比较关键的人物,他早年率意而成的《江西诗社宗派图》,标举江西诗派,在有宋一代诗史上产生重大影响。而他提出“悟入”、“活法”说,又主要是针对江西诗派末流之弊端而力图有所框正。他在《与曾吉甫论诗第二帖》一文中指出:“近世江西之学者,虽左规右矩,不遗余力,而往往不知出此,故百尺竿头,不能更进一步,亦失山谷之旨也。”造成这种状况的原因是他们不重“养气”,气盛而文自工,乃是“无意于文者之法”,即“活法”;另一方面,“活法”也非全然“无意”,“如张长史见公孙大娘舞剑,顿悟笔法,如张者,专意此事,未尝少忘胸中,故能遇事有得,遂造神妙”,他也强调“工夫”的重要性。其实,江西诗派末流另一弊端是为求奇变而无视诗歌创作的基本规律,后来元好问指出“只知诗到苏黄尽,沧海横流却是谁”,“无定法而有定法”说乃是对此弊的针对性矫正。从不同诗人不同的创作特色来看:“《楚词》、杜、黄,固法度所在”,可谓“有定法而无定法”;“东坡、太白诗,虽规摹广大,学者难依”,这就是后来朱熹指出的“李太白诗非无法度,乃从容于法度之中,盖圣于诗者也”,此可谓“无定法而有定法”——从实际情况来看,江西诗派的末流囿于门户之见,只重杜、黄,只学杜、黄,认为黄远远高于苏,吕本中对东坡、太白的推崇显然也是有极强的针对性的。吕本中的“活法”、“悟入”说对后世诗学思想影响很大,直接开启了严羽的“妙悟”说,而严羽强调“妙悟”与“工夫”的统一显然也是对其思想的继承——这也成为后来朱明格调派的基本诗学理念。

② 好诗转圆美如弹丸——《南史·王筠传》有云:“谢朓常见语云:好诗圆美流转如弹丸。”谢玄晖,指谢朓。

③ 豫章黄公——指黄庭坚。

④ 毕——此据《历代诗话续编》本改，原作“必”。

【附录】

宠谕作诗次第，此道不讲久矣，如本中何足以知之。或励精潜思，不便下笔；或遇事因感，时时举扬；工夫一也，古之作者正如是耳。惟不可凿空强作，出于牵强，如小儿就学，俯就课程耳。《楚词》、杜、黄，固法度所在，然不若遍考精取，悉为吾用，则姿态横出，不窘一律矣。如东坡、太白诗，虽规摹广大，学者难依，然读之使人敢道，澡雪滞思，无穷苦艰难之状，亦一助也。要之，此事须令有所悟入，则自然越度诸子。悟入之理，正在工夫勤惰间耳。如张长史见公孙大娘舞剑，顿悟笔法。如张者，专意此事，未尝少忘胸中，故能遇事有得，遂造神妙，使他人观舞剑，有何干涉。非独作文学书而然也。和章固佳，然本中犹窃以为少新意也。近世次韵之妙，无出苏黄，虽失古人唱酬之本意，然用韵之工，使事之精，有不可及者。

吕本中《与曾吉甫论诗第一帖》 《四库全书》本
《苕溪渔隐丛话》前集卷四十九

诗卷熟读，深慰寂寞，蒙问加勤，尤见乐善之切，不独为诗贺也。其间大概皆好，然以本中观之，治择工夫已胜，而波澜尚未阔，欲波澜之阔去，须于规摹令大，涵养吾气而后可。规摹既大，波澜自阔，少加治择，功已倍于古矣。试取东坡黄州已后诗，如《种松》《医眼》之类，及杜子美歌行，及长韵近体诗看，便可见。若未如此，而事治择，恐易就而难远也。退之云：“气，水也，言，浮物也，水大则物之浮者大小毕浮。气之与言犹是也，气盛则言之长短与声之高下皆宜。”如此，则知所以为文矣。曹子建《七哀诗》之类，宏大深远，非复作诗者所能及，此盖未始有意于言语之间也。近世江西之学者，虽左规右矩，不遗余力，而往往不知出此，故百尺竿头，不能更进一步，亦失山谷之旨也。

吕本中《与曾吉甫论诗第二帖》 《四库全书》本
《苕溪渔隐丛话》前集卷四十九

王十朋

王十朋(1112—1171) 北宋诗文家、学者,字龟龄,号梅溪,温州乐清(今属浙江)人。高宗绍兴二十七年进士。乾道七年,除太子詹事,以龙图阁学士致仕,七月卒,年六十,谥忠文。有《梅溪前后集》及奏议等五十四卷,还有《尚书》《春秋》《论语》《孟子》讲义而皆未成书,后集第二十七卷中载《春秋》《论语》讲义数条则为搜辑续入。《四库全书提要》云:"十朋立朝刚直,为当代伟人,应辰称其为文专尚理致,不为浮虚靡丽之辞,其论事章疏,意之所至,展发倾尽,无所回隐,尤条畅明白。珙称其诗浑厚质直,恳恻条畅,如其为人。今观全集,淳淳穆穆,有元祐之遗风。二人所言,皆非溢美。"

蔡端明文集序[①](节录)

文以气为主,非天下之刚者莫能之。古今能文之士非不多,而能杰然自名于世者亡几,非文不足也,无刚气以主之也。孟子以浩然充塞天地之气,而发为七篇仁义之书[②]。韩子以忠犯逆鳞[③]、勇叱三军之气,而发为日光玉洁、表里六经之文。故孟子辟杨墨之功,不在禹下,而韩子抵排异端、攘斥佛老之功,又不在孟子下,皆气使之然也。若二子者,非天下之至刚者欤?国朝四叶,文章尤盛。欧阳文忠公、徂徕先生石守道、河南尹公师鲁、莆阳蔡公君谟,皆所谓杰然者。文忠之文,追配韩子,其刚气所激,尤见于《责高司谏书》,徂徕之气,则见于《庆历圣德颂》,师鲁则见于愿与范文正同贬之书,君谟则见于《四贤一不肖诗》。呜呼,使四君子者生于吾夫子时,则必无"未见刚"之叹,而乃同出于吾仁祖治平醇厚之世,何其盛欤!……端明公文章，文忠公尝称其清遒粹美，后虽有善文词好议论者，莫能改是评也，予复何云？然窃谓文以气为主，而公之诗文，实出于气之刚，入则为謇谔④之臣，出则为神明之政，无非是气之所寓。学之者，宜先涵养吾胸中之浩然，则发而为文章事业，庶几无愧于公云。

《梅溪王先生文集》后集卷二十七 《四部丛刊》初编本

【注释】

① 王十朋是宋代永嘉派的重要代表人物。“文以气为主”说在文论史上由来已久，而王氏此文具体落实为“刚气”说则是新见。“刚气”乃是开拓事业、主持公道的政治家所应具有的不为外物所挠的凛然正气，王氏以此来要求文章创作主体，正体现了其欲融合义理、事功、文章的倾向，而永嘉派也正以糅合北宋文章、经术、性理三派之旨而为世所知。此文对韩愈、欧阳修的文章功业作了高度评价，观点颇近古文家，但其《读苏文》指出：“唐之韩柳，宋之欧苏，使四子并驾而争驰，未知孰后而孰先”，可见其不以道统纯杂而分高下，其见解已摆脱古文家与理学家的局限性，亦以辞意工拙论诗文高下。

② 七篇仁义之书——《孟子》一书有七章，故有此说。

③ 逆鳞——本指龙喉下倒生的鳞片，古以为龙为人君之象，因称触人君之怒为“批逆鳞”（见《韩非子·说难》），此处具体指韩愈反对皇帝崇佛事。

④ 謇谔——正直，謇读若简。

【附录】

唐宋文章，未可优劣。唐之韩柳，宋之欧苏，使四子并驾而争驰，未知孰后而孰先，必有能辨之者。不学文则已，学文而不韩柳欧苏是观，诵读虽博，著述虽多，未有不陋者也。韩欧之文，粹然一出于正，柳与苏好奇而失之驳。至论其文之工，才之美，是宜韩公欲推逊子厚，欧阳子欲避路放子瞻出一头地也。

王十朋《梅溪王先生文集》前集卷十九《读苏文》

《四部丛刊》初编本

有客与王子论文，谓王子曰：“子以今文况昔文，亦加进否乎？”予应之曰：“新文之进，予则不知也。但每阅旧文，背必汗焉耳。”客曰：“见旧文而汗背，进莫验于斯也。使天假子之年，将不一进而以，他日见今之文，汗又浃背矣。了不见君家名勃者乎？《滕王阁序》最脍炙人口，‘落霞与孤鹜齐飞，秋水共长天一色’之句，当时以为神，殊不知此乃少年粗豪之气，俳优之雄者。以勃之天资英秀,不使早死,其文之进,殆未可量。他日见所谓神句者,宁不汗背耶?韩退之文章之古者,后世莫得而疵之,然《感二鸟赋》乃少年所作,学识未逮,故有二鸟不如之叹。李汉序其文为篇什之首,非深知退之者也。”

王十朋《梅溪王先生文集》前集卷十九《论文说》
《四部丛刊》初编本

王 灼

王灼(1081？—1160？),字晦叔,号颐堂,又号小溪,四川遂宁(今四川潼南西北)人,有宋著名科学家、文学家、音乐家。生卒年未详,据考证可能生于北宋神宗元丰四年(1081),卒于南宋高宗绍兴三十年(1160)前后,享年约八十岁。王灼出生寒微,年轻时曾求学于成都。靖康元年(1126)曾赴京城汴京应试,宋南渡前曾入太学,后投笔从戎,追随抗战派将领,高宗绍兴间曾为幕僚。终生仕宦不显,晚年闲居成都和遂宁潜心著述,成为宋代有名的学者,著有《颐堂文集》五十七卷、《周书音训》十二卷以及《疏食谱》等,但大都已佚散,现存仅有《颐堂先生文集》和《碧鸡漫志》各五卷,《颐堂词》和《糖霜谱》各一卷,另有佚文十二篇。其《糖霜谱》是我国乃至世界上第一部完备而适用的甘蔗生产和制造工艺的科技专著,在科技史上占有一定的地位。其娴于音律,能为词章,多系短章,诗文有俊迈之风。高宗绍兴十五年(1145)冬,寓成都碧鸡坊妙胜院时,著词学论著《碧鸡漫志》。

歌曲所起[1]

或问歌曲所起,曰:天地始分,而人生焉,人莫不有心,此歌曲所以起也。《舜典》曰:“诗言志,歌永言,声依永,律和声。”《诗序》曰:“在心为志,发言为诗,情动于中,而形于言。言之不足,故嗟叹之,嗟叹之不足,故永歌之,永歌之不足,不知手之舞之足之蹈之。”《乐记》曰:“诗言其志,歌咏其声,舞动其容,三者本于心,然后乐器从之。”故有心则有诗,有诗则有歌,有歌则有声律,有声律则有乐歌。

永言即诗也，非于诗外求歌也。今先定音节，乃制词从之，倒置甚矣。而士大夫又分诗与乐府作两科。古诗或名曰乐府，谓诗之可歌也。故乐府中有歌有谣，有吟有引，有行有曲。今人于古乐府，特指为诗之流，而以词就音，始名乐府，非古也。舜命夔教胄子，诗歌声律，率有次第。又语禹曰："予欲闻六律、五声、八音，在治忽，以出纳五言。"其君臣赓歌九功、南风、卿云之歌，必声律随具。古者采诗，命太师为乐章，祭祀、宴射、乡饮皆用之。故曰正得失，动天地，感鬼神，莫近于诗。先王以是经夫妇，成孝敬，厚人伦，美教化，移风俗。诗至于动天地，感鬼神，移风俗，何也？正谓播诸乐歌，有此效耳。然中世亦有因筦[②]弦金石，造歌以被之，若汉文帝使慎夫人鼓瑟，自倚瑟而歌，汉魏作三调歌辞，终非古法。

《碧鸡漫志》卷一　中华书局1986年版唐圭璋编《词话丛编》本

【注释】

①《碧鸡漫志》，因是王灼客居成都碧鸡坊妙胜院时所作，故名。卷一论乐，从歌诗的起源，阐说了声律与歌词的关系；卷二论词，历评唐末五代至南渡初六十余家；卷三至五专论词调，叙其得名缘由以及宫调与声情的特色。此节涉及的基本问题是诗与乐之关系，而这并非单纯的技术性问题。王灼于经典旁征博引，得出"因筦弦金石，造歌以被之""终非古法"的基本结论，顾炎武《日知录·乐章》亦云"以诗从乐，非古也"，郭茂倩《新乐府辞序》更是具体地把乐府歌辞分做"因声而作歌"与"因歌而造声"两类。刘勰《文心雕龙·声律》指出："夫音律所始，本于人声者也。声含宫商，肇自血气，先王因之，以制乐歌。故知器写人声，声非学器也。故言语者，文章关键，神明枢机，吐纳律吕，唇吻而已。"孔颖达《诗大序》疏强调："原夫作乐之始，乐写人音，人音有小大高下之殊，乐器有宫商角徵羽之异，依人音而制乐，托乐器以写人，是乐本效人，非人效乐。"刘熙载《艺概·词曲概》亦云："乐歌，古以诗，近代以词。如《关雎》《鹿鸣》，皆声出于言也；词则言出于声矣。"在"词"之创作中也存在两种情况，况周颐《蕙风词话》即指出："沈约《宋书》曰：'吴歌杂曲，始皆徒歌，既而被之弦管，又有因弦管金石作歌以被之。'按：前一法即虞廷'依永'之遗……填词家自度曲，率意为长短句，而后协之以律，此前法也。前人本有此调，后人按腔填词，此后一法也。"在诗与乐的关系上，今人往往过分强调诗之所谓"音乐性"，此即古人所谓的"以诗从乐"、"因声而作歌"、"声学器"、"人效乐"、"言出于声"，而在古人看

来，反之，“因歌而造声”、“器写人声”、“依人音而制乐，托乐器以写人”、“声出于言”才是更主导的传统。大致说来，在诗与乐关系上，与其说古人强调诗歌的“音乐性(言出于声)”，不如说古人强调的是音乐的“语言性(声出于言)”。

在赵宋词学中，强调音律者其实往往是在强调“以诗从乐”，这也正是批评东坡词“以诗为词”的基本立足点；而王灼指出“以诗从乐”终非古法，这也就成了他推崇东坡词的基本立足点，《碧鸡漫志》卷二《各家词短长》有云：“东坡先生以文章余事作诗，溢而作词曲，高处出神入天，平处尚临镜笑春，不顾侪辈。或曰，长短句中诗也。为此论者，乃是遭柳永野狐涎之毒。诗与乐府同出，岂当分异。”诗词之为语言艺术与音乐艺术之间的关系，既相互联系又相互影响，相互区别而不能相互取代。从相互区别来看，即使精通音律的周邦彦、李清照等所作词也不能做到完全合乐；从相互影响来看，若“言出于声”而“因声而作歌”，音乐曲调结构的和谐有利于造成语言篇章语音结构的和谐，同样，若“声出于言”而“因歌而造声”，语言篇章语音结构的和谐也有利于造成音乐曲调结构的和谐。若非以胜败论，则在“词”的发展中，最终取胜的是“语言”而非“音乐”，因为“词”之“谱”最终不再是乐谱，而是语言之声调谱。其实，不管是“以诗从乐”还是“以乐从诗”，若以语言艺术为立足点，诗与乐相互影响在中国古代文艺史上造成的实际效果是：使作为语言篇章的诗词曲等在语音结构上非常和谐，进而也就非常具有情感表现力，诗词曲作为历史遗存物，绝大部分我们已无法追踪与其相应的音乐的实际情况了，我们所能直接感受到是其茂美的声情，而这实际体现的乃是汉语在声音上的巨大的情感表现力。王灼反对片面地“以诗从乐”的意义在于：不能因此而忽视对语言篇章的语音结构的情感表现力的开掘。

② 筦——“管”的异体字。

【附录】

古人初不定声律，因所感发为歌，而声律从之，唐、虞禅代以来是也，余波至西汉末始绝。西汉时，今之所谓古乐府者渐兴，晋魏为盛。隋氏取汉以来，乐器歌章古调并入清乐，余波至李唐始绝。唐中叶，虽有古乐府，而播在声律，则尠矣。士大夫作者，不过以诗一体自名耳。盖隋以来，今之所谓曲子者渐兴，至唐稍盛。今则繁声淫奏，殆不可数。古歌变为古乐府，古乐府变为今曲子，其本一也。后世风俗益不及古，故相悬耳。而世之士大夫，亦多不知歌词之变。

《碧鸡漫志》卷一《歌词之变》 《词话丛编》本

元微之序乐府古题云:“操、引、谣、讴、歌、曲、词、调八名,起于郊祭军宾吉凶苦乐之际。在音声者,因声以度词,审调以节唱,句度长短之数,声韵平上之差,莫不由之准度。而又别其在琴瑟者,为操、引,采民甿者,为讴、谣,备曲度者,总谓之歌、曲、词、调。斯皆由乐以定词,非选词以配乐也。诗、行、咏、吟、题、怨、叹、章、篇九名,皆属事而作,虽题号不同,而悉谓之为诗可也。后之审乐者,往往取其词度为歌曲,盖选词以配乐,非由乐以定词也。”微之分诗与乐府作两科,固不知事始。又不知后世俗变,凡十七名皆诗也。诗即可歌,可被之筦弦也。元以八名者近乐府,故谓由乐以定词。九名者本诸诗,故谓选词以配乐。今乐府古题具在,当时或由乐定词,或选词配乐,初无常法。习俗之变,安能齐一。

《碧鸡漫志》卷一《元微之分诗与乐府作两科》 《词话丛编》本

或曰:古人因事作歌,抒写一时之意,意尽则止,故歌无定句。因其喜怒哀乐,声则不同,故句无定声。今音节皆有辖束,而一字一拍,不敢辄增损,何与古相戾欤?予曰:皆是也。今人固不及古,而本之性情,稽之度数,古今所尚,各因其所重。昔尧民亦击壤歌,先儒为搏拊之说,亦曰所以节乐。乐之有拍,非唐虞创始,实自然之度数也。故明皇使黄幡绰写拍板谱,幡绰画一耳于纸以进曰:“拍从耳出。”牛僧孺亦谓拍为乐句。嘉祐间,汴都三岁小儿,在母怀饮乳,闻曲皆捻手指作拍,应之不差。虽然,古今所尚,治体风俗,各因其所重,不独歌乐也。古人岂无度数,今人岂无性情,用之各有轻重,但今不及古耳。今所行曲拍,使古人复生,恐未能易。

《碧鸡漫志》卷一《歌曲拍节乃自然之度数》 《词话丛编》本

葛立方

葛立方（？—1164），南宋诗论家、词人，字常之，号懒真子，江阴（今属江苏省）人，祖籍丹阳（今安徽宣城），随父胜仲徙居吴兴（今浙江湖州）。其父葛胜仲也是填词名家，父子齐名于世，葛胜仲存《丹阳集》二十四卷。葛立方为高宗绍兴八年（1138）进士，十七年为秘书省正字，十九年迁校书郎，二十一年除考功员外郎兼中书舍人。曾以忤秦桧得罪，桧死召用，二十六年以左司郎中充贺金国生辰使，二十七年权吏部侍郎，二十九年出知袁州，未几以事罢，退居吴兴。孝宗隆兴元年（1163），命知宣州。隆兴二年卒。葛立方"博极群书，以文章名一世"（沈洵《韵语阳秋序》），曾自题草庐："归愚识夷涂，游宦泯捷径"，所以名其集为《归愚集》。著述除现存《归愚集》、《韵语阳秋》外，还有失传的《西畴笔耕》、《万舆别志》等书，又，汲古阁《宋六十名家词》有《归愚词》一卷。现存词四十首，《四库全书提要》评曰："多平实铺叙，少清新宛转之思，然大致不失宋人规格"，周密又有"妙手无痕"（《词林纪事》卷九引《梦窗词评》）之评。

《韵语阳秋》[1]（四则）

"谢朝华之已披，启夕秀于未振"[2]，学诗者尤当领此。陈腐之语，固不必涉笔，然求去其陈腐不可得，而翻为怪怪奇奇不可致诘之语以欺人，不独欺人，而且自欺，诚学者之大病也。诗人首二谢，而灵运之在永嘉，因梦惠连，遂有"池塘生春草"之句；玄晖在宣城，因登三山，遂有"澄江静如练"之句。二公妙处，盖在于鼻无垩、目无膜尔。鼻无垩，斤将曷运[3]？目无膜，篦将曷施？所谓混然天成，天球不琢者与？灵运诗，如“矜名道不足，适已物可忽”、“清晖能娱人，游子淡忘归”，玄晖诗，如“春草秋更绿，公子未西归”、“大江流日夜，客心悲未央”等语，皆得三百五篇之余韵，是以古今以为奇作，又曷尝以难解为工哉！东坡《跋李端叔诗卷》云：“暂借好诗消永夜，每逢佳处辄参禅。”盖端叔作诗，用意太过，参禅之语，所以警之云。（卷一）

陶潜、谢朓诗皆平淡有思致，非后来诗人怵心刿[4]目雕琢者所为也。老杜云“陶谢不枝梧，风骚共推激。紫燕自超诣，翠驳谁翦剔”是也。大抵欲造平淡，当自组丽[5]中来，落其华芬，然后可造平淡之境，如此则陶、谢不足进矣。今之人多作拙易语，而自以为平淡，识者未尝不绝倒也。梅圣俞《和晏相诗》云：“因今适性情，稍欲到平淡。苦词未圆熟，刺口剧菱芡。”言到平淡处甚难也。所以《赠杜挺之诗》有“作诗无古今，欲造平淡难”之句。李白云：“清水出芙蓉，天然去雕饰。”平淡而到天然处，则善矣。（卷一）

诗之有思，卒然遇之而莫遏，有物败之则失之矣。故昔人言覃思[6]、垂思[7]、抒思之类，皆欲其思之来，而所谓乱思、荡思者，言败之者易也。郑綮诗思在灞桥风雪中驴子上[8]，唐求诗所游历不出二百里，则所谓思者，岂寻常咫尺之间所能发哉！前辈论诗思多生于杳冥寂寞之境，而志意所如，往往出乎埃壒之外。苟能如是，于诗亦庶几矣。小说载谢无逸问潘大临云：“近日曾作诗否？”潘云：“秋来日日是诗思。昨日捉笔得‘满城风雨近重阳’之句，忽催租人至，令人意败，辄以此一句奉寄。”亦可见思难而败易也。（卷二）

人之悲喜，虽本于心，然亦生于境。心无系累，则对境不变，悲喜何从而入乎？渊明见林木交荫，禽鸟变声，则欢然有喜，人以为达道。余谓尚未免着于境者。欧阳永叔先在滁阳，有《啼鸟》一篇，意谓缘巧舌之人谪官，而今反爱其声。后考试崇政殿，又有《啼鸟》一篇，似反滁阳之咏，其曰：“提葫芦，不用沽美酒，宫壶日赐新拨醅，老病足以扶衰朽。”“百舌子，莫道泥滑滑，宫花正好愁雨来，暖日方催花乱发。”末章云：“可怜枕上五更听，不似滁州山里闻。”盖心有中外枯菀之不同，则对境之际，悲喜随之尔。啼鸟之声，夫岂有二哉？（卷十六）

《韵语阳秋》　中华书局 1981 年版何文焕《历代诗话》本

【注释】

①《韵语阳秋》二十卷，又名《葛立方诗话》，《遂初堂书目》著录于集部文史类，《直斋书录解题》也著录于集部文史类，《四库全书》收于集部诗文评类，《四库全书提要》誉其为宋人诗话之善本，虽"未免舛误"，"然大旨持论严正，其精确之处，亦未可尽没也"。是书内客广泛，主要评论汉魏以来至宋代诗人及作品，同时也涉及风俗地理、书画歌舞、花鸟鱼虫等。葛氏诗论首先重在求风雅之正，强调诗人应"先德行而后文艺"，以事理为要，而不甚论语句之工拙、格律之高下。其次，强调创新重要，但若刻意追求怪怪奇奇而失自然风致，则为诗之大病，"作诗贵雕琢，又畏有斧凿痕，贵破的，又畏黏皮骨"，这些说法对宋诗流弊有较强的针对性。再次，强调"平淡"不等于"拙易"，"平淡"与"组丽"相统一，乃是天然而成，也非刻意所能达到的。复次，强调诗思之于作诗的重要性，指出："诗之有思，卒然遇之而莫遏；有物败之则失之矣"，而"思难而败易"。又，强调"情"与"境"的统一，指出："人之悲喜，虽本于心，然亦生于境"，"人情对境，自有悲喜，而初不能累无情之物也"。此外，葛氏还认为杜甫高于李白，不过赵宋人常论耳。

② 谢朝华之已披，启夕秀于未振——语出陆机《文赋》。

③ 鼻无垩，斤将曷运——典出《庄子·徐无鬼》："郢人垩慢其鼻端，若蝇翼，使匠石斲之，匠石运斤成风，听而斲之，尽垩而鼻不伤，郢人立不失容。""垩"，白土。

④ 刿——刺伤，读若贵。

⑤ 组丽——华丽。"组"，华美，如《荀子·乐论》："乱世之征，其服组，其容妇，其俗淫……"

⑥ 覃思——深思。

⑦ 垂思——扬雄《甘泉赋》："惟天所以澄心清魂，储精垂思"，《六臣注文选》卷七注云："善本作'恩'。善曰：郑玄毛诗笺曰惟思也。文子曰：澄心清意，言储蓄精诚，冀神垂恩也。济曰：言天子澄心清魂，储蓄精诚，冀神垂心也。""垂思"意谓天（神）所垂降之思。

⑧ 郑綮诗思在灞桥风雪中驴子上——《唐诗纪事》卷六十五"郑綮"有云："《古今诗话》曰：相国綮善诗，有《题老僧诗》云：日照四山雪，老僧门未开。冻瓶粘柱础，宿火烬炉灰。童子病归去，鹿麑寒入来。常云此诗属对可以衡枰，言轻重不偏也。或曰：相国近为新诗否？对曰：诗思在灞桥风雪中驴子上，此处何以得之？盖言平生苦心也。"

【附录】

老杜寄身于兵戈骚屑之中,感时对物,则悲伤系之,如“感时花溅泪”是也。故作诗多用一“自”字。《田父泥饮诗》云:“步屧随春风,村村自花柳。”《遣怀诗》云:“愁眼看霜露,寒城菊自花。”《忆弟诗》云:“故园花自发,春日鸟还飞。”《日暮诗》云:“风月自清夜,江山非故园。”《滕王亭子》云:“古墙犹竹色,虚阁自松声。”言人情对境,自有悲喜,而初不能累无情之物也。(卷一)

杜甫、李白以诗齐名,韩退之云:“李、杜文章在,光焰万丈长。”似未易以优劣也。然杜诗思苦而语奇,李诗思疾而语豪。杜集中言李白诗处甚多,如“李白一斗诗百篇”,如“清新庾开府,俊逸鲍参军”,“何时一尊酒,重与细论文”之句,似讥其太俊快。李白论杜甫,则曰:“饭颗山头逢杜甫,头戴笠子日卓午。为问因何太瘦生,只为从来作诗苦。”似讥其太愁肝肾也。杜牧云:“杜诗韩笔愁来读,似倩麻姑痒处搔。天外凤凰谁得髓,何人解合续弦胶。”则杜甫诗,唐朝以来一人而已,岂白所能望耶!(卷一)

陈去非尝为余言:唐人皆苦思作诗,所谓“吟安一个字,捻断数茎须”,“句向夜深得,心从天外归”,“吟成五字句,用破一生心”,“蟾蜍影里清吟苦,舴艋舟中白发生”之类是也。故造语皆工,得句皆奇,但韵格不高,故不能参少陵逸步。后之学诗者,倘或能取唐人语而掇入少陵绳墨步骤中,此连胸之术也。余尝以此语似叶少蕴,少蕴云:李益诗云“开门风动竹,疑是故人来”,沈亚之诗云“徘徊花上月,虚度可怜宵”,皆佳句也。郑谷掇取而用之,乃云:“睡轻可忍风敲竹,饮散那堪月在花”,真可与李、沈作仆奴。由是论之,作诗者兴致先自高远,则去非之言可用;倘不然,便与郑都官无异。(卷二)

作诗贵雕琢,又畏有斧凿痕,贵破的,又畏黏皮骨,此所以为难。李商隐《柳诗》云:“动春何限叶,撼晓几多枝。”恨其有斧凿痕也。石曼卿《梅诗》云:“认桃无绿叶,辨杏有青枝。”恨其黏皮骨也。能脱此二病,始可以言诗矣。刘梦得称白乐天诗云:“郢人斤斵无痕迹,仙人衣裳弃刀尺。世人方内欲相从,行尽四维无处觅。”若能如是,虽终日斵而鼻不伤,终日射而鹄必中,终日行于规矩之中,而其迹未尝滞也。山谷尝与杨明叔论诗,谓以俗为雅,以故为新,百战百胜。如孙、吴之兵,棘端可以破镞;如甘蝇、飞卫之射,捏聚放开,在我掌握,与刘所论,殆一辙矣。(卷三)

东坡拈出陶渊明谈理之诗,前后有三:一曰“采菊东篱下,悠然见南山”,二曰“笑傲东轩下,聊复得此生”,三曰“客养千金躯,临化消其宝”,皆以为知道之言。盖摛章绘句,嘲弄风月,虽工亦何补。若睹道者,出语自然超诣,非常人能蹈其轨辙也。山谷尝跋渊明诗卷云:“血气方刚时,读此诗如嚼枯木。及绵历世事,如决定无所用智。”又尝论云:“谢康乐、庾义城之诗,炉锤之功,不遗余力,然未能窥彭泽数仞之墙者,二子有意于俗人赞毁其工拙,渊明直寄焉。”持是以论渊明诗,亦可以见其关键也。(卷三)

《韵语阳秋》　中华书局1981年版何文焕《历代诗话》本

郑 樵

郑樵(1104—1162),南宋著名史学家、文献学家,莆田(今属福建省)人,字渔仲,自称莆阳田家子,号溪西遗民,居夹漈山,学者称夹漈先生。高宗绍兴间多次献书,二十八年(1158),授右迪功郎、礼兵二部架阁,寻改监潭州南岳庙,给札归抄所著《通志》。三十一年,《通志》成,授枢密院编修,兼摄检详诸房文字。次年病卒,年五十九。郑樵少时居夹漈山,谢绝人事,苦学三十年,于经旨、礼乐、文学、天文、地理、虫鱼、草木、方书之学,皆有论辨,自负不下刘向、扬雄。尝游名山大川,搜奇访古,遇藏书家,必借留读尽乃去。因博学而从学者众多,主要弟子有林光朝等。晚年专心整理《通志》,成纪、传、谱、略、记五种体裁的书,改“表”为“谱”,易“志”为“略”,称二十略,自称“皆臣自有所得,不用旧史之文”,主张著史要“会通”,赞成通史,反对断代,认为断代有沿革不明,前后重复,事不连接,是非不公,昧学术源流等缺点,推崇司马迁《史记》。郑樵治史以儒学为宗,在南宋盛谈“穷理尽性”之际,他提倡实学,反对空言,独树一帜,产生很大影响。《通志》与唐杜佑《通典》、元马端临《文献通考》,合称为“三通”,是古代知识分子必读之书,有“士不读三通,是为不通”之说,在中国古代文献中占有十分重要的地位。另著有《尔雅注》、《夹漈遗稿》等。诗学主声,《通志》诗乐之论对后世诗学思想颇有影响。

正声序论[1]

古之诗曰歌、行,后之诗曰古、近二体,歌、行主声,二体主文,诗为声也,不为文也。浩歌长啸,古人之深趣,今人既不尚啸[2],而又失其歌诗之旨，所以无乐事也。凡律，其辞则谓之诗，声其诗则谓之歌，作诗未有不歌者也。诗者，乐章也，或形之歌咏，或散之律吕，各随所主而命。主于人之声者，则有行有曲，散[③]歌谓之行，入乐谓之曲。主于丝竹之音者，则有引有操有吟有弄，各有调以主之。摄[④]其音谓之调，总其调亦谓之曲。凡歌、行虽主人声，其中调者皆可以被之丝竹。凡引、操、吟、弄虽主丝竹，其有辞者皆可以形之歌咏。盖主于人者，有声必有辞，主于丝竹者，取音而已，不必有辞。其有辞者，通可歌也。近世论歌、行者，求名以义，强生分别，正犹汉儒不识风、雅、颂之声，而以义论诗也。且古有长歌行、短歌行者，谓其声歌之长短耳，崔豹[⑤]、吴兢[⑥]，大儒也，皆谓人寿命之短长，当其时已有此说，今之人何独不然！呜呼！诗在于声不在于义，犹今都邑有新声巷陌竞歌之，岂为其辞义之美哉？直为其声新耳。礼失则求诸野，正为此也。孔子曰：吾自卫反鲁，然后乐正，雅颂各得其所。亦谓雅颂之声有别，然后可以正乐。又曰：《关雎》乐而不淫，哀而不伤。亦谓《关雎》之声和平，闻之者能令人感发而不失其度。若诵其文，习其理，能有哀乐之事[⑦]乎？二体之作，失其诗矣。

郑樵《通志》卷四十九《乐略第一》　《四库全书》本

【注释】

① 清人叶矫然《龙性堂诗话》初集有云："有诗以来，郑渔仲主'声'，马贵与主'义'，持论各有所见"，"天然之妙，似于主'声'之说居胜"，郑樵提出主"声"说，首先是针对汉儒主"义"说而提出的，置于《诗经》学史中，可视为宋学与汉学分野之一。讨论赵宋诗学乃至整个汉语古典诗学史，实在应给郑渔仲留一席之地。辨清主"声"主"义"之争，至少应从技术性与理论性两个层面来进行，而其中涉及的关键问题是"语言"之声与"音乐"之声的关系。大抵说来，郑樵最大的问题就出在完全割裂了二者（详细分析参见本卷"前言"相关部分）。

② 啸——一种发声方式，《艺文类聚》卷十九录恒玄《与袁宜都书论啸》有云："读卿歌赋序咏，音声皆有清味。然以啸为仿佛有限，不足以致幽旨，将未至耶？夫契神之音，既不俟多瞻而通其致，苟一音足以究清和之极，阮公之言，不动苏门之听，而微啸一鼓，玄默为之解颜。若人之兴逸响，惟深也哉。"而袁氏答恒玄书云："啸有清浮之美，而无控引之深；歌穷测根之致，用之弥觉其远。至乎

吐辞送意，曲究其奥，岂唇吻之切发、一性之清泠而已哉！夫阮公之啸、苏门之和，盖感其一奇，何为征此一至大疑啸歌所拘耶！"后来恽敬指出："感士之夜啸必厉，无声韵以限之而未尝无调与格也。"（《坚白石斋诗集序》，《大云山房文稿》二集卷三）《艺文类聚》卷十九专列"啸"字条，有颇多关于"啸"的记录，但究竟何谓"啸"或啸之法为何，今已难考。恒、袁二氏一偏重"啸"、一偏重"歌"，但在对"啸"不同于"歌"的特性的认识上两人又是基本一致的：恒以为"歌赋序咏"之"言"之声不如"啸"之声，因为言之声"有限"即"有声韵以限之"，往往受到语音音位性构型规则的限制（即人声若用词必然受到词的发音规则的一些限制，即使用词歌唱亦如此），而啸则"无声韵以限之"即不受语音发音规则的限制，故易"契神"；而袁也认识到了"啸""无控引之深"。恒看到了"无控引"之自由，而袁则指出"无控引"之散漫。其实，由于"无控引之深""无声韵言以限之"，啸之下者仅为随意性的人声表演，啸之上者如阮公能"究清和之极"而使"玄默为之解颜"、悦耳动听则暗合于乐音构型规则矣。在此意义上，"啸"颇似西人所谓"无词歌"。

③ 散——本为琴曲名，如嵇康的《广陵散》，沈括《梦溪笔谈》卷五有云："散自是曲名，如操、弄、掺、淡、序、引之类。"此处作动词用，但也与曲有关。

④ 摄——对声音的一种处理方式，中国古代音韵学上有"摄音"之说，指以一字音为代表，把收声相同之字与此字归为一类。郑樵《通志·七音略》即属此类。

⑤ 崔豹——晋人，字正熊，一作正能，惠帝时官至太傅，著《古今注》三卷，其中卷有云："《薤露》《蒿里》，并哀歌也，出田横门人，横自杀，门人伤之，为作悲歌言人命薤上露，易晞灭也，亦谓人死魂魄归于蒿里，故有二章。其一曰：'薤上朝露何易晞，露晞明朝更复落，人死一去何时归。'其二曰：'蒿里谁家地，聚敛精魄无贤愚，鬼伯一何相催促，人命不得少踟蹰。'至孝武时，李延年乃分二章为二曲，《薤露》送王公贵人，《蒿里》送士大夫庶人，使挽柩者歌之，世亦呼为挽歌，亦谓之长短歌，言人寿命长短定分不可妄求也。"郑樵所谓其以长短歌为"人寿命之短长"，据此。

⑥ 吴兢——唐代著名史官。

⑦ 哀乐之事——《全唐文》卷五百二十八录顾况《礼部员外郎陶氏集序》云："二南六义，在乎'章句'；安乐哀思，在乎'音响'。"

【附录】

学者操穷理尽性之说，以虚无为宗，实学置而不问，仲尼时已有此患，曰：小子何莫学夫诗，兴观群怨，事父事君，多识于鸟兽草木之名。其曰"小子"者，无所识之辞也，其曰"何莫"者，苦口之辞也，故又曰：人而不为周南、召南，其犹正墙面而立，此苦口之甚也。一部《论语》，言他书不过一再，惟诗则言之又言，凡十二度言焉。门弟子有能学诗者，则深喜之，子贡、子夏在孔门未为高弟，至于论诗则与之，至子夏又发"起予"之叹者，深嘉之也。夫乐之本在诗，诗之本在声。窃观仲尼初亦不达声，至哀公十一年自卫反鲁，质正于太师氏，而后知之。故曰：吾自卫反鲁，然后乐正，雅颂各得其所，此言诗为乐之本，而雅颂为声之宗也。其曰：师挚之始《关雎》之乱，洋洋乎盈耳哉，此言其声之盛也。又曰：《关雎》乐而不淫，哀而不伤，此言其声之和也。人之情，闻歌则感，乐者闻歌则感而为淫，哀者闻歌则感而为伤，惟关雎之声和而平，乐者闻之而乐，其乐不至于淫；哀者闻之而哀，其哀不至于伤，此《关雎》所以为美也。

缘汉人立学官讲诗，专以义理相传，是致卫宏序诗以"乐"为乐得淑女之乐、"淫"为不淫其色之淫、"哀"为哀窈窕之哀、"伤"为无伤善之伤，如此说关雎，则洋洋盈耳之旨安在乎？臣之序诗于风雅颂曰风土之音曰风，朝廷之音曰雅，宗庙之音曰颂；而不曰"风"者教也，"雅"者正也，言王政之所由废兴也，"颂"者美盛德之形容也。于二南则曰周为河洛，召为岐雍，河洛之南濒江，岐雍之南濒汉，江汉之间二南之地，诗之所起在于此。屈宋以来，骚人墨客多生江汉，故仲尼以二南之地为作诗之始；而不曰"南"，言化自北而南。于王《黍离》、豳《七月》，则曰王为王城东周之地，豳为豳丰西周之地，《七月》者，西周之风，《黍离》者，东周之风；而不曰《黍离》降国风。臣之序诗，专为声歌，欲以明仲尼之正乐。臣之释诗，深究鸟兽草木之名，欲以明仲尼教小子之意。然两汉之言诗者，惟儒生论义不论声，而声歌之妙犹传于瞽史。经董卓、赤眉之乱，礼乐沦亡殆尽，魏人得汉雅乐朗，仅能歌《文王》《鹿鸣》《驺虞》《伐檀》四篇而已。太和之末又亡其三，惟有《鹿鸣》，至晋又亡，自《鹿鸣》亡后，声诗之道绝矣。夫诗之本在声，而声之本在兴，鸟兽草木乃发兴之本。汉儒之言诗者，既不论声，又不知兴，故鸟兽草木之学废矣。

郑樵《通志》卷七十五《昆虫草木略第一·序》 《四库全书》本

自后夔以来，乐以诗为本，诗以声为用，八音六律为之羽翼耳。仲尼编诗为燕享祀之时，用以歌而非用以说义也。古之诗，今之辞曲也，若不能歌之，但能诵其义而说其义可乎？不幸腐儒之说起，齐鲁韩毛四家，各为序训，而以说相高，汉朝又立之学官，以义理相授，遂使声歌之音湮没无闻。然当汉之初，去三代未远，虽经主学者不识诗，而太乐氏以声歌肄业，往往仲尼三百篇，瞽史之徒例能歌也。奈义理之说既胜,则声歌之学日微。……然诗者,人心之乐也,不以世之污隆而存亡,岂三代之时人有是心、心有是乐,三代之后人无是心、心无是乐乎?继三代之作者,乐府也,乐府之作,宛同风雅,但其声散佚,无所纪系,所以不得嗣续风雅而为流通也。……今乐府之行于世者,章句虽存,声乐无用,崔豹之徒以义说名,吴兢之徒以事解目,盖声失则义起,其与齐鲁韩毛之言诗无以异也,乐府之道或几乎息矣。

郑樵《通志》卷四十九《乐府总序》(节录) 《四库全书》本

诗三百篇第一句曰“关关雎鸠”,后妃之德也,是作诗者一时之兴,所见在是,不谋而感于心也。凡兴者,所见在此,所得在彼,不可以事类推,不可以理义求也。兴在鸳鸯则“鸳鸯在梁”,可以美后妃也,兴在鸤鸠则“鸤鸠在桑”,可以美后妃也,兴在黄鸟在桑扈则“绵蛮黄鸟,交交桑扈”,皆可以美后妃也。如必曰关雎然后可以美后妃,他无预焉,不可以语诗也。(《总文·读诗易法(乾第一爻关雎第一句)》)

三百篇皆可歌、可诵、可舞、可弦,太师世传其业以教国子,自成童至既冠,皆往习焉;诵之则习其文,歌之则识其声,舞之则见其容,弦之则寓其意。春秋以下,列国君臣,朝聘燕享,赋诗见志,微寓规讽,鲜有不能答者,以诗之学素明也。后之弦歌与舞者皆废,直诵其文而已,且不能言其义,故论者多失诗之意。夫文章之体有二,有史传之文,有歌咏之文。史传之文以实录为主,秋豪之善不私假人;歌咏之文扬其善而隐其恶,大其美而张其功,后世欲求歌咏之文太过,直以史视之,则非矣。(卷三《诗·读诗法》)

郑樵《六经奥论》 《四库全书》本

按,夹漈以为:《诗》本歌曲也,自齐鲁韩毛,各有序训,以说相高,义理之说既胜,而声歌之学日微矣。愚尝因其说而究论之:《易》本卜筮之书也,后之儒者知诵《十翼》而不能晓占法;《礼》本品节之书也,后之儒者知诵《戴记》而不能习仪礼,皆义理之说太胜故也。先儒盖尝病之矣。然《诗》也《易》也《礼》也,岂与义理为二物哉?盖《诗》者,有义理之歌曲也,后世狭邪之乐府,则无义理之歌曲也。《易》者有义理之卜筮也……及其流传既久,所谓义者,布在方册,格言大训,炳如日星,千载一日也,而其数则湮没无闻久矣。姑以汉事言之,若《诗》若《礼》若《易》,诸儒为之训诂,转相授受,所谓义也。然制氏能言铿锵鼓舞之节,徐生善为容,京房费直善占,所谓数也。今训诂则家传人诵,而制氏之铿锵、徐生之容、京费之占无有能知之者矣。盖其始也,则数可陈而义难知,及其久也,则义之难明者,简编可以纪述,论说可以传授,而所谓数者一日而不肄习则亡之矣。数既亡则义孤行，于是疑儒者之道有体而无用，而以为义理之说太胜，夫义理之胜岂足以害事哉！

马端临《文献通考》卷一百四十一《乐考》（节录）　《四库全书》本

惟风、雅之别，虽有凡例，而权之篇什，犹未坦然，故其答门人之问，亦多未一。于是有腔调不同之说，有体制不同之说，有词气不同之说，或以地分，或以时分，或以所作之人，而分诸说皆可参考，惟腔调不传，其说不可考也。近世儒者乃谓：义理之说胜，而声歌之学日微，古人之诗，用以歌非以说义也。不能歌之，但能诵其文，而说其义，可乎？究其为说，主声而不主义如此，则虽郑卫之声可荐于宗庙矣，天作清庙可奏于宴豆之间矣，可谓舍本而逐末。凡歌声，悠扬于喉吻，而感动于心思，正以其义焉耳。苟不主义，则歌者以何为主？听者有何可味？岂足以熏蒸变化人之气质、鼓舞动荡人之志气哉？善乎朱子之答陈氏体仁也，举《书》曰：诗言志，歌永言，声依永，律和声。故曰：诗出于志，乐出于诗，乐乃为诗而作，非诗为乐而作也。又曰：古乐散亡无复可考，而欲以声求诗，则未知古乐之遗声，今皆可以推而得之乎？三百篇皆可协之音律而被之弦歌，已乎，既未必可得，则今之所讲，得无有画饼之讥耶？

王柏《鲁斋集》卷十六《风雅辨》（节录）　《四库全书》本

郑氏樵曰：乐之本在诗，诗之本在声，孔子自卫反鲁正乐，雅颂得所，言诗为乐之本而雅颂为声之本也。其曰《关雎》之乱洋洋盈耳，此言声之和也。汉人讲诗，专以义理相传则洋洋盈耳之音安在？按，夫子论诗有二，有主声乐者，如雅颂得所、《关雎》乐而不淫之类是也；有主义理者，如思无邪、诗可以兴、不学诗无以言之类是也。学诗者固必得其音声舞蹈以审其铿锵鼓舞之神，而必先求之文词义理，以博其温厚敦柔之趣。古者六经并陈，诗之外别有乐经以教人，诗者，乐之章曲，非即乐也，其可舍义理而言诗乎？专言义理犹未至于无诗，专言声乐则三百篇之在今日，必何如而协之音律比之金石？岂可悬空臆度而得之乎？

范家相《诗渖》卷一　《四库全书》本

雅，正也，朱子谓燕飨朝会之正乐也，其分小大，则周公制作时所定。或谓周初之雅无大小之分者，非也。顾“正”之为义非一说所能尽，故有主政（序说）、主理（颍滨象说）、主体（华谷鲁斋）、主声（夹漈泰之），不一之说，往往执此非彼，以今疑昔。其实四者之说悉备于孔氏之说。其言曰：王者政教有小大，诗人述之亦有小大——此主乎政者也；又曰：体有小大，故分为二——此主乎体者也；又曰：诗体既异，乐音亦殊——此主乎声者也；又曰：大雅宏远而疏阔，宏大体以明责,小雅躁急而局促,多忧伤而怨诽——此论其辞而亦畔于理者也。朱子固已采而兼用之矣。今按,《集传》:欢忻和悦以尽群下之情,恭敬斋庄以发先王之德,政在是、理在是矣;辞气不同,音节亦异,则体与声之说具焉。疏义详尽,《集传》条贯,余说可尽删也。

顾镇《虞东学诗》卷六 《四库全书》本

诗学有二,曰声曰辞,声辞合而成章,乃古之道然而。人之情性,古犹今也。情有哀乐,声文称焉。听其语可以合其声,闻其音可以知其意,二者不可以毫厘判,于人有不省乎?孔子学于操而得《文王》,识《鸱鸮》之知道,声辞交见,庸有二是。故舍乐论文,与释文而言乐,皆非诗学之正。近世填词之作,始别异于声文,唐固不然,况乎三王之代。季子论乐,夫其殊于圣人,其以小雅为周之衰,亦汉儒所云,讥小己之得失,有为而发,其可遂泥其言乎?文中子不与季子之知乐,近于眉睫之论。然其旨各有在,不可合也。在乡饮酒,燕礼射礼,已有《二南》诸篇,虽为不必尽出文王之时,要为周公制礼作乐所用。以为思先王而歌其事,则幽王之诗有之。详而味焉,与南雅之古诗,或居然异矣。仲尼归正雅颂,岂徒然哉!

薛季宣《浪语集》卷二十四《又答何商霖书》(节录) 《四库全书》本

陆 游

陆游(1125—1210),字务观,自号放翁,越州山阴(今浙江绍兴)人。其父陆宰,是很有民族气节的官员和学者,陆游自幼就受到爱国的家庭教育,立下了抗战复仇的壮志。“年十二能诗文”,他还学剑,钻研兵书。绍兴二十三年(1153),赴临安(今杭州)应礼部试,名在前列,因居秦桧孙子之前,又因他不忘国耻“喜论恢复”,竟在复试时被除名。直到秦桧死后三年(1158)才出任福州宁德县主簿。孝宗时,赐进士出身,曾任镇江隆兴通判。乾道六年(1170)入蜀,任夔州通判;八年,入四川宣抚使王炎幕,投身军旅生活。淳熙二年(1175),范成大镇蜀,邀其至其幕中任参议官;五年,诗名日盛,受到孝宗召见,但并未真正得到重用,只被指派到福州、江西两任提举常平茶盐公事。在江西任上,当地发生水灾,他“草行露宿”,并“奏拨义仓赈济,檄诸郡发粟以予民”,却因此触犯当道,罢职还乡。陆游在家闲居六年后,又被起用为严州(今浙江建德)知州,淳熙十五年,任满卸职还乡。不久,被召赴临安任军器少监。次年,光宗即位,改任朝议大夫、礼部郎中,连上奏章,谏劝朝廷减轻赋税,结果反遭弹劾,以“嘲咏风月”的罪名再度罢官。此后即回老家山阴,长期蛰居农村,卒于嘉定二年十二月二十九日,年八十六。据汲古阁刻《陆放翁全集》,其著述计有《剑南诗稿》八十五卷,《渭南文集》五十卷(其中包括词二卷,《入蜀记》六卷),《放翁逸稿》二卷,《南唐书》十八卷,《老学庵笔记》十卷等,其他尚有《放翁家训》(见于《知不足斋丛书》)及《家世旧闻》等。一生勤于创作,写诗六十年,今存诗近万首,题材广泛,内容丰富。前期多爱国诗,诗风宏丽、豪迈奔放,有“小太白”之称;后期则多田园诗,风格清丽、平淡自然。有词一百三十余首,多飘逸婉丽,但也有不少慷慨激昂的作品。古文被前人推为南宋宗匠,大都语言洗练,结构整饬。

上辛给事书[①]

某官阁下:君子之有文也,如日月之明,金石之声,江海之涛澜,虎豹之炳蔚,必有是实,乃有是文。夫心之所养,发而为言,言之所发,比而成文。人之邪正,至观其文则尽矣决矣,不可复隐矣。爝[②]火不能为日月之明,瓦釜不能为金石之声,潢[③]污不能为江海之涛澜,犬羊不能为虎豹之炳蔚,而或谓庸人能以浮文眩世,乌有此理也哉?使诚有之,则所可[④]者亦庸人耳。(某)闻前辈以文知人,非必巨篇大笔、苦心致力之词也。残章断稿,愤讥戏笑,所以娱忧而舒悲者,皆足知之。甚至于邮传之题咏,亲戚之书牍,军旅官府仓卒之间符檄书判,类皆可以洞见其人之心术才能,与夫平生穷达、寿夭,前知逆决,毫芒不失。如对棋枰[⑤]而指白黑,如观人面而见其目衡鼻纵,不待思虑搜索而后得也,何其妙哉!故善观晁错者,不必待东市之诛,然后知其刻深之杀身[⑥];善观平津侯者,不必待淮南之谋,然后知其阿谀之易与[⑦];方发策决科时,其平生事业,已可望而知之矣。贤者之所养,动天地,开金石,其胸中之妙,充实洋溢,而后发见于外,气全力余,中正闳博,是岂可容一毫之伪于其间哉?(某)束发好文,才短识近,不足以望作者之藩篱,然知文之不容伪也,故务重其身而养其气。贫贱流落,何所不有,而自信愈笃,自守愈坚,每以其全自养,以其余见之于文。文愈自喜,愈不合于世。夫欲以此求合于世,某则愚矣,而世遂谓某终无所合,某亦不敢谓其言为智也。恭惟阁下以皋陶之谟、周公之诰、《清庙》《生民》之诗,启迪人主而师表学者,虽乡殊壤绝,百世之下,犹将想望而师尊焉。某近在属部,而不能承下风望余光,则是自绝于贤人君子之域矣。虽然,非敢以文之工拙为言也,某心之为邪为正,庶几阁下一读其文而尽得之。唐人有曰:士之致远,先器识而后文艺,是不得为知文者,天下岂有器识卑陋而文词超然者哉?狂率冒犯,死有余罪。

《渭南文集》卷十三 《四库全书》本

【注释】

① 此文大抵发挥了以文知人、"唯乐不可为伪"、为文重养气等传统文论思想。首先提出"必有是实,乃有是文"的观点,强调主观修养的重要性;接着强调"实"的自然流露,不必"苦心致力"于辞藻,而应"重其身而养其气",以致"胸中之妙,充实洋溢,而后发见于外,气全力余,中正闳博",则文章可臻极境。

作为南宋"中兴四大诗人"之一,陆游有其独特的诗学思想。他早年追随江西诗派,曾私淑吕本中,又拜曾几为师。从中年开始,由于现实的感召和自身生活经历的变化,他对诗歌创作有了新的体认,逐步摆脱江西诗派的束缚,不但诗风发生了很大的变化,而且在理论上也形成了自己的独特见解,形成了著名的"工夫在诗外"(《示子遹》)说。诗外工夫固然包括道德学问等,但主要指现实生活的经验,强调模拟、人工雕琢是做不出好诗的,针对黄庭坚所谓"老杜作诗,退之作文,无一字无来处"的说法,他提出:"纵使字字寻得出处,去少陵之意益远矣"(《老学庵笔记》),对江西诗派的流弊进行了一系列的反省和批评。

陆游也是南宋著名词人,刘克庄《后村诗话》赞其词"激昂感慨者,稼轩不能过"。在词学理论上,他一方面认识到"唐末,诗益卑,而乐府词高古工妙,庶几汉魏"(《跋后山居士长短句》),不否认词体本身的价值;另一方面,在《跋花间集》等文中,他又对轻薄靡丽的词风进行了批评,实际上否定了以《花间集》词为正宗、本色的传统词学思想。他还以"天风海雨"描述东坡词的境界,以为"学诗者当以是求之",表明其对苏轼"以诗为词"、扩大词境、改革词体的赞许。

② 爝——火把,火炬。

③ 潢——积水池。

④ 可——此处作认可、赞赏讲。

⑤ 枰——指棋局、棋盘。

⑥ "故善观晁错者"等三句——晁错为西汉著名政治家,提出削藩政策,吴、楚等七国以"诛晁错、清君侧"为借口发动叛乱,景帝听信外戚窦婴之言,将晁错腰斩于长安东市,《史记·晁错列传》与《汉书》以峭(严厉)、直(刚直)、刻(苛刻)、深(心狠)四字描述晁错性格特征,并以为其最终命运与其性格密切相关。

⑦ "善观平津侯者"等三句——平津侯指西汉丞相公孙弘,事见《史记·平津侯主父列传》:"弘奏事,有不可,不庭辩之。"汲黯、董仲舒都曾批评他阿谀君主,而他"为人意忌,外宽内深。诸尝与弘有却者,虽详与善,阴报其祸。杀主父偃,徙董仲舒于胶西,皆弘之力也"。

【附录】

诗岂易言哉，一书之不见，一物之不识，一理之不穷，皆有憾焉。同此世也，而盛衰异，同此人也，而壮老殊，一卷之诗有淳漓，一篇之诗有善病，至于一联一句，而有可玩者，有可疵者，有一读再读至十百读乃见其妙者，有初悦可人意，熟味之使人不满者。大抵诗欲工，而工亦非诗之极也。锻炼之久，乃失本指，斲削之甚，反伤正气。虽曰名不可幸得，以名求诗，又非知诗者。纤丽足以移人，夸大足以盖众，故论久而后公，名久而后定。呜呼，艰哉！子固不足为知此道者，亦致其意久矣。顾每不敢易于品藻，盖彼皆广求约取，极数十年之力，仅得其所谓自喜者以示人，而我乃欲一览而尽，其可乎？……今世岂无从事于此者，如思顺盖未易得也，不以字害其成句，不以句累其全篇，超然于世俗毁誉之外，予之恨不一见其人甚于其人之愿见予也。

陆游《渭南文集》卷三十九《何君墓表》(节录) 《四库全书》本

古声不作久矣，所谓诗者遂成小技，诗者，果可谓之小技乎？学不通天人，行不能无愧于俯仰，果可以言诗乎？

陆游《渭南文集》卷十三《会陆伯政上舍书》 《四库全书》本

雅止之乐微，乃有郑卫之音，郑卫虽变，然琴瑟笙磬犹在也，及变而为燕之筑、秦之缶、胡部之琵琶、箜篌，则又郑卫之变矣。风雅颂之后，为骚为赋为曲为引为行为谣为歌，千余年后，乃有倚声制辞起于唐之季世，则其变愈薄，可胜叹哉！予少时汩于世俗，颇有所为，晚而悔之，然渔歌菱唱犹不能止，今绝笔已数年，念旧作终不可揜，因书其首，以识吾过。

陆游《渭南文集》卷十四《长短句序》 《四库全书》本

诗岂易言哉，才得之天，而气者我之所自养，有才矣，气不足以御之，淫于富贵，移于贫贱，得不偿失，荣不盖愧，诗由此出，而欲追古人之逸驾，讵可得哉？予自少闻莆阳有士曰方德亨，名丰，之才甚高，而养气不挠。吕舍人居仁、何著作搢之皆屈行辈与之游，德亨晚愈不遭而气愈全，观其诗可知其所养也。

陆游《渭南文集》卷十四《方德亨诗集序》(节录) 《四库全书》本

文如尹师鲁、书如苏子美、诗如石曼卿辈，岂不足垂世哉？要非三家之比，此万世公论也。先生天资卓伟，其于诗，非待学而工，然学亦无出其右者，方落笔时，置字如大禹之铸鼎，练句如后夔之作乐，成篇如周公之致太平，使后之能者，欲学而不得，欲赞而不能，况可得而讥评去取哉？欧阳公平生常自以为不能望先生，推为诗老，王荆公自谓虎图诗不及先生包鼎画虎之作，又赋哭先生诗，推仰尤至，晚集古句，独多取焉，苏翰林多不可古人，惟次韵和陶渊明及先生二家诗而已。虽然，使本无此三公，先生何歉，有此三公，亦何以加秋毫于先生？

陆游《渭南文集》卷十五《梅圣俞别集序》（节录）　《四库全书》本

文章要法，在得古作者之意，意既深远，非用力精到则不能造也。前辈于左氏传、太史公书、韩文、杜诗，皆熟读暗诵，虽支枕据鞍间与对卷无异，久之乃能超然自得。今后生用力有限，掩卷而起，已十亡三四，而望有得于古人，亦难矣。楚人杨梦锡，才高而深于诗，尤积勤杜诗，平日涵养不离胸中，故其句法森然可喜，因以暇戏集杜句。梦锡之意，非为集句设也，本以成其诗耳。不然，火龙黼黻手岂补缀百家衣者邪？

陆游《渭南文集》卷十五《杨梦锡集句杜诗序》　《四库全书》本

古之说诗曰言志，夫得志而形于言，如皋陶周公召公吉甫，固所谓志也，若遭变遇谗，流离困悴，自道其不得志，是亦志也。然感激悲伤，忧时闵己，托情寓物，使人读之，至于太息流涕，固难矣。至于安时处顺，超然事外，不矜不挫，不诬不怼，发为文辞，冲澹简远，读之者，遗声利，冥得丧，如见东郭顺子，悠然意消，岂不又难哉。如吾临川曾裘父之诗，其殆庶几于是乎？予绍兴己卯庚辰间，始识裘父于行在所，自是数见其诗，所养愈深而诗亦加工。

陆游《渭南文集》卷十五《曾裘父诗集序》（节录）　《四库全书》本

《诗》首《国风》，无非变者，虽周公之《豳》，亦变也。盖人之情，悲愤积于中而无言，始发为诗，不然，无诗矣。苏武、李陵、陶潜、谢灵运、杜甫、李白，激于不能自已，故其诗为百代法。国朝林逋、魏野以布衣死，梅尧臣、石延年弃不用，苏舜卿、黄庭坚以废绌死，近时江西名家者，例以党籍禁锢乃有才名。盖诗之兴，本如是。绍兴间，秦丞相桧用事，动以语言罪士大夫，士气抑而不伸，大抵窃寓于诗，亦多不免。若澹斋居士陈公德召者，故与秦公有学校旧，自揣必不合，因不复与相闻。退以文章自娱，诗尤中律吕，不怨不怒，而愤世疾邪之气，凛然不少回挠，其不坐此得祸，亦仅脱尔。

陆游《渭南文集》卷十五《淡斋居士诗序》（节录）　《四库全书》本

唐末，诗益卑，而乐府词高古工妙，庶几汉魏。陈无己诗妙天下，以其余作辞，宜其工矣，顾乃不然，殆未易晓也。

陆游《渭南文集》卷二十八《跋后山居士长短句》（节录）　《四库全书》本

予平生作诗至多,有初自以为可、他日取视义味殊短,亦有初不满意、熟观乃稍有可喜处,要是去古人远尔。

陆游《渭南文集》卷三十一《跋詹仲信所藏诗稿》(节录) 《四库全书》本

某辱赐书及圣人之道与古作者之文章,又以世之称师弟子而徒事科举求利禄者为羞,卓乎伟哉,非某所敢仰望万一也。某少之日学文而不工,及其老,妄意于道,亦未敢谓得也。身且弗给,而何以及人,及庸众人且弗能,其况有以助足下乎?惶恐,惶恐。虽然,足下顾我厚某,其敢有所弗尽。吾曹有衣食祭祀婚嫁之累,则出而求禄,恐未为非。既不免求禄,则从事于科举,恐亦未为可憾。科举之文,固亦尊王而贱霸,推明六艺,而诵说古今,虽小出入,要其归亦何负于道哉。若言之而弗践,区区于口耳而不自得于心,则非独科举之文为无益也。近时颇有不利场屋者,退而组织古语,剽裂奇字,大书深刻,以眩世俗,考其实,更出科举下远甚,读之使人面热。足下谓此等果可言文章乎?尚不可欺仆辈,安能欺足下哉?故自科举取士以来,如唐韩氏柳氏,吾宋欧氏王氏苏氏,以文章擅天下者,莫非科举之士也。此无他,徒以在场屋时苦心耗力,凡陈言浅说之可病者,已知厌弃,如都市之玉工,珉玉杂治,积日既久,望而识之矣,一旦取荆山之璞以为黄琮苍璧万乘之宝珉,其可复欺邪?凡今不利场屋而名古之文者,往往多未尝识珉者也,又安知玉哉?乃如足下识之可识精矣,当弃珉剖玉而已,至于圣人之道,足下往昔朝夕所讲习者,岂外于是,言之而必践焉,心之而不徒口耳焉,无余道矣。某文既不工,闻道又甚浅,则今所以进于左右者,其果近乎?

陆游《渭南文集》卷十三《会邢司户书》(节录) 《四库全书》本

古之学者,盖亦若是,惟其上探虙羲唐虞以来,有源有委,不以远绝,不以难止,故能卓然布之天下后世而无愧,凡古之言者皆莫不然。自汉以下,虽不能如三代盛时,亦庶几焉。宋兴,诸儒相望,有出汉唐之上者,迨建炎、绍兴间,承丧乱之余,学术文辞犹不愧前辈如故,紫微舍人东莱吕公者,又其杰出者也。公自少时,既承家学,心体而身履之,几三十年。仕愈踬,学愈进,因以其暇尽交天下名士,其讲习,探讨磨砻,浸灌不极其源不止,故其诗文,汪洋闳肆,兼备众体,间出新意,愈奇而愈浑厚,震耀耳目,而不失高古,一时学士宗焉。

陆游《渭南文集》卷十四《吕居仁集序》 《四库全书》本

天之降才固已不同,而文人之才尤异,将使之发册作命、陈谟奉议,则必畀之以闳富淹贯、温厚尔雅之才,而处之以帷幄密勿之地,故其位与才常相称,然后其文足以纪非常之事,明难喻之指,藻饰治具,风动天下,书黄麻之诏,镂白玉之牒,藏之金匮石室,可谓盛矣。若夫将使之阐道德之原,发天地之秘,放而及于鸟兽虫鱼草木之情,则畀之才亦必雄浑卓荦、穷幽极微,又畀以远游穷处、排摈斥疏,使之磨砻龃龉,濒于寒饿,以大发其藏,故其所赋之才与所居之地,亦若造物有意于其间者,虽不用于时,而自足以传后世。此二者,造物岂真有意哉,亦理之自然、古今一揆也。

陆游《渭南文集》卷十五《周益公文集序》(节录) 《四库全书》本

汉之文章犹有六经余味,及建武中兴,礼乐法度粲然如西京时,惟文章顿衰。自班孟坚已不能望太史公之淳深,崔蔡晚出,遂坠卑弱,识者累欷而已。我宋更靖康祸变之后,高皇帝受命中兴,虽艰难颠沛,文章独不少衰。得志者司诏令、垂金石,流落不偶者娱忧纾愤、发为诗骚,视中原盛时,皆略可无愧,可谓盛矣。久而浸微,或以纤巧摘裂为文,或以卑陋俚俗为诗,后生或为之变,而不自知。

陆游《渭南文集》卷十五《陈长翁文集序》(节录) 《四库全书》本

我初学诗日,但欲工藻绘。中年始少悟,渐若窥宏大。怪奇亦间出,如石漱湍濑。数仞李杜墙,常恨欠领会。元白才倚门,温李真自郐。正令笔扛鼎,亦未造三昧。诗为六艺一,岂用资狡狯?汝果欲学诗,工夫在诗外。(原注:晋人谓戏为狡狯,今闽语尚尔。)

陆游《剑南诗稿》卷七十八《示子遹》 《四库全书》本

世言东坡不能歌,故所作乐府词多不协。晁以道云:绍圣初与东坡别于汴上,东坡酒酣自歌古阳关,则公非不能歌,但豪放不喜裁剪以就声律耳。

李虚己侍郎,字公受,少从江南先达学作诗,后与曾致尧倡酬,曾每曰:公受之诗虽工,恨哑耳。虚己初未悟,久乃造入,以其法授晏元献,元献以授二宋,自是遂不传。然江西诸人,每谓五言第三字、七言第五字要响,亦此意也。(卷五)

今人解杜诗,但寻出处,不知少陵之意,初不如是。且如岳阳楼诗:"昔闻洞庭水,今上岳阳楼。吴楚东南坼,乾坤日夜浮。亲朋无一字,老病有孤舟。戎马关山北,凭轩涕泗流。"此岂可以出处求哉?纵使字字寻得出处,去少陵之意益远矣。盖后人元不知杜诗所以妙绝古今者在何处,但以一字亦有出处为工,如《西昆酬倡集》中诗,何曾有一字无出处者,便以为追配少陵,可乎?且今人作诗亦未尝无出处,渠自不知,若为之笺注,亦字字有出处,但不妨其为恶诗耳。(卷七)

国初尚《文选》,当时文人专意此书,故草必称王孙,梅必称驿使,月必称望舒,山水必称清晖。至庆历后,恶其陈腐,诸作者始一洗之。方其盛时,士子至为之语曰:“《文选》烂,秀才半。”建炎以来,尚苏氏文章,学者翕然从之,而蜀士尤盛,亦有语曰:“苏文熟,吃羊肉;苏文生,吃菜羹。”(卷八)

唐王建牡丹诗云:“可怜零落蕊,收取作香烧”,虽工而格卑。东坡用其意云:“未忍污泥沙,牛酥煎落蕊”,超然不同矣。(卷十)

陆游《老学庵笔记》 《四库全书》本

周必大

周必大(1126—1204),南宋政治家、文学家,字子充,一字洪道,自号平园老叟,庐陵(今江西吉安永和)人。绍兴二十一年(1151)进士,二十七年举博学宏词科,任建康府教授。孝宗即位,应诏上十事,皆切中时弊,以文章受知孝宗,历任起居郎、兼权中书舍人、权给事中、秘书少监、中书舍人、礼部尚书兼翰林学士、吏部兼承旨等职。立朝刚正,言事不避权贵,直抒己见。在翰苑六年,制命温雅,文体昌博,办事周详,为南渡后台阁之冠。淳熙七年(1180)自吏部尚书除参知政事,继而又因谋略高超除知枢密院事,创诸军点试法,整肃军政。十四年拜右丞相,十六年,自右丞相、济国公除特进、左丞相,封许国公。光宗时被拜少保,封益国公。后遭谏官弹劾被贬,以观文殿大学士出判潭州(今长沙)。宁宗庆元元年(1195)以少傅致仕。卒谥文忠,赠太师,宁宗题篆其墓碑曰"忠文耆德之碑"。一生著述甚丰,著书八十一种,有《省斋文稿》、《平园续稿》、《省斋别稿》、《玉堂类稿》、《玉堂杂记》、《二老堂诗话》等,后人汇编成《益国周文忠公全集》,其中绍熙四年(1193),周必大在潭州(今湖南长沙)用沈括所记的方法以胶泥铜板刊印了他所著的《玉堂杂记》,这是世界上最早出现的活字印刷书籍。周必大是一位"九流七略,靡不究通"的大学问家,《四库全书提要》称其"考据亦极精审,岿然负一代重名,著作之富,自杨万里、陆游以外,未有能及之者",他历经四年,主持刊刻了宋代著名的四大类书之一的《文苑英华》,共一千卷,还刊刻了《欧阳文忠公集》一百五十三卷、《附录》五卷,后来"周必大刻本"被历代奉为私家刻书的典范。其书法"浑厚刚劲,自成一体"。与陆游、范成大、杨万里等交谊颇深,诗词歌赋"皆奥博词雄"。

皇朝文鉴序[①]（节录）

臣闻文之盛衰主乎气，辞之工拙存乎理。昔者帝王之世，人有所养而教无异习，故其气之盛也，如水载物，小大无不浮[②]；其理之明也，如烛照物，幽隐无不通。国家一有殊功异德卓绝之迹，则公卿大夫下至于士民，皆能正列其义，绂[③]饰而彰大之，载于书，咏于诗，略可考已。后世，家异政，人殊俗，刚大[④]之不充而委靡之习胜，道德之不明而非僻之说入。作之弗振也，索之易穷也。譬之荡舟于陆，终日驰驱无以致远；抟土为像，丹青其外而中奚取焉？此岂独学者之罪哉？上之教化容有未至焉尔。时不否则不泰，道不晦则不显。天启艺祖，生知文武，取五代破碎之天下而混一之，崇雅黜浮，汲汲乎以垂世立教为事，列圣相承，治出于一。援毫者知尊周孔，游谈者羞称杨墨[⑤]。是以二百年间，英豪踵武[⑥]，其大者固已羽翼[⑦]六经，藻饰治具，而小者犹足以吟咏情性，自名一家。盖建隆、雍熙之间，其文伟，咸平、景德之际，其文博，天圣、明道之辞古，熙宁、元祐之辞达。虽体制互兴，源流间出，而气全理正，其归则同。嗟乎！此非唐之文也，非汉之文也，实我宋之文也，不其盛哉！

古赋诗骚，则欲主文而谲谏，典策诏诰，则欲温厚而有体，奏疏表章，取其谅直而忠爱者，箴铭赞颂，取其精悫[⑧]而详明者，以至碑记论序书启杂著，大率事辞称[⑨]者为先，事胜辞则次之，文质备者为先，质胜文则次之。

《文忠公集》卷一百四　《四库全书》本

【注释】

① 周必大执掌内外制时间很长，不少代表朝廷的重要文章，都由他撰写，大抵典重雅正，而文采略嫌不足。其诗初学黄庭坚，后由白居易溯源杜甫，许多诗作喜欢用典，未能摆脱江西诗派积习。此文大抵持传统的主气重理说，但由所谓“文质备者为先，质胜文则次之”可知其论也非极端的载道论。此外他还强调“气”与“学”的统一，“文章以学为车，以气为驭”（《王元渤洋右史文集序》）；“天分”与“人力”的统一，“文章有天分，有人力，而诗为甚。才高者语新，气和者韵胜，此天分也；学广则理畅，时习则句熟，此人力也。二者全则工，偏则不

工;工则传,不工则不传;古今一也"(《杨谨仲诗集序》)。而他对"用事博而精,下语豪而华"、"士子投献,必用韵酬答,虽百韵亦然,盖愈多而愈工"(《跋胡忠简公和王行简诗》)的推崇,则可见江西派习气。

② "故其气之盛也"等三句——语出韩愈《答李翊书》:"气,水也,言,浮物也,水大而物之浮者大小毕浮,气之与言犹是也,气盛则言之短长与声之高下者皆宜。"

③ 绂——系印的丝带,常用作形容文采,读若弗。

④ 刚大——指刚大之气。

⑤ 杨墨——指杨朱、墨子。

⑥ 踵武——譬喻继承前人的事业。"踵",脚后跟,此处作动词,追随、因袭意。"武",足迹。

⑦ 羽翼——此处作动词,意为辅佐。

⑧ 悫——忠厚、恭敬,读若确。

⑨ 事辞称——语出扬雄,周必大《题赵遁可文卷》云:"扬雄有言,事辞称则经,此为屈原发也。"

【附录】

文章以学为车,以气为驭,车不攻,积中固败矣,气不盛,吾何以行之哉!东牟王公之文,吾能言之:以六经为美材,以子史为英华,旁取骚人墨客之辞润泽之。犹以为未也,挟之以刚大之气,行之乎忠信之途。仕可屈,身不可屈,食可馁,道不可馁,如是者积有年,浩浩乎胸中,滔滔乎笔端矣。赋大礼则丽而法,传死节则赡而劲,铭记则高古粹美,奏议则切直忠厚。至于感今惜昔,登高望远,忧思愉佚,摹写戏笑,一皆寓之于诗,大篇短章,充溢箱箧。

周必大《文忠公集》卷二十《王元渤洋右史文集序》(节录)
《四库全书》本

有德之人,其辞雅,有才之人,其辞丽,兼是二者多贵而寿。盖以德辅才,天之所助而人之所重也。丹阳章简张公,秉懿好德,所蕴者厚,自其少年,才名杰出英俊之上,穷经必贯于道,造行弗逾于矩,发为文章,实而不野,华而不浮,在西掖所下制书,最号得体,其论思献纳,皆达于理而切于事,尤喜篇咏格律,有唐人风,非如儒生文士止有偏长而已。

周必大《文忠公集》卷二十《张彦正文集序》(节录)
《四库全书》本

艺之至者不两能，故唐之诗人或略于文，兼之者，杜牧之乎？苦心为诗，自其所长，至于议论切当世之务，制诰得王言之体，赋序碑记未尝苟作。

周必大《文忠公集》卷五十二《朱新仲舍人文集序》（节录）
《四库全书》本

志气不强不足以言文，学问不博不足以言文。司业王君，吾能言之志气强者也，学问博者也，故其文章赡而不失之泛，严而不失之拘，议论驰骋于千百载之上，而究极于四方万里之远；其为歌诗，慷慨忧时而比兴存焉；他文闳辩该贯，直欲措诸事业，所谓援古证今，黼黻其辞，特余事耳。

周必大《文忠公集》卷五十二《王致君司业文集序》（节录）
《四库全书》本

夫文亦多术矣，以要言之，学不富则辞不典，气不充则辞不壮，才不高则辞不赡，三者一有长焉足以名家，况兼之乎？

周必大《文忠公集》卷五十二《曾南夫提举文集序》（节录）
《四库全书》本

中兴南渡，四海名胜，迁谪避萃于湖广，而公婿赵奇子辟章又家之游夏，大篇短章，更唱迭和，既已尽发平昔之所蕴，且复躬阅事物之变，益以江山之助，心与境会，意随辞达，韵遇险而反夷，事积故而逾新，他人瞠乎其后，我乃绰有余裕。至于桂柳佛寺诸记，闳深辩丽，近坡暮年之作，黄张晁秦既没，系文统，接坠绪，谁出公右？岂止袭其裳佩其环而已？

周必大《文忠公集》卷五十三《初寮先生前后集序》（节录）
《四库全书》本

韩子苍赠赵伯鱼诗云："学诗当如初学禅，未悟且遍参诸方。一朝悟罢正法眼，信手拈出皆成章。"盖欲以斯道淑诸人也。今时士子见诚斋大篇短章，七步而成，一字不改，皆扫千军、倒三峡、穿天心、透月胁之语，至于状物姿态，写人情意，则铺叙纤悉，曲尽其妙，遂谓天生辩才，得大自在，是固然矣。抑未知公由志学至从心，上规赓载之歌，刻意风雅颂之什，下逮左氏庄骚秦汉魏晋南北朝隋唐以及本朝，凡名人杰作，无不推求其词源，择用其句法，五六十年之间，岁锻月炼，朝思夕维，然后大悟大彻，笔端有口，句中有眼，夫岂一日之功哉？

周必大《文忠公集》卷四十九《跋杨廷秀石人峰长篇》（节录）
《四库全书》本

味百醉之名，诵三百之诗，公盖师友陶靖节者，晁景迂乃谓得句法于江西，殆由禁锢初开，诗社勃兴，人以著录为宠，故一时之言如此，若李云龛陈简斋汪龙溪跋语，则不易之论也。

周必大《文忠公集》卷四十六《跋百醉夫赵士瞰诗卷》
《四库全书》本

予尝评胡忠简公诗有不可及者三，用事博而精，下语豪而华，一也；士子投献，必用韵酬答，虽百韵亦然，盖愈多而愈工，二也；此篇和王君行简，年七十五，长歌小楷，与四五十人无异，三也。行简世家临川，志大而赡于文，久从公游，其人亦可知矣。

周必大《文忠公集》卷四十七《跋胡忠简公和王行简诗》
《四库全书》本

歌诗之作，在国则系其风化，在人则系其性习，勤而不怨，忧而不困，以至泱泱乎沨沨乎之类，识者一闻遗音，不待入国，风化固已可知。人之文章，苟蕴诸中，必形诸外，特用力有深浅，故下语有工拙尔。唐人鲜不能诗，虽体格或不同，而各能成其材，是无他，不强所短而揠焉，不弃所长而画焉，因其性而加之习，兹所以名家也欤？

周必大《文忠公集》卷五十二《刘彦纯和陶诗后序》(节录)
《四库全书》本

登文章之纛固难矣，诗于其中抑又艰哉。刘梦得曰：心之精微，发而为文，文之神妙，咏而为诗。司空表圣亦云：文之难而诗尤难，又尝喻以饮食不可无盐梅，而其美常在咸酸之外。之二说者，前辈有取焉。古者教士以四术，教子于过庭，皆以诗为首。本朝苏氏自编东坡前后集，亦先列诗篇。其所从来，远矣。今杉溪居士刘公，殆有得于斯欤？始予少时，闻公赋咏一出，辄手抄而口诵之，味《清江引》则欲进乎技而凝于神，歌《出塞行》则如视旗影而聆鼓声也，读《大堤曲》《长相思》则又如望归舟、对斜月而听情人思妇之语切切也。其它摩写物象，美今怀古，登临比兴，酬赠祖饯，皆凌厉乎先贤，度越乎流辈，盖得于天者，气和而心平，勉于己者，学富而功深，故于所谓至难者既优为之，则其制诰有体，议论有源，铭志能叙事，偈颂多达理，固余事也。

周必大《文忠公集》卷五十四《杉溪居士文集序》(节录)
《四库全书》本

夫文体众矣,吟咏情性莫重于诗,仕途应用莫急笺启。诗也者,造意深则辞或龃龉,次韵多则句或牵帅,君之古律,如王良造父,驭骏马,驾轻车,有奔轶绝尘之势,其赓险韵,如茧抽丝、印印泥,愈出愈新。送妹长篇,孝友慈爱溢于言外,殆欲上规风雅,一何盛也。其四六,叙事虽闳肆而关键实密,对属虽切而非骈俪所能拘,最后蕲州谢上表,以古文就今体,自成一家,凡为国抚民、据旧图新之意,无愧前哲,此由学广闻多,非特天才骏发而已。

周必大《文忠公集》卷五十四《仲并文集序(辛酉夏)》(节录)
《四库全书》本

文章有天分,有人力,而诗为甚。才高者语新,气和者韵胜,此天分也;学广则理畅,时习则句熟,此人力也。二者全则工,偏则不工;工则传,不工则不传;古今一也。同年杨谨仲,家世文儒,才高而气和,于书无不读,于名胜无不师慕之,嗜古如嗜色,为文昼夜不休。……(谨仲)尤喜为诗,本原乎六义,沉酣乎风骚,自魏晋隋唐及乎本朝,凡以是名家者,往往窥其藩篱,泝其源流,大要则学杜少陵、苏文忠公。故其下笔初而丽,中而雅,晚而闳肆。长篇如江河之澎湃,浩不可当;短章如溪涧之涟漪,清而可爱。间与宾客酬唱,愈多愈奇,非所谓天分人力全而不偏者耶!

周必大《文忠公集》卷五十二《杨谨仲诗集序》(节录)
《四库全书》本

杨万里

杨万里(1127—1206),南宋杰出诗人,字廷秀,号诚斋,吉州吉水(今江西吉水县)人。绍兴二十四年(1154)中进士,授赣州司户,后调任永州零陵县丞,得见谪居在永州的张浚,多受勉励教诲。孝宗即位后,张浚入相,即荐万里为临安府教授,未及赴任,即遭父丧,服满后改知奉新县。乾道六年(1170)任国子博士,不久迁太常丞,转将作少监。淳熙元年(1174)出知漳州,旋改知常州。六年,提举广东常平茶盐,升为广东提点刑狱。不久,遭母丧去任,召还为吏部员外郎,升郎中。十二年五月,以地震应诏上书,极论时政十事,劝谏孝宗姑置不急之务,精专备敌之策,坚决反对一些人提出的放弃两淮、退保长江的误国建议,主张选用人才,积极备战。次年,任枢密院检详官兼太子侍读。十四年,迁秘书少监。高宗崩,因力争张浚当配享庙祀事,出知筠州(今江西高安)。光宗即位,召为秘书监。绍熙元年(1190),为接伴金国贺正旦使兼实录院检讨官。后出为江东转运副使。朝廷欲在江南诸郡行铁钱,万里以为不便民,拒不奉诏,忤宰相意,改知赣州,遂不赴任,乞祠官而归,朝命几次召他赴京,均辞而不往。开僖二年(1206),因痛恨韩侂胄弄权误国,忧愤而死,官终宝谟阁文士,谥"文节"。有《诚斋易传》及《诚斋集》一百三十二卷等传世。

江西宗派诗序①

江西宗派诗者,诗江西也,人非皆江西也②。人非皆江西,而诗曰江西者何?系之也。系之者何?以味不以形也。东坡云③:"江瑶柱似荔子。”又云：“杜诗似太史公书。”不惟当时闻者呒[4]然，阳应曰诺而已，今犹呒然也，非呒然者之罪也，舍风味而论形似，故应呒然也，形焉而已矣。高子勉不似二谢，二谢不似三洪，三洪不似徐师川，师川不似陈后山，而况似山谷乎？味焉而已矣。酸咸异和，山海异珍，而调腼[5]之妙，出乎一手也。似与不似，求之可也，遗之亦可也。大抵公侯之家有阀阅[6]，岂惟公侯哉，诗家亦然。窭[7]人子崛起委巷，而一旦纡以银黄[8]，缨以端委[9]，视之，言公侯也，貌公侯也；公侯则公侯乎尔，遇王谢子弟[10]，公侯乎？江西之诗，世俗之作，知味者当能别之矣。

昔者诗人之诗，其来遥遥也。然唐云李杜，宋言苏黄，将四家之外，举无其人乎？门固有伐，业固有承也。虽然，四家者流，一其形，二其味；二其味，一其法者也。盖尝观夫列御寇、楚灵均之所以行天下者乎？行地以舆，行波以舟，古也，而子列子独御风而行，十有五日而后反[11]，彼其于舟车，且乌乎待哉！然则舟车可废乎？灵均[12]则不然，饮兰之露，餐菊之英，去食乎哉！芙蓉其裳，宝璐其佩，去饰乎哉！乘吾桂舟，驾吾玉车，去器乎哉！然朝阆风，夕不周，出入乎宇宙之忽然耳——盖有待乎舟车而未始有待乎舟车者也。今夫四家者流，苏似李，黄似杜，李苏之诗，子列子之御风也；杜黄之诗，灵均之乘桂舟、驾玉车也。无待，神于诗者欤？有待而未尝有待者，圣于诗者欤？嗟乎！离神与圣，李苏，李苏乎尔！杜黄，杜黄乎尔！合神与圣，李苏不杜黄、杜黄不李苏乎？然则诗可以易而言之哉？

秘阁修撰给事程公，以一世儒先[13]，厌直[14]而帅江西。以政新民，以学赋政，如春而燠，如秋而肃，盖二年如一日也。迨暇则把酒赋诗，以黼黻乎翼轸[15]，而金玉乎落霞秋水[16]。尝试登滕王阁，望西山，俯章江，问双井[17]今无恙乎？因谓曰：《江西宗派图》，吕居仁所谱，而豫章自出也。而是派之鼻祖云仍，其诗往往放逸[18]，非阙欤？于是以谢幼盘之孙源所刻石本，自山谷外，凡二十有五家，汇而刻之于学宫。将以兴发西山章江之秀，激扬江西人物之美，鼓动骚人国风之盛。移书谂[19]予曰：子江西人也乎？序斯文者，不在子其将焉在？予三辞不获，则以所闻书之篇首云。

《诚斋集》卷八十　《四库全书》本

【注释】

①《四库全书·诚斋集提要》云:“方回《瀛奎律髓》称其一官一集,每集必变一格,虽沿江西诗派之末流,不免有颓唐粗俚之处,而才思健拔,包孕宏富,自为南宋一作手,非后来四灵诸派可得而并称”,其诗“细大不捐,雅俗并陈”,又云,“南宋时集传于今者,惟万里及陆游最富”,“以诗品论,万里不及游之锻炼工细,以人品论,则万里倜乎远矣”云云。此文以真正的公侯视江西派诗,而视世俗之诗如窭人,可见其对江西派之推崇。值得注意的观点有二,一是以“味”对“形”,强调江西派诗的特征在“味”不在“形”,人属于江西只是“形”,从文学流派研究的角度来看,使一流派成为一派的关键在无形的“风格”,而不在有形的因素如地域等等,这种思路是极有理论价值的。二是以列子御风比拟李(白)苏(轼)诗,以屈原乘舟驾车比拟杜(甫)黄(庭坚)诗,“无待”而“神”即吕本中所谓“无定而有定”,“有待而未尝有待”而“圣”即“有定而无定”,“一其形,二其味”者,“神”与“圣”离而不同,李苏与杜黄,风格不同也;“二其味,一其法者”,“神”与“圣”合而不分,“一法”者,“活法”也——此论可以说将吕本中的活法论进一步具体化了,活法论的思路变得更加清晰了。这种强调“法”与“味”的统一在其《答徐赓书》一文中同样有所论述:“今其言曰:文焉用式?在我而已,是废宫室之式而求宫室之美也”,这是强调“法”,“抑又有甚者,作文如治兵,择械不如择卒,择卒不如择将尔”,这是强调“意”,“顾凯之曰‘传神写照正在阿堵中’,又曰‘颊上加三毛殊胜’,得凯之论画之意者,可与论文矣。今则不然,远而望之,巍然九尺之干,近而视之,神气索如也”,这是强调“神气”、“味”。《诚斋诗话》也多有强调:“金针法云:八句律诗落句要如山高转石,一去无回。予以为不然,诗已尽而味方永,乃善之善也。”“五言古诗句雅淡而味深长者,陶渊明柳子厚也,如少陵羌村、后山《送内》,皆有一唱三叹之声。”等等。

② 人非皆江西也——江西诗派中人大都为江西人,然亦有数人非江西籍:陈师道彭城人,潘大临、潘大观黄冈人,祖可丹阳人,林敏功、林敏修蕲春人,韩驹蜀人,晁冲之巨野人,夏倪蕲州人,王直方开封人,高荷荆南人,吕本中寿春人,另有二人籍贯未详。

③ 东坡云——此句以下所述事见《东坡志林》卷十一:“仆尝问荔枝何所似,或曰荔枝似龙眼,坐客皆笑其陋,荔枝实无所似也。仆云荔枝似江瑶柱,应者皆怃然,仆亦不辨。昨日见毕仲游,问杜甫似何人,仲游曰似司马迁。仆喜而不答,盖与曩言会也。”

④ 呒——惊愕,读若府。

⑤ 胹——煮,读若儿。

⑥ 阀阅——本作"伐阅",《玉篇》中释云:"在(门)左曰阀,在右曰阅。"本指世宦门前旌表功绩的柱子,转指功绩和经历,也以指世家门第。

⑦ 窭——贫寒,读若拒。

⑧ 纡以银黄——"纡",系、扣、戴,读若迂。"银黄",银印与黄金印。一般印必系以组绶,故云。

⑨ 缨以端委——"缨",本指冠带,此处作动词,佩戴冠带。"端委",指端正而宽长的朝服,或以"委"为冠。

⑩ 王谢子弟——东晋王、谢二家是大贵族,前人谓王谢子弟虽不端正,亦奕奕有一种风致。

⑪ 子列子独御风而行,十有五日而后反——典出《庄子·逍遥游》。

⑫ 灵均——指屈原,以下说述之事出自其所作《楚辞》诸文。

⑬ 先——指先生。

⑭ 厌直——"直",古代侍从之臣,直宿内廷。"厌直"谓不愿做侍从之臣。

⑮ 黼黻乎翼轸——意谓以文采美化江西。"黼黻",古代礼服上绘绣的花纹,转指华丽的辞藻,黼读若府,黻读若扶。"翼轸",二十八星宿中的两种星名,江西大抵地处在此两种星宿下,故以此代指江西。

⑯ 金玉乎落霞秋水——金声玉振,用以指文学;"落霞秋水",暗指滕王阁,典出唐王勃《滕王阁序》。

⑰"尝试登滕王阁"等四句——西山、章江、双井皆在江西,黄庭坚曾居双井,故世以"双井"称黄。

⑱ 放逸——散失。

⑲ 谂——劝,读若审。

【附录】

惟诗似未甚进,盖体未宏放,句未锻炼,字未汰择,借使一两联可观,要之未可摘诵,令人洞心骇目也,如成败萧何等语,此不应收用。诗固有以俗为雅,然亦须曾经前辈取镕,乃可因承尔,如李之"耐可"、杜之"遮莫"、唐人之"里许""若个"之类是也。昔唐人寒食诗有不敢用饧字,重九诗有不敢用糕字,半山老人不敢作郑花诗,以俗为雅,彼固未肯引里母田妇而坐之平王之子、卫侯之妻之列也,何也?彼固有所甚靳而不轻也。

杨万里《诚斋集》卷六十六《答卢谊伯书》(节录) 《四库全书》本

盖闻文者，文也，在《易》为贲，在《礼》为缋，譬之为器，工师得木必解之以为朴，削之以为质，丹雘之以为章，三物者，具斯曰器矣。有贱工焉，利其器之速就也，不削不丹不雘不解焉而已矣，号于市曰器，莫吾之速也，速则速矣，于用奚施焉？时世之文将无类此，抑又有甚者？作文如作宫室，其式有四，曰门曰庑曰堂曰寝，缺其一，紊其二，崇庳之不伦，广狭之不类，非宫室之式也。今则不然，作室之政，不自梓人出，而杂然听之于众工，室则隘而庑有余，门则纳千驷而寝不可以置一席，室成，而君子弃焉，庶民哂焉。今其言曰：文焉用式？在我而已——是废宫室之式而求宫室之美也。抑又有甚者，作文如治兵，择械不如择卒，择卒不如择将尔。械锻矣，授之羸卒，则如无械矣；卒精矣，授之妄校尉，则如无卒矣。千人之军，其裨将二，其大将一，万人之军，其裨将十，其大将一，善用兵者，以一令十，以十令万，是故万人一人也，虽然，犹有陈焉。今则不然，乱次以济阵乎，驱市人而战之卒乎，十羊九牧，将乎以此当笔阵之勍敌，不败奚归焉？藉第令一胜，所谓适有天幸耳。抑又甚者，西子之与恶人，耳目容貌均也，而西子与恶人异者，夫固有以异也。顾凯之曰“传神写照正在阿堵中”，又曰“颊上加三毛殊胜”，得凯之论画之意者，可与论文矣。今则不然，远而望之，巍然九尺之干，近而视之，神气索如也，恶人而已乎？抑又有甚者，昔三老董公说高帝曰：“仁不以勇，义不以力”，惟文亦然。由前之说，亦未离乎勇力，邦域之中也，盍见董公而问之？问而得之，则送君者，皆自崖而返矣。若夫前辈所谓古文者，某亦尝耳剽而手追矣。顾足下方业科目者，固将有以合乎今之律度也，合乎今未必违乎古，合乎古未必不售于今，使足下合乎古而不售于今，足下何获焉？

杨万里《诚斋集》卷六十六《答徐赓书》（节录）《四库全书》本

读双桂老人冯子长诗，其情丽奔绝处，已优入江西宗派，至于惨淡深长，则浸淫乎唐人矣。近世此道之盛者，莫盛于江西，然知有江西者，不知有唐人；或者左唐人以右江西，是不惟不知唐人，亦不可谓知江西者。虽然，不知唐人犹知江西，江西之道，亦复莫之知焉，是可叹也！斯道也，下之不足以决科，上之不足以速化，而诗人顾曰“不废江湖万古流”，其莫之知也则宜，又何叹乎！

杨万里《诚斋集》卷七十九《双桂老人诗集后序》（节录）《四库全书》本

夫诗何为者也？尚其词而已矣。曰：善诗者去词，然则尚其意而已矣。曰：善诗者去意。然则，去词去意，则诗安在乎？曰：去词去意，而诗有在矣。然则，诗果焉在？曰：尝食夫饴与荼乎？人孰不饴之嗜也？初而甘，卒而酸。至于荼也，人病其苦也，然苦未既，而不胜其甘。诗亦如是而已矣。昔者暴公赞苏公，而苏公刺之。今求其诗，无刺之之词，亦不见刺之之意也。乃曰：二人从行，谁为此祸？使暴公闻之，未尝指我也，然非我其谁哉？外不敢怒，而其中愧死矣。《三百篇》之后，此味绝矣，惟晚唐诸子差近之。

杨万里《诚斋集》卷八十四《颐庵诗稿序》（节录）　《四库全书》本

《金针法》云：八句律诗落句要如山高转石，一去无回。予以为不然，诗已尽而味方永，乃善之善也。

七言长韵古诗，如杜少陵丹青引曹将军画马奉先县刘少府山水障歌等篇，皆雄伟宏放，不可捕捉，学诗者于杜李苏黄诗中求此等类，诵读沉酣，深得其意味，则落笔自绝矣。

五言长韵古诗云白乐天游悟真寺一百韵，真绝唱也，五言古诗句雅淡而味深长者，陶渊明柳子厚也，如少陵羌村、后山送内，皆有一唱三叹之声。

杨万里《诚斋集》卷一百十五《诗话》（选录）　《四库全书》本

诚斋荆溪集序[1]（节录）

予之诗，始学江西诸君子，既又学后山五字律，既又学半山老人[2]七字绝句，晚乃学绝句于唐人。学之愈力，作之愈寡，尝与林谦之屡叹之。谦之云："择之之精，得之之难，又欲作之之寡乎？"予谓曰："诗人盖异病而同源也，独于予哉？"故自淳熙丁酉之春上暨壬午止，有诗五百八十二首，其寡盖如此。其夏之官荆溪，既抵官下，阅讼牒，理邦赋，惟朱墨之为亲，诗意时日往来于予怀，欲作未暇也。戊戌三朝时节，赐告[3]，少公事。是日即作诗，忽若有寤，于是辞谢唐人及王、陈、江西诸君子，皆不敢学，而后欣如也。试令儿辈操笔，于予口占数首，则浏浏焉无复前日之轧轧矣。自此每过午，吏散庭空，即携一便面[4]，步后园，登古城，采撷杞菊，攀翻花竹，万象毕来，献予诗材。盖麾之不去，前者未雠[5]，而后者已迫，涣然未觉作诗之难也。盖诗人之病，去体将有日矣。方得时，不惟未觉作诗之难，亦未觉作州之难也。

《诚斋集》卷八十一　《四库全书》本

【注释】

① 南宋陆游、杨万里等著名诗人的创作皆是先由江西诗派入手而后越出

江西派畛域者，杨万里此文即勾勒了自己的学诗历程。杨万里在创作论上推崇自然论："尝学为文矣，吾书吾口，不曰异世，吾目吾心，不曰异人，然心传之口，口传之书，其于真也邈矣"，推崇"书如口，口如心"(李去非愚言序)；"公之诗文，非能工也，不能不工耳"(《石湖先生大资参政范公文集序》)。过分求工或伤于自然，而"不能不工"则做到了"工"与"自然"的高度统一。重自然则重"兴"重"天"重"我"。其《答建康府大军库监门徐达书》指出："我初无意于作是诗，而是物是事，适然触乎我，我之意亦适然感乎是物是事，触焉感焉，而是诗出焉，我何与哉，天也，斯之谓兴。"他反对"牵乎人"的和韵诗，强调："古之诗倡必有赓，意焉而已矣，韵焉而已矣，非古也"，"险愈竞，诗愈奇，诗愈奇，病愈痼"(《陈晞颜和简斋诗集序》)。不可"牵乎人"，同样也不可"牵乎律"："某顷寄奉怀之唐律，情之所至而形为声画者，正如菀柳嘒嘒之蜩，草根喓喓之虫耳，若绳之以敲金击石云和孤竹之大音，则陋且么矣。"(《答太常虞少卿》)

杨万里是南宋较为高产的诗人之一，一生作诗不辍，元人方回称其"一官一集"，从创作动机来说，这显然与其对诗歌价值的认识有关。他视富贵如粪土，视文才为不朽，对诗文之价值推崇备至。"予生平百无所好，而独好文词，如好好色也。至于好诗，又好文词中之尤者也。至于好晋唐人之诗，又好诗中之尤者也。"(《唐李推官披沙集序》)而好之者不如乐之者："诗家者流尝曰诗能穷人，或曰诗亦能达人，或曰穷达不足计，顾吾乐于此则为之尔，且夫疢于穷者，其诗折，慆于达者，其诗炫，折则不充，炫则不幽，是故非诗矣。至俟夫乐而后有诗，则不乐之后、未乐之初遂无诗耶?"(《陈晞颜诗集序》)其《答建康府大军库监门徐达书》还详细地描述了自己对诗之迷恋。在他看来，诗并非什么"经国之大业"，而或不过"技"而已，"以人徇技，而不以技徇人，其于人也，不有所迎而有所撄，以至于斯也"(《送郭银河序》)，"文，技也，至于道"(《李去非愚言序》)，徇技而由技入道，此乃诗之作为"经国之大业"之外的价值所在。

② 半山老人——王安石号。

③ 赐告——指将官属归家治病。古代官员休假叫"告"。汉律，二千石有予告，有赐告，病满三月当免(官)，皇帝优赐其告，使得戴印绶。即，准予休假称"予告"，病满三月准予回家治病(不免原职)称"赐告"。

④ 便面——用来遮面的伞状物。

⑤ 雠——应答。

【附录】

某闻之，君子之于世，无意于合也。有意于合者，折旋委曲，惟合之求，然未得其所无,而先丧其所有。古之君子所以合者,惟无意于合也,无意于合人者,有守于己者也,有守于己者,是惟无合于人,合则胶固而不可解者也。齐人鼓瑟以干齐王,而有骂之者曰:王好竽而子鼓瑟,瑟虽工,如王不好何?说者往往笑齐人之工于瑟而不工于求齐,以为不求合者之戒。嗟乎,是知齐人之拙于合而不合,未知唐人之巧于合而不合。韦苏州之诗,天下之所同美也,客有效韦公之体以见公者,而公不悦,既而以生平之诗见公,而公悦之。当其效人之诗体,以求合于人,自以为巧矣,而其巧适所以为拙,则夫舍己以徇于人,与夫信己以俟于人,其巧拙未易以相过也。彼齐人者,患瑟之不工而已矣,瑟果工矣,天下其必有好瑟者矣,无遇于此,安知不有遇于彼哉?且吾之所能者,瑟也,所不能者,竽也,今舍瑟而学竽,竽未能而瑟先忘矣。吾且不吾信,安能使王之吾信乎?与其学竽而未必能也,孰若工瑟而有待也?世之君子不惩于唐人之巧,而惩于齐人之拙,则亦误矣。

杨万里《诚斋集》卷六十四《见苏仁仲提举书》(节录)
《四库全书》本

某一昨谢病自免,归卧空山,遂与世绝,独爱贤好文之心,若瘕癖沈痼,结于膏之上、肓之下,而无汤熨针砭可达者,而何敢望其瘳乎?望其瘳固不敢,望其小宁而不作,亦且不敢也。每以此自苦,亦以此自乐。病而至于乐,虽秦越人视之,亦未如之何矣,而何汤熨针砭之尤乎哉。退休五年,浸觉小宁,今日大儿忽递至总干五月二书及诗文史评一编,披未竟,我头岑岑,我体淅淅,我心溃溃,于是旧疾复作矣,甚矣乎,斯文之奇奇,斯士之落落,如腊之毒,如酒之酖,恍然堕我于沉绵之乡,而不知其所从,不克以自拔也。抑某与总干有何宿负、有何沉冤,而使我至此极乎?诗甚清新,第赋兴二体自己出者不加多,而赓和一体不加少,何也?大抵诗之作也,兴上也,赋次也,赓和不得已也。我初无意于作是诗,而是物是事,适然触乎我,我之意亦适然感乎是物是事,触焉感焉,而是诗出焉,我何与哉,天也,斯之谓兴。或属意一花,或分题一山,指某物,课一咏,立某题,征一篇,是已非天矣,然犹专乎我也,斯之谓赋。至于赓和,则孰触之、孰感之、孰题之哉,人而已矣。出乎天犹惧戕乎天,专乎我犹惧强乎我,今牵乎人而已矣,尚冀其有一铢之天、一黍之我乎?盖我尝觌是物而逆追彼之觌我,不欲用是韵而抑从彼之用,虽李杜能之乎?而李杜之不为也。是故,李杜之集,无牵率之句,而元白有和韵之作,诗至和韵而诗始大坏矣。故韩子苍以和韵为诗之大戒也。

杨万里《诚斋集》卷六十七《答建康府大军库监门徐达书》(节录)
《四库全书》本

吾读其文，槁乎其无文也，又取读之，则腴乎其有文矣。读其诗，杳乎其无诗也，又取读之，则琅乎其有诗矣。无文与诗，今人以不嗜，则宜有文与诗，古人不嗜之耶？嗜与不嗜，非施子之所欲知也。吾独有叹焉阒焉而不以觌，市焉而不以亟，施子之为人则然，诗文云乎哉，则其穷也，亦宜。吾盖喜而悲之施子而不穷，施子当不喜而穷也，吾又奚以悲，吾不以悲夫施子之穷，而以悲夫穷施子者也。斯人也有斯文也有斯诗也而有斯穷也，非夫穷施子者之为悲，而谁为吾以悲之，而彼又何辞焉？藉曰不受，则吾为妄人矣，吾妄则施子又大妄矣。施子妄也欤哉，不妄也欤哉？吾不妄也欤哉，吾妄也欤哉？施子之于此道也勤矣，亦且至矣，吾犹有以为施子赠勤而安，而后思不疲，至而忘其至焉，则辞泰矣，思逸而辞泰，则古之人其去我远者乎？

杨万里《诚斋集》卷七十八《施少才蓬户甲稿后序》（节录）
《四库全书》本

人异异习，世异异承，文之远者，传必伪，不必先秦之书也，李杜之诗，韩柳之文，亦近尔，犹病乎伪也。然予尝以为是无足病，足病者盖有之矣，伪不在人者，是真足病也。吾尝学为文矣，吾书吾口，不曰异世，吾目吾心，不曰异人，然心传之口，口传之书，其于真也邈矣，而病人之伪乎哉？虽然，文，技也，至于道，天授之圣，圣授之后世，其授无象，其传无器，又非若文而已也。今吾欲超万古而合圣辙，使无象者有象，无器者有器，其合也否也、真与伪也，是未可知也。蜀士李开去非著书六十九篇，号曰《愚言》，愚言云者，将以李氏子之言索颜氏子之愚也。其言曰：颜惟愚，故无书，亦无徒，然其传之至今不绝，曾子子思孟子有书有徒，然其传屡绝。予读而惊焉，嗟乎，果哉李子之言也。李子之言，大抵书如口，口如心，能以秋毫为太山，太山见而秋毫泯，复以太山为秋毫，秋毫还而太山具，细之至幽以揭之至炳，非今人之文也。然吾闻一言而足，是道之忘言也，苟不忘言矣，曰颜惟愚欲无书无徒而传乎尔，苟忘言矣，不曰颜惟愚故无书无徒而传乎尔。

杨万里《诚斋集》卷七十九《李去非愚言序》（节录）
《四库全书》本

予因索其诗文，伯威颦且太息曰：子犹问此耶？是物也，发人以穷而吾不信，吾既信而穷已不去矣，子犹问此耶？已而出《脞辞》一编，曰：子不怜其穷而索其诗，子盍观其诗而疗其穷乎？予退而观之，其得句往往出象外，而其力不遗余者也。高者清厉秀邃，其下者犹足以供耳目之笙磬卉木也，盖自杜少陵至江西诸老之门户窥闯殆遍矣。他日，伯威过我，曰：子真不有以疗我之穷耶？吾笑语之曰:穷之疗与否、可疗与否,吾且不吾及,吾庸子及哉？吾有一说焉,杜子美李林甫谢无逸蔡太师四人者,子以为孰贤？伯威怒曰:子则戏论也,然人物当如是论之也哉？予曰:人物何不当如是论也？当李与蔡之盛时,天下肯以易杜与谢哉？今乃不然耳。然则子之穷姑勿疗焉可也。虽然,穷之瘳如李焉如蔡焉,不既震曜矣哉？杜与谢之穷至今未瘳也。子之穷疗焉亦可也,杜与谢之穷则至今未瘳矣。使二子而存,肯以此而易彼乎？子之穷勿疗焉亦可也。

杨万里《诚斋集》卷七十八《欧阳伯威脞辞集序》(节录)
《四库全书》本

诗家者流尝曰诗能穷人,或曰诗亦能达人,或曰穷达不足计,顾吾乐于此则为之尔,且夫疢于穷者,其诗折,慆于达者,其诗炫,折则不充,炫则不幽,是故非诗矣。至俟夫乐而后有诗,则不乐之后、未乐之初遂无诗耶?

杨万里《诚斋集》卷七十九《陈晞颜诗集序》(节录)
《四库全书》本

诗至唐而盛,至晚唐而工,盖当时以此设科而取士,士皆争竭其心思而为之,故其工后无及焉。时之所尚而患无其才者非也,诗非文比也,必诗人为之,如攻玉者必得玉工焉,使攻金之工代之琢,则窳矣。而或者挟其深博之学,雄隽之文,于是隐括其伟辞以为诗,五七其句读而平上其音节,夫岂非诗哉？至于晚唐之诗则寱而诽之曰:锻炼之工不如流出之自然也,谁敢违之乎?

杨万里《诚斋集》卷八十《黄御史集序》(节录)
《四库全书》本

古之诗倡必有赓,意焉而已矣,韵焉而已矣,非古也……昔韩子苍答士友书谓:诗不可赓也,作诗则可矣。故苏黄赓韵之体不可学也。岂不以作焉者安、赓焉者勉故欤？不惟勉也,而又困焉,意流而韵止,韵所有、意所无也夫,焉得而不困？今晞颜是诗,赓乎人者也,而非赓乎人者也,宽乎其不逼也,畅乎其不塞也。然则子苍之所艰,晞颜之所易,岂惟易子苍之所艰、又将增和陶之所少也？大抵夷则逊,险则竞,此文人之奇也,亦文人之病也,而诗人此病为尤焉。惟其病之尤,故其奇之尤。盖病行于大逵,穷高于千仞之山、九萦之蹊,二者孰奇孰不奇也？然奇则奇矣,而诗人至于犯风雪,忘饥渴,竭一生之心思,以与古人争险以出奇,则亦可怜矣。然则险愈竞,诗愈奇,诗愈奇,病愈痼矣。今是诗也,韵听乎简斋而词出乎晞颜、辞出乎晞颜而韵若未始听乎简斋者,不以其争险故欤？使晞颜不与简斋竞于险以搴其奇，此其心必有所郁于中而不快，而其辞必有所渟于蕴而不决也。然晞颜与简斋，争言语之险以出其奇，则踶矣，抑犹在痴黠之间乎？

杨万里《诚斋集》卷八十《陈晞颜和简斋诗集序》（节录）
《四库全书》本

景思之诗似唐人，信矣延之之论也。然至如“桃花飞后杨花飞，杨花飞后无花飞”“天空霜无影”等句，超出诗人准绳之外，其遐不可追，其卓不可跂矣。使李太白在，必一笑领此句也，似唐人而已乎？然延之深爱景思之才，而悯其穷，至谓：岂发造化之秘而天恶此耶？又谓：富贵者人之所可得，而才者天之所甚靳，既取所甚靳，则不兼其所可得。又谓：才者，致穷之具，人何用得此，而天亦何用靳此？有未易以理晓者。予尝摘此语以啃景思曰：“子何必以才而致穷耶？子何必发天之所秘，而逢天之所怒耶？子何必争天之所靳，而不即人之所可得者耶？”景思笑曰：“子不见唐人孟郊、贾岛乎？郊、岛之穷，才之所致，固也。然同时之士如王涯、贾悚，岂不富且贵哉？当郊、岛以饥死寒死，涯、悚未必不怜之也。及甘露之祸，涯、悚虽欲如郊、岛之饥死寒死，不可得也。使郊、岛见涯、悚之祸，涯、悚怜郊、岛乎？郊、岛怜涯、悚乎？未可知也。子不见本朝黄、秦乎？鲁直贬死宜州，少游贬死滕州，而蔡京、王黼相继为宰相，贵震天下。当黄、秦之死，王、蔡必幸其死；及王、蔡之诛，黄、秦不见其诛，亦必不幸之也。然黄、秦不幸王、蔡之诛，而天下万世幸之；王、蔡幸黄、秦之死，而天下万世惜之。然则黄、秦之贫贱，王、蔡之富贵，其究何如也？且彼四子之富贵，其得者几何？而今视之，不啻如粪土；而此四子之贫贱，所得者如此，今与日月争光可也。然则孰可愿孰不可愿乎？亦未可知也。今吾不才，岂敢拟郊、岛、黄、秦，而吾之穷有甚于郊、岛、黄、秦，吾何幸得与郊、岛、黄、秦同其穷，而不与涯、悚、王、蔡同其达，而子为我愿之乎？且吾与诗人同争夫天之所靳，是天之横民；同犯天之所恶，是又天之横民也。治横民宜以横政，既与诗人同为横民，又欲不与诗人同受横政，可乎？”余贺之曰：“子既无遗力以取所靳，无惧心以犯所恶，无怨言以安所致。然则延之为君惜，延之为过也；余举延之语以啃君，亦过也。然君心欲专享诗人所谓才之所致者，而不顾不悔，以不辞造物之横政，亦过也。子盍持此语再见延之，为余问之。”

杨万里《诚斋集》卷八十二《雪巢小集序》（节录）
《四库全书》本

予生平百无所好，而独好文词，如好好色也。至于好诗，又好文词中之尤者也。至于好晋唐人之诗,又好诗中之尤者也。

杨万里《诚斋集》卷八十二《唐李推官披沙集序》(节录)
《四库全书》本

若夫刿心于山林风月之场,雕龙于言语文章之圃,此我辈羁穷酸寒无聊不平之音也,公何必能此哉?古语曰:"争名者必于朝,争利者必于市。"二人者,使之以此易彼,二人者其肯乎哉?非不肯也,不愿也,亦各乐其乐也。诗人文士挟其所乐,足以敌王公大人之所乐也,不啻也,犹将愈之。故王公大人无以敖夫士,而士亦无所折于王公大人。今日乃自屏其所可乐,而复力争夫士之所甚乐,所谓"不虞君之涉吾地"者,其不多取乎?然公之诗文,非能工也,不能不工耳……甚矣文之难也,长于台阁之体者,或短于山林之味;谐于时世之嗜者,或离于古雅之风。笺奏与记序异曲,五七与百千不同调。非文之难,兼之者难也。

杨万里《诚斋集》卷八十三《石湖先生大资参政范公文集序》(节录)
《四库全书》本

论曰:天下之不善,圣人视之甚徐而甚迫,甚徐而甚迫者,导其善者以之于道,矫其不善者以复于道也。宜徐而迫,天下之善始惑,宜迫而徐,天下之不善始逋。盖逋因于莫之矫,而惑起于莫之导,善而莫之导,是谓窒善,不善而莫之矫,是谓开不善,圣人反是,徐其所不宜迫,而迫其所不宜徐,经之自易而书非不备也,然皆所以徐天下者也。启其扃,听其入,坦其轨,纵其驰,入也驰也否也,圣人油然不责之也,天下皆善乎?天下不能皆善,则不善亦可导乎?圣人于是变而为迫,非乐于迫也,欲不变而不得也,迫之者,矫之也,是故有诗焉。

诗也者,矫天下之具也。而或者曰:圣人之道,礼严而诗宽。嗟乎,孰知礼之严为严之宽、诗之宽为宽之严也欤?盖圣人将有以矫天下,必先有以约天下之至情,得其至情,而随以矫之,安得不从?盖天下之至情,矫生于愧,愧生于众,愧非议则安,议非众则私,安则不愧其愧,私则反议其议,圣人不使天下不愧其愧、反议其议也,于是举众以议之,举议以愧之,则天下之不善者,不得不愧,愧斯矫,矫斯复,复斯善矣。此诗之教也。诗果宽乎?耸乎其必讥,而断乎其必不恕也。诗果不严乎?恶于盗而懦于童子,今夫童子诳其西邻之童而夺之一金不怍也,而东邻之童旁观而适见之则怍焉,见其夺也,而又以告其不见者,则怍焉病焉。不惟见焉,不惟告也,见者与不见者,朋讥而群哂焉,则不惟大怍也,不惟大病也,则啼焉,则归之金焉。夫何其不怍于夺而怍于见,故曰矫生于愧;夫曷不啼于未讥未哂之先而归其夺于讥与哂之后,故曰愧生于议,议生于众。夫夺人者污也,夺而归之者洁也,其污也可摈,其洁也可进。夺于先而归于后,污初而洁终,君子将不恕其初乎?将揜其终乎?则讥为誉根,哂为德源矣。故曰愧斯矫,矫斯复,复斯善矣。

诗人之言,至发其君宫闱不修之隐慝,而亦不舍匹夫匹妇复关、溱洧之过,歌咏文武之遗风余泽,而叹息东周列国之乱,哀穷屈而憎贪谗,深陈而悉数,作非一人,词非一口,则议之者寡邪?夫人之为不善,非不自知也,而自赦也,自赦而后自肆,自赦而天下不赦也,则其肆必收。圣人引天下之众以议天下之善不善,此诗之所以作也。故诗也者,收天下之肆者也。今夫人之一身,暄则倦,凛则力,十日之暄可无一日之凛耶?《易》、《礼》、《乐》与《书》,暄也,《诗》,凛也。人之情不喜于暄而悲于凛者谁也?不知夫天之作其倦、强其力而寿之也,天下之于《易》、《礼》、《乐》、《诗》、《书》,喜其四,愧其一,孰知圣人以至愧愧之者,乃所以至喜喜之也。

杨万里《诚斋集》卷八十五《诗论》 《四库全书》本

朱 熹

朱熹(1130—1200),字元晦(一字仲晦),南宋闽学创始人,理学集大成者,为程朱学派主要代表,曾在福建崇安紫阳书院任主讲,晚年徙居建阳考亭,故又别称考亭、紫阳。出生于南剑州尤溪(今福建尤溪县),绍兴十七年秋中举人,次年春登进士,先后被授予左迪功郎、武学博士、朝奉郎、朝散郎,历任泉州同安主簿、秘书省秘书郎、知南康军、提举江西常平茶盐公事、直秘阁、簿提刑、江东提刑、秘阁修撰、江东转运使、漳州知府、湖南转运副使、潭州知府、湖南安抚、焕章阁待制兼侍讲等职,历仕高宗、孝宗、光宗、宁宗四朝。朝廷识其才,多次委以重任,朱熹力辞不受,先后主管台州崇道观、武夷山冲佑观、华州云台观、西京崇福宫、西太一宫、南京鸿庆宫。一生致志于理学,在福建讲学约四十年。朱熹幼承家学,早年为学博杂,泛滥词章,出入佛老,对各种学问有着极为广泛的兴趣。二十四岁,受学于罗从彦门人延平李侗,以继承二程洛学为己任。淳熙二年(1175),朱熹与吕祖谦、陆九渊等会于江西上饶铅山鹅湖寺,是为著名的鹅湖之会,朱陆分歧由此更加明确。朱熹在"白鹿国学"的基础上,建立白鹿洞书院,订立《学规》,讲学授徒,宣扬道学。在潭州(今湖南长沙)修复岳麓书院,讲学以穷理致知、反躬践实以及居敬为主旨。朱熹继承二程理学思想,广泛吸收周敦颐、张载、邵雍等北宋理学家的思想养分,构建起自己庞大的理学思想体系。庆元三年,韩侂胄擅权,排斥赵汝愚,禁道学,朱熹受牵连被斥"十罪",革职回家,其学被定为"伪学",其人也被定为"伪学首魁"。朱熹死后,"党禁"解弛,其地位开始日渐上升,嘉定二年(1209)诏赐遗表恩泽,谥曰文,寻赠中大夫,特赠宝谟阁直学士。理宗宝庆三年(1227),赠太师,追封信国公,改徽国公。咸淳五年诏赐“文公阙里”于婺源。元至正元年诏立“徽国文公之庙”。明崇祯十五年诏称“先儒朱子”(后改称“先贤”),列为于汉唐诸儒之上。清康熙五十一年诏升“先贤朱子于十哲之次”,定文庙春秋祭祀。朱熹在历代儒者中的地位及实际影响仅次于孔子和孟子,其思想学说从元代开始成为中国的官方哲学,不仅深刻地影响了中国的传统思想文化,而且还远播海外,如李朝时期的朝鲜、德川时代的日本,“朱子学”在政治领域和思想文化领域都拥有举足轻重的地位,产生了相当大的影响。朱熹著有《四书集注》、《诗集传》、《楚辞集注》、《四书章句集注》、《周易本义》及后人编纂的《晦庵先生朱文公文集》、《朱子语类》、《朱子大全》等。从中国学术史的发展进程来看,“汉学”后“宋学”别成一种范式,朱熹居功厥伟,对包括文学理论在内的各种学术思想产生了极其深刻的影响。

诗集传序[①]

或有问于余曰:诗何为而作也?余应之曰:人生而静,天之性也;感于物而动,性之欲也。夫既有欲矣,则不能无思;既有思矣,则不能无言;既有言矣,则言之所不能尽,而发于咨嗟咏叹之余者,必有自然之音响节奏而不能已焉。此诗之所以作也。

曰:然则其所以教者何也?曰:诗者,人心之感物而形于言之余也。心之所感有邪正,故言之所形有是非。惟圣人在上,则其所感者无不正,而其言皆足以为教。其或感之之杂,而所发不能无可择者,则上之人必思所以自反,而因有以劝惩之,是亦所以为教也。昔周盛时,上自郊庙朝廷,而下达于乡党闾巷,其言粹然无不出于正者。圣人固已协之声律,而用之乡人,用之邦国,以化天下。至于列国之诗,则天子巡守,亦必陈而观之,以行黜陟[②]之典,降自昭穆,而后浸以陵夷,至于东迁,而遂废不讲矣。孔子生于其时,既不得位,无以行帝王劝惩黜陟之政,于是特举其籍而讨论之,去其重复,正其纷乱,而其善之不足以为法,恶之不足以为戒者,则亦刊[③]而去之,以从简约,示久远,使夫学者,即是而有以考其得失,善者师之,而恶者改焉。是以其政虽不足行于一时,而其教实被于万世,是则诗之所以为教者然也。

曰:然则国风雅颂之体,其不同若是,何也?曰:吾闻之,凡诗之所谓风者,多出于里巷歌谣之作,所谓男女相与咏歌,各言其情者也。惟《周南》《召南》,亲被文王之化以成德,而人皆有以得其性情之正。故其发于言者,乐而不过于淫,哀而不及于伤,是以二篇独为风诗之正经。自《邶》而下,则其国之治乱不同,人之贤否亦异,其所感而发者,有邪正是非之不齐,而所谓先王之风者,于此焉变矣。若夫雅颂之篇,则皆成周之世朝廷郊庙乐歌之词,其语和而庄,其义宽而密,其作者往往圣人之徒,固所以为万世法程而不可易者也。至于雅之变者,亦皆一时贤人君子闵时病俗之所为,而圣人取之。其忠厚恻怛[4]之心,陈善闭邪之意,犹非后世能言之士所能及之。此诗之为经,所以人事浃[5]于下,天道备于上,而无一理之不具也。

曰:然则其学之也,当奈何?曰:本之二南以求其端,参之列国以尽其变,正之于雅以大其规,和之于颂以要其止,此学诗之大旨也。于是乎章句[6]以纲之,训诂以纪之,讽咏以昌之,涵濡以体之;察之情性隐微之间,审之言行枢机之始;则修身及家、平均天下之道,其亦不待他求而得之于此矣。

《晦庵集》卷七十六　《四库全书》本

【注释】

① "汉学"后"宋学"别成一种范式,对赵宋后学术思想产生了深远影响,这种影响首先体现在经学统绪中,但也溢出经学系统而对包括文学理论在内的学术思想产生重要影响,尤其《诗经》"宋学"对诗学思想的影响。朱熹《诗集传》乃是《诗经》"宋学"的代表作,对后世《诗经》学产生了持久影响,同时对经学系统外的诗歌理论也产生了非常重要的影响,因此,辨清《诗集传》的思想价值,应在经学与诗文评两个系统中展开:从经学系统来看,汉儒《诗经》学重义例训诂而偏于主"义",朱熹则兼重其"声";从诗文评系统来看,朱熹指出:"吕居仁尝言,诗字字要响。其晚年诗都哑了,不知是如何,以为好否?"可见朱熹是并不反对诗之重"响"的。重视声响,也就成为其诗学的一个基本点。此《诗集传序》开篇言性情为诗之本,则"自然之音响节奏"乃诗之不可或缺之用;"圣人固已协之声律,而用之乡人,用之邦国,以化天下",诗之教也离不开声;"凡诗之所谓风者,多出于里巷歌谣之作,所谓男女相与咏歌,各言其情者也",诗之体也与声

相关;“于是乎章句以纲之,训诂以纪之,讽咏以昌之,涵濡以体之”,此论诗之学也。可见其诗本论、诗教论、诗体论、诗学论等皆贯穿着声。

《朱子语类》中多有对以上思想展开之论,如对与诗体相关的六义的解释:“盖所谓六义者,风雅颂乃是乐章之腔调,如言仲吕调、大石调、越调之类”,“立此六义,非特使人知其声音之所当,又欲使歌者知作诗之法度也”。“诗中头项多,一项是音韵,一项是训诂名件,一项是文体”,音韵这一项,朱熹认可“协韵”说。

在有关“论读诗”语录中更是强调“吟咏讽诵”的重要性。

《诗经》有不同于他经的独特性,所道者为“情”而非“理”,此其一。其二,从所以道的方式来看,“《生民》诗是叙事诗,只得恁地。盖是叙,那首尾要尽,下武文王有声等诗,却有反复歌咏底意思”,而“反复歌咏底意思”在诗三百中占主导地位。辅广《诗童子问》录其语云:“古之学诗者,固有待于声音之助,然今已亡之,无可奈何,只得熟读而从容讽味之耳”,“读诗全在讽咏之功,讽咏得熟,则六义将自分明。须使篇篇有个下落,使得读诗者尤不可不知此说。古诗即今之歌曲,今之歌曲往往能使人感动,至学诗却无感动兴起处,只为泥章句故也”,“今人学诗所以无感动兴起处,只为不曾讽咏,却只泥章句故也”。此乃《诗经》宋学与汉学重要不同处之一。

诗而重吟咏讽诵与诗之“兴”有关,以朱子为代表的《诗经》宋学与汉学另一不同之处是对“兴”的理解,这也与《诗经》“小序”之存废有关,因为小序的一大问题即将“兴”全作“比”解而穿凿附会,朱子因此主张废序。“兴”的难以理解处又在如何将其与“比”区分开,朱子这方面的论述也颇多,“比虽是较切,然兴却意较深远也”,“比意虽切而却浅,兴意虽阔而味长”,“诗之兴,全无巴鼻,振录云:‘多是假他物举起,全不取其义’”,“诗之兴,是劈头说那没来由底两句,下面方说那事,这个如何通解”,“兴有二义,有一样全无义理”。诗之“兴”的表达特点是“意较深远”、“意虽阔而味长”等等,那么,可以追问的是:诗作为一种语言篇章,是通过什么语言形式达到这种表达效果的?《诗童子问》有云:“(《清庙》一章)周《雅》当涵咏,至于《颂》则尤不可不涵咏也,如《清庙》之颂,涵咏之则意味深长,若用言语解着,味便短。”诗之声音节奏形式显然具有“兴”的“意味深长”的表达效果,而此深长的“意味”又与声音节奏不可剥离,所以只能通过讽诵涵泳得之,“若用言语解着,味便短”。

当然,朱熹在诗文评系统中对诗学问题也多有探讨,《朱子语类》中即专门载有他对历代诗家诗作的评析,并对宋诗流弊多有批评。首先,朱子重自然含蓄,所以推崇陶、韦:“渊明诗平淡出于自然”,“韦苏州诗高于王维孟浩然诸人,以其无声色臭味也”;也以此而批评苏黄、江西派:“苏才豪,然一滚说尽,无余意;黄费安排”,“古诗较自在,山谷则刻意为之”,大抵颇能切中时弊。其次,宋人多推崇杜子美,但朱子对杜诗尤其晚期诗则颇有微辞,与李太白比,“杜诗初年甚精细,晚年横逆不可当,只意到处便押一个韵。如自秦州入蜀诸诗,分明如画,乃其少作也。李太白诗非无法度,乃从容于法度之中,盖圣于诗者也”,“李太白终始学《选》诗,所以好。杜子美诗好者亦多是效《选》诗,渐放手,夔州诸诗则不然也”,“晋宋间诗多闲淡,杜工部等诗常忙了”。复次,对所谓豪放与平淡有精到的理解,“李太白诗不专是豪放,亦有雍容和缓底,如首篇‘大雅久不作’,多少和缓! 陶渊明诗人皆说是平淡。据某看,他自豪放,但豪放得来不觉耳。其露出本相者是《咏荆轲》一篇,平淡底人如何说得这样言语出来”。当然,在他的价值观体系当中,诗文的地位其实并不高:“今人不去讲义理,只去学诗文,已落第二义”,甚而有云“近世诸公作诗费工夫,要何用”,“然到极处,当自知作诗果无益”等等。其《答巩仲至书》所谓“古今之诗,凡有三变”及“羽翼舆卫”之喻等,对明人选唐诗有重要启示。

② 黜陟——进退人才,降官曰“黜”,升官曰“陟”。

③ 刊——刊削。

④ 怛——忧伤、悲苦,读若达。

⑤ 浃——融洽,读若佳。

⑥ 章句——分析古书的章节句读。

【附录】

诗者,志之所之,在心为志,发言为诗,然则诗者,岂复有工拙哉? 亦视其志之所向者高下如何耳。是以古之君子,德足以求其志,必出于高明纯一之地,其于诗固不学而能之。至于格律之精粗,用韵属对比事遣辞之善否,今以魏晋以前诸贤之作考之,盖未有用意于其间者,而况于古诗之流乎? 近世作者,乃始留情于此,故诗有工拙之论,而葩藻之词胜,言志之功隐矣。

朱熹《晦庵集》卷三十九《答杨宋卿书》(节录) 《四库全书》本

抑又闻之,古之圣贤所以教人,不过使之讲明天下之义理,以开发其心之知识,然后力行固守,以终其身。而凡其见之言论、措之事业者,莫不由是以出,初非此外别有歧路可施功力,以致文字之华靡,事业之恢宏也。故《易》之《文言》,于乾九三实明学之始终,而其所谓忠信所以进德者,欲吾之心实明是理,而真好恶之,若其好好色而恶恶臭也。所谓修辞立诚以居业者,欲吾之谨夫所发以致其实，而尤先于言语之易放而难收也。其曰修辞，岂作文之谓哉？今或者以修辞名左右之斋，吾固未知其所谓，然设若尽如《文言》之本指，则犹恐此事当在忠信进德之后，而未可以遽及。若如或者赋诗之所咏叹，则恐其于乾乾夕惕之意，又益远而不相似也。鄙意于此，深有所不能无疑者，今虽不敢承命以为记，然念此事于人所关不细，有不可以不之讲者，故敢私以为请，幸试思之，而还以一言判其是非焉。

至于佳篇之贶，则意益厚矣。顾惟顿拙于此，岂敢有所与，三复以还，但知赞叹而已。然因此偶记顷年学道未能专一之时，亦尝间考诗之原委，因知古今之诗，凡有三变：盖自书传所记，虞夏以来，下及魏晋，自为一等；自晋宋间颜谢以后，下及唐初，自为一等；自沈宋以后，定著律诗，下及今日，又为一等。然自唐初以前，其为诗者，固有高下，而法犹未变。至律诗出，而后诗之与法，始皆大变，以至今日，益巧益密，而无复古人之风矣。故尝妄欲抄取经史诸书所载韵语，下及《文选》、汉魏古词，以尽乎郭景纯、陶渊明之所作，自为一编，而附于《三百篇》《楚辞》之后，以为诗之根本准则。又于其下二等之中，择其近于古者，各为一编，以为之羽翼舆卫。（且以李杜言之，则如李之《古风》五十首，杜之《秦蜀纪行》《遣兴》《出塞》《潼关》《石濠》《夏日》《夏夜》诸篇。律诗则如王维韦应物辈，亦自有萧散之趣，未至如今日之细碎卑冗无余味也。）其不合者，则悉去之，不使其接于吾之耳目，而入于吾之胸次，要使方寸之中无一字世俗言语意思，则其为诗，不期于高远而自高远矣。然顾为学之务，有急于此者，亦复自知材力短弱，决不能追古人而与之，并遂悉弃去，不能复为。

来喻所云："漱六艺之芳润，以求真澹。"此诚极至之论，然恐亦须先识得古今体制，雅俗乡背，仍更洗涤得尽肠胃间夙生荤血脂膏，然后此语方有所措。如其未然，窃恐秽浊为主，芳润入不得也。近世诗人，正缘不曾透得此关，而规规于近局，故其所就，皆不满人意，无足深论。然就其中而论之，则又互有短长，不可一概抑此伸彼。况权度未审，其所去取，又或未能尽合天下之公也。此说甚长，非书可究，他时或得面论，庶几可尽。但恐彼时且要结绝修辞公案，无暇可及此耳。记文甚健，说尽事理，但恐亦当更考欧、曾遗法，料简刮摩，使其清明峻洁之中，自有雍容俯仰之态，则其传当愈远，而使人愈无遗憾矣。

朱熹《晦庵集》卷六十四《答巩仲至书》 《四库全书》本

或言今人作诗，多要有出处。曰："'关关雎鸠'，出在何处？"

古诗须看西晋以前，如乐府诸作皆佳。杜甫夔州以前诗佳；夔州以后自出规模，不可学。苏黄只是今人诗。苏才豪，然一滚说尽，无余意；黄费安排。

渊明诗平淡出于自然。后人学他平淡,便相去远矣。某后生见人做得诗好,锐意要学。遂将渊明诗平侧用字,一一依他做。到一月后便解自做,不要他本子,方得作诗之法。

齐梁间之诗,读之使人四肢皆懒慢不收拾。

李太白诗不专是豪放,亦有雍容和缓底,如首篇"大雅久不作",多少和缓!陶渊明诗人皆说是平淡。据某看,他自豪放,但豪放得来不觉耳。其露出本相者是咏荆轲一篇,平淡底人如何说得这样言语出来!

杜诗初年甚精细,晚年横逸不可当,只意到处便押一个韵。如自秦州入蜀诸诗,分明如画,乃其少作也。李太白诗非无法度,乃从容于法度之中,盖圣于诗者也。古风两卷多效陈子昂,亦有全用其句处。太白去子昂不远,其尊慕之如此。然多为人所乱,有一篇分为三篇者,有三篇合为一篇者。

李太白终始学选诗,所以好。杜子美诗好者亦多是效选诗,渐放手,夔州诸诗则不然也。

杜子美晚年诗都不可晓。吕居仁尝言,诗字字要响。其晚年诗都哑了,不知是如何,以为好否?

杜子美"暗飞萤自照",语只是巧。韦苏州云:"寒雨暗深更,流萤度高阁。"此景色可想,但则是自在说了。因言:"《国史补》称韦'为人高洁,鲜食寡欲。所至之处,扫地焚香,闭合而坐。'其诗无一字做作,直是自在。其气象近道,意常爱之。"问:"比陶如何?"曰:"陶却是有力,但语健而意闲。隐者多是带气负性之人为之。陶欲有为而不能者也,又好名。韦则自在,其诗直有做不着处便倒塌了底。晋宋间诗多闲淡。杜工部等诗常忙了。陶云'身有余劳,心有常闲',乃礼记'身劳而心闲则为之也'"。

韦苏州诗高于王维孟浩然诸人,以其无声色臭味也。

蜚卿问山谷诗,曰:"精绝!知他是用多少工夫。今人卒乍如何及得!可谓巧好无余,自成一家矣。但只是古诗较自在,山谷则刻意为之。"又曰:"山谷诗忒好了。"

举南轩诗云:"卧听急雨打芭蕉。"先生曰:"此句不响。"曰:"不若作'卧闻急雨到芭蕉'。"又言:"南轩文字极易成。尝见其就腿上起草,顷刻便就!"

作诗间以数句适怀亦不妨。但不用多作,盖便是陷溺尔。当其不应事时,平淡自摄,岂不胜如思量诗句?至其真味发溢,又却与寻常好吟者不同。

近世诸公作诗费工夫,要何用?元祐时有无限事合理会,诸公却尽日唱和而已。今言诗不必作,且道恐分了为学工夫。然到极处,当自知作诗果无益。

因林择之论赵昌父诗,曰:"今人不去讲义理,只去学诗文,已落第二义。况又不去学好底，却只学去做那不好底。作诗不学六朝，又不学李杜，只学那峣崎底。今便学得十分好后，把作甚么用？莫道更不好。如近时人学山谷诗，然又不学山谷好底，只学得那山谷不好处。”择之云：“后山诗恁地深，他资质尽高，不知如何肯去学山谷。”曰：“后山雅健强似山谷，然气力不似山谷较大，但却无山谷许多轻浮底意思。然若论叙事，又却不及山谷。山谷善叙事情，叙得尽，后山叙得较有疏处。若散文，则山谷大不及后山。”淳录云：“后山诗雅健胜山谷，无山谷潇洒轻扬之态。然山谷气力又较大，叙事咏物，颇尽事情。其散文又不及后山。”择之云：“欧公好梅圣俞诗，然圣俞诗也多有未成就处。”曰：“圣俞诗不好底多。如河豚诗，当时诸公说道恁地好，据某看来，只似个上门骂人底诗；只似脱了衣裳，上人门骂人父一般，初无深远底意思。后山山谷好说文章，临作文时，又气馁了。老苏不曾说，到下笔时做得却雄健。”

今江西学者有两种：有临川来者，则渐染得陆子静之学；又一种自杨谢来者，又不好。子静门犹有所谓“学”。不知穷年穷月做得那诗，要作何用？江西之诗，自山谷一变至杨廷秀，又再变，遂至于此。杨大年虽巧，然巧之中犹有混成底意思，便巧得来不觉。及至欧公，早渐渐要说出来。然欧公诗自好，所以他喜梅圣俞诗，盖枯淡中有意思。欧公最喜一人送别诗两句云：“晓日都门道，微凉草树秋。”又喜王建诗：“曲径通幽处，禅房花木深。”欧公自言平生要道此语不得。今人都不识这意思，只要嵌事，使难字，便云好。

《朱子语类》卷一百四十 《四库全书》本

纲 领

因论诗，曰：“孔子取诗只取大意。三百篇，也有会做底，有不会做底。如《君子偕老》：‘子之不淑，云如之何！’此是显然讥刺他。到第二章已下，又全然放宽，岂不是乱道！如《载驰》诗煞有首尾，委曲详尽，非大段会底说不得。又如《鹤鸣》做得极巧，更含蓄意思，全然不露。如《清庙》一倡三叹者，人多理会不得。注下分明说：‘一人倡之，三人和之。’譬如今人挽歌之类。今人解者又须要胡说乱道。”

“《诗》，有是当时朝廷作者，雅颂是也。若国风乃采诗者采之民间，以见四方民情之美恶，二南亦是采民言而被乐章尔。程先生必要说是周公作以教人，不知是如何？某不敢从。若变风，又多是淫乱之诗，故班固言‘男女相与歌咏以言其伤’是也。圣人存此，亦以见上失其教，则民欲动情胜，其弊至此，故曰‘诗可以观’也。且诗有六义，先儒更不曾说得明。却因《周礼》说《豳》诗有豳雅豳颂，即于一诗之中要见六义，思之皆不然。盖所谓六义者，风雅颂乃是乐章之腔调,如言仲吕调、大石调、越调之类;至比、兴、赋,又别:直指其名,直叙其事者,赋也;本要言其事,而虚用两句钓起,因而接续去者,兴也;引物为况者,比也。立此六义,非特使人知其声音之所当,又欲使歌者知作诗之法度也。"问:"《豳》之所以为雅为颂者,恐是可以用雅底腔调,又可用颂底腔调否?"曰:"恐是如此,某亦不敢如此断,今只说恐是亡其二。"

比虽是较切,然兴却意较深远也,有兴而不甚深远者,比而深远者,又系人之高下,有做得好底,有拙底。常看后世如魏文帝之徒作诗,皆只是说风影。独曹操爱说周公,其诗中屡说。便是那曹操意思也是较别,也是乖。

比是以一物比一物,而所指之事常在言外。兴是借彼一物以引起此事,而其事常在下句。但比意虽切而却浅,兴意虽阔而味长。

诗之兴,全无巴鼻,振录云:"多是假他物举起,全不取其义。"后人诗犹有此体。如"青青陵上柏,磊磊涧中石,人生天地间,忽如远行客",又如"高山有崖,林木有枝,忧来无端,人莫之知","青青河畔草,绵绵思远道",皆是此体。

问:"《诗传》说六义,以托物兴辞为兴,与旧说不同。"曰:"觉旧说费力,失本指。如兴体不一,或借眼前物事说将起,或别自将一物说起,大抵只是将三四句引起,如唐时尚有此等诗体。如'青青河畔草','青青水中蒲',皆是别借此物,兴起其辞,非必有感有见于此物也。有将物之无,兴起自家之所有;将物之有,兴起自家之所无。前辈都理会这个不分明,如何说得诗本指!只伊川也自未见得。看所说有甚广大处,子细看,本指却不如此。若上蔡怕晓得诗,如云:'读诗,须先要识得六义体面',这是他识得要领处。"问:"诗虽是吟咏,使人自有兴起,固不专在文辞;然亦须是篇篇句句理会著实,见得古人所以作此诗之意,方始于吟咏上有得。"曰"固是。若不得其真实,吟咏个甚么?然古人已多不晓其意,如《左传》所载歌诗,多与本意元不相关。"

诗,才说得密,便说他不著。……诗之兴,是劈头说那没来由底两句,下面方说那事,这个如何通解!

《诗序》实不足信。向见郑渔仲有《诗辨妄》,力诋《诗序》,其间言语太甚,以为皆是村野妄人所作。始亦疑之,后来子细看一两篇,因质之《史记》《国语》,然后知《诗序》之果不足信。因是看行苇宾之初筵抑数篇,序与诗全不相似。以此看其他诗序,其不足信煞多。以此知人不可乱说话,便都被人看破了。诗人假物兴辞,大率将上句引下句。……大率古人作诗,与今人作诗一般,其间亦自有感物道情,吟咏情性,几时尽是讥刺他人?只缘序者立例,篇篇要作美刺说,将诗人意思尽穿凿坏了!且如今人见人才做事,便作一诗歌美之,或讥刺之,是甚么道理?如此,一似里巷无知之人,胡乱称颂谀说,把持放雕,何以见先王之泽？何以为情性之正？

问:“《诗传》多不解《诗序》,何也?”曰:“某自二十岁时读诗,便觉小序无意义。及去了小序,只玩味诗词,却又觉得道理贯彻。当初亦尝质问诸乡先生,皆云序不可废,而某之疑终不能释。后到三十岁,断然知小序之出于汉儒所作,其为缪戾,有不可胜言。东莱不合只因序讲解,便有许多牵强处。某尝与之言,终不肯信。读诗记中虽多说序,然亦有说不行处,亦废之。某因作诗传,遂成诗序辨说一册,其他缪戾,辨之颇详。”

器之问诗协韵之义。曰:“只要音韵相协,好吟哦讽诵,易见道理,亦无甚要紧。今且要将七分工夫理会义理,三二分工夫理会这般去处。若只管留心此处,而于诗之义却见不得,亦何益也!”

问:“先生说诗,率皆协韵,得非诗本乐章,播诸声诗,自然协韵,方谐律吕,其音节本如是耶?”曰:“固是如此。然古人文章亦多是协韵。”因举王制及《老子》协韵处数段。又曰:“周颂多不协韵,疑自有和底篇相协。‘清庙之瑟,朱弦而疏越,一唱而三叹’,叹,即和声也。”

问:“诗协韵,有何所据而言?”曰:“协韵乃吴才老所作,某又续添减之。盖古人作诗皆押韵,与今人歌曲一般。今人信口读之,全失古人咏歌之意。”

器之问诗。曰:“古人情意温厚宽和,道得言语自恁地好。当时协韵,只是要便于讽咏而已。到得后来,一向于字韵上严切,却无意思。汉不如周,魏晋不如汉,唐不如魏晋,本朝又不如唐。如元微之刘禹锡之徒,和诗犹自有韵相重密。本朝和诗便定不要一字相同,不知却愈坏了诗!”

论读诗

诗中头项多,一项是音韵,一项是训诂名件,一项是文体。若逐一根究,然后讨得些道理,则殊不济事,须是通悟者方看得。

圣人有法度之言,如《春秋》《书》《礼》是也,一字皆有理。如诗亦要逐字将理去读,便都碍了。

看诗,义理外更好看他文章。且如谷风,他只是如此说出来,然而叙得事曲折先后,皆有次序。而今人费尽气力去做后,尚做得不好。

读诗便长人一格。如今人读诗,何缘会长一格？诗之兴,最不紧要。然兴起人意处,正在兴。会得诗人之兴,便有一格长。“丰水有芑,武王岂不仕!”盖曰,丰水且有芑,武王岂不有事乎！此亦兴之一体,不必更注解。如龟山说关雎处意亦好,然终是说死了,如此便诗眼不活。

曰:“善可为法,恶可为戒,不特诗也,他书皆然。古人独以为兴于诗者,诗便有感发人底意思。今读之无所感发者,正是被诸儒解杀了,死著诗义,兴起人善意不得。如南山有台序云:'得贤,则能为邦家立太平之基',盖为见诗中有'邦家之基'字,故如此解。此序自是好句,但才如此说定,便局了一诗之意。若果先得其本意,虽如此说亦不妨。正如易解,若得圣人系辞之意,便横说竖说都得。今断以一义解定,易便不活。诗所以能兴起人处,全在兴。……周礼以六诗教国子,当时未有注解,不过教之曰,此兴也,此比也,此赋也。兴者,人便自作兴看;比者,人便自作比看。兴只是兴起,谓下句直说不起,故将上句带起来说,如何去上讨义理?今欲观诗,不若且置小序及旧说,只将原诗虚心熟读,徐徐玩味。候仿佛见个诗人本意,却从此推寻将去,方有感发。如人拾得一个无题目诗,再三熟看,要须辨得出来。若被旧说一局局定,便看不出。"

读诗正在于吟咏讽诵,观其委曲折旋之意,如吾自作此诗,自然足以感发善心。今公读诗,只是将己意去包笼他,如做时文相似。中间委曲周旋之意,尽不曾理会得,济得甚事?若如此看,只一日便可看尽,何用逐日只捱得数章,而又不曾透彻耶?且如人入城郭,须是逐街坊里巷,屋庐台榭,车马人物,一一看过,方是。今公等只是外面望见城是如此,便说我都知得了。如郑诗虽淫乱,然《出其东门》一诗,却如此好。《女曰鸡鸣》一诗,意思亦好。读之,真个有不知手之舞、足之蹈者!

诗,如今恁地注解了,自是分晓,易理会。但须是沉潜讽诵,玩味义理,咀嚼滋味,方有所益。若只草草看过一部诗,只三两日可了。但不得滋味,也记不得,全不济事。古人说诗可以兴,须是读了有兴起处,方是读诗。若不能兴起,便不是读诗。因说永嘉之学,只是要立新巧之说,少间指摘东西,斗凑零碎,便立说去。纵说得是,也只无益,莫道又未是。

读诗之法,只是熟读涵味,自然和气从胸中流出,其妙处不可得而言。不待安排措置,务自立说,只恁平读着,意思自足。须是打叠得这心光荡荡地,不立一个字,只管虚心读他,少间推来推去,自然推出那个道理。所以说以此洗心,便是以这道理尽洗出那心里物事,浑然都是道理。

上蔡曰:"学诗,须先识得六义体面,而讽咏以得之。"此是读诗之要法。看来书只是要读,读得熟时,道理自见,切忌先自布置立说!

大凡读书,先晓得文义了,只是常常熟读。如看诗,不须得着意去里面训解,但只平平地涵泳自好。

《朱子语类》卷八十 《四库全书》本

(《周南》《关雎》兼论二南)问:"二南之诗,真是以此风化天下否?"曰:"亦不须问是要风化天下与不风化天下，且要从‘关关雎鸠，在河之洲’云云里面看义理是如何。今人读书，只是说向外面去，却于本文全不识！”

问：“殷其雷，比君子于役之类，莫是宽缓和平，故入正风。”曰：“固然。但正、变风亦是后人如此分别，当时亦只是大约如此取之。圣人之言，在《春秋》《易》《书》无一字虚，至于诗，则发乎情，不同。”

时举说《蓼萧》《湛露》二诗。曰：“文义也只如此。却更须要讽咏，实见他至诚和乐之意，乃好。”

（大东）“有饛簋飧，有捄棘匕”，《诗传》云：“兴也。”问：“似此等例，却全无义理。”曰：“兴有二义，有一样全无义理。”

《生民》诗是叙事诗，只得恁地。盖是叙，那首尾要尽，下武文王有声等诗，却有反复歌咏底意思。

《朱子语类》卷八十一 《四库全书》本

“故诗有六义焉一曰风二曰赋三曰比四曰兴五曰雅六曰颂”，此一节则言，凡诗，声音之节，制作之体，有此六义，而教诗与学诗者，皆当先辨而识之也。此一条盖《三百篇》之纲领管辖者，风雅颂者，声乐部分之名，而《三百篇》之节奏，实统于是而无所遗，故谓之纲领；赋比兴者，所以制作风雅颂之体，而《三百篇》之体制，实出于是而不能外，故谓之管辖。声音之节谓风雅颂也，故先生因论诗乐而有说曰：古者，风雅颂名既不同其声，想亦各别也，制作之体谓赋比兴也，盖风雅颂之体皆用是三者以制作之也。三经谓风雅颂，盖其体之一定也；三纬谓赋比兴，盖其用之不一也。节奏谓声音之节，指归谓诗之旨意归趣也，皆将不待解说，而直可吟咏以得之者，此古人于诗所以贵乎歌咏，而程伯淳所以浑不曾章解句析，只优游玩味，吟哦上下，便使人有得处也。人才是讲说，意味便短，终不能尽诗人委曲之意。《绿衣》虽以比妾，而实则又因绿衣以兴起其辞也，故曰兼于兴。《关雎》虽以雎鸠起兴，实则又以挚而有别比后妃之德也，故曰兼于比。诗之此类亦多，独举此二者以例其余耳。

“子曰兴于诗”，此以下至“虽多亦奚以为”，是夫子言人不可以不学诗与学诗者之效验。诗虽本于人情，其言易晓，然全在讽咏，必讽咏之，然后诗与己意，优柔浸渍，相与乳入，故曰有以感人而入于其心，若诵而习焉，不能使其志意悠然兴起于善，则不善读诗者也，虽多亦奚以为？《论语集解》后又改作“兴起其好善恶恶之心”，其说尤为精密。

程子曰：“诗者，言之述也，言之不足而长言之，咏歌之所由兴也。其发于诚感之深，至于不知手之舞足之蹈，故其入于人也亦深。古之人幼而闻歌诵之声，长而识美刺之意,故人之学由诗而兴,后世老师宿儒尚不知诗之义,后学岂能兴起乎?""诗者言之述也"便是"诗言志"与"在心为志发言为诗","言之不足故长言之"便是"歌永言"与"嗟叹之不足故永歌之",此咏歌之所由兴也,缘其初,发于至诚,感动之深切,以至于不知手之舞足之蹈,故学诗而歌咏之者,其感而入之也亦深,甚至于厚人伦移风俗动天地感鬼神也。古之人幼而闻歌诵之声,则熏聒于耳者,其声音节奏固已渐渍习熟而无所扞格矣,及长而识美刺之意,则于义理旨趣又与其心嘿契而深入,故人之学由诗而兴者,自然之效也。后世学诗者泥于章句,汩于训诂,虽老师宿儒往往堕于穿凿固滞之域,而终不足以知诗之义,怎生责得学者,又何望其兴起乎?又曰:"兴于诗者,吟咏情性,涵畅道德之中,而歆动之,有吾与点也之气象。"涵沉,浸也,畅纾,快也,歆者,慕乐之意动,则动荡而鼓舞之也。诗之作,本于吟咏情性,故读之者亦当吟咏其情性,使其心意沉浸纾快于道德之中,有所慕乐而动荡鼓舞之,直与曾点浴沂风雩之气象一般,方能有益。

上蔡谢氏曰:"学诗须先学得六义体面,而讽咏以得之。"谢氏六义之说,诚得古人之用而发先儒之所未发,又得先生举扬起来,其幸学者多矣。体面犹言体制、体段,言六义各有个体面,学诗不可不先理会得。程子亦曰"学诗而不分六义,岂知诗之体也",先生又尝语学者曰:六字之旨极为明白,使读诗者知是,此义便作此义,推求极为省力。今人说诗空有无限义理,而无一点意者,只为不晓此耳。又曰:读诗全在讽咏之功,讽咏得熟,则六义将自分明。须使篇篇有个下落,使得读诗者尤不可不知此说。古诗即今之歌曲,今之歌曲往往能使人感动,至学诗却无感动兴起处,只为泥章句故也。明道先生善言诗,未尝章解句释,但优游玩味,吟哦上下,便使人有得处。如曰"瞻彼日月、悠悠我思、道之云远、曷云能来",思之切矣;"百尔君子、不知德行、不忮不求、何用不臧",归于正也。今人学诗所以无感动兴起处,只为不曾讽咏,却只泥章句故也。惟明道先生不泥章句,但优游玩味,吟哦上下,故便能使人有得处,思之切而不归乎正,便入哀伤淫佚去也,转却一两字点掇他,念过亦谓讽诵之耳。

(《师友粹言》《读诗法》)读诗正在吟咏讽诵,观其委曲折旋之意,正如自家作此诗相似,自然足以感发人之善心。今公门读诗,只将两三句包了,如作时文相似,中间委曲周旋之意,尽不曾理会得,济得甚事。若如此看,只一日便可看尽,何须逐日只睚得数章,而又不曾透彻,只是自将己意去包笼他。且如人入城郭,须是入那城里去,看他街坊里巷屋庐台榭车马人物,一一看过,方是。今公门只是外面望见城,是如此便说我都知得了。且如"出其东门、有女如云、虽则如云、匪我思存、缟衣綦巾、聊乐我员",须是见得他周旋曲折所以感发人之善心底意，真个有不知手之舞足之蹈，始得。“女曰鸡鸣、士曰昧旦、子兴视夜、明星有烂”，“女曰鸡鸣”，鸡既鸣矣，可以兴矣，“士曰尚旦”也，子起视夜则明星尚烂然也，不成又去睡，于是将翱将翔，而弋凫与雁，观他意思如此之好，真个不知手之舞之足之蹈之，再三嗟叹。

大凡读书，先晓得文义了，只是常常熟读，如看诗，必须得着意，去理训解，但只平平地涵泳，自好。因举池之竭矣不自云频泉之竭矣不自云中四句，吟咏者久之，诗可以兴，须是反复熟读，使书与心相乳入，自然有感发处。

诗且逐篇旋读，方能旋通训诂，岂有不读而自能尽通训诂之理乎？读之多，玩之久，方能渐有感发，岂有读一二遍而便有感发之理乎？古之学诗者，固有待于声音之助，然今已亡之，无可奈何，只得熟读而从容讽味之耳。若疑郑卫之不可为法，即且令学者不必深究，而于正当说道理处，子细消详，反复玩味，不费工夫也。

先生问林武子看诗到何处，对曰至《大雅》，先生大声曰：公前日方看《节南山》，如何恁地快，恁地不得，而今人看文字敏底一揭开板便晓，但于意味却不曾得，而今便只管看时也，只是恁地，但百遍自是强五十遍时，二百遍自是强一百遍时，“题彼脊令、载飞载鸣、我日斯迈、而月斯征、夙兴夜寐、无忝尔所生”，这个看时也，只是恁地，但里面意思却有说不得底、解不得底意思却在说不得底里面。

看诗理义外，更好看他文章，且如《谷风》，他只是如此说出来，然而叙得事曲折，先后皆有次序，而今人费尽气力去做，尚做得不好。

读诗之法，既先识得他外面一个皮壳子了，又须识得它里面体骨髓，方好。如公看诗，只是识得个模象，如此他里好处全不曾见得，自家此心都不曾与他相粘，所以干燥无汁浆，如人开沟而无水，如此读得何益。

读诗之法，只是熟读涵泳，自然和气从胸中流出，其妙处不可得而言，不待安排措置，无自立说，只恁地平读着，意思自足。须打叠得这心光荡荡地，不立一个字，只管虚心读他，少间推来推去，自得那个诗之道理。所以说以此洗心，便是这道理尽洗去公那心里物事，使浑然都是道理。

（《论乐出乎诗》）来教谓诗本为乐而作，故令学者必以声求之，则知其不苟作矣。此论善矣，然愚意有不能无疑者。盖以《虞书》考之，则诗之作本为言志而已，方其诗也，未有歌也，及其歌也，未有乐也，以诗依永，以律和声，则乐乃为诗而作，非诗为乐而作也。三代之时，礼乐用于朝廷，而下达于闾巷，学者讽诵其言，以求其志，咏其声，执其器，舞蹈其节，以涵养其心，则声乐之所助，于诗为多。然犹曰“兴于诗、成于乐”，其求之固有序矣。是以，凡圣贤之言诗主于声者少,发于义者多,仲尼所谓思无邪,孟子所谓以意逆之,诚以诗之作本乎其志之所存,然后诗可得而言也。得其志而不得其声者有之矣,未有不得其志而能通其声者也。就使得之止其钟鼓铿锵而已,岂圣人乐云乐云之意哉?况今去孔孟之时千有余年,古乐散亡,无复可考,而欲以声求诗,则未知古乐之遗声,今皆可以推而得之乎?三百五篇皆可协之音律而被之弦歌,已乎诚,既得之则所助于诗多矣,然恐亦未得为诗之本也,况未必可得,则今之所讲,得无画饼之讥乎?故愚尝窃以为,诗出乎志者也,然则志者,诗之本,乐者,其末也,末虽亡而不害本之存,患学者不能平心和气、从容讽咏以求之情性之中耳。有得乎此,然后可得而言,顾所得之浅深如何耳。有舜文之德,然后声为律、身为度,箫韶二南之声不患其不足,此虽未易言,然其理盖不诬也,不审以为如何?(卷首)

(《淇奥》一章)观《大学》传,曾子所以解此诗,首章后六句之说,字义明白,而旨意详备,愈读愈有意味,此方可谓之善说诗。盖后之说诗者,详于训诂则或略于旨意,泥于旨意则或遗于训诂,惟曾子则于字义旨意两皆极其至也。若程伯子之未尝章解句释与夫并不下一字训诂,则又非遗其训诂也,盖已得其训诂,而只涵咏吟哦,使人自晓其旨意耳,此则又与孔子解《鸱鸮》与《烝民》之诗同用也。(卷二)

(《清庙》一章)周《雅》当涵咏,至于《颂》则尤不可不涵咏也,如《清庙》之颂,涵咏之则意味深长,若用言语解着,味便短。(卷八)

辅广《诗童子问》 《四库全书》本

沧州精舍谕学者[1]

老苏自言其初学为文时,"取《论语》《孟子》《韩子》及其它圣贤之文,而兀然端坐,终日以读之者七八年。方其始也,入其中而惶然以博,观于其外而骇然以惊。又其久也,读之益精,而其胸中豁然以明。若人之言固当然者,然犹未敢自出其言也。历时既久,胸中之言日益多,不能自制,试出而书之,已而再三读之,浑浑乎觉其来之易矣"[2]。予谓,老苏但为欲学古人说话声响,极为细事,乃肯用功如此,故其所就,亦非常人所及。如韩退之、柳子厚辈,亦是如此,其答李翊、韦中立之书,可见其用力处矣。然皆只是要作好文章令人称赏而已,究竟何预已事,却用了许多岁月,费了许多精神,甚可惜也。今人说要学道乃是天下第一至大至难之事,却全然不曾着力,盖未有能用旬月功夫,熟读一人书者。及至见人泛然发问,临时揍合,不曾举得一两行经传成文,不曾照得一两处首尾相贯。其能言者,不过以己私意演立说,与圣贤本意,义理实处,了无干涉,何况望其更能反求诸已,真实见得,真实行得耶?如此求师,徒费脚力。不如归家杜门,依老苏法,以二三年为期,正襟危坐,将《大学》《论语》《中庸》《孟子》及《诗》《书》《礼记》,程、张诸书,分明易晓处,反复读之;更就自己身心上存养玩索,着实行履,有个入处,方好求师证其所得而订其谬误。是乃所谓就有道而正焉者,而学之成也可冀矣,如其不然,未见其可。故书其说,以示来者云。

《晦庵集》卷七十四 《四库全书》本

【注释】

① 今人郭绍虞指出:"在北宋时期,是道学家与古文家角立的时期,两方面都有第一流的人物(如欧苏与二程等),所以各不相下。到南宋,便只见道学家的理论而不见古文家的理论了。这原因,与朱子对于古文家的攻击,恐怕也有关系。"《中国文学批评史》下卷,百花文艺出版社 1993 年版,第 7 页)所以,总体说来,此期文论水平相对不高。然而,其一,较之二程,朱熹对古文要相对宽容一些;也因此,其二,他对古文的欣赏、创作的规律就多有领悟,尽管从"反面"揭示了这些规律,但不影响后世古文家从"正面"来认识和运用这些规律,何况他在这方面的态度也非绝对的——最典型的当属其重讽诵、词气之论,后来就成为清代古文家桐城派家法。此期既然古文家一蹶不振,能代表古文理论高水平的恰恰是非朱子莫属。

此《沧州精舍谕学者》大抵可见其古文理论的基本方面,谓"老苏但为欲学古人说话声响,极为细事",韩退之、柳子厚辈"只是要作好文章令人称赏而已","费了许多精神,甚可惜也";《朱子语类》有云:"不必着意学如此文章,但须明理。理精后,文字自典实。伊川晚年文字,如《易传》,直是盛得水住!苏子瞻虽气豪善作文,终不免疏漏处。"此皆强调当着意用功于"道""理"而非"文""辞",此其一。其二,在朱熹看来,古文家错在"文"与"道"分而为二,他批评李汉"文者,贯道之器"云:"这文皆是从道中流出,岂有文反能贯道之理?文是文,道是道,文只如吃饭时下饭耳。若以文贯道,却是把本为末,以末为本,可乎?其后作文者皆是如此。"又云:

> 道者,文之根本;文者,道之枝叶。惟其根本乎道,所以发之于文,皆道也……今东坡之言曰:"吾所谓文,必与道俱。"则是文自文而道自道,待作文时,旋去讨个道来入放里面,此是它大病处……。如东坡之说,则是二本,非一本矣。(《朱子语类》)

所以关键在于文人如东坡之说确有"二本"乃至"二道"。周敦颐《周子通书·文辞》云:"文所以载道也……文辞艺也,道德实也……不知务道德而第以文辞为能者,艺焉而已。"以文辞为能,文本身确实成为"艺"或"技",元人刘将孙《彭丙公诗序》指出:"文章皆技也,诗又小,然一言'几乎'道,有平生白首不能得",而这种一言所能"几乎"之"道",乃文之"技"本身之道,显然不同于儒者所谓"道"。明人茅坤《二酉园文集序》有曰:"文章者,所当天地间日月风霆山川疆城昆虫草木之变,而绘之成象、触之成声者也……(公)独以天地间所当绘而成象、触而成声者以为文章之旨,几于道矣。"文之为技,也就是成象、成声等形式之技。刘勰《文心雕龙》有《原道》一篇,今人朱东润分析云:

> 彦和因文言道之说,与昌黎因文见道之说不同,昌黎所言之者尧舜禹汤文武周孔之道,而彦和所言者为天地自然之道,故昌黎所言者为文之中心思想,而彦和所言者仅藉以说明文体应尔而已。以是藻绘炳蔚,言文之采,竽瑟球锽,言文之声,自然之道义尽于此。(《中国文学批评史大纲》,上海古籍出版社 1957 年版,第 47 页)

通过"中心思想"也即语义概念所表现之"道",即通常所谓的"文以载道",刘勰所谓"道"尽于文之"采"与"声",或者说不是通过文之"义"而是通过文之"采"与"声"表现出来的:文之声色形式若能如自然之声色一般自然生成,或者说文之声色形式生成规律若能合乎自然规律,就能"几于"道,此即"自然之道",东坡的"当行当止"说就揭示了文的这种自然合规律性。这种文之声色之技而能几于道的思想多受《庄子》匠人故事的影响,后世文人对《庄子》所描述的几于道的匠人多有推崇,但《皇清文颖》卷十六所录朱轼《乐善堂全集序》语云:"皇子之所乐者,善也,非文也,如以文而已矣,虽如宜僚之弄丸、庖丁之解牛,得心应手,亦徒虚车之饰耳,于善乎何与哉!"作文即使达到庖丁解牛般得心应手、出神入化的自由境界,于"善"也未必有用。所以,儒家所谓"道"最终就是涉及人间秩序的为善之道,此人间之道与自然之道有相通之处,但也有相异之处,而以人道为天道,恰恰是儒家为了使他们所谓的人道(既定的人间秩序)获得绝对合法性的一种意识形态策略。用朱熹的话来表述即强合"二本"为"一本",使自然之道服务于既定的人间之道。从实际的创作情况来看,一般古文家并不反对儒家之道,而对文本身规律的探究则体现了他们对自然之道也重视,所以在他们确实有“二道”“二本”。朱熹所谓的“一本”只不过是将自然之道统摄于为善的人间之道而已,而其所谓“先理会得道理了方作文”极易流于今之所谓“主题先行”,其后果是使文之为技本身“当行当止”的和谐合规律性这种自然之道得不到充分表现。其实,以道理统摄文辞作为一种文章价值取向本身并无问题,但若以此为文章唯一有价值之取向就大谬而不然了——道学家极端重道轻文之弊在此,此其一;其二,道理本身又并不能决定文章价值高下,朱熹指出:“学之道非汲汲乎辞也。必其心有以自得之,则其见乎辞者,非得已也”,“今足下之词富矣,其主意立说高矣,然类多采摭先儒数家之说以就之耳。足下之所以自得者何如哉?”(《答林峦书》)以文载道而能于理有所自得、有所发明,其价值又岂容否定;但若仅打着载道的旗号而只“采摭先儒数家之说以就之”,其文又有何价值。同样,文人的语言形式之技的创造的本身也不能决定其本身价值,只有充分体现“当行当止”之自然之道才能确证自身价值。

其实,朱熹对诗文的审美作用是有充分认识的,“但此等物如淫声美色,不敢一识其趣,便使人不能忘”,“盖爱之者无罪,而害之者自为病耳”(《答徐载叔赓书》),优美的诗文以其本身的魅力是极易让人爱而不忘的。“文字到欧曾苏,道理到二程,方是畅。荆公文暗”,此说似乎表明文字与道理不妨各美其美。其文论一是强调自然平易,“古人文章,大率只是平说而意自长。后人文章务意多而酸涩。如《离骚》初无奇字,只恁说将去,自是好。后来如鲁直恁地着力做,却自是不好”。“大抵已前文字都平正,人亦不会大段巧说。自三苏文出,学者始日趋于巧。”而巧则伤气,“至欧公文字,好底便十分好,然犹有甚拙底,未散得他和气。到东坡文字便已驰骋,忒巧了。及宣政间,则穷极华丽,都散了和气”。二是强调含蓄,“东坡文说得透,南丰亦说得透,如人会相论底,一齐指摘说尽了。欧公不尽说,含蓄无尽,意又好”。三是强调自然与法度的统一,“东坡虽是宏阔澜翻,成大片滚将去,他里面自有法。今人不见得他里面藏得法,但只管学他一滚做将去”。四是强调法度当从学中来,“古人作文作诗,多是模仿前人而作之。盖学之既久,自然纯熟”等等。

② “取《论语》《孟子》《韩子》及其它圣贤之文”等十七句——语出苏洵《上欧阳内翰第一书》(见《四部丛刊》初编本《嘉祐集》卷十一)。

【附录】

所喻学者之害,莫大于时文,此亦救弊之言。然论其极,则古文之与时文,其使学者弃本逐末,为害等尔。但此等物如淫声美色,不敢一识其趣,便使人不能忘。政当以为通人之蔽,不当以是为当务而切切留意也。放翁之诗,读之爽然,近代唯见此人为有诗人风致,如此篇者,初不见其着意用力处,而语意超然,自是不凡,令人三叹不能自已。盖爱之者无罪,而害之者自为病耳。

朱熹《晦庵集》卷五十六《答徐载叔赓书》(节录) 《四库全书》本

尝闻之,学之道非汲汲乎辞也。必其心有以自得之,则其见乎辞者,非得已也。是以古之立言者其辞粹然,不期以异于世俗,而后之读之者,知其卓然非世俗之士也。今足下之词富矣,其主意立说高矣,然类多采摭先儒数家之说以就之耳。足下之所以自得者何如哉?夫子所谓德之弃者,盖伤此也。

朱熹《晦庵集》卷三十九《答林峦书》(节录) 《四库全书》本

有治世之文,有衰世之文,有乱世之文。六经,治世之文也。如国语委靡繁絮,真衰世之文耳。是时语言议论如此,宜乎周之不能振起也。至于乱世之文,则战国是也。然有英伟气,非衰世国语之文之比也。饶录云:"国语说得絮,只是气衰。又不如战国文字,更有些精彩。"楚汉间文字真是奇伟,岂易及也!又曰:"国语文字极困苦,振作不起。战国文字豪杰,便见事情。非你杀我,则我杀你。"黄云:"观一时气象如此,如何遏捺得住!所以启汉家之治也。"

古人文章,大率只是平说而意自长。后人文章务意多而酸涩。如离骚初无奇字,只恁说将去,自是好。后来如鲁直恁地着力做,却自是不好。

古人作文作诗,多是模仿前人而作之。盖学之既久,自然纯熟。如相如封禅书,模仿极多。柳子厚见其如此,却作贞符以反之,然其文体亦不免乎蹈袭也。

夜来郑文振问:"西汉文章与韩退之诸公文章如何?"某说:"而今难说。便与公说某人优,某人劣,公亦未必信得及。须是自看得这一人文字某处好,某处有病,识得破了,却看那一人文字,便见优劣如何。若看这一人文字未破,如何定得优劣!便说与公优劣,公亦如何便见其优劣处?但子细自看,自识得破。而今人所以识古人文字不破,只是不曾子细看。又兼是先将自家意思横在胸次,所以见从那偏处去,说出来也都是横说。"又曰:"人做文章,若是子细看得一般文字熟,少间做出文字,意思语脉自是相似。读得韩文熟,便做出韩文底文字;读得苏文熟,便做出苏文底文字。若不曾子细看,少间却不得用。向来初见拟古诗,将谓只是学古人之诗。元来却是如古人说'灼灼园中花',自家也做一句如此;'迟迟涧畔松',自家也做一句如此;'磊磊涧中石',自家也做一句如此;'人生天地间',自家也做一句如此。意思语脉,皆要似他底,只换却字。某后来依如此做得二三十首诗,便觉得长进。盖意思句语血脉势向,皆效它底。

大率古人文章皆是行正路,后来杜撰底皆是行狭隘邪路去了。而今只是依正底路脉做将去,少间文章自会高人。"又云:"苏子由有一段论人做文章自有合用底字,只是下不着。又如郑齐叔云,做文字自有稳底字,只是人思量不着。横渠云:'发明道理,惟命字难。'要之,做文字下字实是难,不知圣人说出来底,也只是这几字,如何铺排得恁地安稳!或曰子瞻云:'都来这几字,只要会安排。'然而人之文章,也只是三十岁以前气格都定,但有精与未精耳。"

才卿问:"韩文李汉序头一句甚好。"曰:"公道好,某看来有病。"陈曰:"'文者,贯道之器。'且如六经是文,其中所说皆是这道理,如何有病?"曰:"不然。这文皆是从道中流出,岂有文反能贯道之理?文是文,道是道,文只如吃饭时下饭耳。若以文贯道,却是把本为末,以末为本,可乎?其后作文者皆是如此。"因说:"苏文害正道,甚于老佛,且如易所谓'利者义之和',却解为义无利则不和,故必以利济义,然后合于人情。若如此,非惟失圣言之本指,又且陷溺其心。"先生正色曰:"某在当时,必与他辩。"却笑曰:"必被他无礼。"

国初文章,皆严重老成。尝观嘉祐以前诰词等,言语有甚拙者,而其人才皆是当世有名之士。盖其文虽拙,而其辞谨重,有欲工而不能之意,所以风俗浑厚。至欧公文字,好底便十分好,然犹有甚拙底,未散得他和气。到东坡文字便已驰骋,忒巧了。及宣政间,则穷极华丽,都散了和气。所以圣人取"先进于礼乐",意思自是如此。

文字到欧曾苏,道理到二程,方是畅。荆公文暗。

"欧公文字敷腴温润。曾南丰文字又更峻洁,虽议论有浅近处,然却平正好。到得东坡,便伤于巧,议论有不正当处。后来到中原,见欧公诸人了,文字方稍平。老苏尤甚。大抵已前文字都平正,人亦不会大段巧说。自三苏文出,学者始日趋于巧。如李泰伯文尚平正明白,然亦已自有些巧了。"

问:"坡文不可以道理并全篇看,但当看其大者。"曰:"东坡文说得透,南丰亦说得透,如人会相论底,一齐指摘说尽了。欧公不尽说,含蓄无尽,意又好。"

道者,文之根本;文者,道之枝叶。惟其根本乎道,所以发之于文,皆道也。三代圣贤文章,皆从此心写出,文便是道。今东坡之言曰:"吾所谓文,必与道俱。"则是文自文而道自道,待作文时,旋去讨个道来入放里面,此是它大病处。只是它每常文字华妙,包笼将去,到此不觉漏逗。说出他本根病痛所以然处,缘他都是因作文,却渐渐说上道理来;不是先理会得道理了方作文,所以大本都差。欧公之文则稍近于道,不为空言。如唐礼乐志云:"三代而上,治出于一;三代而下,治出于二。"此等议论极好,盖犹知得只是一本。如东坡之说,则是二本,非一本矣。

一日说作文,曰:“不必着意学如此文章,但须明理。理精后,文字自典实。伊川晚年文字,如《易传》,直是盛得水住!苏子瞻虽气豪善作文,终不免疏漏处。”

因论诗,曰:“尝见傅安道说为文字之法,有所谓‘笔力’,有所谓‘笔路’。笔力到二十岁许便定了,便后来长进,也只就上面添得些子。笔路则常拈弄时,转开拓;不拈弄,便荒废。此说本出于李汉老,看来做诗亦然。”

凡人做文字,不可太长,照管不到,宁可说不尽。欧苏文皆说不曾尽。东坡虽是宏阔澜翻,成大片滚将去,他里面自有法。今人不见得他里面藏得法,但只管学他一滚做将去。

《朱子语类》卷一三九(节录) 《四库全书》本

吕祖谦

吕祖谦(1137—1181),南宋哲学家、文学家,字伯恭,学者称东莱先生,婺州(今浙江金华)人。曾任著作郎兼国史院编修官。与朱熹、张栻齐名,时称"东南三贤"。为学主"明理躬行",治经史以致用,反对空谈阴阳性命之说,开浙东学派先声。曾邀集鹅湖之会,企图调和朱(熹)、陆(九渊)关于哲学思想的争执。其文笔锋犀利。著有《东莱集》、《吕氏家塾读书记》、《东莱左传博议》等,并编有《宋文鉴》、《古文关键》等。

春秋左氏博议[1](选录)

至理之所在,可以心遇而不可以力求。断编遗简,呻吟讽诵,越宿已有遗落,至于涂歌里咏,偶入吾耳,则虽终身而不忘,天下之理,固眩于求而真于遇也。理有触于吾心,无意而相遭,无约而相会,油然自生,虽吾不能以语人,况可以力求乎?一涉于求,虽有见,非其正矣。日用饮食之间,无非至理,惟吾退而求之,则随迫而随失。研精极思,日入于凿,曾不知是理交发于吾前而吾自不遇,是非不用力之罪也,乃用力之罪也。天下之学者,皆知不用力之害,而不知用力之害,苟知力之不足恃,尽黜其力而至于无所用力之地,则几矣。二帝三王之《书》,牺文[2]孔子之《易》,礼之仪章,乐之节奏,《春秋》之褒贬,皆所以形天下之理者也。天下之人,不以理视经,而以经视经,刳剔离析、雕缋疏凿之变多,而天下无全经矣。圣人有忧之,泛观天壤之间,虫鸣于夏,鸟鸣于春,而匹夫匹妇,欢愉劳佚,悲怒舒惨,动于天机不能已而自泄,其鸣于诗谣歌咏之间,于是释然喜曰:天理之未凿者，尚有此存，是固匹夫匹妇胸中之全经也。遽取而列诸《书》《易》《礼》《乐》《春秋》之间，并数而谓之六经，羁臣贱妾之辞与尧舜禹汤文武之格言大训并列而无所轻重，圣人之意盖将举匹夫匹妇胸中之全经，以救天下破裂不全之经，使学者知所谓诗者，本发乎闾巷草野之间，冲口而发，举笔而成，非可格[3]以义例[4]而局以训诂也。义例训诂之学至，《诗》而尽废，是学既废，则无研索扰杂之私以累其心，一吟一讽，声转机回，虚徐容与[5]，至理自遇，片言有味而五经皆冰释矣。是圣人欲以《诗》之平易而救五经之支离也。孰知后世反以五经之支离而变诗之平易乎？盖尝观春秋之时，列国朝聘，皆赋诗以相命，诗因于事，不迁事而就诗，事寓于诗，不迁诗而就事，意传于肯綮毫厘之中，迹异于牝牡骊黄[6]之外，断章取义，可以神遇而不可以言求，区区陋儒之义例训诂，至是皆败。春秋之时善用诗盖如此。当是时，先王之经浸坠于地，易降于卜筮，礼坠于僭，乐流于淫，史病于舛，虽多闻诸侯如左史倚相者，亦不过以诵说三坟五典八索九丘为能[7]，独赋诗尚未入于陋儒之学，是先王之教未经践蹦岿然独全者，惟风雅颂而止耳。此孔子所以既论之六经而又以首过庭之问[8]也，火于秦，杂于汉，别之以齐鲁[9]，汨之以谶纬[10]，乱之以五际[11]，狭之以专门，铢铢而析之，寸寸而较之，岂复有诗？噫，安得春秋赋诗之说语之？

《春秋左氏博议》卷十三　《四库全书》本

【注释】

① 此文提出了《诗》为“全经”的重要诗学思想，较之后来明人李东阳所谓的“诗别是一教”说，更准确而充分地肯定了诗之价值。在六经中，其他五经易于“破裂”、“支离”，而作为“全经”的《诗》对此有补救之用——此说与诗之所谓美育功能有关：西儒康德提出审美问题的旨趣之一就是为了补救“感性”与“理性”之“破裂”，后继者席勒提出审美“游戏冲动”可救“感性冲动”与“形式(理性)冲动”之“支离”，并且强调这正是美育之重要功能所在；“胸中有全经”之人当为“全人”，马克思所谓“全面发展的人(全人)”亦成为今之美育所追求的重要目标。由于所处文化时间、空间不同，东莱先生的“全经”论与西儒的美育功能论固然不尽相同，但也确实存在相通之处。那么，诗何以能“全”？吕祖谦此文认为首先在性情之真、自然之遇：“至理之所在，可以心遇而不可以力

求。”“天下之理，固眩于求而真于遇也。”

明儒陈献章《陈白沙集》卷一《夕惕斋诗集后序》也提出《诗》为“全经”的观念并有相近之分析：“受朴于天，弗凿以人，禀和于生，弗淫以习，故七情之发，发而为诗，虽匹夫匹妇，胸中自有全经，此风雅之渊源也。而诗家者流，矜奇眩能，迷失本真，乃至旬锻月炼，以求知于世，尚可谓之诗乎？”“受朴于天，弗凿以人，禀和于生，弗淫以习”可谓对“全人”的描述，而“矜奇眩能”、“旬锻月炼”之弊正在“眩于求”、“用力”。其次，诗之能使“片言有味而五经皆冰释”，正在诗之“一吟一讽，声转机回”，即诗能救五经“破裂”、“支离”所仰赖者之一乃是和谐声音的审美功能，而若“格以义例而局以训诂”则会使诗丧失这种审美功能。此亦《诗经》汉学只主“义”而宋学兼重“声”之分野所在，东莱先生的“破裂”、“支离”说显然主要是针对汉学的。东莱先生重“声”之论颇多：“古人之诗，声与义合，相发而不可偏废。至于后世，义虽存而声则亡矣。”“（《诗经》）音虽亡而义存，学者亦可涵泳其音节，使有所兴起也，所谓工以纳言时而扬之五音六律，今之世固不可求，须想象所谓歌永言、声依永、律和声，庶几声义交相发”，乐之声亡而由诗之语言音节犹可得其仿佛（《春秋左氏传说》卷九）。“（桃之夭夭灼灼其华）因时物以发兴，且以比其华色也。既咏其华，又咏其实，又咏其叶，非有他义，盖余兴未已而反复歌咏之尔。”（《吕氏家塾读书记》卷二）“看诗且须讽咏，此最治心之法”，“上蔡曰：善乎明道之言诗也，未尝章解而句释也，优游吟讽、抑扬舒疾之间，而听者已涣然心得矣”，“大抵人看诗不比诸经，须是讽咏诗人之言，观其气象”等等（《丽泽论说集录》）。而凡此重“声”之论置于“全经”论中，其理论价值就充分显现出来了，诗之“声”绝非仅仅只是个技术性的问题。

② 牺文——指伏羲、周文王。

③ 格——限制。

④ 义例——著书的主旨和体例。

⑤ 容与——安逸自得的样子。

⑥ 牝牡骊黄——典出《淮南子·道应》：“（秦穆公）使之（九方堙）求马，三月而反，报曰：‘已得马矣，在于沙丘。’穆公曰：‘何马也？’对曰：‘牡而黄。’使人往取之，牝而骊。”牝牡指雌雄，骊指纯黑色马，本指相马不必局于马的性别、毛色，后以“牝牡骊黄”转指非本质的表面现象。

⑦ 虽多闻诸侯如左史倚相者，亦不过以诵说三坟五典八索九丘为能——《左传·昭十二年》有云：“左史倚相趋过，王曰：‘良史也，子善视之，是能读三坟五典八索九丘。’”“左史”，官名，周代史官分左史、右史，左史记行动，右史记语言。“倚相”，人名，春秋楚国左史。“三坟五典”，传说中我国最古的书，三坟

指伏羲、神农、黄帝之书,五典指少昊、颛顼、高辛、尧、舜之书。"八索九丘",也是传说中的古书名,或以为八索为八卦之说,九丘为九州之志,还有其他一些说法,皆无实据。

⑧ 此孔子所以既论之六经而又以首过庭之问——指《论语·季氏》所记事:"陈亢问于伯鱼曰:子亦有异闻乎?对曰:未也。尝独立,鲤趋而过庭,曰:学诗乎?对曰:未也。不学诗无以言。鲤退而学诗。"

⑨ 别之以齐鲁——指汉初传《诗经》分成齐、鲁、韩诸家。

⑩ 汩之以谶纬——指汉儒以谶纬灾异之事解诗而掩盖了《诗经》的真义。

⑪ 乱之以五际——指《齐诗》说诗,附会阴阳五行之说,认为每当卯、酉、午、戌、亥是阴阳终始际会时,政治上就必然发生重大变动。

【附录】

季札来聘鲁,请观周乐,鲁使乐工为之歌诸国之风及历代之诗,如小大雅颂之类,札随所观次第品评之,有论其声者,有论其义者。如所谓美哉、渊乎美哉、泱泱乎美哉、沨沨乎广哉、熙熙乎之类,此皆是论其声也。如所谓忧而不困、思而不惧、乐而不淫、大而婉、险而易、行思而不贰、怨而不言、曲而有直体之类,此皆是论其义也。以此知古人之诗,声与义合,相发而不可偏废。至于后世,义虽存而声则亡矣。大抵诗人之作诗,发乎情性,止乎礼义,固其义也,至声依永、律和声,则所为诗之义,又赖五音六律之声以发扬之,然后鼓舞动荡,使人有兴起之意,如清庙之瑟、朱弦而疏越、一唱而三叹有遗音者矣。至今《清庙》之诗,其义虽存,而一唱三叹之音何在?然音虽亡而义存,学者亦可涵泳其音节,使有所兴起也,所谓工以纳言时而扬之五音六律,今之世固不可求,须想象所谓歌永言、声依永、律和声,庶几声义交相发。然鲁工之所歌,乃未删之诗,而今之诗,已经孔子删定,故鲁为季札歌诸国之风,置豳于秦魏之前,然札随所歌品评又有可议者,如歌小雅之诗,则曰:"周德之衰乎",至后世文中子则曰:"孰谓季札子知乐,小雅乌乎衰,其周之盛乎",小雅之一诗,季札以为周之衰,而文中子以为周之盛,盖是中子错看了。当时鲁史乐工为季札歌诸国之诗,欲观历代之乐,一时之间,每国不过歌一两篇而已,若使其于风雅颂一一遍歌,则虽穷年越岁,歌亦未能毕,岂一朝一夕之间乐工能尽歌之乎?札所听者,乐工偶歌变风,故札随所歌言之,且如歌唐,季札则曰:"其有陶唐氏之遗民乎?不然,何其忧之远也",这只是歌《蟋蟀》一篇,分明以此,知文中子亦错观了。这两段又须看得次序与今之次序不同,以此知孔子删诗大段移转,以季札之言考之声音,尚可想见,如歌秦则曰"此之谓夏声",此则全以声论,非无衣小戎之所可见。札当时观乐,一一品评之，札见舞《韶箾》则曰“若有他乐，不敢请已”，杜预以为鲁用四代之乐，故及《韶箾》，而季札知其终，然其义似不止此，要皆不必如此说。盖韶之乐，虞舜之时最和气之所聚，观益稷之篇所载，其和可以想而知之。故韶最为尽善美，虽善如云门，亦不能出此，札一闻之，有感于中，其曰“不敢请已”者，非谓听乐欲止于此，言其乐无加于此也，正如孔子在齐闻《韶》、三月不知肉味之意相类，能知此意，则知札观乐之意，此殆未易以言语训诂求也。

吕祖谦《春秋左氏传说》卷九　《四库全书》本

《关雎》具风比兴三义，一篇皆言后妃之德，以风动天下，首章以雎鸠发兴，后二章皆以荇菜发兴，至于雎鸠之和鸣，荇菜之柔顺，则又取以为比也。风之义易见，惟兴与比相近而难辨，兴多兼比，比不兼兴，意有余者，兴也，直比之者，比也。兴之兼比者徒以为比，则失其意味矣；兴之不兼比者误以为比，则失之穿凿矣。（如《殷其雷》，偶闻雷而有感行者之未归，非可以比类求也。）

（桃之夭夭灼灼其华）因时物以发兴，且以比其华色也。既咏其华，又咏其实，又咏其叶，非有他义，盖余兴未已而反复歌咏之尔。

吕祖谦《吕氏家塾读书记》卷二　《四部丛刊》续编本

诗者，人之性情而已必，先得诗人之心，然后玩之易入。诗三百篇，大要近人情而已。

看诗且须讽咏，此最治心之法。

看诗者欲惩穿凿之弊，欲只以平易观之，惟平易则易看，若有意要平易便不平易。

今之言诗者，字为之训，句为之释，少有全传一篇之意者。

上蔡曰：善乎明道之言诗也，未尝章解而句释也，优游吟讽、抑扬舒疾之间，而听者已涣然心得矣。

诗有六体，须逐篇一一求之，有兼得者，有偏得一二者，兴于诗，兴发乎此也。

凡观诗须先识圣贤所说大条例，如孟子言“不以文害辞，不以辞害意”，又大序言“言之不足故嗟叹之”，又横渠言“置心平易始知诗”之类皆是。

前人于诗有举之者，有释之者，举之者断章取义，释之者则如大学之《淇澳》，乃正释诗之法也。又，诗体宽，不可泥着，然亦不可只便读过，若只便读过，亦不见其言外之意趣。

（《螽斯》）大抵人看诗不比诸经，须是讽咏诗人之言，观其气象。

吕乔年编《丽泽论说集录》卷三　《四库全书》本

叶　适

叶适(1150—1223),南宋哲学家,永嘉学派的代表,字正则,温州永嘉(今属浙江省)人,学者称水心先生。淳熙进士,曾任权兵部侍郎等职。反对“和议”,韩侂胄伐金战败时,以宝谟阁待制知建康府兼沿江制置使,捍卫江防颇力。主张“通商惠工,以国家之力扶持商贾,流通货币”,并大胆批判曾参、子思、孟轲等儒家代表。反对当时理学家空谈性理,提倡“事功之学”,注重对事物作实际考察,认为《十翼》非孔子作,指摘理学家糅合儒、佛、道思想而提出“无极”、“太极”等说之谬妄。于史学、文学、政论等均有贡献。散文议论风发,自成一家。所著有《习学记言》、《水心先生文集》等。

徐道晖墓志铭[1]

徐照字道晖,永嘉人,自号山民。嗜苦茗甚于饴蜜,手烹口啜无时。上下山水,穿幽透深,弃日留夜,拾其胜会,向人铺说,无异好美色也。有诗数百,斵思尤奇,皆横绝欻起,冰悬雪跨,使读者变踔[2]憀栗,肯首吟叹不自已。然无异语,皆人所知也,人不能道尔。盖魏晋名家,多发兴高远之言,少验物切近之实。及沈约、谢朓永明体出,士争效之。初犹甚艰,或仅得一偶句,便已名世矣。夫束字十余,五色彰施,而律吕相命[3],岂易工哉!故善为是者,取成于心,寄妍于物,融会一法,涵受万象,豨苓桔梗,时而为帝[4],无不按节赴之,君尊臣卑,宾顺主穆,如丸投区、矢破的,此唐人之精也。然厌之者谓其纤碎而害道,淫肆而乱雅,至于廷设九奏,广就大福[5],而反以浮响疑宫商,布缕谬组绣,则失其所以为诗矣。然则发今人未悟之机,回百年已废之学，使后复言唐诗自君始，不亦词人墨卿之一快也！惜其不尚以言，不及臻乎开元元和之盛。而君既死，同为唐诗者，徐玑字文渊，翁卷字灵舒，赵师秀字紫芝。紫芝集常朋友殡且葬之在塔山、林额两村间，嘉定四年闰月二十三日，距卒四十五日。铭曰：诵其诗，其人可乎？身可没，墓不可无。

《水心先生文集》卷十七　《四部丛刊》初编本

【注释】

① 徐照为“永嘉四灵”之一，四灵诗学晚唐，此文也可以说是对他们创作情况的描述。哲学上叶适极重事功，但在诗学上对四灵诗“五色彰施，而律吕相命”即声色双美的价值则予以肯定，强调这种创作也是“词人墨卿之一快”，同样对刘克庄“字一偶，对一联，必警切深稳，人人咏重”也不作否定之论，当然也强调“诗虽极工而教自行，上规父祖，下率诸季，德艺兼成，而家益大矣”（《跋刘克逊诗》）。另一方面，叶适对晚唐诗之弊端也不掩饰，其《王木叔诗序》即指出：“木叔不喜唐诗，谓其格卑而气弱。近岁唐诗方盛行，闻者皆以为疑。夫争妍斗巧，极外物之变态，唐人所长也；反求于内，不足以定其志之所止，唐人所短也。”

② 变踔——指脚步慌乱。

③ 夫束字十余，五色彰施，而律吕相命——沈约《宋书·谢灵运传论》云：“夫五色相宣，八音协畅，由乎玄黄律吕，各适物宜，欲使宫羽相变，低昂互节，若前有浮声，则后须切响。一简之内，音韵尽殊；两句之中，轻重悉异，妙达此旨，始可言文。”“束字十余”即沈约所谓“两句之中”，指五七言诗一联有十字、十四字。

④ 豨苓桔梗，时而为帝——意谓本为药草亦可时而为祭品，借指诗歌及其意象富于变化。“豨苓”，药草名，“桔梗”亦可入药；“帝”通“禘”，祭名。

⑤ 廷设九奏，广就大福——指雅正之乐。“九奏”，奏乐九曲，犹言“九成”，音乐奏完一曲叫一成。《尚书·益稷》：“箫韶九成，凤凰来仪。”郑玄疏云：“成，犹终也，每曲一终，必变更奏，故经曰九成，传曰九奏，《周礼》谓之九变。”“凤凰来仪”，吉祥兆也，故曰“广就大福”。

【附录】

自文字以来，诗最先立教，而文、武、周公用之尤详，以其治考之，人和之感，至于与天同德者。盖已教之诗,性情益明;而既明之性,诗歌不异故也。及教衰性蔽,而雅颂已先息,又甚则风谣亦尽矣。虽其遗余犹仿佛未泯,而霸强迭胜,旧国守文,仅或求之人之材品高下,与其识虑所至,时或验之。然性情愈昏惑,而各意为之说,形似摘裂,以从所近,则诗乌得复兴,而宜其遂亡也哉!况执秦汉之残书,而徒以训义相宗者乎?公于诗,尊叙伦纪,致忠达敬,笃信古文,旁录众善。传厚惨恒而无迂重之累,缉绪悠久而有新美之益。仁政举而应事肤锐,王制定而随时张弛。然则性情不蔽而诗之教可以复明,公其有志于是欤?按《易》有程,《春秋》有胡,而《诗集传》之善者亦数家,大抵欲收拾群义,酌其中平,以存世教矣。未知性情何如尔?今公之书既将并行,读者诚思其教存而性明,性明而诗复,则庶几得之。不然,非余所知也。

叶适《水心先生文集》卷十二《黄文叔诗说序》(节录)
《四部丛刊》初编本

昔人谓苏明允不工于诗,欧阳永叔不工于赋,曾子固短于韵语,黄鲁直短于散句,苏子瞻词如诗,秦少游诗如词,此数公者,皆以文字显名于世,而人犹得以非之,信矣,作文之难也。夫作文之难,固本于人才之不能纯美,然亦在夫纂集者之不能去取决择,兼收备载,所以致议者之纷纷也。向使略所短而取所长,则数公之文当不容议矣。近世文学,视古为最盛,而议论于今犹未平。良金美玉,自有定价,岂曰惧天下之议而使之无传哉。若曰聚天下之文必备载而无遗,则泛然而无统。若曰各因其人而为之去取,则尺有所短,寸有所长,尤不可以列论。于是取近世各公之文,择其意趣之高远、词藻之佳丽者而集之,名之曰《播芳》,命工刊墨以广其传,盖将使天下后世,皆得以玩赏而不容瑕疵云。

叶适《水心先生文集》卷十二《播芳集序》
《四部丛刊》初编本

木叔不喜唐诗,谓其格卑而气弱。近岁唐诗方盛行,闻者皆以为疑。夫争妍斗巧,极外物之变态,唐人所长也;反求于内,不足以定其志之所止,唐人所短也。木叔之评其可忽诸?

叶适《水心先生文集》卷十二《王木叔诗序》(节录)
《四部丛刊》初编本

建安中,徐陈应刘,争饰词藻,见称于时,识者谓两京余泽,由七子尚存。自后文体变落,虽工愈下,虽丽益靡,古道不复庶几,遂数百年。元祐初,黄秦晁张,各擅毫墨,待价而显,许之者以为古人大全,赖数君复见。及夫纷纭于绍述,埋没于播迁，异等不越宏词，高第仅止科举，前代遗文，风流泯绝，又百有余年矣。文之废兴，与治消长，亦岂细故哉。今陈君耆卿之作，驰骤群言，特立新意，险不流怪，巧不入浮，建安元祐恍焉再睹，盖未易以常情限也。若夫出奇吐颖，何地无材。近宗欧曾，远揖秦汉，未脱模拟之习，徒为陵肆之资，所知不深，自好已甚，欲周目前之用固难矣，又安能及远乎？君之为文，绵涉既多，培蕴亦厚，幅制广而密，波游浩而平，错综应会，纬经匀等，膏润枯笔之后，安徐窘步之末。若是，则荐之庙郊而王度善，藏之林薮而幽愿惬矣。若又审其所从，不求强同，贵其所与，毋为易得，趋舍一心之信，否臧百世之公，则何止于建安元祐之文也，君必勉之。

叶适《水心先生文集》卷二十九《题陈寿老文集后》
《四部丛刊》初编本

克庄始创为诗，字一偶，对一联，必警切深稳，人人咏重。克逊继出，与克庄相上下，然其闲淡寂寞，独自成家。怪伟伏平易之中，趣味在言语之外，两谢二陆不足多也。自有生人而能言之类，诗其首矣。古今之体不同，其诗一也。孔子诲人，诗无庸自作，必取中于古，畏其志之流，不矩于教也。后人诗必自作，作必奇妙殊众，使忧其材之鄙，不矩于教也。水为沅湘，不专以清，必达于海；玉为珪璋，不专以好，必荐于郊庙。二君知此，则诗虽极工而教自行，上规父祖，下率诸季，德艺兼成，而家益大矣。

叶适《水心先生文集》卷二十九《跋刘克逊诗》（节录）
《四部丛刊》初编本

往岁徐道晖诸人，摆落近世诗律，敛情约性，因挟出奇，合于唐人，夸所未有，皆自号四灵云。于时刘潜夫年甚少，刻琢精丽，语特惊俗，不甘为雁行比也。今四灵丧其三矣，家钜沦没，纷唱迭吟，无复第叙，而潜夫思益新，句愈工，涉历老练，布置阔远，建大将旗鼓，非子孰当？昔谢显道谓：陶冶尘思，模写物态，曾不如颜谢徐庾留连光景之诗。此论既行，而诗因以废矣。悲夫，潜夫以谢公所薄者自鉴，而进于古人不已，参雅颂、轶风骚可也，何必四灵哉！

叶适《水心先生文集》卷二十九《题刘潜夫南岳诗稿》
《四部丛刊》初编本

姜　夔

姜夔(约1155—约1221),字尧章,号白石道人,鄱阳(今江西波阳)人,卒于杭州。一生未做官,往来鄂、赣、皖、苏、浙间,与当时诗人词客交游。工诗善词,精通音乐。其词注重格律,音节谐美,自成一家。

白石道人诗集自序[①]

(自叙一)诗本无体,三百篇皆天籁自鸣,下逮黄初[②]迄于今,人异韫[③],故所出亦异,或者弗省,遂艳其各有体也。近过梁溪,见尤延之[④]先生,问余诗自谁氏,余对以:异时泛阅众作,已而病其驳如也;三薰三沐,师黄太史氏[⑤],居数年,一语噤不敢吐。始大悟学即病,顾不若无所学之为得,虽黄诗亦偃然高阁矣。先生因为余言:"近世人士喜宗江西,温润有如范致能者乎?痛快有如杨廷秀者乎?高古如萧东夫,俊逸如陆务观,是皆自出机轴,亹[⑥]有可观者,又奚以江西为?"余曰:诚斋之说政尔,昔闻其历数作者,亦无出诸公右,特不肯自屈一指耳。虽然,诸公之作,殆方圆曲直之不相似,则其所许可,亦可知矣。余识千岩于潇湘之上,东来识诚斋、石湖,尝试论兹事,而诸公咸谓其与我合也,岂见其合者而遗其不合者耶?抑不合乃所以为合耶?抑亦欲俎豆[⑦]余于作者之间而姑谓其合耶?不然,何其合者众也?余又自唶[⑧]曰:余之诗,余之诗耳。穷居而野处,用是陶写寂寞,则可,必欲其步武[⑨]作者,以钓能诗声,不惟不可,亦不敢。

(自叙二)作者求与古人合,不若求与古人异,求与古人异,不若不求与古人合而不能不合,不求与古人异而不能不异。彼惟有见乎诗也，故向也求与古人合，今也求与古人异；及其无见乎诗已，故不求与古人合而不能不合，不求与古人异而不能不异。其来如风，其止如雨，如印印泥，如水在器，其苏子所谓不能不为者乎？余之诗，盖未能进乎此也，未进乎此，则不当自附于作者之列，悉取旧作秉畀炎火，俟其庶几于不能不为而后录之。或曰：不可。物以蜕而化，不以蜕而累。以其有蜕，是以有化。君于诗将化矣，其可以旧作自为累乎？姑存之以俟他日。

《白石道人诗集》卷首　《四部丛刊》初编本

【注释】

① 姜夔此文介绍自己的学诗经历，初“师黄太史氏，居数年，一语噤不敢吐。始大悟学即病，顾不若无所学之为得，虽黄诗亦偃然高阁矣”，“余之诗，余之诗耳”，强调自我于诗的重要性，其《白石道人诗说》亦云：“一家之语，自有一家之风味。如乐之二十四调，各有韵声，乃是归宿处。模仿者语虽似之，韵亦无矣。”又云：“不求与古人合而不能不合，不求与古人异而不能不异。其来如风，其止如雨，如印印泥，如水在器，其苏子所谓不能不为者乎？”此则强调自然的重要性，《白石道人诗说》有四种高妙说，其中有“非奇非怪，剥落文采，知其妙而不知其所以妙，曰自然高妙”。《白石道人诗说》大抵探讨诗之法度而推崇“活法”，“意中有景，景中有意”，强调情景交融；“意格欲高，句法欲响，只求工于句、字，亦末矣。故始于意格，成于句、字。句意欲深、欲远，句调欲清、欲古、欲和，是为作者”，注意到了声调之于诗的重要性；又强调“语贵含蓄”，“篇中有余意，善之善者也”。此外，“大凡诗，自有气象、体面、血脉、韵度。气象欲其浑厚，其失也俗；体面欲其宏大，其失也狂；血脉欲其贯穿，其失也露；韵度欲其飘逸，其失也轻”，此说多为严羽及明人所采用，而敖陶孙《臞翁诗评》大抵是以比喻的方式描述了不同诗人诗作之不同气象：“诗有出于《风》者，出于《雅》者，出于《颂》者。屈、宋之文，《风》出也；韩、柳之诗，《雅》出也；杜子美独能兼之。”明人有宋诗近雅、唐诗近风说，如此等等。

② 黄初——魏文帝曹丕的年号(220—226)。

③ 韫——包涵、蕴藏。

④ 尤延之——尤袤，字延之。

⑤ 黄太史氏——指黄庭坚。

⑥ 亶——诚然、确实，读若胆。

⑦ 俎豆——本指祭祀用具,这里作动词用,崇奉的意思。

⑧ 唶——叹息,读若借。

⑨ 步武——追随、效法。

【附录】

大凡诗,自有气象、体面、血脉、韵度。气象欲其浑厚,其失也俗;体面欲其宏大,其失也狂;血脉欲其贯穿,其失也露;韵度欲其飘逸,其失也轻。

作大篇,尤当布置:首尾匀停,腰腹肥满。多见人前面有余,后面不足;前面极工,后面草草。不可不知也。

诗之不工,只是不精思耳。不思而作,虽多亦奚为?

雕刻伤气,敷衍露骨。若鄙而不精巧,是不雕刻之过;拙而无委曲,是不敷衍之过。

人所易言,我寡言之,人所难言,我易言之,自不俗。

花必用柳对,是儿曹语。若其不切,亦病也。

难说处一语而尽,易说处莫便放过;僻事实用,熟事虚用;说理要简切,说事要圆活,说景要微妙。多看自知,多作自好矣。

小诗精深,短章蕴藉,大篇有开阖,乃妙。

喜词锐,怒词戾,哀词伤,乐词荒,爱词结,恶词绝,欲词屑。乐而不淫,哀而不伤,其惟《关雎》乎!

学有余而约以用之,善用事者也;意有余而约以尽之,善措辞者也;乍叙事而间以理言,得活法者也。

不知诗病,何由能诗?不观诗法,何由知病?名家者各有一病,大醇小疵,差可耳。

篇终出人意表,或反终篇之意,皆妙。

守法度曰诗,载始末曰引,体如行书曰行,放情曰歌,兼之曰歌行。悲如蛩螀曰吟,通乎俚俗曰谣,委曲尽情曰曲。

诗有出于《风》者,出于《雅》者,出于《颂》者。屈、宋之文,《风》出也;韩、柳之诗,《雅》出也;杜子美独能兼之。

三百篇美刺箴怨皆无迹,当以心会心。

陶渊明天资既高,趣诣又远,故其诗散而庄、澹而腴,断不容作邯郸步也。

语贵含蓄。东坡云:"言有尽而意无穷者,天下之至言也。"山谷尤谨于此。清庙之瑟,一唱三叹,远矣哉!后之学诗者,可不务乎?若句中无余字,篇中无长语,非善之善也;句中有余味,篇中有余意,善之善者也。

体物不欲寒乞。

意中有景，景中有意。

思有室碍，涵养未至也，当益以学。

岁寒知松柏，难处见作者。

波澜开阖，如在江湖中，一波未平，一波已作。如兵家之阵，方以为正，又复是奇；方以为奇，忽复是正。出入变化，不可纪极，而法度不可乱。

文以文而工，不以文而妙，然舍文无妙，胜处要自悟。

意出于格，先得格也，格出于意，先得意也。吟咏情性，如印印泥，止乎礼义，贵涵养也。

沉着痛快，天也。自然学到，其为天一也。

意格欲高，句法欲响，只求工于句、字，亦末矣。故始于意格，成于句、字。句意欲深、欲远，句调欲清、欲古、欲和，是为作者。

诗有四种高妙：一曰理高妙，二曰意高妙，三曰想高妙，四曰自然高妙。碍而实通，曰理高妙；出自意外，曰意高妙；写出幽微，如清潭见底，曰想高妙；非奇非怪，剥落文采，知其妙而不知其所以妙，曰自然高妙。

一篇全在尾句，如截奔马。词意俱尽，如临水送将归是已；意尽词不尽，如抟扶摇是已；词尽意不尽，剡溪归棹是已；词意俱不尽，温伯雪子是已。所谓词意俱尽者，急流中截后语，非谓词穷理尽者也。所谓意尽词不尽者，意尽于未当尽处，则词可以不尽矣，非以长语益之者也。至如词尽意不尽者非遗意也，辞中已仿佛可见矣。词意俱不尽者，不尽之中，固已深尽之矣。

一家之语，自有一家之风味。如乐之二十四调，各有韵声，乃是归宿处。模仿者语虽似之，韵亦无矣。鸡林其可欺哉！

《诗说》之作，非为能诗者作也，为不能诗者作，而使之能诗；能诗而后能尽我之说，是亦为能诗者作也。虽然，以我之说为尽，而不造乎自得，是足以为能诗哉？后之贤者，有如以水投水者乎？有如得兔忘筌者乎？噫！我之说已得罪于古之诗人，后之人其勿重罪余乎！

姜夔《白石道人诗说》　中华书局1981年版何文焕辑《历代诗话》本

因暇日与弟侄辈评古今诸名人诗：魏武帝如幽燕老将，气韵沉雄；曹子建如三河少年，风流自赏；鲍明远如饥鹰独出，奇矫无前；谢康乐如东海扬帆，风日流丽；陶彭泽如绛云在霄，舒卷自如；王右丞如秋水芙蕖，倚风自笑；韦苏州如园客独茧，暗合音徽；孟浩然如洞庭始波，木叶微脱；杜牧之如铜丸走坂，骏马注坡；白乐天如山东父老课农桑，言言皆实；元微之如李龟年说天宝遗事，貌悴而神不伤;刘梦得如镂冰雕琼,流光自照;李太白如刘安鸡犬,遗响白云,核其归存,恍无定处;韩退之如囊沙背水,惟韩信独能;李长吉如武帝食露盘,无补多欲;孟东野如埋泉断剑,卧壑寒松;张籍如优工行乡饮,酬献秩如,时有诙气;柳子厚如高秋独眺,霁晚孤吹;李义山如百宝流苏,千丝铁网,绮密环妍,要非适用。本朝苏东坡如屈注天潢,倒连沧海,变眩百怪,终归雄浑;欧公如四瑚八琏,止可施之宗庙;荆公如邓艾缒兵入蜀,要以崄绝为功;山谷如陶弘景祇诏入宫,析理谈玄,而松风之梦故在;梅圣俞如关河放溜,瞬息无声;秦少游如时女步春,终伤婉弱;后山如九皋独唳,深林孤芳,冲寂自妍,不求识赏;韩子苍如梨园按乐,排比得伦;吕居仁如散圣安禅,自能奇逸。其他作者,未易殚陈。独唐杜工部,如周公制作,后世莫能拟议。

敖陶孙《臞翁诗评》 《四库全书》本《说郛》

魏了翁

魏了翁(1178—1237),字华父,邛州蒲江(今属四川省)人。庆元五年(1199)进士。授签书剑南西川节度判官。以亲老乞补外任,出知嘉定府。后辞官,筑室白鹤山下,授徒讲学,称鹤山先生。嘉定末,任起居郎。理宗朝,官直学士院,累擢端明殿学士,同签书枢密院事,督视江淮京淮军马。曾上边防十事。不久,召还。后改任湖南、浙东、福建安抚使。以资政殿学士、奉大夫致仕。卒谥文靖,追赠秦国公。魏了翁是著名理学家、文学家,能诗词,善属文,其词语意高旷,风格或清丽,或悲壮。著有《鹤山集》、《九经要义》、《古今考》、《经史杂钞》、《师友雅言》等,词有《鹤山长短句》。

杨少逸不欺集序[①]

人之言曰:尚辞章者乏风骨,尚气节者窘辞令。某谓不然,辞虽末技,然根于性,命于气,发于情,止于道,非无本者能之。且孔明之忠忱,元亮之静退,不以文辞自命也。若表若辞,肆笔脱口,无复雕缋之工,人谓可配训诰雅颂,此可强而能哉! 唐之辞章称韩柳元白,而柳不如韩,元不如白,则皆于大节焉观之。苏文忠论近世辞章之浮靡无如杨大年,而大年以文名,则以其忠清鲠亮,大节可考,不以末技为文也。眉山自长苏公以辞章自成一家,欧尹诸公赖之以变文体,后来作者相望,人知苏氏为辞章之宗也,孰知其忠清鲠亮、临死生利害而不易其守? 此苏氏之所以为文也。

老圃杨公,自盛年射策甲科[②],直声劲气,响撼当世,有文忠之遗风。迨其观风作牧,风裁[③]清峻,屡诏不入,老不待年,相羊[④]泉石,几二十载，蜀人高其风。某之生也后，犹及拜公，又辱与公之季子大理少卿叔正为友，叔正甚似其先人，谔谔朝端，言人所不敢。叔正既卒，公之诸孙裒[5]老圃遗文若干卷，锓诸梓，谓子序所以作。呜呼，世衰俗隘，矜利眩才，言语以为华，富贵以为事，求其脱然声利之表如公者既不可得。今观公退休以后之文，尤多雍容自得之趣。盖辞，心声也，《易》曰"修辞立其诚"，辞非易能，所以立诚也。公所居官，以"不欺"名堂，自号"不欺子"，则其为辞之本既在此，是宜发越[6]著见，非浮夸纤丽者可同年语也，后之览者当于是考德焉。

《鹤山先生大全集》文集卷五十五　《四部丛刊》初编本

【注释】

① 此文所谓"辞虽末技，然根于性，命于气，发于情，止于道，非无本者能之"，可见魏了翁文论思想之梗概。论诗颇重"声"，如"朱文公复古经，主叶韵，然后兴观群怨之旨，可以吟咏体习，庶几其无遗憾矣"（《钱氏诗集序》），"先儒所谓'经道之余，因闲观时，因静照物，因时起志，因物寓言，因志发咏，因言成诗，因咏成声，因诗成音'者，陶公有焉"（《费元甫陶靖节诗序》）等等。总体来说，他有轻视文艺的倾向，"古之学者，自孝第谨信，泛爱亲仁，先立乎其本，迨其有余力也，从事于学文。文云者，亦非若后世哗然后众取宠之文也"，"本之则无终于小技而已矣"（《坐忘居士房公文集序》），"余唯窃叹古之士者，惟曰德行道艺，固不以文词为学也"（《裴梦得注欧阳公诗集序》），诗文形式创造在他看来是可有可无的。其《唐文为一王法论》力推韩愈文，未免夸大其词。

② 射策甲科——汉以来取士有对策、射策之制，射策由主试者出试题，写在简策上，分甲乙科，列置案上，应试者随意取答，主试者按题目难易和所答内容而定优劣，上者为甲，次者为乙。《文心雕龙·议对》释云："又对策者，应诏而陈政也，射策者，探事而献说也，言中理准，譬射侯中的……对策者，以第一登庸，射策者，以甲科入仕。"

③ 风裁——风度、气派。

④ 相羊——徜徉。

⑤ 裒——聚集。

⑥ 发越——散发。

【附录】

任斯道之托，以统天下之异，则不可无以尊其权。天下惟一王之法，最足以一天下之趋向。彼其庆赏刑威之用于天下而天下莫与之抗者，以其法之所存故也。君子任斯道于一身以正天下之不正，裁节矫揉，而不使之差跌于吾规矩准绳之所不能制，则一王之法，岂独有天下者司之而斯文独无之哉！圣人不作，学者无归往之地，重之以八代之衰，而道丧文敝。后生曲学之于文，仅如偏方小伯，各主一隅，而不睹王者之大全。或主于王、杨，或主于燕、许，非无其主也，然特宗于伯尔。有韩子者作，大开其门以受天下之归，反刓划伪，堂堂然特立一王之法，则虽天下之小不正者，不于王，将谁归？史臣以唐文为一王法而归之。韩愈之倡是法也，惟韩愈足以当之。天下莫不有所主，江海能为百谷主也而后百川归之，太山能为群岳主也而后群目仰之。天下之分，自敌已以上，毫发不可妄逾，而况于道之所统，其去取予夺，可无王法以裁正之乎？孔、孟一窭人尔，鲁史记一书，孔子何为傲然立一王之法，以刑赏天下之诸侯，而当时谓之素王？七篇之书，孟子胡为司距放之权，而天下亦谓为亚圣？孔子岂不知华衮铁钺施之列国则为僭？而禹、周公执天下之势，孟子亦岂不知与己大相辽绝乎？书以载道，文以经世，以言语代赏罚，笔舌代鞭朴，其所立之法，虽俨然南面之尊，有不能与之争衡者，然后知一王之法，吾孔、孟立之以垂世久矣。非用空言而徒为记载也。

不幸圣人没而王法绝，火于秦，黄老于汉，佛于晋宋齐梁之间。间有文人才士，以主持斯文攘臂鼓吻以自立其说，然目《离骚》为奴婢，指屈、宋为衙官，骂宋玉为罪人，呼阮籍为俗吏，其摽立气势，则有之矣，而王法则吾不知也。有唐之兴，绨章绘句，尚存江左之失，未宗燕、许，如翠微宫之颂，启母碣之铭，洛宝书之颂，周受命之颂，皆迎合揣摩之文也，未得王、杨，则韩休之薄滋味，张九龄之窘边幅，王勃之多玷缺，许景先之乏风骨，皆未能粹然一出于正也，是何也？主王、杨之伯，主燕、许之宗，则蕞尔之国，不足以一天下之异也。有昌黎韩愈者出，刊落陈言，执六经之文以绳削天下之不吾合者，《原道》一书汪洋大肆，《佛骨》一表生意凛凛正声，劲气巍然，三代令王之法且逊之。其始也，王、杨为之伯，天下安其伯而不敢辞，以为文章之法出于王、杨也；及其久也，燕、许为之宗，则天下宗其文而不敢异，以为文章之法出于燕、许也；最后愈之为文，法度劲正，追近盘诰，宛然有王者之法，下视燕、许诸人，直犹浅陋之曹、桧，皆大国之一方尔，则凡天下之为文者，谁敢不北面厥角以听王法之予夺哉？虽然，天下之习沉涵浸渍之久，则其弊非一朝之可革。变齐仅可以至鲁，变鲁仅可以至道。以圣人之才量，岂不能直变一齐，而且革之以渐焉，况唐之文敝，渐靡晋宋之余习，自正观后，王师旦黜，张昌龄、裴卢、骆宾王等辈，虽太宗高宗主之，而斯文之弊且不能尽革，使文章之变，非燕许诸人为之先，则一韩愈岂能以一发挽千钧哉？虽然，立一王之法以裁天下之异习，此上之人为之，愈何与焉？大历正元，徒事姑息，而元和、长庆，戾吾道尤甚焉。立唐文章之王法，不出于时君，而出于愈，愈亦甚不得已也。虽然，史臣之说，虽论愈也，亦规唐也。

魏了翁《鹤山先生大全集》文集卷一百一《唐文为一王法论》
《四部丛刊》初编本

古之学者，自孝悌谨信，泛爱亲仁，先立乎其本，迨其有余力也，从事于学文。文云者，亦非若后世哗然后众取宠之文也。游于艺以趣博其趣，多识前言往行以蓄其得，本末兼该，内外交养，故言根于有德，而辞所以立诚，先儒所谓"笃其实而艺者书之"，盖非有意于为文也。后之人，稍涉文艺则沾沾自喜，玩心于华藻，以为天下之美尽在于是，而本之则无终于小技而已矣。

魏了翁《鹤山先生大全集》文集卷五十一《坐忘居士房公文集序》（节录）
《四部丛刊》初编本

今之文，古所谓辞也。古者即辞以知心，故即其或惭或枝，或游或屈，而知其疑叛，知其诬善与失守也。即其或诐或淫，或邪或遁，而知其蔽陷，知其离且穷也。盖辞根于气，气命于志，志立于学。气之薄厚，志之小大，学之粹驳，则辞之险易、正邪从之。如声音之通政，如蓍蔡之受命。积中而形外，断断乎不可揜也。

魏了翁《鹤山先生大全集》文集卷五十六《攻愧楼宣献公文集序》（节录）
《四部丛刊》初编本

余唯窃叹古之士者，惟曰德行道艺，固不以文词为学也。今见之歌谣风雅者，上自公卿大夫，下至里闾闺阃，往往后世经生文士专门名世者所不逮。盖礼义之浸渍已久，其发诸威仪文词，皆其既溢之余，是惟无言，言则本乎情性，关乎世道。后之人自始童习，即以属词绘句为事，然旷日逾年，卒未有以稍出古人之区域。迨乎去本益远，则辨篇章之耦奇，较声韵之中否，商骈俪之工拙，审体制之乖合，自谓穷探力索。然有之固无所益，无之亦无所阙，况于为己之事，了无相关。极于晚唐闰周，以暨我国初，西昆之习滋炽，人亦稍稍厌苦之，而未有能易之者。于是不以功利为用世之要学，则托诸佛老为穷理之极功，微欧公倡明古学，裁以经术，而元气之会，真儒实才，后先迭出，相与尽扫而空之，则依依乎未知攸届也。

魏了翁《鹤山先生大全集》文集卷五十四《裴梦得注欧阳公诗集序》(节录)
《四部丛刊》初编本

古之言诗以见志者,载于《鲁论》《左传》及子思、孟子诸书,与今之为诗事实、文义、音韵、章句之不合者,盖什六七,而贯融精粗,耦事合变,不啻自其口出,大抵作者本诸性情之正,而说者亦以发其性情之实,不拘拘于文辞也。自孔孟氏没,遗言仅存,乃皆去籍焚书之余,编残简脱,师异指殊,历汉魏晋隋,久而无所统一。上之人思所以救之,于是《尚书》存孔,《三礼》守郑,《易》非王氏不宗,《春秋》惟优左、杜,《诗》专取毛、郑,士岂无耳目肺肠而不能以自信也?则宁倍往圣不刊之经,毋违时王所主之传。所谓传者,千百家中一人耳,而一时好尚,遂定为学者之正鹄,占毕训故,悉惟其意,违之则曰是非经指也,以他书且不可,况言《诗》乎?《诗》之专于毛、郑,其来已久,舍是诚无所宗,然其间有浅暗拘迫之说,非皆毛、郑之过。《序》文自一言而下,皆历世讲师因文起义,傅会穿凿之说,乃敢与经文错行,而人不以为疑。毛《传》简要平实,无臆说,无改字,于《序》文无所与,犹足以存旧闻,开来哲。至郑氏惟《序》是信,则往往迁就迎合,傅以《三礼》,彼其于《诗》、于《礼》,文同而释异,已且不能自信也,而流及后世,则皆推之为不可迁之宗。迨我国朝之盛,然后欧、苏、程、张诸儒,昉以圣贤之意,是正其说。人知末师之不可尽信,则相与辩《序》文,正古音,破改字之谬,辟专门之隘,各有以自靖自献。极于近世,吕成公集众善,存异本,朱文公复古经,主叶韵,然后兴观群怨之旨,可以吟咏体习,庶几其无遗憾矣。

魏了翁《鹤山先生大全集》文集卷五十四《钱氏诗集序》(节录)
《四部丛刊》初编本

其称美陶公者曰:荣利不足以易其守也,声味不足以累其真也,文词不足以溺其志也,然是亦近之,而公之所以悠然自得之趣,则未之深识也。风雅以降,诗人之词,乐而不淫,哀而不伤,以物观物而不牵于物,吟咏情性而不累于情,孰有能如公者乎?有谢康乐之忠而勇退过之,有阮嗣宗之达而不至于放,有元次山之漫而不着其迹,此岂小小进退所能窥其际邪?先儒所谓“经道之余,因闲观时,因静照物,因时起志,因物寓言,因志发咏,因言成诗,因咏成声,因诗成音”者,陶公有焉。

魏了翁《鹤山先生大全集》文集卷五十二《费元甫陶靖节诗序》(节录)
《四部丛刊》初编本

真德秀

真德秀(1178—1235),字景元,一字希元,号西山,浦城(今属福建省)人,宋宁宗庆元五年(1199)进士,嘉定元年(1208)召为太学博士,累迁起居舍人兼太常少卿。以不附史弥远,出为江东转运副使。十五年,迁湖南安抚使兼知潭州。理宗即位(1225),召为中书舍人,擢礼部侍郎,直学士院,仍以忤史弥远落职。绍定五年(1232)起知泉州。六年,知福州。端平元年(1234)召为户部尚书,改翰林学士知制诰。二年,拜参知政事,寻致仕,卒,年五十八,谥文忠。真德秀之学出于朱熹弟子詹体仁。有《西山先生真文忠公文集》。事见《后村集》卷五《真公行状》、《鹤山集》卷六九《真公神道碑》,《宋史》卷四三七有传。

文章正宗纲目[①](选录)

正宗云者,以后世文辞之多变,欲学者识其源流之正也。自昔集录文章者众矣,若杜预、挚虞诸家,往往堙没弗传,今行于世者,惟梁昭明《文选》、姚铉《文粹》而已。繇[②]今视之,二书所录,果皆得源流之正乎?夫士之于学,所以穷理而致用也,文虽学之一事,要亦不外乎此。故今所辑,以明义理、切世用为主,其体本乎古,其指[③]近乎经者,然后取焉,否则辞虽工亦不录。其目凡四,曰辞命,曰议论,曰叙事,曰诗赋,今凡二十余卷云。

诗　赋

按,古者有诗,自虞《赓歌》、夏《五子之歌》始,而备于孔子所定三百五篇。若《楚辞》则又《诗》之变而赋之祖也。朱文公尝言[④]:

"古今之诗,凡有三变,盖自书传所记,虞夏以来,下及汉魏,自为一等。自晋宋间颜谢以后,下及唐初,自为一等。自沈宋以后,定著律诗,下及今日,又为一等。然自唐初以前,其为诗者,固有高下,而法犹未变;至律诗出,而后诗之古法始皆大变矣。故尝欲抄取经史诸书所载韵语,下及《文选》古诗,以尽乎郭景纯、陶渊明之作,自为一编,而附于《三百篇》《楚词》之后,以为诗之根本准则。又于其下二等之中,择其近于古者,各为一编,以为之羽翼舆卫。其不合者,则悉去之,不使其接于胸次。要使方寸之中,无一字世俗语言意思,则其为诗不期于高远而自高远矣。"今惟虞夏二歌与三百五篇不录外,自余皆以文公之言为准,而拔其尤者,列之此编。律诗虽工,亦不得与若。箴铭颂赞,郊庙乐歌琴操,皆诗之属,间亦采摘一二,以附其间。至于辞赋,则有文公《集注》《楚词后语》,今亦不录。或曰此编以明义理为主,后世之诗其有之乎?曰:三百五篇之诗,其正言义理者,盖无几,而讽咏之间,悠然得其性情之正,即所谓义理也。后世之作,虽未可同日而语,然其间兴寄高远,读之使人忘宠辱,去系吝,翛然有自得之趣。而于君亲臣子大义,亦时有发焉。其为性情心术之助,反有过于他文者。盖不必颛[5]言性命而后为关于义理也,读者以是求之,斯得之矣。

《文章正宗纲目》《四库全书》本

【注释】

①《四库全书·文章正宗纲目提要》:"是集分辞命、议论、叙事、诗歌四类,《左传》《国语》以下至于唐末之作,其持论甚严,大意主于论理而不论文",刘克庄曾参与编选,而凡其"所取而西山去之者大半","盖道学之儒与文章之士各明一义,固不可得而强同也。顾炎武《日知录》亦曰:'真希元《文章正宗》所选诗,一扫千古之陋,归之正旨,然病其以理为宗,不得诗人之趣……严为绳削,虽矫昭明之枉,恐失国风之义。六代浮华,固当刊落,必使徐庾不得为人,陈隋不得为代,毋乃太甚,岂非执理之过乎。'所论至为平允,深中其失。故德秀虽号名儒,其说亦卓然成理,而四五百年以来,自讲学家以外,未有尊而用之者,岂非不近人情之事,终不能强行于天下欤?"可见其议论、去取之偏。真德秀强调自己所辑"以明义理、切世用为主,其体本乎古,其指近乎经者,然后取焉,否则辞虽

工亦不录"。诗赋之选"皆以文公之言为准","律诗虽工,亦不得与若",所去取有偏,但在理论认识上却也颇重讽咏,正是朱子诗学要义,"他文"或"正言义理",而"三百五篇之诗,其正言义理者,盖无几,而讽咏之间,悠然得其性情之正,即所谓义理也",而诗之独特的兴发功能也正由此而生——此乃诗独特体制特性不同于文之辨,后多为诗学家所采用。此外《文章正宗纲目》对后世各种诗文辨体研究还是极有启发的。论文大抵推崇"鸣道之文"而贬抑"文人之文"(《跋彭忠肃文集》),"夫文者,技之末尔",又以气论文,"圣人之文,元气也。聚为日星之光耀,发为风尘之奇变,皆自然而然,非用力可至也。自是以降,则视其资之薄厚,与所蓄之浅深,不得而遁焉",词之不同"气之所发者然也","致饰语言不若养其气,求工笔札不若励于学"(《日湖文集序》)云云,大抵不出一般理学家范围。

② 繇——由。

③ 指——通"旨"。

④ 朱文公尝言——此句以下引号内语,引自朱熹《答巩仲至书》(《晦庵集》卷六十四,参见本书朱熹部分附录)。

⑤ 颛——通"专"。

【附录】

辞　命

汉世有制、有诏、有册、有玺书,其名虽殊,要皆王言也。文章之施于朝廷,布之天下者,莫此为重。故今以为编之首。《书》之诸篇,圣人笔之为经,不当与后世文辞同录。独取《春秋》内外传所载周天子谕告诸侯之辞,列国往来应对之辞,下至两汉诏册而止。盖魏晋以降,文辞猥下,无复深纯温厚之指。至偶俪之作兴,而去古益远矣。学者欲知王言之体,当以《书》之诰誓命为祖,而参之以此编,则所谓正宗者庶乎其可识矣。

议　论

按,议论之文,初无定体,都俞吁咈,发于君臣会聚之间,语言问答,见于师友切瑳之际,与凡秉笔而书,缔思而作者,皆是也。大抵以《六经》《语》《孟》为祖,而《书》之《大禹》《皋陶》《益稷》《仲虺之诰》《伊训》《太甲》《咸有一德》《说命》《高宗肜日》《旅獒》《召诰》《无逸》《立政》,则正告君之体,学者所当取法。然圣贤大训,不当与后之作者同录,今独取《春秋》内外传所载谏争论说之辞,先汉以后,诸臣所上书疏封事之属,以为议论之首。他所纂述,或发明义理,或敷析治道,或褒贬人物,以次而列焉。书记往来,虽不关大体,而其文卓然为世脍炙者，亦缀其末。学者之议论，一以圣贤为准的，则反正之评，诡道之辩，不得而惑。其文辞之法度，又必本之此编，则华实相副，彬彬乎可观矣。

叙 事

按，叙事起于古史官，其体有二：有纪一代之始终者，《书》之《尧典》《舜典》与《春秋》之经是也，后世本纪似之；有纪一事之始终者，《禹贡》《武成》《金縢》《顾命》是也，后世志记之属似之。又有纪一人之始终者，则先秦盖未之有，而昉于汉司马氏，后之碑志事状之属似之。今于《书》之诸篇与史之纪传，皆不复录，独取左氏史汉叙事之尤可喜者，与后世记序传志之典则简严者，以为作文之式。若夫有志于史笔者，自当深求《春秋》大义，而参之以迁、固诸书，非此所能该也。

真德秀《文章正宗纲目》(选录) 《四库全书》本

昔河汾王氏，尝谓文士之行可见，因枚数而评之曰：谢灵运小人哉，其文傲；沈休文小人哉，其文冶。君子哉思王，其文深以典。至于狷也狂也夸也诡也，皆以一言蔽其为人。夫文者，技之末尔，而以定君子小人之分，何耶？抑尝思之，云和之器，不生茨棘之林，仪凤之音，不出乌鸢之口。自昔有意于文者，孰不欲媲《典》《谟》、俪《风》《雅》以希后世之传哉？卒之未有得其仿佛者。盖圣人之文，元气也。聚为日星之光耀，发为风尘之奇变，皆自然而然，非用力可至也。自是以降，则视其资之薄厚，与所蓄之浅深，不得而遁焉。故祥顺之人，其言婉；峭直之人，其言劲；嫚肆者，亡庄语；轻躁者，无确词，此气之所发者然也。家刑名者，不能析孟氏之仁义；祖权谲者，不能畅子思之中庸；沉涵六艺，咀其菁华，则其形著，亦不可揜，此学之所本者然也。是故，致饰语言不若养其气，求工笔札不若励于学。气完而学粹，则虽崇德广业，亦自此进，况其外之文乎？此人之所可用力而至也。持偏驳之资，乏真积之力，而区区以一臿儗江河，宁有是哉？公天资宽洪，而养以静厚，平居怡然自适，未尝见忿厉之容。于书亡所不观，而尤喜闻理义之说，故其文章不事刻画，而敷腴丰衍，实似其为人。自少好为歌诗，晚释政涂，优游里社。凡岩谷卉木之观，题咏殆遍；真率之集，倡酬递发。忘衮服之贵，而浃布韦之欢，又非乐易君子弗能也。然则观公之文者，其可不推所本哉！

真德秀《西山文集》卷二十八《日湖文集序》(节录) 《四库全书》本

汉西都文章最盛，至有唐为尤盛。然其发挥理义，有补世教者，董仲舒氏、韩愈氏而止尔。国朝文治猬兴，欧、王、曾、苏，以大手笔追还古作，高处不减二子。至濂、洛诸先生出，虽非有意为文，而片言只辞，贯综至理，若《太极》《西铭》等作,直与六经相出入,又非董、韩之可匹矣。然则文章在汉唐未足言盛,至我朝乃为盛尔。忠肃彭公以濂、洛为师者也,故见诸著述,大抵鸣道之文,而非复文人之文。

真德秀《西山文集》卷三十六《跋彭忠肃文集》《四库全书》本

包　恢

包恢(1182—1268),字宏父,一字道夫,号宏斋,建昌南城(今属江西省)人,宋宁宗嘉定十三年(1220)进士,调金溪簿,历光泽簿,建宁府学教授,沿江制置司干官,通判台州、临安府,知台州,提点福建刑狱兼知建宁府,广东转运判官,提点浙西刑狱,知隆兴府兼江西转运使,湖南转运使。理宗景定初,拜大理卿,迁中书舍人,四年(1263),出知平江府兼发运使。度宗即位,曾比其为二程,召为刑部尚书。咸淳二年(1266)进签书枢密院事,三年致仕,四年卒,年八十七。有《敝帚集》,已佚。清四库馆臣据《永乐大典》辑为《敝帚稿略》八卷。事见《桐江集》卷三《读包宏斋敝帚集跋》,《宋史》卷四百二十一有传。

答傅当可论诗[①]

某昨承不外,以佳句一帙见教,开警为多。盖始终皆欲追晋宋之风,而绝不效晚唐之体,此其过于人远矣。某素不能诗,何能知诗?但尝得于所闻大概,以为诗家者流,以汪洋澹泊为高,其体有似造化之未发者,有似造化之已发者,而皆归于自然,不知所以然而然也。所谓造化之未发者,则冲漠有际,冥会无迹,空中之音,相中之色,欲有执着,曾不可得而自有,尸居而龙见,渊默而雷声[②]者焉。所谓造化之已发者,真景见前,生意呈露,混然天成,无补天之缝罅,物各傅物,无刻楮[③]之痕迹,盖自有纯真而非影、全是而非似者焉。故观之虽若天下之至质,而实天下之至华;虽若天下之至枯,而实天下之至腴。如彭泽一派,来自天稷者,尚庶几焉,而亦岂能全合哉。然此惟天才生知,不假作为,可以与此,其余皆须以学而入。学则须习,恐未易径造也。所以前辈尝有“学诗浑似学参禅”之语,彼参禅固有顿悟,亦须有渐修始得顿悟。如初生孩子,一日而肢体已成,渐修如长养成人,岁久而志气方立,此虽是异端语,亦有理可施之于诗也。半山云:“看似寻常最奇崛,成如容易却艰辛”,某谓寻常、容易须从事奇崛、艰辛而入,又妄意以为“损先难而后易,益长裕而不设”,不外是诗法。况造物气象,须自大化混浩中沙汰陶镕出来,方见精彩也。唐称韦柳有晋宋高风,而柳实学陶者,山谷尝写柳诗与学者云:“能如此学陶,乃能近似耳。”此语有味。

《敝帚稿略》卷二 《四库全书》本

【注释】

①《四库全书·敝帚稿略提要》称包恢“所作大都疏通畅达,沛然有余,奏札诸篇亦剀切详明,得敷奏之体,其立身虽在君子小人之间,置其人而论其文,固亦不失为儒者之言矣”。包恢论诗提倡“自然”与“风韵”。其一,此《答傅当可论诗》即强调自然,其《答曾子华论诗》所论有相近之思路:“盖天机自动,天籁自鸣,鼓以雷霆,豫顺以动,发自中节,声自成文,此诗之至也”,此固为最高境界,而“其次则所谓未尝为诗,而不能不为诗,亦顾其所遇如何耳。或遇感触,或遇扣击,而后诗出焉”,外有所触、内有所感,亦不失自然风致。其二,其《书徐致远无弦稿后》以花比喻诗之风韵:“诗有表里浅深,人直见其表而浅者,孰为能见其里而深者哉?犹之花焉,凡其华彩光焰,漏泄呈露,晔然尽发于表,而其里索然,绝无余蕴者,浅也。若其意味风韵,含蓄蕴藉,隐然潜寓于里,而其表淡然若无外饰者,深也。”这种自然风韵说对后世诗学神韵论影响很大。

② 尸居而龙见,渊默而雷声——语出《庄子·在宥》,意谓静如尸而动如龙、默如止水而响如雷声。

③ 楮——纸,读若楚。

【附录】

承近多作诗赋等欲以示拙者一观,虽未及观,然以子华平日之才华,决知其有可观者。宏斋一诗亦足以窥一斑矣。但窃尝以为,此等文不可轻易尝试为之,盖古人于诗不苟作,不多作,而或一诗之出,必极天下之至精。状理则理趣浑然,状事则事情昭然,状物则物态宛然,有穷智极力之所不能到者,犹造化自然之声也。盖天机自动,天籁自鸣,鼓以雷霆,豫顺以动,发自中节,声自成文,此诗之至也。孰发挥是帝出乎震,非虞之歌、周之正风雅颂作乐、殷荐上帝之盛,其孰能与于此哉?其次则所谓未尝为诗,而不能不为诗,亦顾其所遇如何耳。或遇感触,或遇扣击,而后诗出焉,如诗之变风变雅,与后世诗之高者是矣。此盖如草木本无声,因有所触而后鸣;金石本无声,因有所击而后鸣;非自鸣也。如草木无所触而自发声,则为草木之妖矣;金石无所击而自发声,则为金石之妖矣。闻者或疑其为鬼物,而掩耳奔避之不暇矣。世之为诗者鲜不类此。盖本无情而牵强以起其情,本无意而妄想以立其意,初非彼有所触而此乘之,彼有所击而此应之者,故言愈多而愈浮,词愈工而愈拙,无以异于草木金石之妖声矣。况在心为志,发言为诗,今人只容易看过,多不经思。诗自志出者也,不反求于志而徒外求于诗,犹表邪而求其影之正也,奚可得哉?志之所至,诗亦至焉,岂苟作者哉。后世诗之高者,若陶与李杜者难矣。陶之冲澹闲静,自谓是羲皇上人,此其志也,"种豆南山"之诗,其用志深矣,"羲农去我久"一篇,又直叹孔子之学不传,而窃有志焉。惟其志如此,故其诗亦如之。今人读其诗,不知何如而读之哉?如李如杜,同此其选也。李之"宴坐寂不动,湛然冥真心",杜之"愿闻第一义,回向心地初",虽未免杂于异端,而其亦高于人几等矣,宜其诗至于能泣鬼神,驱疟疠,非他人之所敢望也。今之言诗者,不知其果何如哉?近世名公尝有言曰:"人心惟危,天命不易。学者于日用之间,如排浮萍,画流水,随止合,则见于纸上,山小水浅,无足疑者。"此可以言志与诗矣。

子华之诗谓因居闲处独,岑寂无聊而作,则亦不可谓无所击触而自鸣者,此亦后世骚人文士之常也。然揆之以志,则有未然者,居闲处独,不妨颜子陋巷之乐,何为岑寂而无聊?若如曾子之七日不火食,果能歌声若出金石乎?陶渊明少学琴书,性爱闲静,曰"结庐在人境,而无车马喧",曰"闲居三十载,遂与尘事冥",彼方以居闲处独为乐,若有秋毫岑寂无聊之态,其能道此等语,作此等诗乎?曰"心远地自偏",曰"此中有真意",曰"闻禽鸟变声,复欣然忘食",此其志高矣美矣。好诗者如进于此也,诗当自别矣。太白常有超世之志,固非世态之所得而笼络。子美一生穷饿,固不掩于诗,而其志浩然,未始一日少变,故其诗之光焰不可磨灭,不可不考也。

包恢《敝帚稿略》卷二《答曾子华论诗》(节录) 《四库全书》本

五言之体,说者类以为始于汉之苏李,曾不思诗原于虞夏之歌。"郁陶乎予心,颜厚有忸怩",五言已权舆于《五子歌》矣。厥后三百篇中,诸体毕备,而五言尤彰彰可见,因漫摘出以与学诗者评之,亦庶几知选诗之犹有古风者,由此其选也。然歌诗出于虞夏商周，又不知其体格之始于谁乎？后世略不能自咏情性，自运意旨，以发越天机之妙，鼓舞天籁之鸣。动必规规焉拘泥前人之体格，以仿效而为之，一有不合，即从而非之，固哉。其为诗也，真所谓“惟古于词必已出，降而不能，乃剽贼。后皆指前公相袭，从汉迄今用一律”。寥寥久哉，莫觉属者，况又未尝深究源委者乎。因并及之，不知工于诗者以为何如也。

包恢《敝帚稿略》卷二《论五言所始》(节录)　《四库全书》本

诗有表里浅深，人直见其表而浅者，孰为能见其里而深者哉？犹之花焉，凡其华彩光焰，漏泄呈露，晔然尽发于表，而其里索然，绝无余蕴者，浅也。若其意味风韵，含蓄蕴藉，隐然潜寓于里，而其表淡然若无外饰者，深也。然浅者歆羡常多，而深者玩嗜反少，何也？知花斯知诗矣。衣锦尚絅，恶其文著，暗然日章，淡而不厌。先儒谓水晶精光外发而莫掩，终不如玉之温润中存而不露，至理皆然，何独曰诗之犹花云乎哉？远斋徐兄致远之诗，其当以是观之欤！王半山有谓“看似寻常最奇崛，成如容易却艰辛”，今泛观远斋诗，或者见其若出之易，而语之平也，抑不知其阅之多，考之详，炼之熟，琢之工，所以磨砻圭角，而剥落皮肤，求造真实者，几年于兹矣！故其字字句句有依据，有法度，欲会众体众格，而无一字妄用，一语苟作者，切无谓其寻常容易乃奇崛之最，实自艰辛而得也。余则尤于其爱花之时而见之矣。夫以四时之花，其华彩光焰漏泄呈露者，名品固非一，若春兰夏莲，秋菊冬梅，则皆意味风韵、含蓄蕴藉而与众花异者。惟其似之，是以爱之。求其人，其惟屈大夫与周濂溪、陶靖节与林和靖之徒乎！远斋既爱四花，复希慕四君子，人如是，歌诗亦如之，真可谓深而不浅者矣。其视桃李辈，华彩光焰，徒有余于表，意味风韵实不足于里，而反人人爱之至，以俗花为俗诗者，其相去又不亦远乎！昔建安能者七，徐干居其一，远斋固自有家法源流矣。何取于水，有本如是，徐子又必尝有契于斯言者。远斋惟益反其本而充之，则成章而达，犹盈科而进，源之所自出者滋深，而诗之所可至者，益远矣，又岂予之所能量。

包恢《敝帚稿略》卷五《书徐致远无弦稿后》　《四库全书》本

说诗者以古体为正，近体为变；古体尚风韵，近体尚格律，正变不同调也。然或者于格律之中而风韵存焉，则虽曰近体，而犹不失古体，特以入格律为异尔。盖八句之律，一则所病，有各一物一事，断续破碎，而前后气脉不相照应贯通，谓之不成章；二则所病，有刻琢痕迹，止取对偶精切，反成短浅，而无真意余味，止可逐句观，不可成篇观，局于格律，遂乏风韵，此所以与古体异。先正有云：“维诗于文章，泰山一浮尘。又如古衣裳，组织烂成文。拾其剪裁余，未识衮服尊。”正谓是欤！今耐轩续稿，似独不然。观其八句中，语意圆活悠长，有蕴藉，有警策，气脉贯通，而无破碎断续之病。且所寓言多真景真意，虽对偶而若非对偶，无刻琢露痕迹之病。其所自叙，以为自三百篇而悟入，则宜识衮服之所以尊，而与组织成文者不可同日语矣。抑予味之，所谓“磨砻去圭角，浸润著光精”，非特见其用功之深，亦由其神情冲淡，趣向幽远，有青山白云之志，而欲超然出于尘外者。志之所至，宜诗亦至焉者，然充此以进于古体不难矣。律昉于唐，唐高韦、柳，取其古体风韵也，由韦、柳而入陶，必优为之，又当俟别稿出而刮目焉。

包恢《敝帚稿略》卷五《书抚州吕通判开诗稿略》　《四库全书》本

刘克庄

刘克庄(1187—1269),初名灼,字潜夫,号后村,莆田(今属福建省)人,父刘弥正,官至吏部侍郎,宋嘉定二年(1209),刘克庄以荫补将仕郎,从此步入仕途。初为靖安主簿(今属江西省)、真州(今江苏仪征)录事参军等,后长期游幕于江、浙、闽、广等地。嘉定十二年,监南岳,十七年,为建阳(今属福建省)知县。理宗宝庆初,因所作《落梅》诗得罪权相史弥远,前程受阻。绍定二年(1229),通判潮州(今属广东省),因《落梅》诗案的旧账被劾落职。直至史弥远死后,才复官出山。端平二年(1235),得宰相郑清之、参知政事真德秀提拔,为枢密院编修官,历袁州知州、江西提举、广东提举、监察御史、漳州知州、起居舍人兼侍讲、兵部侍郎兼侍讲等职。淳熙六年(1240),曾被理宗召见,称赞他"文名久著,史学尤精",特赐同进士出身。刘克庄晚年趋奉权相贾似道,颇为时论所讥。有《后村先生大全集》传世。

江西诗派序[①](节录)

总　序

吕紫微作江西总派,自山谷而下凡二十六人,内何人表颙、潘仲达大观有姓名而无诗,诗存者凡二十四家。王直方诗绝少,无可采,余二十三家部秩稍多。今取其全篇佳者,或一联一句可讽咏者,或对偶工者,各著于编,以便观览。派中如陈后山,彭城人;韩子苍,陵阳人;潘邠老,黄州人;夏均父、二林,蕲人;叔用、江子之,开封人;李商老,南康人;祖可,京口人;高勉,京西人:非皆江西人也。同时如曾文靖乃赣人,又与紫微公以诗往还,而不入派,不知紫微去取之意云何?当日无人以此叩之。后来诚斋出,真得秀所谓活泼,所谓流转完美如弹丸者,恨紫微公不及见耳。派中以东莱居后山上,非也。今以继宗派,庶几不失紫微公初意。

黄山谷

山谷,豫章人。如潘阆、魏野[2],规规晚唐格调,寸步不敢走也作。杨、刘则又专为昆体,故优人有挦[3]扯义山之诮。苏、梅[4]二子稍变以平淡豪俊,而和之者尚寡。至六一、坡公,巍然为大家数,学者宗焉。然二公亦各极其天才笔力之所至而已,非必锻炼勤苦而成也。豫章稍后出,会粹百家句律[5]之长,究极历代体制之变搜笔穿穴[6]异闻,作为古律,自成一家,虽只字半句不出,遂为本朝诗家宗祖,在禅学中比得达摩[7],不易之论也。其《内集》,诗尤善,信乎其自编者。顷见赵履常宗师之,近时诗人惟赵得豫章之意,有绝似者。

后　山

后山树立甚高,其议论不以一字假借人,然自言其诗师豫章公。或曰:黄、陈齐名,何师之有?余曰:射较一镞,弈角一着,惟诗亦然。后山地位去豫章不远,故能之若师。同时人秦、晁诸人,则不能为此言矣。此惟深于诗者知之。文师南丰[8],诗师豫章,二师皆极天下之本色。

潘邠老

东坡、文潜先后谪黄州,皆与邠老游。其诗自云诗老杜,然有空意,无实力。余旧读之,病其深芜,后见夏均父读邠老诗,亦有深芜之病评。

夏均父

均父集中,如拟陶、韦五言,亹亹逼真;律诗用事琢句,趋出绳墨。言近旨远,可以讽咏。盖用功于诗,而非所谓无意于文之文也。然竦[9]之诸孙,故其诗云:“堂堂文庄公,事业何峥嵘。”孟子曰:“孝子慈孙,百世不能改。”均父欲改之乎,其志亦可悲也。

二　谢

吕紫微评无逸诗似康乐,幼盘诗似玄晖。按,康乐一字百炼乃时出冶,玄晖尤丽密,无逸轻快有余而欠工致,幼盘羞苦思,其合玄晖者亦少。然弟兄在政、宣间,科举之外有歧路可进身,韩子苍诸人或自鬻其技至贵显,二谢乃老死布衣,其高节亦不可及。

晁叔用

喻汝砺作《具茨集序》云:"余曩游都城,与晁用道为同门生,后三十六年,识公武于涪陵,不知为用道子也。一日来谒曰:'先公平生论著,自丙午之乱,存者特歌诗二百许篇,敢丐[10]先生一言以发之。'又出其家谱牒,乃知其先公名冲之,字叔用,世所谓具茨先生者也。予耸然曰:是吾用道耶?第今自叔用为小异耳。方绍圣初,天下伟异豪爽特绝之士,离谗放逐,晁氏群从多在党中,叔用于是飘然遗形迹而去之,宅幽阜、荫茂林于具茨之下,世之网罗不得而撄也。暨朝廷诸公谋欲起之,乃复仕心独往,高挹而不顾,世之荣利不得而羁也。至于疾革[11],乃取平生所著书聚而焚之,曰:'是不足以成吾名。'世之言语文章不得而污也。然则吾叔用所以传于后世者,果于诗乎?顾其胸中必有含章内奥而深于道者矣。宋兴,至咸平、景德中,儒学文章之盛,不归之平棘宋氏,则属之清丰晁氏。二氏者,天下甲门也。文元公事章圣皇帝二十年,当是时,甄明旧仪,绪正礼乐,一时诏令皆出其手。于是朝廷典章法度之事,非六籍之英,则三代之器也。迨其子文庄公继践西省,时文元公方请老家居也。宋宣献谓世掌书命者,惟唐新昌杨氏及见其子,而晁氏继之。叔用以文庄公为曾大父,以文元公为高祖,家藏至二万卷,故其子孙焠掌励志,错综藻缋之,皆以文学显名。余尝从叔用商近朝人物嘉文章善行,朝章国典,礼文损益,靡不贯洽,以诗鸣者,岂叔用之志也哉!虽然,叔用既已油然栖志于林涧旷远之中,寓事写物,形于兴属,渊雅踈亮,未尝为凄怨危愤激烈愁苦之音,其于晦明消长用舍得失之际,未尝不安而乐之也。呜呼,所谓含章内奥而深于道者非耶!秦汉以来,士有抱奇怀能,流落不遇,往往燥心汗笔,有怨悱悱悁悁沉抑之思,气喉急刻,不能闲退,古之词人皆是也。太史公作《贾谊传》,盖以屈原配之,又裁录其二赋焉。至谊论三代之陶世振俗,固结天下之具,与夫秦之所以暴兴棘亡,斩艾天下之术,则迁有所不录,岂谓谊一不平于中,遂哀怨抑郁,泣涕以死。借使文帝尽用其论,谊又安能有所建立于天下乎?惟深于道者,遁于世而不怨,发于词而不怒,君子是以知其必能有为于世者也。吾于叔用,岂直以诗人命之哉!"此序笔力浩大,与叔用之诗相称。余读叔用诗,见其意度沉阔,气力宽余,一洗诗人穷饿酸辛之态。其律诗云:"不拟伊优[12]陪殿下,相随于芀[13]过楼前。"乱离后追叙承平事,未有悲哀警策于此句者。晁氏家世贵显,而叔用不肯于此时陪伊优之列,而甘随于芀之后,可谓贤矣。它作皆激烈慷慨,南渡后放翁可以继之。

李商老

公择,尚书家子弟也。东坡、山谷、文潜诸公皆与往还,颇博览强记,然诗体拘狭,少变化。

三　僧

三僧中,如壁封轻快似谢无逸,亦欠工;祖可默读书,诗料多,无蔬笋气[14],僧中一角麟也;善权与可相上下。

高子勉

亲见山谷,经指授,记览多,如《麦城诗》押险韵略无窘态,集中健语层出,紫微公乃以殿诸人,何也?可升之。

吕紫微

余尝以为此序(吕本中《夏均父集序》)天下之至言也,然均父所作,似未能,往往紫微公自道耳。所引谢宣城"好诗流转圆如弹丸"之语,余以宣城诗巧之,如锦工机锦,玉人琢玉,极天下之巧妙。穷极巧妙,然后能流转圆美。近时学者往往误认弹丸之论,而趋于易。故放翁诗云"弹丸之论方误人",又朱文公云:"紫微论诗,字字欲响[15],其晚年诗多哑了。"然则欲知紫微诗者,以《均父集序》观之,则知弹丸之语,非主于易。又以文公之语验之,则所谓字字响者,果不可以退道矣。

《后村先生大全集》卷九十五　《四部丛刊》初编本

【注释】

① 江西诗派中究竟有哪些人,后世诸书记载略有不同,而刘克庄此序则是对江西派中诸人的诗歌创作情况的较具体的评述,"何人表颙、潘仲达大观有姓

名而无诗"而"王直方诗绝少,无可采",故未序录,除黄庭坚、吕居仁外,其余诗人情况如次:后山,陈师道之号,字无己;潘邠老,名大临;三洪,指洪朋(字龟父)、洪刍(字驹父)、洪炎(字玉父)三兄弟;夏均父,名倪;二谢,指谢逸(字无逸)、谢薖(字幼盘);二林,指林敏修(字子来)、林敏功(字子仁)二兄弟;晁叔用,名冲之;汪信民,名革;李商老,名朋;三僧,指如璧(饶节,字德操)、祖可(字正平)、善权(字巽中);高子勉,名勉;江子之,名端本;李希声,名錞;杨信祖,名符。

此序对江西诗派重述而有所批评,"锻炼勤苦"、"搜笔穿穴异闻"、"用功于诗"、"非所谓无意于文之文"等等,可略见江西家法,此序中刘克庄述而未评,但在其他文章中,他指出:"世以陶谢相配,谢用功尤深,其诗极天下之工,然其品故在五柳之下,以其太工也"(《戊于答真侍郎论选诗》),"大率有意于求工者,率不能工,惟不求工而自工者,为不可及。求工不能工者,滔滔皆是,不求工而自工者,非有大气魄、大力量不能"(《回信庵书》)——可见其对江西派"锻炼勤苦"并不完全认可。此外,如其《野谷集序》云:"古人之诗,大篇短章皆工,后人不能皆工,始以一联一句擅名",而江西派重"字眼"、"句律"的路数难免造成只"以一联一句擅名"(参见以下注释⑤)。

② 潘阆、魏野——宋太宗、真宗朝诗人,与林逋、"九僧"等推崇贾岛、姚合反复推敲的苦吟精神。

③ 挦——扯。

④ 苏、梅——指苏舜钦、梅尧臣。

⑤ 句律——此可谓江西派家法,亦赵宋人论诗常用语,《沧浪诗话·诗辨》:"其用工有三:曰起结,曰句法,曰字眼","句法""字眼"及所谓"诗眼"等大抵皆与"句律"相关。《后村先生大全集》多处用"句律":"句律斩新似过旧,姓名略是复疑非"(卷十六《答循倅潜起》),"朋侪郄走避三舍,句律新渐成一家"(卷三十三《题林文之诗卷二首》),"山谷为诗初祖,而句律自'山鬼木怪着薜荔,天禄辟邪眠莓苔'之语而出,某于矩山公三世亦云"(卷一百九《跋给事徐侍郎先集》),"前辈号大家数者,亦未尝不留意于句律也","章泉句律知此,宜为一世所宗"(卷一百七十四《诗话》),"岑参、贾至辈,句律多出于鲍,然去康乐地位尚远"(卷一百七十八《诗话》);而后村论诗不仅仅只重"句律","五七古亦宗晚唐,然稍超脱不为句律所缚"(卷一百一《跋赵戣诗卷》),"某妄谓相公句律尚可求之纸上,若夫满腔恻隐之心、一团冲和之气,学者乌能得其仿佛乎"(卷一百二十九《与游丞相》);更有对局限于"句律"的批评,其《跋方俊甫小稿元英》有云:"余观古诗以六义为主,而不肯于片言只字求工,季世反是,虽退之高才,不过欲去陈言以夸末俗,后人因之,虽守诗家之句律严,然去风人之情性远

矣。"(卷一百十一)《诚斋诗话》有云:"杜《梦李白》云'落月满屋梁,犹疑照颜色',山谷《簟》诗云'落日映江波,依稀比颜色',退之云'如何连晓语,秖是说家乡',吕居仁云'如何今夜雨,秖是滴芭焦'——此皆用古人句律而不用其句意,以故为新,夺胎换骨。"(卷一百十四)可见,黄庭坚所谓"夺胎换骨""点铁成金"之法,讲究的大抵就是"句律"。金王若虚《滹南诗话》对只重"句律"多有批评,卷中有云:

> 东坡《南行唱和诗序》云:"昔人之文,非能为之为工,乃不能不为之为工也。山川之有云,草木之有华,充满勃郁而见于外,虽欲无有,其可得耶!故予为文至多,而未尝敢有作文之意。"时公年始冠耳,而所有如此,其肯与江西诸子终身争句律哉!
>
> 东坡,文中龙也。理妙万物,气吞九州,纵横奔放,若游戏然,莫可测其端倪。鲁直区区持斤斧准绳之说,随其后而与之争,至谓"未知句法"。东坡而未知句法,世岂复有诗人?而渠所谓法者,果安出哉?老苏论扬雄,以为使有孟轲之书,必不作《太玄》。鲁直欲为东坡之迈往而不能,于是高谈句律,旁出样度,务以自立而相抗,然不免居其下也。彼其劳亦甚哉!

卷下有云:

> 古之诗人,虽趣尚不同,体制不一,要皆出于自得。至其辞达理顺,皆足以名家,何尝有以句法绳人者!鲁直开口论句法,此便是不及古人处。而门徒亲党,以衣钵相传,号称法嗣,岂诗之真理也哉!
>
> 鲁直于诗,或得一句,而终无好对;或得一联,而卒不能成篇;或偶有得,而未知可以赠谁。何尝见古之作者是哉!

方回《文选颜鲍谢诗评》卷一有云:"(谢灵运《登池上楼》'池塘生春草')此句之工,不以字眼,不以句律,亦无甚深意奥旨。"作诗非不必讲究"句律",然只讲"句律",其弊很多:其一,有人工雕琢之迹而无天然自得之趣、一气呵成之韵;其二,有好句而无妙意;其三,有好句而无好对,有好对而无完章、佳篇——赵宋人讲诗法,后来朱明人尤其格调派中人也讲诗法,其不同在于:前者讲"字句法",而后者重"篇章法"也——宋人讲"诗眼",明人强调好诗"难以句摘",其不同如此。

⑥ 穿穴——牵强回护,同"穿凿"。

⑦ 达摩——全称菩提达摩,婆罗门种姓,南天竺人,自称佛传禅宗第二十八祖,在中国始传禅宗,被尊为中国禅宗初祖。

⑧ 南丰——指曾巩,字子固,建昌南丰人。

⑨ 竦——通"怂",劝诫。

⑩ 丐——乞求。

⑪ 革——通“亟”,危急。

⑫ 伊优——本作“伊优亚”,小儿刚学话的声音,后省作“伊优”,用来讥讽逢迎谄媚的人说话没有定见,迎合人意。

⑬ 于芀——“于芀于”的省称,歌曲名,为唐人元德秀所作,后泛指歌曲。

⑭ 蔬笋气——僧徒素食蔬笋,故用以比喻方外人士的本色,含有讥讽意,如笑读书人有寒酸气。

⑮ 字字欲响——宋蔡梦弼撰《草堂诗话》卷下:“东莱吕居仁曰:诗每句中须有一两字响,响字乃妙指,如子美‘身轻一鸟过,轻燕受风斜’,过字受字皆一句响字也。”梅尧臣《宛陵先生集》卷四十四《寄维阳许待制》:“文字响亮如清球。”黄庭坚《豫章先生文集》卷十《次韵杨君全送酒长句》:“茗搜文字响枯肠。”元方回《瀛奎律髓》卷四十二:“虚己官至工侍,初与曾致尧倡和,致尧谓:子之诗工矣,而其音犹哑。虚己惘然,退而精思,得沈休文浮声切响之说,遂再缀数篇示曾,曾乃骇然叹曰:得之矣。予谓此数语诗家大机栝也。工而哑不如不必工而响。潘邠老以句中眼为响字,吕居仁又有字字响句句响之说,朱文公又以二人晚年诗不皆响责备焉。学者当先去其哑可也,亦在乎抑扬顿挫之间,以意为脉,以格为骨,以字为眼,则尽之。”

【附录】

君家诗境公诗天材奇逸,笔力宏放,亦书卷撑肠柱腹、英华发外而然。又周游天下,南辕湘粤,北辄汴燕,纵览祝融、扶胥、太行、黄河,故挥毫之际如有神助。……君才固高,然年少而仕浅,书果撑拄欤?游览果周遍欤?气锐而思敏,人未一字,我已数首,果冥搜欤?果精斲欤?君以为已然耶?未也?昔曾茶山以诗示吕紫微,吕病其无新意。朱晦庵读吕诗则曰:居仁论诗要字字响,后来诗都哑了。君试以此二说就丛稿中择其无新意者、哑者,不似此诗境父子者,去之又去之,去之尽则有新意者、字字响者、似诗境父子者出之,它日为别一编,老汉当为君重说偈言。

刘克庄《后村先生大全集》卷一百八《方元吉诗序》(节录)

《四部丛刊》初编本

余尝病世之为唐律者,胶挛浅易,窘局才思,千篇一体,而为派家者,则又驰骛广远,荡弃幅尺,一嗅味尽。麻沙刘君圻父,融液众格,自为一家,短章有孔鸾之丽,大篇有鲲鹏之壮,枯槁之中含腴泽,舒肆之中富揫敛,非深于诗者不能也。

矧其贵山林，贱城市，视蝉冕如布衣，见朱门如蓬户，静定之言多，躁动之意少，庶几乎冲澹以自守、遗佚而不怨者矣。虽然，文以气为主，少锐老惰，人莫不然，世谓鲍昭、江淹晚节才尽，予独以气为有惰而才无尽，子美夔州、介甫钟山以后所作，岂以老而惰哉？余幼亦酷嗜，岁月几何，颜发益苍，事物夺其外，忧患攻其内，耗亡销铄，不复有一字矣。圻父幸在世故胶扰之外，为事物忧患之所恕，养气益充，下语益妙，它日余将求续集而观老笔焉。

刘克庄《后村先生大全集》卷九十四《刘圻父诗序》
《四部丛刊》初编本

自先朝设词科而文字日趋于工，譬锦工之机锦，玉人之攻玉，极天下之组丽瑰美，国家大典册，必属笔于其人焉。然杂博伤正气，绨绘损自然……文不能皆工，故曾子固劣于诗，温公自言不习四六。公俪语高妙，殆天界不可学，谓简而远，近而深，有味外之味；古文锻炼精粹，一字不可增损，在人其礼法之士、在兵其节制之师欤？

刘克庄《后村先生大全集》卷九十四《退庵集序》(节录)
《四部丛刊》初编本

古人之诗，大篇短章皆工，后人不能皆工，始以一联一句擅名。顷赵紫芝诸人尤尚五言律体，紫芝之言曰：一篇幸止有四十字，更增一字，吾末如之何矣？其言如此，以余所见，诗当由丰而入约，先约则不能丰矣；自广而趋狭，先狭则不能广矣。《鸱鸮》、《七月》诗之皆极其节奏变态，而能止顾一切、束以四十字乎？明翁诗兼众体，而又刬行吴楚百粤之地，眼力既高，笔力益放，卷中歌行跌宕顿挫，刬蛟缚虎手也；及敛为五七言，则又妥帖丽密，若唐人锻炼之作，订其品，自元和大历，遡于建安黄初者也。

刘克庄《后村先生大全集》卷九十四《野谷集序》(节录)
《四部丛刊》初编本

世之知公者，诵其诗词，而以前辈谓有井水处皆倡柳词，余谓耆卿直留连光景、歌咏太平尔。公所作，大声鞺鞳，小声铿鍧，横绝六合，扫空万古，自有苍生以来所无。其秾纤绵密者，亦不在小晏、秦郎之下。

刘克庄《后村先生大全集》卷九十八《辛稼轩集序》(节录)
《四部丛刊》初编本

古诗发乎情性，止乎礼义，三百五篇多淫奔之词，若使后人编次，必皆删弃，圣人并存之以为世戒，其流为后世闺情等作，几于劝淫矣，今皆不取。五言祖苏李，首句云"结发为夫妻"，若俚而媟，然下文云"行役在战场，相见未有期"，深合援枹忘身之意，不(似当为"下")云"生当复来归，死当长相思"，首尾皆有意义，不涉邪僻。班姬《团扇》之作，怨而不伤，臣妾之谊当然，张曲江尝取其义。曹氏父子所作，虽非过沛横汾之比，后世帝王笔力，罕及此者。太宗英伟盖世，其诗乃似书生，无复气魄。水心讥贬二曹太甚，此论未公。王仲宣转仄兵戈，诸诗略备时事，"谒帝承明庐"篇，意多悲哀，然孝友之情备见乎辞。阮嗣宗云："宁与燕雀翔，不随黄鹄飞。黄鹄游四海，中路将安归。"世乱忧深，言近指远，似不可以人废。张华《答何邵》自谓优游卒岁矣，安知晚节之祸，足为持禄固位者之戒。补《南陔》、《白华》二首，视三百篇固县绝，比韦孟岂不简而胜乎？韦孟太絮，及云"谁谓华高，金其齐而。谁谓德难，厉其庶而"，不言粹美，束生又不能道，汉作近古处，直是逼真，魏晋以后，不及远矣。陆士衡"愿君广末光，照忘薄暮年"，君臣之际深矣；刘越石"时哉不我与，夕阳忽西流"，每读至此，常哀其忠愤不衰之志。卢谌辈虽不会做事，犹能上书雪主将，今时宾客止会主卖，谌岂可轻訾？越石亦非泛爱。"借问蜉蝣辈，宁知龟鹤年"，乃是殁而不朽之义，景纯明数知死，非真有羡于龟鹤也。陶公是天地冲和之气所钟，非学力可摹拟，四言最难，韦孟诸人皆勉强拘急，独《停云》、《荣木》诸作优游，自有风雅之趣，在五言尤高妙，其读书考古，皆与圣矣不相谆，而安贫乐道，遁世无闷，使在圣门，岂不与曾点同传？但"索标插人头，前涂渐就窄。家为逆旅舍，我如当去客"，谓之达亦可，谓之偷亦可，与古诗"古墓犁为田"一首，欲并删去。世以陶谢相配，谢用功尤深，其诗极天下之工，然其品故在五柳之下，以其太工也。优游栗重，僇死广市，即是陶谢优劣，惟诗亦然。颜不及谢远甚，《五君咏》却是不易之论。鲍明远诗体与左太冲相类，古意浸微矣。玄晖又工于灵运，《登孙权城》一篇，如锦人机锦，玉人琢玉，非年岁经纬锻炼不能就。但陶公于短章稀句中，美刺褒贬，确乎其严，而此篇押了十八韵，竟无归宿，此岂可以智力争哉。《别范安成》一首，尽离别之情，休文得意之作也。

刘克庄《后村先生大全集》卷一百二十八《戊于答真侍郎论选诗》(节录)

《四部丛刊》初编本

大率有意于求工者，率不能工，惟不求工而自工者，为不可及。求工不能工者，滔滔皆是，不求工而自工者，非有大气魄、大力量不能。

刘克庄《后村先生大全集》卷一百三十二《回信庵书》(节录)

《四部丛刊》初编本

竹溪诗序[①]

唐文人皆能诗，柳尤高，韩尚非本色。迨本朝则文人多，诗人少。三百年间，虽人各有集，集各有诗，诗各自为体，或尚理致，或负材力，或逞辨博，少者千篇，多至万首，要皆经义策论之有韵者尔，非诗也。自二三巨儒及十数大作家，俱未免此病。乾淳间，艾轩先生始好深湛之思，加锻炼之功，有经岁累月缮一章未就者，尽平生之作不数卷。然以约敌繁，密胜疏，精揜[②]粗。同时惟吕太史赏重，不知者以为迂晦。盖先生一传为网山林氏，名亦之，字学可；再传为乐轩陈氏，名藻，字元洁；三传为竹溪。诗此（似当为"比"）其师，槁干中含华滋，萧散中藏严密，窘狭中见纡余。当其捻须搔首也，搜索如象罔之求珠[③]，斲削如巨灵之施凿，经纬如鲛人之织绡[④]。及乎得手应心也，简者如虫鱼小篆之古，协者如韶钧广乐之奏，偶者如雄雌二剑之合。天下后世诵之，曰："诗也，非经义策论之有韵者也。"初，艾轩没，门人散，或更名它师。独网山乐轩笃守旧闻，穷死不悔。竹溪方有盛名，而一饮啄不忘乐轩，庙祀之，墓祭之。其师友之际如此，诗直其土苴[⑤]耳。余少亦苦吟，后避谤且祸，遂废不为。然意根除刬，久而未尽。晚见竹溪之诗，叹曰：吾诗可结局[⑥]矣。

《后村先生大全集》卷九十四　《四部丛刊》初编本

【注释】

① 此文提出了"经义策论之有韵者"非诗也，以强调诗之本色。其《恕斋诗存稿跋》亦云："近世贵理学而贱诗，间有篇咏，率是语录讲义之押韵者耳。"其《何谦诗跋》复云："余尝谓以情性礼义为本，以鸟兽草木为料，风人之诗也；以书为本，以事为料，文人之诗也。"大抵反对以文为诗、以议论为诗。诗而掉书袋固为一弊，但不读书也会滋生弊端："或古诗出于情性发必善，今诗出于记问博而已。……岂非资书以为诗失之腐，捐书以为诗失之野欤？"（《韩隐君诗序》）这几成二难境地，宋诗中江西派与江湖派大抵也深陷此二难境地中。

刘克庄对古体与律体的不同体制特性也有思考，其《瓜圃集序》表达了自己的困惑："余诗亦然，十年前始自厌之，欲息唐律，专造古体，赵南塘不谓然。"律、古本可相通，"古诗远矣，汉魏以来，音调体制屡变，作者虽不必同，然其佳者必同。繁浓不如简澹,直肆不如微婉,重而浊不如轻而清,实而晦不如虚而明,不易之论也"(《真仁夫诗卷跋》)——而两者相通处最终在性情:"余谓诗之体格有古律之变,人之情性无今昔之异,《选》诗有芜拙于唐者,唐诗有佳于《选》者","皆油然发于情性,盖四灵抉露无遗巧,君含蓄有余意,余不辨其为《选》为唐,要是世间好诗也"。(《宋希仁诗序》)这些论述中还隐含着推崇汉魏、盛唐的意思。此外,刘克庄对诗与禅的关系解释得也比较通达:"夫至言妙义,固不在于言语文字,然舍真实而求虚幻,厌切近而慕阔远,久而忘返,愚恐君之禅进而诗退矣。"(《何秀才诗禅方丈跋》)

② 拚——夺去。

③ 如象罔之求珠——典出《庄子·天地》:"黄帝游乎赤水之北,登乎昆仑之丘而南望。还归,遗其玄珠。使知索之而不得,使离朱索之而不得,使喫诟索之而不得也。乃使象罔,象罔得之。黄帝曰:异哉,象罔乃可以得之乎?""象罔",虚拟的人物,意为似有象而实无象,盖无心之谓,以无心,故能独得玄珠。

④ 鲛人之织绡——"鲛人",神话传说中居住在海底的怪人,能纺织绢绡,其泪可成珠。

⑤ 土苴——渣滓,糟粕。

⑥ 结局——动词,结束、收场。

【附录】

古诗皆切于世教……禹之训,皋陶之歌,周公之诗,大率达而在上者之作也,谓穷乃工诗,自唐始,而李杜为尤穷而最工者,然甫旧谏官,白亦词臣,岂必皆窭主人饥饿而鸣哉?

刘克庄《后村先生大全集》卷九十四《王子文诗序》(节录)
《四部丛刊》初编本

自有诗人以来,惟阮嗣宗陶渊明自是一家。譬如景星庆云,醴泉灵芝,虽天地间物,而天地亦不能使之常有也。然嗣宗跌荡,弃礼矜法,傲犯世患,晚为《劝进表》以求容,志行扫地,反累其诗。渊明多引典训,居然名教中人,终其身不践二姓之庭,未尝谐世,而世故不能害,人物高胜,其诗遂独步千古。唐诗人最多,惟韦柳其遗意,李杜虽大家数,使为陶体,则不近矣。本朝名公者,或追和其作,极不过一二篇。坡公以盖代之材,乃遍用其韵。今松轩赵侯,复尽和焉,出牧吾州,袖以教余。退而读之,见其揪敛之中有开拓,简淡之内出奇伟,藏大功于朴,寄大辨于讷，容止音节，不辨其孰为优孟、孰其孙叔也，可谓善学渊明者矣。

刘克庄《后村先生大全集》卷九十四《赵寺丞和陶诗序》（节录）
《四部丛刊》初编本

近岁诗人惟赵章泉五言有陶阮意，赵蹈中能为韦体。如永嘉诗人，极力驰骤，才望见贾岛姚合之籓而已。余诗亦然，十年前始自厌之，欲息唐律，专造古体，赵南塘不谓然，其说曰："言意深浅，存人胸怀，不系体格。若气象广大，虽唐律不害为黄钟大吕，否则手操云和，而惊飙骇电，犹隐隐弦拨间也。"余感其言而止。……夫作诗难，序诗尤难。小序最古，最受攻，至朱文公始尽扫而去之，而诗之义自见，诗之显晦不在乎序之有无也，决矣。嗟乎，作诗者何人欤？《鸱鸮》、《七月》，周公也，《棠棣》，召穆公也，《颂》，史克也，《祈招》，祭公谋父也，《黍离》，大夫也，皆古之圣贤也。谓小序不足以知古圣贤之意，则有之矣，至于寺人伤谗，女子自誓，蟋蟀讥俭，硕鼠况贪，与其他比兴风刺，往往出于小夫贱隶之口，涂之人犹知之，而况子夏孔门之高弟、卫宏汉世之名儒乎？以高弟名儒之学问而有不能通匹夫匹妇之情性，若余者其敢自谓知朋友之意乎？

刘克庄《后村先生大全集》卷九十四《瓜圃集序》（节录）
《四部丛刊》初编本

古人不及见，后世之偶然比兴风刺之作，至列于经，后人尽诵读古人书，而下语终不能仿佛风人之万一，余窃惑焉。或古诗出于情性发必善，今诗出于记问博而已。自杜子美未免此病，于是张籍、王建辈稍束起书纸，划去繁缛，趋于切近。世喜其简便，竞起效颦，遂为晚唐，体益下，去古益远。岂非资书以为诗失之腐，捐书以为诗失之野欤？怀安韩君斗袖其乃翁诗一编，越邑示余，凡春容者、寂寥者，皆合节奏，如地震、日蚀、诘鼠、厌虱诸篇，其辞出入贯穿百家，虽袭旧体，各有新意，博而不腐，质而不野。以今人诗较之，盆盎中罍洗也。

刘克庄《后村先生大全集》卷九十六《韩隐君诗序》（节录）
《四部丛刊》初编本

自昔文人，鲜不以壮老为锐惰，江文通晚有景纯索笔、景阳取锦之梦，余谓非二景果有灵也，乃文通气索才尽之兆尔。竹溪所编，视前二编且数倍，老气盛于壮，近制高于旧，其笔锦乃天授，岂资于人哉！夫学以积勤而成，文以精思而工，有五十而学易、九十而传书者，有十年成一赋者，有悬千金募人增损一字者，犹贸然居之多者货良，犹染然渍之久者色深，彼束书阁上，弃檠墙角，尚忘故读，安有新意。惟竹溪已显融，尤刻厉，聚古今菁英，穷翰墨变态，书不虞褚、吟不韦柳、文不昌黎艾轩不止也。故其旃厦之文精粹，典册之文华润，金石之文古雅，义理之文确切，达生则蒙言，谈空则无尽，藏妙巧于质素，寓高远于切近，宜乎备众体而为作者之宗殿诸老而提斯文之印者也。……天乎余之有罪也，盖国风骚选不主一体，至沈谢始拘平仄，诗之变，诗之衰也。仲白之志，常欲归齐梁而返建安黄初，蜕晚唐而追开元大历，于古体寓其高远，于大篇发其精博，于短章穷其要妙，雪夜感兴等作，咄咄逼子昂太白，顾专取律体，而使仲白之高远者、精博者皆不行于世，所谓要妙者又多以小疵遗落，天乎余之有罪也。

刘克庄《后村先生大全集》卷九十六《山名别集序》(节录)

《四部丛刊》初编本

近世诗学有二嗜，古者宗《选》，缚律者宗唐，其始皆曰吾为《选》也、吾为唐也，然童而学之以至于老，有莫能改气质而谐音节者，终于不《选》不唐，无所就而已。余谓诗之体格有古律之变，人之情性无今昔之异，《选》诗有芜拙于唐者，唐诗有佳于《选》者。……(朱君希仁诗)皆油然发于情性，盖四灵抉露无遗巧，君含蓄有余意，余不辨其为《选》为唐，要是世间好诗也。

刘克庄《后村先生大全集》卷九十七《宋希仁诗序》(节录)

《四部丛刊》初编本

五言诗，三百五篇中间有之，逮汉魏苏李曹刘之作，号为选体，及沈休文出，以浮声切响作古，自谓灵均以来未睹斯阁，一唱百和，渐有唐风。唐初如陈子昂《感寓》，平挹骚、选，非开元天宝以后作者所及。李，大家数，姑置勿论。五言如孟浩然、刘长卿、韦苏州、柳子厚，皆高简要妙，虽郊、岛才思拘狭，或安一字而断数髭，或先得上句，经岁始足下句，其用心之苦如此，未可以唐风少之。近世理学兴而诗律坏，惟永嘉四灵复为言苦吟，过于郊岛，篇帙少而警策多，今皆亡矣。

刘克庄《后村先生大全集》卷九十八《林子显序》(节录)

《四部丛刊》初编本

诗家以少陵为祖，其说曰语不惊人死不休；禅家以达摩为祖，其说曰不立文字。诗之不可为禅，犹禅之不可为诗也，何君合二为一，余所不晓。夫至言妙义，固不在于言语文字，然舍真实而求虚幻，厌切近而慕阔远，久而忘返，愚恐君之禅进而诗退矣。何君其试思之。

刘克庄《后村先生大全集》卷九十九《何秀才诗禅方丈跋》

《四部丛刊》初编本

右以王官采诗，子教伯鱼学诗，诗岂小事哉。古诗远矣，汉魏以来，音调体制屡变，作者虽不必同，然其佳者必同。繁浓不如简澹，直肆不如微婉，重而浊不如轻而清，实而晦不如虚而明，不易之论也。予友真君仁夫之诗，绝去尘秽，刊落冗腐，简淡而微婉，轻清而虚明，有唐人半山之思。

刘克庄《后村先生大全集》卷九十九《真仁夫诗卷跋》（节录）
《四部丛刊》初编本

以诗为难耶，则寺人贱妾之作，列于三百五篇；以诗为易耶，则伯鱼之贤，而未为《周南》《召南》，左史倚相之博，而不知《祈招》。自四灵后，天下皆诗人，诗若果易矣；然诗人多而佳句少，又若甚难，何欤？余尝谓以情性礼义为本，以鸟兽草木为料，风人之诗也；以书为本，以事为料，文人之诗也。世有幽人羁士，饥饿而鸣，语出妙一世；亦有硕师鸿儒，宗主斯文，而于诗无分者，信此事之不可勉强欤？余识何君，乃翁尝品其诗，今君复以诗名。翁诗质实而饱足，坐胸中书，融化予书，所欠高简。君稍变体，借虚以发实，造新以易腐，因难以出奇。盖乃翁机轴，近于余所谓以书为本，以事为料者，君又能以意为匠，书与料将受役于君矣。或曰：子评硕师鸿儒也甚严，取羁人幽士也太宽，可乎哉？余曰：子论人，余论诗，奚为不可？或又曰：古今诗不同，先贤有删后无诗之说，夫自《国风》《骚》《选》《玉台》《胡部》，至于唐宋，其变多矣。然变者，诗之体制也，历千年万世而不变者，人之情性也。君之情性，岂与余异哉？

刘克庄《后村先生大全集》卷一百六《何谦诗跋》
《四部丛刊》初编本

古之善鸣者，必养其声之所自出。静者之辞雅，躁者之辞浮，哲者之辞畅，蔽者之辞碍，达者之辞和，捐者之辞激，盖轻快则邻于浮，僻晦则伤于碍，刻意则流于激，石塘两生之诗独不然。同用事琢对，如斤妙而鼻垩不伤，合运思炼句，如韶奏而乐悬皆谐，大率无轻快僻晦刻意之病。或疑两生年甚少，何以遽造兹境？余曰：意者声之所出也，人皆有是意而轻出之，均之为鸣也，顾所以鸣者异焉。两生之修于家也，以圣贤父兄为师友，以山林皋壤为城阙，以禽鱼花木为宾，从养之厚，然后鸣，故其声有和者，有畅者，其尤高者，几于雅矣。昔从寒翁，知两生工文，未知其诗也。老汉常忧衣钵无传，今当双手交付。

刘克庄《后村先生大全集》卷一百六《跋林合诗卷》
《四部丛刊》初编本

诗非达官显人所能为，纵使为之，不过能道富贵人语。世以王岐公诗为至宝丹，晏元献不免有腰金枕玉之句，绳以诗家之法，谓之俗可也。故诗必天地畸人，山林退士，然后有标致；必空乏拂乱，必流离颠沛，然后有感触；又必与其类锻炼追琢，然后工。或曰孰为类？曰：有子桑必有子舆，有孟郊必有贾岛，有卢仝必有马异。天台章仲山示予吟稿，庶几有标致、有感触矣。意君之友必有若子舆若贾岛若异者，求之集中，未见其人，若达官显人之评，盖富贵人语也，非诗家语也。惜予老病不得与君细论此事。

刘克庄《后村先生大全集》卷一百九《章仲山诗跋》
《四部丛刊》初编本

嘲弄风月，污人行止，此论之行已久。近世贵理学而贱诗，间有篇咏，率是语录讲义之押韵者耳。然康节、明道，于风月花柳未尝不赏好，不害其为大儒。恕斋吴公，深于理学者，其诗皆关系伦纪教化，而高风远韵，尤于佳风月，好山水，大放厥辞，清拔骏壮，先儒读西铭云：某合下有此意思，然须子厚许大笔力。公学力足以畜之，笔力足以泄之，分康节之庭而升明道之堂，非今诗人之诗也。

刘克庄《后村先生大全集》卷一百十一《恕斋诗存稿跋》
《四部丛刊》初编本

王　柏

王柏(1197—1274),字会之,婺州金华(今属浙江省)人,生于宋宁宗庆元三年,卒于度宗咸淳十年,年七十八岁。少慕诸葛亮为人,自号长啸,年逾三十岁,知"长啸非圣门持敬之道",遂改号鲁斋,与友人汪开之著《论语通旨》。慕名师事何基,何基强调为学当"立志居敬",柏遂勤奋读书,刻苦钻研,治学颇为质实坚苦,不拘旧说,于《论语》、《大学》、《中庸》、《孟子》、《通鉴纲目》诸书,标注点校,尤为精密。婺州知州赵汝腾、蔡抗、杨栋及台州知州赵景纬,相继聘其主讲金华丽泽书院和台州上蔡书院。后归家讲学,四方学子求学者甚多,影响颇大。卒谥文宪。王柏著述繁富,有《诗疑》、《书疑》、《涵古易说》等四十余种,大多已佚,工诗善画,其诗文集《甲寅稿》亦已佚,明正统间六世孙王迪裒集为《王文宪公文集》二十卷,由义乌县正刘同于正统八年(1443)刊行,《四库全书》有《鲁斋集》二十卷。

题碧霞山人王公文集后[①]

文以气为主,古有是言也;文以理为主,近世儒者常言之。李汉[②]曰:"文者,贯道之器。"以一句蔽三百年唐文之宗,而体用倒置不知也。必如周子曰"文者所以载道也",而后精确不可易。夫道者,形而上者也;气者,形而下者也。形而上者不可见,必有形而下者为之体焉。故气亦道也。如是之文,始有正气;气虽正也,体各不同;体虽多端,而不害其为正气,足矣。盖气不正,不足以传远。学者要当以知道为先,养气为助。道苟明矣,而气不充,不过失之弱耳。道苟不明,气虽壮,亦邪气而已,虚气而已,否则客气[③]而已,不可谓载道之文也。吁！若蟠浦先生王公之文，亦可谓得其正气者乎！予学也晚，未及识公，而予之族侄偘，少尝师之，为予言公之学颇详。公尝客诸侯于边郡，数经抢攘[④]之变，而能相与备御，计画周密，拊定反侧，勇往直前，真当世有用之才。卒不与时偶，归而讲道枌社，莫不向慕，固已起敬日久。一日得公《碧霞》之集，穷日夜而读之，其诗清丽闲雅，其文典核有法度，于酝藉中得其精实之味，尤恨其不得识公，而相与从事于斯也。又恨其诠次[⑤]未约，犹以少年之作，杂于其中。贵多不贵精，后世文集之通患，若考其后先，因得其进学之序，亦在乎人善观之而已。某不窥荒浅，有感公之文，而著其正气之说于后云。

《鲁斋集》卷十一 《四库全书》本

【注释】

①《四库全书·鲁斋集提要》云："柏好妄逞私臆，窜乱古经，《诗》三百篇重为删定，《书》之《周诰》、《殷盘》皆昌言排击，无所忌惮，殊不可以为训。其诗文虽亦豪迈雄肆，然大旨乃一轨于理"，"盖其天资卓荦，本一桀骜不驯之才，后虽折节学问，以镕炼其气质，而好高务异之意仍时时不能自遏"，"特其勇于淬砺，检束客气，使纵横者一出于正，为足取耳"。此《题碧霞山人王公文集后》中"贯道"与"载道"之辨大抵敷衍朱熹旧说（参见本卷"朱熹"部分），其"正气"说也大抵不过强调以"道（理）"驭"气"。因此，评论强调"气盛"的韩愈是有所保留的，"程夫子谓韩子之学华，朱子谓其做闲杂文字多，故曰华"，"韩文虽千变万化，却无心变，只是不曾践履玩味，不见到精微细密。此学者不可不知，若以之资笔端，发越义理可也，摹仿其所为，则非朱子教人之意云"（《跋昌黎文粹》）。在《诗经》学上，他不同意郑樵的主"声"说（参见本卷"郑樵"部分），其《雅歌序》云："古之诗犹今之歌曲也"，"然三百篇之音调已亡，虽《鹿鸣》而下诸篇腔律具于仪礼集传，又非乐工之所能通识，观其章迭句整、气韵和平而渊永深穆之意，乃在于一唱三叹之表，孰能审其音以转移其气质、涵泳于义理哉？"大抵还是能意识到"声"在诗中的作用的，但对风诗颇多偏见，兹不赘论。

② 李汉——韩愈弟子，其所编《昌黎先生文集序》提出："文者，贯道之器也，不深于斯道有至焉者，不也。"

③ 客气——宋儒以心为性的本体，因以发乎血气的生理之性为"客气"，《近思录》卷五："明道先生（程颢）曰：义理与客气相胜，只看消长分数多少，为君子小人之别。"言行虚矫，不是出自真诚，为客气，又多指文章华而不实。

④ 抢攘——纷乱貌。

⑤ 诠次——选择和编次。

【附录】

古之诗犹今之歌曲也，但雅颂作于公卿大夫，用于朝会燕享，用于宗庙祭祀，非庶人所敢僭，惟周南、召南，通上下而用之，被之于管弦之中，以约其情性之正，以范其风俗之美，此王化之所由基，非后世之所可及也。其余，国风杂出于小夫贱隶妇人女子之口，以述其闾巷风土之情，善恶纷揉，而圣人亦存之以为世戒，非皆取之以为吟咏之当然，读之者悚然知所羞恶，则圣人之功用远矣，正不必句句细绎，而字字精研，求其美者玩味诵咏之可也。若以为圣人既删之后，列之经籍而皆不可废，则又何以谓之郑声淫而放绝之乎？今考，桑中之诗曰："期我乎桑中，要我乎上宫，送我乎淇之上矣。"其溱洧之诗曰："维士与女，伊其相谑，赠之以芍药。"虽荡然无复羞愧悔悟之意，若概之后世怨月恨花、殢红偎翠之语、艳丽放浪、迷痼沉溺者，又不可同日而语矣。予尝谓，郑卫之音，二南之罪人也，后世之乐府又郑卫之罪人也。凡今词家所称脍炙人口者，则皆导淫之罪魁耳，而可一寓之于目乎？然三百篇之音调已亡，虽《鹿鸣》而下诸篇腔律具于仪礼集传，又非乐工之所能通识，观其章迭句整、气韵和平而渊永深穆之意，乃在于一唱三叹之表，孰能审其音以转移其气质、涵泳于义理哉？至于习俗之歌谣，辞俚而韵窒，又无足取。所以学士大夫尚从事于后世之词调者，既可倚之于弦索，泛之于唇指，宛转萦纡于喉舌之间，忧愤疏畅，思致流动，犹有可以兴起人心故也。间因暇日，有传冠忠愍《阳关》之作，而子朱子为之感慨题赞，其意深矣。

王柏《鲁斋集》卷五《雅歌序》　《四库全书》本

程夫子谓韩子之学华，朱子谓其做闲杂文字多，故曰华。然亦有些本领，大节目处不错，有七八分见识，气象正大。又曰：韩文不用料段，直便说起去，至终篇，却自纯粹成体，无破绽。又曰：韩文虽千变万化，却无心变，只是不曾践履玩味，不见到精微细密。此学者不可不知，若以之资笔端，发越义理可也，摹仿其所为，则非朱子教人之意云。

王柏《鲁斋集》卷十一《跋昌黎文粹》（节录）　《四库全书》本

来书谓长江东流，不见其怪瞿唐滟滪之所迫束，而后有动心骇目之观，诚是也。然岂水之性也哉？水之性本平，彼遇风而纹，遇壑而奔，浙江之涛，蜀川之险，皆非有意于奇变，所谓湛然而平者固自若也。滟滪之立中流，或谓其乃所以为平,此言尤有深致。故乐之未亡也,与天地同和,可以感发人之良心;而其既亡也,史纪其精者,谓能使人叹息悽怆,至泣下沾襟者,然后以为声之妙。曾不知哀以思者,乃亡国之音,所谓安以乐者何在耶?清庙之瑟,一唱而三叹,其亦异于后世之乐矣。妄意论文者,当以是求之,不必惑于奇,而先求其平。唐三百年,文章三变而后定,以其归于平也。而柳子厚之称韩文公,乃曰文益奇,文公亦自谓怪怪奇奇。二公岂不知此,盖在流俗中以为奇,而其实则文之正体也。宋景文公知之矣,谓其粹然一出于正,至其所自为文,往往奇涩难读,岂平者难为工,奇者易以动,文人气习终未免耶?《典谟》《训诰》无一语之奇,无一字之异,何其浑然天成如此!文人欲高一世,或挟战国策士之气,以作新之,诚可以倾骇观听,要必有太过处。呜呼!如伊川先生之《易传》,范太史之《唐鉴》,心平气和,理正词直,然后为文之正体,可以追配古作。而遽读之者,未必深喜。波平水静,过者以为无奇,必见高崖悬瀑而后快。韩文公之文,非无奇处,正如长江数千里,奇险时一间见,皆有触而后发;使所在而然,则为物之害多矣。故古文之感人,如清庙之瑟。若孟郊贾岛之诗,穷而益工者,悲忧憔悴之言,虽能感切,不近于哀以思者乎?

楼钥《攻愧集》卷六十六《答綦君更生论文书》(节录)
《四部丛刊》初编本

刘辰翁

刘辰翁(1232—1297),字会孟,号须溪,庐陵(今江西吉安)人,太学生,宋景定廷试对策,因触犯贾似道,置于丙等,遂以亲老辞官,任濂溪书院山长。入元不仕,隐居以终。能词,继承辛弃疾一派,宋亡前后,多感伤时事之作。又能诗,曾评点杜甫、王维、李贺、陆游等诸家之作,取意纤诡新颖,对明代竟陵派有影响。原有集,已散佚,清人辑有《须溪集》。

辛稼轩词序[1]

词至东坡,倾荡磊落,如诗如文,如天地奇观,岂与群儿雌声学语较工拙!然犹未至用经用史,牵雅颂入郑卫也。自辛稼轩前,用一语如此者必且掩口。及稼轩横竖烂漫,乃如禅宗棒喝,头头皆是;又如悲笳万鼓,平生不平事并尽卮酒,但觉宾主酣畅,谈不暇顾,词至此亦足矣。然陈同父效之,则与左太冲入群媪相似,亦无面而返[2]。嗟乎!以稼轩为坡公少子,岂不痛快灵杰可爱哉!而愁髻龋齿作折腰步者阉然笑之。《敕勒》之歌拙矣,"风吹草低"之句,与《大风》起语高下相应,知音者少。顾稼轩胸中今古,止用资为词,非不能诗,不事此耳。斯人北来,喑呜鸷悍,欲何为者?而谗摈销沮,白发横生,亦如刘越石,陷绝失望,花时中酒,托之陶写,淋漓慷慨,此意何可复道!而或者以流连光景、志业不终恨之,岂可向痴人说梦哉!为我楚舞,吾为若楚歌,英雄感怆,有在常情之外,其难言者未必区区妇人孺子间也。世儒不知哀乐,善刺人,及其自为,乃与陈后山等。嗟哉!伟然二大夫无异。吾怀此久矣。因宜春张清则取稼轩词刻之,复用吾请。清则少游杭浙,有奇志逸气,必能仿佛为此词者。

《须溪集》卷六 《四库全书》本

【注释】

①《四库全书·须溪集提要》:“文章亦见重于世,其门生王梦应作祭文至称‘韩欧后惟先生卓然秦汉巨笔’,然辰翁论诗评文,往往意取尖新,太伤佻巧,其批点如《杜甫集》、《世说新语》及班马异同诸书,今尚有传本,大率破碎纤仄,无裨来学。即其所作诗文,亦专以奇怪磊落为宗,务在艰涩其词,甚或至于不可句读,尤不免轶于绳墨之外,特其蹊径本是蒙庄,故惝恍迷离,亦间有意趣,不尽堕牛鬼蛇神,且其于宗邦沦覆之后,眷怀麦秀,寄托遥深,忠爱之忱,往往形诸笔墨,其志亦多有可取者,固不必概以礼格绳之矣。”《四库全书·须溪四景诗集提要》则称其“所作皆气韵生动,无堆排涂饰之习,在程试诗中最为高格”。辰翁“批点如《杜甫集》、《世说新语》及班马异同诸书”实有发凡起例之功,后世小说评点在体例上多有承袭。

此《辛稼轩词序》对苏辛豪放派推崇备至,但同时指出:“然陈同父效之,则与左太冲入群媪相似,亦无面而返”,可见其非一味认同于豪放派之粗豪也。其《刘次庄考乐府序》反对“依声铸字”:“姜尧章至取编钟朱瑟,帙较而字定之,然语言无味,曾不及其自度《香影》诸曲之妙”,“依声铸字,出于述者之过,中无所见,则如市人滥吹闻而从之者也”,“古诗皆弦诵,如今巷歌乐之始也。三侯之章,出于乌乌,沛中儿童和习之,岂必被弦歌而后为乐府哉”,诗之声音节奏本为情感节奏之自然流露,不必被弦歌而其情已传,而强制“依声铸字”,情不可传矣。声能传情要在自然,“诗无改法,生于其心,出于其口,如童谣,如天籁,歌哭一耳。虽极疏戆朴野,至理碍词亵,而识者常有以得其情焉”(《欧氏甥植诗序》)。由此亦可见,辰翁是反对严守文章体制的,在诗与文关系上亦复如此:“后村谓文人之诗与诗人之诗不同,味其言外,似多有所不满,而不知其所乏,适在此也。”(《赵仲仁诗序》)

《四库全书提要》称辰翁“所作诗文,亦专以奇怪磊落为宗”,他对李贺诗颇为推崇,“旧读长吉诗,固喜其才,亦厌其涩,落笔细读,方知作者用心”,“诗之难读如此,而作者常呕心,何也?樊川反复称道,形容非不极至,独惜理不及骚,不知贺所长,正在理外”(《评李长吉诗》),后来清人舒梦兰《古南余话》卷三有近似分析而又落到实处:“顾以少理议贺,复谓可奴仆命骚,是樊川竟未读骚,直以才名相赏耳。诗骚之学,贵‘声情’而略辞理:辞理虽善而‘声情’不妙,不传也;苟‘声情’妙合,犁然有当于众人之心,辞理亦未有不美善者。”辰翁似又反对诗文好“奇”，其《答刘英伯书》有云：“恨英伯好奇字，六经自刘歆传写外无一难字，岂可谓无奇哉。”

大抵说来，辰翁重“奇”，乃重“气”之奇耳，非重字句之奇也。

② 与左太冲入群媪相似，亦无面而返——典出《世说新语·容止》：“潘岳妙有姿容，好神情。少时挟弹出洛阳道，妇人遇者，莫不连手共萦之。左太冲绝丑，亦复效岳游遨，于是群妪齐共乱唾之，委顿而返。”事近所谓“东施效颦”。

【附录】

余尝与祭太学见太常乐工，类市井倩人被以朱衣，及其歌也，前者可，后者哦，群雁而起，竟亦莫识何语，而音节又极俚，有何律度，而俗儒按之以为曲，曰乐章。姜尧章至取编钟朱瑟，帙较而字定之，然语言无味，曾不及其自度《香影》诸曲之妙，乃知柳子厚《铙歌》《尹师鲁》《皇雅》皆蔽于声，质于貌。呜呼！吾读文王《清庙》，何其往来反复，愈简而愈有余地，虽不能知其声，而洋洋者如倡而复叹之不足也，故可歌也，故知依声铸字，出于述者之过，中无所见，则如市人滥吹闻而从之者也。刘次庄考古乐府，如生其时，又与之上下至某代为某歌，往往推见次第，仿佛大略，不失节奏。然谓乐府起汉，非也。古诗皆弦诵，如今巷歌乐之始也。三侯之章，出于乌乌，沛中儿童和习之，岂必被弦歌而后为乐府哉！解题外集古今作，或题乐府而诗近律用，见赋诗者不必本古题古意，而意之所到，亦不必求之四声响切而畅，此于解题又最有助。吾尝谓次庄如钟鼎博古无不可考，至其文字与东观，余论米元章书史兄弟也。

刘辰翁《须溪集》卷六《刘次庄考乐府序》 《四库全书》本

旧看长吉诗，固喜其才，亦厌其涩，落笔细读，方知作者用心，料他人观不到此也，是千年长吉犹无知己也。以杜牧之郑重为叙，直取二三歌诗而止，始知牧亦未尝读也，即读亦未知也。微一二歌诗，将无道长吉者矣。谓其理不及骚，未也，亦未必知骚也，骚之荒忽则过之矣。更欲仆骚，亦非也。千年长吉，余甫知之耳。诗之难读如此，而作者常呕心，何也？樊川反复称道，形容非不极至，独惜理不及骚，不知贺所长，正在理外。如惠施坚白，特以不近人情，而听者惑焉，是为辩；若眼前语、众人意，则不待长吉能之，此长吉所以自成一家与？

刘辰翁《须溪集》卷六《评李长吉诗》 《四库全书》本

杜子美大篇江河转怪不测，虽太白、退之天才罕及，至五言七言律，微有拙处，然时时得风雨鬼神之助，不在可解。若七言宕丽，或更入于古，野而不为俚，亦惟作者自知，虽大家数不能评也，此笔绝于世久，纷纷一花一叶，饰姿弄鬟，徒乱人意。

刘辰翁《须溪集》卷六《跋白廷玉诗》 《四库全书》本

刘后村仿《初学记》，骈俪为书，左旋右抽，用之不尽，至五七言名对，亦出于此，然终身不敢离尺寸，遂欲古诗少许自献如不可得，故知唐宋大家数，未易兼善也。每赋诗，入手必先得一事仗而后起，最是一病，近年文最少、诗最盛，计何人不作、何日不有。……后村谓文人之诗与诗人之诗不同，味其言外，似多有所不满，而不知其所乏，适在此也。吾尝谓，诗至建安，五七言始生，而长篇反复，终有所未达，则政以其不足于为文耳。文人兼诗，诗不兼文也。杜虽诗翁，散语可见，惟韩、苏倾竭变化，如雷震河汉，可惊可快，必无复可憾者，盖以其文人之诗也，诗犹文也，尽如口语，岂不更胜彼一偏一曲？自擅诗人诗，局局焉，靡靡焉，无所用其四体而其施于文也，亦复恐泥则亦可以眷然而悯哉。

刘辰翁《须溪集》卷六《赵仲仁诗序》(节录) 《四库全书》本

诗无改法，生于其心，出于其口，如童谣，如天籁，歌哭一耳。虽极疏戆朴野，至理碍词亵，而识者常有以得其情焉。“上帝板板，下民卒瘅”，其言俚，“不属于毛，不离于里”，其义乖，“小东大东，匪且有且昔，育恐育鞠”，其音鄙，其文拙，方言如哿，猥言如嚏，不雅，甚如殿屎，删后犹有如此者，当自喻也。荆轲、项羽临岐决绝之辞，出于不择，大风之歌，一发有英气，比秋风视草远矣，彼旬锻月炼，岂复有当日兴趣万一哉？

刘辰翁《须溪集》卷六《欧氏甥植诗序》(节录) 《四库全书》本

凡文必成章，自《孟子》、《庄子》，皆成章之文也，故其辨博反复，必自极其意，不极亦不容释，然每章千累百而止，而力常有余。若大篇，江河杂以风波起伏，竭人情之所欲言，穷事势之所必至，则秦汉与诸名家，合辨赋而为一人，又非区区之辞令应对叙述间比也，如此而又不达，则不达矣。今人高韩文，亦其自称道特甚，在唐人众多中最甚达，若循其意之所欲言，言适尽意，亦不过如时文止耳，间有数字数句费人讲说，及得其用意，概不得不尔，又非如子云辈，数数可厌，为遁辞，为蔽意，终亦不得为奇耳。然亦未得如欧苏，欧苏坦然如肺肝相示，其极无不可诵，回思宋初时，用意为古文者与同时负学问自为家者，欲一篇想象不可得近耳。如叶水心、洪容斋，愈榛塞矣。文犹乐也，若累句换字，读之如断弦失谱，或急不暇舂容，或缓不复收拾，胸中尝有咽咽不自宣者，何为听之哉？柳子厚、黄鲁直，说文最上，行文最涩。三百篇情性皆得之容易，如驾言出游、以写我忧、知我如此、不如无生、道之云远、曷云能来,虽妇人自道,亦能此而不朽,亦以此。若皆如恻兮憭兮,实所未喻,况首尾联复不自厌,如《左传》所谓艰难其心而有名章彻,岂不悲哉?愿英伯从是一扫削去,若百行中有十行,是能自喻处快读一过,亦足以不负白日矣。曩在场屋时,欲令考官愦愦中警发,况千载而下,求其文者知其心,非明白痛快何以哉?此自英伯所易直过之耳,尚有一恨,恨英伯好奇字,六经自刘歆传写外无一难字,岂可谓无奇哉!

刘辰翁《须溪集》卷七《答刘英伯书》(节录) 《四库全书》本

薛季宣

薛季宣(1134—1173),南宋哲学家,字士龙,亦作士隆,号艮斋,学者称常州先生,永嘉(今浙江温州)人,薛徽言之子,以荫入仕。早年随伯父薛弼宦游四方,喜从父老问岳飞、韩世忠兵间事。年十七,妻父荆南帅孙汝翼辟为书写机宜文字,师从袁溉,传河南程氏之学。绍兴二十三年(1153),入四川制置使萧振幕,次年,从蜀归,三十年,以荫知鄂州武昌,严保伍以防金兵,三十二年成《武昌土俗编》二卷,刊行。隆兴元年(1163),赴调武林,得婺州司理参军,待次居乡。乾道四年(1168),赴任,以荐召对,改知平江府常熟县,待次居毗陵。七年,以荐召赴临安,除大理寺主簿,持节使淮西收淮北流民实边。次年,回临安复命,迁大理正,以直言缺失,为当国者忌,仅七日而出知湖州。九年,改知常州,未上,卒,年四十。为学重事功,晚与朱熹、吕祖谦交往商榷,强调"步步着实",注重研究田赋、兵制、水利等,今人如侯外庐等均以季宣为永嘉事功之学创始人。平生著书甚多,有《古文周易》、《古诗说》、《书古文训》、《春秋经解》、《春秋指要》、《中庸解》、《大学解》、《论语直解》、《论语小学》、《周礼释疑》、《九州图志》、《校定风后握奇经》、《汉兵制》、《十国纪年通谱》、《资治通鉴约说》等书,今多不传。《四库全书提要》称其学问淹雅,持论明晰,考古详核,立说精确,卓然自成一家,"于诗则颇工七言,极踔厉纵横之致",《宋诗钞》亦谓"其诗质直,少风人潇洒之致。然纵横七言,则卢仝、马异不足多也"。宝庆二年,其侄孙旦辑刻《浪语集》三十五卷于临川,今存明抄本、《四库全书》本、《永嘉丛书》本等。《全宋诗》录其诗十一卷,《全宋文》收其文二十四卷。

书诗性情说后[①]

走[②]述诗反古说，州人项颐用中不吾与。曰："子，今人也，为古诗传，安知古之不如今也？而以反古为说，不亦虚乎？"走初不入其语，久而思之，曰：用中之言，正中吾过。夫人者，中和之萃，性情之所钟也。遂古方来，其道一而已矣。修其性，见其情，振古[③]如斯，何反古之云说？项规吾过，不亦宜乎！更以性情名篇，而书其后，曰：情生乎性，性本乎天。凡人之情，乐得其欲。六情之发，是皆原于天性者也。先王有礼乐仁义，养之于内；庆赏刑威，督之于外。君子各得其性，小人各得其情。于是时也，君臣吁谟[④]庙堂，尊德乐道；其民养老慈幼，含哺鼓腹。雅颂之作，不过写心戒劝，告厥成功而已。后王灭德，而后怨慕兴焉。于《书》，虞之敕天元首，夏之五子之歌，于《诗》，豳、颂、雅、南，皆是物也。言之不足，至于形容歌咏，有不可以单浅求者，此二南之诗，为先王之高旨。上失其道，监谤既设，道路以目，雅风世变，触物见志，往往托之鸟兽草木虫鱼，是非盛世之风，有为为之也；其发乎情，止乎礼义，吟咏以讽，怨慕之道存焉。仲尼参诸风雅之间，以情性存焉尔。危行言孙，将以顺适其性而用之。利导五谏，以讽为上，兹其理也。周士赋诗见意，骚人远取诸物，汉之乐府托闺情以语君臣之际，流风余俗，犹有存者。诸诗家之说，变风变雅，一诸雅正。先王之风，意怨谤为性情，指斥言为礼义。近求诸内，自有不能堪其事者；远又不能参诸楚骚、乐府之意，其何性情之得？而又奚以上通古人之志？用情正性，古犹今也。然则反古之说，未若性情之近也。曰性情说，古人其舍诸！

《浪语集》卷二十七 《四库全书》本

【注释】

①《四库全书·浪语集提要》云："季宣少师事袁溉，传河南程氏之学，晚复与朱子、吕祖谦等相往来"，"然朱子喜谈心性，而季宣则兼重事功，所见微异，其后陈傅良、叶适等递相祖述，永嘉之学遂别为一派，盖周行己开其源，而季宣导其流也"，"于诗则颇工七言，极踔厉纵横之致，惜其年止四十，得寿不永，又覃思

考证,不甚专心于词翰,故遗稿止此,然即所存者观之,其精深闳肆已足凌跨余子矣”。薛季宣此《书诗性情说后》强调诗的本质在于“吟咏性情”,“言之不足,至于形容歌咏,有不可以单浅求者,此二南之诗,为先王之高旨”,“其发乎情,止乎礼义,吟咏以讽,怨慕之道存焉。仲尼参诸风雅之间,以情性存焉尔”。其《序反古诗说》亦强调“人之性情,古犹今也,可以今不如古乎?求之于心,本之于序,是犹古之道也”。其《答何商霖书二》强调“三百五篇,非主于声而已”,“夫《诗》家之音律,犹《易》家之象数。圣人于《易》,称君子之道四,则《诗》之声文,未可以一偏取。孔子固尝弦歌合乐,而亦不为无取于辞”,大抵声、辞并重。

② 走——自称的谦词,意为趋走之仆。

③ 振古——从古、往昔。

④ 吁谟——(制定)宏大的谋划。

【附录】

三百五篇之义,《诗序》备矣。由七十子之徒没,经教汩于异端,齐鲁毛韩,家自为说。《凯风》之义,自孟轲氏已失其传。由轲而来,于今又二千祀矣。今之说而谓之古,宜未免乎胸臆之私。人之性情,古犹今也,可以今不如古乎?求之于心,本之于序,是犹古之道也。先儒于此何加焉?弃《序》而概之先儒,宜今之不如古也。反古之说,于是以戾,然则反古之道,又何疑为?庄姜之诗不云乎:“我思古人,实获我心。”言志同也。志同而事一,则古今一道尔。天命之谓性,庸有二理哉?是则反古诗说,未为戾已。记有之曰:“人莫不知苗之硕,莫知子之恶。”言蔽物也。有已而蔽于物,则古之性情与今先儒之说,未知其孰通?信能复性之初,得心之正,豁蔽以明物,因诗以求序,则反古之说,其殆庶几乎!

薛季宣《浪语集》卷三十《序反古诗说》(节录) 《四库全书》本

世固有若轻而甚重者,长吉诗是也。他人之诗,不失之粗,则失之俗,要不可谓诗人之诗,长吉无是病也。其轻扬纤丽,盖能自成一家。如金玉锦绣,辉焕白日,虽难以御疗寒饥,终不以是故不为世宝。其诗当无日不赋,而传者只此。何则?长吉慵次已作,友朋率蚤死,故录偕亡。遗诗李藩尝集之,从其外兄求益,授之既久,求之不复,谩曰:“长吉素易我,我衔愤次骨,得其文,辄投坑圊,那复有诗!”是必设辞拒藩,非实有此。

薛季宣《浪语集》卷三十《李长吉诗集序》(节录) 《四库全书》本

《诗》,古乐经,其文,古之乐章也。《书》云:“诗言志,歌永言,声依永,律和声。”三百五篇,非主于声而已。太史以国风系先王之旧俗,二雅识其政事,颂播郊庙,是皆职在太师。盖遒人之官采之天下,施之当时之用者。先王之盛,教化之美,颂声翕绎,蔼然成章,不得于言。固有不能宣之于口,被之声律,以供燕享,有若南陔华黍之诗者。虽有其义,不强为之辞,《仪礼》所谓笙诗,先儒以为亡诗者也。王者功成之乐,庶人无所得议,纯一之化,加乎四海,比屋皆有可封之俗,四方安有殊风之事?召伯韩侯之盛,一皆见之,周诗《甘棠》诸篇,南雅所存是也。四诗之正,恶有所谓变哉!观于《诗序》之文,正变为可言矣。《诗序》于先王之诗,皆言朝廷之所施用,其所称叙,不过一诗之指。幽、厉之雅,邶、鄘之风,视前序为何如?正变断可知矣。豳风之作,亦以当时之变,豳尝变,而终不克变,成王周公之美也。变风见录,起于政俗之异,国自为次,固其理也。邶、鄘之不合于卫,自其邦人之不予诗章,自为篇帙,初非前有其序。圣人删诗而为之次第,则因变之先后,国风起周、召、邶、鄘,而迄于豳,见治乱有可易之理。以为《序》有因改,斯为不可厚诬。反鲁所正之诗,止于雅颂而已。

夫《诗》家之音律,犹《易》家之象数。圣人于《易》,称君子之道四,则《诗》之声文,未可以一偏取。孔子固尝弦歌合乐,而亦不为无取于辞。《角弓》《唐棣》之去留,义之可得而通者。《诗》《书》之序,非圣人莫能为之,然其源流岂无所自。《易系》不皆兴于孔氏,则《诗》《书》可以类知。如孔子自已为之,必有不能为之者矣。

薛季宣《浪语集》卷二十四《答何商霖书二》(节录) 《四库全书》本

张　炎

张炎(1248—1320?),南宋词人、词论家,字叔夏,号玉田,又号乐笑翁,西秦人,生长于临安(今浙江杭州)。南宋初期名将张俊六世孙,其高祖辈张镃、张鉴皆能词,皆姜夔好友,鉴有《南湖集》《南湖诗余》;祖父张濡、父张枢皆善音律,枢有《寄闲集》并附录音谱(已佚)。张炎生于宋理宗淳祐八年,宋亡,落拓北游,后失意南归,卒于元延祐、至治间,年约七十余。有词集《山中白云词》(一名《玉田词》)八卷。其词用字工巧,追求典雅,早期多优游之词,宋亡后则多追怀之作,在词史上与姜夔并称"姜张"。一生致力于词之创作与研究,于词之音律、体制、风格等皆有论析,晚年所撰《词源》,推崇词之清空、雅正、意趣高远等,乃王灼《碧鸡漫志》后最系统之词学理论著作。

词　源[①](选录)

序

古之乐章、乐府、乐歌、乐曲[②],皆出于雅正。粤[③]自隋唐以来,声诗间为长短句[④],至唐人则有《尊前》[⑤]《花间集》[⑥]。迄于崇宁,立大晟府,命周美成诸人讨论古音,审定古调[⑦],沦落之后,少得存者。由此八十四调之声稍传,而美成诸人又复增演慢曲、引、近,或移宫换羽,为三犯、四犯之曲,按月律为之,其曲遂繁[⑧]。美成负一代词名,所作之词,浑厚和雅,善于融化诗句[⑨],而于音谱,且间有未谐,可见其难矣。作词者多效其体制,失之软媚而无所取。此惟美成为然,不能学也。所可仿效之词,岂一美成而已。旧有刊本《六十家词》,可歌可诵者,指不多屈。中间如秦少游、高竹屋、姜白石、史邦卿、吴梦窗[10]，此数家格调不侔[11]，句法挺异，俱能特立清新之意，删削靡曼之词，自成一家，各名于世。作词者能取诸人之所长，去诸人之所短，精加玩味象[12]而为之，岂不能与美成辈争雄长哉！余疏陋谫才[13]，昔在先人[14]侍侧，闻杨守斋、毛敏仲、徐南溪[15]诸公商搉音律，尝知绪余[16]，故生平好为词章，用功逾四十年，未见其进。今老矣，嗟古音之寥寥，虑雅词之落落，僭述管见，类列于后，与同志者商略之。

杂　论（选录）

词之作必须合律[17]，然律非易学，得之指授方可。若词人方始作词，必欲合律，恐无是理，所谓千里之程，起于足下，当渐而进可也。正如方得离俗为僧，便要坐禅守律，未曾见道，而病已至，岂能进于道哉。音律所当参究，词章先宜精思，俟语句妥溜，然后正之音谱，二者得兼，则可造极玄之域[18]。今词人才说音律，便以为难，正合前说，所以望望然而去之。苟以此论制曲，音亦易谐，将于于然[19]而来矣。

近代词人用功者多，如《阳春白雪集》[20]，如《绝妙词选》[21]，亦自可观，但所取不精一，岂若周草窗所选《绝妙好词》之为精粹，惜此板不存，恐墨本亦有好事者藏之。

难莫难于寿词，倘尽言富贵则尘俗，尽言功名则谀佞，尽言神仙则迂阔虚诞，当总此三者而为之，无俗忌之辞，不失其寿可也。松椿龟鹤，有所不免，却要融化字面，语意新奇。近代陈西麓[22]所作，本制平正，亦有佳者。

词欲雅而正，志之所之，一为情所役，则失其雅正之音。耆卿[23]、伯可[24]不必论，虽美成亦有所不免，如“为伊泪落”，如“最苦梦魂，今宵不到伊行”，如“天便教人，霎时得见何妨”，如“又恐伊，寻消问息，瘦损容光”，如“许多烦恼，只为当时，一晌留情”[25]，所谓淳厚日变成浇风[26]也。

诗之赋梅，惟和靖一联[27]而已。世非无诗，不能与之齐驱耳。词之赋梅，惟姜白石《暗香》、《疏影》[28]二曲，前无古人，后无来者，自立新意，真为绝唱。太白云：“眼前有景道不得，崔颢题诗在上头。”诚哉是言也。

美成词只当看他浑成处，于软媚中有气魄。采唐诗融化如自己者，乃其所长。惜乎意趣却不高远。所以出奇之语，以白石骚雅句法润色之，真天机云锦也。

秦少游词体制淡雅，气骨不衰。清丽中不断意脉，咀嚼无滓，久而知味。

晁无咎词名《冠柳》[29]，琢语平帖，此柳之所以易冠也。

近代杨守斋精于琴，故深知音律，有《圈法周美成词》[30]。与之游者，周草窗、施梅川、徐雪江、奚秋崖、李商隐[31]，每一聚首，必分题赋曲。但守斋持律甚严，一字不苟作，遂有《作词五要》。观此，则词欲协音，未易言也。

辛稼轩、刘改之作豪气词，非雅词也。于文章余暇，戏弄笔墨，为长短句之诗耳。元遗山极称稼轩词[32]，及观遗山词，深于用事，精于炼句，有风流蕴藉处，不减周、秦。如《双莲》、《雁邱》等作，妙在模写情态，立意高远，初无稼轩豪迈之气。岂遗山欲表而出之，故云尔。

康、柳[33]词亦自批风抹月中来，风月二字，在我发挥，二公则为风月所使耳。

中华书局1986年版唐圭璋编《词话丛编》本

【注释】

① 张炎前后有一股倡导复雅的词学思潮，当时以“雅”命名的词集就有数种，如《复雅歌词》、《乐府雅词》等，这股思潮一方面批评柳永、周邦彦一派人“失之软媚而无所取”，另一方面又不满于苏轼、辛弃疾一派人的“粗豪”之气（如南宋初曾慥所辑《乐府雅词》六卷中竟无苏轼片言只语，而“志雅堂”主人周密所辑《绝妙好词选》只收录了辛弃疾三首词），张炎《词源·杂论》就指出：“辛稼轩、刘改之作豪放词，非雅词也。于文章余暇，戏弄笔墨，为长短句之诗耳。”而《词源》本身可谓这股复雅词学思潮的理论总结。《词源》分两卷，上卷主要讨论词乐，本书不录，下卷则主要是理论批评方面的内容。《词源序》赞许周邦彦词“浑厚和雅”，可略见其论词旨趣。元陆辅之曾问学于张炎，陆氏《词旨》有云：“周清真之典丽，姜白石之骚雅，史梅溪之句法，吴梦窗之字面，取四家之所长，去四家之所短，此翁（指张炎）之要诀。”即《词源序》所谓“取诸人之所长，去诸人之所短”，《词源》所论，也正是对各家创作经验与教训之总结。

雅正首先是对音律的要求，反对粗豪之气，“词之作必须合律”，“古之乐章、乐府、乐歌、乐曲，皆出于雅正”，“美成负一代词名，所作之词，浑厚和雅，善融化诗句，而于音谱且间有未谐，可见其难矣”，而“辛稼轩、刘改之作豪气词，非雅词也”，“（元遗山词）如《双莲》、《雁邱》等作，妙在模写情态，立意高远，初无稼轩豪迈之气”，“旧有刊本《六十家词》，可歌可诵者，指不多屈”，亦见其难。“音谱”条强调“词以协音为先，音者何，谱是也。古人按律制谱，以词定声，此正声依永律和声之遗意”，“雅词协音，虽一字亦不放过，信乎协音之不易也”，并且不仅要讲四声，而且还要讲“五音有唇齿喉舌鼻，所以有轻清重浊之分”，最终“当以可歌者为工，虽有小疵，变庶几耳”。“拍眼”条强调“唱曲苟不按拍，取气决是不匀，必无节奏，是非习于音者，不知也”。

其次雅正还是对语词、“情”的要求。“制曲”条强调“命意”与声韵并重。这在“句法”、“字面”、“杂论”诸条中有强调。语词只有平易而不艰涩、妥溜而不生硬，才能容易与音律相协谐。“赋情”条则专门强调“情”要雅正。“杂论”条亦强调“词欲雅而正，志之所之，一为情所役，则失其雅正之音。耆卿、伯可不必论，虽美成亦有所不免”，“所谓淳厚日变成浇风也”，“美成词只当看他浑成处，于软媚中有气魄”，赞赏“秦少游词体制淡雅，气骨不衰”。当然，“雅”又是相对于“俗”而言的，“节序”条云：“昔人咏节序，不惟不多，附之歌喉者，类是率俗，不过为应时纳祜之声耳。”后世音谱难传，“雅正”也主要只是对语词的要求了，如清人陈廷焯《白雨斋词话》卷二云：“词法莫密于清真，词理莫深于少游，词笔莫超于白石，词品莫高于碧山（王沂孙）。皆圣于词者。而少游时有俚语，清真、白石，间亦不免。至碧山乃一归雅正。后之为词者，首当服膺勿失。一切游词滥语，自无从犯其笔端。”

② 乐章、乐府、乐歌、乐曲——四者皆指可配乐歌唱之诗，名异而义同。

③ 粤——助词，用于句首或句中，与“曰”通。

④ 声诗间为长短句——一般把继“汉乐府”后唐代配乐诗歌的样式称为“唐声诗”，而入乐的唐声诗主要以五七言律绝为主，长短句不多，但晚唐后逐渐向长短句为主转变，最终形成“宋词”。可参读今人任半塘专著《唐声诗》。

⑤《尊前》——即《尊前集》，选录有李白、温庭筠、李煜等唐、五代人词的词总集，凡二卷，一般认为是五代、宋初人所辑录。

⑥《花间集》——词总集名，一般认为是最早的词集，五代时后蜀赵崇祚辑，凡十卷，录有晚唐五代温庭筠、韦庄及蜀中十八家词作。

⑦ 迄于崇宁四句——崇宁，宋徽宗年号（1102—1106）；大晟府，宋徽宗崇宁四年设立的宫廷音乐机关，主要负责整理古乐、创制新乐；周美成，周邦彦字美成，大晟府乐曲主要制撰者之一。

⑧“由此八十四调之声稍传”六句——八十四调,中国古代乐律分十二律吕,其中又各有七音,相乘得八十四调,但南宋时实际用的却只有七宫十二调;慢曲、引、近,均为词调名,慢曲又称长调;三犯四犯,指犯调之曲,或一词中兼有两个或两个以上音律不同的曲调,或集取同一宫调中两个以上不同词调而自成一新词调;月律,古人强调乐律与月律相应,乐律分十二正与十二月相对应,据《碧鸡漫志》卷二,宋徽宗设大晟府令“依月用律,月进一曲”。

⑨善融化诗句——《直斋书录解题》卷十二有云:“清真词多用唐人诗语,檃括入律,浑然天成。”沈义父《乐府指迷》亦称清真词“往往自唐宋诸贤诗句中来”。周密《浩然斋词话》亦云:“周美成长短句,纯用唐人诗句,如‘低鬟蝉影动,私语口脂香’,此乃元白全句。贺方回尝言,吾笔端驱使李商隐、温庭筠常奔走不暇。则亦可谓能事矣。”可见时人习气。

⑩秦少游、高竹屋、姜白石、史邦卿、吴梦窗——分别指词人秦观(字少游)、高观国(有集《竹屋痴语》,故称)、姜夔(号白石道人,故称)、史达祖(字邦卿)、吴文英(号梦窗,有集《梦窗四稿》)。

⑪不侔——不相等,不同。

⑫象——效仿。

⑬谫才——才能浅薄。

⑭先人——指张炎父亲张枢,周密《浩然斋词话》评张枢词云:“笔墨萧爽,人物酝藉,善音律,尝度依声集百阕,音韵谐美,真承平佳公子也。”张炎这方面受其影响不小。

⑮杨守斋、毛敏仲、徐南溪——杨缵,字守斋;毛敏仲,未详;徐理,号南溪,《阳春白雪》录有其词作。

⑯绪余——残余,客套话。

⑰合律——指按音律、乐谱填词。

⑱极玄之域——指最高境界。

⑲于于然——形容自得的样子。

⑳《阳春白雪集》——南宋赵闻礼所选宋人词选集。

㉑《绝妙词选》——南宋黄升所选唐宋人词选集。

㉒陈西麓——南宋陈允平,字君衡,号西麓,有词集《日湖渔唱》,卷末附录《寿词》十九首。

㉓耆卿——指柳永,其字耆卿。

㉔伯可——指康与之,伯可其字,有词集《顺庵乐府》,已佚。

㉕“为伊泪”十一句——分别出自周邦彦词《解连环》、《风流子》、《意难

忘》、《庆宫春》。

㉖ 浇风——指浮躁、浅薄的社会风气。

㉗ 诗之赋梅，惟和靖一联——北宋诗人林逋，谥为和靖先生，作梅花诗多首，其中最著名的一联是“疏影横斜水清浅，暗香浮动月黄昏”。

㉘《暗香》、《疏影》——指姜夔两首描写梅花的自度曲，其序有云：“辛亥之冬，予载雪诣石湖。止既月，授简索句，且征新声，作此两曲。石湖把玩不已，使工妓隶习之，音节谐婉，乃命之曰《暗香》、《疏影》。”“石湖”指诗人范成大，号石湖居士。

㉙ 晁无咎词名《冠柳》——词集名《冠柳》者不是晁无咎，而是王观，《花庵词选》有云：“序者称其高于柳（永）词，故名《冠柳》。”此处张炎说误。

㉚《圈法周美成词》——此书已失传，“圈法”似指在词作旁边标记乐谱。

㉛ 施梅川、徐雪江、奚秋崖、李商隐——施岳号梅川，徐雪江未详何人，奚㵲号秋崖，李彭老字商隐。

㉜ 元遗山极称稼轩词——金人元好问号遗山，其《遗山自题乐府引》有云：“乐府以来，东坡为第一，以后便到辛稼轩。”

㉝ 康、柳——指康与之、柳永。

【附录】

音 谱

词以协音为先，音者何，谱是也。古人按律制谱，以词定声，此正声依永律和声之遗意。有法曲，有五十四大曲，有慢曲。若曰法曲，则以倍四头管品之（即筚篥也）。其声清越。大曲则以倍六头管品之，其声流美。即歌者所谓曲破，如望瀛，如献仙音，乃法曲，其源自唐来。如六幺，如降黄龙，乃大曲，唐时鲜有闻。法曲有散序、歌头，音声近古，大曲有所不及。若大曲亦有歌者，有谱而无曲，片数与法曲相上下。其说亦在歌者称停紧慢，调停音节，方为绝唱。惟慢曲引近则不同。名曰小唱，须得声字清圆，以哑筚篥合之，其音甚正，箫则弗及也。慢曲不过百余字，中间抑扬高下，丁、抗、掣、拽，有大顿、小顿、大住、小住、打、掯等字。真所谓上如抗，下如坠，曲如折，止如槁木，倨中矩，句中钩，累累乎端如贯珠之语，斯为难矣。

先人晓畅音律，有《寄闲集》，旁缀音谱，刊行于世。每作一词，必使歌者按之，稍有不协，随即改正。曾赋《瑞鹤仙》一词云：“卷帘人睡起。放燕子归来，商量春事。芳菲又无几。减风光都在，卖花声里。吟边眼底。被嫩绿、移红换紫。甚等闲、半委东风，半委小桥流水。　还是苔痕湔雨，竹影留云，做晴犹末。繁华迤逦。西湖上、多少歌吹。粉蝶儿、扑定花心不去,闲了寻香两翅。那知人一点新愁,寸心万里。"此词按之歌谱,声字皆协,惟扑字稍不协,遂改为守字,乃协。始知雅词协音,虽一字亦不放过,信乎协音之不易也。又作《惜花春起早》云"锁窗深",深字音不协,改为幽字,又不协,改为明字,歌之始协。此三字皆平声,胡为如是。盖五音有唇齿喉舌鼻,所以有轻清重浊之分,故平声字可为上入者此也。听者不知宛转迁就之声,以为合律,不详一定不易之谱,则曰失律。矧歌者岂特忘其律,抑且忘其声字矣。述词之人,若只依旧本之不可歌者,一字填一字,而不知以讹传讹,徒费思索。当以可歌者为工,虽有小疵,变庶几耳。

拍　眼

法曲大曲慢曲之次,引近辅之,皆定拍眼。盖一曲有一曲之谱,一均有一均之拍,若停声待拍,方合乐曲之节。所以众部乐中用拍板,名曰齐乐,又曰乐句,即此论也。《南唐书》云:"王感化善歌讴,声振林木,系之乐部为歌板色。"后之乐棚前用歌板色二人,声与乐声相应,拍与乐拍相合。按拍二字,其来亦古。所以舞法曲大曲者,必须以指尖应节,俟拍然后转步,欲合均数故也。法曲之拍,与大曲相类,每片不同,其声字疾徐,拍以应之。如大曲降黄龙、花十六,当用十六拍。前衮、中衮,六字一拍。要停声待拍,取气轻巧。煞衮则三字一拍,盖其曲将终也。至曲尾声数句,使声字悠扬,有不忍绝响之意,似余音绕梁为佳。惟法曲散序无拍,至歌头始拍。若唱法曲大曲慢曲,当以手拍,缠令则用拍板。嘌呤诜唱诸宫调则用手调儿,亦旧工耳。慢曲有大头曲、叠头曲,有打前拍、打后拍,拍有前九后十一,内有四艳拍。引近则用六均拍,外有序子,与法曲散序中序不同。法曲之序一片,正合均拍。俗传序子四片,其拍颇碎,故缠令多用之。绳以慢曲八均之拍不可。又非慢二急三拍与三台相类也。曲之大小,皆合均声,岂得无拍。歌者或敛袖,或掩扇,殊亦可哂。唱曲苟不按拍,取气决是不匀,必无节奏,是非习于音者,不知也。

制　曲

作慢词,看是甚题目,先择曲名,然后命意。命意既了,思量头如何起,尾声如何结,方始选韵,而后述曲。最是过片,不要断了曲意,须要承上接下。如姜白石词云:"曲曲屏山,夜凉独自甚情绪。"于过片则云:"西窗又吹暗雨。"此则曲之意脉不断矣。词既成,试思前后之意不相应,或有重叠句意,又恐字面粗疏,即为修改。改毕,净写一本,展之几案间,或贴之壁。少顷再观,必有未稳处,又须修改。至来日再观,恐又有未尽善者,如此改之又改,方成无瑕之玉。倘急于脱稿,倦事修择,岂能无病,不惟不能全美,抑且未协音声。作诗者且犹旬锻月炼,况于词乎。

句　法

词中句法，要平妥精粹。一曲之中，安能句句高妙，只要拍搭衬副得去，于好发挥笔力处，极要用功，不可轻易放过，读之使人击节可也。

字　面

句法中有字面，盖词中一个生硬字用不得。须是深加锻炼，字字敲打得响，歌诵妥溜，方为本色语。如贺方回、吴梦窗，皆善于炼字面，多于温庭筠、李长吉诗中来。字面亦词中之起眼处，不可不留意也。

赋　情

簸弄风月，陶写性情，词婉于诗。盖声出莺吭燕舌间，稍近乎情可也。若邻乎郑卫，与缠令何异也。……（如陆雪溪《瑞鹤仙》、辛稼轩《祝英台近》）皆景中带情，而存骚雅。故其燕酣之乐，别离之愁，回文题叶之思，岘首西州之泪，一寓于词。若能屏去浮艳，乐而不淫，是亦汉魏乐府之遗意。

节　序

昔人咏节序，不惟不多，附之歌喉者，类是率俗，不过为应时纳祜之声耳。所谓清明"拆桐花烂漫"、端午"梅霖初歇"、七夕"炎光谢"，若律以词家调度，则皆未然。……（美成《解语花赋元夕》、史邦卿《东风第一枝赋立春》、黄钟《喜迁莺赋元夕》）如此等妙词颇多，不独措辞精粹，又且见时序风物之盛，人家宴乐之同，则绝无歌者。至如李易安《永遇乐》云："不如向帘儿底下，听人笑语。"此词亦自不恶。而以俚词歌于坐花醉月之际，似乎击缶韶外，良可叹也。

"词"与"辞"字通用，《释文》云：意内而言外也。意生言，言生声，声生律，律生调，故曲生焉。《花间》以前无集谱，秦周以后无雅声，源远而派别也。西秦玉田张君，著《词源》上下卷，推五音之数，演六律之谱，按月纪节，赋情咏物，自称得声律之学于守斋杨公、南溪徐公。淳祐、景定间，王邸侯馆，歌舞升平，居生处乐，不知老之将至。梨园白发，濞宫蛾眉，余情哀思，听者泪落。君亦因是弃家，客游无方，三十年矣。昔柳河东铭姜秘书，悯王孙之故态，铭马淑妇，感讴者之新声，言外之意，异世谁复知者。

陆文圭《词源跋》　《词话丛编》本《词源》附录

词源（卷下）

清　空①

词要清空，不要质实。清空则古雅峭拔，质实则凝涩晦昧。姜白石词如野云孤飞,去留无迹;吴梦窗词如七宝楼台,眩人眼目,碎拆下来,不成片段。此清空质实之说。梦窗《声声慢》云:“檀栾金碧,婀娜蓬莱,游云不蘸芳洲。”[②]前八字恐亦太涩。如《唐多令》云:“何处合成愁,离人心上秋[③],纵芭蕉不雨也飕飕。都道晚凉天气好,有明月、怕登楼。前事梦中休,花空烟水流。燕辞归、客尚淹留。垂柳不萦裙带住,谩长是,系行舟。”此词疏快,却不质实。如是者集中尚有,惜不多耳。白石词如《疏影》、《暗香》、《扬州慢》、《一萼红》、《琵琶仙》、《探春》、《八归》、《淡黄柳》等曲,不惟清空,又且骚雅,读之使人神观飞越。

杂 论(选录)

词之语句,太宽则容易,太工则苦涩。如起头八字相对,中间八字相对,却须用功着一字眼,如诗眼亦同[④]。若八字既工,下句便合稍宽,庶不窒塞。约莫[⑤]宽易,又着一句工致者,便觉精粹。此词中之关键也。

词不宜强和人韵,若倡者之曲韵宽平,庶可赓歌。倘韵险又为人所先,则必牵强赓和,句意安能融贯?徒费苦思,未见有全章妥溜者。东坡《次章质夫杨花水龙吟韵》,机锋相摩,起句便合让东坡出一头地,后片愈出愈奇,真是压倒今古。我辈倘遇险韵,不若祖其元韵,随意换易,或易韵答之,是亦古人三不和之说。

大词之料,可以敛为小词,小词之料,不可展为大词。若为大词,必是一句之意,引而为两三句,或引他意入来,捏合成章,必无一唱三叹。如少游《水龙吟》云:“小楼连苑横空,下窥绣毂雕鞍骤”,犹且不免为东坡所诮。

中华书局1986年版唐圭璋编《词话丛编》本

【注释】

① 张炎论词标榜“雅正”、“意趣高远”与“清空”,而其中前二者时人皆有所论,惟“清空”论乃其独创,陆辅之《词旨》云:“《词源》云‘清空’二字,亦一生受用不尽,指迷之妙,尽在是矣。学者必在心传耳传,以心会意,当有悟入处。”

“清空”条强调:“词要清空,不要质实。清空则古雅峭拔,质实则凝涩晦昧。”“太涩”难近清空,“疏快,却不质实”则近清空,“杂论”亦强调“词之语句,太宽则容易,太工则苦涩”,“若八字既工,下句便合稍宽,庶不窒塞”;推崇白石诸词“不惟清空,又且骚雅,读之使人神观飞越”。反对“凝涩晦昧”还贯穿于诸种要求中:“虚字”条强调“词与诗不同”,“若堆叠实字,读且不通,况付之雪儿乎”,但“若使尽用虚字,句语又俗,虽不质实,恐不无掩卷之诮”;“用事”条强调“词用事最难,要体认着题,融化不涩”;“咏物”条强调“体认稍真,则拘而不畅,模写差远,则晦而不明”。清空还与含蓄有关,“离情”条强调“情至于离,则哀怨必至。苟能调感怆于融会中,斯为得矣”,“全在情景交炼,得言外意,有如‘劝君更尽一杯酒,西出阳关无故人’,乃为绝唱”;“令曲”条强调“末句最当留意,有有余不尽之意始佳”。此外,“意趣”条还强调“词以意趣为主,要不蹈袭前人语意”,“清空中有意趣”而“无笔力者未易到”。

张炎“清空”论对后世词学影响很大。清沈祥龙《论词随笔》:“词宜清空,然须才华富,藻采缛,而能清空一气者为贵。清者不染尘埃之谓,空者不着色相之谓。清则丽,空则灵,如月之曙,如气之秋,表圣品诗,可移之词。”龙沐勋辑郑文焯《大鹤山人词话》附录《郑大鹤先生论词手简》有云:“词之难工,以属事遣词,纯以清空出之,务为典博,则伤质实,多着才语,又近昌狂”,“律吕之几微出入,犹为别墨焉,所贵清空者,曰骨气而已”。张炎亦重气骨。贺贻孙《诗筏》亦云:“清空一气,搅之不碎,挥之不开,此化境也。然须厚养气始得,非浅薄者所能侥幸。”宋罗大经《鹤林玉露》卷十二有云:“(苏颍滨〔辙〕《论语解》)云‘贵真空不贵顽空,盖顽空则顽然无知之空木石是也,若真空则犹之天焉,湛然寂然元无一物,然四时自尔行,百物自尔生,粲为日星,滃为云雾,沛为雨露,轰为雷霆,皆自虚空生,而所谓湛然寂然者,自若也。’颍滨深味禅说故其论亦此意。”此说可移之论词:“清空”者,“真空”也,非“顽空”也,空灵而又真力弥满、气骨充盈。后来清代浙人朱彝尊选辑《词综》,论词以“清空”为宗,一时作家,相习成风,形成影响极大的浙派。

② “檀栾金碧”三句——此为吴文英词《声声慢·闰重九饮郭园》前三句,在古代诗词中,一般用“檀栾”形容竹、“金碧”形容楼台、“婀娜”形容柳,此处写的是郭园中有竹柳楼台,景致恰似蓬莱仙境。

③ “何处合成愁”二句——此处用“拆字”修辞,“愁”在字形上是由“心秋”二字合成的。

④ 用功着一字眼,如诗眼亦同——“诗眼”是宋人论诗常用语,此处张炎所论可谓“词眼”,从学张炎的陆辅之《词旨》就专列“词眼”一门,可参读。

⑤ 约莫——宋元方言,约略、大概的意思。

【附录】

虚 字

词与诗不同,词之句语,有二字、三字、四字,至六字、七八字者,若堆叠实字,读且不通,况付之雪儿乎。合用虚字呼唤,单字如正、但、任、甚之类,两字如莫是、还又、那堪之类,三字如更能消、最无端、又却是之类,此等虚字,却要用之得其所。若使尽用虚字,句语又俗,虽不质实,恐不无掩卷之诮。

意 趣

词以意趣为主,要不蹈袭前人语意。……(东坡《中秋水调歌》、《夏夜洞仙歌》,王荆公《金陵怀古桂枝香》,姜白石《暗香赋梅》、《疏影》)此数词皆清空中有意趣,无笔力者未易到。

用 事

词用事最难,要体认着题,融化不涩。如东坡《永遇乐》云:"燕子楼空,佳人何在,空锁楼中燕。"用张建封事。白石《疏影》云:"犹记深宫旧事,那人正睡里,飞近蛾绿。"用寿阳事。又云:"昭君不惯胡沙远,但暗忆江南江北。想佩环月下归来,化作此花幽独。"用少陵诗。此皆用事,不为事所使。

咏 物

诗难于咏物,词为尤难。体认稍真,则拘而不畅,模写差远,则晦而不明。要须收纵联密,用事合题。一段意思,全在结句,斯为绝妙。……(史邦卿《东风第一枝咏春雪》、《绮罗香咏春雨》、《双双燕咏燕》,白石《暗香》、《疏影》、《齐天乐赋促织》)此皆全章精粹,所咏了然在目,且不留滞于物。……(刘改之《沁园春咏指甲》、《咏小脚》)二词亦自工丽,但不可与前作同日语耳。

离 情

"春草碧色,春水绿波,送君南浦,伤如之何。"矧情至于离,则哀怨必至。苟能调感怆于融会中,斯为得矣。……(白石《琵琶仙》,秦少游《八六子》)离情当如此作,全在情景交炼,得言外意。有如"劝君更尽一杯酒,西出阳关无故人",乃为绝唱。

令 曲

词之难于令曲,如诗之难于绝句,不过十数句,一句一字闲不得。末句最当留意,有有余不尽之意始佳。当以唐《花间集》中韦庄、温飞卿为则。又如冯延巳、贺方回、吴梦窗亦有妙处。至若陈简斋"杏花疏影里、吹笛到天明"之句,真是自然而然。大抵前辈不留意于此,有一两曲脍炙人口,余多邻乎率易。近代词人,却有用力于此者。倘以为专门之学,亦词家射雕手。

张炎《词源》卷下(节录)　《词话丛编》本

作词之要有五。第一要择腔。腔不韵则勿作,如《塞翁吟》之衰飒,《帝台春》之不顺,《隔浦莲》之寄煞,《斗百花》之无味,是也。第二要择律。律不应月则不美,如十一月调须用正宫,元宵词必用仙吕宫为宜也。第三要填词按谱。自古作词,能依句者已少,依谱用字者,百无一二。词若歌韵不协,奚取焉。或谓善歌者融化其字则无疵,殊不知不详制转折,用或不当则失律,正、旁、偏、侧,凌犯他宫,非复本调矣。第四要随律押韵。如越调《水龙吟》、商调《二郎神》,皆合用平入声韵。古词俱押去声,所以转折怪异,成不祥之音。昧律者反称赏之,是真可解颐而启齿也。第五要立新意。若用前人诗词意为之,则蹈袭无足奇者,须自作不经人道语,或翻前人意,便觉出奇,或只能炼字,诵才数过,便无精神。不可不知也。更须忌三重四同,始为具美。

杨缵《作词五要》　《词话丛编》本张炎《词源》附录

夫词亦难言矣,正取近雅,而又不远俗。予从乐笑翁游,深得奥旨制度之法,因从其言,命韶暂作《词旨》,语近而明,法简而要,俾初学易于入室云。

命意贵远,用字贵便,造语贵新,炼字贵响。

古人诗有翻案法,词亦然。词不用雕刻,刻则伤气,务在自然。周清真之典丽,姜白石之骚雅,史梅溪之句法,吴梦窗之字面,取四家之所长,去四家之所短,此翁之要诀。学者所谓刻鹄不成尚类鹜者也,不可与俗人言,可与知者道。

对句好可得,起句好难得。收拾全藉出场。凡观词须先识古今体制雅俗,脱出宿生尘腐气,然后知此语,咀嚼有味。

蕲王孙韩铸,字亦颜,雅有才思,尝学词于乐笑翁。一日,与周公谨父买舟西湖,泊荷花而饮酒杯半。公谨父举似亦颜学词之意,翁指花云:“莲子结成花自落。”

《词源》云:清空二字,亦一生受用不尽,指迷之妙,尽在是矣。学者必在心传耳传,以心会意,当有悟入处。然须跳出窠臼外,时出新意,自成一家。若屋下架屋,则为人之贱仆矣。

制词须布置停匀,血脉贯穿。过片不可断曲意,如常山之蛇,救首救尾。

沈伯时《乐府指迷》,多有好处,中间一两段,亦非词家之语。

陆辅之《词旨》(选录)　《词话丛编》本

沈义父

沈义父，生卒年不详，约宋理宗淳祐中年（1247）前后在世，字伯时，一字时斋，震泽（今江苏吴县）人。嘉熙元年（1237），以赋领乡荐，为南康军白鹿洞书院山长，举行朱子学规。致仕归，建义塾，立明教堂讲学，造三贤祠以祀王苹、陈长方、杨邦弼，为乡后学矜式，学者称为时斋先生。入元不仕。工词，以周邦彦为宗。著《时斋集》、《遗世颂》、《乐府指迷》等，今仅存《乐府指迷》。

乐府指迷[1]（选录）

余自幼好吟诗。壬寅[2]秋，始识静翁[3]于泽滨，癸卯[4]，识梦窗。暇日相与倡酬，率多填词，因讲论作词之法，然后知词之作难于诗。盖音律欲其协，不协则成长短之诗；下字欲其雅，不雅则近乎缠令[5]之体；用字不可太露，露则直突而无深长之味；发意不可太高，高则狂怪而失柔婉之意；思此，则知所以为难。子侄辈往往求其法于余，姑以得之所闻，条列下方，观于此，则思过半矣。

凡作词，当以清真为主。盖清真最为知音，且无一点市井气，下字运意，皆有法度，往往自唐宋诸贤诗句中来，而不用经史中生硬字面，此所以为冠绝也。学者看词，当以《周词集解》为冠。

康伯可、柳耆卿音律甚协，句法亦多有好处，然未免有鄙俗语。

姜白石清劲知音，亦未免有生硬处。

梦窗深得清真之妙，其失在用事下语太晦处，人不可晓。

施梅川音律有源流，故其声无舛误，读唐诗多，故语雅澹，间有些俗气，盖亦渐染教坊之习故也，亦有起句不紧切处。

结句须要放开，含有余不尽之意，以景结尾最好，如清真之“断肠院落，一帘风絮”，又“掩重关，遍城钟鼓”之类是也。或以情结尾亦好，往往轻而露，如清真之“天便教人，霎时厮见何妨”，又云“梦魂凝想鸳侣”之类，便无意思，亦是词家病，却不可学也。

近世作词者，不晓音律，乃故为豪放不羁之语，遂借东坡、稼轩诸贤自诿。诸贤之词，固豪放矣，不豪放处，未尝不叶律也。如东坡之《哨遍》、杨花《水龙吟》、稼轩之《摸鱼儿》之类，则知诸贤非不能也。

中华书局 1986 年版《词话丛编》本

【注释】

①《乐府指迷》计二十九则，首则云：“盖音律欲其协，不协则成长短之诗；下字欲其雅，不雅则近乎缠令之体；用字不可太露，露则直突而无深长之味；发意不可太高，高则狂怪而失柔婉之意”，大抵为梦窗（吴文英）家法，接着又强调“凡作词，当以清真（周邦彦）为主”——后面诸则以此为准对作词诸方面进行了分析。强调“音律欲其协”，如云：“近世作词者，不晓音律，乃故为豪放不羁之语，遂借东坡、稼轩诸贤自诿。诸贤之词，固豪放矣，不豪放处，未尝不叶律也”，“初赋词，且先将熟腔易唱者填了，却逐一点勘，替去生硬及平侧不顺之字。久久自熟，便觉拗者少，全在推敲吟嚼之功也”，并有细微之分析如云：“腔律岂必人人皆能按箫填谱，但看句中用去声字最为紧要”等等，此外还对声与词不可兼得现象有所揭示：“前辈好词甚多，往往不协律腔，所以无人唱。如秦楼楚馆所歌之词，多是教坊乐工及市井做赚人所作，只缘音律不差，故多唱之。求其下语用字，全不可读。”强调“雅”，如云：“康伯可、柳耆卿音律甚协，句法亦多有好处。然未免有鄙俗语”，“孙花翁有好词，亦善运意。但雅正中忽有一两句市井句，可惜”等等。强调“深长之味”、“柔婉之意”，如云“如说情，不可太露”，“结句须要放开，含有余不尽之意，以景结尾最好”。《乐府指迷》对姜夔略有微词：“姜白石清劲知音，亦未免有生硬处。”沈义父词论对后世影响亦颇大，清中叶常州派兴，尊清真而薄姜张，沈氏实提倡在前。

② 壬寅——宋理宗淳祐二年。

③ 静翁——翁元龙，字时可，号处静，疑即静翁。

④ 癸卯——宋理宗淳祐三年。

⑤ 缠令——指当时流行的体格卑下、辞欠雅训的俚曲。

【附录】

孙花翁有好词,亦善运意,但雅正中忽有一两句市井句,可惜。

大抵起句便见所咏之意,不可泛入闲事,方入主意。咏物尤不可泛。

过处多是自叙,若才高者方能发起别意。然不可太野,走了原意。

如咏物,须时时提调,觉不可晓,须用一两件事印证方可。如清真咏梨花《水龙吟》,第三第四句,引用"樊川"、"灵关"事。又"深闭门"及"一枝带雨"事。觉后段太宽,又用"玉容"事,方表得梨花。若全篇只说花之白,则是凡白花皆可用,如何见得是梨花。

要求字面,当看温飞卿、李长吉、李商隐及唐人诸家诗句中字面好而不俗者,采摘用之。即如《花间集》小词,亦多好句。

炼句下语,最是紧要,如说桃,不可直说破桃,须用"红雨"、"刘郎"等字。如咏柳,不可直说破柳,须用"章台"、"灞岸"等字。又咏书,如曰"银钩空满",便是书字了,不必更说书字。"玉筯双垂",便是泪了,不必更说泪。如"绿云缭绕",隐然髻发,"困便湘竹",分明是簟。正不必分晓,如教初学小儿,说破这是甚物事,方见妙处。往往浅学俗流,多不晓此妙用,指为不分晓,乃欲直捷说破,却是赚人与耍曲矣。如说情,不可太露。

遇两句可作对,便须对。短句须翦裁齐整。遇长句须放婉曲,不可生硬。

押韵不必尽有出处,但不可杜撰。若只用出处押韵,却恐窒塞。

腔律岂必人人皆能按箫填谱,但看句中用去声字最为紧要。然后更将古知音人曲,一腔三两只参订,如都用去声,亦必用去声。其次如平声,却用得入声字替。上声字最不可用去声字替。不可以上去入,尽道是侧声,便用得,更须调停参订用之。古曲亦有拗音,盖被句法中字面所拘牵,今歌者亦以为碍。如《尾犯》之用"金玉珠珍博",金字当用去声字。如《绛都》春之用"游人月下归来",游字合用去声字之类是也。

前辈好词甚多,往往不协律腔,所以无人唱。如秦楼楚馆所歌之词,多是教坊乐工及市井做赚人所作,只缘音律不差,故多唱之。求其下语用字,全不可读。甚至咏月却说雨,咏春却说秋。如《花心动》一词,人目之为一年景。又一词之中,颠倒重复,如《曲游春》云"脸薄难藏泪",过云"哭得浑无气力",结又云"满袖啼红",如此甚多,乃大病也。

作词与诗不同,纵是花卉之类,亦须略用情意,或要入闺房之意。然多流淫艳之语,当自斟酌。如只直咏花卉,而不着些艳语,又不似词家体例,所以为难。又有直为情赋曲者,尤宜宛转回互可也。如怎字、恁字、奈字、这字、你字之类,虽是词家语，亦不可多用，亦宜斟酌，不得已而用之。

腔子多有句上合用虚字，如嗟字、奈字、况字、更字、又字、料字、想字、正字、甚字，用之不妨。如一词中两三次用之，便不好，谓之空头字。不若径用一静字，顶上道下来，句法又健，然不可多用。

近时词人，多不详看古曲下句命意处，但随俗念过便了。如柳词《木兰花慢》云："拆桐花烂漫"，此正是第一句，不用空头字在上，故用拆字，言开了桐花烂漫也。有人不晓此意，乃云：此花名为拆桐，于词中云开到拆桐花，开了又拆，此何意也。

寿曲最难作，切宜戒寿酒、寿香、老人星、千春百岁之类。须打破旧曲规模，只形容当人事业才能，隐然有祝颂之意方好。

词中用事使人姓名，须委曲得不用出最好。清真词多要两人名对使，亦不可学也，如《宴清都》云："庾信愁多，江淹恨极。"《西平乐》云："东陵晦迹，彭泽归来。"《大酺》云："兰成憔悴，卫玠清羸。"《过秦楼》云："才减江淹，情伤荀倩。"之类是也。

古曲谱多有异同，至一腔有两三字多少者，或句法长短不等者，盖被教师改换。亦有嘌唱一家，多添了字。吾辈只当以古雅为主，如有嘌唱之腔不必作。且必以清真及诸家目前好腔为先可也。

词中多有句中韵，人多不晓。不惟读之可听，而歌时最要叶韵应拍，不可以为闲字而不押。如《木兰花》云："倾城。尽寻胜去。""城"字是韵。又如《满庭芳》过处"年年，如社燕"，"年"字是韵。不可不察也。其他皆可类晓。又如《西江月》起头押平声韵，第二第四就平声切去，押侧声韵。如平声押东字，侧声须押董字、冻字韵方可。有人随意押入他韵，尤可笑。

词腔谓之均，均即韵也。

作大词，先须立间架，将事与意分定了。第一要起得好，中间只铺叙，过处要清新。最紧是末句，须是有一好出场方妙。作小词只要些新意，不可太高远，却易得古人句，同一要练句。

初赋词，且先将熟腔易唱者填了，却逐一点勘，替去生硬及平侧不顺之字。久久自熟，便觉拗者少，全在推敲吟嚼之功也。

咏物词，最忌说出题字。如清真梨花及柳，何曾说出一个梨、柳字。梅川不免犯此戒，如"月上海棠咏月出"，两个"月"字，便觉浅露。他如周草窗诸人，多有此病，宜戒之。

《乐府指迷》（选录） 《词话丛编》本

其论词以周邦彦为宗,持论多为中理。惟谓两人名不可对使,如“庾信愁多,江淹恨极”之类,颇失之拘。又谓说桃须用“红雨”、“刘郎”等字,说柳须用“章台”、“灞岸”等字,说书须用“银钩”等字,说泪须用“玉箸”等字,说发须用“绿云”等字,说簟须用“湘竹”等字,不可直说破,其意欲避鄙俗,而不知转成涂饰,亦非确论。至所谓去声字最要紧,及平声字可用入声字替,上声字不可用去声字替一条,则剖析微芒,最为精核。万树《词律》实祖其说。又谓“古曲谱多有异同,至一腔有两三字多少者,或句法长短不等,盖被教师改换,亦有嘌唱一家,多添了字”云云。乃知宋词亦不尽协律,歌者不免增减。万树《词律》所谓曲有衬字、词无衬字之说,尚为未究其变也。

《四库全书·乐府指迷提要》(节录)

严　羽

严羽(1192？—1245？)，南宋诗学家，字仪卿，一字丹丘，隐居不仕，自号沧浪逋客，邵武(今属福建省)人，明清人或称严仪卿、羽卿，误。有《沧浪集》传世，与同族严参、严仁颇有诗名，时号“三严”。诗学著述《沧浪诗话》，附见于《沧浪吟卷》，宋人魏庆之《诗人玉屑》将其内容几乎全部收录。《沧浪诗话》于宋诗话中成就显著，以禅喻诗，主妙悟、兴趣，崇唐贬宋，对后世诗学思想尤其明清格调、神韵诗论影响颇大，在汉语古典诗学史上占重要地位。其邑人上官伟长、吴梦易、朱叔大、黄裳、吴陵等传其宗派。

沧浪诗话·诗辨[①]

夫学诗者以识为主：入门须正，立志须高；以汉魏晋盛唐为师，不作开元天宝以下人物。若自退屈，即有下劣诗魔入其肺腑之间；由立志之不高也。行有未至，可加工力；路头一差，愈骛愈远；由入门之不正也。故曰：学其上，仅得其中；学其中，斯为下矣。又曰：见过于师，仅堪传授；见与师齐，减师半德也[②]。工夫须从上做下，不可从下做上。先须熟读《楚辞》，朝夕讽咏以为之本；及读《古诗十九首》，乐府四篇[③]，李陵苏武汉魏五言皆须熟读，即以李杜二集枕藉观之，如今人之治经，然后博取盛唐名家，酝酿胸中，久之自然悟入。虽学之不至，亦不失正路。此乃是从顶𩕳上做来，谓之向上一路，谓之直截根源，谓之顿门，谓之单刀直入也[④]。

诗之法有五：曰体制，曰格力[⑤]，曰气象，曰兴趣，曰音节。

诗之品有九：曰高，曰古，曰深，曰远，曰长，曰雄浑，曰飘逸，曰悲壮,曰凄婉。其用工有三:曰起结,曰句法,曰字眼。其大概有二:曰优游不迫,曰沉着痛快。诗之极致有一,曰入神[6]。诗而入神,至矣,尽矣,蔑以加矣!惟李、杜得之,他人得之盖寡也。

禅家者流,乘有小大,宗有南北,道有邪正;学者须从最上乘,具正法眼,悟第一义;若小乘禅,声闻、辟支果,皆非正也[7]。论诗如论禅,汉、魏、晋与盛唐之诗,则第一义也。大历以还之诗,则小乘禅也(据《诗人玉屑》本无"小乘禅也"四字,按,后来清人钱谦益、冯班力诋严羽分别小乘与声闻、辟支之非,若据《诗人玉屑》则严氏原本无误。),已落第二义矣;晚唐之诗,则声闻辟支果也。学汉、魏、晋与盛唐诗者,临济下也。学大历以还之诗者,曹洞下也[8]。大抵禅道惟在妙悟,诗道亦在妙悟,且孟襄阳学力下韩退之远甚,而其诗独出退之之上者,一味妙悟而已。惟悟乃为当行,乃为本色[9]。然悟有浅深、有分限、有透彻之悟,有但得一知半解之悟。汉魏尚矣,不假悟也。谢灵运至盛唐诸公,透彻之悟也[10]。他虽有悟者,皆非第一义也。吾评之非僭也,辩之非妄也。天下有可废之人,无可废之言。诗道如是也。若以为不然,则是见诗之不广,参诗之不熟耳。试取汉魏之诗而熟参之,次取晋宋之诗而熟参之,次取南北朝之诗而熟参之,次取沈宋王杨卢骆陈拾遗之诗而熟参之,次取开元天宝诸家之诗而熟参之,次独取李杜二公之诗而熟参之,又取大历十才子之诗而熟参之,又取元和之诗而熟参之,又尽取晚唐诸家之诗而熟参之,又取本朝苏黄以下诸家之诗而熟参之,其真是非自有不能隐者[11]。傥犹于此而无见焉,则是野狐外道,蒙蔽其真识,不可救药,终不悟也。

夫诗有别材,非关书(后人称引,有易"书"为"学"者,误。)也;诗有别趣,非关理也。然非多读书、多穷理,则不能极其至,所谓不涉理路、不落言筌者,上也。诗者,吟咏情性也。盛唐诸人惟在兴趣,羚羊挂角,无迹可求[12]。故其妙处,透彻玲珑,不可凑泊[13],如空中之音,相中之色,水中之月,镜中之象,言有尽而意无穷[14]。近代诸公,乃作奇特解会,遂以文字为诗,以才学为诗,以议论为诗,夫岂不工?终非古人之诗也,盖于一唱三叹之音,有所歉焉[15]。且其作多务使事,不问兴致,用字必有来历,押韵必有出处,读之反复终篇,不知着到何在。其末流甚者，叫噪怒张，殊乖忠厚之风，殆以骂詈为诗[16]。诗而至此，可谓一厄也。然则近代之诗无取乎？曰：有之。吾取其合于古人者而已。国初之诗尚沿袭唐人：王黄州学白乐天，杨文公刘中山学李商隐，盛文肃学韦苏州，欧阳公学韩退之古诗，梅圣俞学唐人平澹处[17]，至东坡山谷始自出己意以为诗，唐人之风变矣。山谷用工尤为深刻[18]，其后法席盛行，海内称为江西宗派。近世赵紫芝翁灵舒辈，独喜贾岛姚合之诗，稍稍复就清苦之风，江湖诗人多效其体，一时自谓之唐宗；不知止入声闻辟支之果，岂盛唐诸公大乘正法眼者哉！嗟乎！正法眼之无传久矣！唐诗之说未唱，唐诗之道或有时而明也。今既唱其体曰唐诗矣，则学者谓唐诗诚止于是耳，得非诗道之重不幸邪！故予不自量度，辄定诗之宗旨，且借禅以为喻，推原汉魏以来，而截然谓当以盛唐为法（原注：后舍汉魏而独言盛唐者谓古律之体备也），虽获罪于世之君子，不辞也。

郭绍虞《沧浪诗话校释》　人民文学出版社 1961 年版

【注释】

① 此为《沧浪诗话》主体部分。《沧浪诗话》正文分“诗辨”“诗体”“诗法”“诗评”“考证”五部分。《诗辨》文末“借禅以为喻”、“以盛唐为法”可视为沧浪诗论两条主线，涉及的基本问题是诗与禅、唐与宋之关系，或可谓沧浪正是在此两种关系中来讨论诗学问题的，此处先论诗禅关系。诗禅关系又主要涉及诗之“法”，而唐宋关系主要涉及诗之“体”，此处先论诗之“法”。又，从对后世影响来看，严羽诗学对明清格调派、神韵派均有影响，神韵说主要受其诗禅关系论影响，而格调派主要受其唐宋体制论的影响，此处先论神韵说。

分而言之“诗法有五”，统而贯之，则诗法在“悟”，故后世将沧浪诗学标为“妙悟”说，“悟”当是沧浪诗学一重要轴心。“以禅喻诗，莫此亲切，是自家实证实悟者，是自家闭门凿破此片田地，即非傍人篱壁、拾人涕唾得来者。李杜复生，不易吾言矣”，可见其高自标许，“吾叔谓：说禅非文人儒者之言。本意但欲说得诗透彻，初无意于为文，其合文人儒者之言与否，不问也”，其实，沧浪所论之重心在参禅之“法”，而不在禅学之“理”，而参禅之“法”即“悟”，贯通诗禅正在“悟”字，“悟”既是禅法，亦是诗法。“汉魏尚矣，不假悟也”，汉魏诗纯任性灵，天籁是也，“悟”既为“法”，则“不假悟”即为“无法”，而“无法”则为诗之法的最高境界，此为汉语古典诗学思想之基本点之一。若就禅宗论，“无法”则不需工夫，“顿悟”是也；“悟”而为“法”，讲究“有法”，则需工夫，“渐悟”是也。清冯班《钝吟杂录》“严氏纠谬”节指出，严氏对禅学发展脉络的理解存在不准确之处，平心而论，是有一定道理的，但以此否定沧浪诗学之理论价值，则显然有失偏颇。沧浪虽然把“不假悟”之汉魏诗放在很高位置，但“不假悟”则无“法”可寻，其实也无话可说，《沧浪诗话》所论重心其实是在“盛唐诸公”，而“以盛唐为法”，因为“盛唐诸公”恰是有“法”可寻的，因而也是可学的，后来多受《沧浪诗话》影响的明代格调派之推崇“以盛唐为法”，也可见严羽诗论重心所在。“先须熟读《楚辞》……”、“试取汉魏之诗而熟参之……”云云，可见沧浪之所谓“悟”其实是需要下很大工夫的，“悟”之具体落实即是对古人经典诗篇之“熟读”，大抵说来，其所强调之重点，恰是极讲究工夫的“渐悟”：下绝大之工夫未必能悟，但显然沧浪总体来说并未强调撇开一切经典诗作而作架空凭虚之悟。以此来看，受沧浪诗论影响的后世神韵说或有凭空蹈虚之流弊，但似不能归咎于沧浪。“悟”而需“工夫”，乃是宋人诗法尤其所谓“活法”论的基本点，如弥宁《友林乙稿》之《诗禅》云：“诗家活法类禅机，悟处工夫谁得知。寻着这些关捩子，国风雅颂不难追。”而《四库全书提要》称“其论诗亦以妙悟为宗”。周孚《寄周日新》更具体强调：“活法当自悟中入，悟自工夫中入。”今人钱锺书对此多有辨析，其《谈艺录·妙悟与参禅》有云：“夫‘悟’而曰‘妙’，未必一蹴即至也；乃博采而有所通，力索而有所入”，沧浪强调所要“熟读”“熟参”之诗不可不博，钱氏还强调“若诗自是文字之妙，非言无意寓言外之意”，“诗中神韵之异于禅机在此；去理路言诠，固无以寄神韵也”，“了悟之后，禅可不着言说，诗必托诸文字”，然也，然谓沧浪“水中之月，镜中之象”云云“几同无字天书。以诗拟禅，意过于通，宜招钝吟之纠谬，起渔洋之误解”之论则未必然，诗臻入神之最高境界而至于“无字”，亦是古人常论，似并无不通，或曰：诗与禅之最高境界或无大异，不同在于臻达最高境界之具体途径：禅可不立文字，而诗只能通过文字、通过对文字的创造性改造来表达普通文字所无法表达之境界。关键在于：沧浪所标举之诗之最高境界不管如何虚虚玄玄，其所强调臻达此境界之“法”、所下之“工夫”却是实实在在的。

“法”可谓赵宋诗学之核心范畴之一，亦为沧浪诗论核心范畴之一，是故，沧浪诗论在赵宋诗学中的独特性，不是表现为不讲“法”，而是表现为所讲之“法”为何。“悟”之为诗之“法”，乃是一种感性（与以议论为诗等相反）、整体（是篇章法而非字句法）的把握方式。后世征引、评价沧浪诗论多有断章取义者，只引“夫诗有别材，非关书也；诗有别趣，非关理也”，妄论沧浪不重视“书”、“理”，而紧接着上面的话,严羽就强调“然非多读书、多穷理,则不能极其至”。所以,分歧点其实不在是否重视读书,而在于“书”中所求为何,具体而言,在学习古人创作经验中,如何把握前人经典诗作:“以文字为诗,以才学为诗,以议论为诗”、“多务使事”、“用字必有来历,押韵必有出处”,及与之相关的江西派所标榜的“点铁成金”、“夺胎换骨”等等,可以说是对古人经典诗作的一种理性化的把握,而严羽强调的“熟读”、“熟参”则是一种感性化把握方式。与此相关,“熟读”、“熟参”作为把握古人经典诗作的方式的另一重要特性是整体性,赵宋诗法论所谓的“诗眼”、炼字炼句及“点铁成金”、“夺胎换骨”等等,则缺乏这种整体性,并非篇章法,而是字法、句法,由所谓“其用工有三:曰起结,曰句法,曰字眼”可知,严羽非不讲字法句法,但更强调诗法之整体性。炼字炼句、“点铁成金”、“夺胎换骨”等等,往往有好句可摘,却少完篇,其弊正在缺乏整体性,《沧浪诗话·诗评》即强调“汉魏古诗,气象混沌,难以句摘”、“建安之作全在气象,不可寻枝摘叶”。清周容《春酒堂诗话》即云:“诗不审章而论句,遂趋中晚。然少陵章法,又须求其不可测处,否则如‘丞相祠堂’与‘诸葛大名’诸篇,为宋人师承,涉于议论,失诗本色。嗟乎!既免中晚之卑,又免宋人之横,吾于近代中,将起谁氏而与言诗乎?”由此还可以看出一种流俗之见之误:明人重沿袭而向唐诗学习,宋人重独创,在唐人之后试图另辟蹊径而不向唐诗学习,其实“点铁成金”、“夺胎换骨”云云何尝不是向唐人、古人学习,只是所学者主要为字句法,而明人尤其受沧浪诗学影响的格调派强调在“熟读”、“熟参”中体悟古人作诗之法,则相对而言是一种篇章法——宋明分野在此不在彼。当然,若以死活论,则“悟”之为法乃是“活法”,而非“死法”。

总之,要全面把握《诗辨》主导诗学思想,当力避断章取义,关节点在“悟”,但“悟”又是通过“熟读”、“熟参”来实现的——理解诗禅关系之关节点也在此:若非用今之术语来表述,则可以说,严羽强调诗人向禅学所学的,乃是其方法论,而非佛禅之世界观,也即所学为“悟”之为“法”,而非诸如色空观等,或曰:禅学所悟,世界之道,而诗学所悟,诗法之道。是故,其所标榜的并非全是有禅意、禅味的所谓“香象渡河”之诗,如王维、孟浩然之诗,这些诗可谓由“优游不迫”而“入神”,而严羽同时也极推崇由“沉着痛快”而“入神”,如李白、杜甫之诗是也。“羚羊挂角,无迹可求”、“透彻玲珑,不可凑泊,如空中之音,相中之色,水中之月,镜中之象,言有尽而意无穷”云云,描写的是诗入神之“境”,这些话在后世被征引的频率非常高,但若从《诗辨》全篇来看,其重心或并不在此,而在如何达到这种入神境界之诗之“法”。总之,沧浪只是“借禅以为喻”,不是强调诗与禅之理或道的关系,而是强调诗与禅之法的关系,故其诗禅关系论不同于他人尤其禅师所谓诗禅关系论。诗禅关系论,乃汉语古典诗学中一重要话题,理解沧浪诗禅关系论尤当注意其独特性,不可望文生义,更不可断章取义。

② "见过于师"四句——此为《五灯会元》卷三所录怀海禅师语。

③ 乐府四篇——指《文选》乐府类首列《饮马长城窟行》、《君子行》、《伤歌行》、《长歌行》四篇。

④ "此乃是从顶𩕳上做来"五句——均用禅家语,顶𩕳,指头部,《五灯会元》卷十八录介谌禅师语"踏着释迦顶𩕳";向上一路,出自《传灯录》卷七所录宝积禅师语:"向上一路,千圣不传,学者劳形,如猿捉影";直截根源,出自《传灯录》卷十三所录真觉禅师语:"直截根源佛所印,摘叶寻枝我不能";顿门,顿悟之门路,禅学所谓"顿悟"指瞬间、迅急领悟、证悟妙果;单刀直入,出自《五灯会元》卷九所录灵佑禅师语:"单刀直入,则凡圣情尽体露真常。"此处严羽数用禅家语,强调学诗当取法乎上。

⑤ 格力——沧浪诗之五法论大抵自成体系,其余四法后面皆有分析,唯"格力"未加阐述,只有《诗评》"孟郊之诗,憔悴枯槁,其气局促不伸"之语与格力有关,后来明代格调论对此多有推阐。《全唐文》卷六五四录元稹《唐故工部员外郎杜君墓系铭》有云:"(齐梁)盖吟写性灵流连光景之文也,意义格力无取焉。"《潜溪诗眼》有云:"建安诗辩而不华,质而不俚,风调高雅,格力遒壮。"所谓"气格"亦义近"格力",《全唐文》卷五三八录裴度《与李翱书》有云:"文之异,在气格之高下,思致之浅深,不在其磔裂章句,隳废声韵也。"皎然《诗式》:"刘桢辞气,偏正得其中,不拘对属,偶或有之,语与兴驱,势逐情起,不由做意,气格自高。"许学夷《诗源辩体》卷四:"汉人五言本乎无成,其气格自在,魏人渐见作用。语多构结,故气格似胜。"又,卷一七:"盖初唐气格甚胜,而机未圆活;大历过于流婉,而气格顿衰;盛唐浑圆活泼,而气象风格自在,此所以为诣极也。""格力"内涵亦须结合"气象"来理解,在严羽看来,宋诗尤其苏黄诗并不缺乏"格力",其弊主要在"气象"不能"浑厚",也即"雄(此可谓有格力、有气格)"而不能"浑",此或正是其未详论格力之原因所在,亦未可知。

⑥ 入神——此可谓古人所标举诗乐书画诸艺之最高境界,陶明濬《诗说杂记》卷七有云:"万事皆以入神为极致……一技之妙皆可入神……魁群冠伦,出类拔萃,皆所谓入神者也。"《全齐文》卷二十五谢赫《古画品》:"别体之妙,亦为入神。"《全唐文》卷四百四十七窦泉《述书赋》:"诗兴入神,画笔雄精。"司空图以"神"论诗之语更多,《全唐文》卷八百七所录其《与李生论诗书》有云:"盖绝句之作,本于诣极,此外千变万状,不知所以神而自神,岂容易哉。"《全唐文》卷八百八所录其《诗赋赞》有云:"知道非诗,诗未为奇。研昏练爽,戛魄凄肌。神

而不知，知而难状。"《全唐文》卷八百九所录其《连珠》有云："闻道三千，谁悟入神之义。"严羽诗学思想当受司空图影响不小。

⑦"禅家者流"十句——此处再连用佛家语，以重申学诗当取法乎上。乘有小大，佛说法因人而异，人有智愚，故所说有深浅，其说之广大深妙者为大乘，浅小者为小乘。宗有南北，禅宗自五祖弘忍后分为南北二宗，慧能创南宗，主顿悟，神秀创北宗，主渐悟，故有南顿北渐之说。正法眼，《大梵天王问佛决疑经》载佛主对迦叶说："我有正法眼藏，涅盘妙心，即付嘱于汝。"后即指佛所说之正法，禅家常用此语。第一义，《大乘义章》："第一义者，亦名真谛。……彼世谛若对第一，应名第二。"辟支，梵语音译，独觉之义，指无师承而独自悟道；声闻，指由诵佛经、听讲法而悟道；佛家有所谓三乘：一菩萨乘，二辟支乘，三声闻乘，辟支乘、声闻乘但求自度，故为小乘，而菩萨乘则普度众生，故为上乘。以禅论诗在赵宋颇为盛行，如严羽之前就已有韩驹《赠赵伯鱼》诗云："学诗当如初学禅，未悟且遍参诸方。一朝悟罢正法眼，信手拈出皆成章。"但显然严说对后世影响更大，后以禅喻诗成为汉语古典诗学一大传统。

⑧"学汉、魏"四句——禅宗六祖后又有分化，六祖弟子怀让传马祖，复传百丈、黄蘗，又传临济义玄，形成"临济宗"；六祖弟子行思传希迁，复传药山、云岩，又传良价，住瑞州洞山，良价又传本寂，住抚州曹山，故合称"曹洞宗"。

⑨"且孟襄阳学力"五句——《诗法》篇复有"须是本色，须是当行"之语，当行，合宜、内行的意思。陈师道《后山诗话》有云："退之于诗本无解处，以才高而好耳"，"退之以文为诗，子瞻以诗为词，如教坊雷大使，虽极天下之工，要非本色"，"子瞻谓孟浩然之诗，韵高而才短"，严说似本此。又，金王若虚《滹南诗话》卷二有云："晁无咎云：东坡词小不谐律吕，盖横放杰出，曲子中缚不住者。其评山谷则曰，词固高妙，然不是当行家语，乃着腔子唱和诗耳。"严氏强调诗之"别材"、"别趣"，明李东阳《麓堂诗话》强调"诗在六经之中别是一教"，李清照强调"词""别是一家"，分别是对诗、词之"体制"之本色、当行之强调，后来诗之体制论强调诗不同于文之本色、当行处，成为明清格调论的重要组成部分，详见后《沧浪诗话·答出继叔临安吴景仙书》注④。

⑩"谢灵运"两句——皎然《诗式》有谓："高手如康乐公……但见情性，不睹文字，盖诣道之极也。"严对谢的褒扬，似本此。

⑪"试取汉魏之诗"十一句——此节与前面从"先须熟读《楚辞》"到"久之自然悟入"节意近，两节皆强调"妙悟"的具体工夫，此两节于理解严羽诗学思想至关重要，"夫诗有别材，非关书也；诗有别趣，非关理也"云云当与此两节对读，方可窥严氏思想全貌，而后人每每断章取义，以为"非关书也"就是强调不读

书。严氏以"入神"为诗之极致,而所信奉者实为杜甫所谓"读书破万卷,下笔如有神","熟读"、"熟参"如此多古人诗歌作品,读书之工夫不可谓小矣。由此亦可知,严氏所重,实为"渐悟"而非"顿悟",至少是由"渐"而"顿"。谢榛《四溟诗话》卷三有云:"熟读之以夺神气,歌咏之以求声调,玩味之以裒精华",此语被清人王渔洋称为明七子之"称诗之指要",七子家法显然受严沧浪影响极大。明人相近论述还很多,如朱权《西江诗法》:"看得多,识得破,吟咏得到,审其音声,则而象之,下笔自然高古。若拘拘法度,得其形而不得其神,无超脱变化,千章一律,抑又次焉。"邓云霄《冷邸小言》:"枕籍盛唐,时时把玩,即使烂熟,亦必微吟而讽之,急响以扬之,使其人之兴趣神情,直若与余对面,日摩月染,自当沁入腑肺。"再如清人沈德潜《说诗晬语》:"诗以声为用者也,其微妙在抑扬抗坠之间。读者静气按节,密咏恬吟,觉前人声中难写、响外别传之妙,一齐俱出。朱子云'讽咏以昌之,涵濡以体之',真得读诗趣味。"清桐城派学习古文之法也在熟读,与严羽所论也存在相通之处。在熟读、密咏恬吟中体悟诗文之"法",实为古代文学一大重要传统,今人对此多有忽视,此"法"之意义在于:一者"实"以求"虚","入神"、"妙悟"、"兴趣"等等似虚,而沧浪强调落到实处却也就在"熟读",而不在冥思苦想;一者"实"而不"泥",在熟读中所体悟到的诗文之法,可以说是一种感性经验,非诸如起承转合等具体的条条框框所能范囿。

⑫"羚羊挂角"两句——传说夜晚羚羊挂角于树,脚不着地,猎求不得,禅家常用此比喻佛理有待悟解而不可拘泥于言语文字。语本《传灯录》卷十六录义存禅师语云:"吾若东道西道,汝则寻言逐句;吾若羚羊挂角,汝向什么处扪摸。"又卷十七录道膺禅师语:"如好猎狗,只解寻得有踪迹底;忽遇羚羊挂角,莫道迹,气亦不识。"

⑬凑泊——凝合、聚结,亦禅家常用语,《传灯录》卷十一录慧寂禅师语云:"我今向汝说圣边事,且莫将心凑泊,但向自己性海,如实而修。"

⑭言有尽而意无穷——此可作严羽所标举"兴趣"之一种诠释,钟嵘《诗品·序》有云:"文有尽而意有余,兴也",严说显然受此影响;又,释怀悦《诗家一指》有云:"趣:意之所不尽而有余者之谓趣,是犹听钟而得其希微,乘月而思游汗漫。窅然真用,将与造化者周流,此其趣也。"又,宋人林之奇《尚书全解》卷五分析《赓歌》有云:"盖由其嗟叹之不足形于歌咏,故曰不过数语,然言有尽而意无穷,使读之者如闻诸弦歌发越之音,可以一唱而三叹也。"可与严说相参。

⑮"遂以文字为诗"七句——此节反对所谓"以文为诗"。《礼记·乐记》有云:"清庙之瑟,一唱而三叹,有遗音者矣。""于一唱三叹之音有所歉焉",则

诗无“言有尽而意无穷”也即无含蓄、蕴藉之表达效果，而此等表达效果实与诗之声韵密切相关，参见注⑭引宋人林之奇语。又，唐张守节《史记正义》卷二四“乐书”第二“暖之以日月”正义有曰：“万物之生，必须日月暖照，如乐有蕴藉，使人宣昭也。蕴藉者，歌不直言而长言嗟叹之属。”“以议论为诗”则往往重“理”，《沧浪诗话·诗评》又有云：“诗有词理意兴。南朝人尚词而病于理；本朝人尚理而病于意兴；唐人尚意兴而理在其中。”重“理”则乏“意兴”。明李东阳《麓堂诗话》云：“盖正言直述，则易于穷尽，而难于感发。惟有所寓托，形容摹写，反复讽咏，以俟人之自得，言有尽而意无穷，则神爽飞动，手舞足蹈而不自觉，此诗之所以贵情思而轻事实也。”王夫之《诗广传》卷五《鲁颂》一有云：“意必尽而俭于辞，用之于《书》；辞必尽而俭于意，用之于《诗》，其定体也：两者相贸，各失其度，匪但其辞之不令也。为之告诫而有余意，是贻人以疑也，特眩其辞，而恩威之用抑黩。为之咏歌而多其意，是荧听也，穷于辞，而兴起之意微矣。”王夫之所谓“定体”与诗之所谓“体制”有关，严羽论诗法，以“体制”为始而以“音节”为殿，《诗法》篇“下字贵响，造语贵圆”，“语忌直，意忌浅，脉忌露，味忌短，音韵忌散缓，亦忌迫促”等语皆与音节有关。“以文为诗”则淆乱诗之体制，而诗不同于文之体性正在音韵和谐、声情茂美，对此明清人多有所论，而皆受严羽影响不小。

⑯ 殆以骂詈为诗——《后山诗话》有云：“苏诗始学刘禹锡，故多怨刺。”严说似本此。

⑰ 梅圣俞学唐人平澹处——欧阳修《六一诗话》称梅圣俞诗：“覃思精微，以深远闲淡为意。”严说似本此。

⑱ “至东坡山谷始”三句——张戒《岁寒堂诗话》有云：“子瞻以议论作诗，鲁直又专以补缀奇字，学者未得其所长，而先得其短，诗人之意扫地矣。”严说当本此。《朱子语类》卷一四十有云：“苏黄只是今人诗，苏才豪，然一滚说尽无余意；黄费安排。”

【附录】

学诗先除五俗：一曰俗体，二曰俗意，三曰俗句，四曰俗字，五曰俗韵。

有语忌，有语病，语病易除，语忌难除。语病古人亦有之，惟语忌则不可有。

须是本色，须是当行。

对句好可得，结句好难得，发句好尤难得。

发端忌作举止，收拾贵在出场。

不必太着题，不必多使事。

押韵不必有出处;用事不必拘来历。

下字贵响,造语贵圆。

意贵透彻,不可隔靴搔痒;语贵脱洒,不可拖泥带水。

最忌骨董,最忌趁贴。

语忌直,意忌浅,脉忌露,味忌短,音韵忌散缓,亦忌迫促。

诗难处在结裹,譬如番刀,须用北人结裹,若南人便非本色。

须参活句,勿参死句。

词气可颉颃,不可乖戾。

律诗难于古诗,绝句难于八句,七言律诗难于五言律诗,五言绝句难于七言绝句。

学诗有三节:其初不识好恶,连篇累牍,肆笔而成;既识羞愧,始生畏缩,成之极难;及其透彻,则七纵八横,信手拈来,头头是道矣。

看诗须着金刚眼睛,庶不眩于旁门小法。(原注:禅家有金刚眼睛之说)

辨家数如辨苍白,方可言诗。(原注:荆公评文章先体制而后文之工拙)

诗之是非不必争,试以己诗置之古人诗中,与识者观之而不能辨,则真古人矣。

郭绍虞《沧浪诗话校释·诗法》 人民文学出版社 1961 年版

文章随世作低昂,变尽风骚到晚唐。举世吟哦推李杜,时人不识有陈黄。

古今胸次浩江河,才比诸公十倍过。时把文章供戏谑,不知此体误人多。

曾向吟边问古人,诗家气象贵雄浑。雕锼太过伤于巧,朴拙惟宜怕近村。

意匠如神变化生,笔端有力任从横。须教自我胸中出,切忌随人脚后行。

陶写性情为我事,留连光景等儿嬉。锦囊言语虽奇绝,不是人间有用诗。

飘零忧国杜陵老,感寓伤时陈子昂。近日不闻秋鹤唳,乱蝉无数噪斜阳。

欲参诗律似参禅,妙趣不由文字传。个里稍关心有悟,发为言句自超然。

诗本无形在窈冥,网罗天地运吟情。有时忽得惊人句,费尽心机做不成。

作诗不与作文比,以韵成章怕韵虚。押得韵来如砥柱,动移不得见功夫。

草就篇章只等闲,作诗容易改诗难。玉经雕琢方成器,句要丰腴字要安。

戴复古《昭武太守王子文日与李贾、严羽共观前辈一两家诗及晚唐诗,因有论诗十绝,子文见之,谓无甚高论,亦可作诗家小学须知》《四库全书》本《石屏诗集》卷六

纠曰:乘有大小,是也。声闻辟支,则是小乘。今云大历以还是小乘,晚唐是声闻辟支,则小乘之下别有权乘,所未闻一也。初祖达摩自西域来震旦,传至

五祖忍禅师,下分二枝:南为能禅师,是为六祖,下分五宗;北为秀禅师,其徒自立为六祖,七祖普济以后无闻焉。沧浪虽云宗有南北,详见下文,都不指喻何事,却云临济元禅师,曹山寂禅师,洞山价禅师三人并出南宗,岂沧浪误以二宗为南北乎?所未闻二也。临济曹洞,机用不同,俱是最上一乘。今沧浪云:"大历以还之诗,小乘禅也",又云"学大历以还之诗,曹洞下也",则以曹洞为小乘矣。所未闻三也。凡喻者,以彼喻此也。彼物先了然于胸中,然后此物可得而喻。沧浪之言禅,不惟未经参学南北宗派大小三乘,此最是易知者,尚倒谬如此,引以为喻,自谓亲切,不已妄乎?

冯班《钝吟杂录》卷五《严氏纠谬》《常熟二冯先生集》本

沧浪诗话·答出继叔临安吴景仙书[1]

仆之《诗辨》,乃断千百年公案,诚惊世绝俗之谈,至当归一之论。其间说江西诗病,真取心肝刽子手。以禅喻诗,莫此亲切,是自家实证实悟者,是自家闭门凿破此片田地,即非傍人篱壁、拾人涕唾得来者[2]。李杜复生,不易吾言矣。而吾叔靳靳疑之,况他人乎?所见难合固如此,深可叹也!

吾叔谓:说禅非文人儒者之言。本意但欲说得诗透彻,初无意于为文,其合文人儒者之言与否,不问也。

高意又使回护,毋直致褒贬。仆意谓:辨白是非,定其宗旨,正当明目张胆而言,使其词说沉着痛快,深切著明,显然易见;所谓不直则道不见,虽得罪于世之君子,不辞也。吾叔《诗说》,其文虽胜,然只是说诗之源流,世变之高下耳。虽取盛唐,而无的然使人知所趋向处。其间异户同门之说,乃一篇之要领。然晚唐本朝,谓其如此,可也;谓唐初以来至大历之异户同门,已不可矣;至于汉魏晋宋齐梁之诗,其品第相去,高下悬绝,乃混而称之,谓锱铢而较,实有不同处,大率异户而同门,岂其然乎?

又谓:韩柳不得为盛唐,犹未落晚唐,以其时则可矣。韩退之固当别论,若柳子厚五言古诗,尚在韦苏州之上,岂元白同时诸公所可望耶[3]?高见如此,毋怪来书有甚不喜分诸体制之说,吾叔诚于此未瞭然也。作诗正须辨尽诸家体制[4]，然后不为旁门所惑。今人作诗，差入门户者，正以体制莫辨也。世之技艺，犹各有家数。市缣帛者，必分地道，然后知优劣，况文章乎？仆于作诗，不敢自负，至识则自谓有一日之长，于古今体制，若辨苍素，甚者望而知之。来书又谓：忽被人捉破发问，何以答之？仆正欲人发问而不可得者。不遇盘根，安别利器；吾叔试以数十篇诗，隐其姓名，举以相试，为能别得体制否？惟辨之未精，故所作或杂而不纯。今观盛集中，尚有一二本朝立作处[5]，毋乃坐是而然耶？

又谓：盛唐之诗，雄深雅健。仆谓此四字，但可评文，于诗则用"健"字不得。不若《诗辨》雄浑悲壮之语，为得诗之体也。毫厘之差，不可不辨。坡谷诸公之诗，如米元章之字，虽笔力劲健，终有子路事夫子时气象；盛唐诸公之诗，如颜鲁公书，既笔力雄壮，又气象浑厚，其不同如此[6]。只此一字，便见吾叔脚根未点地处[7]也。

所论屈原《离骚》，则深得之，实前辈之所未发；此一段文亦甚佳。大概论武帝以前皆好，无可议者；但李陵之诗，非虏中感故人还汉而作，恐未深考。故东坡亦惑江汉之语，疑非少卿之诗，而不考其胡中也。

妙喜（是径山名僧宗杲也）自谓参禅精子，仆亦自谓参诗精子。尝谒李友山论古今人诗，见仆辨析毫芒，每相激赏，因谓之曰："吾论诗，若那吒太子析骨还父，析肉还母。"友山深以为然。当时临川相会匆匆，所惜多顺情放过，盖倾盖执手，无暇引惹，恐未能卒竟辨也。鄙见若此，若不以为然，却愿有以相复。幸甚！（旧注：按他本，沧浪《答吴宝义手书》。吴陵，字景仙，表书行，有诗名。）

郭绍虞《沧浪诗话校释》 人民文学出版社 1961 年版

【注释】

① 论诗之法，沧浪强调的是"悟"；若论诗之"体（体式、风格等）"，则其强调的是"浑"，而贯通诗法论与诗体论，乃正是《沧浪诗话》的重要思想脉络所在。论诗之法，涉及的是诗禅关系；而论诗之体，涉及的则是唐宋诗关系。诗唐宋之争，乃汉语古典诗学一重要公案，而此公案所涉及的基本问题正是诗之"体

制”，严羽或非提出唐宋之争的第一人，但应是关于唐宋之争这一理论话题相关讨论中的最重要的理论家之一：从《沧浪诗话》的具体内容来看，其所标举的是盛唐，所批评的则是赵宋之江西诗派。西人有云，理论之突破性发展很大程度上表现为提出新的“范式”，“体制”可谓朱明诗学尤其格调派诗学中的重要范式，而对此范式的重视，显然与沧浪诗学基本思想密切相关，此亦可见沧浪诗学在历史上的重要理论价值，而且，“体制”之论还涉及对汉语古典诗歌整体文化特性的理解，其理论意义不容低估。“体制”的总体要求是“正”，“正”则为本色当行；具体而论，是否本色当行又在：气象浑厚与否、兴趣之有无、音节是否是一唱三叹之音等等。明李东阳《麓堂诗话》有云：“六朝宋元诗，就其佳者，亦各有兴致，但非本色，只是禅家所谓‘小乘’，道家所谓‘尸解’仙耳”，说与沧浪近。明王世懋《艺圃撷余》有云：“绝句之源，出于乐府，贵有风人之致。其声可歌，其趣在有意无意之间，使人莫可捉着。盛唐惟青莲龙标二家诣极，李更自然，故居王上。晚唐快心露骨，便非本色。议论高处，逗宋诗之径；声调卑处，开大石之门。”“其声可歌，其趣在有意无意之间，使人莫可捉着”，即沧浪所强调的“一唱三叹之音”，盛唐诗有此故为当行，晚唐、宋元诗无此故非本色。气象是否浑厚，也是衡量体制是否当行本色的重要标准之一，详论参见以下注释。

② “是自家实证实悟者”三句——此处亦数用禅家语，《五灯会元》卷七录严头禅师语“一一从自己胸襟流出”，卷十五录文偃禅师语“实到这个田地”，“食人涎唾，记得一担骨董，到处驰骋”，又录智贤禅师语“倚他门户傍他墙”。

③ “韩退之固当别论”四句——《东坡题跋》卷二《评韩柳诗》有云：“柳子厚诗在陶渊明下，在韦苏州上。退之豪放奇险则过之，而温丽靖深不及也。所贵乎枯淡者，谓其外枯而中膏，似淡而实美，渊明子厚之流是也。”黄庭坚有扬柳抑白（居易）之语。严说似本苏黄。

④ 作诗正须辨尽诸家体制——“体制”实为沧浪诗论一关节点：诗法有五，“体制”为先；“夫学诗者以识为主”，而“仆于作诗，不敢自负，至识则自谓有一日之长，于古今体制，若辨苍素”，《诗法》篇又云：“辨家数如辨苍白，方可言诗（荆公评文章先体制而后文之工拙）”，可见，沧浪颇为自负之“识”最终正落在“体制”上；“入门须正”，具体而言则为“体制”须正，“体制”正，则为当行本色；《诗体》篇“以时而论”，有“唐初体、盛唐体、大历体、元和体、晚唐体、本朝体、元祐体（苏黄诸公）、江西宗派体”，以盛唐为法，正在盛唐“体制”之正，“近代诸公，乃作奇特解会，遂以文字为诗，以才学为诗，以议论为诗”，或即所谓“以文为诗”，其弊正在“体制”不正或淆乱“体制”，苏黄、“江西诗病”在此。沧浪“体制”论对后世尤其有明格调派影响很大，以至于明人许学夷有《诗源辩体》一

书,直以"体制"论成书。诗文体制相异论成为格调论中一重要主题,如李东阳《麓堂诗话》云:"诗与诗与文不同体,昔人谓杜子美以诗为文,韩退之以文为诗,固未然。然其所得所就,亦各有偏长独到之处。近见名家大手以文章自命者,至其为诗,则毫厘千里,终其身而不悟。然则诗果易言哉?"

⑤"今观盛集中"二句——胡才甫《沧浪诗话笺注》注云:"按'今观盛集中'云云,当指吴氏诗集;'本朝立作处'疑当作'立脚处'。"

⑥"坡谷诸公之诗"九句——"子路事夫子时气象"意指刚强而粗率,此"气象"之"粗豪"正与"气象"之"浑厚"相对。《论语·先进》有云:"子路,行行如也","行行",刚强貌,又,孔子让诸弟子各言其志,"子路率尔而对曰"招致"夫之哂之",孔子解释说:"为国以礼,其言不让,是故哂之。""气象"亦严羽论诗一关键词,诗法有五,"气象"其一,《诗评》篇中亦数用"气象"论诗:"汉魏古诗,气象混沌,难以句摘","建安之作全在气象,不可寻枝摘叶","唐人与本朝人诗,未论工拙,直是气象不同",其要在"浑",而"浑"有二意:一曰浑然一体,故"难以句摘"、"不可寻枝摘叶";二曰自然浑成。在严羽之前早已有以"气象"论诗者,如杜甫《秋日寄题郑监湖上亭》有云:"赋诗分气象,佳句莫频频。"司空图《二十四诗品》列"雄浑"为第一品,释云:"大用外腓,真体内充。反虚入浑,积健为雄。"姜夔《白石道人诗说》有云:"气象欲其浑厚,其失也俗。"清刘熙载《艺概·诗概》云:"山之精神写不出,以烟霞写之;春之精神写不出,以草树写之。故诗无气象,则精神亦无所寓矣。"谢榛《四溟诗话》卷一强调:"气贵雄浑,韵贵隽永。"卷二有云:"韩退之称贾岛'鸟宿池边树,僧敲月下门'为佳句,未若'秋风吹渭水,落叶满长安',气象雄浑,大类盛唐。"王国维《人间词话》有云:"太白纯以气象胜,'西风残照,汉家陵阙',寥寥八字,遂关千古登临之口。后世唯范文正之《渔家傲》、夏英公之《喜迁莺》,差足继武,然气象已不逮矣。""盛唐气象"也就成为描绘盛唐诗特性的重要用语,如清毛先舒《诗辩坻》卷三指出:"盛唐歌行,高适、岑参、李颀、崔颢四家略同,李奇杰,有骨有态,高纯雄劲,崔稍妍琢。其高苍浑朴之气,则同乎为盛唐之音也。""盛唐气象"的特点正在"浑厚",相应地,宋诗之弊正在"不浑厚",魏泰《临汉隐居诗话》即云:"黄庭坚喜作诗得名,好用南朝人语,专求古人未使之事,又一二奇字,缀葺而成诗,自以为工,其实所见之僻也。故句虽新奇,而气乏浑厚。"在雄壮、豪迈之风格上,苏黄颇近李杜,而不同在于:李杜"雄"而能"浑",而苏黄大抵"雄"而不能"浑"而流于粗豪。清人相近论述更多,如贺裳《载酒园诗话》又编有云:"吾尝谓学李而失,易涉粗豪;学杜而失,恐成生硬","温、李俱善作骈语,故诗亦绮丽。隐(罗隐)之表启不减两生,诗独带粗豪气,绝句尤无韵度,酷类宋人"。刘熙载

《艺概·诗概》即云:"杜诗雄健而兼虚浑。宋西江名家学杜几于瘦硬通神,然于水深林茂之气象则远矣。"朱庭珍《筱园诗话》卷三亦云:"坡公之美不胜言,其病亦不胜摘,大率俊迈而少渊渟,瑰奇而失详慎,故多粗豪处、滑稽处、草率处,又多以文为诗,皆诗之病。"又,黄子云《野鸿诗的》云:"(七古以长短句)太白最长于此,后人学太白处,专务驰骋豪放,而不得其天然合拍之音节,与其豪放中别有清苍俊逸之神气,故貌似而实非也。"宋人每每有其豪放而无其浑成。严羽强调论诗不可用"健",亦不过旨在强调诗仅仅雄壮、健劲、豪迈尚有不足,还需浑然一体、浑然天成。

⑦ 脚根未点地处——亦禅家语,《五灯会元》卷七录师备禅师语"老和尚脚跟犹未点地"。

【附录】

《风》、《雅》、《颂》既亡,一变而为《离骚》,再变而为西汉五言,三变而为歌行杂体,四变而为沈、宋律诗。五言起于李陵、苏武(或云枚乘),七言起于汉武《柏梁》,四言起于汉楚王傅韦孟,六言起于汉司农谷永,三言起于晋夏侯湛,九言起于高贵乡公。

以时而论,则有建安体(汉末年号。曹子建父子及邺中七子之诗)、黄初体(魏年号,与建安相接,其体一也)、正始体(魏年号,嵇、阮诸公之诗)、太康体(晋年号,左思、潘岳、二张、二陆诸公之诗)、元嘉体(宋年号,颜、鲍、谢诸公之诗)、永明体(齐年号,齐诸公之诗)、齐梁体(通两朝而言之)、南北朝体(通魏、周而言之,与齐梁体一也)、唐初体(唐初犹袭陈、隋之体)、盛唐体(景云以后,开元、天宝诸公之诗)、大历体(大历十才子之诗)、元和体(元、白诸公)、晚唐体、本朝体(通前后而言之)、元祐体(苏、黄、陈诸公)、江西宗派体(山谷为之宗)。

以人而论,则有苏李体(李陵、苏武也)、曹刘体(子建、公干也)、陶体(渊明也)、谢体(灵运也)、徐庾体(徐陵、庾信也)、沈宋体(佺期、之问也)、陈拾遗体(陈子昂也)、王杨卢骆体(王勃、杨炯、卢照邻、骆宾王也)、张曲江体(始兴文献公九龄也)、少陵体、太白体、高达夫体(高常侍适也)、孟浩然体、岑嘉州体(岑参也)、王右丞体(王维也)、韦苏州体(韦应物也)、韩昌黎体、柳子厚体、韦柳体(苏州与仪曹合言之)、李长吉体、李商隐体(即西昆体也)、卢仝体、白乐天体、元白体(微之、乐天,其体一也)、杜牧之体、张籍王建体(谓乐府之体同也)、贾浪仙体、孟东野体、杜荀鹤体、东坡体、山谷体、后山体(后山本学杜,其语似之者但数篇,他或似而不全,又其他则本其自体耳)、王荆公体(公绝句最高,其得意处,高出苏、黄、陈之上,而与唐人尚隔一关)、邵康节体、陈简斋体(陈去非与义也。亦江西之派而小异)、杨诚斋体(其初学半山、后山,最后亦学绝句于唐人。已而尽弃诸家之体,而别出机杼,盖其自序如此也)。

又有所谓选体(选诗时代不同,体制随异,今人例谓五言古诗为选体非也)、柏梁体(汉武帝与群臣共赋七言,每句用韵,后人谓此体为柏梁体)、玉台体(《玉台集》乃徐陵所序,汉、魏、六朝之诗皆有之,或者但谓织艳者为玉台体,其实则不然)、西昆体(即李商隐体,然兼温庭筠及本朝杨、刘诸公而名之也)、香奁体(韩偓之诗,皆裾裙脂粉之语,有《香奁集》)、宫体(梁简文伤于轻靡,时号宫体)(其他体制尚或不一,然大概不出此耳)。

郭绍虞《沧浪诗话校释·诗体》(选录)　人民文学出版社 1961 年版

大历以前,分明别是一副言语;晚唐,分明别是一副言语;本朝诸公,分明别是一副言语。如此见,方许具一只眼。

盛唐人,有似粗而非粗处,有似拙而非拙处。

五言绝句:众唐人是一样,少陵是一样,韩退之是一样,王荆公是一样,本朝诸公是一样。

盛唐人诗,亦有一二滥觞晚唐者,晚唐人诗,亦有一二可入盛唐者,要当论其大概耳。

唐人与本朝人诗,未论工拙,直是气象不同。

唐人命题,言语亦自不同。杂古人之集而观之,不必见诗,望其题引而知其为唐人今人矣。

大历之诗,高者尚未失盛唐,下者渐入晚唐矣。晚唐之下者,亦堕野孤外道鬼窟中。

或问:"唐诗何以胜我朝?"唐以诗取士,故多专门之学,我朝之诗所以不及也。

诗有词理意兴。南朝人尚词而病于理;本朝人尚理而病于意兴;唐人尚意兴而理在其中;汉魏之诗,词理意兴,无迹可求。

汉魏古诗,气象混沌,难以句摘。晋以还方有佳句,如渊明"采菊东篱下,悠然见南山",谢灵运"池塘生春草"之类,谢所以不及陶者,康乐之诗精工、渊明之诗质而自然耳。

谢灵运之诗,无一篇不佳。

黄初之后,惟阮籍《咏怀》之作,极为高古,有建安风骨。晋人舍陶渊明、阮嗣宗外,惟左太冲高出一时,陆士衡独在诸公之下。

颜不如鲍,鲍不如谢,文中子独取颜,非也。

建安之作全在气象，不可寻枝摘叶。灵运之诗，已是彻首尾成对句矣，是以不及建安也。

谢朓之诗，已有全篇似唐人者，当观其集方知之。

戎昱在盛唐为最下，已滥觞晚唐矣。戎昱之诗，有绝似晚唐者。权德舆之诗，却有绝似盛唐者。权德舆或有似韦苏州、刘长卿处。

顾况诗多在元白之上，稍有盛唐风骨处。

冷朝阳在大历才子中为最下。马戴在晚唐诸人之上。刘沧、吕温亦胜诸人。李濒不全是晚唐，间有似刘随州处。陈陶之诗，在晚唐人中，最无可观。薛逢最浅俗。

大历以后，吾所深取者，李长吉、柳子厚、刘言史、权德舆、李涉、李益耳。

大历后，刘梦得之绝句，张籍、王建之乐府，吾所深取耳。

李、杜二公，正不当优劣。太白有一二妙处，子美不能道；子美有一二妙处，太白不能作。

子美不能为太白之飘逸，太白不能为子美之沉郁。太白《梦游天姥吟》、《远别离》等，子美不能道；子美《北征》、《兵车行》、《垂老别》等，太白不能作。论诗以李、杜为准，挟天子以令诸侯也。

少陵诗法如孙、吴，太白诗法如李广。少陵如节制之师。

少陵诗，宪章汉魏，而取材于六朝；至其自得之妙，则前辈所谓集大成者也。

观太白诗者，要识真太白处。太白天才豪逸，语多卒然而成者。学者于每篇中，要识其安身立命处可也。

太白发句，谓之开门见山。

李、杜数公，如金鸡擘海，香象渡河，下视郊、岛辈，直虫吟草间耳。

人言太白仙才，长吉鬼才，不然，太白天仙之词，长吉鬼仙之词耳。

玉川之怪，长吉之瑰诡，天地间自欠此体不得。

高岑之诗悲壮，读之使人感慨；孟郊之诗刻苦，读之使人不欢。

《楚词》，惟屈、宋诸篇当读之外，惟贾谊《怀长沙》、淮南王《招隐》、严夫子《哀时命》宜熟读，此外亦不必也。

《九章》不如《九歌》，《九歌》《哀郢》尤妙。

前辈谓《大招》胜《招魂》，不然。

读《骚》之久，方识真味；须歌之抑扬，涕洟满襟，然后为识《离骚》，否则如戛釜撞瓮耳。

唐人惟柳子厚深得骚学，退之、李观，皆所不及。若皮日休《九讽》，不足为骚。

韩退之《琴操》极高古,正是本色,非唐贤所及。

释皎然之诗,在唐诸僧之上,唐诗僧有法震、法照、无可、护国、灵一、清江、无本、齐己、贯休也。

集句惟荆公最长,《胡笳十八拍》混然天成,绝无痕迹,如蔡文姬肺肝间流出。

拟古惟江文通最长,拟渊明似渊明,拟康乐似康乐,拟左思似左思,拟郭璞似郭璞,独拟李都尉一首,不似西汉耳。

虽谢康乐拟邺中诸子之诗,亦气象不类。至于刘休玄《拟行行重行行》等篇,鲍明远《代君子有所思》之作,仍是其自体耳。

和韵最害人诗。古人酬唱不次韵,此风始盛于元白、皮陆,本朝诸贤,乃以此而斗工,遂至往复有八九和者。

孟郊之诗,憔悴枯槁,其气局促不伸,退之许之如此,何耶?诗道本正大,孟郊自为之艰阻耳。

孟浩然之诗,讽咏之久,有金石宫商之声。

唐人七言律诗,当以崔颢《黄鹤楼》为第一。

唐人好诗,多是征戍、迁谪、行旅、离别之作,往往能感动激发人意。

苏子卿诗:"幸有弦歌曲,可以喻中怀。请为游子吟,泠泠一何悲!丝竹厉清声,慷慨有余哀。长歌正激烈,中心怆以摧。欲展清商曲,念子不能归。"今人观之,必以为一篇重复之甚,岂特如《兰亭》"丝竹管弦"之语耶。古诗正不当以此论之也。

《十九首》:"青青河畔草,郁郁园中柳。盈盈楼上女,皎皎当窗牖。娥娥红粉妆,纤纤出素手。"一连六句,皆用叠字,今人必以为句法重复之甚,古诗正不当以此论之也。

任昉《哭范仆射诗》,一首中凡两用生字韵,三用情字韵。"夫子值狂生","千龄万恨生",犹是两义。"犹我故人情","生死一交情","欲以遣离情",三情字皆用一意。《天厨禁脔》谓:平韵可重押,若或平或仄,则不可。彼但以《八仙歌》言之耳。何见之陋邪?诗话谓:东坡两"耳"韵,两"耳"义不同,故可重押。要之亦非也。

刘公幹《赠五官中郎将》诗:"昔我从元后,整驾至南乡。过彼丰沛都,与君共翱翔。"元后,盖指曹操也。至南乡,谓伐刘表之时。丰沛都,喻操谯郡也。王仲宣《从军诗》云:"筹策运帷幄,一由我圣君。"圣君亦指曹操也。又曰:"窃慕负鼎翁,愿厉朽钝姿。"是欲效伊尹负鼎干汤以伐桀也。是时,汉帝尚存,而二子之言如此,一曰元后,二曰圣君,正与荀彧比曹操为高光同科。或以公幹平视美人为不屈，是未为知人之论。《春秋》诛心之法，二子其何逃？

古人赠答，多相勉之词。苏子卿云："愿君崇令德，随时爱景光。"李少卿云："努力崇明德，皓首以为期。"刘公幹云："勉哉修令德，北面自宠珍。"杜子美云："君若登台辅，临危莫爱身。"往往是此意。有如高达夫赠王彻云："吾知十年后，季子多黄金。"金多何足道，又甚于以名位期人者。此达夫偶然漏逗处也。

《沧浪诗话·诗评》

圣俞以诗鸣本朝，欧阳永叔尤推尊之。余读之数过，不敢妄肆讥评，至反复味之，然后始判然于胸中不疑。圣俞诗，长于叙事，雄健不足而雅淡有余，然其淡而少味，令人无一唱三叹之意，盖有愧古人矣。至于五言律诗，特精真，有大历诸公之骚雅云。

张嵲《紫微集》卷三十三《读梅圣俞诗》　《四库全书》本

陈履常谓"东坡以诗为词"，赵闲闲、王从之辈均以为不然，称其词"起衰振靡，当为古今第一"。愚谓王、赵之徒，推奉太过也。何则？以诗为词，犹之以文为诗也。韩昌黎、苏眉山皆以文为诗，故诗笔健崛骏爽，而终非本色；以诗为词，则其功过亦若是已矣。虽然，天下犹有以诗为文、以词为诗者：以诗为文，六朝俪偶之文是也；以词为诗，晚唐、元人之诗是也。知以诗为文、以词为诗之失，则知矫之者之为健笔矣，而所失究在于不如其分也。夫太白以古为律，律不工而超出等伦；温、李以律为古，古即工而半无真气。持此为例，则东坡之诗词，未能独占古今，而亦埽除凡近者欤！

潘德舆《养一斋诗话》卷二　上海古籍出版社《清诗话续编》本

张 戒

张戒,生卒年均不详,公元1135年前后在世,南宋绛州正平(今山西新绛)人,字定复,一字定夫。宣和中,尝举进士,官县令。绍兴五年(1135),以赵鼎荐,召对,授国子监丞。八年,以兵部员外郎守监察御史,累至司农少卿,助赵鼎削夺武将兵权。旋坐疏留赵鼎改外任。十二年,罗汝辑劾其"深诋和议,迎合赵鼎",党于赵鼎、岳飞,特勒停。张戒本以论事切直为高宗所知,主张以和为表,以备为裏,以战为不得已,颇中时势;故淮西之战,则力劾张浚、赵开;秦桧欲屈己求和,则又力沮。桧死,稍复官。二十七年,以佐宜教郎主管台州崇道观。著有《岁寒堂诗话》,论诗主言志含蓄,反对以用典、押韵为工,《四库全书》提要称通论古今诗人,分为五等,大旨尊李、杜而推陶、阮。

岁寒堂诗话[①](选录)

建安陶阮以前诗,专以言志;潘陆以后诗,专以咏物。兼而有之者,李杜也。言志乃诗人之本意,咏物特诗人之余事。古诗苏李曹刘陶阮本不期于咏物,而咏物之工,卓然天成,不可复及。其情真,其味长,其气胜,视《三百篇》几于无愧,凡以得诗人之本意也。潘陆以后,专意咏物,雕镌刻镂之工日以增,而诗人之本旨扫地尽矣。谢康乐"池塘生春草",颜延之"明月照积雪",(案:"明月照积雪"乃谢灵运诗,此误。)谢玄晖"澄江静如练",江文通"日暮碧云合",王籍"鸟鸣山更幽",谢贞"风定花犹落"[②],柳恽"亭皋木叶下",何逊"夜雨滴空阶",就其一篇之中,稍免雕镌,粗足意味,便称佳句,然比之陶阮以前苏李古诗曹刘之作,九牛一毛也。大抵句中若无意味,譬之山无烟云,春无草树,岂复可观。阮嗣宗诗,专以意胜;陶渊明诗,专以味胜;曹子建诗,专以韵胜;杜子美诗,专以气胜。然意可学也,味亦可学也,若夫韵有高下,气有强弱,则不可强矣。此韩退之之文,曹子建杜子美之诗,后世所以莫能及也。世徒见子美诗多粗俗,不知粗俗语在诗句中最难,非粗俗,乃高古之极也。自曹刘死至今一千年,惟子美一人能之。中间鲍照虽有此作,然仅称俊快,未至高古。元白张籍王建乐府,专以道得人心中事为工,然其词浅近,其气卑弱。至于卢仝,遂有"不唧溜钝汉"、"七碗吃不得"之句,乃信口乱道,不足言诗也。近世苏黄亦喜用俗语,然时用之亦颇安排勉强,不能如子美胸襟流出也。子美之诗,颜鲁公之书,雄姿杰出,千古独步,可仰而不可及耳。

韵有不可及者,曹子建是也。味有不可及者,渊明是也。才力有不可及者,李太白韩退之是也。意气有不可及者,杜子美是也。文章古今迥然不同,钟嵘《诗品》以古诗第一,子建次之,此论诚然。观子建"明月照高楼"、"高台多悲风"、"南国有佳人"、"惊风飘白日"、"谒帝承明庐"等篇,铿锵音节,抑扬态度,温润清和,金声而玉振之,辞不迫切,而意已独至,与三百五篇异世同律,此所谓韵不可及也。渊明"狗吠深巷中,鸡鸣桑树颠"、"采菊东篱下,悠然见南山",此景物虽在目前,而非至闲至静之中,则不能到,此味不可及也。杜子美李太白韩退之三人,才力俱不可及,而就其中退之喜崛奇之态,太白多天仙之词,退之犹可学,太白不可及也。至于杜子美,则又不然,气吞曹刘,固无与为敌,如放归鄜州而云"维时遭艰虞,朝野少暇日。顾惭恩私被,昭许归蓬荜",新婚戍边而云"勿为新婚念,努力事戎行","罗襦不复施,对君洗红妆",《壮游》云"两宫各警跸,万里遥相望",《洗兵马》云"鹤驾通宵凤辇备,鸡鸣问寝龙楼晓",凡此皆微而婉,正而有礼,孔子所谓"可以兴,可以观,可以群,可以怨。迩之事父,远之事君"者。如"刺规多谏诤,端拱自光辉,俭约前王体,风流后代希","公若登台辅,临危莫爱身",乃圣观法言,非特诗人而已。

《国风》、《离骚》固不论,自汉魏以来,诗妙于子建,成于李杜,而坏于苏黄。余之此论,固未易为俗人言也。子瞻以议论作诗,鲁直又专以补缀奇字,学者未得其所长,而先得其所短,诗人之意扫地矣。段师教康昆仑琵琶,且遣不近乐器十余年,忘其故态[3],学诗亦然。苏黄习气净尽,始可以论唐人诗;唐人声律习气净尽,始可以论六朝诗;镌刻之习气净尽,始可以论曹刘李杜诗。《诗序》云:"情动于中而形于言,言之不足,故嗟叹之。"子建李杜皆情意有余,汹涌而后发者也。刘勰云:"因情造文,不为文造情[4]。"若他人之诗,皆为文造情耳。沈约云:"相如工为形似之言,二班长于情理之说[5]。"刘勰云:"情在词外曰隐,状溢目前曰秀[6]。"梅圣俞云:"含不尽之意,见于言外;状难写之景,如在目前[7]。"三人之论,其实一也。

《岁寒堂诗话》卷上　中华书局1983年版丁福保辑《历代诗话续编》本

【注释】

① 张戒《岁寒堂诗话》是宋诗话中理论价值较高也略成体系的一部,在基本立场上是以杜甫的推崇者、宋诗"苏黄习气"的批判者形象出现的——而这两方面又是紧密结合在一起的,卷下全论杜甫诗,可见对其推崇;黄庭坚号称学杜甫,但张戒指出:"鲁直学子美,但得其格律耳","未可谓之得髓"。具体来看,其一,杜自然,苏黄欠自然,"近世苏黄亦喜用俗语,然时用之亦颇安排勉强,不能如子美胸襟流出也";其二,杜重言志,苏黄重以"押韵"等为工;其三,杜诗无邪思,黄诗乃"邪思之尤者":"六朝颜鲍徐庾,唐李义山,国朝黄鲁直,乃邪思之尤者。鲁直虽不多说妇人,然其韵度矜持,冶容太甚,读之足以荡人心魄,此正所谓邪思也。"《岁寒堂诗话》并未全盘否定黄庭坚,而此等"邪思"之评几近严酷,此外,还从诗史的角度为以苏黄为代表的宋诗作了定位。

炫奇、好议论也是宋诗流弊,"屋下架屋,愈见其小,后有作者出,必欲与李杜争衡,当复从汉魏诗中出尔",这种以汉魏、盛唐李杜为标准而批评宋诗的思路,在严羽《沧浪诗话》中有更为突出的体现,至于明代前后七子则成为论诗的基本家数之一。《岁寒堂诗话》略成体系表现在其较为清晰的理路上:以志为本,以韵、味等为境,而以声韵、景象等为用,三方面又贯通一气。

首先,以志为本,而物色、景象为用。而杜诗的一大特点正在情景交融而以景象传情志:"子美之志,其素所蓄积如此,而目前之景,适与意会,偶然发于诗声,六义中所谓兴也。兴则触景而得,此乃取物。"景物能传达情志的关键在自然兴会。

其次,以意味、气韵为诗之高境,而韵味又从景象、声韵出,"大抵句中若无意味，譬之山无烟云，春无草树，岂复可观。阮嗣宗诗，专以意胜；陶渊明诗，专以味胜；曹子建诗，专以韵胜；杜子美诗，专以气胜。然意可学也，味亦可学也，若夫韵有高下，气有强弱，则不可强矣”。意、韵、味，分而论之固然有别，合而论之亦有相通之处，皆指含蓄、有余的表达效果。隐含之情、意离不开秀丽之景，“同一物也，而咏物之工有远近；皆此意也，而用意之工有浅深”，景浅露则情无余蕴，意之深乃是通过景物之远表现出来的。“味有不可及者，渊明是也”，“渊明‘狗吠深巷中，鸡鸣桑树颠’、‘采菊东篱下，悠然见南山’，此景物虽在目前，而非至闲至静之中，则不能到，此味不可及也。”此直言“味”从景出。

张戒论“韵”尤值得注意，在他看来“韵”与“味”不可以优劣论：“即渊明之诗，妙在有味耳，而子建诗，微婉之情、洒落之韵、抑扬顿挫之气，固不可以优劣论也”，“以标韵观之，右丞远不逮苏州。至于词不迫切，而味甚长，虽苏州亦所不及也”。曾云“唐人书虽极工，终不及六朝之韵”，此以“韵”论书，“韵”相对于“工”；“贺有太白之语，而无太白之韵”，“韵”相对于“语”；“咏物者要当高得其格致韵味，下得其形似，各相称耳”，相对于“形似”的物之“格韵”当为“神似”。因此可以说，“韵”者，景物、色象之“神”也，或曰“韵”“神”可从景出；“工”则“形似”；相对于“语”之“韵”，“语”之“神”也——这几方面是贯通在一起的。张戒认为“韵有不可及者，曹子建是也”，其诗“铿锵音节，抑扬态度，温润清和，金声而玉振之，辞不迫切，而意已独至，与三百五篇异世同律，此所谓韵不可及也”，可注意的是：“韵”与“铿锵音节”、“金声而玉振”紧密相关，大抵可以说“韵”从“声”出。后来明人陆时雍《诗镜总论》有极相近之描述：

> 诗被于乐，声之也。声微而韵，悠然长逝者，声之所不得留也。一击而立尽者，瓦缶也。诗之饶韵者，其钲磬乎？……凡情无奇而自佳，景不丽而自妙者，韵使之也。

陆氏还直接指出：“韵”生于“声”。明谢兆申《刻商孟和黍珠楼诗稿序》亦云：“诗之道，生以乎情，协以乎声，永以乎味。乃其非神而神寄，非空而空寄，则莫妙乎‘韵’。‘韵’也者，以音闻之而‘空音’‘神音’；不以音求之，则倾耳而不可闻，竭口而不可宣。故声可谱，而反切可谐，人也；而‘韵’在‘声音之表’，则非人也，天也。”刘绘《答乔学宪三石论诗书》更是明确指出：“诗独无益者乎？融融乎文之精，琅琅乎响之神也”，“响之神”即是在“声音之表”之“韵”也。清人诗话中亦多及声论韵论神者：“李西涯《花将军歌》，纵横激壮，‘音节’入‘神’，真得歌行之奥”（潘德舆《养一斋诗话》卷六），“古诗音节，须从神骨片段间，体会其抑扬轻重，伸缩缓急，开阖顿挫之妙，得其自然合拍。五音相间，无定而有定之音调节奏,乃能铿锵协律,可被管弦。虽穿云裂石,声高壮而清扬,然往而复回,'余音'绕梁,'言尽而声不尽',篇终犹有'远韵'"(朱庭珍《筱园诗话》卷二)。上而溯之,张戒前宋人范温《潜溪诗眼》也以"声外之音"、"有余"描述"韵"——也只有置于此历史中,张戒"韵"论的理论价值才会显现出来。

② 谢贞"风定花犹落"——《南史·谢贞传》:(谢贞)八岁尝为《春日闲居》诗,从舅王筠奇之,谓所亲曰:"至如'风定花犹落'乃追步惠连矣。"

③ "段师教康昆仑琵琶"三句——段安节《乐府杂录》载(德宗)乃令(段善本)教授昆仑,段奏曰:"且遣昆仑不近乐器十余年,使忘其本领,然后可教。"诏许之,后果尽段之艺。

④ 因情造文,不为文造情——语出《文心雕龙·情采》。

⑤ 相如工为形似之言,二班长于情理之说——语出《宋书·谢灵运传论》。

⑥ 情在词外曰隐,状溢目前曰秀——此为《文心雕龙·隐秀》佚文。

⑦ "含不尽之意"四句——语出欧阳修《六一诗话》。

【附录】

国朝诸人诗为一等,唐人诗为一等,六朝诗为一等,陶阮、建安七子、两汉为一等,《风》、《骚》为一等,学者须以次参究,盈科而后进,可也。黄鲁直自言学杜子美,子瞻自言学陶渊明,二人好恶,已自不同。鲁直学子美,但得其格律耳;子瞻则又专称渊明,且曰"曹刘鲍谢李杜诸子皆不及也",夫鲍谢不及则有之,若子建李杜之诗,亦何愧于渊明?即渊明之诗,妙在有味耳,而子建诗,微婉之情、洒落之韵、抑扬顿挫之气,固不可以优劣论也。古今诗人推陈王及《古诗》第一,此乃不易之论。至于李杜,尤不可轻议。欧阳公喜太白诗,乃称其"清风明月不用一钱买,玉山自倒非人推"之句。此等句虽奇逸,然在太白诗中,特其浅浅者。鲁直云"太白诗与汉魏乐府争衡",此语乃真知太白者。王介甫云:"白诗多说妇人,识见污下。"介甫之论过矣。孔子删诗三百五篇,说妇人者过半,岂可亦谓之识见污下耶?元微之尝谓自诗人以来,未有如子美者,而复以太白为不及,故退之云:"不知群儿愚,那用故谤伤。"退之于李杜但极口推尊,而未尝优劣,此乃公论也。子美诗奄有古今,学者能识国风骚人之旨,然后知子美用意处,识汉魏诗,然后知子美遣词处。至于掩颜谢之孤高,杂徐庾之流丽,在子美不足道耳。欧阳公诗学退之,又学李太白。王介甫诗,山谷以为学三谢。苏子瞻学刘梦得,学白乐天太白,晚而学渊明。鲁直自言学子美。人才高下,固有分限,然亦在所习,不可不谨,其始也学之,其终也岂能过之。屋下架屋,愈见其小,后有作者出,必欲与李杜争衡,当复从汉魏诗中出尔。

诗以用事为博,始于颜光禄而极于杜子美。以押韵为工,始于韩退之而极于苏黄。然诗者,志之所之也。情动于中而形于言,岂专意于咏物哉?子建“明月照高楼,流光正徘徊”,本以言妇人清夜独居愁思之切,非以咏月也,而后人咏月之句,虽极其工巧,终莫能及。渊明“狗吠深巷中,鸡鸣桑树颠”,本以言郊居闲适之趣,非以咏田园,而后人咏田园之句,虽极其工巧,终莫能及。故曰“言之不足,故长言之,长言之不足,故咏叹之。咏叹之不足,故不知手之舞之,足之蹈之”。后人所谓含不尽之意者此也,用事押韵,何足道哉!苏黄用事押韵之工,至矣尽矣,然究其实,乃诗人中一害,使后生只知用事押韵之为诗,而不知咏物之为工,言志之为本也,风雅自此扫地矣。

“萧萧马鸣,悠悠旆旌”,以“萧萧”“悠悠”字,而出师整暇之情状,宛在目前。此语非惟创始之为难,乃中的之为工也。荆轲云:“风萧萧兮易水寒,壮士一去兮不复还。”自常人观之,语既不多,又无新巧,然而此二语遂能写出天地愁惨之状,极壮士赴死如归之情,此亦所谓中的也。古诗“白杨多悲风,萧萧愁杀人”,“萧萧”两字,处处可用,然惟坟墓之间,白杨悲风,尤为至切,所以为奇。乐天云:“说喜不得方言喜,说怨不得言怨。”乐天特得其粗尔。此句用“悲”“愁”字,乃愈见其亲切处,何可少耶?诗人之工,特在一时情味,固不可预设法式也。

《国风》云:“爱而不见,搔首踟蹰。”“瞻望弗及,伫立以泣。”其词婉,其意微,不迫不露,此其所以可贵也。《古诗》云:“馨香盈怀袖,路远莫致之。”李太白云:“皓齿终不发,芳心空自持。”皆无愧于《国风》矣。杜牧之云:“多情却是总无情,惟觉尊前笑不成。”意非不佳,然而词意浅露,略无余蕴。元白张籍,其病正在此,只知道得人心中事,而不知道尽则又浅露也。后来诗人能道得人心中事者少尔,尚何无余蕴之责哉。

陶渊明云:“世间有乔松,于今定何闻。”此则初出于无意。曹子建云:“虚无求列仙,松子久吾欺。”此语虽甚工,而意乃怨怒。《古诗》云:“服食求神仙,多为药所误。”可谓辞不迫切而意已独至也。

东坡评文勋篆云:“世人篆字,隶体不除,如浙人语,终老带吴音。安国用笔,意在隶前,汲冢鲁壁,周鼓泰山。”东坡此语,不特篆字法,亦古诗法也。世人作篆字,不除隶体,作古诗不免律句,要须意在律前,乃可名古诗耳。

人才各有分限,尺寸不可强。同一物也,而咏物之工有远近;皆此意也,而用意之工有浅深。

《文选》中求议论而无,求奇丽之文则多矣。子美不独教子,其作诗乃自《文选》中来,大抵宏丽语也。

《长恨歌》在乐天诗中为最下,《连昌宫词》在元微之诗中乃最得意者,二诗工拙虽殊,皆不若子美诗微而婉也。元白数十百言,竭力摹写,不若子美一句,人才高下乃如此。

梅圣俞云:"状难写之景,如在目前。"元微之云:"道得人心中事。"此固白乐天长处,然情意失于太详,景物失于太露,遂成浅近,略无余蕴,此其所短处。如《长恨歌》虽播于乐府,人人称诵,然其实乃乐天少作,虽欲悔而不可追者也。

韩退之诗,爱憎相半。爱者以为虽杜子美亦不及,不爱者以为退之于诗本无所得,自陈无已辈皆有此论。然二家之论俱过矣。以为子美亦不及者固非,以为退之于诗本无所得者,谈何容易耶?退之诗,大抵才气有余,故能擒能纵,颠倒崛奇,无施不可。放之则如长江大河,澜翻汹涌,滚滚不穷;收之则藏形匿影,乍出乍没,姿态横生,变怪百出,可喜可愕,可畏可服也。苏黄门子由有云:"唐人诗当推韩杜,韩诗豪,杜诗雄,然杜之雄亦可以兼韩之豪也。"此论得之。诗文字画,大抵从胸臆中出,子美笃于忠义,深于经术,故其诗雄而正。李太白喜任侠喜神仙,故其诗豪而逸。退之文章侍从,故其诗文有廊庙气。退之诗正可与太白为敌,然二豪不并立,当屈退之第三。

柳柳州诗,字字如珠玉,精则精矣,然不若退之之变态百出也。使退之收敛而为子厚则易,使子厚开拓而为退之则难。意味可学,而才气则不可强也。

韦苏州诗,韵高而气清。王右丞诗,格老而味长。虽皆五言之宗匠,然互有得失,不无优劣。以标韵观之,右丞远不逮苏州。至于词不迫切,而味甚长,虽苏州亦所不及也。

世言白少傅诗格卑,虽诚有之,然亦不可不察也。元白张籍诗,皆自陶阮中出,专以道得人心中事为工,本不应格卑,但其词伤于太烦,其意伤于太尽,遂成冗长卑陋尔。比之吴融韩偓俳优之词,号为格卑,则有间矣。若收敛其词,而少加含蓄,其意味岂复可及也。苏端明子瞻喜之,良有由然。皮日休曰:"天下皆汲汲,乐天独恬然,天下皆闷闷,乐天独舍旃。仕若不得志,可为龟鉴焉。"此语得之。

郊之诗,寒苦则信矣,然其格致高古,词意精确,其才亦岂可易得。

论诗文当以文体为先,警策为后。若但取其警策而已,则"枫落吴江冷",岂足以定优劣?孟浩然"微云淡河汉,疏雨滴梧桐"之句,东野集中未必有也。然使浩然当退之大敌,如《城南联句》,亦必困矣。子瞻云:"浩然诗如内库法酒却是上尊之规模,但欠酒才尔。"此论尽之。

韦苏州律诗似古,刘随州古诗似律,大抵下李杜韩退之一等,便不能兼。随州诗,韵度不能如韦苏州之高简,意味不能如王摩诘孟浩然之胜绝,然其笔力豪赡，气格老成，则皆过之。与杜子美并时，其得意处，子美之匹亚也。“长城”之目，盖不徒然。

世以王摩诘律诗配子美，古诗配太白，盖摩诘古诗能道人心中事而不露筋骨，律诗至佳丽而老成。如《陇西行》、《息夫人》、《西施篇》、《羽林》、《闺人》、《别弟妹》等篇，信不减太白；“兴阑啼鸟换，坐久落花多”、“草枯鹰眼疾，雪尽马蹄轻”等句，信不减子美。虽才气不若李杜之雄杰，而意味工夫，是其匹亚也。摩诘心淡泊，本学佛而善画，出则陪岐薛诸王及贵主游，归则餍饫辋川山水，故其诗于富贵山林，两得其趣。如“兴阑啼鸟换，坐久落花多”之句，虽不夸服食器用，而真是富贵人口中语，非仅“笙歌归院落，灯火下楼台”之比也。

张司业诗与元白一律，专以道得人心中事为工，但白才多而意切，张思深而语精，元体轻而词躁尔。籍律诗虽有味而少文，远不逮李义山刘梦得杜牧之，然籍之乐府，诸人未必能也。

李义山刘梦得杜牧之三人，笔力不能相上下，大抵工律诗而不工古诗，七言尤工，五言微弱，虽有佳句，然不能如韦柳王孟之高致也。义山多奇趣，梦得有高韵，牧之专事华藻，此其优劣耳。

义山诗佳处，大抵类此，咏物似琐屑，用事似僻，而意则甚远，世但见其诗喜说妇人，而不知为世鉴戒……其言近而旨远，其称名也小，其取类也大。杜牧之《华清宫三十韵》，铿锵飞动，极叙事之工，然意则不及此也。

如介甫、东坡，皆一代宗匠，然其词气视太白一何远也。陶渊明云：“迢迢百尺楼，分明望四荒。暮则归云宅，朝为飞鸟堂。”此语初若小儿戏弄不经意者，然殊有意味可爱。

杜牧之序李贺诗云：“骚人之苗裔。”又云：“少加以理，奴仆命《骚》可也。”牧之论太过。贺诗乃李白乐府中出，瑰奇谲怪则似之，秀逸天拔则不及也。贺有太白之语，而无太白之韵。元白张籍以意为主，而失于少文，贺以词为主，而失于少理，各得其一偏。故曰：“文质彬彬，然后君子。”

韩退之之文，得欧公而后发明。陆宣公之议论，陶渊明柳子厚之诗，得东坡而后发明。子美之诗，得山谷而后发明。后世复有扬子云，必爱之矣，诚然，诚然。往在桐庐见吕舍人居仁，余问：“鲁直得子美之髓乎？”居仁曰：“然。”“其佳处焉在？”居仁曰：“禅家所谓死蛇弄得活。”……居仁沉吟久之曰：“子美诗有可学者，有不可学者。”余曰：“然则未可谓之得髓矣。”

作粗俗语仿杜子美，作破律句仿黄鲁直，皆初机尔。必欲入室升堂，非得其意则不可。张文潜与鲁直同作《中兴碑》诗，然其工拙不可同年而语。鲁直自以为入子美之室，若《中兴碑》诗，则真可谓入子美之室矣。

乙卯冬,陈去非初见余诗,曰:“奇语甚多,只欠建安六朝诗耳。”余以为然。及后见去非诗全集,求似六朝者,尚不可得,况建安乎?词不逮意,后世所患。邹员外德久尝与余阅石刻,余问:“唐人书虽极工,终不及六朝之韵,何也?”德久曰:“一代不如一代,天地风气生物,只如此耳。”言亦有理。

王介甫只知巧语之为诗,而不知拙语亦诗也。山谷只知奇语之为诗,而不知常语亦诗也。欧阳公诗专以快意为主,苏端明诗专以刻意为工,李义山诗只知有金玉龙凤,杜牧之诗只知有绮罗脂粉,李长吉诗只知有花草蜂蝶,而不知世间一切皆诗也。惟杜子美则不然,在山林则山林,在廊庙则廊庙,遇巧则巧,遇拙则拙,遇奇则奇,遇俗则俗,或放或收,或新或旧,一切物,一切事,一切意,无非诗者。故曰“吟多意有余”,又曰“诗尽人间兴”,诚哉是言。(丁福保按:此条及下条原本未载,今据《学海类编》增入。)

孔子曰:“《诗》三百,一言以蔽之,曰:‘思无邪。’”世儒解释终不了。余尝观古今诗人,然后知斯言良有以也。《诗序》有云:“诗者,志之所之也。在心为志,发言为诗。情动于中,而形于言。”其正少,其邪多。孔子删诗,取其思无邪者而已。自建安七子、六朝、有唐及近世诸人,思无邪者,惟陶渊明杜子美耳,余皆不免落邪思也。六朝颜鲍徐庾,唐李义山,国朝黄鲁直,乃邪思之尤者。鲁直虽不多说妇人,然其韵度矜持,冶容太甚,读之足以荡人心魄,此正所谓邪思也。鲁直专学子美,然子美诗读之,使人凛然兴起,肃然生敬,《诗序》所谓“经夫妇,成孝敬,厚人伦,美教化,移风俗”者也,岂可与鲁直诗同年而语耶?

《岁寒堂诗话》卷上(选录) 中华书局1983年版丁福保辑《历代诗话续编》本

山谷云:“诗句不凿空强作,对景而生便自佳。”山谷之言诚是也。然此乃众人所同耳,惟杜子美则不然。对景亦可,不对景亦可。喜怒哀乐,不择所遇,一发于诗,盖出口成诗,非作诗也。观此诗闻捷书之作,其喜气乃可掬,真所谓“情动于中而形于言,言之不足,不知手之舞之,足之蹈之”也。……山谷晚作《大雅堂记》,谓子美诗好处,正在无意而意已至。

杜子美李太白,才气虽不相上下,而子美独得圣人删诗之本旨,与三百五篇无异,此则太白所无也。元微之论李杜,以为太白“壮浪纵恣,摆去拘束,摹写物象,诚亦差肩于子美。至若铺陈终始,排比声韵,李尚未能历其藩翰,况堂奥乎”。鄙哉,微之之论也!铺陈排比,曷足以为李杜之优劣。子曰:“不学《诗》,无以言。”又曰:“《诗》可以兴,可以观,可以群,可以怨,迩之事父,远之事君。”《序》曰:“先王以是经夫妇,成孝敬,厚人伦,美教化,移风俗。”又曰:“上以风化下，下以风刺上，主文而谲谏，言之者无罪，闻之者足以戒。”子美诗是已。

物类虽同，格韵不等。同是花也，而梅花与桃李异观。同是鸟也，而鹰隼与燕雀殊科。咏物者要当高得其格致韵味，下得其形似，各相称耳。杜子美多大言，然咏丁香、丽春、栀子、鸂鶒、花鸭，字字实录而已，盖此意也。

杜子美作诗悟理，韩退之学文知道，精于此故尔。

子美之志，其素所蓄积如此，而目前之景，适与意会，偶然发于诗声，六义中所谓兴也。兴则触景而得，此乃取物。

《岁寒堂诗话》卷下（选录） 中华书局1983年版丁福保辑《历代诗话续编》本

盖有人乃有诗哉。诗之道，生以乎情，协以乎声，永以乎味。乃其非神而神寄，非空而空寄，则莫妙乎韵。韵也者，以音闻之而空音神音；不以音求之，则倾耳而不可闻，竭口而不可宣。故声可谱，而反切可谐，人也；而韵在声音之表，则非人也，天也。风之声，树籁之窍风也孰不闻其廖廖，见其刁刁，而吾以为气之作也，声之厉也，则诗之所由发也。乃工诗者徒取诸声，不必本诸情，亦不必尝诸味焉，何哉？不征其诗以其情，则万不有一；不征其声以其味，则千不有一；征其情若声若味，而以其韵，则又亿不有一矣。故迫而后声，则其味永，其韵悠，然而不可以诗尽。若有诗而无情乎，则有声律之所较，皆拾影耳……夫人天介而韵不可传，今古介而韵不可成，譬之乐焉：韶非忘于天地也，孔子之忘味，非闻其声和，见起容淡，而以为美善之至于斯也，有韵存焉，故情形于文，有必尽者，而情即尽于是诗者，吾见亦罕矣，得见孟和，则有情其人，有情其诗，使吾忽然而忘其人，又忽然而忘其仙；无乃知尽孟和故不以诗，尽孟和诗故不以今日，然而有尽者也，非无尽者也。无尽之味，吾赏其人而之仙；无尽之韵，吾将待其人而之天。夫惟神则远，空则清，而后孟和有大悟焉。正寄之若反，怨寄之若慕，讽寄之若誉，刺寄之若美，忧寄之若乐，叹寄之若羡，颂寄之若规，则孟和之不尽于诗，与诗不尽孟和也，不几几乎仙哉。仙，玄而无色，诗，韵而无声，世或以声色索孟和诗，则孟和必曰：我愚人之心哉，非予所云见若者矣。

谢兆申《谢耳伯先生初集》卷六《刻商孟和黍珠楼诗稿序》（节录）明崇祯刊本

来谕云：今学士大夫有谓，作文尚益世用，诗则徒虚糜岁月、荒职业耳，其信然乎？嗟哉，富叟指圜钱为阿堵，达官目冕韨为徽缠，门下奥学丰辞固特饫，而谦之不然，岂随流俗人语邪？仆愚思文章与诗皆同一义也。文诚有用，无庸为疣，而诗独无益者乎？融融乎文之精，琅琅乎响之神也。君子动天地，彻幽明。

昔邹子吹竹，而寒谷回春；孙登发啸，而木叶皆振。秦箫下凤，旷琴翔鹄。声音玄感，莫可尽录，矧嗟叹咏讽辞昭六义者乎！昔舜帝歌股肱卿云之诗，而群臣和之，令四方风动，时雍百姓，妖厉不兴，灾疹不作，故曰："不识不知，帝力于我何有。"盖至和也。近世传杜少陵之诗可以愈疟，此虽俗说，喁喁要可信其至理焉。若世所谓无益于用者，则有之。盖情无所因，义无所著，道不关于讽谕，旨不达于比兴，事不究于变正，音不分于小大，格不判于古今，体不察于远近，庄艳乖宜，雅俗失班，理不郁气，气不协声，声不谐律，律不应候，鸣不藉于天籁，语不抉于丹诚，返此十六义，其卤敏者驾言倚马，纤细者假口射雕，此所以来伊优类诽之诮矣。下者芜芜靡靡，率意随嘲，则又不若戛戛槛竹，喓喓草虫，可以激情而惋思，又何况于杞女之哭，巴童之歌邪！窃谓古乐不兴，诗之教失传也。诗者，乐之体也，乐者，诗之灵也。乐不藉于诗章者，则音空而不实，诗不比于管弦者，则神滞而不鬯。由是论之，诗必考音声，审律吕，详清浊高下之变，后可以穷阴阳之奥，宣宇宙之和。孔子曰："致中和，天地位焉，万物育焉。"诗者，中和之发也。

来谕又云：七言律起于唐，沈杜为宗，而律体尤难工，说者以崔颢《黄鹤楼》为唐律第一，公独取苏颋《望春》，以为格律完粹，冠于诸子，此仆之惑，益欲求解于高明也。唐以诗选士，故诗盛于唐开元间，工七言律以便行幸应制，号为近体，今且直以七言律相质，大概察其律格庄严、气韵雄浑为最，其余审其音，或如金，或如石，或丝，或匏，但成调动物者，咸可入选。或一集有数首、一首有一二句如格者，即名家矣。若必欲完全求美，如嫫姝备选，骏马入图，次其先后，摘其瑜瑕，恐非所以论一代名音之神趣矣。是以二南无分音，列国无辨体，两雅可小大，而不可差等，三颂可今古，而不可选列，同归要妙，经孔氏删定矣。唐家三百余年，诗人成集者起贞观虞、褚，历元和，迄开成，李、许、温、杜，至崔涂韩偓，止五百余人耳。攻诗者搜捃群集，浸玄咀腴，睹其斑斑离离，异调同声，异声同趣，遐哉旨矣，恶可谓瑟愈于琴、琴愈于磬、磬愈于柷敔哉？故世分一代初盛中晚，而妄错高下，即如杨伯谦、严仪卿、高廷礼诸君之论，恐皆不足以服《英灵》《国秀》之魂也。观木芍之艳，山桃之夭，芙蓉之澹，寒菊之秀，天然意态，各随鉴者爱之重之、宗之习之尔。若五季以下作者殆难论矣。且唐人之集皆不多帙，而近体益少，意作者必多，其合律盛传者，一家才数篇耳。若少陵独多者，天匠绝艺，又为诗史，不宜尽以唐调规之。近代作者，忧时匪杜，达仙匪李，资无透髓之慧，功无磨杵之苦，而近体且数百篇，欲其通灵入奥，有益世用，岂不难哉！

刘绘《答乔学宪三石论诗书》（节录）　《明文海》卷一百六十

周　弼

周弼(1194—?),字伯弜,祖籍汶阳(今山东汶上),据《宋百家诗存》卷三十称,自幼博闻强记,有俊声,宋宁宗嘉定间登进士,曾令江夏,历官吴楚江汉间,垂四十年,名誉腾著,卒于理宗宝祐五年(1257)前。生前刊有《端平集》十二卷,已佚。宝祐五年,李龏摘其古律体诗近二百首,编为《端平诗隽》四卷,今有《四库全书》本,集前有李龏序,称周与其同庚同里。周弼唐诗选本《三体唐诗》对后世影响很大。

三体唐诗选例①

七言截句②

实接:截句之法,大抵第三句为主,以实事寓意,接处转换有力,若断而续,涵蓄不尽之趣。此法久失其传,世鲜有知之者矣。

虚接:第三句以虚语接前两句也,亦有语虽实而意虚者,于承接之间略加转换,反正顺逆,一呼一唤,宫商自谐。

用事:诗中用事,易于窒塞,况二十八字之间,尤难堆叠,必融事为意,乃为灵动;若失之轻率,则又邻于里谣巷歌,可击筑③而讴矣。

前对:接句兼备虚实两体,但前句作对,接处微有不同,相去一间,特在称停之间耳。

后对:此体唐人用者亦少,必使末句虽对,而词足意尽,若未尝对,方为擅场。

拗体④:此体绝高,必得奇句,方见标格,所谓风流挺特,不烦绳削,而自合者,神来之候,偶一为之可耳。

侧体⑤:其说与拗体相类,发兴措辞,以奇健为工。

七言律诗

四实:其说在五律,但造句差长,微有分别。七字当为一串,不可以五言泛加两字,最难饱满,易疏弱,又前后多患不相照应,自唐人中工此者亦有数,可见其难矣。

四虚:其说亦在五言,然比之五言少近于实,盖句长而全虚,恐流于柔弱。要须景物之中情思通贯,斯为得之。

前虚后实:颈联颔联之分,五言人多留意,至七言则自废其说,音节谐婉者甚寡,故标此以待识者。

前实后虚:其法同上,景物情思,互相揉绊,无迹可寻,精于此法,自尔变化不穷矣。

结句:诗家之妙,全在一结,遒逸婉丽,言尽而意未止,乃为当行。

咏物:唐末争尚此体,不拘所咏,别入外意[6],而不失摹写之巧,有足喜者。

五言律诗

四实:中四句全写景物,开元大历多此体,华丽典重之中,有雍容宽厚之态,是以难也,后人为之未免堆垛少味。

四虚:中四句皆写情思,自首至尾,如行云流水,空所依傍,元和以后,流于枯瘠,不足采矣。

前虚后实:前联写情而虚,后联写景而实,实则气势雄健,虚则态度谐婉,轻前重后,剂量适均,无窒塞轻佻之患,大中以后多此体,至今宗唐诗者尚之。

前实后虚:前联写景,后联写情,前实后虚,易流于弱,盖发兴尽则难于继,落句稍间以实,其庶乎?

一意:确守格律,揣摩声病,诗家之常,若轶出度外,纵横恣肆,外如不整,中实应节,则非造次所能也。

起句:发首两句,平稳者多,奇健者少,然发句太重,后联难称,必全篇停匀,乃佳。

结句:五言结句与七言微异,七言韵长,以酝藉为主,五言韵短,以陡健为工[7]。

《三体唐诗》《四库全书》本

【注释】

①《三体唐诗》只选七言绝句、七言律诗、五言律诗三种近体，古体未选，是宋元之际选唐诗的一种较普遍的做法。范晞文《对床夜语》卷二载："周伯弜弼云：言诗而本于唐，非固于唐也。自《河梁》之后，诗之变，至于唐而止也。谪仙号为雄拔，而法度最为森严，况余者乎？立心不专，用意不精，而欲造其妙者，未之有也。元和盖诗之极盛，其实体制自此始散，僻字险韵以为富，率意放词以为通，皆有其渐，一变则成五代之陋矣。"可知周氏与严羽一样也标举盛唐，并且强调即使飘逸如李白诗也是有"法度"可寻的，探寻和总结唐诗尤其盛唐诗之法度、体制等，对其时宋诗流弊有所批评，此即《四库提要》所谓的"有为言之"。明人李东阳《麓堂诗话》云："选唐诗者，惟杨士弘《唐音》为庶几，次则周伯弜《三体》"，可见明人之推重。要强调的是，诗文之选，也是古人文学批评的一种重要方式，今人或称之为"选本批评"：诚如《文选》之与李唐诗的影响，《三体唐诗》《唐音》等对有明一代诗学风尚亦有开创之功。《三体唐诗》之价值，可从近体诗理论、情景交融或"意象"理论发展史这紧密联系的两个方面来加以分析。

先从情景理论发展史来看，周弼诗论于此诗学史脉络中的突出之处在于以"虚"与"实"来论"情"与"景"的关系，并为后世所沿用，虚实成为汉语古典诗学情景论中的一对重要范畴，以此而论不能不给周氏于诗学史中留一席之地。从诗之创作史来看，《诗经》中已有不少景物描写，但大抵未摆脱所谓"比德"传统，魏晋南北朝山水田园诗才开始使景物描写从此传统中相对独立出来，这也成为"文的自觉"的重要标志之一。而早期山水田园诗尤其谢灵运山水诗一大不足是所谓堆垛，大抵说来就是不能做到情景交融，而后来盛唐山水田园诗一大重要审美特征就在情景的高度交融——这也是盛唐诗整体审美特质之一。从理论史来看，陆机《文赋》"遵四时以叹逝，瞻万物而思纷。悲落叶于劲秋，喜柔条于芳春"，刘勰《文心雕龙・物色》"春秋代序，阴阳惨舒，物色之动，心亦摇焉"等等已开始讨论情景问题。从理论上来说，刘勰提出"情文"、"声文"、"形文"三文说，所谓"形文"就关乎景物描写，而时人的重要诗学理想是声色双美，景物描写就与色泽之美相关。但可注意者有二：一，其时创作实践上尚未很好地做到情景高度交融；二，古人情景论实际上包含两方面：一可谓诗之生成动力论，即强调景物对诗人创作的触发、兴起作用，也即所谓"物感"说；二可谓诗之结构论，即强调在诗中应如何配置"情"与"景"这两种基本要素，并使二者相交融——以此来看，唐以前情景论尚主要是生成动力论。盛唐山水田园诗做到了情景的高度交融，这种创作实践上的实际成果，使其时情景论更深入而具体，理论上大大地向前推进了一步;另一方面,也开始出现从诗之结构配置上着眼的情景论。《文镜秘府论》多录唐人论诗之语,其中有大量的情景之论,其地卷有"十七势",第九是"感兴势","感兴势者,人心至感,物色万象,爽然有如感会",讲的是物色感应;第十五是"理入景势"、第十六是"景入理势",这二"势"就与诗歌结构有关了。南卷《论文意》更多意象和合、情景交融之论:"夫置意作诗,即须凝心,目击其物,便以心击之,深穿其境"云云还属于诗之生成动力论,而"诗贵销题目中意尽,然看当所见景物与意惬者相兼道。若一向言意,诗中不妙及无味;景语若多,与意相兼不紧,虽理道亦无味。昏旦景色,四时气象,皆以意排之,令有次序,令兼意说之,为妙"。"又古今诗人,多称丽句,开意为上,反此为下。如'盈盈一水间,脉脉不得语','临河濯长缨,念别怅悠阻',此情句也。如'白云抱幽石,绿筱媚清涟','露湿寒塘草,月映清淮流',此物色带情句也。"已偏重于诗之结构论了,中心意思皆是强调在物色情境的感应下,使诗歌做到"物色兼意"、"物色带情",也即情景交融。唐五代诗格中也多有意象和合之论,旧题白居易《文苑诗格》云:"杼柝入境意:或先境而入意,或入意而后境。古诗:'路远喜行尽,家贫愁到时。''家贫'是境,'愁到'是意。又诗:'残月生秋水,悲风惨古台。''月'、'台'是境,'生'、'惨'是意。若空言境,入浮艳;若空言意,又重滞。"讲的是境意交融。王叡《炙毂子诗格》:"摹写景象含蓄体:诗云:'一点孤灯人梦觉,万重寒叶雨声多。'此二句摹写灯雨之景象,含蓄凄惨之情。"由以上历史梳理可知:周弼虚实论乃是从诗之结构的角度来论情景关系的,其理论乃是对唐诗创作实践和理论的概括和总结。又,晚唐五代诗格中多用"体"与"用"来描述"情"与"景"的关系,从理论范畴来看,由"体"与"用"而"虚"与"实",当是情景论发展史中的一条重要脉络,值得细加探究。

再从近体诗理论的发展史来看,《四库提要》评《三体唐诗》云:"诗家授受,有此规程",近体诗的重要特点就是有固定、具体的"规程",或曰"程式化"。这方面值得强调的是,周氏的情景理论不是宽泛言之,而是从近体诗的形式结构的角度来分析的,也就是说,他是着力于近体诗的形式建构的——而在他之前,近体诗的形式建构主要是在"声文"也即声韵格律上展开的,他则将这种形式建构扩展到"形文",其理论是颇具创新意义的。后来,明人冯复京《说诗补遗》卷一对律诗的发展史进行了一些描述:

> 沈休文云:"欲使宫羽相变,低昂舛节,若前有浮声,则后须切响。一简之内,音韵尽殊。两句之中,轻重悉类。"以此衡古诗,则齐梁之未失,以此诠近体,则初盛之典刑也。李献吉云:"前疏者,后必密。半阔者,半必细。一实者,一必虚。迭景者,意必二。"谢茂榛云:"近体诵之行云流水,听之金

声玉振，观之明霞散绮，讲之独茧抽丝。”其意皆主格律而言也。

七言律作法，尽于胡元瑞。所云：“意若贯珠，言如合璧，组绣相宣以为色，宫徵互合以成声……”

沈约尚主要只论“声”，由周弼而至于明人就开始“声”与“色”兼论了。由此而来我们也会发现，古人论诗歌形式建构正主要是从“声文”与“形文”这两个基本方面进行的。以此来看，杨士弘《唐音》主要从声情交融、声情论上而周弼《三体唐诗》主要从情景交融、意象论上影响了有明一代诗歌创作与理论，难怪李东阳对这两种唐诗选本推崇有加，这两种选本在古典诗歌创作与理论发展史中的作用和地位值得深入探究。

当然，在“选例”中周弼所论近体诗程式化要素还是比较全面的：七绝中所论“拗体”与“侧体”、五律中所论“一意”及“七言韵长，以酝藉为主，五言韵短，以陡健为工”等等，讨论的是诗之“声”上的程式化要素，周弼于此其实亦有精深之体察，参见注释⑦；所谓“前对”、“后对”讨论的是对仗，也是近体诗程式化的重要要素；而其重点并也是对后世影响最大之处还是情景结构论。这其中涉及的一个重要问题是对“程式化”的理解，也是在这方面周弼受到后世的批评最多，曹安《谰言长语》即指出：“《三体唐诗》有实接、虚接、用事前后对等目，谢迭山批点《文章轨范》有放胆小心几字句等法，窍恐当时作诗时，遇景得情，任意落笔而自不离于规矩耳，若一一拘束，要作某体某字样，非发乎性情，风行水上之旨。”清人吴乔强调：“七律大抵两联言情，两联叙景，是为死法。”朱庭珍更是多加批评：“自周氏论诗，有四实四虚之法，后人多拘守其说，谓律诗法度”，“予谓以此为初学说法，使知虚实情景之别，则其说甚善，若名家则断不屑拘拘于是。诗中妙谛，周氏未曾梦见，故泥于迹相，仅从字句末节着力，遂以皮毛为神骨，浅且陋矣”，“有妙法活法，在吾方寸，不可方物”（参见附录）。所论未为大谬，然则周弼所论岂为“死法”？“确守格律，揣摩声病，诗家之常，若轶出度外，纵横恣肆，外如不整，中实应节，则非造次所能也。”虽论声律，何尝不也是周氏对待情景配置的基本态度？“言诗而本于唐，非固于唐也”，唐尚不可“固”，一虚一实、一情一景岂可“固”哉！今人对所谓“程式化”更是估价过低，理由是程式化影响创作之自由，其实不知，法不拘人人自拘也。仅仅按固定程式当然不能保证就能创作出好诗，法之所用需神而明之，但对法即今之所谓创作规律全然不晓，则很难创作出好诗，古今中外不乏其例。诗学研究一重要任务即所谓对创作规律之探究，至于如何将总结出的规律具体运动到创作实践中去，当然还涉及很多复杂因素。总之，周氏在诗史中的地位不应低估。

② 截句——即绝句，元傅与砺《诗法源流》有云：“余又曰：杜诗五七言绝

句,有四句皆对者,又何如?先生曰:绝句者,截句也,后两句对者,是截律诗前四句;前两句对者,是截律诗后四句;四句皆对者,是截律诗中四句;四句皆不对者,是截律诗前后四句。虽正变不齐,而首尾布置,亦四句自为起承转合,未尝不同条共贯也。"称绝句为"截句",似始于元人。又,清《师友诗传录·续录》载:"问:或论绝句之法,谓绝者,截也,须一句一断,特藕断丝连耳。然唐人绝句如《打起黄莺儿》《松下问童子》诸作,皆顺流而下,前说似不尽然。答:截句,截句谓或截律诗前四句,如后二句对偶者是也;或截律诗后四句,如起二句对偶者是也;非一句一截之谓。然此等迂拘之说,总无足取,今人或竟以绝句为截句,尤鄙俗可笑。"讲究对仗,此乃同为近体的绝句与五七言律的相通之处,若因此说绝句必为五七言律诗句之截,则太过绝对,很难站住脚。

③ 筑——我国远古时代就有的一种乐器,《汉书·高帝纪》有云:"状似琴而大,头安弦,以竹击之,故名曰筑。"又据《战国策·燕策》记载,荆轲西刺秦王,太子丹易水送别,好友高渐离击筑,荆轲和而歌曰:"风萧萧兮易水寒,壮士一去兮不复还。"春秋战国以后,宫廷音乐主要是以管弦乐为主的"丝竹"音乐,而像"筑"等打击乐则仍留在民间,故周弼此处有"邻于里谣巷歌"之说。

④ 拗体——拗字意为别扭、不顺,近体律、绝诗每句何字为平何字为仄都有规定,合则为顺,不合则不顺,古人一三五不论、二四六分明之说强调合不合平仄关键又主要在每句的第二、四、六字上。合不合平仄又有无意与有意之分,无意间误用而不合谓之"失粘",若有意不合则成"拗体"诗。

⑤ 侧体——即仄体,指诗每句中每字皆为仄声,宋人有作"五仄体"者,魏庆之《诗人玉屑》卷二录《西清诗话》语云:"晏元献守汝阴,梅圣俞往见之;将行,公置酒颍河上,因言古人章句中,全用平声,制字稳帖,如'枯桑知天风'是也,恨未见侧字诗。圣俞既引舟,遂作五侧体寄云:'月出断岸口,影照别舸背。且独与妇饮,颇胜俗客对。月渐上我席,暝色亦稍退。岂必在秉烛,此景已可爱。'"

⑥ 外意——指象、物象、景色等,与"内意"相对。"外意""内意"为唐五代诗格中的一对重要范畴,旧题白居易《金针诗格》云:"诗有内外意:一曰内意,欲尽其理。理,谓义理之理,美、刺、箴、诲之类是也。二曰外意,欲尽其象。象,谓物象之象,日月、山河、虫鱼、草木之类是也。内外意皆有含蓄,方入诗格。"旧题贾岛《二南密旨》:"外意随篇目白(或'自')彰,内意随入讽刺。"五代徐寅《雅道机要》:"明意包内外:内外之意,诗之最密也。苟失其辙,则如人去足,如车去轮,其何以行之哉。""送人:外意须言离别,内意须言进退之道。""题牡丹:外意须言美艳香盛,内意须言君子时会。""花落:外意须言风雨之象,内意须言

正风将变。”周弼“外意”说本此。又,张表臣《珊瑚钩诗话》卷二引陈无己语云:“(杜甫)《冬日洛城北谒玄元皇帝庙诗》,叙述功德,反复‘外意’,事核而理长;《阆中歌》,辞致峭丽,语脉新奇,句清而体好,兹非立格之妙乎?”可知赵宋人论诗常用“外意”。明清诗论中仍沿用此词,如谭浚《说诗》卷上:“意志:内意欲尽其义,性情之隐微,言行之枢机也;外意欲尽其象,风景之奇伟,气度之盘礴也。”清毛奇龄《西河文集》卷六十一《书朱指庵诗集后》:“论诗者谓内有意,外有象,论文者曰情涤而文明,情思所至,文采焕发。”“内意”与“外意”的关系,大抵即“意”与“象”、“情”与“景”之关系,在周弼诗论中即“虚”与“实”之关系,由此亦可见周弼对前人诗学思想多有继承。

⑦“七言韵长”四句——此论与诗之节奏相关,而汉语诗节奏又主要与每句的字数相关,《文镜秘府论·天》有云:“然句既有异,声亦互舛,句长声弥缓,句短声弥促,施于文笔,须参用焉。就而品之,七言已去,伤于太缓,三言已还,失于至促。唯可以间其文势,时时有之。”“句长声弥缓,句短声弥促”,每句字数多少也即句式长短,与节奏之“缓”“促”密切相关。往前追溯,《全晋文》卷七十七录挚虞《文章流别论》有云:“九言……不入歌谣之章,故世希为之。夫诗虽以情志为本,而以成声为节,然则雅音之韵,四言为正,其余虽备曲折之体,而非音之正也。”《全宋文》卷三十六录颜延之语云:“柏梁以来,继作非一,所纂至七言而已,九言不见者,将由声度阐诞,不协金石;至于五言流靡,则刘桢张华;四言侧密,张衡王粲;若夫陈思王,可谓兼之矣。”“流靡”“侧密”也指诗之风格特性,即诗体风格。《文心雕龙·章句》亦有云:“离章合句,调有缓急;随变适回,莫见定准。句司数字,待相接以为用;章总一义,须意穷而成体。其控引情理,送迎际会,譬舞容回环,而有缀兆之位;歌声靡曼,而有抗坠之节……若夫章句无常,而字数有条:四字密而不促,六字格而非缓,或变之以三五,盖应机之权节也。”亦可见周弼所论对前人多有继承,且其对诗之节奏声响有细微体察。周弼此处所论虽为五七言律,而“韵长”“韵短”显然也适用于分析五七言绝。今或有一问:《三体唐诗》中绝句何以只选七绝而不论五绝?清人管世铭《读雪山房唐诗序例》指出:“八音之内,磬最难和,以其促数而无余韵也,可悟五言绝句之妙。”朱庭珍《筱园诗话》卷三则指出:“(阮亭)以七绝神韵有余,最饶深味。”《三体唐诗》亦是对唐诗尤其盛唐诗主导风格或审美特性之探究,不选五绝因其“无余韵”(当然是大体言之,不可绝对化),选七绝因其将“酝藉”、“神韵有余,最饶深味”之审美特性表现得更为充分,由此可见周弼对唐诗尤其盛唐诗主导风格或审美特性之基本认识,体例中“涵蓄不尽之趣”、“言尽而意未止”也是相关的描述,当然由此也可略见其所标榜的基本诗学观为何,是故《四库》提要称

其“有为言之”。古人表达自己诗学观不仅仅只用理论语言,选本之精者往往也是诗学观的一种重要表达方式,《三体唐诗》及杨士弘《唐音》为后世所重,原因当在此,我们今人当于此细察而有所解悟,否则必有所失。

【附录】

宋末风气日薄,诗家多不工古体,故赵师秀《众妙绝》、方回《瀛奎律髓》所录者,无非近体,弼此书亦复相同。所列诸格,尤不足尽诗之变,而其时诗家授受有此规程,存之亦足备一说。考范晞文《对床夜语》曰:周百弼送唐人家法,以四实为第一格,四虚次之,虚实相半又次之。其说四实,谓中四句皆景物而实也,于华丽典重之中有雍容宽厚之态,此其妙也,昧者为之,则堆积窒塞而寡于意味矣。是编一出,不为无补后学,有识高见卓、不为时习薰染者,往往于此解悟,间有过于实而句未飞健者,得以起或者窒塞之讥。然刻鹄不成尚类鹜,岂不胜于空疏轻薄之为,稍加探讨,何患古人之不我同也云云,又申明其四虚之说及前实后虚、前虚后实之说颇为明白,乃知弼撰是书,盖以救江湖末流油腔滑调之弊,与《沧浪诗话》各明一义,均所谓有为言之者也。

《四库全书·三体唐诗提要》(节录)

有唐三百余年,才人杰士,驰骤于声律之学,体裁风格,与时盛衰,其间正变杂出,莫不有法。后之选者,各从其性之所近,胶执已见,分别去取,以为诗必如是而后工。规初盛者薄中晚为佻弱,效中晚者笑初盛为肤庸,各持一说而不相下,选者愈多而诗法愈晦。今所传《才调》《国秀》《河岳英灵》《中兴间气》诸集,皆唐人选其本朝之诗,未失绳尺。厥后汶阳周伯弜取唐人律诗及七言断句若干首,类集成编,名《唐三体诗》。自标选例,有虚接实接诸格,其持论未必尽合于作者之意,然别裁规制,究切声病,辨轻重于毫厘,较清浊于呼噏,法不可谓不备矣。明杨升庵、焦弱侯号称好古,于是编每有所指摘。予童时曾受于塾师,长乃弃去。去年冬,将自京师南还,见此本于旅店,携之骡纲中,每当车殆马烦,辄一披展,如见故人。其词婉曲绵丽,去肤庸者绝远,而犹未至于佻弱。

高士奇《三体唐诗序》(节录) 《四库全书》本《三体唐诗》卷前

自周氏论诗,有四实四虚之法,后人多拘守其说,谓律诗法度,不外情景虚实。或以情对情,以景对景,虚者对虚,实者对实,法之正也。或以景对情,以情对景,虚者对实,实者对虚,法之变也。于是立种种法,为诗之式。以一虚一实相承,为中二联法。或前虚后实,或前景后情,此为定法。以应虚而实,应实而虚,应景而情,应情而景,或前实后虚,前情后景,及通首言情,通首写景,为变格、变法，不列于定式。援据唐人诗以证其说，胪列甚详。予谓以此为初学说法，使知虚实情景之别，则其说甚善，若名家则断不屑拘拘于是。诗中妙谛，周氏未曾梦见，故泥于迹相，仅从字句末节着力，遂以皮毛为神骨，浅且陋矣。夫律诗千态百变，诚不外情景虚实二端。然在大作手，则一以贯之，无情景虚实之可执也。写景，或情在景中，或情在言外。写情，或情中有景，或景从情生。断未有无情之景，无景之情也。又或不必言情而情更深，不必写景而景毕现，相生相融，化成一片。情即是景，景即是情，如镜花水月，空明掩映，活泼玲珑。其兴象精微之妙，在人神契，何可执形迹分乎？至虚实尤无一定。实者运之以神，破空飞行，则死者活，而举重若轻，笔笔超灵，自无实之非虚矣。虚者树之以骨，炼气镕滓，则薄者厚，而积虚为浑，笔笔沉着，亦无虚之非实矣。又何庸固执乎？总之诗家妙悟，不应着迹，别有最上乘功用，使情景虚实各得其真可也，使各逞其变可也，使互相为用可也，使失其本意而反从吾意所用，亦可也。此固不在某联宜实某联宜虚，何处写景，何处言情，虚实情景，各自为对之常格恒法。亦不在当情而景，当景而情，当虚而实，当实而虚，及全不言情，全不言景，虚实情景，互相易对之新式变法。别有妙法活法，在吾方寸，不可方物。六祖语曰："人转法华，勿为法华所转。"此中消息，亦如是矣。（卷一）

律诗炼句，以情景交融为上，情景相对次之，一联皆情、一联皆景又次之。然一联写情，则两句须有变幻，不可一律，致犯合掌之病。一联皆写景亦然，或上句写远，下句写近，或上句写所闻，下句写所见。总写一句自有一句之意境，两句迥然不同，却又呼吸相应，此为至要。情景交融者，景中有情，情中有景，打成一片，不可分拆。如工部"感时花溅泪，恨别鸟惊心"，"卷帘残月影，高枕还江声"，"村春雨外急，邻火夜深明"，"风月自清夜，江山非故园"，"露从今夜白，月是故乡明"……皆是句中有人，情景兼到者也。情景相对者，如工部"白首多年病，秋天一味凉"……一句情对一句景是也。至一联皆情、一联皆景佳句，诗家更多……律诗中二联不宜一味写景。有景无情，固非好手所为，景多于情，亦非佳处。盖诗要文质协中，情景交化，始可深造入微。（卷四）

朱庭珍《筱园诗话》《清诗话续编》本

范晞文

范晞文，生卒年不详，字景文，号药庄，钱塘（今浙江杭州）人。据清嘉庆《无锡金匮县志》卷三十所载，晞文为宋理宗景定中太学生，尝与高菊磵、姜白石诸人游，咸淳丙寅，与叶李、萧规等上书劾贾似道，贾以泥金饰斋扁事罪之，分窜琼州。元至元间以荐授江浙儒学提举，未赴，后流寓无锡以终。宋景定三年（1262）成诗学著述《对床夜语》。

对床夜语[1]（选录）

老杜诗："天高云去尽，江迥月来迟。衰谢多扶病，招邀屡有期[2]。"上联景，下联情。"身无却少壮，迹有但羁栖。江水流城郭，春风入鼓鼙[3]。"上联情，下联景。"水流心不竞，云在意俱迟[4]。"景中之情也。"卷帘唯白水，隐几亦青山[5]。"情中之景也。"感时花溅泪，恨别鸟惊心[6]。"情景相触而莫分也。"白首多年疾，秋天昨夜凉[7]。""高风下木叶，永夜揽貂裘[8]。"一句情一句景也。固知景无情不发，情无景不生，或者便谓首首当如此作，则失之甚矣。如"淅淅风生砌，团团月隐墙。遥空秋雁灭，半岭暮云长。病叶多先坠，寒花只暂香。巴城添泪眼，今夕复清光[9]。"前六句皆景也。"清秋望不尽，迢递起层阴。远水兼天净，孤城隐雾深。叶稀风更落，山迥日初沉。独鹤归何晚，昏鸦已满林[10]。"后六句皆景也，何患乎情少？

（周伯弜）"四虚"序云：不以虚为虚，而以实为虚，化景物为情思，从首至尾声，自然如行云流水，此其难也。否则偏于枯瘠，流于轻俗，而不足采矣。姑举其所选一二云："岭猿同旦暮，江柳共风烟[11]。"又：

"猿声知后夜，花发见流年[12]。"若猿，若柳，若花，若旦暮，若风烟，若夜，若年，皆景物也，化而虚之者一字耳，此所以次于四实也。

《对床夜语》卷二　中华书局 1981 年版《历代诗话续编》本

【注释】

①《四库全书·对床夜语提要》称范晞文："当南宋季年诗道凌夷之日，独能排习尚之乖，如曰：'今之以诗鸣者，不曰四灵则曰晚唐，文章与时高下，晚唐为何时耶！'其所见实在江湖诸人之上，故沿波讨源，颇能推衍汉魏六朝唐人旧法，于诗学有所发明云。"从范晞文基本诗学观来看，《对床夜语》卷一先引许多"晚唐警句"，认为"情景兼融，句意两极"，但又指出："然求其声谐《韶濩》，气沕金石，则无有焉，识者口未诵而心先厌之矣。"李东阳《麓堂诗话》有云："'鸡声茅店月，人迹板桥霜'，人但知其能道羁愁野况于言意之表，不知二句中不用一二闲字，止提掇出紧关物色字样，而音韵铿锵，意象具足，始为难得。若强排硬叠，不论其字面之清浊，音韵之谐舛，而云我能写景用事，岂可哉？"可知范氏像后来的李东阳一样，不仅以"意象"论诗，也以"声情""声气"论诗，而晚唐诗或有好的意象，而其不足正在声情不够茂美、声气不够雄浑。

当然，《对床夜语》主要理论贡献在情景论，这方面范晞文充分肯定了周弼的虚实说，并对虚与实、情与景之间的相互作用关系进行了进一步的具体阐发，提出"不以虚为虚，而以实为虚，化景物为情思"，"景无情不发，情无景不生"等等，不再局限于情与景、虚与实的静态组合关系，而是更关注两者之间相互生发的动态关系。后来明人王世贞《艺苑卮言》卷一分析七言律"意"与"象"的组合可能出现三种情况：一是"一'象'则一'意'，无偏用者"，二是"俱属'象'而妙者"，三是"俱属'意'而妙者"。"俱属'象'而妙者"也即全然写景，这样的纯然写景而又堪称杰作的诗歌，在汉语古典诗学中绝不少见，如王维的一些山水田园诗作等等——这就涉及这样一个基本问题：这种全部写景之诗中有否情思？范晞文指出，杜甫"前六句皆景"之《薄游》、"后六句皆景"之《野望》两首诗，评曰"何患乎情少"；又举杜甫纯然写景诗句"久露晴初湿，高云薄未还"、"晚照斜初彻，浮云薄未归"，谓之"含悠扬不迫之意"；又指出周弼所谓"四实"，"谓中四句皆景物而实也，于华丽典重之间有雍容宽厚之态，此其妙也。昧者为之，则堆积窒塞，而寡于意味矣"，纯然写景可以有"意味"，并指出"周伯弜选唐人家法，以四实为第一格，四虚次之，虚实相半又次之"——"四虚"既然是全部写情而不写景，大抵说来无关乎情景交融，因此，只有"虚实相半"与"四实"与情景交融有关，“虚实相半”大抵近于王世贞所谓“一‘象’则一‘意’，无偏用者”，如杜诗名句“感时花溅泪，恨别鸟惊心”，“花”“鸟”为“象”为“景”，“感”、“恨”为“意”为“情”，做到了情景交融，但“象”与“意”、“景”与“情”还是二分的；而纯然写景之诗，已“化景物为情思”，诗中并无表示人的心理情绪的“感”、“恨”等字眼，景象直接传达的是“意味”。此即西人所谓的“形式意味”，在此“意味”中，情与景才浑然不可分，才是情景交融之最高境界而为“第一格”。当然纯然写景而“寡于意味”则可谓有景无情、有象无意，自然也就谈不上情景交融了，周弼称之为“堆垛少味”，范晞文强调“塞”则“寡意味”。在分析韩偓诗时，范晞文对韩写景诗句“微有深致”者是推崇的，而批评韩诗“挟弹少年多害物，劝君莫近五陵飞”、“萧艾转肥兰蕙瘦，可能天亦妒馨香”为“直讪”、“诗人比兴扫地矣”，明人许学夷《诗源辩体》卷二十七云：

> 诗有景象，即风人之兴比也。唐人“意”在“景象”之中，故景象可合不可离也。王建《赠卢汀诗》“功证诗篇离景象”，此实自谓，意以为初盛唐不离景象，故其意不能尽发，今欲悉离景象、悉发真意，故其诗卑鄙至是，此唐人错悟受魔之始也。赵凡夫云：“文论得失，诗尚妍媸。”此则全不论妍媸矣。

陈沂《拘虚诗谈》云：“宋人诗如藏经中律论，厌唐人多涉于景物而无情志，不知诗人所赋，皆隐然于不言之表，若吐露尽，更复何说？”所谓“景象”之中之“意”就指“景象”之“妍”所生发出的审美形式意味，而韩偓“直讪”之诗则突出了离“象”之“意”。范晞文这种“化景物为情思”、直接以景物表现“意味”的理论，后来到王夫之处得到了发展和总结。王夫之《古诗评选》卷五有云：

> 语有全不及“情”，而“情”自无限者，心目为政，不恃外物故也。
>
> 游览诗固有适然未有“情”者，俗笔必强入以“情”，无病呻吟，徒令江山短气。写景至处，但令与心目不相睽离，则无穷之“情”，正从此而生。

“语有全不及情”而又“情自无限”、“游览诗固有适然未有情”而又能生“无穷之情”，这岂不矛盾？在《古诗评选》等三种诗选中，王夫之还对以“意”为主的宋人多有批评，那么，不要“意”“情”之“景”“象”，岂不使“情”与“景”、“意”与“象”相分离了？关键在于，王夫之所反对的“意”乃是不以“象”而生之“意”、俗笔强入之情乃是不以“景”所生之“情”。清人吴乔《围炉诗话》卷一认为：“古人有通篇言情者，无通篇叙景者，情为主，景为实”，这是不符合诗史实情的，王夫之《唐诗评选》卷三录王维《山居即事》诗：“寂寞掩柴扉，苍茫对落晖。鹤巢松树遍，人访筚门稀。绿竹含新粉，红莲落故衣。渡头烟火起，处处采菱归。”王夫之认为“八句景语，自然含情”；又录丁仙芝《渡扬子江》诗：“桂楫中流望，空波两畔明。林开杨子驿，山出润州城。海尽边音静，江寒朔吹生。更闻枫叶下，淅沥度秋声。”王夫之对这首诗详细分析道：“八句无一语入情，乃莫非情者，更不可作景语会。诗之道，必当立主御宾，顺写现景，若一情一景，彼疆此界，则宾主杂沓，皆不知作者为谁。意外设景，景外起意，抑如赘疣上生眼鼻，怪而不恒矣。”所谓“无一语入情”之“情”讲的是“辞情”，“莫非情者”之“情”则指纯以景而生之“景情”。再如《古诗评选》卷六录庾信《舟中望月》诗：“舟客夜离家，开舲望月华。山明疑有雪，岸白不关沙。天汉看珠蚌，星桥视桂花。灰飞重晕阙，蓂落独轮斜。”全部写景，王夫之也说“正尔不劳入情”。

西人苏珊·朗格指出：“一套图案、一座令人愉快的和成比例的建筑、或是一件美丽的瓶罐，虽然是非再现性的，但依然同一首可爱的十四行诗或一幅再现人类活动的宗教画一样具有表现性。之所以如此，乃是因为它们都具有一种‘意味’，这就是克利夫·贝尔所说的‘有意味的形式’中所说的那种意味……”（《情感与形式》，中国社会科学出版社 1986 年中文版，第 56 页）这种“意味”即王夫之所谓的“语有全不及情”而又“情自无限”之“情”、“游览诗固有适然未有情”而又能生“无穷之情”之“情”，也即范晞文所谓的纯然写景之诗所传达的“意味”。总之，置于汉语古典诗学整体发展史中，乃至参以西人现代形式意味理论，范晞文、周弼情景论之理论意义就昭然若揭了。

② “天高云去尽”四句——语出杜甫五律《观作桥成月夜舟中有述还呈李司马》中间四句。

③“身无却少壮”四句——语出杜甫《春日梓州登楼》。

④ 水流心不竞，云在意俱迟——语出杜甫五律《江亭》。

⑤ 卷帘唯白水，隐几亦青山——语出杜甫五律《闷》。

⑥ 感时花溅泪，恨别鸟惊心——语出杜甫五律《春望》。

⑦ 白首多年疾，秋天昨夜凉——语出杜甫五律《潭州送韦员外牧韶州迢》。

⑧ 高风下木叶，永夜揽貂裘——语出杜甫五律《江上》。

⑨ “淅淅风生砌”八句——此为杜甫五律《薄游》。

⑩ “清秋望不尽”八句——此为杜甫五律《野望》，仇兆鳌《杜诗详注》卷八第一句作“清秋望不尽极”。

⑪ 岭猿同旦暮，江柳共风烟——语出刘长卿五律《新年作》。

⑫ 猿声知后夜，花发见流年——语出刘长卿五律《喜鲍禅师自龙山至》。

【附录】

右数联亦晚唐警句，前此少有表而出者，盖不独“鸡声”“人迹”“风暖”“日高”等作而已。情景兼融，句意两极，琢磨瑕垢，发扬光采，殆玉人之攻玉，锦工之机锦也。然求其声谐《韶濩》，气沕金石，则无有焉，识者口未诵而心先厌之矣。今之以诗鸣者，不曰四灵则曰晚唐，文章与时高下，晚唐为何时耶！放翁云：“文章光焰伏不起，甚者自谓宗晚唐。”（卷二）

“故人江海别，几度隔山川。乍见翻疑梦，相悲各问年。孤灯寒照雨，深竹暗浮烟。更有明朝恨，离杯惜共传。”“暮蝉不可听，落叶岂堪闻。共是悲秋客，那知此路分。荒城背流水，远雁入寒云。陶令门前菊，余花可赠君。”前一首司空曙，后一首郎士元，皆前虚后实之格，今之言唐诗者多尚此。及观其作，则虚者枯，实者塞，截然不相通，徒驾宗唐之名而实背之也。其前实后虚者，即前格也，第反景物于上联，置情思于下联耳。如刘长卿：“楚国苍山古，幽州白日寒。城池百战后，耆旧几家残。”则始可以言格。若刘商“晓晴江柳变，春梦塞鸿归。今日方知命，前年自觉非”，则下句几为上句压倒。（卷二）

七言律诗极不易，唐人以诗名家者，集中十仅一二，且未见其可传。盖语长气短者易流于卑，而事实意虚者又几乎塞。用物而不为物所赘，写情而不为情所牵，李杜之后，当学者许浑而已。（卷二）

老杜诗：“重露成涓滴，稀星乍有无。”前辈谓此联能穷物理之变，探造化之微。又有句云：“久露晴初湿，高云薄未还。”又：“晚照斜初彻，浮云薄未归。”虽不迨前作，然含悠扬不迫之意，他人未易及也。（卷三）

韩偓在唐末粗有可取者，如“沙头有庙青林合，驿步无人白鸟飞”，“细水浮花归别浦，断云含雨入孤村”，“白髭兄弟中年后，瘴海程途万里长”，五言如“鸟啼深不见，人语静先闻”，虽神气短缓，亦微有深致。其《秋夜忆家》绝句云：“垂老何时见弟兄，背灯悲泣到天明。不知短发能多少，一滴秋霖白一茎。”悽楚可悲，亦善于词者，若“挟弹少年多害物，劝君莫近五陵飞”，又“萧艾转肥兰蕙瘦，可能天亦妒馨香”，是直讪耳，诗人比兴扫地矣。（卷四）

郑谷《鹧鸪》诗云：“雨昏青草湖边过，花落黄陵庙里啼。”不用钩辀格磔等字，而鹧鸪之意自见，善咏物者也。人惟传其《海棠》一联耳。又有句云：“潮来无别浦，木落见他山。”李洞有“楼高惊雨阔，木落觉城空”，非不佳，但“惊”“觉”两字失于有意，不若谷诗之自在。然谷他作，多卑弱无气。（卷五）

《对床夜语》（选录）　中华书局1981年版《历代诗话续编》本

（《对床夜语》五卷）是编成于景定中，皆论诗之语，其间如论曹植《七哀诗》,但知古者未拘音韵,而不能通古韵之所以然,故转以魏文帝诗押横字入阳部、阮籍诗押嗟字入歌部为疑;论杜甫律诗拗字,谓执以为例则尽成死法,不知唐律双拗、单拗,平仄相救,实有定规,非以意为出入。至于议王安石误以皇甫冉诗为杜诗,而李端《芜城怀古诗》则误执《才调集》删本,指为绝句,王维《送丘为下第诗》则误以为沈佺期作,亦不能无所舛讹。其推重许浑而力排李商隐,尤非公论。然当南宋季年诗道凌夷之日,独能排习尚之乖,如曰:"今之以诗鸣者,不曰四灵则曰晚唐,文章与时高下,晚唐为何时耶?"其所见实在江湖诸人之上,故沿波讨源,颇能推衍汉魏六朝唐人旧法,于诗学有所发明云。

《四库全书·对床夜语提要》(节录)

金(1115—1234)

赵秉文

赵秉文(1159—1232),金末元初滏阳(今河南宝丰县南)人,字周臣,号闲闲老人。金世宗大定二十五年(1185)登进士第,金宣宗兴定元年(1217)拜礼部尚书,兼侍读学士,同修国史、知集贤院事,哀宗即位,改翰林学士。赵秉文生性好学,诗文书画皆工,在当时颇有文名。元刘祈《归潜志》云:"赵秉文幼年诗与书皆法子端(王庭筠),后更学太白、东坡,字兼古今诸家学,及晚年书大进。诗专法唐人,魁然一时文士领袖,自号闲闲居士云。"有《滏水文集》等行世。

竹溪先生文集引[①](节录)

文以意为主,辞以达意而已。古之人不尚虚饰,目事遣词,形吾心之所欲言者耳。间有心之所不能言者,而能之形于文,斯亦文之至乎!譬之水不动则平,及其石激渊洄,纷然而龙翔,宛然而凤蹙,千变万化,不可殚穷,此天下之至文也。亡宋百余年间,惟欧阳公之文不为尖新艰险之语,而有从容闲雅之态,丰而不余一言,约而不失一辞,使人读之者,亹亹[②]不厌。盖非务奇之为尚,而其势不得不然之为尚也。故翰林学士承旨党公,天资既高,辅以博学,文章冲粹,如其为人,当明昌[③]间,以高文大册主盟一世,自公之未第时,已以文名天下。然公自谓,入馆阁后,接诸公游,始知为文法,以欧阳公之文为得其正,信乎公之文有似乎欧阳公之文也。晚年五言古体兴寄高妙,有陶谢之风，此又非可与夸多斗靡者道也。

《闲闲老人滏水集》卷十五　《四部丛刊》初编本

【注释】

① 赵秉文此文强调“文以意为主，辞以达意而已”，推崇行云流水般自然而然的风格，反对“务奇”，论诗则反对“夸多斗靡”。其《答李天英书》探讨了书法和诗文的创作规律，对韩愈以文为诗极为推崇。“措意不蹈袭前人一语，此最诗人妙处，然亦从古人中入”，强调师心与师古的统一，“非有意于专师古人也，亦非有意于专摈古人也。自书契以来，未有撰古人而独立者”。而在论及意与辞关系上则有割裂之嫌：“诗人造语之工，古人谓之一艺可也。至于诗文之意，当以明王道、辅教化为主，六经吾师也，可以一艺名之哉”，“太白、杜陵、东坡，词人之文也，吾师其辞不师其意。渊明、乐天，高士之诗也，吾师其意不师其辞”。

② 亹亹——指诗文有吸引力，动听。亹，读若尾。

③ 明昌——金章宗年号(1190—1196)。

【附录】

尝谓，古人之诗，各得其一偏，又多其性之似者。若陶渊明、谢灵运、韦苏州、王维、柳子厚、白乐天，得其冲淡，江淹、鲍明远、李白、李贺，得其峭峻，孟东野、贾浪仙又得其幽忧不平之气，若老杜可谓兼之矣。然杜陵知诗之为诗，未知不诗之为诗，而韩愈又以古文之浑浩溢而为诗，然后古今之变尽矣。太白词胜于理，乐天理胜于词，东坡又以太白之豪、乐天之理，合而为一，是以高视古人，然亦不能废古人。足下以唐宋诗人得处，虽能免俗，殊乏风雅，过矣。所谓近风雅，岂规规然如晋宋词人，蹈袭用一律耶？若曰子厚近古，退之变古，此屏山守株之论，非仆所敢知也。诗至于李杜，以为未足，是画至于无形，听至于无声，其为怪且迂也甚矣，其于书也亦然。足下之言，措意不蹈袭前人一语，此最诗人妙处，然亦从古人中入。譬如弹琴不师谱，称物不师衡，上匠不师绳墨，独自师心，虽终身无成可也。故为文当师六经、左丘明、庄周、太史公、贾谊、刘向、扬雄、韩愈，为诗当师《三百篇》《离骚》《文选》《古诗十九首》，下及李、杜，学书当师三代金石、钟、王、欧、虞、颜、柳，尽得诸人所长，然后卓然自成一家。非有意于专师古人也，亦非有意于专摈古人也。自书契以来，未有撰古人而独立者。若扬子云不师古人，然亦有拟相如四赋；韩退之惟陈言之务去，若《进学解》则《客难》之变也，《南山诗》则子厚之余也，岂遽汗漫自师胸臆，至不成语，然后为快哉！然此诗人造语之工，古人谓之一艺可也。至于诗文之意，当以明王道、辅教化为主,六经吾师也,可以一艺名之哉!贾谊、董仲舒、司马迁、扬子云、韩愈、欧阳、司马温公,大儒之文也,仆未之能学焉。梁萧、裴休、晁迥、张无尽,名理之文也,吾师之。太白、杜陵、东坡,词人之文也,吾师其辞不师其意。渊明、乐天,高士之诗也,吾师其意不师其辞。然吾老矣,眼昏力茶,虽欲力学古人,力不足也。足下来书,自言近日欲作文字,然滞于藏锋,不能飞动;诗欲古体,然僻于幽隐,不能豪放。足下自知之,仆尚何言。然藏锋,书之一端,所贵遍学古人。昔人谓之法书,岂是率意而为之也?又须真积力久,自楷法中来,前人所谓未有未能坐而能走者。飞动乃吾辈胸中之妙,非所学也。若市人能积学而不能飞动,吾辈能飞动而不能积学,皆一偏之弊耳。东坡论五十八草书似莺哥娇,数日相见,曰:"此书何如?"曰:"乃秦吉了耳。"足下之书,无乃近似之乎?精神所注,间出奇逸,稍怠之际,如病痱肿,得免秦吉了足矣。想当捧腹大笑也。……其余老昏殊不可晓,然此迄今大成,不过长吉、卢仝合而为一,未能以故为新,以俗为雅,非所望于吾友也。昔人有吹箫学凤鸣者,凤鸣不可得闻,时有枭音耳。君诗无乃间有枭音乎?

赵秉文《闲闲老人滏水集》卷十九《答李天英书》(节录)

《四部丛刊》初编本

王若虚

王若虚(1174—1243),金末文学家,字从之,号慵夫、滹南遗老,藁城(今属河北省)人,金承安二年(1197)经义进士,历官左司谏转延州刺史,入为翰林直学士。金亡不仕,微服归里镇阳(河北正定),自称滹南遗老。越十年与刘祁东游,卒于泰山。事迹具《金史·文艺传》。论文主张辞达理顺,论诗提倡晓畅自然的风格,主张写“哀乐之真”,反对模拟雕琢,推崇白居易、苏轼。所著有《五经辨惑》等十余种,对汉、宋儒者解经中之谬误,及史书、古文的字句疵病,多有批评,议论史事,则颇受儒家观点影响。有《滹南遗老集》传世。

文　辨[1](选录)

《归去来辞》本自一篇自然真率文字,后人模拟已自不宜,况可次其韵乎?次韵则牵合而不类矣。(卷三十四)

陈后山云:退之之记记其事耳,今之记乃论也。予谓不然,唐人本短于议论,故每如此。议论虽多,何害为记?盖文之大体固有不同,而其理则一。殆后山妄为分别,正犹评东坡以诗为词也。且宋文视汉唐百体皆异,其开廓横放,自一代之变,而后山独怪其一二,何邪?

《后山诗话》云:黄诗、韩文有意故有工,左[2]、杜则无工矣。然学者必先黄、韩,不由黄、韩而为左、杜,则失之拙易。此颠倒语也,左、杜冠绝古今,可谓天下之至工而无以如之矣,黄、韩信美,曾何可及,而反忧学者有拙易之失乎?且黄、韩与二家亦殊不相似,初不必由此而为彼也。陈氏喜为高论,而不中理每每如此。

东坡尝欲效退之《送李愿序》作一文,每执笔辄罢,因笑曰:不若且让退之独步。此诚有所让耶,抑其实不能邪?盖亦一时之戏语耳。古之作者,各自名家,其所长不可强而同,其优劣不可比拟而定也。自今观之,坡文及此者,岂少哉?然使其必模仿而成,亦未必可贵也。

世称李、杜,而李不如杜,称韩、柳,而柳不如韩,称苏、黄,而黄不如苏,不必辨而后知。欧阳公以为李胜杜,晏元献以为柳胜韩,江西诸子以为黄胜苏,人之好恶固有不同者,而古今之通论不可易也。(卷三十五)

宋人多讥病《醉翁亭记》,此盖以文滑稽,曰何害为佳,但不可为法耳。

荆公谓王元之《竹楼记》胜欧阳《醉翁亭记》,鲁直亦以为然,曰:荆公论文,常先体制而后辞之工拙。予谓《醉翁亭记》虽浅玩易,然条达逃快[③],如肺肝中流出,自是好文章,《竹楼记》虽复得体,岂足置欧文之上哉!

张九成云:欧公《五代史论》多感叹,又多设疑,盖感叹则动人,设疑则意广,此作文之法也。慵夫曰:欧公之论则信然矣,而作文之法不必如是也。

欧公散文自为一代之祖,而所不足者,精洁峻健耳。《五代史论》,曲折太过,往往支离蹉跌,或至涣散而不收,助词虚字亦多不惬,如《吴越世家论》尤甚也。

邵公济云:欧公之文和气多,英气少,东坡之文英气多,和气少。其论欧公似矣,若东坡岂少和气者哉?文至东坡无复遗恨矣。

赵周臣云:党世杰尝言,文当以欧阳子为正,东坡虽出奇,非文之正。定是谬语,欧文信妙,讵可及坡,坡冠绝古今,吾未见其过正也。

荆公谓东坡《醉白堂记》为韩白优劣论,盖以拟伦之语差多,故戏云尔,而后人遂为口实,夫文岂有定法哉?意所至则为之,题意适然,殊无害也。

东坡自言:其文如万斛泉源,不择地而滔滔汩汩,一日千里无难,及其与山石曲折,随物赋形,而不自知所之者,当行于所当行,而止于不可不止。论者或讥其太夸，予谓惟坡可以当之。夫以一日千里之势，随物赋形之能，而理尽辄止，未尝以驰骋自喜，此其横放超迈而不失为精纯也邪。

东坡之文具万变而一以贯之者也，为四六而无俳谐偶俪之弊，为小词而无脂粉纤艳之失，楚辞则略依仿其步骤而不以夺机杼为工，禅语则姑为谈笑之资而不以穷葛藤[4]为胜，此其所以独兼众作，莫可端倪，而世或谓四六不精于汪藻，小词不工于少游，禅语、楚辞不深于鲁直，岂知东坡也哉。（卷三十六）

吾舅周君德卿尝云：凡文章巧于外而拙于内者，可以惊四筵而不可适独坐，可以取口称而不可得首肯。至哉，其名言也。杜牧之云：杜诗韩笔愁来读，似倩麻姑痒处抓。李义山云：公之斯文若元气，先时已入人肝脾。此岂巧于外者之所能邪？

凡为文章，须是典实过于浮华，平易多于奇险，始为知本。求世之作者，往往致力于其末，而终身不返，其颠倒亦甚矣。

或问：文章有体乎？曰：无。又问：无体乎？曰：有。然则果何如？曰：定体则无，大体须有。

扬雄之经、宋祁之史、江西诸子之诗，皆斯文之蠹也。散文至宋人始是真文字，诗则反是矣。（卷三十七）

《滹南遗老集》《四部丛刊》初编本

【注释】

① 王若虚诗文理论的核心是崇尚自然，其《文辨》讨论文之创作，极力推崇东坡，“文至东坡无复遗恨矣”，“欧文信妙，讵可及坡，坡冠绝古今，吾未见其过正也”，且对推崇的原因作了理论总结：“东坡自言：其文如万斛泉源，不择地而滔滔汩汩，一日千里无难，及其与山石曲折，随物赋形，而不自知所之者，当行于所当行，而止于不可不止。论者或讥其太夸，予谓惟坡可以当之。夫以一日千里之势，随物赋形之能，而理尽辄止，未尝以驰骋自喜，此其横放超迈而不失为精纯也邪。”东坡创作最能体现没有规律的合规律性，首先是涉及“法”与“体制”的问题，“夫文岂有定法哉？意所全则为之，题意适然，殊无害也”，“（文章）定体则无，大体须有”；其次，有定而无定，强调的是自然，王若虚也以此衡量他人他文，“《归去来辞》本自一篇自然真率文字，后人模拟已自不宜，况可次其韵

乎？次韵则牵合而不类矣”，“予谓《醉翁亭记》虽浅玩易，然条达逃快，如肺肝中流出，自是好文章”。

《文辨》对宋文极为推崇，“宋文视汉唐百体皆异，其开廓横放，自一代之变”，但对宋诗则持批评态度：“扬雄之经、宋祁之史、江西诸子之诗，皆斯文之蠹也。散一文至宋人始是真文字，诗则反是矣。”王若虚在自己的《滹南诗话》中对江西诗派尤其黄庭坚多有批评：“山谷之诗，有奇而无妙，有斩绝而无横放，铺张学问以为富，点化陈腐以为新；而浑然天成、如肺肝中流出者，不足也。此所以力追东坡而不及欤！”其一“有奇而无妙”，“诗人之语，诡谲寄意，固无不可；然至于太过，亦其病也”。其二不够浑然天成，“朱少章论江西诗律，以为‘用昆体功夫而造老杜浑全之地’。予谓用‘昆体’功夫，必不能造老杜之浑全；而至老杜之地者，亦无事乎‘昆体’功夫：盖二者不能相兼耳”，黄庭坚自谓得老杜诗法，王若虚以为未必然，所失之一正在“浑全”也，且不能“浑全”有具体的表现：“鲁直于诗，或得一句，而终无好对；或得一联，而卒不能成篇；或偶有得，而未知可以赠谁。何尝见古之作者是哉！”其三殊乏意味，“山谷《牧牛图》诗，自谓平生极至语。是固佳矣，然亦有何意味？黄诗大率如此。谓之奇峭，而畏人说破，元无一事”，“予谓黄诗语徒雕刻，而殊无意味，盖不及少游之作”。其四也是最重要的是过重律法而乏自然风致——在王若虚看来这也是苏黄优劣判分所在：“东坡《南行唱和诗序》云：‘昔人之文，非能为之为工，乃不能不为之为工也。山川之有云，草木之有华，充满勃郁而见于外，虽欲无有，其可得耶！故予为文至多，而未尝敢有作文之意。’时公年始冠耳，而所有如此，其肯与江西诸子终身争句律哉！”王若虚对江西诗法还有很多批评：“古之诗人，虽趣尚不同，体制不一，要皆出于自得。至其辞达理顺，皆足以名家，何尝有以句法绳人者！鲁直开口论句法，此便是不及古人处。而门徒亲党，以衣钵相传，号称‘法嗣’，岂诗之真理也哉！”“鲁直论诗，有‘夺胎换骨、点铁成金’之喻，世以为名言。以予观之，特剽窃之黠者耳。”

从正面讲，王若虚推崇东坡在其自然，推崇白居易也是如此：“乐天之诗，情致曲尽，入人肝脾，随物赋形，所在充满，殆与元气相侔。”其情景论也重自然：“谢灵运梦见惠连而得‘池塘生春草’之句，以为神助。……予谓天生好语，不待主张；苟为不然，虽百说何益？”

② 左——指左丘明，所作《春秋左传》历来为文章家所推崇。

③ 条达逃快——“条达”，条理通达；“逃”，似应作“佻”，轻捷。

④ 葛藤——葛与藤均缠树蔓生，因谓事务的纠缠不已或说话夹缠啰唆为葛藤。

【附录】

山谷于诗每与东坡相抗，门人亲党遂谓过之，而今之作者亦多以为然，予尝戏作四绝云：

骏步由来不可追，汗流余子费奔驰。谁言直待南迁后，始是江西不幸时。

信手拈来世已惊，三江衮衮笔头倾。莫将险语夸勍敌，公自无劳与若争。

戏论谁知是至公，蝤蛑信美恐生风。夺胎换骨何多样，都在先生一笑中。

文章自得方为贵，衣钵相传岂是真。已觉祖师低一着，纷纷法嗣复何人。

王子端云“近来陡觉无佳思，纵有诗成似乐天”，其小乐天甚矣，予亦尝和为四绝：

功夫费尽谩穷年，病入膏肓不可镌。寄与雪溪王处士，恐君犹是管窥天。

东涂西抹斗新妍，时世梳妆亦可怜。人物世衰如鼠尾，后生未可议前贤。

妙理宜人入肺肝，麻姑搔痒岂胜鞭。世间笔墨成何事，此老胸中具一天。

百斛明珠一一圆，丝毫无恨彻中边。从渠屡受群儿谤，不害三光万古悬。

《滹南遗老集》卷四十五 《四部丛刊》初编本

吾舅自幼为诗，便祖工部，其教人亦必先此。尝与予语及“新添”之诗，则颦蹙曰：“人才之不同，如其面焉；耳目鼻口，相去亦无几矣，然谛视之，未有不差殊焉。诗至少陵，他人岂得而乱之哉！”公之持论如此，其中必有所深得者，顾我辈未之见耳。

吾舅尝论诗云：“文章以意为之主，字语为之役。主强而役弱，则无使不从。世人往往骄其所役，至跋扈难制，甚者反役其主。”可谓深中其病矣。又曰：“以巧为巧，其巧不足；巧拙相济，则使人不厌。唯甚巧者乃能就拙为巧，所谓游戏者。一文一质，道之中也。雕琢太甚，则伤其全；经营过深，则失其本。”又曰：“颈联、颔联，初无此说，特后人私立名字而已。大抵首二句论事，次二句犹须论事；首二句状景，次二句犹须状景；不能遽止，自然之势。诗之大略，不外此也。”其笃实之论哉！

史舜元作吾舅诗集序，以为有老杜句法，盖得之矣；而复云“由山谷以入”，则恐不然。吾舅儿时便学工部，而终身不喜山谷也。若虚尝乘间问之，则曰：“鲁直雄豪奇险，善为新样，固有过人者；然于少陵初无关涉，前辈以为得法者，皆未能深见耳。”舜元之论，岂亦袭旧闻而发欤，抑其诚有所见也？更当与知者订之。

谢灵运梦见惠连而得“池塘生春草”之句，以为神助。《石林诗话》云：“世多不解此语为工，盖欲以奇求之耳。此语之工，正在无所用意，猝然与景相遇，借以成章,故非常情之所能到。”冷斋云:“古人意有所至,则见于情,诗句盖寓也。谢公平生喜见惠连,而梦中得之,此当论意,不当泥句。”张九成云:“灵运平日好雕镌,此句得之自然,故以为奇。”田承君云:“盖是病起忽然见此为可喜,而能道之,所以为贵。”予谓天生好语,不待主张;苟为不然,虽百说何益?李元膺以为“反复求之,终不见此句之佳”,正与鄙意暗同。盖谢氏之夸诞,犹存两晋之遗风;后世惑于其言而不敢非,则宜其委曲之至是也。

梅圣俞爱严维“柳塘春水慢,花坞夕阳迟”之句,以为天容时态,融和骀荡,如在目前。或者病之曰:“‘夕阳迟’系‘花’,而‘春水慢’不系‘柳’。”苕溪又曰:“不系花而系坞。”予谓不然,“夕阳迟”固不在“花”,然亦何关乎“坞”哉!《诗》言“春日迟迟”者,舒长之貌耳,老杜云“迟日江山丽”,此复何所系耶?彼自咏自然之景,如“梨花院落溶溶月,柳絮池塘淡淡风”,初无他意,而论者妄为云云,何也?裴光约诗云:“行人折柳和轻絮,飞燕衔泥带落花。”或曰:“柳常有絮,泥或无花。”苕溪以为得其膏肓,此亦过也。据一时所见,则泥之有花,不害于理,若必以常有责之,则絮亦岂所常有哉!

荆公云:“李白歌诗,豪放飘逸,人固莫及;然其格止于此而已,不知变也。至于杜甫,则发敛抑扬,疾徐纵横,无施不可。盖其绪密而思深,非浅近者所能窥,斯其所以光掩前人而后来无继也。”而欧公云:“甫之于白,得其一节,而精强过之。”是何其相反欤?然则荆公之论,天下之公言也。

乐天之诗,情致曲尽,入人肝脾,随物赋形,所在充满,殆与元气相侔。至长韵大篇,动数百千言,而顺适惬当,句句如一,无争张牵强之态。此岂捻断吟须、悲鸣口吻者之所能至哉!而世或以“浅易”轻之,盖不足与言矣。

郊寒白俗,诗人类鄙薄之。然郑厚评诗,荆公、苏、黄辈,曾不比数,而云:“乐天如柳阴春莺,东野如草根秋虫,皆造化中一妙。”何哉?哀乐之真,发乎情性,此诗之正理也。(卷一)

《唐子西文录》云:“古之作者,初无意于造语,所谓因事陈辞。老杜《北征》一篇,直纪行役耳,忽云‘或红如丹砂,或黑如点漆。雨露之所濡,甘苦齐结实’,此类是也。文章即如人作家书,乃是。”慵夫曰:“子西谈何容易!工部之诗,工巧精深者何可胜数,而摘其一二,遂以为训哉!正如冷斋言乐天诗必使‘老妪尽解’也。夫《三百篇》中,亦有‘如家书’及‘老妪能解’者,而可谓其尽然乎?”且子西又尝有所论矣。曰:“诗在与人商论,深求其疵而去之;等闲一字,放过则不可。殆近法家,难以言恕,故谓之诗律。立意之初,必有难易二途,学者不能强所劣,往往舍难而趋易,文章不工,每坐此也。”又曰:“吾作诗甚苦,悲吟累日,仅能成篇,初未见可羞处;明日取读,疵病百出;辄复悲吟累日,反复改正,稍稍有加;数日再读,疵病复出。如此数四,方敢示人,然终不能奇也。”观此二说,又何其立法之严而用心之劳邪!盖喜为高论而不本于中者,未有不自相矛盾也。退之曰:“文无难易,唯其是耳。”岂复有病哉!

卢延让有“栗爆烧毡破,猫跳触鼎翻”之句,杨文公深爱;而或者疑之。予谓此语固无甚佳,然读之可以想见明窗温炉间闲坐之适。杨公所爱,盖其境趣也邪?

东坡和陶诗,或谓其终不近,或以为实过之,是皆非所当论也。渠亦因彼之意以见吾意云尔,曷尝心竞而较其胜劣邪?故但观其眼目旨趣之何如,则可矣。

东坡云:“论画以形似,见与儿童邻;赋诗必此诗,定非知诗人。”夫所贵于画者,为其似耳;画而不似,则如勿画。命题而赋诗,不必此诗,果为何语!然则,坡之论非欤?曰:论妙于形似之外,而非遗其形似;不窘于题,而要不失其题;如是而已耳。世之人不本其实,无得于心,而借此论以为高。画山水者,未能正作一木一石,而托云烟杳霭,谓之气象;赋诗者,茫昧僻远,按题而索之,不知所谓,乃曰格律贵尔。一有不然,则必相嗤点,以为浅易而寻常。不求是而求奇,真伪未知,而先论高下,亦自欺而已矣,岂坡公之本意也哉?

郑厚云:“魏晋以来,作诗唱和,以文寓意;近世唱和,皆次其韵,不复有真诗矣。诗之有韵,如风中之竹,石间之泉,柳上之莺,墙下之蛩,风行铎鸣,自成音响,岂容拟议!夫笑而呵呵,叹而唧唧,皆天籁也,岂有择呵呵声而笑,择唧唧声而叹哉!”慵夫曰:郑厚此论,似乎太高;然次韵实作诗之大病也。诗道至宋人已自衰弊,而又专以此相尚。才识如东坡,亦不免波荡而从之,集中次韵者几三之一,虽穷极技巧,倾动一时,而害于天全多矣。使苏公而无此,其去古人何远哉?

陈后山云:“子瞻以诗为词,虽工非本色。今代词手,唯秦七、黄九耳。”予谓后山以子瞻词如诗,似矣;而以山谷为得体,复不可晓。晁无咎云:“东坡词小不谐律吕;盖横放杰出,曲子中缚不住者。”其评山谷,则曰:“词固高妙,然不是当行家语,乃着腔子唱和诗耳。”此言得之。

晁无咎云:“眉山公之词短于情,盖不更此境耳。”陈后山曰:“宋玉不识巫山神女而能赋之,岂待更而后知。”是直以公为不及于情也!呜呼,风韵如东坡,而谓不及于情,可乎?彼高人逸才,正当如是。其溢为小词,而间及于脂粉之间,所谓滑稽玩戏,聊复尔尔者也。若乃纤艳淫媟,入人骨髓,如田中行、柳耆卿辈,岂公之雅趣也哉!

陈后山谓“子瞻以诗为词”,大是妄论;而世皆信之。独茅荆产辨其不然,谓公词为古今第一。今翰林赵公亦云:“此与人意暗同。”盖诗词只是一理,不容异观。自世之末作,习为纤艳柔脆,以投流俗之好;高人胜士,亦或以是相胜,而日趋于委靡，遂谓其体当然，而不知流弊之至此也。文伯起曰：“先生虑其不幸而溺于彼，故援而止之，特立新意，寓以诗人句法。”是亦不然。公雄文大手，乐府乃其游戏，顾岂与流俗争胜哉！盖其天资不凡，辞气迈往，故落笔皆绝尘耳。

东坡《南行唱和诗序》云：“昔人之文，非能为之为工，乃不能不为之为工也。山川之有云，草木之有华实，充满勃郁而见于外，虽欲无有，其可得耶！故予为文至多，而未尝敢有作文之意。”时公年始冠耳，而所有如此，其肯与江西诸子终身争句律哉！

东坡，文中龙也。理妙万物，气吞九州，纵横奔放，若游戏然，莫可测其端倪。鲁直区区持斤斧准绳之说，随其后而与之争，至谓“未知句法”。东坡而未知句法，世岂复有诗人？而渠所谓法者，果安出哉？老苏论扬雄，以为使有孟轲之书，必不作《太玄》。鲁直欲为东坡之迈往而不能，于是高谈句律，旁出样度，务以自立而相抗，然不免居其下也。彼其劳亦甚哉！向使无坡压之，其措意未必至是。世以坡之过海为鲁直不幸，由明者观之，其不幸也旧矣。

山谷之诗，有奇而无妙，有斩绝而无横放，铺张学问以为富，点化陈腐以为新；而浑然天成、如肺肝中流出者，不足也。此所以力追东坡而不及欤！或谓“论文者尊东坡，言诗者右山谷。”此门生亲党之偏说，而至今词人多以为口实，同者袭其迹而不知返，异者畏其名而不敢非。善乎，吾舅周君之论也，曰：“宋之文章至鲁直，已是偏仄处；陈后山而后，不胜其弊矣。人能中道而立，以巨眼观之，是非真伪，望而可见也。”若虚虽不解诗，颇以为然。近读《东都事略·山谷传》云：“庭坚长于诗，与秦观、张耒、晁补之游苏轼之门，号四学士。独江西君子以庭坚配轼，谓之苏、黄。”盖自当时已不以是为公论矣。（卷二）

山谷《牧牛图》诗，自谓平生极至语。是固佳矣，然亦有何意味？黄诗大率如此。谓之奇峭，而畏人说破，元无一事。

诗人之语，诡谲寄意，固无不可；然至于太过，亦其病也。

古之诗人，虽趣尚不同，体制不一，要皆出于自得。至其辞达理顺，皆足以名家，何尝有以句法绳人者！鲁直开口论句法，此便是不及古人处。而门徒亲党，以衣钵相传，号称“法嗣”，岂诗之真理也哉！

鲁直于诗，或得一句，而终无好对；或得一联，而卒不能成篇；或偶有得，而未知可以赠谁。何尝见古之作者如是哉！

山谷自谓得法于少陵，而不许东坡。以予观之：少陵，《典谟》也；东坡，《孟子》之流；山谷，则扬雄《法言》而已。

鲁直论诗，有“夺胎换骨、点铁成金”之喻，世以为名言。以予观之，特剽窃之黠者耳。鲁直好胜而耻其出于前人，故为此强辞，而私立名字。夫既已出于前人，纵复加工，要不足贵。虽然，物有同然之理，人有同然之见，语意之间，岂容全不见犯哉！盖昔之作者，初不校此。同者不以为嫌，异者不以为夸，随其所自得，而尽其所当然而已。至于妙处，不专在于是也。故皆不害为名家而各传后世，何必如鲁直之措意邪！

《王直方诗话》云："秦少游尝以真字题邢惇夫扇云：'月团新碾瀹花瓷，饮罢呼儿课《楚辞》。风定小轩无落叶，青虫相对吐秋丝。'山谷见之，乃于扇背作小草云：'黄叶委庭观九州，小虫催女献功裘，金钱满地无人费，百斛明珠薏苡秋。'少游后见之，复云：'逼我太甚。'"予谓黄诗语徒雕刻，而殊无意味，盖不及少游之作；少游所谓"相逼"者，非谓其诗也，恶其好胜而不让耳。

朱少章论江西诗律，以为"用昆体功夫而造老杜浑全之地"。予谓用"昆体"功夫，必不能造老杜之浑全；而至老杜之地者，亦无事乎"昆体"功夫：盖二者不能相兼耳。茅璞评刘夷叔长短句，谓"以少陵之肉，傅东坡之骨"，亦犹是也。

近岁诸公，以作诗自名者甚众，然往往持论太高，开口辄以《三百篇》《十九首》为准；六朝而下，渐不满意；至宋人，殆不齿矣。此固知本之说，然世间万变，皆与古不同，何独文章而可以一律限之乎？就使后人所作，可到《三百篇》，亦不肯悉安于是矣，何者？滑稽自喜，出奇巧以相夸，人情固有不能已焉者。宋人之诗，虽大体衰于前古，要亦有以自立，不必尽居其后也，遂鄙薄而不道，不已甚乎？少陵以文章为"小技"，程氏以诗为"闲言语"，然则，凡辞达理顺，无可瑕疵者，皆在所取可也。其余优劣，何足多较哉！（卷三）

《滹南诗话》（选录） 中华书局 1981 年版《历代诗话续编》本

元好问

元好问(1190—1257),金文学家,字裕之,号遗山,太原秀容(今山西忻州)人。祖系出自北魏皇室鲜卑族,后随魏孝文帝由平城(今大同市)南迁洛阳,并在孝文帝的汉化改革中改姓元。元好问出生后七个月,即过继给二叔父元格(后元好问称其为陇城府君),其后随继父转徙于山东、河北、山西、甘肃的县令任上。元好问八岁即因作诗而获"神童"美誉,初试科举未中,而当时太原王中立、翰林学士路铎、名儒郝天挺等都指导过他。后科场多次挫折失意,复遭受战祸、家破人亡,由山西逃难河南并在豫西定居。应试汴梁时,得与赵秉文、杨云翼、雷渊、李晏等交好。金宣宗兴定五年(1221),中进士,三年后在赵秉文、杨云翼之力劝之下应选博学宏词科,入选翰林院,因不满史馆的冷官生活,旋辞官回豫西登封家中闲居。后又被荐举出任镇平、内乡、南阳县令,再调金中央政府任尚书省令史,移家汴京。金哀宗天兴二年(1233),汴京城破,元好问被蒙古兵俘虏,押赴聊城羁管软禁,到元太宗窝阔台十年(1238)八月才结束羁系生活。他痛心于金国的沦亡,有意于以诗存史,遂编辑金国已故君臣诗词总集《中州集》,收录诗词二千一百一十六首,有作者共二百五十余人小传,后脱脱《金史·艺文传》即以此为蓝本写成,清人郭元钎编《全金诗》也是在此基础上增补而成。金亡前夕,他即向当政者建议用女真文小字写一部金史,但未能如愿,遂私撰《壬辰杂编》。金亡后,为金史编纂四处奔忙搜求有关资料,并建"野史亭",作为存放有关资料和编辑写作的地方,积累了金朝君臣遗言往行的资料上百万字,后称"金源君臣言行录",成为元人脱脱修《金史》最主要之根据,《四库全书》提要称《金史》"多本其所著"。汴京城破,元好问即向当时任蒙古国中书令的耶律楚材推荐了包括王若虚等在内的几十名中原秀士，对元代重要文人如郝经、王恽、白朴等亦有指导之功。元好问多才多艺，除了长于诗文、从政之外，还深于历算、医药、书画鉴赏、书法、佛道哲理等学问，一生著述宏富，有《遗山集》，复有金代杂闻集录《续夷坚志》四卷二百多篇、《中州集》十卷、《唐诗鼓吹》十卷，《锦机》、《东坡诗雅》、《杜诗学》、《诗文自警》、《壬辰杂编》、《金朝君臣言行录》、《南冠录》、《集验方》、《故物谱》等著述已散佚。后世有“一代宗工”、“一代宗匠”之誉。

论诗三十首[①]

汉谣魏什久纷纭，正体无人与细论。谁是诗中疏凿手，暂教泾渭各清浑[②]。

曹刘坐啸虎生风，四海无人角两雄。可惜并州刘越石，不教横槊建安中[③]。

邺下风流在晋多，壮怀犹见缺壶歌。风云若恨张华少，温李新声奈尔何[④]。（原注：钟嵘评张华诗，恨其“儿女情多，风云气少”。）

一语天然万古新，豪华落尽见真淳。南窗白日羲皇上，未害渊明是晋人[⑤]。（原注：陶渊明，唐之白乐天。）

纵横诗笔见高情，何物能浇磈磊平。老阮不狂谁会得，出门一笑大江横[⑥]。

心画心声总失真，文章仍复见为人。高情千古《闲居赋》，争信安仁拜路尘[⑦]。

慷慨歌谣绝不传，穹庐一曲本天然。中州万古英雄气，也到阴山敕勒川[⑧]。

沈宋横驰翰垒场，风流初不废齐梁。论功若准平吴例，合着黄金铸子昂[⑨]。

斗靡夸多费览观，陆文犹恨冗于潘。心声只要传心了，布谷澜翻可是难[⑩]。（原注：陆芜而潘静，语见《世说》。）

排比铺张特一途，藩篱如此亦区区。少陵自有连城璧，争奈微之识碱砆[11]。(原注:事见元稹《子美墓志》。)

眼处心生句自神,暗中摸索总非真。画图临出秦川景,亲到长安有几人[12]。

望帝春心托杜鹃,佳人锦瑟怨华年。诗家总爱西昆好,独恨无人作郑笺[13]。

万古文章有坦途,纵横谁似玉川卢。真书不入今人眼,儿辈从教鬼画符[14]。

出处殊途听所安,山林何得贱衣冠。华歆一掷金随重,大是渠侬被眼谩[15]。

笔底银河落九天,何曾憔悴饭山前。世间东抹西涂手,枉着书生待鲁连[16]。

切切秋虫万古情,灯前山鬼泪纵横。鉴湖春好无人赋,岸夹桃花锦浪生[17]。

切响浮声发巧深,研摩虽苦果何心。浪翁水乐无宫徵,自是云山《韶濩》音[18]。(原注:水乐,次山事,又其《欸乃曲》云:"停桡静听曲中意,好是云山《韶濩》音。")

东野穷愁死不休,高天厚地一诗囚。江山万古潮阳笔,合在元龙百尺楼[19]。

万古幽人在涧阿,百年孤愤竟如何?无人说与天随子,春草输赢较几多[20]。(原注:天随子诗:"无多药草在南荣,合有新苗次第生。稚子不知名品上,恐随春草斗输赢。")

谢客风容映古今,发源谁似柳州深。朱弦一拂遗音在,却是当年寂寞心[21]。(原注:柳子厚,晋之谢灵运。)

窘步相仍死不前,唱酬无复见前贤。纵横正有凌云笔,俯仰随人亦可怜[22]。

奇外无奇更出奇,一波才动万波随。只知诗到苏黄尽,沧海横流却是谁[23]?

曲学虚荒小说欺,俳谐怒骂岂诗宜?今人合笑古人拙,除却雅言都不知[24]。

有情芍药含春泪,无力蔷薇卧晚枝。拈出退之山石句,始知渠是女郎诗[25]。

乱后玄都失故基，看花诗在只堪悲。刘郎也是人间客，枉向春风怨兔葵[26]。

金入洪炉不厌频，精真那计受纤尘。苏门果有忠臣在，肯放坡诗百态新[27]。

百年才觉古风回，元祐诸人次第来。讳学金陵犹有说，竟将何罪废欧梅[28]？

古雅难将子美亲，精纯全失义山真。论诗宁下涪翁拜，未作江西社里人[29]。

池塘春草谢家春，万古千秋五字新。传语闭门陈正字，可怜无补费精神[30]。

撼树蚍蜉自觉狂，书生技痒爱论量。老来留得诗千首，却被何人校短长[31]。

《遗山先生文集》卷十一　《四部丛刊》初编本

【注释】

① 元好问是一位才华横溢、多才多艺的文学家，《四库全书·遗山集提要》云："好问才雄学赡，金元之际屹然为文章大宗，所撰《中州集》，意在以诗存史，去取尚不尽精。至所自作，则兴象深邃，风格遒上，无宋南渡宋江湖诸人之习，亦无江西派生拗粗犷之失，至古文，绳尺严密，众体悉备，而碑版志铭诸作尤为具有法度。"诗尤其所长，祖李、杜，律切精深，有豪放迈往之气，又能用俗为雅，变故作新，其友李冶誉其为"二李（李白、李邕）后身"。元好问又是一位高明的文艺理论家，其诗论都与其丰富的创作经验密切相关，其中《论诗三十首》七绝组诗又是其最成系统之论诗著述，自注"丁丑岁三乡作"，据清施国祈《元遗山全集年谱》及清翁方纲《石洲诗话》所载，是在金宣宗兴定元年（1217）所作。论诗以七绝首推杜甫《戏为六绝句》，其后有李商隐《漫成五章》、苏轼《次韵孔毅父》、戴复古《论诗七绝十首》、韩驹、吴可的《学诗诗》等，元好问之后，清代有王士禛《戏仿元遗山论诗绝句三十二首》、袁枚《仿元遗山论诗三十八首》等，后世论词、书、画等诸艺者亦多效仿此体，于七绝之中另启一户牖。元好问的《论诗三十首》组诗对杜甫《戏为六绝句》"别裁伪体亲风雅"诗学观多有继承，组诗涉及汉、魏、晋、刘宋、北魏、齐、梁、唐、赵宋八个朝代，论及曹植、刘桢、张华、阮籍、

刘琨、陶潜、谢灵运、沈佺期、宋之问、陈子昂、李白、杜甫、韩愈、柳宗元、刘禹锡、卢仝、孟郊、李商隐、温庭筠、欧阳修、梅圣俞、苏轼、黄庭坚、秦观、陈师道等诸多诗人,大抵已成一部宏观诗史。

《论诗三十首》第一首"汉谣魏什久纷纭,正体无人与细论",所提出"正体",乃是这组诗的核心概念,而"正体"显然与杜甫"别裁伪体亲风雅"之所谓"伪体"直接相关,元好问又以诗体的"疏凿手"自居,组诗的主题也就是在诗史流变中辨析诗之正伪。概括言之,其所谓"正体"乃壮浪气骨与浑然天成高度统一之诗,反之则为"伪体"。

首先,是崇尚雄放壮浪的风格,把正体渊源追溯到汉魏,正是为了标榜汉魏风骨。从正面讲,组诗赞赏了"坐啸虎生风"、四海无人敌之曹(操)刘(祯),建安后刘琨、王敦、阮籍等仍有其流风余韵,而唐代的陈子昂、李白、杜甫、韩愈等及赵宋的苏轼、黄庭坚等也都因具有豪放壮浪的风格而受到元好问的推崇,对斛律金《敕勒歌》所洋溢的慷慨激昂的英雄气也是褒扬有加。从反面讲,指出张华虽然"风云气少",但比起晚唐温(庭筠)、李(商隐)又要强多了,对初唐沈(佺期)、宋(之问)的"不废齐梁绮靡之风"、宋秦观的几近女郎语的纤巧柔靡等作了批评。豪放的风格与诗人的气量有关,所以,元好问也对气量狭小的"高天厚地一诗囚"的孟郊提出了批评。元好问《自题中州集后五首》云:"邺下曹刘气尽豪,江东诸谢韵尤高。若从华实评诗品,未便吴侬得锦袍。"也可见其在诗风上的褒贬。再如其《陶然集序》云:"大概以脱弃凡近,澡雪尘翳,驱驾声势,破碎阵敌,囚锁怪变,轩豁幽秘,笼络今古,移夺造化为工;钝滞僻涩,浅露浮躁,狂纵淫靡,诡诞琐碎陈腐为病。"

其次,是崇尚从陶潜开始强调的天然浑成传统,南朝谢灵运、唐代李白、柳宗元等皆在此列,其《东坡诗雅引》也强调:"五言以来,六朝之谢陶,唐之陈子昂韦应物柳子厚,最为近风雅。"从反面来讲,陆机"斗靡夸多"、唐陆龟蒙的"重名轻实"、李商隐的"用事深僻,流于晦涩"、宋陈师道的"闭门觅句"及江西诗派的"尽失古雅精真"等,皆有失诗应有的天然风致。"眼处心生句自神,暗中摸索总非真",对于杜甫亲历长安而能随物赋形、穷形尽相地描绘秦川景物的传神写照,元好问更是推崇有加。在对待诗歌声韵问题上,元好问也提倡自然声韵,反对"研摩"。诗风自然,表明诗作乃诗人情感、心境、志向等的自然流露,"谢客风容映古今,发源谁似柳州深",是因为柳宗元深得谢灵运寂寞的诗心,而潘岳的文行不一则是其反例,其《杨叔能小亨集引》更是标榜以"诚"为本:"唐诗所以绝出于三百篇之后者,知本焉尔矣。何谓本?诚是也","夫惟不诚,故言无所主,心口别为二物,物我邈其千里,漠然而往,悠然而来,人之听之,若春风之过马耳,其欲动天地感神鬼难矣”。

再次,是对诗史的“奇变”的传统的重视。应注意的是,在追溯诗之源头上,杜甫追溯到风雅即《诗经》,而元好问追溯到汉魏,而汉魏乃是文人个体创作兴起之时,因此可以说他主要是在文人传统中讨论诗学问题的,也因此,开启“奇变”传统的杜甫固然备受推崇,而元好问对受杜甫影响的韩愈、赵宋苏黄等奇变诗风也是比较认可的。“正”与“变”是儒家传统诗学中的一对重要范畴,儒者一般认为“变”的价值要低于“正”,对“奇变”的认可表明元好问对这种传统观念是有所保留的。元好问所批评的主要是“伪体”而非“变体”。有“变”,方有创新,“一语天然万古新”、“肯让坡诗百态新”、“万古千秋五字新”,均可见元好问对创新诗语、诗境的赞叹之意,而“窘步相仍死不前”、“俯仰随人亦可怜”等则是对故步自封的批评。另一方面,对于诗之奇变,元好问也非一味抬高:他赞赏韩愈,但对与韩愈险怪诗风接近的孟郊(及贾岛,诗史有“韩孟”之称,表明其风格有相近之处)穷愁苦吟、卢仝(及马异)的“别寻险径,流于鬼怪”则多有批评;他认可黄庭坚,但对江西诗派末流的“沧海横流”则持批评态度。

此外,元好问在组诗中还对李贺诗的幽冷鬼气、刘禹锡诗的不切事理、江西诗派的徘谐怒骂等提出了批评。

元好问对诗禅关系也有极好的论述,其《陶然集序》强调学诗之难,“唐以来,合规矩准绳尤难”,而后又指出:“虽然,方外之学有‘为道日损’之说,又有‘学至于无学’之说,诗家亦有之。子美夔州以后,乐天香山以后,东坡海南以后,皆不烦绳削而自合,非技进于道者能之乎!诗家所以异于方外者,渠辈谈道,不在文字,不离文字;诗家圣处,不离文字,不在文字。唐贤所为,情性之外,不知有文字云耳。”《杜诗学引》也强调“子美之妙,释氏所谓‘学至于无学’者耳”,此即后人所谓由有法而至于无法,他还对杜甫诗的“用事”有很好的分析:“故谓杜诗为无一字无来处亦可也,谓不从古人中来亦可也。前人论子美用故事,有着盐水中之喻,固善矣,但未知九方皋之相马,得天机于灭没存亡之间,物色牝牡,人所共知者为可略耳。”

② “汉谣魏什久纷纭”四句——大意谓汉魏以来,诗体庞杂多变,诸体中何谓正体却无人细加裁断,不知谁能为凿通山川之巨手,暂将诗学源流之清浊判个分明。此四句乃组诗之总起,后世注者有谓“分明自任‘疏凿手’”,以下诸绝所论大抵为如何疏通诗学源流之阻塞而辨别其清浊、正伪。“汉谣魏什久纷纭”,《宋书·谢灵运传论》有云“自汉至魏,文体三变”,此后诗体更是多变。“正体”,相对于“伪体”而言,杜甫《戏为六绝句》有云:“别裁伪体亲风雅,转益

多师是汝师”,强调《诗经》乃诗之正体之渊源。“疏凿”,开凿阻塞,使之通畅。

③“曹刘坐啸虎生风”四句——大意谓建安曹植、刘桢坐啸诗坛,虎虎生风,四海之内众多才人俊士,无人堪比,永嘉时刘琨(越石)犹有汉魏风骨,可惜生之太晚,未能并列建安诗坛,与曹刘一起横槊赋诗。此四句论“建安风骨”,多受钟嵘所论影响,钟嵘《诗品》之序有“曹刘殆文章之圣”之语,又评曹植“骨气奇高,词采华茂”,刘桢“仗气爱奇,动多振绝。真骨凌霜,高风跨俗”,评刘琨诗则云“善叙丧乱,多感恨之词”。

④“邺下风流在晋多”四句——大意谓建安风流在晋朝仍留存很多,由(王敦)击壶而歌犹可见豪气壮怀,张华诗虽然缺乏风云之气,但比起晚唐时温庭筠、李商隐诗又要好多了。“缺壶歌”,《晋书·王敦传》有云:“(王敦)酒后辄咏魏武乐府曰:‘老骥伏枥,志在千里。烈士暮年,壮心不已。’以铁如意击唾壶为节,壶口尽缺。”

⑤“一语天然万古新”四句——赞赏陶渊明的天然、真淳。

⑥“纵横诗笔见高情”四句——赞赏阮籍诗纵横狂放,严羽《沧浪诗话》有云:“黄初之后,惟阮籍咏怀之作,极为高古,有建安气骨。”“出门一笑大江横”,语出黄庭坚《水仙花》。

⑦“心声心画总失真”四句——批评潘岳文章之失真、言行不一。扬雄《法言》谓:“言,心声也。书,心画也。”《晋书·潘岳传》载:“(潘岳)性轻躁,趋势利,与石崇等谄事贾谧,每侯其出,与崇辄望尘而拜。然仕宦不达,乃作《闲居赋》。”《闲居赋》宣扬高逸的情操,正印证了《文心雕龙·情采》所谓:“志深轩冕,而泛咏皋壤;心缠几务,而虚述人外;真宰弗存,翩其反矣。”

⑧“慷慨歌谣绝不传”四句——赞赏北齐斛律金《敕勒歌》,大意谓汉魏歌谣之慷慨气骨至六朝似已绝传,而《敕勒歌》却犹有此风,这大概是中原地区万古以来之英雄气概,也传到阴山的敕勒川吧。《敕勒歌》原文为:“敕勒川,阴山下。天似穹庐,笼盖四野。天苍苍,野茫茫,风吹草低见牛羊。”是敕勒族旧有之歌谣,极为豪莽。《北史·文苑传论》有云:“江左宫商发越,贵于清绮;河朔词义贞刚,重乎气质。气质则理胜其词,清绮则文过其意。”

⑨“沈宋横驰翰墨场”四句——赞扬陈子昂恢复汉魏风骨。《新唐书·陈子昂传》云:“唐初,文章承徐、庾余风,天下祖尚,子昂始变雅正。”陈子昂本人有“汉魏风骨,晋宋莫传”之语。“沈宋”,指唐初诗人沈佺期、宋之问。“平吴例”,据《吴越春秋》载,平吴后,范蠡功大,越王勾践为其铸像,意谓按例也应为陈子昂铸一座黄金塑像,以表彰其追复汉魏风骨之功。

⑩“斗靡夸多费览观”四句——大意谓为文斗靡夸多,徒增阅览之劳,以潘

岳、陆机相较，陆机之文章，犹有较潘岳冗长之憾，为文能传达心意，就如布谷鸟之澜翻啼叫，何难之有？据《世说新语·文学》载："孙兴公云：潘文浅而净，陆文深而芜。"又，《文心雕龙·体性》云："安仁轻敏，故锋发而韵流；士衡矜重，故情繁而辞隐。""澜翻"，波涛翻腾，常用于形容言辞滔滔不绝，苏轼有"口角澜翻如布谷"诗句。

⑪"排比铺张特一途"四句——大意谓铺陈终始，排比声律，仅为诗歌创作之一途而已，推许杜甫，若局限于此，则其藩篱未免太窄，杜甫自有旷世无匹之连城璧，怎奈元稹识见短浅，只识其中之碔砆？唐元稹《唐工部员外郎杜君墓志铭并序》有云："苟以为能所不能、无可不可，则诗人以来，未有如子美者。时山东人李白亦以奇文取称，时人谓之李杜。予观其壮浪纵恣，摆去拘束，摹写物象，及乐府歌诗，诚亦差肩于子美矣。至若铺陈终始，排比声韵，大或千言，次犹数百，词气豪迈而风调清深，属对律切而脱弃凡近，则李尚不能历其藩翰，况堂奥乎？"(《四库全书》本《元氏长庆集》卷五十六)"碔砆"，似玉的美石。

⑫"眼处心生句自神"四句——大意谓看到之处、心有所感触而产生的诗句自能传神，未亲临其境而只在暗中摸索，写出来的诗句总是无法逼真，杜甫在长安时秦川景物尽入题咏而真切入神，似图画一般，而像杜甫这样亲历长安、身临其境而刻画写真的诗人，古来又能有几人呢。

⑬"望帝春心托杜鹃"四句——以《锦瑟》为例指出李商隐诗"用事深僻"的特点。"西昆"，指李商隐体或与李商隐风格接近的诗体，宋刘攽《中山诗话》云："祥符天禧中，杨大年、钱文僖、晏元献、刘子仪以文章立朝，为诗皆宗李义山，号西昆体。"而释惠洪《冷斋夜话》则认为："诗到义山，谓之文章一厄。以其用事辟晦，时号西昆体。"严羽《沧浪诗话》指出："西昆体，即李商隐体。然兼温庭筠及本朝杨刘诸公而名之也。""郑笺"，指郑玄所作《毛诗》笺注，一般认为其笺注能阐明《诗经》之旨意。

⑭"万古文章有坦途"四句——批评卢仝诗的险怪风格。韩愈《赠卢仝诗》云："往年弄笔嘲仝异，怪词惊众谤不已。近来自说寻坦途，犹上虚空跨駬騄。""玉川卢"，指中唐诗人卢仝，其号为玉川子。"真书"，指楷书。"真书不入今人眼，儿辈从教鬼画符"意谓像正楷一样正常、规整的诗往往不能引起人的注意，而像鬼画符、胡乱涂鸦字体一样的诗反而多受注意。

⑮"出处殊途听所安"四句——以华歆事为典，批评作诗刻意作伪而欺瞒世人。"出处殊途听所安，山林何得贱衣冠"典出《宋书·颜延之传》："(颜延之)作《五君咏》，述竹林七贤，山涛、王戎以贵显被黜。""华歆一掷金随重，大是渠侬被眼谩"典出《世说新语》："管宁、华歆共锄园中菜，见地有片金，宁挥锄与

瓦石不异，歆捉而掷之。”讽刺华歆之故作清高。

⑯“笔底银河落九天”四句——赞赏李白诗雄放诗风，批评后人对李白之诬蔑。“笔底银河落九天”语出李白诗《望庐山瀑布》“飞流直下三千尺，疑是银河落九天”；“何曾憔悴饭山前”，典出据传为李白所作诗《戏赠杜甫》：“饭颗山头逢杜甫，头戴笠子日卓午。为问因何太瘦生，只为从来作诗苦。”据王琦注《李太白集注》卷三十，该诗出自唐《本事诗》，又《旧唐书》卷一百九十下“天宝末，诗人甫与李白齐名，而白自负文格放达，讥甫龌龊而有饭颗山之嘲诮。”《霏雪录》卷下有云：“饭颗山事，西蜀赵次公彦材谓太白讥子美龌龊，言甫之为诗，如砌饭为山也，此岂次公臆说欤？按李杜二公集中唱和诸诗考之，相推尚不暇，太白岂独为此恶喙之人邪？以势言之，饭颗必是山名耳。”王琦注中亦有云：“《摭言》作饭颗山前，一作长乐坡前。”或实有以“饭颗”为名之山，已不可考。又，《容斋随笔·四笔》卷三有云：“饭颗山头之嘲，亦好事者所撰耳。”后世认同此论者不少，元好问也以为是后人的“东抹西涂”，不足为信。“枉着书生待鲁连”，李白诗中常吟诵鲁仲连，李白曾依永王璘，后永王璘谋反，李白也因此获罪，后人或以此为李白之污点，也或替李白辩解，元好问即以为此乃后世迂腐书生诬蔑李白。

⑰“切切秋虫万古情”四句——大意谓李贺诗凄切如秋虫之悲鸣，抒发万古哀伤之情，幽冷苦境又如灯前山鬼之落泪，而像太湖春景的朗丽，很少有人能写好，只有李白“岸夹桃花锦浪生”堪称古今独步。意谓李贺幽冷哀激之诗格，不及李白之高华俊伟。“岸夹桃花锦浪生”语出李白七言律诗《鹦鹉洲》：“烟开兰叶香风起，岸夹桃花锦浪生。”

⑱“切响浮声发巧深”四句——强调诗歌声韵要自然天成。“切响浮声”，语出沈约《宋书·谢灵运传论》：“夫五色相宣，八音协畅，由乎玄黄、律吕各适物宜，欲使宫羽相变，低昂互节，若前有浮声，则后须切响，一简之内，音韵尽殊，两句之中，轻重悉异，妙达此旨，始可言文。”“浪翁”，指唐诗人元结。“水乐无宫徵”，《次山集》卷十一有《水乐说》云：“元子于山中尤所耽爱者，有水乐，水乐是南磴之悬水淙淙，然闻之多，久于耳，尤便不至南磴，即悬庭前之水，取欹曲窦缺之石，高下承之，水声少似，听之亦便。”又有《订司乐氏》云：“或有将元子水乐说于司乐氏，乐官闻之，谓元子曰：能和分五音，韵谐水声，可传之。来请观学，元子辞之，使门人以南磴及庭前悬水指之，乐氏丑恶，谩骂曰：韵聩多矣，焉有听而云乐乎？此言闻元子，元子谢曰：次山病，余惛固，自顺于空山穷谷，偶有悬水淙石，冷然便耳，醉甚，或与酒徒戏言，呼为水乐，不防君子过闻而来，实污辱君子之车仆。乐官去，季川问曰：向犹谢乐官不亦过甚？曰：然。吾为汝订

之，汝岂不知彼为司乐之官，老矣，八音教其心，五声传其耳，不得异闻，则以为错乱纷惑，甚不可听，况悬水淙石，宫商不能合，律吕不能主，变之不可，会之无由，此全声也。司乐氏非全士，安得不甚谢之。嗟乎，司乐氏欲以金石之顺和，丝竹之流妙，宫商角羽丰然递生，以化全士之耳，犹以悬水淙石，激浅注深，清瀛浥溶，不变司乐氏之心。呜呼，天下谁为全士能爱夫全声也！"大意皆强调天籁胜于人籁。

⑲"东野穷愁死不休"等四句——强调孟郊之穷愁实不堪与韩愈之雄奇相提并论。"东野穷愁死不休"，《六一诗话》云："孟郊、贾岛以诗穷至死，而平生尤喜愁苦之词。""潮阳笔"，指韩愈由潮州还朝后所写文章，黄庭坚《书少陵诗后》有云："子美到夔州后，退之自潮州还朝后，文章不烦绳削而自合。"

⑳"万古幽人在涧阿"四句——强调不可以名声论诗之高下，如陶潜在六朝时名声并不大，钟嵘《诗品》仅将其列在中品。"天随子"，唐诗人陆龟蒙之号，元好问自注所引诗为其《自遣诗》，而遗山此处反其道而行之，强调"春草"未必不能与"名品"斗输赢。

㉑"谢客风容动古今"四句——意谓柳宗元深得谢灵运之风容与寂寞之诗心。"谢客"，指谢灵运，谢幼时寄养别人家，故小名为"客儿"。

㉒"窘步相仍死不前"等四句——批评宋诗唱酬之风，强调自创新格，不当窘步因袭。"仍"，因袭、依旧。"纵横正有凌云笔"，语出杜甫《戏为六绝句》："庾信文章老更成，凌云健笔自纵横。"明都穆《南濠诗话》有云："东坡云：诗须有为而作。山谷云：诗文惟不造空强作，待境而生，便自工耳。予谓今人之诗惟务应酬，无怪其语之不工。遗山云'纵横正有凌云笔，俯仰随人亦可怜'，知其病者也。"

㉓"奇外无奇更出奇"四句——大意谓诗至苏轼、黄庭坚，变化出奇已臻其极，后世模仿苏、黄者，推波助澜，变本加厉，全无诗法规范，渐失诗体之正。

㉔"曲学虚荒小说欺"四句——大意谓乡曲之学，虚妄荒诞，小家之说，每每欺人，俳谐与怒骂于诗难道适宜吗？难怪今人会取笑古人迂拙，以为雅言而外，嘻谑、怒骂等皆所不知。《沧浪诗话》有云："（近世）其末流甚者，叫噪怒张，殊乖忠厚之风，殆以骂詈为诗。"遗山《小亨集》自述学诗以十数条自警，其中"无怨怼"、"无谑浪"、"无为仇敌谤伤"、"无为黥卒醉横"、"无为市倡怨恩"、"无为正人端士所不道"等数条，大致皆强调要跟俳谐怒骂保持距离。

㉕"有情芍药含春泪"四句——选摘秦观纤巧靡弱之作与韩愈豪雄奇崛之作相比，示其褒贬。元好问《中州集·王中立传》有云："予尝从先生学，问作诗

究竟如何，先生举秦少游《春雨诗》有情芍药云云，诗非不工，若以退之‘芭蕉叶大栀子肥’校之，则《春雨》为妇人语矣。破却工夫，何至学妇人。”“芭蕉叶大栀子肥”句即出自韩愈《山石》诗。

㉖“乱后玄都失故基”四句——针对刘禹锡两首题咏玄都观桃花诗而发，一首是《元和十一年自朗州召至京戏赠看花诸君子诗》：“紫陌红尘拂面来，无人不道看花回。玄都观里桃千树，尽是刘郎去后栽。”另一首是作于大和二年的《再游玄都观诗》：“百亩庭中半是苔，桃花净尽菜花开。种桃道士今何在？前度刘郎今又来。”元好问微讽这两首诗旨在指出，怨刺之作不可仅仅局限于一己得失而漫无节制，要切当事理。

㉗“金入洪炉不厌频”四句——大意谓苏轼才雄气逸，其作如金入洪炉百炼而成，兼备众长而又至精至真，不染纤尘，苏门诸弟子“无一人能继嫡派者，才有所限，不可强耳”。苏门之中，张耒、晁补之、秦观、黄庭坚号“苏门四学士”，或合陈与义、晁冲之为“苏门六学士”。

㉘“百年才觉古风回”四句——大意谓宋初诗坛沉溺于“西昆体”，百年之后，始觉醒而回复古风，于是元祐诸家次第兴起，而欧阳修、梅尧臣显然有首倡之功，如果说忌讳学王安石诗之好用奇字还有几分道理的话，那么，后人只知江西诗派而不知欧梅却没什么道理。

㉙“古雅难将子美亲”四句——大意谓江西派诗作，论古雅难及杜甫，论精纯又全不如李商隐，论诗宁对黄庭坚下拜，亦不作江西派中人。“涪翁”，指黄庭坚。《滹南诗话》有云：“山谷自谓得法于少陵，而不许东坡，以予观之：少陵，《典谟》也；东坡，《孟子》之流；山谷，则扬雄《法言》而已。”与“古雅难将子美亲”意近。《渔隐丛话》指出吕居仁《江西宗派图》“所列二十五人，为所称道者数人，余亦滥登其列”。

㉚“池塘春草谢家春”四句——以谢灵运“池塘生春草”天然清新之句与陈师道闭门雕刻作比，示其抑扬。“池塘春草谢家春，万古千秋五字新”，指谢灵运五言诗《登池上楼》名句“池塘生春草，园柳变鸣禽”。“陈正字”，指陈师道，字无己，号半山，为秘书省正字，其时有“闭门觅句陈无己”之说。

㉛“撼树蚍蜉自觉狂”四句——大意谓评论古人诗作优劣得失，犹如蚍蜉想要撼动大树，自觉十分狂妄，但历来书生技痒之时总喜欢论量高下，等我到老死之后，或许留下千首诗歌，则不知将由何人校论短长。韩愈《调张籍》诗有云：“李杜文章在，光焰万丈长。不知群儿愚，那用故谤伤。蚍蜉撼大树，可笑不自量。”

【附录】

文章出苦心，谁以苦心为。正有苦心人，举世几人知。工文与工诗，大似国手棋。国手虽漫应，一着存一机。不从着着看（平），何异管中窥。文须字字作，亦要字字读。咀嚼有余味，百过良未足。功夫到方圆，言语通眷属。只许旷与夔，闻弦知雅曲。今人诵文字，十行夸一目，阏颤失香臭，瞀视纷红绿。毫厘不相照，觌面楚与蜀。莫讶荆山前，时闻刖人哭。

元好问《遗山先生文集》卷二《与张仲杰郎中论文》
《四部丛刊》初编本

邺下曹刘气尽豪，江东诸谢韵尤高。若从华实评诗品，未便吴侬得锦袍。
陶谢风流到百家，半山老眼净无花。北人不拾江西唾，未要曾郎借齿牙。
万古骚人呕肺肝，乾坤清气得来难。诗家亦有长沙帖，莫作宣和阁本看。
文章得失寸心知，千古朱弦属子期。爱杀溪南辛老子，相从何止十年迟。
平世何曾有稗官，乱来史笔亦烧残。百年遗稿天留在，抱向空山掩泪看。

元好问《遗山先生文集》卷十三《自题中州集后五首》
《四部丛刊》初编本

坎井鸣蛙自一天，江山放眼更超然。情知春草池塘句，不到柴烟粪火边。
诗肠搜苦白头生，故纸尘昏枉乞灵。不信骊珠不难得，试看金翅擘沧溟。
晕碧裁红点缀匀，一回拈出一回新。鸳鸯绣了从教看，莫把金针度与人。

元好问《遗山先生文集》卷十四《论诗三首》
《四部丛刊》初编本

或病吾飞卿追琢功夫太过者，予释之曰：诗之极致，可以动天地，感鬼神，故传之师，本之经，真积之力久而有不能复古者。自“匪我愆期，子无良媒”，“自伯之东，首如飞蓬”，“爱而不见，搔首踟蹰”，“既见复关，载笑载言”之什观之，皆以小夫贱妇，满心而发，肆口而成，见取于采诗之官，而圣人删诗，亦不敢尽废。后世虽传之师，本之经，真积力久而不能止焉者，何古今难易不相侔之如是耶？盖秦以前，民俗醇厚，去先王之泽未远，质胜则野，故肆口成文，不害为合理。使今世小夫贱妇，满心而发，肆口而成，适足以污简牍，尚可辱采诗官之求取耶？故文字以来，诗为难；魏晋以来，复古为难；唐以来，合规矩准绳尤难。夫因事以陈辞，辞不迫切而意独至，初不为难，后世以不得不难为难耳。古律歌行，篇章操引，吟咏讴谣，词调怨叹，诗之目既广，而诗评诗品诗说诗式亦不可胜读。大概以脱弃凡近，澡雪尘翳，驱驾声势，破碎阵敌，囚锁怪变，轩豁幽秘，笼络今古，移夺造化为工；钝滞僻涩，浅露浮躁，狂纵淫靡，诡诞琐碎陈腐为病。"毫发无遗恨"、"老去渐于诗律细"、"佳句法如何"、"新诗改罢自长吟"、"语不惊人死不休"，杜少陵语也；"好句似仙堪换骨，陈言如贼莫经心"，薛许昌语也；"乾坤有清气，散入诗人脾。千人万人中，一人两人知"，贯休师语也；"看似寻常最奇崛，成如容易却艰难"，半山翁语也；"诗律伤严近寡恩"，唐子西语也，子西又言："吾于它文不至蹇涩，惟作诗极难苦，悲吟累日，仅自成篇。初读时未见可羞处，姑置之，后数日取读，便觉瑕疊百出。辄复悲吟累日，反复改定，比之前作，稍有加焉。后数日复取读，疵病复出。凡如此数四，乃敢示人，然终不能工。"李贺母谓贺必欲呕出心乃已，非过论也。今就子美而下论之，后世果以诗为专门之学，求追配古人，欲不死生于诗，其可已乎！

虽然，方外之学有"为道日损"之说，又有"学至于无学"之说，诗家亦有之。子美夔州以后，乐天香山以后，东坡海南以后，皆不烦绳削而自合，非技进于道者能之乎！诗家所以异于方外者，渠辈谈道，不在文字，不离文字；诗家圣处，不离文字，不在文字。唐贤所为，情性之外，不知有文字云耳。以吾飞卿立之之卓，钻之之坚，得之之难，异时霜降水落，自见涯涘。吾见其泝石楼，历雪堂，问津斜川之上，万虑洗然，深入空寂，荡元气于笔端，寄妙理于言外，彼悠悠者可复以昔之隐几者见待耶！

元好问《遗山先生文集》卷三十七《陶然集序》(节录)
《四部丛刊》初编本

尝谓子美之妙，释氏所谓"学至于无学"者耳。今观其诗，如元气淋漓，随物赋形；如三江五湖，合而为海，浩浩瀚瀚，无有涯涘；如祥光庆云，千变万化，不可名状。固学者之所以动心而骇目。及读之熟，求之深，含咀之久，则九经百氏古人之精华所以膏润其笔端者，犹可仿佛其余韵也。夫金屑丹砂，芝术参桂，识者例能指名之；至于合而为剂，其君臣佐使之互用，甘苦酸醎之相入，有不可复以金屑丹砂、芝参术桂而名之者矣。故谓杜诗为无一字无来处亦可也，谓不从古人中来亦可也。前人论子美用故事，有着盐水中之喻，固善矣，但未知九方皋之相马，得天机于灭没存亡之间，物色牝牡，人所共知者为可略耳。先东岩君有言，近世唯山谷最知子美，以为今人读杜诗，至谓草本虫鱼皆有比兴，如试世间商度隐语然者，此最学者之病。山谷之不注杜诗，试取《大雅堂记》读之，则知此公注杜诗已竟，可为知者道，难为俗人言也。

元好问《遗山先生文集》卷三十六《杜诗学引》(节录)
《四部丛刊》初编本

五言以来，六朝之谢陶，唐之陈子昂韦应物柳子厚，最为近风雅。自余多以杂体为之，诗之亡久矣。杂体愈备，则去风雅愈远，其理然也。近世苏子瞻绝爱陶柳二家，极其诗之所至，诚亦陶柳之亚，然评者尚以其能似陶柳而不能不为风俗所移为可恨耳。夫诗至于子瞻而且有不能近古之恨，后人无所望矣。

元好问《遗山先生文集》卷三十六《东坡诗雅引》(节录)
《四部丛刊》初编本

诗与文同源而别派，文固难，诗为尤难。李长吉母以贺苦于诗，谓呕出肝肺乃已耳。又有论诗者云，乾坤有清气，散入诗人脾，十人万人中一人两人知，其可谓尤难矣。前世诗人凡有所作，遇事辄变，化例不一，其体裁乃欲与造物者争柄，囚锁怪异，破碎阵敌，凌轹�涛，穿穴险固者，尤未尽也。槁项黄馘一节，寒饿之士以是物为颛门，有白首不能道刘长卿一字者，青云贵公子乃咳唾謦呻而得之，是可贵也。学道者有神遇，有悬解，如以无碍辨才，游戏翰墨，龙拿虎掷，动心骇目，不可致诣，彼区区者方缨冠被发流汗而追之九万里，夙斯在下矣。

元好问《遗山先生文集》卷三十六《双溪集序》(节录)
《四部丛刊》初编本

贞祐南渡后，诗学大行，初亦未知适从，溪南辛敬之、淄川杨叔能以唐人为指归……予亦爱唐诗者，唯爱之笃而求之深，故似有所得。尝试妄论之：诗与文，特言语之别称耳。有所记述之谓文，吟咏情性之谓诗，其为言语则一也。唐诗所以绝出于三百篇之后者，知本焉尔矣。何谓本？诚是也。古圣贤道德言语，布在方册者多矣，且以“弗虑胡获，弗为胡成”、“无有作好”、“无有作恶”、“朴虽小，天下莫敢臣”较之，与“祈年孔夙，方社不莫”、“敬共明神，宜无悔怒”何异？但篇题句读不同而已。故由心而成，由诚而言，由言而诗也。三者相为一，情动于中而形于言，言发乎迩而见乎远。同声相应，同气相求，虽小夫贱妇孤臣孽子之感讽，皆可以厚人伦、美教化，无它道也。故曰不诚无物。夫惟不诚，故言无所主，心口别为二物，物我邈其千里，漠然而往，悠然而来，人之听之，若春风之过马耳，其欲动天地感神鬼难矣。其是之谓本。唐人之诗，其知本乎？何温柔敦厚、蔼然仁义之言之多也。幽忧憔悴，寒饥困惫，一寓于时，而共厄穷而不悯，遗佚而不怨者，故在也。至于伤谗疾恶不平之气，不能自揜，责之愈深，其旨愈婉，怨之愈深，其辞愈缓，优柔餍饫，使人涵泳于先生之泽，情性之外不知有文字，幸矣，学者之得唐人为指归也！初予学诗，以十数条自警云：无怨怼，无谑浪，无骜狠，无崖异，无狡讦，无媕阿，无傅会，无笼络，无炫鬻，无矫饰，无为坚白辨，无为贤圣癫，无为妾妇妒，无为仇敌谤伤，无为聋俗哄传，无为瞽师皮相，无为黥卒醉横，无为黠儿白捻，无为田舍翁木强，无为法家丑诋，无为牙郎转贩，无为市倡怨恩，无为琵琶娘人魂韵词，无为村夫子《兔园策》，无为算沙僧困义学，无为稠梗治禁词，无为天地一我今古一我，无为薄恶所移，无为正人端士所不道。信斯言也，予诗其庶几乎。

元好问《遗山先生文集》卷三十六《杨叔能小亨集引》(节录)
《四部丛刊》初编本

唐歌词多宫体，又皆极力为之。自东坡一出，情性之外，不知有文字，真有"一洗万古凡马空"气象。虽时作宫体，亦岂可以宫体概之。人有言乐府本不难作，从东坡放笔后便难作，此殆以工拙论，非知坡者。所以然者，诗三百所载，小夫贱妇幽忧无聊赖之语，时猝为外物感触，满心而发，肆口而成者尔。其初果欲被管弦，谐金石，经圣人手，以与六经并传乎？小夫贱妇且然，而谓东坡翰墨游戏，乃求与前人角胜负，误矣。自今观之，东坡圣处，非有意于文字之为工，不得不然之为工也。坡以来，山谷、晁无咎、陈去非、辛幼安诸公，俱以歌词取称，吟咏情性，留连光景，清壮顿挫，能起人妙思；亦有语意拙直，不自缘饰，因病成妍者，皆自坡发之。

元好问《遗山先生文集》卷三十六《新轩乐府引》(节录)
《四部丛刊》初编本

人心不同如面，其心之声发而为言，言中理谓之文，文而有节为之诗。然则诗者，文之变也，岂有定体哉？故三百篇什无定章，章无定句，句无定字，字无定音，大小长短，险易轻重，惟意所适，虽役夫室妾悲愤感激之语，与圣贤相杂而无愧，亦各言其志也已矣，何后世议论之不公邪？齐梁以降，病以声律，类俳优，然沈宋而下，裁其句读，又俚俗之甚者，自谓灵均以来、此秘未睹，此可笑者一也。李义山喜用僻事，下奇字，晚唐人多效之，号西昆体，殊无典雅浑厚之气，反詈杜少陵为村夫子，此可笑者二也。黄鲁直天资峭拔，摆出翰墨畦径，以俗为雅，以故为新，不犯正位，如参禅着末后句为具眼，江西诸君子翕然推重，别为一派，高者雕镌尖刻，下者模影剽窜，公言韩退之以文为诗，如教坊雷大使舞，又云学退之不至即一白乐天耳，此可笑者三也。嗟乎，此说既行，天下宁复有诗邪？

元好问《中州集》卷二李纯甫《西岩集序》 《四部丛刊》初编本

元(1206—1368)

郝 经

郝经(1223 1275),字伯常,泽州陵川(今属山西省)人,因金兵之乱,迁居霸州信安。世代业儒,六世祖曾受教于北宋理学家程颢,曾叔祖父郝震(号东川)以程氏之学教授乡里,元好问即出于其祖父郝天挺之门,故"陵川学者以郝氏为称首"。郝经承伊洛坠绪,青年时即立志"不学无用学,不读非圣书,不为忧患移,不为利欲拘,不务边幅事,不作章句儒",曾寄居铁佛寺,数年间攻读理学典籍。为蒙古守师张柔、贾辅所知,延为上宾,张、贾二家都藏书万卷,"几逾秘监",经皆博览,无不通晓,此后名声大振。宪宗元年,应世祖忽必烈之召,条陈经国安民之道数十条,忽必烈大悦,遂留经于王府,置诸侍从。郝经较早地提出了"汉法",主张迁都燕京,与南宋议和,偃兵息民等,均为忽必烈所采纳。忽必烈即帝位,以经为翰林侍读学士,佩金虎符,充国信使,派往南宋议和。平章王文统素忌郝经才德,秘令李璮率兵侵宋,使宋怀疑郝经和议不诚,将其拘禁十六年。至元十二年(1275)元大举伐宋,宋才以礼送经归元。世祖赐宴,咨以政事。不久即卒。追谥文忠公。郝经一生著述颇丰,"日以立言载道为事",撰有《经史论》、《易象》、《春秋外传》、《续后汉书》、《易外传》、《太极演》、《原古录》、《玉衡真观》、《陵川文集》等数百卷,被目为"元初理学名儒,文章事业彪炳宇内"。其《经史论》所提出的"古无经史之分"、"六经皆史"等说,对我国史学研究有重大影响。

五经论·诗[①]

天下之治乱在于人情之通塞。甚矣人之情,恶塞而好通也。故天下之乱恒生于塞,而其治恒生于通。君人者,亦审夫通塞而已矣。激扬疏畅,导之而使就于通;剔抉涤荡,达之而使去乎塞。盖塞则上不信下,下不信上,上下交恶,蕴贼祟圮[②],反目以相睽,愤心以相戾,板板愦愦[③],以及于乱,在《易》则为《否》。通则上孚于下,下孚于上,上下相孚,郁乎相扶,焕乎相辉,济济洋洋,以臻于治,在《易》则为《泰》。夫人之情犹水也,湮其流,窒其源,则必壅汩而内溃,穴地而突出,湍奔而肆行。不为疏之而又障之,则必沉沉沦沦,汹涌旁魄[④],쬐发[⑤]之而上行,愈障之而愈深,愈防之而愈沛,久且远溢;而一决则必襄山怀壑,放激冲触,肆其所之,其害有不可胜言者。故善治水者,疏而通之而已矣,瀹[⑥]而注之而已矣,适其性,因其势,道之而已矣。

昔者圣人惧民情之塞而弗通也,于是乎观乎诗。诗者,述乎人之情者也。情由感而动,故喜怒哀乐随所感而发,感之浅也,或默识之而已,或形乎言而已;感之深也,言之不足,长言之,长言之不足,咏歌之,诗之所由兴也。喜而为之美,怒而为之刺,其哀也为之闵,其乐也为之颂。美而不至于谀,刺而不至于詈,哀之也而不至于伤,乐之也而不至于淫。已不能尽而托之于人,人不能尽而托之于物,物不能尽而归之于天。上焉公卿大夫,下焉薪翁笱[⑦]妇,有所感而必有所作;君而知之,天下之情,无不通矣。故致治之君,观乎人情也,必于此乎取之;于是妇寺[⑧]言之,史书之,瞽歌之,于其巡狩而采之,朝贡而陈之,太师声之。君人者俨然而坐听之,闻其安乐之音,循已而省之曰:吾何德何修而臻此欤?乃兢业祗惧,德日益加修,行日益加检,洁齐粢盛[⑨],作为乐歌,荐之郊庙,曰:兹先王之致也。其闻怨以怒、哀以思之音也,矍然而起,愀然而变,循己而省之曰:予得罪于天下矣,予负责于后世矣,予其遘天之诛矣;前言往行何者之愆,礼乐刑政何者之紊。惴惴乎蹈深渊也,愬愬[⑩]乎履虎尾也,德日益修,行日益检,以销神人之怒,犹可及也。其不幸而万民怨嗟,四海扼腕,而君人者无闻知,患生而弗之觉,祸至而弗之悟,卒偾[⑪]其社而沉其宗。此文武周召之所以治，宣王之所以中兴，厉之奔，幽之死，平桓之所以失政也。至矣哉，诗之于王政如是之切也！于人之情如是之通也！于治乱如是之较且明也！故有国君人者，不可以不读诗。

《陵川集》卷十八　《四库全书》本

【注释】

①《四库全书·陵川集提要》称郝经“生平大节炳耀古今，而学问文章亦具有根柢”，“于经术尤深，故其文雅健雄深，无宋末肤廓之习，其诗亦神思深秀，天骨秀拔，与其师元好问可以雁行，不但以忠义著也”。作为元初理学名儒，郝经诗文之论一尊儒法，此《五经论·诗》即在经学范围内讨论诗学问题，首先强调治乱与人情相关，其次指出诗感人情最深，最后指出以诗观人情，由乎其声也。其《朱文公诗传序》强调因声察情、因情观政的做法，确是儒家诗教的基本要义。郝经颇重诗歌创作，曾编《唐宋近体诗选》。颇推崇陶渊明诗，除了重自然外，论诗亦重“言外之意，意外之味，味外之韵”，反对单纯雕琢词句以炫奇（《与撖彦举论诗书》）。

郝经文论亦重自然，“余尝熟读《语》《孟》二书，意味无穷，感化不已。师弟对问之间而文若是，岂有意于文而后言邪？圣贤之膏腴，道德之精华，发而自然耳”（《文弊解》）。他还提出文可“顺”而不可“作”的观点，“顺”则有我在，“物感于我，我应之以理而辞之耳，岂校其辞之工拙哉”（《文说送孟驾之》）。由重“我”，郝经又提出了“内游”说（《内游》）。这种重自然、重“我”的观念也贯穿到他对文之“法”的分析中，其《答友人论文法书》云：“为文则固自有法，故先儒谓作文体制立而后文势成。虽然，理者，法之源，法者，理之具。理致夫道，法工夫技。明理，法之本也。”此说似极重“理”，但他还具体分析道：“若源泉奋地而出，悠然而行，奔注曲折，自成态度，汇于江而注之海，不期于工而自工，无意于法而皆自为法”，重自然而尤重自我，“后之为文，法在文成之前，以理从辞，以辞从文，以文从法，一资于人而无我”，“故今之为文者，不必求人之法以为法，明夫理而已矣。精穷天下之理而造化在我，以是理为是辞，作是文成是法，皆自我作”，有理而理由我出，有法而法由我成。此外，郝经论文极重“实”：“事虚文而弃实用，弊亦久矣”，“天人之道，以实为用，有实则有文，未有文而无其实者也。《易》之文，实理也；《书》之文，实辞也；《诗》之文，实情也；《春秋》之文，实政也；《礼》文实法，而《乐》文实音也。故六经无虚文，三代无文人。夫惟无文人，故所以为三代；无虚文，所以为六经；后世莫能及也”，“后世文士，工于文而拙于实,衔于辞章而忘于道义"(《文弊解》),"《诗》之文,实情也"、"《乐》文实音也"云云表明其所重之"实"也非指义理或狭隘之功利。

② 蕴贼祟圮——积聚败坏、衰退的力量。"蕴祟",积聚。

③ 板板愦愦——"板板",邪僻、乖戾。《诗·大雅·板》:"上帝板板,小民卒瘅。""愦愦",昏乱、烦乱。《庄子·大宗师》:"彼又恶能愦愦然世俗之礼,以观众人之耳目哉。"

④ 旁魄——通"磅礴"。

⑤ 觱发——风寒冷。

⑥ 瀹——疏导。

⑦ 笱——捕鱼的篓子,此处指捕鱼。

⑧ 妇寺——即妇侍,"寺"为古文"侍",《诗·大雅·瞻卬》:"匪教匪诲,时维妇寺。"又,《诗·小雅·巷伯》:"寺人孟子,作为此诗。凡百君子,敬而听之。"朱熹《诗集传》曰:"寺人,内小臣,盖以馋被宫而为此官也。"朱熹并训"寺人"为阉人。

⑨ 洁齐粢盛——祭祀。"齐"通"斋";"粢"指黍稷一类的谷物,读若资,"粢盛"指盛在祭器内作祭品的谷物。

⑩ 愬愬——恐惧的样子,"愬"读若诉。

⑪ 偾——倒覆、败坏。

【附录】

赓载以来,倡和尚矣,然而魏晋迄唐,和意而不和韵,自宋迄今,和韵而不和意,皆一时朋俦相与酬答,未有追和古人者也。独东坡先生迁谪岭海,尽和渊明诗,既和其意,复和其韵,追和之作自此始。余自庚申年使宋馆,留仪真,至辛未十二年矣,每读陶诗以自释,是岁因复和之,得百余首。三百篇之后,至汉苏李始为古诗,逮建安诸子,辞气相高,潘陆颜谢,鼓吹格力,复加藻泽,而古意衰矣。陶渊明当晋宋革命之际,退归田里,浮沉杯酒,而天资高迈,思致清逸,任真委命,与物无竞,故其诗跌宕于性情之表,直与造物者游,超然属韵,庄周一篇,野而不俗,澹而不枯,华而不饰,放而不诞,优游而不迫切,委顺而不怨怼,忠厚岂弟,直出屈宋之上,庶几颜氏子之乐,曾点之适,无意于诗而独得古诗之正,而古今莫及也。顾予顽钝鄙隘,踯躅世网,岂能追还高风,激扬清音,亦出于无聊而为之。去国几年,见似之者而喜,况诵其诗,读其书,宁无动于中乎?前者唱喁而后者和讹,风非有异也,皆自然尔,又不知其孰倡孰和也。

郝经《陵川集》卷六《和陶诗序》 《四库全书》本

事有至大,物有至多者,万言之文,不足以尽其理,诗四句何以毕之?所谓至简而至精粹者也。故必平帖精当,切至清新,理不晦而语不滞,庶几其至矣。五言难于七言,四句难于八句,何者?言愈简而义愈精也。譬如观山,诸山掩映中有奇峰一二,则诸山皆美矣,若一二奇峰平地而立,便有峭拔秀润气,非楼石剑门少华则不能,此绝句全篇,诗人所尤重也。今集唐宋诸贤绝句全篇之可为矜式者,与夫杰辞丽句之可以警动精神者,条例而次第之,为订愚发蒙之具。虽末学,亦穷理之一事也,学者其无忽!

郝经《陵川集》卷三十《唐宋近体诗选序》 《四库全书》本

昨得足下诗一卷,瑰丽奇伟,固非时辈所及。然工于句字而乏风格,故有可论者。诗,文之至精者也,所以歌咏性情以为风雅。故摅写襟素,托物寓怀,有言外之意,意外之味,味外之韵。凡喜怒哀乐蕴而不尽发,托于江花野草风云月露之中,莫非仁义礼智喜怒哀乐之理。依违而不正言,恣睢而不迫切,若初无与于己,而读之者感叹激发,始知己之有罪焉。故三代之际,于以察安危,观治乱,知人情之好恶,风俗之美恶,以为王政之本焉。观圣人之所删定,至于今而不亡,诗之所以为诗,所以歌咏性情者,只见三百篇尔。秦汉之际,骚赋始盛,大抵怨讟烦冤、从谀侈靡之文,性情之作衰矣。至苏李赠答,下逮建安,后世之诗,始立根柢,简静高古,不事夫辞,犹有三代之遗风。至潘陆颜谢,则始事夫辞,以及齐梁,辞遂盛矣。至李杜氏,兼魏晋以追风雅,尚辞以咏性情,则后世诗之至也,然而高古不逮夫苏李之初矣。至苏黄氏,而诗益工,其风雅又不逮夫李杜矣。盖后世辞胜,尽有作为之工,而无复性情,不知风雅。有沉郁顿挫之体,有清新警策之神,有振撼纵恣之力,有喷薄雄猛之气,有高壮广厚之格,有叶比调适之律,有雕锼织组之才,有纵入横出之变,有幽丽静深之姿,有纡余曲折之态,有悲忧愉佚之情,有微婉郁抑之思,有骇愕触忤之奇,有鼓舞豪宕之节;若夫言外之意,意外之味,味外之韵,知之者鲜,又孰能为之哉!先为辞藻,茅塞思窦,扰其兴致,自趋尘近,不能高古,习以成俗,昧夫风雅之原矣。

呜呼!自李杜苏黄,已不能越苏李、追三代,矧其下乎!于是近世又尽为辞胜之诗,莫不惜李贺之奇,喜卢仝之怪,赏杜牧之警,趋元稹之艳;又下焉,则为温庭筠李义山许浑王建,谓之晚唐。轰轰隐隐,啅噪喧聒,八句一绝,竞自为奇,推一字之妙,擅一联之工,呕哑嚼拉于齿牙之间者,只是天地风雷,日月星斗,龙虎鸾凰,金玉珠翠,莺燕花竹,六合四海,牛鬼蛇神,剑戟绮绣,醉酒高歌,美人壮士等。磨切锱铢,偶韵较律,斗饤排比,而以为工,惊吓喝喊而以为豪,莫不病风丧心,不复知有李杜苏黄矣!又焉知三代苏李性情风雅之作哉!足下之作不为不工,不为不奇,殆亦未免近世辞人之诗。愿熟读三百篇,及汉魏诸人,唐宋以来,只读李杜苏黄,尽去近世辞章,数年之后,高咏吟台之上,则必非复吴下阿蒙矣。

郝经《陵川集》卷二十四《与撖彦举论诗书》 《四库全书》本

诗者,圣人所以泰天下之书也,其义大矣。性情之正,义理之萃,已发之中中节之和也。文武周召之遗烈,治乱之本原,王政之大纲,中声之所止也。天人相与之际,物欲相错之间,欣应翕合,纯而无间,先王以之审情伪,在治忽,事鬼神,赞化育,奠天位,而全天德者也。观民设教,闲邪存诚,圣之功也。所过者化,所存者神,圣之用也。正适于变,变适于正,易之象也。美而称诵,刺而讥贬,春秋之义也。故诗之为义,根于天道,著于人心,膏于肌肤,藏于骨髓,庞泽渥浸,浃于万世,虽火于秦,而在人心者未尝火之也。顾岂崎岖训辞鸟兽虫鱼草木之名拘拘屑屑而得尽之哉!

郝经《陵川集》卷三十《朱文公诗传序》(节录) 《四库全书》本

诗自三百篇以来,极于李杜,其后纤靡淫艳,怪诞癖涩,浸以弛弱,遂失其正。二百余年而至苏黄,振起衰踣,益为瑰奇,复于李杜氏。金源有国士,务决科干禄,置诗文不为,其或为之,则群聚讪笑,大以为异,委坠废绝百有余年,而先生出焉,当德陵之末,独以诗鸣,上薄风雅,中规李杜,粹然一出于正,直配苏黄氏。天才清赡,邃婉高古,沉郁大和,力出意外,巧缛而不见斧凿,新丽而绝去浮靡,造微而神采粲发。杂弄金璧,糅饰丹素,奇芬异秀,洞荡心魄,看花把酒,歌谣跌宕,挟幽并之气,高视一世。

郝经《陵川集》卷三十五《遗山先生墓铭》(节录) 《四库全书》本

或者尝曰:彼作文不工,彼工于作文。愚窃听而惑之,盖文可顺而不可作也。天地有真实正大之理,变而顺,有通明纯粹不已之文,是其所以为之,非矫揉造凿而然也。唯其变,是以有文,唯其顺,是以不已皆自然也。故阴阳得以文乎天,刚柔得以文乎地,仁义得以文乎人,羽毛鳞介苞叶根荄得以文乎物,清浊高下得以文乎声,升降舒缀得以文乎节,丽缛华采得以文乎色,礼乐射御书数得以文乎艺,德刑殿最号律得以文乎政,城聚都鄙庐井得以文乎居,华虫藻火山龙黼黻得以文乎服。易其无有,利其兴革,化而新之,至至终终,为神道之极致,亦得其本然之理而已,焉有作为之赘哉!大庭氏而上,文有理而无名;大庭氏而下,文有名而无书。陶唐氏而下,文有书而无法;仲尼氏而下,文有法而无作。仲尼之门,游夏以文学称,未闻其执笔命题而作文也。物感于我,我应之以理而辞之耳,岂校其辞之工拙哉!是以六经之文,经天地,贯万世,与博厚高明并而不朽也。仲尼氏没,本散而末分,源远而流别,文晦于理而文于辞,作之者工于辞而悖于理。故庄列以之文虚无,仪秦以之文狙诈,申韩以之文惨黩,屈宋以之文怨怼,卒致吕政焚书之厄。西汉古学文学之分,其弊则极于江左,冗矫之谈,浮屠之法,《玉树后庭》之曲,而苻秦元魏高齐而下,血漂禹迹,寄斯文于霆击之余,风烬之外,邈乎葬于九原也。厥后有唐杜氏文乎诗,而风雅复萌。韩氏文乎儒,而六经方爝。又属以晚唐弊俗,五季繁运。而有宋氏兴,欧苏周邵程张之徒,始文乎理,而复乎本,犹不能比隆三五,去杀胜残,致颂声,兴礼乐者,百千祀之蔽,不可一日而扩也。幸其用力之勤,俾斯文不遂灭,而吾民不为狐虫非类尔。由是而言,天地万物之文未之或变,而文人如是之穷,作之者不工欤?工矣,然而如是者何?《易》曰:"物相杂故曰文,文不当故吉凶生焉。"文何尝不当,作为者之过也。不作不为,万理皆备,推而顺之,文在其中矣。故文作于人而穷于人,人亦作于文而穷于文。呜呼!文穷人邪?人穷文邪?

郝经《陵川集》卷二十二《文说送孟驾之》 《四库全书》本

为文则固自有法,故先儒谓作文体制立而后文势成。虽然,理者,法之源,法者,理之具。理致夫道,法工夫技。明理,法之本也。吾子所谓法度利病,近世以文为技,与求夫法,资于人而作之者也,非古之以理为文,自为之意也。古之为文也,理明义熟,辞以达志尔。若源泉奋地而出,悠然而行,奔注曲折,自成态度,汇于江而注之海,不期于工而自工,无意于法而皆自为法。故古之为文,法在文成之后,辞由理出,文自辞生,法以文著,相因而成也,非与求法而作之也。后世之为文也,则不然,先求法度,然后措辞以求理。若抱杼轴,求人之丝枲而织之,经营比次,络绎接续,以求端绪。未措一辞,钤制夭阏于胸中,惟恐其不工而无法。故后之为文,法在文成之前,以理从辞,以辞从文,以文从法,一资于人而无我。是以愈工而愈不工,愈有法而愈无法,只为近世之文,弗逮乎古矣。夫理,文之本也;法,文之末也。有理则有法矣,未有无理而有法者也。六经,理之极,文之至,法之备也。故《易》有阳阴奇耦之理,然后有卦画爻象之法;《书》有道德仁义之理,而后有典谟训诰之法;《诗》有性情教化之理,而后有风赋比兴之法;《春秋》有是非邪正之理,而后有褒贬笔削之法;《礼》有卑高上下之理,然后有隆杀度数之法;《乐》有清浊盛衰之理,而后有律吕舒缀之法。始皆法在文中,文在理中,圣人制作裁成,然后为大法,使天下万世知理之所在而用之也。自孔孟氏没,理浸废,文浸彰,法浸多。于是左氏释经而有传注之法,庄荀著书而有辨论之法,屈宋尚辞而有骚赋之法,马迁作史而有序事之法。自贾谊董仲舒刘向扬雄班固至韩柳欧苏氏,作为文章,而有文章之法。皆以理为辞而文法自具,篇篇有法,句句有法,字字有法,所以为百世之师也。故今之为文者,不必求人之法以为法,明夫理而已矣。精穷天下之理而造化在我,以是理为是辞,作是文成是法,皆自我作……不知其所以然而然,莫非自然以为神,则法亦不可胜用。我亦古之作者,亦可为百世师矣,岂规规孑孑求人之法而后为之乎?……能自得理而立法耳,故能名家而为人之法。苟志于人之法而为之,何以能名家乎?……文有大法,无定法,观前人之法而自为之,而自立其法。彼为绮,我为锦,彼为榭,我为观,彼为舟,我为车,则其法不死,文自新而法无穷矣。近世以来,纷纷焉求人之法以为法,玩物丧志,窥窃模写之不暇,一失步骤,则以为狂为惑。于是不敢自作,不复见古之文,不复有六经之纯粹至善,孔孟之明白正大,左氏之丽缛,庄周之迈往,屈宋之幽婉。无复贾马班扬韩柳欧苏之雄奇高古,清新典雅,精洁恣肆,豪宕之作。总为循规蹈矩决科之程文,卑弱日下,又甚齐梁五季之际矣。呜呼!文固有法,不必志于法,法当立诸己,不当泥诸人。不欲为作者则已,欲为作者名家而如古之人,舍是将安之乎?

郝经《陵川集》卷二十三《答友人论文法书》(节录)　《四库全书》本

昔人谓汉太史迁之文,所以奇,所以深,所以雄雅健绝,超丽疏越者,非区区于文字之间而已也。迁生龙门,耕牧河山之阳,南浮江淮,上会稽,探禹穴,窥九嶷,浮于沅湘;北涉汶泗,讲业齐鲁之都,过梁楚;西使巴蜀,略邛笮昆明,还于河洛;能尽天下之大观,以助其气,然后吐而为辞,笔而为书。故尔欲学迁之文,先学其游可也。余谓不然,果如是,则迁之为迁亦下矣。勤于足迹之余,会于观览之末,激其志而益其气,仅发于文辞而不能成事业,则其游也外,而所得者小也。其游也外,故其得也小,其得也小,故其失也大,是以《史记》一书甚多疏略,或有抵牾。……故欲学迁之游,而求助于外者,曷亦内游乎?身不离于衽席之上,而游于六合之外,生乎千古之下,而游于千古之上,岂区区于足迹之余、观览之末者所能也?持心御气,明正精一,游于内而不滞于内,应于外而不逐于外。常止而行,常动而静,常诚而不妄,常和而不悖。如止水,众止不能易;如明镜,众形不能逃;如平衡之权,轻重在我:无偏无倚,无污无滞,无挠无荡,每寓于物而游焉。……蕴而为德行,行而为事业,固不以文辞而已也。如是则吾之卓尔之道,浩然之气,嶡乎与天地一,固不待于山川之助也。彼嶞山乔岳,高则高矣,于吾道何有?长江大河,盛则盛矣,于吾气何有?故曰:欲游乎外者,必游乎内。噫!以史迁之才,果未游于内邪?盖亦称之者过矣。

郝经《陵川集》卷二十《内游》(节录)　《四库全书》本

事虚文而弃实用,弊亦久矣。自为己之学不明,天下之人狃于习而�于利,是以背而驰之。力炫而为之噪，援笔为辞，缀辞为书，藉藉纷纷，不过夫记诵辞章之末，卒无用于世，而谓之文人，果何文耶？俾佛老二氏蠹于其间，文武之道坠于地，而天下沦于非类也，宜矣。其不幸而不观于大庭氏之先，而不见夫文之质也；不幸而不游于孔氏之门，而不见夫文之用也；不幸而不穷夫六经之理，而不见夫文之实也。仰而观，俯而察，天地之间，众形之刻镂，众色之光绚，众声之咿喔，众变之错蹂，烂乎其文而若此也，不知孰为之而孰缀之？乃规规以为工，切切以为巧，斐斐以为丽，角胜而相尚，为文而无用，何哉？三代之先，圣君贤臣，唯实是务，至于诰誓勅戒之辞，赓和之歌，皆核于实而晔于华，和顺积中而英华发外。故史臣赞曰："聪明文思。"孔子称之曰："焕乎其有文章。"自其发见者而言，不以文为本也。天人之道，以实为用，有实则有文，未有文而无其实者也。《易》之文，实理也；《书》之文，实辞也；《诗》之文，实情也；《春秋》之文，实政也；《礼》文实法，而《乐》文实音也。故六经无虚文，三代无文人。夫惟无文人，故所以为三代；无虚文，所以为六经；后世莫能及也。余尝熟读《语》《孟》二书，意味无穷，感化不已。师弟对问之间而文若是，岂有意于文而后言邪？圣贤之膏腴，道德之精华，发而自然耳。

郝经《陵川集》卷二十《文弊解》（节录）　《四库全书》本

方 回

方回(1227—1307),字万里,一字渊甫,号虚谷,别号紫阳山人,徽州歙县(今安徽歙县)人。早年以诗获知州魏克愚赏识,后随魏至永嘉,得制帅吕文德推荐。南宋景定三年(1262)别省登第,廷试原为甲科第一,为权臣贾似道抑置乙科首,后以《梅花百咏》向贾献媚,遂调随州教授。吕师夔提举江东,辟充干办公事,历江淮都大司干官、沿江制干,迁通判安吉州。时贾似道鲁港兵败,上书劾贾,召为太常簿,得任严州(今属浙江省)知府。以劾王爚不可为相,出知建德府。元兵将至,他高唱死守封疆之论,恭帝德祐二年(1276),元兵至建德,又望风迎降,改授建德路总管兼府尹。元世祖至元十四年(1277)赴燕觐见,归后仍旧任。前后在郡七年,为婿及门生所讦,罢,不再仕。以诗游食元新贵间二十余年,也与宋遗民往还,长期寓居钱塘。元成宗大德十一年卒,年八十一。方回罢官后,致力于诗,选唐、宋近体诗,加以评论,成《瀛奎律髓》四十九卷。有《桐江诗集》,戴表元《桐江诗序》称其集刻于严州,六十五卷,今存《桐江集》四卷、《桐江续集》三十六卷,作品散失不少。《瀛奎律髓》传世有两种刻本,一为吴之振所刊,一为苏州陈士泰所刻,系翻明成化三年(1467)龙集刻本。著述尚有《续古今考》、《文选颜鲍谢诗评》传世。

读张功父南湖集并序[1](节录)

诗至于老杜而集大成,陈子昂、沈佺期、宋之问律体沿而下之,丽之极莫如玉溪,以至西昆,工之极莫如唐季,以至九僧。三百五篇有丽者,有工者,初非有意于丽与工也。风赋比兴,情缘事起云耳,而丽之极、工之极，非所以言诗也。……（杜甫七言律诗）此等诗不丽不工，瘦硬枯劲，一斡万钧，惟山谷、后山、简斋得此活法。又各以其数万卷之心胸气力，鼓舞跳荡，初学晚生不深于诗而骤读之，则不见奥妙，不知隽永，乃独喜许丁卯体[②]，作偶俪妩媚态，予平生不然之，而江湖友朋未易以口舌争也。乾淳以来，称尤扬范陆，而萧千岩东夫、姜梅山邦杰、张南湖功父亦相伯仲。梁溪之槁淡细润，诚斋之飞动驰掷，石湖之典雅标致，放翁之豪荡丰腴，各擅一长。千岩格高而意苦，梅山律熟而语新。南湖生于绍兴癸酉，循忠烈王之曾孙，近得其前集二十五卷，三千余首，嘉定庚午自序，盖所谓得活法于诚斋者。生长于富贵之门，辇毂之下，而诗不尚丽，亦不务工。洪景卢谓功父深目而癯，予谓其诗亦犹其为人也。……其诗活法妙处，予未能尽举，当续书之，今且题八句以寄予心："生长勋门富贵中，秕糠将相以诗雄。端能活法参诚叟，更觉豪才类放翁。举似今人谁肯信，元来妙处不全工。镂金组绣同时客，合向南湖立下风。"功父尽交一世名彦，诗集可考，然南渡以来，精于四六而显者，诗辄凝滞不足观，骈语横于胸中，无活法故也。然则绍圣词科误天下士多矣。

《桐江续集》卷八　《四库全书》本

【注释】

① 方回诗初学张耒，晚慕陈师道、黄庭坚，鄙弃晚唐，自比陆游，《四库全书·桐江续集提要》云："其集中诸文学问议论，一尊朱子，崇正辟邪，不遗余力，置其行而论其言，则可采者多，未可竟以人废。其诗端主江西，平生宗旨悉见所编《瀛奎律髓》中，虽不免以粗率生硬为老境，而当其合作，实出宋末诸人上，就文论文，亦编唐人集者，不废沈宋之意也。"他评选唐、宋以来律诗，编为《瀛奎律髓》，标榜江西诗派，并倡"一祖三宗"之说：以杜甫为一祖，黄庭坚、陈师道、陈与义为三宗。《读张功父南湖集并序》对杜诗推崇备至，推崇江西派，反对晚唐、江湖派，其《送罗寿可诗序》等文对有宋至元的诗歌发展史多有描述，批评江湖派不读书而为诗。"活法"是其诗论关键词之一，《瀛奎律髓》每多用之（参见附录），其《虚谷桐江续集序》则云："去岁适六十一矣，始悟平生六十年之非所作诗，滞碍排比，有模临法帖之病，翻然弃旧从新，信笔肆口，得则书之，不得亦不苦思而力索也，然后自信作诗不容有法。"

② 许丁卯体——唐代诗人许浑,丹阳(今属江苏省)丁卯桥旁丁卯庄人,著有《丁卯集》,故称。

【附录】

学诗者若止如此赋诗,甚易而不难得一句,即撰一句对而无活法,不可为训。(卷三)

吾所学诗伯,近世惟二陈,稍换后山,骨复写简(原阙四字)足活法,亦复窥天珍。(卷十一)

潘阆出处,予著《名僧诗话》已详,见落叶合入著题诗,今附秋日类中,三四有议论,五六只是体贴,尾句却有出脱,不如此,非活法也。(卷十二)

自黄陈绍老杜之后,惟去非与吕居仁,亦登老杜之坛。居仁主活法,而去非格调高胜,举一世莫之能及。初以墨梅诗见知于徽庙,"客子光阴诗卷里,杏花消息雨声中",大为高庙所赏,欲学老杜,非参简斋不可,此乃不欲赴召之诗,风流筹策一联,《苕溪诗话》似乎未会此意,后学宜细味此等诗与许丁卯高下如何。(卷二十三)

(评梅尧臣《送祖择之赴陕州》诗)金马铁牛人皆可对,必如此穿成句,则见活法。山色河声一联,不减盛唐,美酒嘉鲂一联,句法亦新。(卷二十四)

(曾几《次韵王元勃问予齿脱齿》诗)此当与陈简斋《目疾》、范石湖《耳鸣》诗参综,以观格律相似,善用事亦相似,但贮胸无奇书,落笔无活法,则不能耳,谁谓江西诗可轻视乎?(卷四十四)

方回《瀛奎律髓》("活法"论辑录) 《四库全书》本

昌黎云:不用文则已,用则必尚其能者。能者非它,能自树立不因循是也。近世士多失,故常拔出流俗,用文辞致声誉,如仲实之能者,岂因循所致哉!……夫以仲实迈往不群,天分高而笔力胜,不肯稍从时尚,必期于简洁深稳而后止,譬束波澜就熨帖为力,盖甚难。然凡诗之病既尽去,而活法精意,高情雅韵,亦可得而见焉。

牟巘《陵阳集》卷十二《张仲实诗稿序》(节录) 《四库全书》本

日昨会语,间言不及唐人有活法,自以为歉。愚闻专祖蹈袭者谓之死法,脱胎换骨者谓活法。昔吕居仁序江西诗派,言灵君有自得之妙,忽然有人,然后惟意所得,万变而不穷,是即真活法也。合下之作,已皆曲尽其妙,盖自活法中来,奚必屑于唐人之轨辙,而后谓之造诣也耶?但在优游厌饫以培其本尔,如愚辈奚足以攀乎逸驾者耶?

李时勉《古廉文集》卷八《与同年曾学士书》(节录)　《四库全书》本

诗至于唐人自有正脉,亦已有定论。聚奎以来,昆体盛行,而欧梅革之,爰及黄陈始宗老杜,而议者署为江西派。过江而后,吕居仁陈去非曾吉父皆黄陈出也。淳熙中,陆务观出于曾吉父,而与尤延之乃俱似王介甫,惟杨万里萧东夫深造江西,范至能韩无咎张武子自成一家。朱元晦续圣贤之绪,诗尤粹密,不意学禁息而时好乖,七许浑五姚合,哆然自谓晚唐,彼区区者竞雕虫之虚名,昧苞桑之先兆,遽以是晚,人之国不祥莫大焉,诗道不古,自此始。乃后独有上饶余杭三赵守正不变,余皆踵浅袭陋,随俗而靡者也。侯之诗得之于气质之聪明,成之以问学之精赡,秋之弈也专,扁之轮也熟,基之射也发无不中,尚有淳熙元祐庆历诸老之遗风,乃若邪蹊偏门,淫哀哇思,非不尽其力也,而终不能臻其极。非不愈工,愈巧而愈不似,白首望洋,不渐不顿,视侯之得正脉而何如哉!

方回《桐江续集》卷三十一《孟衡湖诗集序》(节录)　《四库全书》本

诗不特虞廷赓歌三百五篇为诗也,尧舜禹汤,伊尹傅说告君,箕子陈洪范,周公作六典,孔子赞易,老氏著五千言,战国之士述吴越春秋,司马迁龟策日者,杨雄太玄,皆协音韵而便诵读。协音韵而便诵读,则笔之而不烦,口之而易于不忘,文辞之极致也。是故夔典乐以诗教胄子,言志为诗,咏言为歌,歌之中有五声,声之中律,上之化以此达乎下;先王设官采诗,祭祀宾享,有郊庙朝廷之作,而邦国闾里所赋之风,亦取以为房中燕闲之乐,下之情以此达乎上。降及西都苏李,东都建安七子,晋宋陶谢,律体继兴;自盛唐中唐晚唐而及宋,代有作者,虽未尽合宫商钟吕之音,不专主怨刺讽讥之事,而诗号为能言者,往往相与笔传口授于世而不朽,此其故何也?气有所抑而难宣,意有所未易喻,时有所触,物有所感,事有所不可直指,形之为诗,则一言片语而尽之矣。

方回《桐江续集》卷三十二《仇仁近百诗序》(节录)　《四库全书》本

客犹疑予之作诗不无法也,则诘之曰:子之诗,初学张宛邱,次学苏沧浪梅都官,而出入于杨诚斋陆放翁;后乃悔其腴而不癯也,恶其弱而不劲也,束之以黄陈之深严,而参之以简斋之开宏;古体诗其始慕韩昌黎而惧乎博之过,慕柳柳州而惧乎褊之过,慕元道州而惧乎短涩之过,慕韦苏州而惧乎谆谵之过。既而亦于子朱子,有得追谢尾陶,拟康乐和渊明,亦颇近矣,而谓作诗无法,是欺我也?予凝思久之,而复其说曰:此皆予少年之狂论,中年之癖习也。去岁适六十一矣,始悟平生六十年之非所作诗,滞碍排比,有模临法帖之病,翻然弃旧从新,信笔肆口,得则书之,不得亦不苦思而力索也。然后自信作诗不容有法,惟于读书之法则当终身守之而勿失耳。客嘻笑又怒骂曰:子终欺我,子所谓读书之法即所谓作诗之法,而奚以有法无法为哉!予不能复答。

方回《桐江续集》卷三十二《虚谷桐江续集序》(节录)　《四库全书》本

诗学晚唐不自四灵始,宋划五代旧习,诗有白体、昆体、晚唐体,白体如李文正、徐常侍昆仲、王元之、王汉谋,昆体则有杨、刘《西昆集》传世,二宋、张乖崖、钱僖公、丁崖州皆是,晚唐体则九僧最逼真,寇莱公、鲁三交、林和靖、魏仲先父子、潘逍遥、赵清献之父凡数十家,深涵茂育,气极势盛。欧阳公出焉,一变为李太白、韩昌黎之诗,苏子美二难相为颉颃,梅圣俞则唐体之出类者也,晚唐于是退舍。苏长公踵欧阳公而起,王半山备众体,精绝句古五言或三谢,独黄双井专尚少陵,秦、晁莫窥其藩。张文潜自然有唐风,别成一宗。惟吕居仁克肖陈后山,弃所学学双井,黄致广大,陈极精微,天下诗人北面矣,立为江西派之说者,铨取或不尽然,胡致堂诋之。乃后陈简斋、曾文清为渡江之巨擘,乾淳以来,尤、范、杨、陆、萧,其尤也。道学宗师,于书无所不通,于文无所不能,诗其余事,而高古清劲,尽扫余子,又有一朱文公。嘉定而降,稍厌江西,永嘉四灵复为九僧,旧晚唐体非始于此四人也。后生晚进不知颠末,靡然宗之,涉其波而不究其源,日浅日下。然尚有余杭二赵,上饶二泉,典刑未泯。今学诗者不于三千年间上泝下沿,穷探邃索,而徒追逐近世六七十年间之所偏,非区区所敢知也。清江罗君志仁寿可,介吾师友自堂陈公书,枣诗百篇见教,自谓改学四灵、后村。且善学古人者,仿佛其意度,隽远其滋味,不当尽用其语言事料。若腴若组,若冗若涩,若浅若俗,若粗若晦,若怒若怨,皆诗家之弊。细读深味,诗律未脱江西,有昆体意,崖岸骨鲠似与赵紫芝诸人及刘潜夫不同。故予详道诗之所以然,为诗以送之。谓为不然者,寿可还旆,过东湖之上,复以参之自堂可也。

方回《桐江续集》卷三十二《送罗寿可诗序》　《四库全书》本

诗以格高为第一。三百五篇,圣人所定,不敢以格目之,然风雅颂体三,比兴赋体三,一体自有一格,观者当自得之于心。自骚人以来,至汉苏李魏曹刘亦无格卑者,而予乃创为格高卑之论者,何也?曰:此为近世之诗人言之也。予于晋独推陶彭泽一人格高,足方嵇阮;唐惟陈子昂杜子美元次山韩退之柳子厚刘梦得韦应物,宋惟欧梅黄陈苏长翁张文潜,而又于其中以四人为格之尤高者,鲁直无已上配渊明子美为四也。

方回《桐江续集》卷三十三《唐长孺艺圃小集序》(节录)　《四库全书》本

然偈不在工,取其顿悟而已;诗则一字不可不工,悟而工,以渐不以顿。

方回《桐江续集》卷三十三《清渭滨上人诗集序》(节录)　《四库全书》本

文选颜鲍谢诗评[①](选录)

(谢惠连《泛湖归出楼中玩月》)惠连少年工诗文,此篇十六句之内,十二句对偶亲的,绮靡细润,然言景不可以无情,必有近瞩窥幽蕴,远视荡暄嚣,及末句乃成好诗。若灵运则尤情多于景,而为谢氏诗之冠,散义胜偶句,叙情胜述景,能如是者,建安可近矣。

(《登池上楼》)此诗句句佳,铿锵浏亮,合是灵运第一等诗……灵运于永嘉西堂思诗,竟日不就,忽梦见惠连,即得"池塘生春草",大以为工,常云:"此语有神助,非吾语也。"按:此句之工,不以字眼,不以句律,亦无甚深意奥旨,如古诗及建安诸子"明月照高楼""高台多悲风"及灵运之"晓霜枫叶丹",皆天然混成,学者当以是求之。

(《石壁精舍还湖中作》)灵运所以可观者,不在于言景,而在于言情。"虑澹物自轻,意惬理无违",如此用工,同时诸人皆不能逮也。至其所言之景,如"山水含清晖,林壑敛暝色",及他日"天高秋月明,春晚绿野秀",于细密之中,时出自然,不皆出于织组。颜延年、鲍明远、沈休文,虽各有所长,不到此地。

(《于南山往北山经湖中瞻眺》)此诗述事写景,自"天鸡弄和风"以上十六句,有入佳句,可脍炙,然非用"抚化""览物"一联以缴之,则无议论,无归宿矣。此灵运诗高妙处。"不惜去人远"谓古人也,不惜者,深惜之也,以独游山中,今人无可与同者也。孤游非情,叹赏废理,谁通谓已之独游于此?不以真情形之叹咏,则赏心之事之人既废,此理谁与通乎?意极哀惋。柳子厚永州诸诗,多近此。

(颜延年《车驾幸京口三月三日侍游曲阿后湖作》)此诗十一韵,偶句栉比,全无顿挫,鲍明远以"铺锦列绣"目之是也[②],本不书此诗,书之以见夫雕缋满眼之诗,未可以望谢灵运也。(卷一)

(颜延年《和谢监灵运》)此诗凡七八折,铺叙非不整矣,用事用字非不密矣,以鲍昭之说裁之,则谓之"雕缋满眼"可也,如灵运诗"昏旦

变气候,山水含清晖。清晖能娱人,游子澹忘归”,天趣流动,言有尽而意无穷,似此之类,恐延之未敢到也。(卷二)

(谢灵运《永初三年七月十六日之郡初发都》)此诗排比整密,建安诸子混然天成不如此,陶渊明剥落枝叶不如此,但当以三谢诗观之,则灵运才高词富,意怆心怛,亦未易涯涘[3]也。

(谢灵运《过始宁墅》)诗有形有脉,以偶句叙事述景,形也,不必偶而必立论尽意,脉也。古诗不必与后世律诗不同,要当以脉为主,如此诗“剖竹守沧海”以下五联十句皆偶,未为奇也,前八句不偶则有味矣。

(谢灵运《富春渚》)如此作以诗法论之,若无“平生协幽期”以下八句议论,前十句铺叙而已。(卷三)

(谢玄晖《始出尚书省》)诗排比多而兴趣浅,三谢惟灵运诗喜以老庄说道理、写情愫,述景则不冗,寄意则极怨,为特高云。(卷四)

《文选颜鲍谢诗评》 《四库全书》本

【注释】

①《瀛奎律髓》、《文选颜鲍谢诗评》较为集中地体现了方回诗学探索的发展轨迹,《四库全书·瀛奎律髓提要》云:“大旨排西昆而主江西,倡为一祖三宗之说,一祖者,杜甫,三宗者,黄庭坚、陈师道、陈与义也。其说以生硬为健笔,以粗豪为老境,以炼字为句眼,颇不谐于中声,其去取之间,如杜甫《秋兴》惟选第四首之类,亦多不可解。然宋代诸集不尽流传于今者,颇赖以存,而当时遗闻旧事亦往往见于其注,故厉鹗作《宋诗纪事》所采最多,其议论亦颇有可取者,故亦未能竟废之此书。”而《四库全书·文选颜鲍谢诗评提要》指出:“观全集究较《瀛奎律髓》为胜,殆作于晚年,所见又进欤?”置于诗学史中看,两书有关情景的探讨尤具理论价值。

先看《瀛奎律髓》这方面的探讨,“文之精者为诗,诗之精者为律”,此书关涉律诗的体制建构问题,而这又主要包括“声”与“象”两方面:“工而哑不如不必工而响。潘邠老以句中眼为响字,吕居仁又有字字响句句响之说,朱文公又以二人晚年诗不皆响责备焉。”这是有关“声”方面的议论,《瀛奎律髓》中较少,更多是有关“象”即情景的探讨——而这方面周弼已探讨在前:“周伯弜诗体分四实四虚,前后虚实之异,夫诗止此四体耶?”方回不太满意周伯弜的四实四虚说,他自己似乎更推崇“用一句说景,用一句说情”的结构:“(张耒《冬至后》)大概文潜诗，中四句多一串用景，似此一联景一联情，尤洁净可观，周伯弜定四实四虚、前后虚实为法，要之本亦无定法也”，“（杜甫《病起》）以十字一串贯意，而一情一景自然明白”，“（陈师道《次韵春怀》）此二句以一句情对一句景，轻重彼我，沉着深郁中有无穷之味，是为变体”等等。当然，他还分析了其他组合方式，一是四实四虚，“（杜牧《正初奉酬》）前四句言各州之景，后四句言情，皆佳句也”，“（张耒《夏日》）前四句皆景，后乃言情，唐人多此体”，“凡诗只如此作自伶俐，前四句景而起句为题目，后四句情而结句有合杀”，“（杜甫《暮登四安寺钟楼寄裴十迪》）前四句专言雪后晚景，后四句专言彼此情味，自然雅洁，必若著题诗八句黏带，即为诗必此诗，而诗拙矣，所谓不可无开阖也”。二是六实二虚，“唐人诗多前六句说景物，末两句始以精思议论结里，亦一体也”，“律诗初变，大率中四句言景，尾句乃以情缴之，起句为题目。审言于少陵为祖，至是始千变万化，云起句喝得响亮”，“唐律诗之初，前六句叙景物，末后二句以情致缴之，周伯弜四实四虚之说遂穷焉”等等。当然，此外还有其他组合方式。

方回也注意到情景交融，“（杜甫《秋野》）虚中有实，实中有虚”，“（杜甫《上巳日徐司录林园宴集》）五六一联皆是以情穿景”，“（杜甫《登楼》）锦江、玉垒一联，景中寓情，后联却明说破道理，如此，岂徒模写江山而已哉”，“但如老杜‘水流心不竞，云在意俱迟’，即如‘片云天共远，永夜月同孤’，景在情中，情在景中，未易道也”等等。在情与景关系上，方回的基本观点是：“看前辈诗不专于景上观，当于无景言情处观”，“大凡诗两句说景，大浓大闹，即两句说情为佳”。情重于景，所以，情多景少可：“（杜甫《曲江陪郑八丈南史饮》）此诗中四句不言景，皆止言乎情，后山得其法，故多瘦健者此也。”全然无景亦可：“（戴叔伦《除夜宿石头驿》）此诗全不说景，意足辞洁”，“（尤袤《别李德翁》）不用景物，语意一串，古淡有味”，“黄陈诗有四十字无一字带景者，后学能参此者几人矣”，“（《寄答李方叔》）此诗四十字无一字黏景物，惟赵昌父能之”。而有景无情则不可：“惟晚唐诗家不悟，盖有八句皆景，每句中下一工字，以为至矣，而诗全无味。”

《文选颜鲍谢诗评》在对情景关系的认识上基本上沿袭了《瀛奎律髓》，如评谢惠连《泛湖归出楼中玩月》、谢灵运《石壁精舍还湖中作》可见。方回对谢灵运山水诗总拖着一条玄言诗的尾巴是极为推崇的。

较之周弼，方回对情景组合关系的探究更具体也更丰富，但总体来说还只偏重情景的静态组合，较之前此范晞文《对床夜语》“不以虚为虚，而以实为虚，化景物为情思”、“景无情不发，情无景不生”等更关注两者之间相互生发的动态关系的认识，反嫌不足。更为重要的是，方回简单地强调情多于景、全篇无景亦可的说法,显见其未脱江西派好议论之习气,后来明人王世贞《艺苑卮言》卷一分析七言律"意"与"象"的组合可能出现三种情况,一是"一'象'则一'意',无偏用者",二是"俱属'象'而妙者",三是"俱属'意'而妙者"——以此来看,方回似乎未曾认识到诗亦可"俱属'象'而妙者"(详细分析参见本卷范晞文《对床夜语》注释①)。

② 鲍明远以"铺锦列绣"目之是也——语出《南史·颜延之传》:"延之与陈郡谢灵运俱以辞采齐名,而迟速悬绝。文帝尝各敕拟乐府北上篇,延之受诏便成,灵运久之乃就。延之尝问鲍照己与灵运优劣。照曰:'谢五言如初发芙蓉,自然可爱;君诗如铺锦列绣,亦雕绘满眼。'延之终身病之。"

③ 涯涘——界限、边际,此处作动词,意谓区分。

【附录】

瀛者何,十八学士登瀛洲也;奎者何,五星聚奎也。律者何,五七言之近体也;髓者何,非得皮得骨之谓也。斯登也斯聚也,而后八代五季之文弊革也。文之精者为诗,诗之精者为律。所选诗格也,所注诗话也。学者求之髓,由是可得也。方回者谁,家于歙,尝守睦,其字万里也。至元癸未良月旦日紫阳虚谷居士方回撰。

(杜甫《登岳阳楼》)中两联前言景,后言情,乃诗之一体也。

(杜甫《登兖州城楼》)此诗中两联似皆言景,然后联感慨言秦鲁俱亡,以古意二字结之,即东坡用兰亭意也。

大历十才子以前,诗格壮丽悲感,元和以后渐尚细润,愈出愈新,而至晚唐。以老杜为祖,而又参此细润者,时出用之,则诗之法尽矣。

人或尚晚唐诗,则盛唐且不取,亦不取宋,殊不知宋诗有数体:有九僧体,即晚唐体也;有香山体者,学白乐天;有西昆体者,祖李义山。如苏子美、梅圣俞,并出欧公之门,苏近老杜,梅过王维,而欧公直拟昌黎,东坡暗合太白。惟山谷法老杜,后山弃其旧而学焉,遂名黄陈,号江西派,非自为一家也。老杜实初祖也,如君成诗,当黄陈未出之前,自为元和间唐诗,不可不拈出,使世人知之也。

(杜甫《登楼》)老杜七言律诗一百五十九首,当写以常玩,不可暂废。今于登览中选此为式,锦江、玉垒一联,景中寓情,后联却明说破道理,如此,岂徒模写江山而已哉!

老杜诗为唐诗之冠,黄陈诗为宋诗之冠,黄陈学老杜者也。嗣黄陈而恢张悲壮者,陈简斋也,流动圆活者,吕居仁也,清劲洁雅者,曾茶山也,七言律他人皆不敢望此六公矣。若五言律诗,则唐人之工者无数,宋人当以梅圣俞为第一,

平淡而丰腴，舍是则又有陈后山耳。此余选诗之条例所谓正法眼藏也。（卷一）

此昆体诗一变亦足以革当时风花雪月小巧呻吟之病，非才高学博未易到此。久而雕篆太甚，则又有能言之士变为别体，以平淡胜深刻，时势相因，亦不可一律立论也。（卷三）

（杜牧《正初奉酬》）前四句言各州之景，后四句言情，皆佳句也。（卷四）

律诗初变，大率中四句言景，尾句乃以情缴之，起句为题目。审言于少陵为祖，至是始千变万化，云起句喝得响亮。

大凡诗两句说景，大浓大闹，即两句说情为佳。

（陈羽《春日客舍晴原野望》）三四能言早春之意，五六以景对情，不费力。

大抵工有余而味不足，即如人之为人形有余而韵不足，诗岂在专对偶声病而已哉。

予谓诗家有大判断，有小结里，姚之诗专在小结里，故四灵学之，五言八句皆得其趣，七言律及古体则衰落不振。又所用料不过花竹鹤僧琴药茶酒，于此几物一步不可离，而气象小矣。是故学诗者必以老杜为祖，乃无偏僻之病云。

（杜甫《曲江陪郑八丈南史饮》）此诗中四句不言景，皆止言乎情，后山得其法，故多瘦健者此也。（卷十）

（张耒《夏日》）前四句皆景，后乃言情，唐人多此体。（卷十一）

（杜甫《秋野》）读老杜此五诗，不见所谓景联，亦不见所谓颔联，何处是四虚，何处是四实，虚中有实，实中有虚，景可为颔，颔可为景，大手笔混混乎无穷也。却有一绝不可及处，五首诗五个结句，无不吃紧着力，未尝有轻易放过也。然则真积力久，亦在乎熟之而已。（卷十二）

（翁卷《冬日登富览亭》）翁灵舒学晚唐，中四句工，但俱咏景物而已，尾句亦只说寒难独立吟，诗而还无远味也。

（王安国《缭垣》）三四景，五六情，规格整齐，议论慷慨，爽快。（卷十三）

（杜甫《客亭》）王右丞诗云"江流天地外，山色有无中"，此诗三四以写秋晓，亦足以敌右丞之壮。然其佳处乃在五六有感慨，两句言景，两句言情，诗必如此，则净洁而顿挫也。

（吕本中《西归舟中怀通泰诸君》）起句十四字乃早行诗，次一联言景物而工，又一联言情况而不胜其高矣。诗格峥嵘，非晚学所可及也。（卷十四）

老杜夕暝晚夜五言律近二十首，选此八首洁净精致者，多是中两句言景物，两句言情，若四句皆言景物，则必有情思贯其间，痛愤哀怨之意多，舒徐和易之调少，以老杜之为人，纯乎忠襟义气，而所遇之时丧乱不已，宜其然也。（卷十五）

（张耒《冬至后》）张文潜诗，予所师也。杨诚斋谓肥仙诗自然不事雕镌，得之矣。文潜两谪黄州,此殆黄州时诗,三四绝佳,大概文潜诗,中四句多一串用景,似此一联景一联情,尤洁净可观,周伯弜定四实四虚、前后虚实为法,要之本亦无定法也。

(戴叔伦《除夜宿石头驿》)此诗全不说景,意足辞洁。

(唐太宗《月晦》)句句说景,末乃归之于情,然此诗亦佳,五六巧。

简斋诗即老杜诗也。予平生持所见,以老杜为祖,老杜同时诸人皆可伯仲。宋以后山谷一也,后山二也,简斋为三,吕居仁为四,曾茶山为五,其他与茶山伯仲,亦有之此诗之正派也,余皆傍支别流,得斯文之一体者也。孙真人《千金方》三十六卷,每一卷藏一仙方,予所选唐宋诗节序五言律凡五十首,藏仙方于其中不知几也,卷卷有之,在人自求。(卷十六)

(杜甫《暮登四安寺钟楼寄裴十迪》)老杜七言律无全篇雪诗,此首起句言高楼对雪峰,三四返照浮烟乃雪后景也,选置于此,以表诗体。前四句专言雪后晚景,后四句专言彼此情味,自然雅洁,必若着题诗八句黏带,即为诗必此诗,而诗拙矣,所谓不可无开阖也。

诗先看格高,而意又到语又工为上,意到语工而格不高次之,无格无意又无语下矣。(卷二十一)

但如老杜"水流心不竞,云在意俱迟",即如"片云天共远,永夜月同孤",景在情中,情在景中,未易道也。又如"寂寂春将晚,欣欣物自私","江山如有待,花柳更无私"作一串说,无斧凿痕,无妆点迹,又岂只是说景者之所能乎!

(贾岛《僻居无可上人相访》)此诗较前二首皆一体,中四句极其工,而皆不离乎景,情亦寓乎景中,但不善措置者,近乎冗,老杜则不拘,有四句皆景者,有两句情两句景者,尤伶俐净洁也。(卷二十三)

唐人诗多前六句说景物,末两句始以精思议论结里,亦一体也。

(崔鲁《送友人归武陵》)此八句俱有思致,前二句喝起题目,中四句俱言景物,末二句微立议论情思缴之,此又一格。

(尤袤《别李德翁》)不用景物,语意一串,古淡有味。(卷二十四)

(黄庭坚《次韵答高子勉》)起句十字言景,中四句皆言情,岂近世四体所得拘?黄陈诗有四十字无一字带景者,后学能参此者几人矣。

(陈师道《别负山居士》)此诗全在虚字上着力,除田园沙草山路六字外,不曾粘带景物,只于三四个闲字面上斡旋妙意,其苦心亦已甚矣。

(陈师道《寄答李方叔》)此诗四十字无一字黏景物,惟赵昌父能之。(卷二十五)

变体类序:周伯弜诗体分四实四虚,前后虚实之异,夫诗止此四体耶?然有大手笔焉，变化不同，用一句说景，用一句说情，或先后，或不测，此一联既然矣，则彼一联如何处置，今选于左，并取夫用字虚实轻重外若不等，而意脉体格实佳与凡变例之一二书之。

（杜甫《上巳日徐司录林园宴集》）"鬓毛垂领白"言我之形容，情也，"花蕊亚枝红"言彼之物色，景也，既如此开劈，下面似乎难继。却再着一句应上句形容其老为可怜，又着一句言不孤物色之意，然后五六一联皆是以情穿景，然结句亦不弱也。

（杜甫《病起》）以十字一串贯意，而一情一景自然明白。

（苏轼《送春》）"酒阑病客惟思睡"，我也，情也，"蜜熟黄蜂亦懒飞"，物也，景也，"芍药樱桃俱扫地"，景也，"鬓丝禅榻两忘机"，情也。一轻一重，一来一往，所谓四实四虚、前后虚实，又当何如下手？至此则知系风捕影未易言矣。坡妙年诗律颇宽，至晚年乃神妙流动。

（苏轼《首夏官舍即事》）如老杜"即看燕子入山扉"以下四句说景，却将四句说情，则甚易尔。善变者将四句说景括作一句，又将四句说情括作一句，以成一联，斯谓之难。

（陈师道《次韵春怀》）此二句以一句情对一句景，轻重彼我，沉着深郁中有无穷之味，是为变体。

（陈与义《怀天经智老因以访之》）以"客子"对"杏花"，以"雨声"对"诗卷"，一我一物，一情一景，变化至此。（卷二十六）

（陈子昂《晚次乐乡县》）起两句言题，中四句言景，末两句摆开言意，盛唐诗多如此，全篇浑雄齐整，有古味。

（杜甫《江汉》）中四句用云天夜月落日秋风皆景也，以情贯之。（卷二十九）

虞己官至工侍，初与曾致尧倡和，致尧谓：子之诗工矣，而其音犹哑。虞己惘然，退而精思，得沈休文浮声切响之说，遂再缀数篇示曾，曾乃骇然叹曰：得之矣。予谓此数语诗家大机栝也。工而哑不如不必工而响。潘邠老以句中眼为响字，吕居仁又有字字响句句响之说，朱文公又以二人晚年诗不皆响责备焉。学者当先去其哑可也，亦在乎抑扬顿挫之间，以意为脉，以格为骨，以字为眼，则尽之。（卷四十二）

凡为诗，非五字七字皆实之为难，全不必实而虚字有力之为难。"红入桃花嫩，青归柳叶新"，以"入"字"归"字为眼，"冻泉依细石，晴雪落长松"，以"依"字"落"字为眼，"桦柳枝枝弱，枇杷树树香"，以"弱"字"香"字为眼。凡唐人皆如此，贾岛尤精，所谓敲门推门，争精微于一字之间是也。然诗法但止于是乎？惟晚唐诗家不悟，盖有八句皆景，每句中下一工字，以为至矣，而诗全无味。所

以诗家不专用实句实字,而或以虚为句,句之中以虚字为工,天下之至难也。(卷四十三)

盛唐人诗多以起句十字为题目,中二联写景咏物,结句十字撇开,却说别意,此一大机栝也。

唐律诗之初,前六句叙景物,末后二句以情致缴之,周伯弜四实四虚之说遂穷焉。

凡诗只如此作自伶俐,前四句景而起句为题目,后四句情而结句有合杀。

看前辈诗不专于景上观,当于无景言情处观。(卷四十七)

方回《瀛奎律髓》 《四库全书》本

刘　埙

刘埙(1240—1319),字起潜,水云村,其所居地名,因以自号,吉州庐陵(今江西吉安)南丰人,入元曾为延平路儒学教授,著有《水云村吟稿》、《隐居通议》。颇工四六,《四库全书·水云村稿提要》称其"才力雄放,尤长于四六绮丽之制,集中所载诸启札,大都皆在宋世所作","下笔铸词,亦复颇见精采","至其他古文,则入元后所作为多,灏瀚流转,亦殊有清隽之气,而间以俳句绮语掺杂其间,颇乖典则,不免稍逊一筹"。

诗　说[①](节录)

小溪翁曰:昔在行都访白云赵宗丞,参诗法,因问何以有盛唐晚唐江湖之分。赵公曰:此当以斤两论。如"齐鲁青未了",如"乾坤绕汉宫",如"吴楚东南坼",如"天兵斩断青海戎,杀气南行动坤轴",如"白摧朽骨龙虎死,黑入太阴雷雨垂"等句,是多少斤两!比"风暖鸟声碎,日高花影重",即轻重见矣。此盛唐晚唐之分,江湖不必论也。已而访苍山翁曾子实,以赵公语质之。曾谓赵公言是。适有一客从旁窃笑,心怪之而未敢叩,异时徐问客何为笑。曾公曰:有故,盖白云之说虽当,顾其自作则起末皆未是,客之所以笑也。文郁请问歌行。曾公曰:凡歌行止合以老杜为法。其后又谒看云翁黄希声参诗。黄公简默庄重,不事庄辩,止云:诗止如此做,做来做去,到平淡处即是。又曰:诗贵平淡,做到此地位自知耳。三诗人之所以语小溪者如此,小溪以其说授予。

予访彩野黄榷院,年八十有四矣。精健不衰,气象温雅,有乾淳遗老风致,忠厚之味蔼然,从容谈诗。有曰:诗贵平易自然,最要血脉贯通,有伦有序。因举梅诗“墙角数枝梅”云云,又举月诗“腾腾离海角”云云。此二篇血脉贯通,次序不差,是一样子也。越二日,往金溪,访平山曾公,作诗多雄健,于近世诗深取苍山翁。且云:少谒苍翁于行都,翁曰:君作丰大,合作颠诗一番,然后约而归之正,乃有长进。问何谓颠诗?曰:若太白、长吉、卢仝是已。然性不喜为此体,竟不果学。今老而思当时傥不以已见横于胸次②,而从前辈之教,用工一番,则吾诗当不止此。叹息久之。予以诸老前后言语参玩,乃知前辈作诗,俱有节度,如今人率尔五七字凑砌成章,遽名曰诗,宜其不足传矣。学不广,闻不多,其何能淑③。

《水云村稿》卷十三 《四库全书》本

【注释】

① 刘埙此文首先隐有推崇盛唐之意,以“斤两”论诗即通常所谓的盛唐在气骨而晚唐乏气骨;其次推崇平淡有味。其《新编绝句序》亦以“辞弥寡,意弥深,格弥严,味弥远”论绝句;其《雪崖吟稿序》也同样强调“其诗则能抑而入理,醇雅圆熟,一不作怪宕豪险语,蔼然风人趣味也”,“君索予说诗,予为言杜黄音响,又为言陶柳风味”。《隐居通议》卷七复云:“(杜甫)以上诸篇,或豪宕悲壮,或深沉感慨,有无穷义味”;不仅诗要有“义味”,赋亦当如此:“不惟音节激扬,而风骨义味足追古作。”(《隐居通议》卷四)复次还强调“节度”:“予以诸老前后言语参玩,乃知前辈作诗,俱有节度,如今人率尔五七字凑砌成章,遽名曰诗,宜其不足传矣。”刘埙流传下来的论诗之语,多与律绝有关,其《禁题绝句序》云“夫束字二十有八,而景色彰表,律吕协和,局于模拟而能超,疲于缔构而能灵,殆亦难矣”,“景色彰表,律吕协和”乃是基本要求,对于律诗来说同样如此:“盖必雄丽婉活、默合宫徵始可言律,而又必以格律为主乃善,傥止以七字成句,两句作对,便谓之诗,而重滞臃肿,不协格调,恐于律法未合也。”(《隐居通议》卷八)可见表面的“七字成句,两句作对”而“重滞臃肿”还不能算合于律法,读之流畅方可谓协于“格调”。其《新编七言律诗序》有相近的分析:“七言近体肇基盛唐,应虞韶,协汉律不传之妙,风韵掩映千古,花萼夹城”,“夫律,圣人制作之初,测阴阳,定清浊,应高下,和神人,一累黍不中不曰律,诗亦如之”,“选古今律诗若干首置几案间,日取讽咏之,傥私我百年,或有见优孟意是叔敖复生,未可知也”。这种通过“熟读”“讽咏”而“悟入”近体律法的做法,后来成为明代格

调派的重要家法之一。

刘埙《隐居通议》还论及诗唐宋之别、诗文之分:“往往宋人诗体多尚赋,而比与兴寡,先生(曾子固)之诗亦然。故惟当以赋体观之即无憾矣。唐诗之清丽空圆者,比与兴为之也,宋诗之典实闳重者,赋为之也。”(卷七)“后村‘经义策论之有韵者’一句最道着宋诗之病,然其自作则亦有时而不免,岂知而故犯者邪?”(卷十)这些说法后来也多为明人所推演。此外,《隐居通议》还对诗文之自然生成极为推崇:“经文所以不可及者,以其妙出自然,不由作为也。”(卷十八)

② 胸次——胸怀、胸间。

③ 淑——改善。

【附录】

有律诗而后有绝句,绝句至宋而后尚禁体,其法以不露题字为工,以能融题意为妙,盖举子业之余习也。世之以文会友者,或用此以验才思工拙,谓之义试诗。其为说曰:体物精切者,诗家一艺也。于是搜幽抉秘,穷极锻炼,其天巧所到,精工敏妙,有令人赏好不倦者,真文人乐事也欤!旧时编萃至多,乱离之后,颇多散逸,乃日随所有遴其佳者,时课一题,以训吾儿,由是精思,傥能触类而长,则通一毕万,宁不愈于饱食终日无所用心者邪!夫束字二十有八,而景色彰表,律吕协和,局于模拟而能超,疲于缔构而能灵,殆亦难矣!虽然,是特儿童小技,而非诗之极致也。赓歌昉于舜廷,至三百篇以来,跨汉魏,历晋唐,以讫于宋,以诗名家者亡虑千百。其正派单传,上接风雅,下逮汉唐,宋惟涪翁,集厥大成,冠冕千古,而渊深广博,自成一家。呜呼!至是而后可言诗之极致矣。善乎刘玉渊之言曰:渊明诗之佛,太白诗之仙,少陵仙佛备,山谷可仙可佛,而俨然以六经礼乐临之,盖论诗之极致矣。学诗不以杜黄为宗,岂所谓识其大者?

刘埙《水云村稿》卷五《禁题绝句序》 《四库全书》本

诗至律难矣,至绝句尤难矣,至五言绝句,又大难矣!辞弥寡,意弥深,格弥严,味弥远,岂比夫大篇长歌,可以浩荡纵横,衍之而多者。唐人翻空幻奇,首变律绝,独步一时,广寒霓裳,节拍余韵,飘落人间,犹挟青冥浩邈之响。后世乃以社鼓渔榔,欲追仙韵,千古吟魂,应为之窃笑矣。诗至于唐,光岳英灵之气,为之汇聚,发为风雅,殆千年一瑞世。为律、为绝,又为五言绝,去唐愈远而光景如新,欧、苏、黄、陈诸大家,不以不古废其篇什,品诣殆未易言。

刘埙《水云村稿》卷五《新编绝句序》(节录) 《四库全书》本

七言近体肇基盛唐,应虞韶,协汉律不传之妙,风韵掩映千古,花萼夹城。

汉文有道，病中送客、秦地山河等篇，意旨高骞，音节遒丽。宋三百年，理学接洙泗，文章追秦汉，视此若不屑为。然桃李春风，弓刀行色，犹堪并辔分镳，近世诗宗数大家，拔出风尘，各擅体致，皆自出机轴，则工古有人，工绝句有人，而桂舟谌氏律体尤精，咸谓唐律中兴焉。故知此道在天地间未易能，亦未尝绝。夫律，圣人制作之初，测阴阳，定清浊，应高下，和神人，一累黍不中不曰律，诗亦如之。彼范围五十六字尔，清丽或病格力之卑浮，沉郁类困语言之钩棘，亦一累黍不中不曰律。故虽未尝绝，亦未易能。然熟读妙品，自有悟入。选古今律诗若干首置几案间，日取讽咏之，傥私我百年，或有见优孟意是叔敖复生，未可知也。

刘埙《水云村稿》卷五《新编七言律诗序》(节录) 《四库全书》本

其诗则能抑而入理，醇雅圆熟，一不作怪宕豪险语，蔼然风人趣味也。其为文章，充畅闳遂，即汉魏气骨，晋宋风度，唐宋格法，当奄有之以集大成。惜哉不逮矣，忆尝与君登峰远眺，竹树晚凉，星河夜横，君索予说诗，予为言杜黄音响，又为言陶柳风味。

刘埙《水云村稿》卷五《雪崖吟稿序》(节录) 《四库全书》本

作器能铭，登高能赋，盖文章家之极致，然铭固难，古赋尤难，自班孟坚赋两都，左太冲赋三都，皆伟赡巨丽，气盖一世，往往组织伤气骨，辞华胜义味，若涉大水其无津厓，是以浩博胜者也。六朝诸赋又皆绮靡相胜，吾无取焉耳。至李泰伯赋长江，黄鲁直赋江西道院，然后风骨苍劲，义理深长，驾六朝，轶班左，足以名百世矣。近代工古赋者殊少，非少也，以其难工故少也。其有能是者，不过异其音节而已，而文意固庸庸也。独吾盱傅幼安自得，深明春秋之学，而余事尤工古赋，盖其所习，以山谷为宗，故不惟音节激扬，而风骨义味足追古作。(卷四)

江文通作《别赋》，首句云"黯然而销魂者，别而已矣"，词高洁而意悠远，卓冠篇首，屹然如山，后有作者不能及也。惜其通篇止是齐梁光景，殊欠古气，此习流传至唐李太白，诸赋不能变其体，宋朝国初犹然，直至李泰伯长江赋、黄山谷江西道院赋出，而后以高古之文变艳丽之格，六朝赋体风斯下矣。然文通此赋首句，虽千载之下不害其为老。(卷五)

(杜甫)以上诸篇，或豪宕悲壮，或深沉感慨，有无穷义味，盖杜作为古今之冠，而此等又为杜集之冠，更千百世无能及者，故摘出以备吟诵。(卷七)

自曾子固不能作诗之论出，而无识者遂以为口实，乃不知此先生非不能诗者也，盖其平生深于经术，得其理趣，而流连光景、吟风弄月非其好也。往往宋人诗体多尚赋，而比与兴寡，先生之诗亦然。故惟当以赋体观之即无憾矣。唐诗之清丽空圆者，比与兴为之也，宋诗之典实闳重者，赋为之也。然先生之诗亦

有不皆出于赋者，如古体有《麻姑山》一首送南城罗尉者，甚似太白《蜀道难》，其中未尝无比兴也。（卷七）

律诗始于唐，盛于唐，然合一代数十家而选其精纯高渺、首尾无瑕者，殆不满百首，何其难也。刘长卿、杜牧、许浑、刘沧实为巨擘，极工而全美者亦自有数。入宋则古文古诗皆足方驾汉唐，惟律诗视唐益寡焉。盖必雄丽婉活、默合宫徵始可言律，而又必以格律为主乃善，傥止以七字成句，两句作对，便谓之诗，而重滞拥肿，不协格调，恐于律法未合也。近岁乡先生谌公祐妙选唐律数十首，详加评注，以诲学者，大为有益。（卷八）

后村序竹溪林公希逸诗有曰：唐文人皆能诗，柳尤高，韩尚非本色，入宋则文人多，诗人少，三百年间，虽人各有集，集各有诗，诗各自为体，或尚理致，或负材力，或逞辨博，少者千篇，多至万首，要皆经义策论之有韵者尔，非诗也……后村"经义策论之有韵者"一句最道着宋诗之病，然其自作则亦有时而不免，岂知而故犯者邪？（卷十）

我宋盛时，首以文章著者，杨亿刘筠，学者宗之，号杨刘体，然其承袭晚唐五代之染习，以雕镌偶俪为工，又号曰西昆体。欧阳公恶之，嘉祐中知贡举，思革宿弊，故文涉浮靡者，一皆黜落，独取深醇浑厚之作，一时士论虽哗，而文体自是一变，渐复古雅。南丰曾文定公，临川王荆公，皆欧公门下士也。继出而羽翼之，天下更号曰江西体，论遂以定，一时宋文遂与三代同风。同时刘原父亦善为古文，其作礼记补亡，俨然迫真也，他作比曾王二公则不及。因读荆公集，爱其数篇抑扬有味，简古而蔚，虑或亡失，因录之。（卷十三）

世言杜子美长于诗，其无韵者辄不可读，曾子固长于文，其有韵者辄不工，东坡词如诗，少游诗如词，此数公者，皆名儒大才，俱不免有偏处。予谓山谷亦然，山谷诗律精深，是其所长，故凡近于诗者无不工，如古赋与夫赞铭有韵者，率入妙品，他如记序散文则殊不及也。（卷十八）

经文所以不可及者，以其妙出自然，不由作为也。左氏已有作为处，太史公文字多自然，班氏多作为，韩有自然处而作为处亦多，柳则纯乎作为。欧曾俱出自然，东坡亦出自然，老苏则皆作为也。荆公有自然处颇似曾文，惟诗也亦然，故虽古作者俱不免作为，渊明所以独步千古者，以其浑然天成，无斧凿痕也。韦柳法陶，纯是作为，故评者曰：陶彭泽如庆云在霄，舒卷自如。（卷十八）

刘埙《隐居通议》（节录）《四库全书》本

戴表元

戴表元(1244—1310),字帅初,一字曾伯,庆元奉化(今属浙江省)人。七岁能文,诗文多奇语。南宋末中进士,授建康府教授,以兵乱归剡。元大德八年(1304)六十一岁时,被人推荐为信州教授,再调婺州,因病辞职。诗文俱佳,律诗雅秀,力变宋诗积习,静细清新,颇有晚唐风致;文则清深雅洁,多伤时悯乱之作。戴表元的作品今存《剡源文集》三十卷,佚诗六卷,佚文二卷。

余景游乐府编序[①](节录)

词章之体,累变而为今之乐府,犹字书降于后世,累变而为草也。草之于书,乐府之于词章,礼法士所不为,余于童时亦弃不学,及后有闻,乃知二艺者,本为不悖于古,而余所知特未尽也。今夫小学之家,钩毫布画,一人意而创之,千万人楷而习之者,世之所谓正书,而古法之坏,则自夫正书者始也。放焉而为草,草之自然,其视篆隶,相去反无几耳。《国风》《雅》《颂》,古人所以被弦歌而荐郊庙,其流而不失正,犹用之房中焉,此乐府之所由滥觞也。余尝得先汉以来歌诗诵之,大抵乐府而已。宋梁之间,诗有律体,而继之作者,遂一守而不变。声病偶俪,岁深月盛,以至于唐人之衰,而诗始自为家矣。其为乐府者,又溢而陷于留连荒荡、杯酒狎邪之辞,故学者讳而不言,以为必有托焉。陈礼义而不烦,舒性情而不乱,其事宁出于诗。刘梦得有言:“五音与政通,而文章与时高下。”[②]乐府之道,岂端使然。同乡友朱君景游,自绝四方之事,捐书避俗,日课乐府一二章。有所愤切,有所好悦,有所感叹,有所讽刺,一系之于此。编成,久之不敢以示人,而先私于余。余跃然曰:此固畴昔所悔,以为未及尽知者也。君强记洽闻,法度修谨,故其所作,援古多而谐今少。览者多有以余为知言。

《剡源戴先生文集》卷九 《四部丛刊》初编本

【注释】

① 此文勾勒了乐府诗的历史,对其价值作了肯定,"《国风》《雅》《颂》,古人所以被弦歌而荐郊庙,其流而不失正,犹用之房中焉,此乐府之所由滥觞也。余尝得先汉以来歌诗诵之,大抵乐府而已",而宋梁之间,诗有律体,于是诗与乐府分为二途。其《程宗旦古诗编序》指出成文有韵之诗就能使人"能讽之兴起",非必仰赖于乐也。古人声教体现于诗乐交融中,后世诗乐相分,要继续发挥诗的声教作用,就应重视诗歌语音本身的和谐,"萧子西诗若干篇,已经其姊夫王丞公达善校定者,一一可讽咏"(《题萧子西诗卷后》)。

戴表元诗论尚可注意者还有:其一崇唐,其《张仲实诗序》云:"诗自盛古至于唐,不知几变,每变愈下。而唐人者,变之稍差者也","诚古不止此,抑克其类焉,姑无深诛唐乎?"这种理路后来多为明代复古派所采用。其二重自然,"言之至者为文,而人之文有涉于刑名器数而作者,不必皆出于自然,惟夫诗则一由性情以生,悲喜忧乐,忽焉触之,而材力不与能焉。"(《珣上人删诗序》)这种诗文相异之说,明人诗论中也每有论及。其三重"神"、"味","无味之味食始珍,无性之性药始匀,无迹之迹诗始神也"(《许长卿诗序》),"诗味之酸咸苦辣,煎煮百出,如膏糜果蜜力尽津竭,而甘生焉"(《题萧子西诗卷后》)。这种"神"、"味"与微妙的创作经验是不可言说的:"惟知诗者为不能言也。今夫人食之于可口,居之于佚,服之于燠,而游之于适,谁不知美之,问其美之所以然,则不得而言之。"(《李时可诗序》)其四强调清而不杂、好而乐之,"彼其营度于心思,绵历于耳目,讽咏于口吻,辛苦锻炼,百折而后以其成言,裁决而出之,而诗传焉。其得之也勤,其发之也精,使有一毫昏惫眩惑之气干之,则百骸九窍,将皆不为吾用,而何清言之有乎"(《吴僧崇古师诗序》),"艺之于人,有好之而不厌者,以其乐也,苟所乐之在此,他虽有可乐者不好之矣","诗之为艺,出于人之精能虚觉,劳不挠形,清不胶物"(《魁师诗序》)。此外,戴表元还以气论词章,并注意到了文与道二分现象:"人之精气,蕴之为道德,发之为事业,而达之于言语词章,亦若是而已矣","自夫子之徒没,言道者不必贵文,言文者不必兼道,如此几二千年"(《紫阳方使君文集序》)。

②“刘梦得有言”三句——刘禹锡《唐故尚书礼部员外郎柳君文集序》:“八音与政通,而文章与时高下。”

【附录】

人之精气,蕴之为道德,发之为事业,而达之于言语词章,亦若是而已矣。窃独怪夫古之通儒硕人,凡以著述表见于世者,莫不皆有统绪。若曾孟周邵程张之于道,屈贾司马班杨韩柳欧苏之于文,当其一时,及门承接之士,固已亲而得之;而遗风余韵,传之后来,犹可以隐隐不灭。近世以来,乃至寥落散漫,不可复续,岂天地之数有时而不齐,如适值其薄蚀,震动倾陷漏泄之,或然者耶?故尝考之,自夫子之徒没,言道者不必贵文,言文者不必兼道,如此几二千年。迨新安子朱子出,学者始复不敢杂道于文。

戴表元《剡源戴先生文集》卷十一《紫阳方使君文集序》(节录)
《四部丛刊》初编本

异时搢绅先生无所事诗,见有攒眉拥鼻而吟者,辄靳之,曰:是唐声也,是不足为吾学也,吾学大出之可以咏歌唐虞,小出之不失为孔氏之徒,而何用是啁啁为哉!其为唐诗者,汩然无所与于世则已耳,吾不屑往与之议也。诠改举废,诗事渐出。而昔之所靳者,骤而精焉则不能,因亦浸为之。为之异于唐,则又曰:是终唐声,不足为吾诗也。吾诗惧不达于古,不惧不达于唐。其为唐诗者,方起而抗曰:古固在我,而君安得古。于是性情理义之具,哗为讼媒,而人始骇矣。杭于东南为诗国,之二说者,余狎闻焉。盖尝私评之:诗自盛古至于唐,不知几变,每变愈下。而唐人者,变之稍差者也。今人服食寝处之物,玩适之器,不暇及古,虽古不能信其必古,但得唐人遗缣断楮,废材败矿,数百千年间物,即古之。疑其攻能精绝,亦啧啧叹羡,以为不可及。至于为诗,去唐远甚,然谈及之,则不以为古。诚古不止此,抑克其类焉,姑无深诛唐乎?张仲实,循忠烈王诸孙,在杭友中年最妙,而诗尚最力。强志多学,尝与庐陵刘公会孟往复,是能为唐而不为唐者也。

戴表元《剡源戴先生文集》卷八《张仲实诗序》(节录)
《四部丛刊》初编本

人尝言,作诗惟宜老与穷,彼老也穷也,事之尝其心者多矣,故其诗工。人孰不愿其诗工,而甚无乐乎老与穷,则夫诗之必至此而工者,人之见之宜相吊以悲,而顾好之何哉?曰:天固以是慰之也。天以是慰之,则凡人之得工于诗者,命也,非其性能也。诗之工非其性能而有挟之者,是挟命欤?曰:是亦人也,人少而好之，老斯工矣；其穷也亦好之，而诗始工也；其不好者，虽老且穷犹不工也。人之好工其诗，且好老与穷欤？余亦好老与穷者也，然亦适遭之也。

戴表元《剡源戴先生文集》卷八《周公谨弁阳诗序》（节录）
《四部丛刊》初编本

余自五岁受诗家庭，于是四十有三年矣，于诗之时事、忧乐、险易、老稚、疾徐之变，不可谓不知其概，然而不能言也。夫不能言而何以为知诗？然惟知诗者为不能言也。今夫人食之于可口，居之于佚，服之于燠，而游之于适，谁不知美之，问其美之所以然，则不得而言之。昔尝有二人射，其一百发百中，若矢生于手，而侯生于目；其一时而中焉，时而中者，每中辄言；百发百中者未尝言也。揖百发百中者问之，其人哑然而笑曰：吾初不知吾射之至此也。问：可学乎？曰：可学而不可言学之法。固问之，曰：日射而已矣。夫学诗亦犹是也。故余平生作诗最多，而未尝言于人，亦不求人之言。

戴表元《剡源戴先生文集》卷八《李时可诗序》（节录）
《四部丛刊》初编本

始时汴梁诸公言诗绝无唐风，其博赡者谓之义山，豁达者谓之乐天而已矣。宣城梅圣俞出一变而为冲淡，冲淡之至者可唐，而天下之诗于是非圣俞不为，然及其久也，人知为圣俞而不知为唐。豫章黄鲁直出又一变而为雄厚，雄厚之至者尤可唐，而天下之诗于是非鲁直不发，然及其久也，人又知为鲁直而不知为唐。非圣俞鲁直之不使人为唐也，安于圣俞鲁直而不自暇为唐也。迩来百年间，圣俞鲁直之学皆厌，永嘉叶正则倡四灵之目，一变而为清圆，清圆之至者亦可唐，而凡枵中捷口之徒，皆能托于四灵，而益不暇为唐。唐且不暇为，尚安得古？

戴表元《剡源戴先生文集》卷九《洪潜甫诗序》（节录）
《四部丛刊》初编本

酸咸甘苦之食，各不胜其味也，而善庖者调之，能使之无味；温凉平烈之于药，各不胜其性也，而善医者制之，能使之无性；风云月露虫鱼草木，以至人情世故之托于诸物，各不胜其为迹也，而善诗者用之，能使之无迹：是三者所为其事不同，而同于为之之妙，何者？无味之味食始珍，无性之性药始匀，无迹之迹诗始神也。余自垂髫学诗，以至皓首，其间涉历荣枯得丧之变，是不一态，诗之难易精粗深浅，亦不一致，虽不敢自谓已有所就，然不可谓之不勤其事也。方其勤之之初，颦呻蹙缩，经营转折，几亦自厌其劳苦。及为之之久，积之之熟，则又憣然资之以为乐。

戴表元《剡源戴先生文集》卷九《许长卿诗序》(节录)
《四部丛刊》初编本

语之成文者有韵,犹乐之成音者有均,一也。均法废,世以胡部新声为古乐,韵学流,人又以唐人近体为古诗矣,可不痛哉。余尝有意绪正其事,以为乐出于中声,与人之歌诗最为不远,三百篇国风雅颂可以被弦歌荐宗庙者,本不求如后世音切之备,然当时人之诵念精熟,士大夫寻常叙述,邂逅寄托,必取断章一二,以流畅其意者,诸成文而有韵故也。汉魏后诗犹入乐府,遇其理到处流传至今,儿童妇女辈能讽之兴起,若如今人直谓之无诗无乐可也。

戴表元《剡源戴先生文集》卷七《程宗旦古诗编序》(节录)
《四部丛刊》初编本

余少时请益乡先生,问记礼家言春诵何也?曰:诵诗也。曰:诵诗何为也?曰:将以为乐也。曰:夏又弦何也?曰:古之学官惟礼与乐,其春夏皆乐,其冬读书亦将以为礼也,不特此也,其学曰辟雍,辟以明经,雍以和乐,其官有祭酒司业,酒者,行礼之物而业乐板也。余于时颇领悟,顾琴瑟亦不易为,惟诗为近乐,差可自力,由是日为之,荣辱四十年,人情世故,何所不有,而不至于放心动性而出于绳检之外者,诗之力也。来江东,有铅山虞世民,取平生所见古书之涉于礼者,叶为韵语,欲使儿童妇女流传成诵,熟于口耳,浃于心体,将见朝昏节朔之仪,不教而自行,父师保母之训,无言而皆喻,甚有功于人其教,固不浅浅,而虞君之意亦云厚矣。

戴表元《剡源戴先生文集》卷七《礼部韵语序》(节录)
《四部丛刊》初编本

少时阅唐人乐府《花间集》等作,其体去五七言律诗不远,遇情愫不可直致,辄略加隐栝以通之,故亦谓之曲。然而繁声碎句,一无有焉,近世作者几类散语,甚者竟不可读,余为之愦愦久矣。

戴表元《剡源戴先生文集》卷十九《题陈强甫乐府》(节录)
《四部丛刊》初编本

人之能以翰墨辞艺行名于当时者,未尝不成于艰穷,而败于逸乐,何者?材动也。诗人之材,其于翰墨辞艺,动之尤近而切者也。彼其营度于心思,绵历于耳目,讽咏于口吻,辛苦锻炼,百折而后以其成言,裁决而出之,而诗传焉。其得之也勤，其发之也精，使有一毫昏惫眩惑之气干之，则百骸九窍，将皆不为吾用，而何清言之有乎？今夫世俗，膏粱声色，富贵豪华，豢养之物，固昏惫眩惑之所由出也！

戴表元《剡源戴先生文集》卷九《吴僧崇古师诗序》（节录）
《四部丛刊》初编本

艺之于人，有好之而不厌者，以其乐也，苟所乐之在此，他虽有可乐者不好之矣。千金之家终日吹弹棋踘，而穷阎窭夫皇然摩铦洒削雕锻利赢余以给妻子，此二途所为乐不同，而乐于所自养者同，故当其疲精神、穷昏昼、忘饥渴而为之，虽使师襄、放叟歌周南、诵离骚于其侧，有不能暇听，何者？所乐不存焉故也。浮屠氏之枯空淡泊，草衣而木食，茕居而野游，无富贵繁华之美于其心，无贫贱急迫之劳于其体，其于人世一切之累，举不可以相及，而诗之为艺，出于人之精能虚觉，劳不挠形，清不胶物，又非若吹弹棋踘之鄙亵而难成，摩铦洒削雕锻之喧烦而为美也，则乐而好之，是固其职。

戴表元《剡源戴先生文集》卷九《魁师诗序》（节录）
《四部丛刊》初编本

人之于言，少繁而老简，彼其中固有定不定也。言之至者为文，而人之文有涉于刑名器数而作者，不必皆出于自然，惟夫诗则一由性情以生，悲喜忧乐，忽焉触之，而材力不与能焉。此其老少之变，繁简之异，岂得不有待而然哉？……夫古之学佛之徒以吾书所载，如支遁佛图澄二人者，于其时最号能言，能使国君大臣公卿子弟人人倾听之，然其言传者甚少，将其所为言与今浮图之言不侔乎？抑固多有之而不见于吾书耳。文教益衰，诗律滥觞，于是其徒始有弃其空空之说，而以能诗鸣于世者。……夫由佛氏之说则不无如言，由吾之说则气识定而言当自简，上人其幸思之。

戴表元《剡源戴先生文集》卷九《珦上人删诗序》（节录）
《四部丛刊》初编本

辛文房

辛文房,字良史,西域人,元泰定元年(1324)官居省郎之职。能诗,与王执谦、杨载齐名,有《披沙诗集》,已佚。元成宗大德甲辰(1304)编撰成《唐才子传》一书,共收唐五代诗人传记二百七十八篇,传中附及一百二十人,合计三百九十八人,于唐诗研究极有参考价值。

唐才子传引①

魏帝著论,称"文章经国之大业,不朽之盛事,年寿有时而尽,未若文章之无穷"②。诗,文而音者也③。唐兴尚文,衣冠兼化,无虑不可胜计。擅美于诗,当复千家。岁月苒苒④,迁逝沦落,亦且多矣。况乃浮沉畏途⑤,黾勉⑥卑宦,存没相半,不亦难乎!崇事奕叶⑦,苦思积年,心神游穹厚之倪⑧,耳目及晏旷⑨之际,幸成著述,更或凋零,兵火相仍⑩,名逮于此,谈何容易哉!夫诗,所以动天地,感鬼神,厚人伦,移风俗也。发乎其情,止乎礼义,非苟尚辞而已⑪。溯寻其来,《国风》、《雅》、《颂》开其端,《离骚》、《招魂》放厥辞;苏、李之高妙,足以定律;建安之遒壮,粲尔成家;烂漫于江左,滥觞于齐、梁,皆袭祖沿流,坦然明白。铿锵愧金石,炳焕却丹青,理穷必通,因时为变,勿讶于枳橘,非土所宜⑫;谁别于渭、泾,投胶自定⑬,盖系乎得失之运也。唐几三百年,鼎钟挟雅道,中间大体三变,故章句有焦心⑭之人,声律至穿杨⑮之妙,于法而能备,于言无所假。及其逸度高标,余波遗韵,临高能赋,闲暇微吟,旧格近体、古风乐府之类,芳沃当代,响起陈人⑯,淡寂无枯悴之嫌,繁藻无淫妖之忌,犹金碧助彩,宫商自协,端足以仰绪先尘，俯谢来世，清庙之瑟，熏风之琴，未或简[17]其沉郁；两晋风流，不相下于秋毫也。余遐想高情，身服斯道，究其梗概行藏，散见错出，使览于述作，尚昧音容，洽彼姓名，未辨机轴[18]，尝切病之。顷以端居多暇，害事都捐，游目简编，宅心史集，或求详累帙，因备先传，撰拟成篇，斑斑有据，以悉全时之盛，用成一家之言，各冠以时，定为先后，远陪公议，谁得而诬也。如方外高格，逃名散人，上汉仙侣，幽闺绮思，虽多，微考实，故别总论之。天下英奇，所见略似，人心相去，苦亦不多。至若触事兴怀，随附篇末。异方之士，弱冠斐然，狃[19]于见闻，岂所能尽。敢倡斯盟，尚赖同志相与广焉。庶乎作九京于长梦[20]，咏一代之清风。后来奋飞可畏，相激百世之下，犹期赏音也。传成，凡二百七十八篇，因而附录不泯者又一百二十家，厘为十卷，名以《唐才子传》云。有元大德甲辰春引。

孙映逵校注《唐才子传校注》卷一 中国社会科学出版社 1991 年版

【注释】

①《唐才子传》为唐五代诗人简要评传汇集。在旧时史书中，唐代许多诗人往往无传，辛文房广采博稽，成《唐才子传》一书，其所录中、晚唐诗人事迹尤详，并录有部分五代诗人生平材料，使唐代诗人大量的生平资料得以留存于世，于后人唐诗研究贡献不小，历来为学者所重。该书以诗人登第先后为序，对诗人科举经历叙之尤详。在今人傅璇琮先生主持下，唐文学研究专家通力合作而成《唐才子传校笺》，辨证材料出处，纠正记事错谬，补考未备要事，遂成唐代诗人事迹重要资料库。又，孙映逵先生有《唐才子传校注》，校勘颇为精审，且辑录有后世相关评论材料，于唐诗研究颇有参考价值。史料外，《唐才子传》亦多品诗之语，其中大多为辑录唐人旧说，如《河岳英灵集》《中兴间气集》等，唐人诗话笔记亦多有采录，在此基础上辛文房往往也有所增饰，《四库全书·唐才子传提要》有云："传后附以论，多掎摭诗家利病，亦足以津逮艺林"，本卷主要选录辛氏自己这方面的论诗之语。引中对唐诗极为推崇："唐几三百年，鼎钟挟雅道，中间大体三变，故章句有焦心之人，声律至穿杨之妙，于法而能备，于言无所假。及其逸度高标，余波遗韵，临高能赋，闲暇微吟，旧格近体、古风乐府之类，芳沃当代，响起陈人，淡寂无枯悴之嫌，繁藻无淫妖之忌，犹金碧助彩，宫商自协，端足以仰绪先尘，俯谢来世，清庙之瑟，熏风之琴，未或简其沉郁；两晋风流，

不相下于秋毫也。”大致概括了唐诗声色双美、蕴藉风流的特点。书云“昔谓杜之典重,李之飘逸,神圣之际,二公造焉。‘观于海者难为水,游李、杜之门者难为诗’,斯言信哉”,再如对韦应物的评价:“诗律自沈、宋之下,日益靡嫚,锼章刻句,揣合浮切,音韵婉谐,属对藻密,而闲雅平淡之气不存矣。独应物驰骤建安以还,各有风韵,自成一家之体,清深雅丽,虽诗人之盛,亦罕其伦,甚为时论所右”等等,大抵还是比较准确的。再如反对次韵诗及“唐季,文体浇离,才调荒秽,稍稍作者,强名曰诗,南郭之竽,苟存于众响,非复盛时之万一也”等等之论,亦皆具有一定理论意义。

② “魏帝著论”五句——指魏文帝曹丕著《典论·论文》,参见《文选》卷五十二,原文为:“盖文章,经国之大业,不朽之盛事。年寿有时而尽,荣乐止于其身,未若文章之无穷。”此段引文可略见辛文房作《唐才子传》之动机。

③ 诗,文而音者也——“文”为文采、色泽,“音”即“声成文谓之音”,此可谓从声色双美的角度给诗所下定义,下文“唐兴尚文”、“铿锵愧金石,炳焕却丹青”、“金碧助彩,宫商自协”等亦声色双美并论,此论置于诗学史发展进程中可见其意义。明人胡应麟指出:“宋人学杜者,得其骨不得其肉,得其气不得其韵,得其意不得其象,至声与色并亡之矣。”(《诗薮》内编卷四)“声与色并亡”正是宋诗最大的毛病所在,元人已开始力矫此弊,而元人又是从崇唐抑宋着手做的,此亦可见《唐才子传》之诗学史意义。文房此论可谓上承魏晋至唐诗学传统,如陆机《文赋》:“‘文’徽徽以溢目,‘音’泠泠而盈耳。”《全梁文》卷十二梁简文帝《临安公主集序》有云:“‘文’同积玉,‘韵’比风飞。”再如梁元帝《金楼子·立言》:“至如文者,惟须绮縠纷披,宫徵靡曼,唇吻遒会,情灵摇荡。”也极言声色双美。《全唐文》卷二百二十五录张说《唐昭容上官氏文集序》“七声无主,律吕综其和;五彩无章,黼黻交其丽”,又《洛州张司马集序》“发言而宫商应,摇笔而绮绣飞”等,可见唐人重声色双美之诗学理想。文房此语下对明人诗学亦有所启发,《明文海》卷二百三十三沈懋孝《雪后与诸文学讽〈文赋〉》有云“文之道不逾‘声’‘色’二种”等等。宋明诗学划然有别,元诗学实是重要的过渡期,由诗之声色观念的转变亦可略见一斑。

④ 苒苒——似应为“荏苒”,(时间)渐渐过去。

⑤ 畏途——指人生道路之艰险可怕,《庄子·达生》有云:“夫畏途者,十杀一人,则父子兄弟相戒也,必盛卒徒而敢出焉。”

⑥ 黾勉——尽力。

⑦ 奕叶——又称“奕世”,犹言累世,一代接一代,奕,次第,叶,世代。《国语·周语上》:“奕世载德,不忝前人。”曹植《曹子建集》卷九《王仲宣诔》:“伊

君显考,奕叶佐时。"

⑧ 穹厚之倪——穹厚,天穹地厚之略语,指天地;倪,端,尽头。

⑨ 晏旷——安闲旷远。

⑩ 仍——跟随、频繁、一个接着一个。屈原《楚词·九章·悲回风》:"观炎气之相仍兮,窥烟液之所积。"

⑪ "夫诗"八句——杂录《毛诗序》、《法言》等而成,《毛诗序》原文是:"故正得失,动天地,感鬼神,莫近于诗。先王以是经夫妇,成孝敬,厚人伦,美教化,移风俗。""故变风发乎其情,止乎礼义。"扬雄《法言·吾子》:"或问:君子尚其辞乎?曰:君子事之为尚。"

⑫ 勿讶于枳橘,非土所宜——枳,树如橘而果味酸不能食,《周礼·考工记·总序》:"橘逾淮而北为枳……此地气然也。"

⑬ 谁别于渭、泾,投胶自定——渭水、泾水,在山西省高陵县南合流,注入黄河,传说二水清浊有别;胶,指阿胶,《抱朴子》有"阿胶一寸不能止黄河之浊"语,又据《梦溪笔谈》载:"东阿(今山东东阿县)亦济水所经,取井水煮胶,谓之阿胶,用以搅浊水则清。"

⑭ 焦心——非常劳虑,此处指诗人苦吟。

⑮ 穿杨——本指善射,此处指精于诗文技艺。

⑯ 陈人——老朽迟钝之人,语出《庄子·寓言》。

⑰ 简——倨傲。

⑱ 机轴——犹言关键。

⑲ 狃——习惯。

⑳ 作九京于长梦——作,起;九京,即九原,本指山名,《礼记·檀弓》:"是全要领以从先大夫于九京也。"郑注:"晋卿大夫之墓地在九原,京盖字之误,当为原。"后用"九原"代指坟墓,或借指已经死去的人;长梦,指死亡。

【附录】

唐兴迨季叶,治日少而乱日多,虽草衣带索,罕得安居。当其时,远钓弋者,不走山而逃海,斯德而隐者矣。自王君以下,幽人间出,皆远腾长往之士,危行言逊,重拨祸机,糠核轩冕,挂冠引退,往往见之。跃身炎冷之途,标华黄、绮之列。虽或累聘丘园,勉加冠佩,适足以速深藏于薮泽耳。然犹有不能逃白刃、死非命焉。夫迹晦名彰,风高尘绝,岂不以有翰墨之妙,骚雅之奇?美哉!文章为不朽之盛事也。耻不为尧舜民,学者之所同志;致君于三五,懦夫尚知勇为。今则舍声利而向山栖,鹿冠舄几,便于锦绣之服;柴车茅舍,安于丹雘之厦;藜羹不糁,甘于五鼎之味;素琴浊酒,和于醇饴之奉;樵青山,渔白水,足于佩金鱼而纡紫绶也。时有不同也,事有不侔也。向子平曰:“吾故知富不如贫,贵不如贱,第未知死何如生。”此达人之言也。《易》曰:“遯之时义大矣哉!”(卷一“王绩”条)

《诗》云:“《关雎》,乐得淑女,以配君子,忧在进贤,不淫其色。哀窈窕,思贤才,而无伤善之心焉。”故古诗之道,各存六义,然终归于正,不离乎雅。是以昔贤妇人,散情文墨,斑斑简牍。概而论之,后来班姬伤秋扇以暂恩,谢娥咏絮雪而同素;大家七《诫》,执者修者;蔡琰《胡笳》,闻而心折。率以明白之操,徽美之诚,欲见于悠远,寓文以宣情,含毫而见志,岂泛滥之?故使人击节沾洒,弹指追念,良有谓焉。噫!笔墨固非女子之事,亦在用之如何耳。苟天之可逃,礼不必备,则词为自献之具,诗有妒情之作,衣服饮食,无闲净之容,铅华膏泽,多鲜饰之态,故不相宜矣。是播恶于众,何《关雎》之义哉?历观唐以雅道奖士类,而闺阁英秀,亦能熏染,锦心绣口,蕙情兰性,足可尚矣。中间如李季兰、鱼玄机,皆跃出方外,修清净之教,陶写幽怀,留连光景,逍遥闲暇之功,无非云水之念,与名儒比隆,珠往琼复。然浮艳委托之心,终不能尽,白璧微瑕,惟在此耳。(卷二“李季兰”条)

能言者未必能行,能行者未必能言。观李、杜二公,崎岖版荡之际,语语王霸,褒贬得失,忠孝之心,惊动千古,骚雅之妙,双振当时,兼众善于无今,集大成于往作,历世之下,想见风尘。惜乎长辔未骋,奇才并屈,竹帛少色,徒列空言,呜呼哀哉!昔谓杜之典重,李之飘逸,神圣之际,二公造焉。“观于海者难为水,游李、杜之门者难为诗”,斯言信哉!(卷二“杜甫”条)

自齐、梁以来,方外工文者,如支遁、道遒、惠休、宝月之俦,驰骤文苑,沉淫藻思,奇章伟什,绮错星陈,不为寡矣。厥后丧乱,兵革相寻,缁素亦已狼藉,罕有复入其流者。至唐,累朝雅道大振,古风再作,率皆崇衷像教,驻念津梁,龙象相望,金碧交映。虽寂寥之山河,实威仪之渊薮。宠光优渥,无逾此时。故有颠顿文场之人,憔悴江海之客,往往裂冠裳,拨矰缴,杳然高迈,云集萧斋。一食自甘,方袍便足,灵台澄皎,无事相干,三余有简牍之期,六时分吟讽之隙。青峰瞰门,绿水周舍,长廊步屧,幽径寻真,景变序迁,荡入冥思。凡此数者,皆达人雅士,夙所钦怀,虽则心侔迹殊,所趣无间。会稽传孙、许之玄谈,庐阜接谢、陶于白社,宜其日锻月炼,志弥厉而道弥精。佳句纵横,不废禅定,岩穴相迩,更唱迭酬,苦于三峡猿,清同九皋鹤,不其伟欤。与夫迷津畏途,埋玉世虑,蓄愤于心,发在篇咏者,未可同年而论矣。然道或浅深,价有轻重,未能悉采。(卷三“道人灵一”条)

尝读《选》中沈、谢诸公诗，有题《新安江水至清浅深见底贻京邑游好》及《石门新营所住四面高山回溪石濑茂林修竹》及《田南树园激流植援》、《斋中读书》、《南楼中望所迟客》、《晚登三山还望京邑》等数端，皆奇崛精当，冠绝古今，无曾发其韫奥者。逮盛唐，沈、宋、独孤及、李嘉祐、韦应物等诸才子集中，往往各有数题，片言不苟，皆不减其风度，此则无传之妙。逮元和以下，佳题尚罕，况于诗乎！立题乃诗家切要，贵在卓绝清新，言简而意足，句之所到，题必尽之，中无失节，外无余语，此可与智者商搉云，因举而论之。（卷三“独孤及”条）

诗律自沈、宋之下，日益靡嫚，锼章刻句，揣合浮切，音韵婉谐，属对藻密，而闲雅平淡之气不存矣。独应物驰骤建安以还，各有风韵，自成一家之体，清深雅丽，虽诗人之盛，亦罕其伦，甚为时论所右。而风情不能自已，如赠米嘉荣、杜韦娘等作，皆杯酒之间，见少年故态，无足怪矣。（卷四“韦应物”条）

上美，开成元年礼部侍郎高锴放榜，第二人登科。以诗鸣当时，间作，悉佳制。论其骨格本峭，但少气耳。有集今传。夫矻矻穷经，志在死而不亡者，天道良难，无固必也。或称硕儒，而名偶身丧；或乃颓然，而青编不削。又若以位高金多，心广体胖，而富贵骄人，文称，功业黯黯，则未若腐草之有萤也。今群居论古终日，其人既远，骨已朽矣，幸而照灼简牍，未必皆扬雄、班、马之流耳。于兹传中，族匪闻望，官不隆重，俱以一咏争长岁月者亦多，岂曰小道而忽之。设有白璧，入地不满尺，出土无肤寸，虽卞和憧憧往来其间，不失者亦鲜矣。幸不幸之谓也。（卷七“陈上美”条）

群玉继禀修能，翱翔大化，人不知而不恤，禄不及而不言。望涔阳之亡极，挹杜兰之绪馨。款君门以披怀，沾一命而潜退，风景满目，宁无愧于古人。故其格调清越，而多登山临水、怀人送归之制，如“远客坐长夜，雨声孤寺秋。请量东海水，看取浅深愁”等句，已曲尽羁旅坎壈之情。壮心千里，于方寸不扰，亦大难矣。（卷七“李群玉”条）

夫次韵唱酬，其法不古，元和以前，未之见也。暨令狐楚、薛能、元稹、白乐天集中，稍稍开端，以意相和之法渐废，间作。逮日休、龟蒙，则飙流顿盛，犹空谷有声，随响即答。韩偓、吴融以后，守之愈笃，汗漫而无禁也。于是天下翕然，顺下风而趋，至数十反而不已，莫知非焉。夫才情敛之不盈握，散之弥八纮，遣意于时间，寄兴于物表，或上下出入，纵横流散，游刃所及，孰非我有，本无拘缚惉懘之忌也。今则限以韵声，莫违次第，得佳韵则杳不相干，岨峿难入；有当事则韵不能强，进退双违。必至窘束长才，牵接非类，求无瑕片玉，千不遇焉，诗家之大弊也。更以言巧称工，夸多斗丽，足见其少雍容之度。然前修有恨其迷途既远，无法以救之矣。（卷八“皮日休”条）

唐季,文体浇离,才调荒秽,稍稍作者,强名曰诗,南郭之竽,苟存于众响,非复盛时之万一也。如王周、刘兼、司马札、苏拯、许琳、李咸用等数人,虽有集相传,皆气卑格下,负鱼目唐突之惭,窃碱砆韫袭之滥,所谓"家有弊帚,享之千金",不自见之患也。文圭稍入风度,间见奇崛,其殆庶几乎。(卷十"殷文圭"条)

休,一条直气,海内无双,意度高疏,学问丛脞,天赋敏速之才,笔吐猛锐之气,乐府古律,当时所宗。虽尚崛奇,每得神助,余人走下风者多矣。昔谓"龙象蹴踏,非驴所堪",果僧中之一豪也。后少其比者,前以方支道林不过矣。(卷十"贯休"条)

孙映逵校注《唐才子传校注》(选录)　中国社会科学出版社 1991 年版

杨士弘

杨士弘,生卒年未详,字伯谦,襄城(今属河南省)人,寓临江(今属江西省),编唐诗选本《唐音》,始自元统三年(1335),成于至正四年(1344),“积十年之力而成,去取颇为不苟”,对后世影响极大。颇工诗文,有《览池春草集》,已佚。

唐音序[①]

夫诗莫盛于唐。李杜文章冠绝万世,后之言诗者,皆知李杜之为宗也。至如子美所尊许者,则杨、王、卢、骆[②],所推重者,则薛少保、贺知章,所赞咏者,则孟浩然、王摩诘,所友善者,则高适、岑参,所称道者,则王季友。若太白《登黄鹤楼》[③]独推崔颢为杰作,《游郎官湖》复叹张谓之逸兴,拟古之诗则仿佛乎陈伯玉。古之人不独自专其美,相与发明斯道者如是,故其言皆足以没世不忘也。余自幼喜读唐诗,每慨叹不得诸君子之全诗,及观诸家选本,载盛唐诗者独《河岳英灵集》[④],然详于五言,略于七言,至于律绝仅存一二。《极玄》,姚合所选,止五言律百篇,除王维、祖咏,亦皆中唐人诗。至如《中兴间气》《又玄》《才调》[⑤]等集,虽皆唐人所选,然亦多主于晚唐矣。王介甫百家选[⑥],唐除高、岑、王、孟数家之外,亦皆晚唐人。《诗吹万》[⑦]以世次为编,于名家颇无遗漏,其所录之诗则又驳杂简略。他如洪容斋、曾苍山、赵紫芝、周伯弜、陈德新诸选[⑧],非惟所择不精,大抵多略于盛唐而详于晚唐也。后客章贡,得刘爱山家诸刻初盛唐诗,手自抄录,日夕涵泳,于是审其音律之正变而择其精粹,分为始音、正音、遗响,总名曰《唐音》,凡十五卷,共诗一千三百四十一首,始于乙亥，成于甲申。嗟夫！诗之为道，非惟吟咏情性，流通精神而已，其所以奏之郊庙，歌之燕射，求之音律，知其世道[9]，岂偶然也哉！观是编者，幸恕其僭妄，详其所用心则自见矣。至正四年八月朔日襄城杨士弘谨志。

凡　例

始音不分类编者，以其四家制作，初变六朝，虽有五七之殊，然其音声则一致故也。

正音以五七言古律绝各分类者，以见世次不同，音律高下，虽各成家，然体制声响相类，欲以便于观者。

遗响不分类者，以其诸家之诗，篇章长短参差，音律不能谐合，故就其所长而采之。

李、杜、韩诗，世多全集，故不及录。

编意各著篇首。

诗中字有不安者，以诸本校其善者从之，疑者阙之，庶不误观者。

古诗及乐府及李、杜全集类编续刊以便学者。

《唐音》集前　《四库全书》本

【注释】

① 杨士弘《唐音》在汉语古典诗学史上当留一席之地，惜乎今人囿于成见，对此多有忽视。其最表层的意义是对明人选唐诗有发凡起例之功，《四库全书》提要称"明高棅《唐诗品汇》即因其例而稍变之"，又评《唐诗品汇》云："平心而论，唐音之流于肤廓者，此书实启其弊；唐音之不绝于后世者，亦此书实衍其传。"高棅《唐诗品汇总叙》称："唯近代襄城杨伯谦氏《唐音》集类能别体制之始终，审音律之正变，可谓得唐人之三尺矣。"又，明人李东阳《麓堂诗话》："选诗诚难，必识足以兼诸家者，乃能选诸家；识足以兼一代者，乃能选一代。一代不数人，一人不数篇，而欲以一人选之，不亦难乎？选唐诗者，惟杨士弘《唐音》为庶几。次则周伯弜《三体》，但其分体过于细碎，而二书皆有不必选者。赵章泉绝句虽少而精。若《鼓吹》则多以晚唐卑陋者为入格，吾无取焉耳矣。"从文学理论与创作的关系来看，我们古人往往不是用几条理论原理、律条来指导自己的创作，而更多地强调创作的感性经验的重要性，因此，文学选本比理论表述对一时代的文学创作实践的影响要更大，比如《文选》对唐诗的影响，恐怕比《文

心雕龙》的影响要大得多。明人宋讷《唐音辑释序》称“天下学诗而嗜唐者,争售而读之”,《唐音》之于朱明诗学的影响,堪比《文选》之于李唐诗学的影响。

其次,《唐音》于文学史研究而论亦有重要意义,这方面主要涉及有唐一代诗歌发展史的分期。宋人严羽《沧浪诗话》所谓“盛唐之诗”、“大历以还之诗”、“晚唐之诗”大抵可见唐诗分期之雏形;《唐音》之《正音》为主要部分,以五、七言古律绝的体裁分类,又分“唐初盛唐”、“中唐”、“晚唐”三个时期编次,采用的大抵是三分法;其后高棅《唐诗品汇》使初唐、盛唐、中唐、晚唐的四分法更为明确,遂为后世所沿用。又,《唐诗品汇》“大略以初唐为正始,盛唐为正宗、大家、名家、羽翼,中唐为接武,晚唐为正变、余响,方外异人为旁流”,所谓“正始”“正宗”“接武”“余响”之分类命名,也显见《唐音》之“始音”“正音”“遗响”之直接影响。而如何分期、归类也成为后世聚讼纷纭的话题,高棅《唐诗品汇总叙》指出:“然而李杜大家不录,岑刘古调微存,张籍王建许浑李商隐律诗载诸正音,渤海高适江宁王昌龄五言稍见遗响,每一披读,未尝不叹息于斯。”明人苏伯衡《古诗选唐序》更是批评道:“盛时之诗不谓之正音而谓之始音,衰世之诗不谓之变音而谓之正音,又以盛唐、中唐、晚唐并谓之遗响,是以体裁论而不以世变论也”,后来清人钱谦益亦持此论。今人钱锺书《谈艺录·诗分唐宋》强调:“余窃谓就诗论诗,正当本体裁以划时期,不必尽与朝政国事之治乱盛衰吻合。士弘手眼,未可厚非。”或曰:“以体裁论而不以世变论”正可见士弘手眼,初盛诗人偶有中晚声调,中晚诗人或得盛唐之音,本是极自然之现象,诗之“与时高下”其实只是总体而论。

而《唐音》最重要之理论意义在于以“音”选诗论诗,士弘所强调“体制声响”随后即成为有明格调派家法,今人对此价值知之甚浅。这又涉及对唐诗特性及其与宋诗分野之认识,“唐音之不绝于后世者,亦此书实衍其传”,此评当然也适用于《唐音》,而其所“传”者,唐诗之审美文化特性也,而此种审美文化特性又正主要是从“音”上体现出来的。士弘选唐诗旨在“审其音律之正变而择其精粹”,而其理论基础则是所谓“求之音律,知其世道”,这不过是本乎《礼记·乐记》所谓“治世之音安以乐,其政和;乱世之音怨以怒,其政乖;亡国之音哀以思,其民困,声音之道与政通矣”。汉儒说诗对此早已标榜。士弘虽标榜“求之音律,知其世道”,但在选编中所谓“始音”“正音”“遗响”却又并不以初盛中晚唐世次为限,后人以为体例淆乱,苏伯衡所谓“以体裁论而不以世变论”倒是切中肯綮,士弘选诗论诗却偏于“体裁”、“音”而非所谓“世变”,此其与汉儒不同处,今人或简单以形式主义批评士弘此种做法,可谓不得其中三昧。放在历史中来看,汉儒以音论诗大抵从诗乐交融处着眼,而《唐音》所谓“音”与音乐之"音"并无直接关联,此其又一不同处。再往后看,《唐音》及明代格调派,乃是在与宋诗相异的基础上或者说是在批评宋诗的基础上,标榜唐诗审美特性的。《明文衡》卷八十九录明人林志《漫士高先生墓铭》有云:"盖诗始汉魏作者,至唐号为极盛,宋失之理趣,元滞于学识,而不知由悟以入。自襄城杨士弘始编《唐音》正始、遗响,然知之者尚鲜。"明人陆深《俨山集》卷三十八《重刻唐音序》亦云:"夫诗主于声,孔子之于四诗,删其不合于弦歌者犹十九也。宋人宗义理而略性情,其于声律尤为末义,故一代之作每每不尽同于唐人,至于宋晚而诗之弊遂极矣。伯谦继其后,乃有斯集,求方员于规矩,概丈石以权衡,可不谓有功者耶!"宋诗重"理趣"、"义理",后世多有所论,那么,与之相对的唐诗的审美特性为何?或曰主于"声"或曰重"性情",而清人乔亿《剑溪说诗》有云:"性情,诗之体;音节,诗之用。"单独或以"性情"或以"音节"、"声音"等区分唐诗宋诗,皆可谓体用二分,"性情"之"体"与"音节"之"用"合,则构成汉语古典诗学一重要基本范畴"声情"。士弘《唐音序》介绍自己编撰过程时指出:"后客章贡,得刘爱山家诸刻初盛唐诗,手自抄录,日夕涵泳,于是审其音律之正变而择其精粹",考吴澄《题刘爱山诗》有云:"余爱其章而不敢忘。诵者琅琅,听者跗跗,虽穷冬冱阴,而春风满堂","长翁诗不专学杜,而与此体合,'声情'自然,不事雕镌,众之所同,其籁以人,翁之所独,其籁以天"。可见,为士弘提供编选材料的刘爱山已得唐诗"声情"之秘,后来明人杨文骢《唐人八家诗序》更是直接指出:"因思前辈选诗诸家无虑数十,亦鲜及此,惟杨仲弘《唐音》一选,于盛唐诸大家略而弗采,而中、晚差备,其所选诸什,又皆有一唱三叹、余音袅袅之致——此政以于'声情'风味之间,有独得其玄珠者也。"在杨文骢看来,士弘《唐音》独得之秘正在"声情",而明人受其影响处其实也正在"声情",以上引文皆与士弘《唐音》有关,可知此种认识不限于一人也。后来王夫之《古诗评选》、《唐诗评选》、《明诗评选》极频繁地使用"声情"品评诗作(参见附录),乃正是对明代诗学思想的一种重要总结和概括,而肇其端者,士弘《唐音》也。总之,《唐音》以"音"选诗论诗最终所标举者,"声情"也,《唐音》揭示唐诗也是汉语古典诗歌一大重要审美文化特性正在茂美之"声情"——不揭示此点,则难知士弘《唐音》之诗学理论意义之重要,也很难充分全面把握汉语古典诗歌整体之审美文化特性。"声情"强调的是语音的情感表现力,而非单纯的就形式论形式,以此而论,今人以西学所谓"形式主义"来评士弘《唐音》及明代格调派,未免厚诬古人。

② 至如子美所尊许者,则杨、王、卢、骆——杜甫《戏为六绝句》有云:"王杨卢骆当时体,轻薄为文哂未休。尔曹身与名俱灭,不废江河万古流。"杨说本此。

③《登黄鹤楼》——宋刘克庄《后村诗话》卷一有云:"古人服善太白过黄鹤楼有'眼前有景道不得,崔颢题诗在上头'之句,至金陵遂为凤皇台诗以拟之。今观二诗,真敌手棋也,若他人必次颢韵,或于诗版之傍别着语矣。"胡仔《渔隐丛话》前集卷五亦载此事。元辛文房《唐才子传》卷一亦云:"(崔颢)后游武昌,登黄鹤楼,感慨赋诗,及李白来,曰'眼前有景道不得,崔颢题诗在上头',无作而去,为哲匠敛手。"李白有诗《泛沔州城南郎官湖》:"张公多逸兴,共泛沔城隅。当时秋月好,不减武昌都。四坐醉清光,为欢古来无。郎官爱此水,因号郎官湖。风流若未减,名与此山俱。""张公"即指尚书郎张谓。陈伯玉,指初唐诗人陈子昂,有五言古诗《感遇》三十八首,李白有五言古诗《古风》五十九首,一般认为两者有精神上的继承关系。

④《河岳英灵集》——盛唐人殷璠所编唐诗选本,选录自常建至阎防二十四人诗二百三十四首,分上中下三卷。

⑤《中兴间气》《又玄》《才调》——均为唐人唐诗选本,《中兴间气》指高仲武编选《中兴间气集》,凡二十六人诗一百四十首,分二卷;《又玄》指韦庄所编选《又玄集》,选录一百五十人诗三百首,分三卷;《才调》,指韦縠所编选《才调集》,共十卷,每卷录诗一百首,共一千首。

⑥ 王介甫百家选——指王安石所编选《唐百家诗选》。

⑦《诗吹万》——当为唐诗选本,金元好问有《唐诗鼓吹》十卷,不知是否指此,待考。

⑧ 洪容斋、曾苍山、赵紫芝、周伯弼、陈德新诸选——洪容斋指宋人洪迈,有《万首唐人绝句》一百卷;曾苍山指宋人曾原一,《据千顷堂书目》卷三十一,有《选诗衍义》四卷,杨氏所言或指此书;赵紫芝指宋人赵师秀,有唐诗选本《众妙集》一卷,所选多为五言律诗,诗风格以中唐清新流丽为主;周伯弼,当为周伯弜,指宋人周弼,有《三体唐诗选》;陈德新,宋人,著述待考。

⑨ 求之音律,知其世道——《礼记·乐记》有云:"凡音者生人心者也。情动于中故形于声,声成文谓之音。是故治世之音安以乐,其政和;乱世之音怨以怒,其政乖;亡国之音哀以思,其民困。声音之道与政通矣。"唐刘禹锡《刘宾客文集》卷十九《唐故尚书礼部员外郎柳集纪》有云:"八音与政通而文章与时高下。"

【附录】

襄城杨伯谦,好唐人诗,五言七言古诗律诗绝句,以盛唐中唐晚唐别之,凡几卷,谓之《唐音》。音也者,声之成文者也,可以观世矣。其用意之精深,岂一日之积哉！盖其所录，必也有风雅之遗，骚些之变，汉魏以来乐府之盛，其合作者则录之，不合乎此者，虽多弗取。是以若是其严也。昔之选唐诗者非一家，若伯谦之辩识，度越常情远哉！噫！先王之德盛而乐作，迹熄而诗亡，系于世道之升降也。风俗颓靡，愈趋愈下，则其声文之盛不得不随之而然。必有特起之才，卓然之见，不系于习俗之所同，则君子尚之，然亦鲜矣。呜呼！唐虞三代，其盛矣乎！元首股肱之歌，见于《唐书》；一游一豫之叹，闻诸夏谚；其仅存者亦寥寥廓绝矣。若夫十五《国风》大小《雅》，周之盛衰备矣。《周颂》者多周公之所作也。《猗那》之存，太师传焉，《駉駜》之兴，鲁人作之，皆吾夫子之手笔也。千载之言诗者，孰不本于此哉！则吾于伯谦《唐音》之录，安得不叹夫知言之难也。

虞集《唐音序》 《四库全书》本《唐音》集前

然诗之体，有赋有比有兴，观体可得而见，诗之音清浊高下疾徐疏数之节与夫世之治乱国之存亡，审音可得而考。若夫事之所述，景之所写，非博极群书，穷搜百家，未易析其事、辨其景也。诗岂易观哉！唐虞赓歌三百篇之权舆，其来远矣，汉魏而下诗载《文选》，《选》之后莫盛于唐。唐三百年诗之音几变矣，文章与时高下，信哉。襄城杨伯谦诗好唐，集若干卷，以备诸体，仍分盛、中、晚为三，世道升降，声文之成，安得不随之而变也。总名曰《唐音》，既锓梓，天下学诗而嗜唐者争售而读之，可谓选唐之冠乎？

宋讷《西隐集》卷六《唐音缉释序》（节录） 《四库全书》本

襄城杨伯谦审于声律，其选唐诸诗，体裁辩而义例严，可谓勒成一家矣。惟李杜二作不在兹选，昔人谓其有深意哉。夫诗主于声，孔子之于四诗，删其不合于弦歌者犹十九也。宋人宗义理而略性情，其于声律尤为末义，故一代之作每每不尽同于唐人，至于宋晚而诗之弊遂极矣。伯谦继其后，乃有斯集，求方员于规矩，概丈石以权衡，可不谓有功者耶！独于初唐之诗无正音，而所谓正音者，晚唐之诗在焉，又所谓遗响者，则唐一代之诗咸在焉，岂亦有深意哉！

陆深《俨山集》卷三十八《重刻唐音序》 《四库全书》本

读唐人诗，观其气格，察其神韵止矣，未有论及其“声情”与风味者也。夫气格神韵逐代而迁，虽唐之人转徙变化于其中，摇摇乎莫能自必其所底。而所谓初、盛、中、晚，密移潜换，关纽甚细，所争或近在数十年之内，而局已更矣，而笋已接矣。前之不可降而后，与后之不可躐而前，如淄渑泾渭之水，清浊相间而愈不相乱，其界限分明如此。若夫宛转悠扬，沨沨乎独行于节奏声音之外，自贞观、永徽以迄于天宝乱离之代，自成其为唐三百年之诗，决非宋以后所得而仿佛者，则其“声情”与风味是也。余发始燥时，读唐人诗，即怀此解，间举以示人，人罕有会者。因思前辈选诗诸家无虑数十，亦鲜及此，惟杨仲弘《唐音》一选，于盛唐诸大家略而弗采，而中、晚差备，其所选诸什，又皆有一唱三叹、余音袅袅之致——此政以于“声情”风味之间，有独得其玄珠者也。……此八家者，“声情”风味又故依然具在也。

杨文骢《唐人八家诗序》（节录） 明汲古阁刊本毛晋《唐人八家诗》集前

（武帝《秋风词》）“声情”凉铣，无非秋者……王仲淹谓其为悔心之萌，试思悔萌之心之见于词者何在？岂不唯“声情”之用？

（汉乐府《战城南》）所咏虽悲壮，而“声情”缭绕，自不如吴均一派装长鬚大面腔也。

一往动人而不入流俗，“声情”胜也，“声情”不由习得。

（鲍照《代东门行》）“声情”爽艳。

鲍有极琢极丽而之作，顾琢者伤于滞累，而丽者伤于佻薄……惟此种不琢不丽之作，特以“声情”相辉映，而率不入鄙，朴自有韵，则天才固为卓尔，非一往人所望见也。

（鲍照《白纻舞歌词三首》第一）一气四十而字，平平衍序，终以七字。于悄然暇然中遂转遂收，气度“声情”，吾不知其何以得此也。

（《拟行路难》之“君不见柏梁台”）全以“声情”生色，宋人论诗“以意为主”，如此类直用“意”相标榜，则与村黄冠盲女子所弹唱亦何异哉？（《古诗评选》卷一）

（《酬王晋安德元》）宣城于“声情”中外别有玄得，时酣畅出之，遂臻逸品，乃不恤古人风局。顾如此等，收放含吐，绝不欲奔涌以出，其致自高，非抗之也。

（宣城《观朝雨》）发端峻甚，遽欲一空今古“声情”。（《古诗评选》卷四）

（鲍照《中兴歌》）非有如许“声情”，又安能入于变风哉？……宋人以意求之，宜其愚也夫。（《古诗评选》卷三）

（刘孝威《春宵》）“声情”爽秀。（《古诗评选》卷五）

（郎士元《酬王季友……》）取景细而“声情”自亢。

（王初《送王秀才谒池州都官》）“声情”不恶。（《唐诗评选》卷四）

长吉于讽刺直以“声情”动今古，真与供奉为敌，杜陵非其匹也。（《唐诗评选》卷一）

（骆宾王）“声情”自遂，于挽诗为生色。（《唐诗评选》卷三）

序事简,点染称,"声情"凄亮,命句浑成。

(顾开雍)"声情"不属长庆 。(《明诗评选》卷二)

(高启《过白鹅溪》)"声情"俱备。

竟陵……摇尾"声情",不期而发。(《明诗评选》卷四)

(刘基《汉宫曲》)情全事少……"声情"至此,不复问古今,一倍妒杀。

(汤显祖诗)若非"声情"之美,但有此意,令谭友夏为之,求不为淫哇不得也。(《明诗评选》卷八)

一片"声情",如秋风动树,未至而先已飒然。(《明诗评选》卷一)

(范景文《临终诗》)针线密,"声情"缓。(《明诗评选》卷五)

王夫之《船山全书》 岳麓书社 1996 年版

赵　文

赵文(1239—1315),字仪可,一字惟恭,号青山,庐陵(今江西吉安)人。曾冒宋姓三领乡荐,后以本名入太学。宋末,入闽依文天祥。元兵陷汀州,与天祥相失,遁归故里。入元后为东湖书院山长,选授南雄郡文学。元仁宗延祐二年卒,年七十七。著有《青山稿》三十一卷,已佚,清四库馆臣据《永乐大典》辑为《青山集》八卷。

来清堂诗序[①]

物之初,有声而已,未名其所以声也。于是有名其所以声者而后谓之言,而犹未有字也。于是有形其所以言者而后谓之字,言与字合而文生矣。文也者,取言之美者,而字之者也;诗也者,以言之文合声之韵而为之者也。声而后有言,言而后有字,字而后有文,文至于诗,极矣。彼其初何以异于虫耶?虫之声也,庸知其非言也?而不能形其所以言。夫亦生且死而已矣,而焉用形其所以言哉?故曰:唯虫能天。吾每为文辞苦且倦,甚欲休乎未始有言之先,而既已有之矣,然默默终日辄不乐,有时言之而得其所欲言,虽天下之乐无以过也。则又笑曰:此宁非吾天耶!今年春,来清与吴孔瞻戴用圣诸人游,每阴阳寒暑日星之运,草木鸟兽虫鱼之感,无一不发之于诗,前于后喁[②],往复不厌,岁晚笔之,遂成卷帙,相视而笑,亦莫知其所自来也。虽其间一时之作,未必尽合,然亦岂无出于吾天者,姑序而藏之,他日之传与不正未可必也。

《青山集》卷一　《四库全书》本

【注释】

①《四库全书·青山集提要》称:“然其文章则时有《哀江南赋》之余音,拟以古人,其庾信之流亚乎?文尝自言:行事使人皆可知、可见者,为君子之行,为文使人读之可晓、考之有证者,为君子之言。今观其诗文,皆自抒胸臆,绝无粉饰,亦可谓能践其言矣。”赵文《萧笠山墓志铭》有云“近年与余为诗友者玉田萧汇皆宗唐”,其“宗唐”又具体表现在对诗之“声”及其自然生成的重视,其《来清堂诗序》即强调“声”在诗中的重要性,“彼其初何以异于虫耶?虫之声也,庸知其非言也?而不能形其所以言”,而诗之声作为人之声的重要特点正在“能形其所以言”,也即《乐记》所谓的“声成文”。其《黄南卿齐州集序》有相近的描述:“诗之为物,譬之大风之吹窍穴,唱于唱喁,各成一音,刁刁调调,各成一态,皆逍遥,皆天趣”,赵文突出地强调了人籁与天籁的统一。《萧汉杰青原樵唱序》则更具体地分析道:“人人有情性,则人人有诗,何独樵者?彼樵者山林草野之人,其形全,其神不伤,其歌而成声,不烦绳削而自合”,“往往能使人感发兴起而不能已,是所以为诗之至也”,而后之为诗者“形不全而神伤”,“而又拘拘于声韵,规规于体格,雕锼以为工,幻怪以为奇,诗未成而诗之天去矣”。赵文还有关于诗歌声韵和谐合规律性的具体探讨:“今人但知律诗有律,不知古诗歌行亦必有律,故散语中必间以属对一二,不然则不韵、不对,漂漂何所底止?又姑论用字古固不拘平仄失所,即读之音节不合,殆天籁也。”(《高信则诗集序》)诗歌声韵的和谐合规律性并非人单纯刻意追求的结果,《竹易吟院记》即指出:“吾夫子之诗,虽间见于传记,而不见于经,其赞易也,文言、小象往往皆自然叶于音韵,岂非妙理精义,融液于方寸而流动于笔舌,有不自知其然而然者欤?”这种理论思路后来多为明人所承袭。诗之声的重要性还体现在如何解读诗之中,其《陈竹性删后赘吟序》云:“诗之为教必悠扬讽咏,乃得之,非如他经可徒以训诂为也。古之学诗者,必先求其声以考其风俗,本其情性;后世学诗者,不复知所谓声矣,而训诂日繁,去诗浸远”,“观诗妙处在吟哦,解说纷纷意转讹”——此亦正是《诗经》宋学不同于汉学之处。

② 前于后喁——相互唱和。语出《庄子·齐物论》:“前者唱于,而随者唱喁。”

【附录】

古之为诗者,率其情性之所欲言,惟先王之泽在人,斯人情性一出于正,是则古之诗已。尹吉甫自谓穆如清风,苏公自谓作此好歌,当其意到语适,自清自好,亦不知见删于圣人而传于后世也。夫子之于诗,删之而已,无所论说也,亦间有所发明，如为此诗者，其知道乎？孟子又申之曰：故有物，必有则，民之秉彝也。故好是懿德而诗话始此矣。三百篇后，建安以来，稍有诗评，唐益盛，宋又盛诗话，盛而诗愈不如古，此岂诗话之罪哉！先王之泽远，而人心之不古也。旧见胡仔《渔隐丛话》，虽其间不无利钝，亦观诗之一助。又有《总龟》，俗甚。黄氏《玉屑》最后出，大抵掇《渔隐》之绪余而已。

赵文《青山集》卷一《郭氏诗话序》（节录）　《四库全书》本

或曰：樵者亦能诗乎？余曰：人人有情性，则人人有诗，何独樵者？彼樵者山林草野之人，其形全，其神不伤，其歌而成声，不烦绳削而自合，宽闲之野，寂寞之滨，清风吹衣，夕阳满地，忽焉而过之，偶焉而闻之，往往能使人感发兴起而不能已，是所以为诗之至也。后之为诗者，率以江湖自名，江湖者，富贵利达之求而饥寒之务去役役而不休者也，其形不全而神伤矣，而又拘拘于声韵，规规于体格，雕锼以为工，幻怪以为奇，诗未成而诗之天去矣。是以后世之诗人不如中古之樵者。汉杰自抑其诗曰樵唱，樵唱，诗之至也，我学为樵唱而未至也。虽然，衡鹿守山，今之樵者又谁暇唱？君诗传，得无使长民者谓山中犹有不病之樵者也？愿君勿示鸡林贾人。

赵文《青山集》卷一《萧汉杰青原樵唱序》　《四库全书》本

诗之为教必悠扬讽咏，乃得之，非如他经可徒以训诂为也。古之学诗者，必先求其声以考其风俗，本其情性；后世学诗者，不复知所谓声矣，而训诂日繁，去诗浸远。汉人称说诗解人颐，诗非痴物，说诗者必使人悠然有得于眉睫之间，乃为善尔。近世横渠以诗说诗，盖得之，然不过十数章，止横渠盖姑为之例尔。竹性陈君取风雅语，一用横渠例，谓之《删后赘吟》，余读之，毛郑以来奇书也。释氏之徒，演说大意，敷陈既竟，复五七其辞，谓之偈，言不必皆有韵也，读之往往能使人悟入。异教自不当与吾书并论，要之教人方便，是或一道。吾欲取竹性吟，使童儿知习，即他诗传，可束阁。竹性征余题吟，后辄用竹性例系之以吟：观诗妙处在吟哦，解说纷纷意转讹。记得富阳明月夜，篷窗闲听竹声歌。

赵文《青山集》卷一《陈竹性删后赘吟序》　《四库全书》本

宦学于靖节之乡而采诗，犹采珠于海，采玉于山，未有不得者也。虽然，诗与珠玉异，珠，珠而已尔，玉，玉而已尔，至于诗，不可以一体求，采诗于彭泽而曰非靖节之诗不采，是绝天下以为无诗而亦不必采也。人之生也，与天地为无穷，其性情亦与天地为无穷，故无地无诗，无人无诗，采诗与删诗异，删诗非夫子谁敢当之？以夫子删诗，田夫野人之作，宜无足以当夫子之意，吾观于诗而后知夫子之大也。方其观于风也，不知其有雅也，及其观于雅也，不知其有颂也。歌二《南》，春风醇酎之浓郁也；歌《邶》《鄘》，雁烟蛩雨之凄断也；歌《王》，如故家器物，虽敝坏零落而典刑尚存，见之能使人感伤也；歌《郑》《卫》《陈》，如行幽远闲旷，采兰拾翠，闲情动荡而礼防终可畏也；歌《齐》《秦》，如与山东大猾关西壮士语，猎心剑气，不觉飞动也；歌《唐》，如听老人大父相与蹙额而谈往事也；歌《魏》《曹》《郐》，如楚舞短袖，虽欲回旋曲折而不可得也；歌《豳》，如行阡陌间，所见无非耘夫桑女，亦不知世有长安狭斜也：吾以是知夫子之大也。故采诗者，眼力高而后去取严，心胸阔而后包括大，今之所谓采诗者，大抵以一人之目力，一人之心胸，而论天下之诗，要其所得一人之诗而已矣，而况或怖于名高，或贪于小利，则私意颠倒，非诗道，直市道而已。

赵文《青山集》卷一《高敏则采诗序》(节录) 《四库全书》本

世谓诗能穷人，欧公谓诗非能穷人，诗必穷者而后工；陈无己谓诗能达人；皆未必然也。诗者，天之所以私穷人使之有以通其穷者也。孟郊贾岛，世所谓羁穷之极者，使天不与之以清才而能为诗，亦甚矣。宰物轻与人以富贵，重与人以清才，委巷之人崛起而有千金跨大马称达官，所在时时有之，至于能诗之士，旷数十年而不一遇也，岂非天之所靳在此而不在彼欤？吾友王奕亦大苦学，而萧然一寒人，皆谓亦大诗穷，吾谓亦大不穷，亦大贫耳，亦大何穷哉？衡门之下，可以栖迟，泌之洋洋，可以乐饥，吾穷居每讽此诗，充然不见吾为不足，而况能为此诗者乎？富者踞案终日，焦然楼船户马之应酬，前者在庭而后者在户，虽有高台曲池，撞钟舞女，将不暇乐；贵者縻组而入，佩瑰而出，率以为常其得志者，乘坚驱肥于黄河莽苍之外，风沙雨雪，新知邂逅，立马而语寒，酌酒以相煦；而吾亦大翛然溪水之上，云烟竹树，莎虫水鸟，与凡盛衰反复可悲可愕之事，皆取之以为诗，岂不浩然于天地间而得其所以为亦大哉？吾贫甚，似亦大而亦有吟癖，每苦吟得句，欣然满意，未知世间富贵者之乐与我得句时何似，虽持此今世谁售而来者谁传，然人生贵适意耳，使吾吟常得句，即常适意，即虽富贵亦不过如此矣，正恐富者之颦蹙更甚吾苦吟时也。嗟夫！吾言过矣，亦惟亦大而后可以闻此言也。

赵文《青山集》卷一《王奕诗序》 《四库全书》本

谢公问子弟诗中何句最佳，遏称"昔我往矣，杨柳依依，今我来思，雨雪霏霏"以对，谢公乃独爱"讦谟定命，远猷辰告"，今之谈诗者岂以谢公之说为然哉。要之诗六义异，今人所喜独在风比兴尔。大率前辈尚浑含，后生喜流丽，宜谢公所赏与遏辈异也。

赵文《青山集》卷一《李叔登诗序》(节录)　《四库全书》本

孟子以固讥高子为诗,而吾友信则自名其诗曰《固稿》谦辞。虽然,固,诗病也,有心于为不固,亦病也。自三百五篇以来,发乎情者流动发越,诚无所底滞,使无止乎礼义,则情之流者将何之?骚体起于南国,跌宕怪神,出乎风雅颂之外,而其归于忠君爱上,则诗之礼义未尝亡。近世诗人,高者以才气凌驾,无复细意熨贴,下者纤软稚弱,固不足论,工者刻削过当,去情性绝远,疏者则苟简灭裂,虽律诗亦不必留意属对矣,如此而谓之不固,是诚不固也。今人但知律诗有律,不知古诗歌行亦必有律,故散语中必间以属对一二,不然则不韵、不对,漂漂何所底止?又姑论用字古固不拘平仄失所,即读之音节不合,殆天籁也。此语仅可私语儿孙,使持语大方家,且将献笑。信则诗不失规矩绳墨,而未尝不行乎规矩绳墨之外,盖妥不弱,老不疏,工不刻,吾为君授记,君他时当名家数正法眼藏,必自三百五篇始。

赵文《青山集》卷二《高信则诗集序》　《四库全书》本

五方嗜欲不同,言语亦异,惟性情越宇宙如一,离骚崛起楚湘,盖未尝有闻于北方之学者而清声沉着,独步千古,奇哉!后来《敕勒川》之歌,跌宕豪伟,彼何所得诗法如此吻合。今采诗者遍天下,吾友黄南卿欧阳良有取四方诗刻之,号《齐州集》,抑州可齐,诗不可齐。诗之为物,譬之大风之吹窍穴,唱于唱喁,各成一音,刁刁调调,各成一态,皆逍遥,皆天趣。编诗者亦任之而已矣。故是编,虽以齐州名而诗实不齐,不齐所以为齐也。必欲执一人之见以律天下之诗,此岂知齐者哉?夫诗,技也,知其说者进于道矣。

赵文《青山集》卷二《黄南卿齐州集序》　《四库全书》本

诗人本非大圣大贤之称,古之田夫野老,幽闺妇妾,皆诗人也,彼以诗人僭有常者,非也。有常辞诗而受人,又非余之所知也。诗可能也,人未易能也。孟子曰:惟圣人然后可以践形。夫至于圣人然后仅可以充人之形,而无愧诗之难能,未至若此也。近世士无四六时文之可为,而为诗者益众,高者言三百篇,次者言骚言选言杜,出入韦柳诸家,下者晚唐江西,而夷考其人,衣冠之不改化者鲜矣。其幸而未至改化,葛巾野服,萧然处士之容,而不以之望尘于城东马队之间者鲜矣。是虽山林介然自守之士,忍饥而长哦,抱膝而苦调,未尝无之,然终不能胜彼之多且雄也。故今世诗多而人甚少,其少者必穷必祸,虽有高古之诗,且将流落散逸,泯焉以无传,甚可痛也。有常萧然山水间,无求于世,研朱点易,扫地焚香，庶几不失其所以为人者，有能为诗以咏歌其情性，谓之诗人可也。

赵文《青山集》卷四《诗人堂记》(节录)　《四库全书》本

诸生有问余者曰:《易》者，圣人遗天下以决疑之书，而诗则人人所以自通其情性者也。故六艺中《易》之去诗也最远，今刘君名吟院而竹易之何？余曰:诗之为物，其作之也亦必心闲无事而后能，未有扰扰焉得失利害之中而能诗者也。刘君吟院于此，水石花竹之胜足以娱心，风云月露之观足以卒岁，焉往而非诗者？君又时时取三圣人之书与宾客，居观动省，知世俗之所争所羡，莫不有一定不易之数，而皇皇汲汲之无益，其亦可以息心于彼而适吾之情性于此矣。吾观三百篇中，其出于周公之所作者，皆沉着精诣，为千古诗人之祖。吾夫子之诗，虽间见于传记，而不见于经，其赞《易》也，《文言》、《小象》往往皆自然叶于音韵，岂非妙理精义，融液于方寸而流动于笔舌，有不自知其然而然者欤？由此言之，竹易之有助于吟也甚大，夫诗岂特穷者之所以娱忧舒悲哉！穷而推敲于一室，吟院也，达而赓歌于庙堂，亦吟院也。有道者听天所命而安之，且夫天地间阴阳之唱和亦大吟院也，而其理则备于《易》矣。

赵文《青山集》卷四《竹易吟院记》(节录)　《四库全书》本

虞　集

虞集(1272—1348),字伯生,号道园,别署青城山樵,世称邵庵先生,祖籍蜀郡仁寿(今属四川省),宋亡,其父虞汲移居临川崇仁(今属江西省),为宋丞相虞允文五世孙。元太德初,以荐为大都路儒学教授,历国子助教博士。仁宗朝为集贤修撰。泰定初为秘书少监,从泰定帝去上都,用蒙汉语讲解经书,升翰林直学士兼国子祭酒。文宗时,累迁奎章阁侍书学士,受命编纂《经世大典》,进侍讲学士。卒赠江西行中书省参知政事,封仁寿郡公,谥文靖。虞集是元代文坛的大家,与杨载、范德机、揭傒斯并称元诗四大家,《元史》卷一八一《柳贯传》更称柳贯、黄溍、虞集、揭傒斯人号为"儒林四杰"。又善精鉴书画,工书法,所作散曲,今仅存《折桂令》一首,前人颇为称颂。著有《道园学古录》、《道园类稿》等。

庐陵刘桂隐存稿序[1](节录)

昔者庐陵欧阳公秉粹美之质,生熙洽之朝,涵淳茹和,作为文章,上接孟韩,发挥一代之盛,英华酞郁,前后千百年,人与世相期,未有如此者也。苏子瞻以不世之才,起于西蜀,英迈雄伟,亦前世之所未有。南丰曾子固,博考经传,知道修已,伊洛之学[2]未显于世,而道说古今,反复世变,已不失其正,亦孰能及之哉!然苏氏之于欧公也,则曰:"我老归休,付子斯文。虽无以报,不辱其门。"子固之言曰:"今未知公之难遇也,后千百世,思欲见公而不可得,然后知公之难遇也。"然则二君子之所以心悦诚服于公者,返而观其所存,至于欧公,则暗然而无迹，渊然而有容，挹之而无尽者乎？三公之迹熄而宋亦南渡矣。乾淳之间，东南之文相望而起者，何啻十数，若益公[3]之温雅，近出于庐陵永嘉诸贤，若季宣[4]之奇博，而有得于经，正则[5]之明丽，而不失其正，彼功利之说，驰骋纵横其间者，其锋亦未易婴[6]也。文运随时而中兴，概可见焉。然予窃观之，朱子继先圣之绝学，成诸儒之遗言，固不以一艺而成名，而义精理明，德盛仁熟，出诸其口者，无所择而无不当，本治而末修，领挈而裔委[7]，所谓立德立言者，其此之谓乎！学者出乎其后，知所从事而有得焉，则苏曾二子望欧公而不可见者，岂不安然有拱足之地、超然有造极之时乎？而宋之末年，说理者鄙薄文辞之丧志，而经学、文艺判为专门，士风颓弊于科举之业，岂无豪杰之出，其能不浸淫汨没于其间而驰骋凌厉以自表者已为难得，而宋遂亡矣。中州隔绝，困于戎马，风声气习多有得于苏氏之遗，其为文亦曼衍而浩博矣。国朝广大，旷古未有，起而乘其雄浑之气以为文者，则有姚文公[8]其人，其为言不尽同于古人，而伉健雄伟，何可及也，继而作者岂不瞠然其后矣乎？当是时，南方新附江乡之间，逢掖缙绅之士，以其抱负之非常幽远而未见知，则折其奇杰之气以为高深危险之语，视彼靡靡混混则有间矣，然不平之鸣能不感愤于学者乎？而一二十年，向之闻风而仿效亦渐休息。延祐科举之兴，表表应时而出者，岂乏其人，然亦循习成弊，至于骤废骤复者，则亦有以致之者，然与于是执笔者，肤浅则无所明于理，蹇涩则无所昌其辞，徇流俗者不知去其陈腐，强自高者惟旁窃于异端，斯文斯道，所以可为长太息者，尝在于此也。

《道园学古录》卷三十三 《四库全书》本

【注释】

①《四库全书·道园学古录提要》称虞集"著作为有元一代冠冕"，此文论文，从正面讲，北宋推崇欧阳修、苏轼、曾巩三家，南宋则推崇周必大、薛季宣、叶适诸家，而尤其推崇朱熹，元则推崇姚燧；从反面讲则揭示了时弊："宋之末年，说理者鄙薄文辞之丧志，而经学、文艺判为专门"，"肤浅则无所明于理，蹇涩则无所昌其辞，徇流俗者不知去其陈腐，强自高者惟旁窃于异端，斯文斯道，所以可

为长太息者,尝在于此也”,可见其理明辞昌、求新变而不失于雅正的文学观念。

顾嗣立《寒厅诗话》云:“延祐、天历之间,风气日开,赫然鸣其治平者,有虞、杨、范、揭,又称范、虞、赵、杨、揭,一以唐为宗,而趋于雅,推一代之极盛。”虞集“以唐为宗”有多方面表现,其中之一是重“声”之于诗歌的价值,他常以“声”论诗:“古之人以其涵煦和顺之积而发于咏歌,故其声气,明畅而温柔,渊静而光泽”(《李景山诗集序》),“某尝以为,世道有升降,风气有盛衰,而文采随之,其辞平和而意深长者,大抵皆盛世之音也”(《李仲渊诗稿序》),“最善者,君子之道德,有乎其身,则发诸音而成文者,足以垂世立教,以成天下之务者也”,“世传寒山子之属,音节清古”(《会上人诗序》),“夫欲观于国家声文之盛,莫善于诗矣”(《国朝风雅序》)等等。这方面,关于诗与乐的关系他也有所探讨,其《叶宋英自度曲谱序》云:“诗三百篇皆可被之弦歌”,“郑卫之音,特其发于情,措诸辞,有不善尔。声必依律而后和,则无以异也”——此乃诗与乐高度交融的情况,而“近世士大夫号称能乐府者,皆依约旧谱,仿其平仄,缀缉成章,徒谐俚耳则可,乃若文章之高者,又皆率意为之,不可叶诸律,不顾也。太常乐工知以管定谱,而撰词实腔又皆鄙俚,亦无足取,求如三百篇之皆可弦歌,其可得乎”——这是诗与乐相分后的情况,“观其(叶宋英)所自度曲,皆有传授,章节谐婉,而其词华,则有周邦彦姜夔之流风余韵,心甚爱之”,“章节谐婉,而其词华”成为论其高下的重要标准。其《新编古乐府序》指出:“曰夫乐之为器八,所以备六律五音者,有其声而已,所贵乎人声者,有其文辞焉。音声之传工失其肄习则易以亡绝,歌之有辞则意义之通可以兼音声而得之,此夫子慨叹于韶武之辨而删诗之志欤?”所以,无论乐府、词、曲还是古近体等韵文的诸般样式,重“辞”之“音声”,成为对儒家所推崇的诗与乐高度交融传统的一种重要继承方式。重“辞”之“音声”,首先因为其具有感动、感发人的审美作用,“夫是以无长歌之纡徐,短咏之激烈,无以陈说其志意而感动其性情,使夫人者手无可披之编,口无可吟之艺,于是声光风彩不能使人有所欣慕而感发于无穷者,良可惜哉,所以立行立言之不可偏废也”(《陈文肃公秋冈诗集序》)。其次因为其是人性情的表现,“言不可以伪发,人不可以徒欺,千载之下,简翰之存,苟有一人讽咏于一日之间,则安所逃乎? 是故君子尚论其本也”(《杨叔能诗序》)。这些思路后来皆为明清诗论所继承。

② 伊洛之学——指宋代二程理学,程颢、程颐,河南洛阳人,二程人曾讲学洛阳伊水、洛水间,故称其学为“伊洛学”,亦称“洛学”。

③ 益公——指周必大,曾被封为益国公,故称。

④ 季宣——薛季宣。

⑤ 正则——叶适字。

⑥ 婴——通"撄",触犯。

⑦ 裔委——有文采。

⑧ 姚文公——姚燧。

【附录】

古之人以其涵煦和顺之积而发于咏歌,故其声气,明畅而温柔,渊静而光泽,至于世故不齐,有放臣出子斥妇囚奴之达其情于辞者,盖其变也,所遇之不幸者也,而后之论者,乃以为和平之辞难美,忧愤之言易工,是直以其感之速而激之深者为言耳。盖亦观于水,夫安流无波,演迤万里,其深长岂易穷也;若夫风涛惊奔,龙石险壮,是特其遇物之极于变者,而曰水之奇观必在于是,岂观水之术也哉?

虞集《道园学古录》卷五《李景山诗集序》(节录) 《四库全书》本

某尝以为,世道有升降,风气有盛衰,而文采随之,其辞平和而意深长者,大抵皆盛世之音也,其不然者,则其人有大过人而不系于时者也。

虞集《道园学古录》卷六《李仲渊诗稿序》 《四库全书》本

古者诸臣赓歌于朝,以相劝戒,颂德作乐,以荐于天地宗庙。朝觐宴享之合,征伐勉劳之恩,建国设都之役,车马田猎之盛,农亩艰难之业,闺门和乐之善,悉托于诗,而其用大矣。至于亡国失家,放臣逐子,嫠妇怨女之感,淫渎谗刺之起,而其变极矣。于是又有隐居放言之作,市井田野之歌,谣诵谶纬之文,史传物色之咏,神仙术数之说,鬼神幽怪之语,其类尚多有之。而最善者,君子之道德,有乎其身,则发诸音而成文者,足以垂世立教,以成天下之务者也。上下千百年间,人品不同,所遇异时,所发异志,所感异事,极其才之所能,其可以一概观之也哉!浮图氏之入中国也,不以立言语文字为宗,于诗乎何有?然以其超诣特卓之见,撙节隐括以为辞,固有浩博宏达,大过于人者,则固诗之别出者也。而浮图氏以诗言者,至唐为盛,世传寒山子之属,音节清古,理致深远,士君子多道之。乃若舍风云月露,花竹山水,琴鹤舟筇之外,一语不措者,就令可传,亦何足道哉?予过吴,遇钱塘会上人,以其诗数百篇示予。盖其平生深得禅悦之味,枯槁介特,绝不与世相婴。凡吾所云者,一未始与之接也,而独得其一绪之清思。终日累月,吟哦讽咏于泉石几榻之间,其运思苦,造言深矣。

虞集《道园学古录》卷四十五《会上人诗序》(节录) 《四库全书》本

人之生也，以其父母妻子所仰之身，以治乎居处饮食之具，外有姻戚州闾之好，上有公上贡赋之供，固其常也。然而气之所禀也有盈歉，时之所遇也有治否，而得丧利害，休戚吉凶，有顿不相似者焉。于是处顺者则流连光景而不知返，不幸而有所婴拂，饥寒之迫，忧患之感，死丧疾威之至，则嗟痛号呼，随其意之所存，言之所发，盖有不能自揜者矣。是故，有知其然而思去之者，则必至于外其身以遗世，不与物接，求生息于彝伦之外，庶几以无累焉，然其为道则亦人之所难者矣。盖必若圣贤之教有以知其大本之所自出，而修其所当为也。事变之来，视乎义命而安之，则忧患利泽，举无足以动其心，则其为言也，舒迟而澹泊，暗然而成章，是以君子贵之。予行四方求之而未之见也，又求夫今昔之人，有词章之传而合乎此者，必取而讽之，以寄予意焉，然而亦鲜矣。……吾尝以此求诸昔人之作，得四家焉，则陶处士王右丞韦苏州柳子厚其人也。苏州学诗于憔悴之余，子厚精思于窜谪之久，然后世虑销歇，得发其过人之才、高世之趣于宽闲寂寞之地，盖有惩创困绝，而后至于斯也。右丞冲澹，何愧于昔人，然而一旦患难之来，遽失所守，是有余于闲逸，不足于事变，良可叹也。必也大义所存，立志不贰，乃若所遇安乎其天，若陶处士者，其知道之言乎？虽然，言不可以伪发，人不可以徒欺，千载之下，简翰之存，苟有一人讽咏于一日之间，则安所逃乎？是故君子尚论其本也。

虞集《道园学古录》卷三十一《杨叔能诗序》（节录） 《四库全书》本

夫欲观于国家声文之盛，莫善于诗矣，类而求焉，是为得之。昔者延陵季子见诗与乐于中国，心会意识，如身在其时而亲见其人，盖以此耳。梁昭明著《文选》，其诗不必出于一时之作，一人之手，徒以文辞之善，惟意所取而已，然数百年间篇籍散轶，幸有此可观焉，而衰陋之习或取此以为学，则已微矣。河汾君子有意于续经，汉魏之诗殆必有取，然而其书不传，盖非偶然也。盖尝闻之："诗三百，一言以蔽之，曰：思无邪。"又曰："王者之迹熄而诗亡，诗亡然后春秋作。"邵子亦曰："自从删后更无诗，盖知圣人之意尔。"昔者盛时学道之君子，德业盛大，发为言诗，光著深远，其小人蒙被德泽，风行草偃，变化融液，莫或间焉，此所以一言以蔽之曰思无邪也，此所以王者之迹熄而后诗亡也，此所以删后之无诗也。

虞集《道园学古录》卷三十二《国朝风雅序》（节录） 《四库全书》本

诗三百篇之后，楚辞出焉，西都之言赋者盛矣，自魏以降，作者代出，制作之体愈变而愈新，因唐之诗赋有声律对偶之巧，推其前而别之曰古赋，古赋诗有乐歌可以被之乐府，其后也转为新声，豪于才者放为歌行之肆，长于情者变为伤淫之极，则又推其前者而别之曰古乐府，时非一时，人非一人，古近之体不一，今欲以一人之手成一编之文,合备诸体而皆合作各臻其妙,不亦难乎。……予昔之言诗乎苏子由,言其兄子瞻平生无嗜好,以图史为苑囿,文章为鼓吹,老亦弃去,顾独好为诗耳。嗟夫,予岂敢拟于古之人哉。会有耳目之疾,有园囿而无所游观,有鼓吹而不能以自乐,而心思凋耗,亦不复能诗,徒使弟子诵昔贤今人之诗以自娱焉。南甫之所以惠我者多矣,然南甫之意岂徒然哉。予之少也,亦尝执笔而学焉,闻诸同志曰:性其完也,情其通也,学其资也,才其能也,气其充也,识其决也,则将与造物者同为变化不测于无穷焉,诗赋云乎哉。

虞集《道园学古录》卷三十二《易南甫诗序》(节录) 《四库全书》本

诗三百篇皆可被之弦歌,或曰雅颂施之宗庙朝廷,《关雎》、《麟趾》为房中之乐,则是矣,桑间濮上之音将何所用之哉?噫!歌永言,声依永,律和声,盖未有出乎六律五音七均而可以成声者,古者子生师出,皆吹律以占之,盖其进反之间,疏数之节,细微之辨,君子审之。是故郑卫之音,特其发于情,措诸辞,有不善尔。声必依律而后和,则无以异也,后世雅乐黄钟之寸卒无定说,今之俗乐视夫以夹钟为律本者,其声之哀怨淫荡又当何如哉?近世士大夫号称能乐府者,皆依约旧谱,仿其平仄,缀缉成章,徒谐俚耳则可,乃若文章之高者,又皆率意为之,不可叶诸律,不顾也。太常乐工知以管定谱,而撰词实腔又皆鄙俚,亦无足取,求如三百篇之皆可弦歌,其可得乎?临川叶宋英,予少年时识之,观其所自度曲,皆有传授,章节谐婉,而其词华,则有周邦彦姜夔之流风余韵,心甚爱之,盖未及与之讲也。

虞集《道园学古录》卷三十二《叶宋英自度曲谱序》(节录)
《四库全书》本

夫是以无长歌之纡徐,短咏之激烈,无以陈说其志意而感动其性情,使夫人者手无可披之编,口无可吟之艺,于是声光风彩不能使人有所欣慕而感发于无穷者,良可惜哉,所以立行立言之不可偏废也。

虞集《道园学古录》卷三十三《陈文肃公秋冈诗集序》(节录)
《四库全书》本

夫乐之为器八,所以备六律五音者,有其声而已,所贵乎人声者,有其文辞焉。音声之传工失其肄习则易以亡绝,歌之有辞则意义之通可以兼音声而得之,此夫子慨叹于韶武之辨而删诗之志欤?

虞集《新编古乐府序》 《四库全书》本《御定渊鉴类函》
卷一百八十四

天下文章莫难于诗,刘会孟尝序余族兄以直诗,其言曰:诗欲离欲近,夫欲离欲近,如水中月,如镜中花,谓之真不可,谓之非真亦不可,谓之真即不可索,谓之非真无复真者。……元统三年七月辛巳朔,揭傒斯序:诗之为学,盛于汉魏者,三曹七子,至于诸谢侪矣;唐人诸体之作与代终始,而李杜为正宗,子美论太白比之阴常侍庾开府鲍参军,极其风流之所至,赞咏之意远矣,浅浅者未足以知子美之所以为言也。崔颢人品非雅驯,太白见其黄鹤之篇,自以为不可及,至金陵而后仿佛焉,其高怀慕尚如此,谁谓其恃才傲物者乎?求诸子美之所自谓,盛称《文选》而远师苏李,咏歌之不足者,王右丞孟浩然,而所与者,岑参高适,实相羽翼,后之学杜者多矣,有能旁求其所以自致自得者乎?是以前宋之盛,亦有所不逮矣。国初中州袭赵礼部、元裕之之遗风,宗尚眉山之体,至涿郡卢公稍变其法,始以诗名,东南宋季衰陋之气亦已销尽。大德中,文章辈出,赫然鸣其治平,集所与游者亦众,而贫寒相望,发明斯事者,则浦城杨仲弘、江右范德机其人也。杨之合作吴兴赵公最先知之,而德机之高古神妙,诸君子未有不许之者也,其后马伯庸中丞用意深刻,思致高远,亦自成一家,观者无间言,而进士萨天锡者,最长于情,流丽清婉,作者皆爱之,而与前之诸公先后沦逝,识者然后知其不可复得也。

虞集《傅与砺诗集序》(节录) 《四库全书》本傅若金《傅与砺诗集》卷首

陈 栎

陈栎(1252—1334),休宁(今属安徽省)人,字寿翁,晚号东阜老人,学者称定宇先生。三岁,祖母吴氏口授《孝经》、《论语》,辄成诵,五岁入小学,即涉猎经史,七岁通进士业,十五岁,乡人皆师之。宋亡之后,科举废,栎隐居三十八年,慨然发愤,致力于圣人之学,涵濡玩索,贯穿古今,尤推崇朱熹,以为有功于圣门者莫若朱熹,熹没未久,而诸家之说往往乱其本真,乃著《四书发明》、《书集传纂疏》、《礼记集义》等书数十万言,凡诸儒之说,有畔于朱氏者,刊而去之,其微辞隐义,则引而伸之,而其所未备者,复为说以补其阙,使朱熹之说大明于世。至延祐甲寅年六十三复出,应试中浙江乡试,以病不及会试,越二年上书干执政不报。遂教授于家,不出门户者数十年。栎曾深受吴澄称赞,揭傒斯志其墓,乃与吴澄并称。有《定宇集》传世。

论诗歌声音律[1]

乐之生成纯乎天,难以出于帝世者,望后世也。夫乐,由天作者也。所谓天者,何也?乐之生原于人心之天,而乐之成协于造化之天也。本于性情则谓之诗,诗实出于人心之天。歌也声也,皆其发舒而不容已者,而稽之度数则谓之律。律为生气之元,造化生生不穷之天寓焉,由斯而播于音,则乐之生也,斯成矣。诗出于心声萌动之天,而律根乎阳气萌动之天,皆自然而然,而非人为之使然,故曰天也。此有虞以乐教,命后夔所为,纯乎天而独尽善也。后世亦知乐原于诗而当协于律矣,奈之何所谓诗者已不古,而所以求之律者尤非古,其想望虞帝之乐以为何如也?班固志汉礼乐而援虞廷命夔之辞[2],固为知所宗者，然帝世纯乎天之乐，则岂汉之敢望哉？

愚观诗为乐之所由生，而歌与声形焉；律为乐之所自成，而音谐焉。当时之诗，如上而喜起明良之歌，下而九功之歌、康衢之谣，皆是也，而其详不可得闻已；当时之律，则律度量衡之同，六律五声八音之闻，如是而止，其详亦不可得闻已。然乐生于诗之天，而成于律之天，则命夔之辞，精密该备，万世之下言乐者，其谁能外之？帝世之人，心志一于正理之天，诗之吟咏性情，皆天也。情动于中而形于言，言而既形矣，言之不足，不容不永歌之，歌而永也必有长短之节，其声亦有高下清浊之殊，而宫商角徵羽之声依歌之永而形焉。故歌声之长而浊者为宫，以渐清且短则为商也角也徵也羽也。斯时也，歌者，诗之歌；声者，歌之声，此乐所由生而本之性情之天者，未可以乐言也，必由人声而播于乐声，散于金石至革木之音，斯可以乐言矣。然叶人声而使之和，岂人力所能与于斯，曰是有稽之度数之律焉，乃声气之元而纯乎造化之天者也。律之起自伏羲黄帝以来尚矣，以阴阳分则阳律阴吕，以阳统阴言则均之为律，律虽十二也，然黄钟一律，实为律本，吹以考声，列以候气，吹之而气和，候之而气应，以定黄钟之长三分损一隔八取之[3]，律娶妻吕生子，生生不穷，而十二律俱定焉。是黄钟者，阳生之始，阳气之动，为声气之元，而下生上生乎十二律者也。虽有十二律之不同，实一黄钟而已。未和以律则为依永之声，既和以律则为成文不乱之声，如黄钟为宫则太蔟为商，姑洗为角，林钟为征，南吕为羽，大不过宫，小不过羽，长短清浊，无毫发差，由是以此五声被之八音，音无不谐而乐无不成矣。声之未和以律，则原于人心声诗之天，声之既和以律，则协于造化声气之天，此舜乐之生成所为纯乎天也，此《韶》所以尽善而鲁论一书夫子所以于《韶》三致意也[4]。

重华往矣，乐备于周，六诗之教，六律六同之奏[5]，见于周官，其得命夔遗意，则不与重华俱往也。诗亡春秋作，而乐始坏，赖孔子兴诗成乐之教，使雅颂得所，而后乐复止，止之未几，而挚齐干楚，鲁乐又非矣。汉兴，谓无意于乐不可，高祖大风之歌，孝武秋风之辞，悲壮慷慨，视古诗已有愧，况房中之楚声，乐府之淫靡，抑又可知。诗既如此，律尤非矣。张苍虽云定律，实补缀未详也。孝武置协律郎官，以李延年为都尉，颇著新声，然未达音律之原，律岂如是其易协哉！元帝以知律自命，刘歆亦号研精，孟坚汉志皆歆手出也，而律终莫之定，诗非古之诗。降而苏武李陵，又降而建安七子，而诗之歌与声不可和于律，律非古之律，晋氏以下，求之金石之尺，梁隋以来，参之累黍之数[6]，尺之互有短长也，黍之地力不齐而大小难准也，而钟律不定，终不可谐于音，遂使生成纯乎天之乐与重华一去而不可复得焉，徒以重君子怀古之叹而已。愚故曰：难以出于帝世者望之后世也。抑又疑之，刘昭之补后汉志也，谓伏羲作易，纪阳气之初以为律法，审然则易律一也，易之阴阳如环无端，而律之相生穷于仲吕，何也？意者易以道阴阳，故终则有始，律以阳统阴，于阴则不书，故终不复始欤。易尽天下之变，善与恶无不备也，律致中和之用，止于至善而已。易无不备，则十二律六十调无过黄钟一声而已，故仲吕有十二律之穷反生，惟得八寸七分为奇，所以为变律之首，而不成黄钟之正声，若黄钟正声，则常为君而不复为众律役焉。是理也，在声为中声，在气为中气，在人为未发之中与发而中节之和焉。吁！诗本于性情而为中和之声律，稽之度数而为中和之音，则乐其天矣，谁谓帝世之乐果不可复也哉！

《定宇集》卷四 《四库全书》本

【注释】

① 陈栎学崇朱熹，此文有关诗歌声音的理论对朱熹相关思想有所继承也有所拓展。陈栎强调"诗由内生，律由外作"。其中所论可注意者有：其一，乐虽"原于"诗而"成于"律，"斯时也，歌者，诗之歌；声者，歌之声，此乐所由生而本自性情之天者，未可以乐言也，必由人声而播于乐声，散于金石至革木之音，斯可以乐言矣。然叶人声而使之和，岂人力所能与于斯，曰是有稽之度数之律焉，乃声气之元而纯乎造化之天者也"。所以，"律"者，出于金石革木等"器声"之和谐合规律性也，离器则无所谓乐。其二，离器无所谓乐，绝不意味着离器就必无声音之和谐，"情动于中而形于言，言而既形矣，言之不足，不容不永歌之，歌而永也必有长短之节，其声亦有高下清浊之殊，而宫商角徵羽之声依歌之永而形焉"。其《诗经句解序》云："诗之作，或出于公卿大夫，或出于小夫贱隶，或出

于妇人女子，乃人声自然之音，自古有之，康衢之谣是也。”《答问》亦有云：“诗者，乐之章，以其音韵播而为乐，雅郑本诗也，播之乐则为乐。”未成乐之前，作为“人声”的诗歌语言之“音韵”长短有节、高下清浊相和，则表明“人声”离器也有着自身的和谐合规律性，或者说“人声”自身的和谐合规律性绝不单纯地仰赖“器声”之“律”也。其三，“人声”之和虽不必仰赖“器声”之“律”，但两者之间却也能做到相和合，“是理也，在声为中声，在气为中气，在人为未发之中与发而中节之和焉。吁！诗本于性情而为中和之声律，稽之度数而为中和之音，则乐其天矣，谁谓帝世之乐果不可复也哉！”诗乐交融的关键，既不单纯在诗（人声）之和，也不单纯在乐（器声）之和，而恰在两者之间的和合，其意义在于：“艺之精者，为能使造化出乎吾手”，“精于传神者，一心即镜照之于内，两眼亦镜照之于外，得之心，写之绘素，无异于镜，镜其人始也，道与之貌，天与之形，今道也，天也，自吾手出，非吾手之造化而何？故曰：艺之精者，为能使造化出乎吾手”。（《传神说赠婺源王胜甫》）由此还可以引申出两个观点：首先，“降而苏武李陵，又降而建安七子，而诗之歌与声不可和于律，律非古之律”，后世诗乐相分后，既然“律非古之律”，以诗歌语言之人声强合器声之律，也非古法，而诗歌重视语音本身的和谐（四声等）却是《诗经》“歌永言”之古法的延续，所以，后世诗与乐之间历经分分合合，而“永言”即重视语音本身和谐的传统总不可废；其次，诗之声与人之情相和合的关键在自然，陈栎《答问》有云：“黄陈自是艰苦了，诗所以言志咏性情，何在乎此？”为此他反对和韵诗，“诗非诗，韵非韵，险韵俗韵独脚韵，往往而是，诗之天趣丝毫无有，岂诗也哉”（《和诗说》），诗有天趣方能使真性情流露；另一方面，诗而自然方能有真味：“淡而非槁无余味之谓也，一毫牵强不可谓淡，少不出于自然不可谓淡。”（《江楚望淡生活说》）

② 虞廷命夔之辞——《尚书·舜典·虞书》：“帝曰：夔，命汝典乐，教胄子，直而温，宽而栗，刚而无虐，简而无傲，声依永，律和声，八音克谐，无相夺伦，神人以和。夔曰：于，予击石拊石，百兽率舞。”

③“律虽十二也”八句——“律虽十二”指黄钟、大吕、太簇、夹种、姑洗、仲吕、蕤宾、林钟、夷则、南吕、无射、应钟，音高由低到高，是古代的定音方法，又分为阴阳两类，凡属奇数的六种律称阳律，属偶数的六种律称阴律，奇数各律称“律”，偶数各律称“吕”，故十二律又简称“律吕”。“三分损一隔八取”指用三分损益法将一个八度分为十二个不完全相同的半音，这在乐律学称之为“三分损益法”。《史记·律书第三》有云：“九九八十一以为宫。三分去一，五十四以为徵。三分益一，七十二以为商。三分去一，四十八以为羽。三分益一，六十四以为角。”具体的操作方式是：取一根用来定音的竹管，长为 81 单位，定为“宫

音”的音高,然后将其长去掉三分之一,也就是将 81 乘上 2/3,即得 54 单位,定为“徵音”。将徵音的竹管长度增加原来的三分之一,即将 54 乘上 4/3,得到 72 单位,定为“商音”,再去掉三分之一(此即三分损),72 乘 2/3,得 48 单位,为“羽音”。再增加三分之一(此即三分益),48 乘 4/3,得 64 单位,为“角音”,如此可得音高不同的宫、商、角、徵、羽五种音,此即所谓“五音”。“吹以考声,列以候气”:古人又将“律”与“历”对应起来,即将十二月对应于十二律,验证的方法是所谓“吹灰”,据说古人将十二根律管里塞入葭莩的灰,只要到了某个月份,相对应的那一只律管中的灰就会自动地飞扬出来,此即“吹灰候气”。

④ 此《韶》所以尽善而鲁论一书夫子所以于《韶》三致意也——《论语》三次提到《韶》乐。《八佾》:“子谓《韶》,尽美矣,又尽善也。谓《武》,尽美矣,未尽善也。”《述而》:“子在齐闻《韶》,三月不知肉味。曰:‘不图为乐之至于斯也!’”《卫灵公》:“子曰:行夏之时,乘殷之辂,服周之冕,乐则韶舞。放郑声,远佞人。郑声淫,佞人殆。”

⑤ 六诗之教,六律六同之奏——《周礼·春官·大师》:“教六诗,曰风,曰赋,曰比,曰兴,曰雅,曰颂。以六德为之本,以六律为之音。”

⑥ “晋氏以下”四句——指用黄钟律、黍谷长度来定长度单位和音高。

【附录】

风也,民俗歌谣之诗也,雅,正也,朝廷燕飨朝会乐歌之诗也,颂,美也,宗庙祭祀乐歌之诗也,直陈其事曰赋,以彼喻此曰比,托物兴辞曰兴,六义之略如此而已。诗之作,或出于公卿大夫,或出于小夫贱隶,或出于妇人女子,乃人声自然之音,自古有之,康衢之谣是也。

陈栎《定宇集》卷一《诗经句解序》(节录) 《四库全书》本

冷淡生活,香山居士语也,今去冷独淡,诗病不淡耳。淡,奚病哉,乐声淡则听心平,是故乐贵淡。张籍学古淡,是故诗尤贵淡。然淡而非槁无余味之谓也,一毫牵强不可谓淡,少不出于自然不可谓淡,外臞而内腴,形枯而神泽,斯为淡矣。昔人论蜜取其中边皆甜,予今论诗非取其中边皆淡也,能以理为主,以气为辅,以兴趣品格为高,以浑然天成为妙,其殆庶几乎。老子曰:味无味,参透斯言,淡生活当长一格。

陈栎《定宇集》卷五《江楚望淡生活说》(节录) 《四库全书》本

诗歌有唱和,尚矣,自舜作歌、皋赓歌始,春秋时赋诗必答,然不过赋古人诗耳。孔子与人歌而善,必使反之而后和之,和即赓也答也。降而李陵苏武,诗体虽变，唱答则同。又降而至盛唐，诗体又变，唱答不变，杜韩诸集，班班可考。然有和意不和韵，尚有古意。又降而白乐天元微之之徒，则和韵矣，全失古意。然如车斜家花韵尚可押，愈降愈下，以至于今，波颓风靡，益可厌恶。诗非诗，韵非韵，险韵俗韵独脚韵，往往而是，诗之天趣丝毫无有，岂诗也哉！和韵诗前辈多非之，韩陵阳不喜和人韵，杨诚斋深言和韵之弊，见于《答徐赓书》，其言深切痛快，此等议论，后生想耳未闻，亦虑不到，率谓见人有诗即当和韵耳。近有一等无知之徒，效人为园亭若干咏，题扁蹈袭而俗，辞语鄙俚而谬，且以和韵强人，无知者又为之先和，而宛转以求于人，应之者亦纷纷用其韵，一是皆不知而妄作，何等诗乎？证之先民，裴迪之于王辋川，韩昌黎之于刘虢州，苏长公之于文洋州，杨诚斋之于向芗林，少者十余咏，多者五十咏，只取和其题意，并无和韵之例，后生亦尝考之乎？唱者为转求者应之者，率皆冥冥不知其非以为当，良可悯叹。

陈栎《定宇集》卷五《和诗说》 《四库全书》本

艺之精者，为能使造化出乎吾手，孝之纯者，欲常使亲在吾目，噫，岂易与俗人言哉！道与之貌，天与之形，百人百殊，千人千异，一物各具之极，皆自万物统体之极出焉，此造化之造化也，而精于传神者，一心即镜照之于内，两眼亦镜照之于外，得之心，写之绘素，无异于镜，镜其人始也，道与之貌，天与之形，今道也，天也，自吾手出，非吾手之造化而何？故曰：艺之精者，为能使造化出乎吾手。

陈栎《定宇集》卷五《传神说赠婺源王胜甫》（节录） 《四库全书》本

问：黄山谷陈后山之诗如何？答曰：黄陈自是艰苦了，诗所以言志咏性情，何在乎此？学者伤于下笔之容易，则不可不以黄陈严束之，不要偏向从一边去，自带眼珠认取各人好处，而学之戒其苦涩，太枯淡处勿学可也。

（王栢）孔子曰：放郑声，而存郑风淫奔之诗者，何也？盖存之所以见风俗而垂鉴戒，绝其声于乐以为法，而存其词于诗以为戒，二者并行而不相悖。

诗者，乐之章，以其音韵播而为乐，雅郑本诗也，播之乐则为乐。

问：虚谷云：诗所以言性情，理胜物，淡胜丽，“杨柳依依，雨雪霏霏”，谢安石谓不如“讦谟定命，远猷辰告”。予谓“关关雎鸠，在河之洲”无下文可乎？“上天之载，无声无臭”，不读全篇可乎？似欠分晓。答曰：“理胜物，淡胜丽”六字最好，不特诗如此，文亦当如此。淡与丽应，理与物应，可以相有而不可以相无。论其分数滋味，则当以淡与理为主，物与丽为宾。谢安石之说，记得是《世说》所载，固足以救风云月露流丽绮靡之弊。方公于予谓之下欠标拨分明，“关雎二句无下文可乎”,是谓有物之丽不可无理之淡也;“天载二句不读全篇可乎”,是有理之淡不可无物之丽。

陈栎《定宇集》卷七《答问》 《四库全书》本

文气所形,尤贯道器,气信豪放,道更精诣,集义生气,气配道义,道气合一,文响天地。

陈栎《定宇集》卷十二《夏君文稿赞》 《四库全书》本

吴 澄

吴澄(1249—1333),元代理学家、文学家,字幼清,晚年改字伯清,抚州崇仁(今属江西省)人,人又称草庐先生。出身世儒之家,受家庭熏陶,自幼读儒家著作,七岁诵《论语》、《孟子》,十岁读《中庸》、《大学》,十五岁读朱熹《大学章句》,十六岁拜临安书院山长朱熹再传弟子饶鲁的门人程若庸为师,十九岁正式就读于临安书院,与程巨夫为同学。宋度宗咸淳六年(1270),应乡贡中选;次年,就试礼部,落第,遂授徒于乡里。入元后,避兵乱隐居乐安布水谷,从事著述,至元二十年(1283)还居草庐。二十三年,程巨夫奉诏到江南搜罗人才,从之至大都,不久即辞归。元贞年间,讲学于龙兴(今江西南昌),为江西行省左丞董士选所赏识,荐于朝。大德五年(1301),授应奉翰林文字,次年至京,而该职已改授他人,遂南还。八年,被任为江西等处儒学副提举,迁延不赴,后称病辞职。至大元年(1308),授国子监丞;四年,升司业,在国子监亲自执教,辨析诸家传注的得失,融会不同学派的学说,并拟定教法,分经学、行实、文艺、治事四门。皇庆元年(1312),辞职还家。次年,集贤院奏请召为国子祭酒,反对者指责他为陆学,不合许衡尊信朱子之义,不可为国子师,于是作罢。延祐五年(1318),授翰林直学士,遣虞集驰驿召入朝,中途因病不行。至治三年(1323),超拜翰林学士,复遣近臣至其家征召,乃入京。泰定元年(1324),命为经筵讲官,复命修《英宗实录》。二年,《实录》成,辞官南归。晚年仍致力于著述、讲学,南北士人来从学者甚多。元统元年(1333),卒于家,谥文正,赠江西行省左丞、上护军,追封为临川郡公。吴澄虽任过许多官职,但"旋进旋退",时间很短,其大半岁月都是居于穷乡陋壤，孜孜于理学，“研经籍之微，玩天人之妙”，著书讲学。吴澄为朱子学传人，但对陆九渊“本心”说也极为赞赏，极力调和朱、陆两家学说，称“二师之为教一也”，反对持门户之见。著述丰富，尤精研诸经，校定过《易》、《书》、《诗》、《春秋》、《礼记》、《皇极经世书》、《老子》、《庄子》、《太玄经》、《乐律》、《八阵图》及郭璞的《葬书》等，著有《易纂言》、《诗纂言》、《书纂言》、《春秋纂言》、《三礼考注》等，在元代理学中具有崇高地位，与许衡并称“南吴北许”。有《草庐吴文正公全集》传世。

唐诗三体家法序[①]

言诗本于唐，非固于唐也。自河梁[②]之后，诗之变至于唐而止也，于一家之中则有诗法，于一诗之中则有句法，于一句之中则有字法。谪仙号为雄拔，而法度最为森严，况余者乎？立心不专，用意不精，而欲造其妙者，未之有也。元和盖诗之极盛，其体制自此始散，僻事险韵以为富，率意放辞以为通，皆有其渐，一变则成五代之陋矣。异时厌弃纤碎，力追古制，然犹未免阴蹈元和之失，大篇长什未暇深论，而近体三诗法则先坏矣。“一鸠”“双燕”或者方且谦逊[③]，而“落木”“长江”得意之句[④]，自谓于唐人活计得之，眩名失实，是时昧者之过耳。永嘉尝有意于变体，姚贾以上盖未之思，故今所编摭，阅诵数百家，择取三体之精者，有诗法焉，有句法焉，有字法焉，大抵皆规矩准绳之要，言其略而不及详者，欲夫人体验自得，不以言而玩也。

《吴文正集》卷十九　《四库全书》本

【注释】

①《四库全书·吴文正集提要》云：“（许）衡之学主于笃实以化人，澄之学主于著作以立教，故世传《鲁斋遗书》仅寥寥数卷，而澄于注解诸经以外，订正张子、邵子书，旁及《老子》、《庄子》、《太元乐律》、《八阵图》、《葬经》之类，皆有撰论，而文集尚裒然盈百卷。衡之文明白朴质，达意而止，澄则词华典雅，往往斐然可观，据其文章论之，澄其尤彬彬乎？”是故，吴澄诗文之论也每多可取。此《唐诗三体家法序》云“永嘉尝有意于变体，姚贾以上盖未之思”，因此力倡盛唐之法：“言诗本于唐，非固于唐也。自河梁之后，诗之变至于唐而止也”，“谪仙

号为雄拔，而法度最为森严”，“元和盖诗之极盛，其体制自此始散，僻事险韵以为富，率意放辞以为通，皆有其渐，一变则成五代之陋矣”。其《丁晖卿诗序》亦云：“李太白天才，间气神俊超然八极之表，而从容于法度之中，如夫子之从心所欲而不逾矩，故曰诗之圣。”《题蔡人杰诗》：“今始见之五言若古体若近体，七言若八句若绝句，殆无一不中度，恃才任气、狂呼乱嗷者，岂知其字字句句不苟哉。”重法度亦重自然，“黄太史必于奇，苏学士必于新，荆国丞相必于工，此宋诗之所以不能及唐也”（《王实翁诗序》），宋诗之所以不能及唐处在自然天趣也。其次，自然则近古，“诗自风骚以下，惟魏晋五言为近古，变至宋人浸以微矣，近时学诗者颇知此，又往往渔猎太甚，声色酷似而非自然”（《黄养源诗序》），“律虽始而唐，然深远萧散不离于古为得，非但句工语工字工而可”（《诗府骊珠序》）。再次，重自然则重“我”：“孙静可诗甚似唐人，或者犹欲其似汉魏”，而“品之高，其机在我，不在乎古之似也”（《孙静可诗序》），“诗不似诗非诗也，诗而似诗诗也而非我也，诗而诗已难，诗而我尤难，奚其难？盖不可以强至也”（《朱元善诗序》）。复次，重自然也即重性情，“夫诗以道情性之真，自然而然之为贵”（《陈景和诗序》），“诗以道情性之真，十五国风有田夫闺妇之辞，而后世文士不能及者，何也？发乎自然而非造作也”（《谭晋明诗序》）。

吴澄论诗颇重声色双美，而其中也贯穿着自然论，一方面他批评只在声色上下工夫，“是以纵横颠倒，无非妙用，岂纷纷调声响、绚采色者之所可企而及哉”（《息窝志言序》），“后之能诗者亦或能然，岂徒求其声音采色之似而已哉”（《萧养蒙诗序》）；但这并不意味着不重声色，他恰恰强调声色之于诗的重要价值。首先看“声”：“物之有声而成文者，乐也，人之有声而成文者，诗也，诗乐，声也，而本乎气。天地之气太和而声寓于器，是为极盛之乐；人之气太和而声发乎情，是为极盛之诗。”（《吴间间宗师诗序》）其《四经叙录》同样指出：

> 乐有八物，人声为贵，故乐有歌，歌有辞，乡乐之歌曰风，其诗乃国中男女道其情思之辞，人心自然之乐也，故先王采以入乐而被之弦歌……然则风因诗而为乐，雅颂因乐而为诗，诗之先后于乐不同，其为歌辞一也。经遭秦火，乐亡而诗存，汉儒以义说诗，既不知诗之为乐矣，而其所说之义，亦岂能知诗人命辞之本意哉？……澄尝因是舍序而读诗，则虽不烦训诂而意自明……

诗乃人之气、情之发，而气、情首先发而为声，“韩子之论文谓‘气盛则言之短长声之高下皆宜’，夫诗与文之有资于气也尚矣”，“故出乎喉吻，溢乎毫端，与名家诗人之态度声响无一不似，彼肆口肆笔、漫成音韵而曰诗者，何能窥其仿佛哉！所谓言与声之皆宜者，由乎气之盛，讵不信矣夫。予于仲渊之诗，所以三复讽咏而不敢易视之也”（《李侍读诗序》），“吴伯恭弟叔从新能诗，古近二体之态度声响俱占最上品，充极所到，何可当也”（《题吴山樵唱》），可见其是极重声响的，“（刘鹗诗）五言七言古体，五言七言近体，五言七言绝句，凡六体无一体不中诗人法度，无一字不合诗家声响”（《刘鹗诗序》），“诗之自然者，所到各随其所识，迹已然之迹，声同然之声，则意若辞不繇已出，使然耳，非自然也”（《皮达观诗序》），“余爱其章而不敢忘。诵者琅琅，听者跞跞，虽穷冬冱阴，而春风满堂”，“长翁诗不专学杜，而与此体合，声情自然，不事雕镌，众之所同，其籁以人，翁之所独，其籁以天”（《题刘爱山诗》）。所以，关键在自然，自然则成文之声响乃人情之自然流露，故“声”与“情”合而为“声情”矣，而若“使然”则往往有声无情耳。其次再看色象、景物：“第以性情言诗，以情景言词，而不及性则无乃自屈于诗乎？夫诗与词一尔，岐而二之者，非也。”（《戴子容诗词序》）词正以茂美的声情与婉丽的意象取胜。“夫役于物者未也，而役物者亦未也，心与景融，物我俱泯，是为真诗境界”（《一笑集序》），“天时物态，世事人情，千变万化，无一或同，感触成诗，所谓自然之籁，无其时，无其态，无其事，无其情，而想象摹拟，安排造作，虽似犹非，况未必似乎”（《何敏则诗序》），也只有自然生成，诗之物态、景象等才能成为情感的表达方式。

此外，吴澄还以“味”、“神”论诗，“吾里中近代自有吴公诗，其言蔼然，其味悠然”（《邬性传诗序》），“诗贵有其影有其神而无其形，何友闻诗，篇无滞句，句无俚字，机圆而响清，虽未遗于形而已不形于形，可谓能也已”（《何友闻诗序》）。同样，只有自然生成，诗方能有神有味。

② 河梁——西汉李陵诗有“携手上河梁”，一般以苏（武）李诗为五言诗之发端。

③ “一鸠”“双燕”或者方且谦逊——《宋稗类钞·诗话》：“陈传道尝于彭门壁间见书一联‘一鸠鸣午寂，双燕话春愁’，后以语东坡，世谓公作，然否？坡笑曰：此乃唐人得意句，仆安能道此。”

④ “落木”“长江”得意之句——杜甫《登高》名句“无边落木萧萧下，不尽长江滚滚来”。

【附录】

《诗》风雅颂凡三百十一篇，皆古之乐章六篇，无辞者，笙诗也，旧盖有谱以记其音节，而今亡，其三百五篇则歌辞也。乐有八物，人声为贵，故乐有歌，歌有辞，乡乐之歌曰风，其诗乃国中男女道其情思之辞，人心自然之乐也，故先王采以入乐而被之弦歌。朝廷之乐歌曰雅,宗庙之乐歌曰颂,于燕飨焉用之于会朝焉,用之于享祀焉,用之因是乐之,施于是事,故因是事而作为是辞也。然则风因诗而为乐,雅颂因乐而为诗,诗之先后于乐不同,其为歌辞一也。经遭秦火,乐亡而诗存,汉儒以义说诗,既不知诗之为乐矣,而其所说之义,亦岂能知诗人命辞之本意哉?由汉以来说三百篇之义者,一本诗序,诗序不知始于何人,后儒从而增益之,郑氏谓序自为一编,毛公分以置诸篇之首,夫其初之自为一编也。诗自诗,序自序,序之非经本旨者,学者犹可考见。及其分以置诸篇之首也,则未读经文,先读诗序,序乃有似诗人所命之题,而诗文反若因序以作,于是读者必索诗于序之中,而谁复敢索诗于序之外者哉?宋儒颇有觉其非者而莫能去也,至朱子始深斥其失而去之,然后足以一洗千载之谬。澄尝因是舍序而读诗,则虽不烦训诂而意自明,又尝为之强诗以合序,则虽曲生巧说而义愈晦,是则序之有害于诗为多,而朱子之有功于诗为甚大也。今因朱子所定,去各篇之序,使不淆乱乎诗之正,文学者因得以诗求诗而不为序说所惑。若夫诗篇次第,则文王之二南而间有平王以后之诗,成王之雅颂而亦有康王以后之诗,变雅之中而或有类乎正雅之辞者,今既无从考处,不敢辄为之纷更,至若变风虽入乐歌,而未必皆有所用,变雅或拟乐辞,而未必皆为乐作,其与风雅合编,盖因类附载云尔。《商颂》,商时诗也,《七月》,夏时诗也,皆异代之辞,故处颂诗风诗之末,《鲁颂》乃其臣作为乐歌,乐歌以颂其君,不得谓之风,故系之颂,周公居东时,诗非拟朝廷乐歌,而作不得谓之雅,故附之《豳风》焉。

吴澄《吴文正集》卷一《四经叙录》 《四库全书》本

主诗者曰诗难,主词者曰词难,二说皆是也。第以性情言诗,以情景言词,而不及性则无乃自屈于诗乎?夫诗与词一尔,歧而二之者,非也。自其二之也,则诗犹或有风雅颂之遗,词则风而已。诗犹或以好色不淫之风,词则淫而已。虽然,此末流之失然也,其初岂其然乎?使今之词人真能由《香奁》《花间》而反诸乐府以上,达于三百篇,可用之乡人,可用之邦国,可歌之朝廷而荐之郊庙,则汉魏晋唐以来之诗人,有不敢望者矣,尚可嘐嘐然不揣其本而齐其末哉?

吴澄《吴文正集》卷十五《戴子容诗词序》(节录) 《四库全书》本

人病不学耳,学斯肖,肖斯成学,而不克肖,肖而不尽肖者,其资与志之不齐也。宋诗至简斋,超矣,近来人竞学之,然学而肖,肖而成者,几何人哉?曾志顺年未三十学简斋,直逼简斋,可畏也已。其未尽肖者百不一二,底于成也,夫何难?虽然,世间之事所当学者,岂唯诗,世间之人所可学者,岂惟简斋,以君之志，以君之资，何人不可学，何事不可成，诗固游艺之一端也。

吴澄《吴文正集》卷十五《曾志顺诗序》（节录）　《四库全书》本

诗贵有其影、有其神而无其形，何友闻诗，篇无滞句，句无俚字，机圆而响清，虽未遗于形而已不形于形，可谓能也已。

吴澄《吴文正集》卷十五《何友闻诗序》（节录）　《四库全书》本

豫章胡琏器之古体诗，上逼晋魏，近体亦占唐宋高品，盖自骚选以来作者之辞志，性情渟滀，胸次见趣，议论往往度越辈流，非特其才之清逸，亦其学其识有以副之，是三者，一由乎天，一由乎人，人者日进日崇，则天者与之俱，他日当自为胡器之诗，不止肖魏晋唐宋某人某人而已。

吴澄《吴文正集》卷十五《胡器之诗序》　《四库全书》本

呜呼，言诗颂雅风骚尚矣，汉魏晋五言讫于陶，其适也，颜谢而下勿论。浸微浸灭，至唐陈子昂而中兴，李韦柳因而因，杜韩因而革，律虽始而唐，然深远萧散不离于古为得，非但句工语工字工而可。呜呼，学诗者靡究源流，而编诗者亦漫迷统纪，胡氏此篇其庶乎。缘予所言，考此所编，悠然遐思，必有超然妙悟于笔墨蹊径之外者。

吴澄《吴文正集》卷十五《诗府骊珠序》　《四库全书》本

诗之变不一也，虞廷之歌邈矣勿论，予观三百五篇，南自南，雅自雅，颂自颂，变风自变风，变雅亦然，各不同也。诗亡而楚骚作，骚亡而汉五言作，讫于魏晋颜谢以下，虽曰五言，而魏晋之体已变，变而极于陈隋，汉五言至是几亡。唐陈子昂变颜谢以下，上复晋魏汉，而沈宋之体别出，李杜继之因子昂而变，柳韩因李杜又变，变之中有古体，有近体，体之中有五言，有七言，有杂言，诗之体不一，人之才亦不一，各以其体，各以其才，各成一家，信如造化生物，洪纤曲直，青黄赤白，均为大巧之一巧。自三百五篇已不可一概齐，而况后之作者乎。宋氏王苏黄三家各得杜之一体，涪翁于苏迥不相同，苏门诸人其初略不之许，坡翁独深器重，以为绝伦，眼高一世而不必人之同乎己者如此。近年乃或清圆倜傥之为尚，而极诋涪翁，噫，群儿之愚尔，不会诗之全而该夫不一之变，偏守一是而悉非其余，不合不公，何以异汉世专门之经师也哉。

吴澄《吴文正集》卷十五《皮照德诗序》（节录）　《四库全书》本

诗之自然者，所到各随其所识，迹已然之迹，声同然之声，则意若辞不繇已出，使然耳，非自然也。清江皮达观素不以外乐易内乐，其识固已超迈，迩来太极先天之理融液于心，视故吾又有间矣。偶然游戏于诗，盖其声迹之仿佛所到可涯涘哉。虽然，时露一班，或从管中窥见，将得以名我，聚则文成五彩，散则寂无一有，其犹龙乎，何豹之足云。

吴澄《吴文正集》卷十六《皮达观诗序》　《四库全书》本

诗人网罗走飞草木之情，疑若受役于物，客尝问焉，予应之曰：江边一笑，东坡之于水马，出门一笑，山谷之于水仙，此虫此花，诗人付之一笑而已，果役于物乎？夫役于物者未也，而役物者亦未也，心与景融，物我俱泯，是为真诗境界。

吴澄《吴文正集》卷十六《一笑集序》（节录）　《四库全书》本

余为子以吏喻诗：夫吏以文无害为善，一变则深文巧诋之吏，再变则舞文弄法之吏，吏不可如是，诗不可不如是，方见其为醇儒端士，倏见其为天仙化人，诗之变也，变至此，诗之至也，余将徯子之至。

吴澄《吴文正集》卷十七《皮鲁瞻诗序》（节录）　《四库全书》本

诗自风骚以下，惟魏晋五言为近古，变至宋人浸以微矣，近时学诗者颇知此，又往往渔猎太甚，声色酷似而非自然。黄常养源诗，清以淳，进进而上，当与世之学魏晋者不同，然养源年少有志其学，岂止工诗而已乎？予之所期盖在彼而不在此也。

吴澄《吴文正集》卷十七《黄养源诗序》　《四库全书》本

诗本乎气而形于言，伍椿年有气有言者也。诗宜工，又因诗而治气审言焉，俾气调而言度，则诗浸浸乎古矣。其为人温柔敦厚而不愚，深于诗者如是，古之教也，余将观气察言以验子之进。

吴澄《吴文正集》卷十七《伍椿年诗序》　《四库全书》本

诗以道情性之真，十五国风有田夫闺妇之辞，而后世文士不能及者，何也？发乎自然而非造作也。汉魏逮今，诗凡几变，其间宏才硕学之士，纵横放肆，千汇万状，字以炼而精，句以琢而巧，用事取其切，模拟取其似，功力极矣，而识者乃或舍旃而尚陶韦，则亦以其不炼字、不琢句、不用事而情性之真近于古也。今之诗人随其能而有所尚，各是其是，孰有能知真是之归者哉？宜黄谭德生晋明，天才飘逸，绰有晋人风致，其为诗也，无所造作，无所模拟，一皆本乎情之真，潇洒不尘，略无拘挛局束之态，世之以炼字琢句用事为工者，或不相合，而予独喜之之深，盖非学陶韦而可入陶韦家数者也。故观其诗可以见其人，彼诗自诗，人自人，邈乎不相类者，又何足以知之。

吴澄《吴文正集》卷十七《谭晋明诗序》 《四库全书》本

有客携庐陵刘鹗诗一帙来，予观之，五言七言古体，五言七言近体，五言七言绝句，凡六体无一体不中诗人法度，无一字不合诗家声响。夫人之才各有所长，学诗者各有所从入，唐宋以来，诗人求其六体俱可者亦希，如之何不为之嘉叹。观诗竟观诸人，序引而又知鹗之早慧，年二十已能诗，北走燕赵，南走湖湘等处，广览山川风俗以恢廓其心胸耳目，志气卓荦不群，诗之不凡也。

吴澄《吴文正集》卷十七《刘鹗诗序》（节录） 《四库全书》本

文章一技耳，诗又技之小者也，技虽小，岂易能哉。知其不易，则一字不轻出，而世之小有才者，率意为之，联章累句在俄顷之间，若甚不难，虽然可听而不可观也，可观而不可玩也，彼安焉习焉而不愧者，何欤？不知故也。

吴澄《吴文正集》卷十八《大西山白云集序》（节录） 《四库全书》本

黄太史必于奇，苏学士必于新，荆国丞相必于工，此宋诗之所以不能及唐也。王实翁为诗，奇不必如谷，新不必如坡，工不必如半山，性情流出，自然而然，充其所到，虽唐元白不过如是。前永州教授何君周佐评其诗曰：兴寄闲婉，得诗天趣。当矣。又评其人曰：神情旷夷，光霁被面。噫，非此人安得有此诗。

吴澄《吴文正集》卷十八《王实翁诗序》 《四库全书》本

吾兄李季安诗，矫矫如云中龙，翩翩如风中鸿，其古体仙逸奇怪，有翰林玉川之风，其近体工致豪宕，有工部诚斋之气，其绝句清婉透脱，而又有张司业王丞相之韵度。夫人于是数者，或能于此不能于彼，今乃兼众长而无不可，固曰天才绝异于人，而亦有由焉，学诣玄微，识超凡近，非可徒以诗人目也。是以纵横颠倒，无非妙用，岂纷纷调声响、绚采色者之所可企而及哉。

吴澄《吴文正集》卷十八《息窝志言序》（节录） 《四库全书》本

不能诗者，联篇累牍，成句成章，而无一字是诗人语，然则诗虽小技，亦难矣哉。金溪朱元善，才思俱清，遣辞若不经意，而字字有似乎诗人，虽然，吾犹不欲其似也，何也？诗不似诗，非诗也，诗而似诗，诗也，而非我也，诗而诗已难，诗而我尤难，奚其难？盖不可以强至也。学诗如学仙，时至气自化，元善之于诗似矣，比其化也，则不见其似，吾犹将徯其至焉。

吴澄《吴文正集》卷十八《朱元善诗序》 《四库全书》本

风者，民俗之谣，雅者，士大夫之作，故风葩而雅正，后世诗人之诗往往雅体在而风体亡，道人情思、使听者悠然而感发、犹有风人遗意者，其惟乐府乎？宋诸人所工尚矣，国初太原元裕之以此擅名，近时涿郡卢处道亦有可取，河南张仲美年与卢相若而尝同游，韵度酷似之，盖能文能诗而乐府为尤长，然仲美正人也，其辞丽以则，而岂丽以淫者之所可同也哉。

吴澄《吴文正集》卷十八《张仲美乐府序》 《四库全书》本

性发乎情则言，言出乎天真、情止乎礼义则事，事有关于世教，古之为诗者如是，后之能诗者亦或能然，岂徒求其声音采色之似而已哉。

吴澄《吴文正集》卷十九《萧养蒙诗序》（节录） 《四库全书》本

物之有声而成文者，乐也，人之有声而成文者，诗也，诗乐，声也，而本乎气。天地之气太和而声寓于器，是为极盛之乐；人之气太和而声发乎情，是为极盛之诗。自古及今，惟文武成康之世有二南雅颂之声焉，汉魏以后诗人多矣，而成周之太和不再见其间，纵或小康而诗人大率不遇，身之轗轲穷愁，则辞之凄凉哀怨，宜也，何由而得闻治世之音乎？

吴澄《吴文正集》卷二十二《吴闾间宗师诗序》（节录） 《四库全书》本

韩子之论文谓“气盛则言之短长声之高下皆宜”，夫诗与文之有资于气也，尚矣。翰林侍读学士李仲渊，心易直而气劲健，其为气也肖其人，古体五言如生在魏晋，略不涉齐梁以下光景，七言杂言，翩翩游乎钟山丞相雪堂学士之间，而无留难约之而为，近体也亦然。盖其平日淹贯古今诸名家诗，芳润熏渍乎肝脾，英华含咀乎颐辅，藏蓄既富，而气之盛又足以驱役左右之俾效供给，而各职其职，非若孱懦之帅，拥兵百万而拙于调用。故出乎喉吻，溢乎毫端，与名家诗人之态度声响无一不似，彼肆口肆笔、漫成音韵而曰诗者，何能窥其仿佛哉！所谓言与声之皆宜者，由乎气之盛，讵不信矣夫。

吴澄《吴文正集》卷二十二《李侍读诗序》（节录） 《四库全书》本

近年以来，学诗者浸多，往往亦有清新奇丽之作，然细味深玩，不过仿像他人之形影声响以相矜耀，虽不可以其人而废其言，亦不可以其言而取其人也。

吴澄《吴文正集》卷二十二《胡印之诗序》（节录） 《四库全书》本

天时物态，世事人情，千变万化，无一或同，感触成诗，所谓自然之籁，无其时，无其态，无其事，无其情，而想象摹拟，安排造作，虽似犹非，况未必似乎？近代参政简斋陈公比之陶韦,更巧更新,今观临江何敏则,句意到处,清俊绝伦,盖亦参透此机,彼钝根下品,孰敢仰视?点者评者,一一摘抉示人矣,他日不新而新,不巧而巧,点者莫能着一笔,评者莫可措一辞,是又诗之最上乘。

吴澄《吴文正集》卷二十二《何敏则诗序》 《四库全书》本

孙静可诗甚似唐人,或者犹欲其似汉魏。夫近体诗自唐始,学之而似唐至矣;若古体诗则建安黄初之五言,四愁燕歌之七言,诚为高品,然制礼作乐,因时所宜,文章亦然。品之高,其机在我,不在乎古之似也。杜子美,唐人也,非不知汉魏之为古,一变其体,自成一家,至今为诗人之宗,岂必似汉似魏哉。然则古诗似汉魏可也,必欲似汉魏则泥,此可为圆机之士道,执一废百者未足与议也。予方喜静可之似唐,讵可劝其舍故行而习新步欤!

吴澄《吴文正集》卷二十二《孙静可诗序》 《四库全书》本

唐初创近体诗,字必属对偶,声必谐平仄,由是诗分二体,谓萧选所载、汉魏以来诗为古体,而近体一名律诗。善古体者诋之曰:古体之律尤精也,近体恶得专律之名哉。予解之曰:彼所谓律,非谓诗法也,特以其有对偶平仄之拘而谓之律尔。若以诗法为律,则二体诗各有律,近体诚不得专其名也。

吴澄《吴文正集》卷二十二《谷口樵歌序》(节录) 《四库全书》本

夫诗以道情性之真,自然而然之为贵。秋塘陈居士,吾里之德人,平生非用力于诗者,其季子以礼传,其晚笔一二,所谓有德必有言也。以礼幼从予学,亦未尝教之作诗,随所感触而写其情,皆冲淡有味。陈氏自昔多大诗人,伯玉甫唐家第一,卓然为李杜所师,宋履常去非杰出于半山坡谷之后,极深极巧,妙绝一世,不可及矣,揆之自然不无少慊焉。今以礼不事雕琢而不庸腐,庶其近于自然乎?《黍离》之诗曰:知我者谓我心忧,不知我者谓我何求。此情之至也,亦诗之至也,予之诗以礼,盍以是观之景和以礼之字也。

吴澄《吴文正集》卷二十三《陈景和诗序》 《四库全书》本

(刘鬋翁)医有还童却老之方,诗有去文就质之章。余爱其方而不敢尝,余爱其章而不敢忘。诵者琅琅,听者跻跻,虽穷冬冱阴,而春风满堂。昔欧公于诗尊韩柳杜,尝云:老夫清晨梳白头,玄都道士来相访。韩必不肯道。或应之曰:昔在四门馆,晨有僧来谒,非此类也耶?欧遂语塞。然则杜为诗家冠冕,固亦以如此诗而鸣于盛唐,况其集中如"黄四娘家花满蹊",如"南市津头有船卖",此类非一,盖杜诗兼备众体,而学之者各得其一。长翁诗不专学杜,而与此体合,声情自然，不事雕镌，众之所同，其籁以人，翁之所独，其籁以天。

吴澄《题刘爱山诗》（节录）《吴文正集》卷五十六

夫言心声也，故知言者观言以知其心，世亦有巧伪之言，险也而言易，躁也而言澹，贪恋也而言闲适，意其言之可以欺人也，然人观其易澹闲适之言，而洞照其险躁贪恋之心，则人不可欺也，而言岂可伪哉。今读蔡国张公题黄处士秋江钓月图诗，超超出尘，言彼之外境而观者，因以得公之内境也，其澹也其易也其闲适也，纯乎一真，心声自然，无雕琢之迹，盖非学词章者可到，必其中之有所见、有所养而后能也，唯陶韦妙处有此。予敢自谓知言乎，真知言之人乃知予所知之非妄知也。

吴澄《吴文正集》卷六十《跋张蔡国题黄处士秋江钓月图诗》《四库全书》本

吴伯恭弟叔从新能诗，古近二体之态度声响俱占最上品，充极所到，何可当也。

吴澄《吴文正集》卷六十三《题吴山樵唱》（节录）《四库全书》本

别赵子昂序[①]

盈天地之间，一气耳。人得是气而有形，有形斯有声，有声斯有言，言之精者为文，文也者，本乎气也。人与天地之气通为一气，有升降而文随之。画易造书以来，斯文代有，然宋不[②]唐，唐不汉，汉不春秋战国，春秋战国不唐虞三代，如老者不可复少，天地之气固然，必有豪杰之士出于其间，养之异、学之到，足以变化其气，其文乃不与世而俱。今西汉之文最近古，历八代浸敝，得唐韩柳氏而古，至五代复敝，得宋欧阳氏而古，嗣欧而兴，惟王曾二苏为卓卓之七子者，于圣贤之道未知其何如，然皆不为气所变化者也。宋迁而南，气日以耗，而科举又重坏之，中人以下，沉溺不返，上下交际之文，往往沽名钓利，而作文之日以卑陋也，无怪其间有能自拔者矣，则不丝麻，不谷粟，而氍毹是衣，蚬蛤是食[③]，倡优百戏，山海力怪，毕陈迭见，其归欲为一世所好而已。夫七子之为文也，为一世之人所不为，亦一世之人所不好，志乎古遗乎？今自韩以下皆如是，噫，为文而欲一世之人好，吾悲其为文,为文而使一世之人不好,吾悲其为人。海内为一,北观中州文献之遗,是行也,识吴兴赵君子昂于广陵,子昂昔以诸王孙,负异材,丰度类李太白,资质类张敬夫,心不挫于物,所养者完,其学又知通经为本,与余论及书乐,识见夐出流俗之表,所养所学如此,必不变化于气,不变化于气而文不古者未之有也。子昂亟称四明戴君,戴君重庐陵刘君、鄱阳李君,三君之文,余未能悉知,果能一洗时俗之所好,而上追七子,以合六经,亦可谓豪杰之士矣。余之汩没,岂足进于是哉。每与子昂论经究极归一,子昂不余弃也。南归有日,诗以识别。

《吴文正集》卷二十五 《四库全书》本

【注释】

① 吴澄此文以气论文,“盈天地之间,一气耳。人得是气而有形,有形斯有声,有声斯有言,言之精者为文,文也者,本乎气也”,而“人与天地之气通为一气,有升降而文随之”,“必有豪杰之士出于其间,养之异、学之到,足以变化其气,其文乃不与世而俱”,唐之韩柳、宋之欧阳王曾二苏“皆不为气所变化者也”。其《元复初文集序》云:“儒者以文章为小技,然而岂易能哉”,“非学非识不足以厚其本也,非才非气不足以利其用也”。而重“学”重“气”同时也需重自然,就“气”而论,“理到气昌,意精辞达,如星灿云烂,如风行水流,文之上也。初不待倔强其言,蹇涩其句,怪僻其字,隐晦其义,而后工且奇”(《题贡仲章文稿后》);就“学”而论,“近年齐陵刘太博以文鸣,沾丐膏馥者不少,然学之者,字其字,文其文,形模謦欬,事事逼真,俨若孙叔敖之衣冠,窃意善学者不如是”,“色炳炳,声琅琅,势滔滔汩汩,不太博而太博,其可谓善学矣哉”(《刘志霖文稿序》)。吴澄还较为通达地分析了读书与诗文创作的关系(《送郭以是序》),其《周栖筠诗集序》有相近之论。(见附录)就诗歌而论,如果说江西派“以文字为诗,以才学为诗,以议论为诗”是“窒塞而不通,固滞而不化”的话,那么,江湖派等则有流于“空疏”之嫌,吴澄所论是有针对性的。

② 不——非、不是,有“不及”意,下同。

③ “不丝麻”四句——意谓,不以丝麻而以罽毯为衣,不以谷粟而以蚬蛤为食,比喻作文好反常、怪奇。“罽”,毡类毛织品,读若计。“蚬”,一种生活在淡水软泥中的软体动物,读若显。“蛤”,指蛤蜥,一种生活在浅海泥沙中的动物,读若格。

【附录】

昔之为文者曰不蹈前人一言一句,或曰此文人之文尔,儒者之文不如是,儒者托辞以明理而非有意于文也。虽然,周子之太极图易通,张子之订顽正蒙,程子邵子之易传序定性书观物篇,前无是也,朱子祖述周程张邵而辞莫有同者焉,谁谓儒者之文不文人若哉?彼文人工于诋诃,以为洛学兴而文坏,夫朱子之学不在于文而未尝不力于文也,奏议仿陆宣公而未至,书院学记曼衍缭绕,或不无少损于光洁,若他文,则韩柳欧曾之规矩也,陶谢陈李之律吕也,律之吕之规之矩之而非陶非谢非陈非李非韩非柳非欧非曾也,是岂区区剽掠掇拾者而犹有诋诃者乎?噫,儒生之立言也难矣。

吴澄《吴文正集》卷十五《张达善文集序》(节录) 《四库全书》本

近年齐陵刘太博以文鸣,沾丐膏馥者不少,然学之者,字其字,文其文,形模謦欬,事事逼真,俨若孙叔敖之衣冠,窃意善学者不如是。志霖居与之邻而日亲炙者也,太博之后,尚有嗣其响仪可分其光而又有志霖焉。文之病,或颇僻,或浅俗,或冗羡,或局促,或泛滥,或滞涩,或疏直,或繁碎,或浮靡,或枯槁,而志霖一无有,色炳炳,声琅琅,势滔滔汩汩,不太博而太博,其可谓善学矣哉,其可谓能言矣哉。虽然,文有本,非徒能言而已,若韩氏若柳氏,若欧阳氏若老苏氏,缕缕自陈其所得,志霖于四家熟之复之必知其所得之由,他日转以告我。

吴澄《吴文正集》卷十七《刘志霖文稿序》 《四库全书》本

儒者以文章为小技,然而岂易能哉。能之不易而或视以为易焉,昌黎韩子之所不敢也,且其为不易,何耶?未可以一言尽也。非学非识不足以厚其本也,非才非气不足以利其用也,四者有一之不备,文其能以纯备乎?或失则易,或失则艰,或失则浅,或失则晦,或失则狂,或失则萎,或失则俚,或失则靡,故曰不易能也。

吴澄《吴文正集》卷十九《元复初文集序》(节录) 《四库全书》本

夫文,小技也,予幼亦好之,好读诵,好评议,用力多而见功寡,或发于声,不过能为今人语以达于意而已,求一言之几乎古,不能也。

吴澄《吴文正集》卷二十二《盛子渊撷稿序》(节录) 《四库全书》本

五方之人,言语不通,而通之者,曰译曰鞮曰寄曰象,周之设官也,总名象胥。皇元兴自汉北,光宅中土,欲达一方之音于日月所照之地,既有如古之象胥通其言,犹以为未也。得异人制国字,假形体,别音声,俾四方万里之人因目学以济耳学之所不及，而其制字之法则与古异。古之字主于形，今之字主于声，主于形故字虽繁而声不备，主于声故声悉备而字不繁。有形者象其形，无形者指其事，以一合一而会其意，三者犹未足，然后以一从一而谐其声，声谐则字之生也曼衍无穷而不可胜用矣，然亦不足以尽天下之声也。有其声而无其字甚伙，此古者主于形者然也，以今之字比之古，其多寡不逮十之一，七音分而为之经，四声合而为之纬，经母纬子，经先纬从，字不盈千，而唇齿舌牙喉所出之音无不该，于是乎无无字之音，无不可书之言，此今之主于声者然也。

吴澄《吴文正集》卷二十五《送杜教授北归序》（节录） 《四库全书》本

或曰为文不可以不读书，杜诗韩文，盖无一字无所本。或曰声之精为言，言之精为文，如噫气之号万窍，随所触而喁于，有自然之籁，奚以古人已陈之糟魄。为二说孰近？夫所贵乎读书者，非必袭其语以为吾文也，蜂之酿蜜，不采取于花可乎？融液浑成而无滓，人见其为蜜而不见其为花也。世有博记览者，其发于声、形于言乃或窒塞而不通，固滞而不化，观者厌之，则谓曾不若空疏者之谐协畅达也。噫，是岂书之能累夫文哉？庐陵郭以是古近体五七言远跻盛唐，长短句骈俪语近轧后宋，渔猎之富，援据之审，空疏无本者俯首不敢仰视，而不窒塞，不固滞，竟日玩之而不厌，庐陵自欧阳公为百世文章之宗，其后往往多能文章士，以是父其可与议韩杜者夫？

吴澄《吴文正集》卷二十七《送郭以是序》 《四库全书》本

世有学术贯千载、文章妙一世而诗语或不似者，唐宋六七百年间有学有文而又能诗不过四五人而已，兹事岂易言哉。善诗者譬如酿花之蜂，必渣滓尽化，芳润融液，而后贮于脾者皆成蜜；又如食叶之蚕，必内养既熟，通身明莹，而后吐于口者皆成丝；非可强而为，非可袭而取。栖筠自少壮客游，以诗好，每出一语何其似也，正而不陈腐，奇而不生硬，淡而不枯槁，工而不靡丽。观其所作，期其所到，殆将梯黄杜而窥陶曹，尤慊然不自足。盖其才高，其思清，不待苦心劳力，天然而成，虽得之之易，而能知其难，非真有悟于中，不如是。晚年学造乎理，文进乎古，则其诗之愈超也，固宜。

吴澄《吴文正集》卷二十二《周栖筠诗集序》 《四库全书》本

理到气昌，意精辞达，如星灿云烂，如风行水流，文之上也。初不待倔强其言，蹇涩其句，怪僻其字，隐晦其义，而后工且奇。

吴澄《吴文正集》卷五十六《题贡仲章文稿后》（节录） 《四库全书》本

刘将孙

刘将孙(1257—?),卒年不详,字尚友,吉州庐陵(今江西吉安)人。其父辰翁有须溪先生之号,故又称将孙为小须。宋末以文名第进士,入元曾任延平教官、归汀书院山长,为学崇程朱,学博而文畅,名重艺林。其词叙事委婉,善言情款,风格近乃父。有《养吾斋集》传世。

如禅集序[①]

诗固有不得不如禅者也。今夫山川草木,风烟云月,皆有耳目所共知识,其入于吾语也,使人爽然而得其味于意外焉,悠然而悟其境于言外焉,矫然而其趣其感他有所发者焉。夫岂独如禅而已,禅之捷解,殆不能及也。然禅者借滉漾[②]以使人不可测,诗者则眼前景,望中兴,古今之情性,使觉者咏歌之、嗟叹之至于手舞足蹈而不能已。登高望远,兴怀触目,百世之上,千载之下,不啻如自其口出,诗之禅至此极矣!而诗果能此地位者,几何人哉?虽然,学者不可以不有此志也。盖积之不厚,则其发之也浅;发之不秾,则其感之也薄。彼禅者,或面壁九年,雪立齐腰,后之学诗者,其工夫能尔耶?庐陵易成已示予诗一编于闽山中,曰《如禅集》。予自闽,手之不释,至归江西,数月而后叙之。其汪洋大篇,有不可极之势;其简净短赋,有不可尽之情,推此而为禅宗可也。抑诗但患不能禅耳,倘其彻悟,真所谓投之所向无不如意。往闻汤晦静[③]接后进,每举喜怒哀乐未发两语,尤能契答者。一日,徐径畈[④]以少年书生,径诣请,晦静复举此。径畈云:“请先生举,某当答。”晦静举云:“如何是喜怒哀乐未发之谓中?”

径畈云:“迟日江山丽。”又举:“如何是发而皆中节之谓和?”应云:“春风花草香。”师友各以为自得,而径畈平生学问大旨,不出此。予举以叙诗禅。禅乎禅乎,独诗而已也哉。

《养吾斋集》卷十　《四库全书》本

【注释】

①《四库全书·养吾斋集提要》云:“辰翁已以文名于宋末,当文体冗滥之余,欲矫以清新幽隽,故所著书多标举纤巧,而所作亦多以诘屈为奇,然蹊径独开,亦遂别自成家,不可磨灭。将孙濡染家学,颇习父风,故当日有‘小须’之目”,“至所云欧苏起而常变极于化,伊洛兴而讲贯达于粹,然尚文者不能畅于理,说理者不能推之文,其言深中宋人之弊”,“其言尤足以砭高语奇古而不能文从字顺之病,虽所作不尽践其言,要不能不谓之通论也”,对其文论思想作了充分肯定,而将孙诗论亦多有可取处。此《如禅集序》讨论了诗禅关系这一赵宋诗学中的一个基本问题,诗禅相通处在“味”、“境”、“趣”、“悟”,而将孙也指出两者不同处:“然禅者借滉漾以使人不可测,诗者则眼前景,望中兴,古今之情性,使觉者咏歌之、嗟叹之至于手舞足蹈而不能已”,诗歌这种兴发感动、生机勃勃的特性与禅者的滉漾、空寂是不一样的,所以对于诗歌创作来说“盖积之不厚,则其发之也浅;发之不稌,则其感之也薄”。将孙也分析了“学诗如学仙”:“‘学诗如学仙,时至骨自换’,此语非无为言之也,予固身体而心验之矣。往尝写字,恨不能如意,长者教予曰:久当自熟。当时尝以俗语反之云:佣书者不已久耶?既而写愈久愈多,笔下忽觉转换如移神,方悟其趣。诗亦若此,非可以鞶龋效而得之也。”(《牛蓼集序》)诗之“神”、“趣”只能“身体而心验”,不可能模仿而得。

诗禅关系又涉及“道”的问题:“高玄度诗,陶冶精炼,不在言语文字间”,“一言几于道,犹且难之,而况于玄度之亹亹哉”(《高绀泉诗序》),诗而无“神明”则不可能“一言几于道”。其论文也强调“神”,“学古人如传神,有得其形者,有得其神者,即神似虽形不酷似,犹似也”(《萧达可文序》)。“请曰:‘诗宜得如此景趣,意者画手犹难之也。’先君子欣然证之曰:‘诗道具此矣。浓者欲其愈浓,淡者不厌其更淡。’繇是观于诸家,始略得浓淡真处。”“文章皆技也,诗又小,然一言几乎道,有平生白首不能得。予与君皆愿学者也,因举初入语相赞发,其览者不诮我辈之如禅哉?晋人有云:政复索解人不可得耳!”(《彭丙公诗序》)其《九皋诗集序》亦云:“人声之精者为言,言之又精者为诗。使其翩翩也皆如鹤，其诗之矫矫也如其鸣于九皋，将人欲闻而不可得闻。诗至是，始可言趣耳。”诗歌是通过浓淡相宜之“景趣”及“声”之“精”来表现“道”的——这显然不同于“文以载道”论所谓的“直致”其道：“夫谓之文者，其非直致之谓也。天之文为星斗，离离高下，未始纵横如一；水之文为风行波，鳞鳞汹涌，浪浪不相似。声成文谓之音，诗乃文之精者，词又近。”（《胡以实诗词序》）诗徒有言语文字声色之形是不能“几于道”的，但诗若“发之不秾”、不能使“浓者欲其愈浓”而声色枯槁，则更不能“几于道”，诗之声色形式若能如天之文、地之文、水之文自然生成，则其“神”见，而“道”也因以而见——此乃诗学道论不同于哲学道论关键所在。

② 滉漾——水深广貌。

③ 汤晦静——指汤巾，字仲能，学从真德秀。

④ 徐径畈——指徐霖，学从汤巾。

【附录】

六经之为文，其文汪以洋。浩然如河汉，万古流清光。斯文一变史，理绌气始张。奇字抉幽渺，陈说极焜煌。岂不雄千古，洪水之汤汤。耳目虽可骇，意象焉得望。况如占毕者，呐呐岂文章。凄其怀古心，宇宙何微茫。

王言贵深浑，此道何久荒。断从西汉下，偶俪为辞章。剪截斗纤巧，何异于优倡。代言袭一律，设科号词场。个字夸歇后，廋词竞遗忘。缀拾蚁注字，套类蜂分房。谓此台阁体，哀哉虞夏商。我欲揭古书，使识谟洋洋。又恐仿大诰，句字摹偏旁。

文章犹小技，何况诗云云。沛然本情性，以是列之经。赓歌五字始，雅颂谱律声。苏李非骚客，酬倡流中情。噫嘻建安来，雅道日以湮。晋人善语言，其言明且清。少许胜多多，飘萧欲通灵。使其入韵语，岂但诸子鸣。安得三谢辞，远与陶阮并。唐风晚逾陋，宋作高入论。遂令后来者，末流骋纵横。高者效选体，下者唐作程。

刘将孙《养吾斋集》卷一《感遇》 《四库全书》本

“学诗如学仙，时至骨自换。”此语非无为言之也，予固身体而心验之矣。往尝写字，恨不能如意，长者教予曰：久当自熟。当时尝以俗语反之云：佣书者不已久耶？既而写愈久愈多，笔下忽觉转换如移神，方悟其趣。诗亦若此，非可以轚龋效而得之也。久不见以立诗，往年见其老意可喜，近归得此小卷，亹亹来逼人，凡吾数十年用力得趣处，忽已收揽而枕籍之矣。律诗用事用意，似对不对，古句出奇，严整浩荡，收敛无不合，作诗何必多，倘由此而扩，充之名家不难。

刘将孙《养吾斋集》卷十《牛蓼集序》（节录）《四库全书》本

嗟乎！天地间何往而非声也。天籁莫如风，而翏翏，而调调可尔；而呼而嚎，而激而叱，披靡之不给，而听者有厌之者矣。莺之绵蛮也，燕之呢喃也，宁不可爱，而过之也，有忘之者矣。若夫感赏于风露之味，畅适于无人之野，其鸣也非以为人媚，其闻也非其意，而得之缥缈者，无不回首萧然；虽肉食之鄙夫，筝笛之聋耳，将亦意消而神愧，则惟九皋之鹤声为然。故曰声闻于天，非天不足以知之。凡声者不过闻于人而已，孰能闻于天？九皋何许，天高听下复何以加焉？物之负清气，出乎其类者如此。人声之精者为言，言之又精者为诗。使其翩翩也皆如鹤，其诗之矫矫也如其鸣于九皋，将人欲闻而不可得闻。诗至是，始可言趣耳。夫诗者，所以自乐吾之性情也，而岂观美自鬻之技哉！欣悲感发，得之油然者有浅深，而写之适然者有浓淡。志尚高则必不可凡，世味薄则必不可俗。故渊明之冲寂，苏州之简素，昌黎之奇畅，欧之清远，苏黄之神变，彼其养于气者落落相望，皆如嵇延祖之轩轩于鸡群，宜其超然尘埃混浊之外，非复喧啾之所可匹侪。

刘将孙《养吾斋集》卷十《九皋诗集序》（节录）《四库全书》本

太史公作《史记》，笔力神志专在世家列传，方创体变史法，自为一家言，藏之名山大川，不假金匮石室，得以独行其志，是非去取，俯仰谈笑，第如阅世老人，历历闻见，或旁及微隐，或中绝参差，其为赞特以足一传余意，嬉戏仿佛，或无足更论，漫借他事著一语，如为言高帝功臣之兴皆若此，如世无善画者莫能图，何哉？无问大人物大功业，总只里许，但使人爽然意足，眉目倡叹，如对当日，班孟坚以精密胜之，而优孟不复似孙叔敖矣，此古今文章之第一流也，而学者第以史视之，以叙事读之，可叹也。昌黎得其精变，发之金石，绝出千古，且出奇为毛颖一传，乃或为人嘲病，是殆子长所谓未易为俗人言者耶？然昌黎造意为之，矜重刻露，若不自然，不知使肆于唐史当何如也。后来谁不知尊《史记》，知学韩丈，然语人学文读《史记》，为文效《毛颖传》，非灼然动悟心领者，鲜矣。吾友萧达可，盛年以时文称，已有古意，涉古文即玄思深构，凝颖而作诸起兴运意，即不落傒径窠臼，至韵语亦楚楚非时世妆，真所谓戛戛乎陈言之务去。或者诮之，惟吾家君须溪先生一见之即喜，尝以语门生儿子辈曰：此其入处异乎诸子之撰，如人学道，参顿悟禅，即不成佛，已离初地。达可每求一言，以自信迟之又久，间叹曰：吾日俟其亹亹且逼，当犹不止此也已矣，谁当知者？达可茫然征绪言于篇端，掩袂相视，谓犹当有以益我，顾皆君之所以蓄积，尚奚言哉。抑君之作也，其皆感于中而溢于言乎？抑不免于矫其情性以征其事也。庄子之长于譬喻也，愈下愈近愈达，故不厌，太史公之鼓舞变化，类常事小节，他人以为不足传者，君不患不奇，不患不古，独不能使君不为奇不为古，学古人如传神，有得其形者，有得其神者，即神似虽形不酷似，犹似也。吾言如东坡灯下模壁上颧骨，君得无以为卑之，无甚也，乃所愿则共学。

刘将孙《养吾斋集》卷十《萧达可文序》 《四库全书》本

高玄度诗，陶冶精炼，不在言语文字间。匆匆随物，指叶知根，概非想象，依微景趣，松柏之姿，铁石之意，比于华子鱼面目，所至独坐，然非特异，时时一笑，能使皮袭美叹，广平作妩媚语。诗虽一技，其难得有过于文。世人第以平仄对偶者为诗，往往如土偶人，耳目非不具，而神明不运，及稍识入处，白坚墨守，望尘拾唾，襞裙龋齿，呕哑啁哳，簑笠澜浪，各自以为绝世，乃不得如作文。即至浅者，文从字顺，亦足以达诗，于五七字中见意，于千百言外见趣，甚不易得也。一言几于道，犹且难之，而况于玄度之亹亹哉。

刘将孙《养吾斋集》卷十一《高绀泉诗序》(节录) 《四库全书》本

因请曰："诗宜得如此景趣，意者画手犹难之也。"先君子欣然证之曰："诗道具此矣。浓者欲其愈浓，淡者不厌其更淡。"繇是观于诸家，始略得浓淡真处。尝历举唐诗至黄鹂深树春潮过雨急，进见问曰："此入何画品？"对曰："水墨。"乃掉首："否否，此生色画也。"良久乃悟。然未悟固不识其妙，既悟亦不能得于言，欲举以语人，谁当领此者，特为吾友丙公发之。……文章皆技也，诗又小，然一言几乎道，有平生白首不能得。予与君皆愿学者也，因举初入语相赞发，其览者不诮我辈之如禅哉？晋人有云：政复索解人不可得耳！

刘将孙《养吾斋集》卷十一《彭丙公诗序》(节录) 《四库全书》本

彭宏济诗序[①]

天地间清气，为六月风，为腊前雪，于植物为梅，于人为仙，于千载为文章，于文章为诗。冰霜非不高洁，然刻厉不足玩；花柳岂不明媚，而终近妇儿。兹清气者，若不必有，而必不可无。自风雅来三千年于此，无日无诗，无世无诗，或得之简远，或得之低黯，或得之古雅，或得之怪奇，或得之优柔，或得之轻盈，往往无清意则不足以名世。夫固各有当也，而后出者顾规规然效之，于其貌焉耳，而曰吾自学为某家，不亦驰骋于末流，而诗无本矣乎？清以气，气岂可揠而学、揽而蓄哉？目之于视，口之于言，耳之于听，类不知其所以然而然，有得于情性者，亦如是而已。夫言亦孰非浮辞哉，惟发之真者不泯，惟遇之神者必传，惟悠然得于人心者必传而不朽。彼求之物而不求之意，炼于辞而不炼于气，何如其远也！吾先君子须溪先生之说诗，其不可于众可也若甚严，其独赏于人弃也若甚异，然廓然而云雾开，犁然[2]而神境会，一日而沛然发于情性者，清才辈出，晤言赏叹，自慰暮年，如药房彭宏济又其杰也。既于《印证》发其凡，顾其集尚多，新作日富，间携示余曰："师门之绪言在，愿有序。"予反复三日夜不厌。如月明闻笛，疑有飞仙；如蝉鸣绿阴，风日妍寂，从中而起；又如惊啼过树，矫然林表，转眄惊绝。因物所感，高山流水，谒契琴趣，混合自然。眼前意中，宛然不食烟火，谈笑有风骨。少少许胜他人多多许，五七字而有数十言之味。方盘礴而寝处之，旁午[3]而弛张之，未慭[4]也，余何足以序君诗哉！有《印证》在，繇《印证》而证之，此编爽如[5]也，夫岂张皇"吴江枫"[6]哉！

《养吾斋集》卷十一 《四库全书》本

【注释】

① 刘将孙此文以"清气"论诗而重性情，"天地间清气，为六月风，为腊前雪，于植物为梅，于人为仙，于千载为文章，于文章为诗"，"诗无本矣乎？清以气，气岂可揠而学、揽而蓄哉？目之于视，口之于言，耳之于听，类不知其所以然而然，有得于情性者，亦如是而已"。其《本此诗序》亦云："诗本出于情性，哀乐俯仰，各尽其兴。后之为诗者，锻炼夺其天成，删改失其初意；欣悲远而变化，非矣。人间好语，无非悠然自得于幽闲之表，而留意于兹事者，仅以为禽犊之资，此诗气之所以不昌也。"将孙也以此而重视词："文章之初，惟诗耳，诗之变为乐府。尝笑谈文者鄙诗为文章之小技，以词为巷陌之风流，概不知本末至此。余谓诗入对偶，特近体不得不尔。发乎情性，浅深疏密，各自极其中之所欲言。若必两两而并，若花红柳绿，江山水石，斤斤为格律，此岂复有情性哉？"(《胡以实诗词序》)而重性情则必重天分："盖尝窃观于古今，斯文之作惟得于天者不可及。得于天者，不矫厉而高，不浚凿而深，不斲削而奇，不锻炼而精。"(《须溪先生集序》)总之，天分深，则诗文乃性情之自然流露，过重人力、学力、锻炼、斲削、

炫奇,性情必为所掩。

也因重性情,刘将孙反对门户之见而强调“辞达”:“诗与文岂当有异道哉!子曰‘辞达而已矣’,辞而不达,谁当知者?故缩之而五七言,畅之而长篇,发之而大制作,孰非文也,要于达而止”,“诗不为某家某体,虽社友讲习,各随性所近,情景尽兴,已极刷洗,楚楚如清风之泛春服”(《黄公诲诗序》),重“辞达”,所以他不满意于刻意区分诗与文,也因此他不同意刻意区分所谓“古文”与“时文”:“文字无二法,自韩退之创为古文之名,而后之谈文者,必以经赋论策为时文,碑铭叙题赞箴颂为古文,不知辞达而已,时文之精即古文之理也。”(《题曾同父文后》)其文论也注意到了“理”与“文”相分现象:“盖欧苏起而常变极于化,伊洛兴而讲贯达于粹。然尚其文者,不能畅于理,据于理者,不能推之文。紫阳于文得其缠绵反复唱叹之味,故其论说,则辞顺而理明,而斯文之不可合者,固然也”,《四库全书》提要以为此论切中时弊。

② 犁然——坚确的样子,《释文》:“犁然犹栗然。”

③ 旁午——交错、纷繁。

④ 憖——损伤,读若印。

⑤ 爽如——明亮、清朗的样子。

⑥ 张皇“吴江枫”——惊慌于“吴江枫”诗句。《旧唐书·郑世翼传》:“时崔信明自谓文章独步,多所凌轹。(郑)世翼遇诸江中,谓之曰:‘尝闻“枫落吴江冷”。’信明欣然示百余篇。世翼览之未终,曰:‘所见不如所闻。’投之于江。信明不能对,拥楫而去。”后人多以“枫落吴江冷”为绝佳之句,如杨万里《再答陆务观郎中书》云:“采菊东篱,焉用百韵,枫落吴江一句,千载风人之勍者,肯与仆较少量多于可吊之滕哉?”诗词创作中也多有转用。

【附录】

盖余尝怃然于世之论诗者也。标江西竞宗支,尊晚唐过风雅。高者诡选体如删前,缀袭熟字,枝蔓类景,轧屈短调,动如夜半传衣,步三尺不可过。至韩苏名家,放为大言以概之,曰:是文人之诗也。于是常料格外,不敢别写物色;轻愁浅笑,不复可道性情。至散语,则俑匐而仿课本小引之断续,卷舌而谱杂拟诸题之磔裂,类以为诗人当尔。吾求之三百篇之流丽,卜子夏之条畅,无是也。诗与文岂当有异道哉!子曰“辞达而已矣”,辞而不达,谁当知者?故缩之而五七言,畅之而长篇,发之而大制作,孰非文也,要于达而止。鹏之大也,斥鷃之小也,羽翼同,心腹手足无不同,一不具,则非其物矣,讵有此然而彼不然者?往往窘步者借之以盖惭,而效颦者因之而丧我,甚可叹也。渝黄公诲过庐陵,示余《庄山小草》,诗文具在。诗不为某家某体,虽社友讲习,各随性所近,情景尽兴,已极刷洗,楚楚如清风之泛春服。文无论时文古作,而才力不乏,语必不俗,摩厉飞动,弄姿多态,粲粲如时花之照晴日。幸哉,言诗者之有如公诲也。每见昌黎诸诗,凡小家数矜持称能者,其中无不有,第小绝杂赋,则精至。此老狡狯,特使人不可测。东坡神迈千古,至回文作词语,更可爱。于以见文人于诗,皆寝处而活脱之,宜诗人者之望而媢之。

刘将孙《养吾斋集》卷十一《黄公诲诗序》(节录) 《四库全书》本

古今诗人自得语,非其自道未必人能得之。如谢灵运"池塘生春草",自谓梦惠连至,如有神助,非其郑重自爱,兼家庭昆弟之乐,托之里许,此五字本无工致,或者人亦皆能及也。其二语为"园树双鸣禽",此句乃似作意,又或以"双"为"变","变"不如"双","双"乃有一时自然之趣。灵运倘不自发其趣,后人当更爱下句耳。诗本出于情性,哀乐俯仰,各尽其兴。后之为诗者,锻炼夺其天成,删改失其初意;欣悲远而变化,非矣。人间好语,无非悠然自得于幽闲之表,而留意于兹事者,仅以为禽犊之资,此诗气之所以不昌也。

刘将孙《养吾斋集》卷九《本此诗序》(节录) 《四库全书》本

文以气为主,非主于气也。乃其中有所主,则其气浩然,流动充满而无不达,遂若气为之主耳。故文之盛也,如风雨骤至,山川草木皆为之变;如江河浩渺,波涛平骇,各一其势。大之而金石制作,歌《明堂》而颂《清庙》;小之而才情婉娈,清《白雪》而艳《阳春》。古之而鼎彝幼眇,陈淳风而追泰古;时之而花柳明媚,过前川而学少年。故昌黎之古文,其小律小绝无不精妙;东坡之大才,其回文丽句各极体裁。或有谓能文不能诗,能诗不能文者,皆其主弱而气易衰也。……予亦于气为主之言,而窃愿有所益也。主者同而所以为主者异,辄欲更之曰:"文以理为主,以气为辅。"村西其有得于是耶?

刘将孙《养吾斋集》卷十《谭村西诗文序》 《四库全书》本

盖尝窃观于古今,斯文之作惟得于天者不可及。得于天者,不矫厉而高,不浚凿而深,不斲削而奇,不锻炼而精。若人之所为,高者虚,深者芜,奇者怪,精者苦。三千年间,惟韩欧苏独行而无并;两汉以来,六朝南北盛唐名家,岂不称雄一时,而竟莫之传者,天分浅而人力胜也。

先生登第十五年,立朝不满月,外庸无一考,当晦明绝续之交,胸中之郁郁者壹泄之于诗。其盘礴襞积而不得吐者,借文以自宣;脱于口者,曾不经意,其引而不发者,又何其极也!然场屋称文自先生而后,今古变化义理沉着,皆有味之言,至于今犹有遗者。师友学问自先生而后,知证之本心,遡之六经,辨濂洛而见洙泗,不但语录或问为已足。词章翰墨自先生而后,知大家数笔力情性,尽扫江湖晚唐锢习之陋。虽发舒不昌,不能震于一世之上,如前闻人;而家有其书,人诵其言,隐然掇流俗心髓而洗濯之,于以开将来而待有作。尝论李汉称韩公摧陷廓清之功,雄伟不常,比于武事;东坡推欧公同于禹抑洪水、周公之膺惩,千载无异词。抑佛老,人知其为异端也;西昆体,世之所谓时文也。未有若学问之平沉,而文字之澜倒也。且视韩苏所遇为何如哉?而振拔一时至此,则先生之文,岂不有关于气运,力难而功倍,而其不幸,则可感者在是矣!

刘将孙《养吾斋集》卷十一《须溪先生集序》(节录) 《四库全书》本

古之人非著书立言,论建利害,未尝特为文也。碑志序平生,记序纪一时,虽韩柳大家,创制作,称古文,亦各随事轻重小大止,未至纡余浩荡,春容大篇,出议论于事外,发理趣于意表,如后来所见也。盖欧苏起而常变极于化,伊洛兴而讲贯达于粹。然尚其文者,不能畅于理,据于理者,不能推之文。紫阳于文得其缠绵反复唱叹之味,故其论说,则辞顺而理明,而斯文之不可合者,固然也。……文章英气也,人声之精者为言,言之精者为文,英者所以精者也。每叹作文之陋,不知所以发其精英者,类以椎鲁者为古,崛强者为奇,遏抑其光大,登进其泥涂,遂使神骏索然,一无足以动悟。有能以欧苏之发越,造伊洛之精微,篇有兴而语有味,若是者百过不厌也。安得起公九京复论此事。区区所为存一二于千百者,窃独悲夫来者之无闻也!

刘将孙《养吾斋集》卷二十九《赵青山先生墓表》(节录) 《四库全书》本

古之人未有不歌也,歌非他,有所谓辞也,诗是已。登高能赋,可以为大夫,虽床笫之言不逾阈,乃诵之会同,不为之惭。抑扬高下,随其长短而音节之,由是习于声者,裁之以律吕而中。而房中之乐,或异于公庭,然有其调,不必皆有其辞,丝竹之所调,或不待于赋。降及《竹枝》《金缕》,始各为之辞,以媲乐与舞,而有能歌不能歌者矣,然犹未离乎诗也。如七言绝句止耳,未至一长一短,而有谱与调也。今曲行而参差不齐,不复可以充口而发,随声而协矣,然犹未至于大曲也。及柳耆卿辈以音律造新声,少游美成以才情畅制作,而歌非朱唇皓齿,如负之矣。自是以来,体亦屡变,长篇极于《哨遍》《大酺》《六丑》《兰陵》,无不可以反复浩荡。而豪于气者,以为冯陵大叫之资;风情才子,乃复宛转作屏帏呢呢以胜之,而词亦多术矣。乐府有集,自《花间》始,皆唐词。《兰畹集》多唐末宋初词,曾慥集《雅词》,近年赵闻礼集《阳春白雪》,他如称《大成》,称《妙选》,数十家未慭。然歌喉所为喜于谐婉者,或玩辞者所不满;骚人墨客乐称道之者,又知音者有所不合。新城饶克明,盛年有志兹事,以美成为祖,类其合者调别而声从之,近年以之鸣者,无不有,且四方增益而刻布之。予以其主于调也,为言歌焉。

刘将孙《养吾斋集》卷九《新城饶克明集词序》 《四库全书》本

予尝嘿有感于诗之故而壹非语言文字间意也,五言起二卿,以少卿提数千人横行绝域意气何如,而缠绵婉娈不睹英气;曹孟德豪杰变化妙出群雄上,岂功业不建而音韵低黯,殊不见下马横槊之姿?下至韦苏州,悠然者如秋,泊然者如水,乃自陈往者共杨开府豪侠跌宕,岂独如两人?嗟乎,不知其人诵其诗可乎?……因言以见志而志有不著于言,吾岂敢谓昔人之言与志异哉。抑屈折于文字,不得不俛仰低郁而掩抑者,亦在是矣。是则雄伉者往往皆伪,而情性之深密,非以其人索之,其肮脏者未易识也。于是诗之音远也,而其故可感也。

刘将孙《养吾斋集》卷十《清权斋集序》(节录) 《四库全书》本

老杜有"新诗改罢自长吟"之句,盖其句有未足于意,字有未安于心,他人所不知者,改而得意,喜而长吟,此乐未易为他人言,而作者苦心,深浅自知,正可感也。……然诗有可改者,不可改者,篇中之句,句内之字,可改者也,长篇之曲折,不可改者也。长篇兼文体,或从中而起,或出意造作,不主故常,而收拾转换,奇怪百出,而作诗者每不主议论,以为文人之诗,不知各有所当,诸大家固有难言者,如昌黎东坡,真以文为诗者,而小律短绝回文近体往往精绝,后山简斋诗律严密,而七言古体终似微欠,吾岂敢病昔人哉,然此亦不得而隐者也。以立于长篇得其意矣,吾故重喜而举于此,改者既得之矣,得其意者以吾所云者于诸家索焉,无不可以有发,所谓付子以二百年者,何幸于吾王郎得之也。

刘将孙《养吾斋集》卷十《跖肋集序》(节录) 《四库全书》本

文章之初,惟诗耳,诗之变为乐府。尝笑谈文者鄙诗为文章之小技,以词为巷陌之风流,概不知本末至此。余谓诗入对偶,特近体不得不尔。发乎情性,浅深疏密,各自极其中之所欲言。若必两两而并,若花红柳绿,江山水石,斤斤为格律,此岂复有情性哉?至于词,又特以涂歌俚下为近情,不知诗词与文同一机轴,果如世俗所云,则天地间诗仅百十对,可以无作;淫哇调笑,皆可谱以为宫商。此论未洗,诗词无本色。夫谓之文者,其非直致之谓也。天之文为星斗,离离高下,未始纵横如一;水之文为风行波,鳞鳞汹涌,浪浪不相似。声成文谓之音,诗乃文之精者,词又近。自吾家先生教人,始乃有悟者,然或谓好奇,或谓非规矩绳墨,惟作者证之大方而信。对以意称者重于字,字以精炼者过于篇,篇以脉贯者严于法。脱落蹊径,而折旋蚁封;狭袖屈伸,而舞有余地。是固未易为不知者道。诚不意姻亲中有以实诗若词也。凡天趣语难得,以实自证自悟,故一出而高。其远者娇首发于寥廓,近者悠然出于情愫。意空尘俗,径解悬合。所谓诗若词之妙,横中而起者,颠倒而出之者,与离而去、推而远者,如堕如吐,如拾而得,了莫之测者,往往有焉。即此能使予骇而敬,况其年之不可几,而学之不可既哉!故予于题其集端也,尚深望之。

刘将孙《养吾斋集》卷十一《胡以实诗词序》 《四库全书》本

文字无二法,自韩退之创为古文之名,而后之谈文者,必以经赋论策为时文,碑铭叙题赞箴颂为古文,不知辞达而已,时文之精即古文之理也。予尝持一论云,能时文未有不能古文,能古文而不能时文者有矣,未有能时文为古文而有余憾者也。如韩柳欧苏皆以时文擅名,及其为古文也,如取之,固有韩《颜子论》、苏《刑赏论》,古文何以加之,而苏之进论进策,终身笔力,莫汪洋奇变于此,识者可以悟矣。每见皇甫湜樊宗师尹师鲁穆伯长诸家之作,宁无奇字妙语、幽情苦思,所为不得与大家作者,并时文有不及焉故也,时文起伏高下、先后变化之不知,所以宜腴而约、方畅而涩、可引而信之者,乃隐而不发,不必舒而长之者,乃推之而极,若究极而论,亦本无所谓古文,虽退之政未免时文耳。由此言之,必有悟于文之趣,而后能不以愚言为疑也。

刘将孙《养吾斋集》卷二十五《题曾同父文后》(节录) 《四库全书》本

袁 桷

袁桷(1266 - 1327),字伯修,号清容居士,鄞县(今浙江宁波)人,早年举茂材异等科,起为丽泽书院山长。元大德初年(1297),被荐举担任翰林国史院检阅官、翰林直学士、知制诰、同修国史。后又拜侍讲学士。奉修成宗、武宗、仁宗三朝大典,英宗赏其博学,复命撰宋、辽、金史。泰定初年(1324),辞归故里。曾从学戴表元,熟悉掌故,长于考据,是著名古文家。又是著名书法家,学晋、唐,尤得力于柳公权、米芾,书法作品遒媚劲健,顿挫分明,存世书迹有《同日分涂帖》、《旧岁北归帖》。《元史》卷一百七十二有传。一生著述甚丰,有《易说》、《春秋说》、《五朝实录》、《延祐四明志》、《仁宗实录》、《读书记》、《清容居士集》传世。

书汤西楼诗后[①]

玉溪生[②]往学草堂诗[③],久而知其力不能逮,遂别为一体。然命意深切,用事精远,非止于浮声切响而已也。自西昆体盛,襞积组错,梅欧诸公发为自然之声,穷极幽隐,而诗有三宗焉:夫律正不拘,语腴意赡者,为临川之宗[④];气盛而力夸,穷抉变化,浩浩焉沧海之夹碣石也,为眉山之宗;神清骨爽,声振金石,有穿云裂竹之势,为江西之宗。二宗为盛,惟临川莫有继者,于是唐声绝矣。至乾淳间,诸老以道德性命为宗,其发为声诗,不过若释氏辈条达明朗,而眉山、江西之宗亦绝。永嘉叶正则,始取徐翁赵氏为四灵,而唐声渐复[⑤]。至于末造,号为诗人者,极凄切于风云花月之摹写,力孱气消,规规晚唐之音调,而三宗泯然无余矣。夫粹书以为诗,非诗之正也;谓舍书而能名诗者，又诗之靡也。若玉溪生，其几于二者之间矣。吴门汤君，往得其过葛岭诸诗，玉辟邪、铁如意之警策，有得乎玉溪生之深切精远，余每欲搜其精良者而一读之。来吴门，其从游陈子久相过，知汤君之诗，雕搜会粹，皆子久任其事。余不识汤君，而知其用意，间有与余合，遂书玉溪生作诗之源委，宋三宗诗体之变，以慰汤君，庶知汤君非苟于言诗者。子久尝学于汤，不知余言能有合于汤否？噫！诗至于中唐，变之始也，若玉溪生者，跂而望之，其不至者，非不进也。子久年富才俊，它日追风雅之正，返云咸之音，其视余言，殆犹穅秕也。

《清容居士集》卷四十八　《四部丛刊》初编本

【注释】

① 袁桷诗论颇有历史意识，此文论述了"玉溪生作诗之源委，宋三宗诗体之变"，"诗至于中唐，变之始也"，对李商隐还是颇为推崇的，但"自西昆体盛，襞积组错"，于是"梅欧诸公发为自然之声"，其后诗有三宗：王安石、苏轼、江西派，他认为颇近唐声的王安石无人接续，而"至乾淳间，诸老以道德性命为宗，其发为声诗，不过若释氏辈条达明朗，而眉山、江西之宗亦绝。永嘉叶正则，始取徐翁赵氏为四灵，而唐声渐复。至于末造，号为诗人者，极凄切于风云花月之摹写，力孱气消，规规晚唐之音调，而三宗泯然无余矣"。其《题乐生诗卷》还有相近的历史勾勒："诗于唐三变焉，至宋复三变焉，派于江西，变之极，有不可胜言者矣"，南宋以来，先是江西派大行其道，滋生许多流弊，于是出现江湖派等试图力矫其弊，而矫枉过正，似乎又走向另一极端，后来元人似乎就面临着一种二难境地："近世工清俭者局于律，师宕逸者邻于豪，角立墨守，迄无以融液，诗几乎息矣"（《书清江罗道士诗后》），"宋太宗真宗时，学诗者病晚唐萎苶之失，有意乎玉台文馆之盛，绨组彰施，极其丽密，而情流思荡，夺于援据，学者病之。至仁宗朝，一二巨公浸易其体，高深者极凌厉摩云决川一息千里物不能以逃遁，考诸国风之旨则蔑有余味矣"（《书鲍仲华诗后》）。如何超越江西、江湖诗的二元对立就成了元代诗人面临的重要诗学难题，袁桷对此有所探讨。

袁桷在对诗史分析中进行了理论总结。其一，诗与"书"、"理"的关系，"夫粹书以为诗，非诗之正也；谓舍书而能名诗者，又诗之靡也"（《书汤西楼诗后》），这种看法还是比较全面、辩证的。"方南北分裂，两帝所尚，唯眉山苏氏学，至理学兴而诗始废，大率皆以模写宛曲为非道，夫明于理者犹足以发先王之底蕴，其不明理则错冗猥俚，散焉不能以成章，而诿曰：吾唯理是言，诗实病焉。"

(《乐侍郎诗集序》)理学家以理相高本无问题,但若“不明理”而又在诗中强加进理,“散焉不能以成章”,则有违诗之道。

其二,与此相关,袁桷在儒家“六义”传统中对此进行了分析。首先是比兴传统,其《答高舜元十问》云:“先儒谓叙物以言情谓之赋,情体物也,索物以托情谓之比,情附物也,触物以起情谓之兴,物动情也”,而近世“拙近者率悻悻直致,弃万物之比兴,谓道由是显,六义之旨阙如也”(《李景山鸠巢编后序》),直致、直言其理的问题就出在摈弃了“比兴”传统。其次是风雅传统:“诗近于风,性情之自然。齐梁而降,风其熄矣。由宋以来,有三变焉:梅欧以纡徐写其材,高者凌山岳,幽者穿岩窦,而其反复蹈厉,有不能已于言者,风之变尽矣;黄陈取其奇以为言,言过于奇,奇有所不通焉”(《书程君贞诗后》),推崇梅欧因其诗为“风之变”也,黄陈“有所不通”,不通风人传统也。其《跋吴子高诗》分析道:“黄初而降,能知风之为风,若雅颂则杂然不知其要领,至于盛唐犹守其遗法而不变,而雅颂之作,得之者十无二三焉”,“杨刘弊绝,欧梅兴焉,于六义经纬得之而有遗者也。江西大行,诗之法度益不能以振,陵夷渡南糜烂而不可救,入于浮屠老氏证道之言,弊孰能以救哉”,“证道之言”的问题就在有违“六义”之“法度”。直致其理又表现为淆乱诗不同于文之特有体制特性:“滥觞于唐,以文为诗者,韩吏部始。然而春容激昂,于其近体,犹规轨然守绳墨,诗之法犹在也。宋世诸儒一切直致,谓理即诗也。取乎平近者为贵,禅人偈语似之矣。”(《书括苍周衡之诗编》)

其三,袁桷强调“六义”之“法度”、“体制”又与“音节”密切相关,其《书纥石烈通甫诗后》有云:“言诗者以三百篇为宗,主论固善矣,然而鄙浅直致,几如俗语之有韵者,或病之,则曰:是性情之真,奚以工为?千士一律,迄莫敢议其非是。”只片面强调“性情之真”还不足以全面把握“六义”传统:“诗以赋比兴为主,理固未尝不具,今一以理言,遗其音节,失其体制,其得谓之诗?”(《题闵思斋诗卷》)“诗盛于唐,终唐盛衰,其律体尤为最精,各得所长,而音节流畅,情致深浅,不越乎律吕,后之言诗者不能也。自次韵出而唐风益绝,豪者俚,腴者质,情性自别,皆规规然禅人韵偈为宗,益不复有唐之遗音矣。”(《书番阳生诗》)“音节流畅,情致深浅,不越乎律吕”则声情茂美,“余幼好读《黄庭》《真诰》二书,私谓学古调诗当准其音节”,“渡江诸贤明切理性,间为禅人偈语,谓与风雩川上相表里,诗道浸废”,“宫商相宣,更迭振响,岂久于其道而能化者与”(《书薛严二道士双清编》)。“六义”传统、魏晋盛唐与古为近的一个重要方面正在声情茂美——袁桷也是以此为基点揭示了江西派的弊端:“黄太史尝言,宁律不谐,不使句俗,以建安黄初之法较之,似若有病。然太史所为诗,锻炼之工过于前人，其所谓不谐者，盖其变体耳”（《题刘明叟诗卷》），“昆体之变至公而大成，变于江西，律吕失而浑厚乖”（《书梅圣俞诗后》），赵宋诗诸般弊端与“律吕失”有关。

袁桷以上所论在佚名撰《诗家模范》中有更清晰表述：“体制、声音，二者居先。无体制，则不师古；无声响，则不审音”，“体制不一音节亦异。大抵学者在分别得初唐、盛唐、中唐、晚唐及宋、元人诗，某也如是。看得多，识得破，吟咏得到，审其音声，则而象之，下笔自然高古。若拘拘法度，得其形而不得其神，无超脱变化，千章一律，抑又次焉”——元人这些诗学思想后来多为朱明人尤其前后七子所推演，如重格调强调诗之体制不同于文，不同之处之一正在声响，以文为诗、以议论为诗等的重要后果之一正在使诗失去了本应有之茂美声情。他如推崇魏晋盛唐、以为宋诗近雅而唐诗近风等等说法，显然皆受到包括袁桷在内的元人的启发和影响。

② 玉溪生——指李商隐。

③ 草堂诗——指杜甫诗。

④ 临川之宗——指王安石一派，王是江西临川人，人称王临川。

⑤ “永嘉叶正则”等三句——南宋浙江永嘉（今浙江温州）的四位诗人徐照（字灵晖）、徐玑（字灵渊）、赵师秀（字灵秀）、翁卷（字灵舒），同出永嘉叶适之门，其字或号中又都带有“灵”字，故称“永嘉四灵”，诗学晚唐，尤推崇姚（合）贾（岛）。

【附录】

近世言诗家颇辈出，凌厉极致，止于清丽，视建安黄初诸子作已愦愦不复省，钩英掇妍，刻画眉目，而形干离脱，不可支辅其凡偶，拙近者率悻悻直致，弃万物之比兴，谓道由是显，六义之旨阙如也。是岁冬见于京师，始读其诗于雍虞德生，质而不倨，绮而不逾，袭众芳之英融，寄于穷压绝域之地，而审其昔日之心满意肆，盖将冲寂寥廓，脱然以逃焉者也。夫子之言曰：诗可以怨，然不怨可也，怨已则责难于天，诚不怨邪？幽兰之辞，湘累之赋，得而废之矣。若公之诗，非悲其不遇也，凛焉以持者正也，反而言之，斯怨矣，又何病焉？

袁桷《清容居士集》卷二十一《李景山鸠巢编后序》（节录）
《四部丛刊》初编本

呜呼，旨哉！方南北分裂，两帝所尚，唯眉山苏氏学，至理学兴而诗始废，大率皆以模写宛曲为非道，夫明于理者犹足以发先王之底蕴，其不明理则错冗猥俚，散焉不能以成章，而诿曰：吾唯理是言，诗实病焉。今夫途歌巷语，风见之矣，至于二雅公卿大夫之言，缜而有度，曲而不倨，将尽夫万物之藻丽，以极其形容赞美之盛，若是者非夸且诬也。五经言理，莫详于《易》，其辞深且密，阐幽显微，不敢以直易言之，考于经皆然也。宋之亡也，诗不胜其弊，金之亡，一时儒先犹秉旧闻于感慨穷困之际，不改其度，出语若一，故中统至元间，皆昔时之绪。

袁桷《清容居士集》卷二十一《乐侍郎诗集序》（节录） 《四部丛刊》初编本

问：芣苢，说者谓车前，其子治妇人难产，愚谓采之于诗，殊无义味，其中必有其义，乞教之。答：芣苢，谓治妇人难产，政如释螽斯芍药之谬也。先儒谓叙物以言情谓之赋，情体物也，索物以托情谓之比，情附物也，触物以起情谓之兴，物动情也，此诗兼兴赋之体，古乐府中"鱼戏莲叶东，鱼戏莲叶西"之诗深得此意，难以语言尽也。

袁桷《清容居士集》卷四十二《答高舜元十问》 《四部丛刊》初编本

昆体之变至公而大成，变于江西，律吕失而浑厚乖，驯致后宋，弊有不胜言者。

袁桷《清容居士集》卷四十六《书梅圣俞诗后》（节录） 《四部丛刊》初编本

往岁卜居城南，遇梓人焉，曰：筑室之制崇广，纤巨必谨其规体，梗楠杞梓，若一而用之，则堂观亭室各不相类。余于是悟作诗法亦犹是也。近世工清俭者局于律，师宕逸者邻于豪，角立墨守，迄无以融液，诗几乎息矣。噫，风雅颂之体，夫子何自而分哉。清江罗道士诗，余读之，审剂轻重，分析清浊，大者合绳墨，小者适程度，似欲各取其长，诚非苟于言诗者。余闻学仙之说，内固而神益清，养之以岁年，斯熟矣。诗其果有二道乎？

袁桷《清容居士集》卷四十八《书清江罗道士诗后》 《四部丛刊》初编本

余尝以为，声诗述作之盛，四方语谚若不相似，考其音节则未有不同焉者，何也？诗盛于周，稍变于建安黄初，下于唐，其声犹同也。豫章黄太史出，感比物联事之冗，于是谓：声由心生，因声以求，几逐于外，清浊高下，语必先之于声，何病焉？法立则弊生，骤相模仿，豪宕怪奇而诗益浸淫矣。临川王文公语规于唐，其自高者，始宗师之，拘焉若不能以广，较而论之，其病亦相似也。余君国辅生临川守宗会，源其所为诗，质者合自然，华者存至理，雍容悼叹，知时之不遇，犹先王国风之意也，小弁之怨为亲亲，黍离之悯为宗周，酌古之诗详之矣。秉彝好德，诗之道也，在昔先正以是言之矣。

袁桷《清容居士集》卷四十八《书余国辅诗后》（节录） 《四部丛刊》初编本

风雅异义，今言诗者一之。然则何为风？黄初建安得之。雅之体，汉乐府诸诗近之。萧统之集，雅未之见也。诗近于风，性情之自然。齐梁而降，风其熄矣。由宋以来，有三变焉：梅欧以纡徐写其材，高者凌山岳，幽者穿岩窦，而其反复蹈厉，有不能已于言者，风之变尽矣；黄陈取其奇以为言，言过于奇，奇有所不通焉；苏公以其词超于情，嗒然以为正，颓然以为近，后之言诗者争慕之。音与政通，因之以复古，则必于盛明平治之时，唐之元和，宋之庆历，斯近矣。感昔时流离兵尘之冲，言不能以宣其愁，而责之以合乎古，亦难矣。夫诗之言风，悲愤怨刺之所由始，去古未远，则其道犹在。越千百年，日趋于近，是不知国风之作出于不得已之言也。程君贞，其为诗淡而和，简而正，不激以为高，春容怡愉，将以鸣太平之盛。其不遇之意，发乎心而未始以为怨也。雅也者，朝廷宗庙之所宜用，仪文日兴，弦歌金石，迭奏合响，非程君其谁宜也。愿勉乎哉！

袁桷《清容居士集》卷四十八《书程君贞诗后》　《四部丛刊》初编本

唐诗之完成于文敏，诗繇文敏兴矣。诗盛于唐，终唐盛衰，其律体尤为最精，各得所长，而音节流畅，情致深浅，不越乎律吕，后之言诗者不能也。自次韵出而唐风益绝，豪者俚，腴者质，情性自别，皆规规然禅人韵偈为宗，益不复有唐之遗音矣。此编意新语清，优柔不倨，将因先世之编以复唐旧，吾知其进未止也。噫，儒者之事博而且难泛焉，以讲将劳而寡成，守一而充之，因以考夫风雅之微旨，知诗之立言，各有其体，讽谏咏赋无不曲尽其情状，精者为言，况于诗而可以易焉？

袁桷《清容居士集》卷四十九《书番阳生诗》（节录）　《四部丛刊》初编本

诗有经纬焉，诗之正也。有正变焉，后人阐益之说也。伤时之失，溢于讽刺者，果皆变乎？乐府基于汉，实本于诗。考其言，皆非愉悦之语，若是则均谓之变矣欤？建安黄初之作，婉而平，羁而不怨，拟诗之正可乎？滥觞于唐，以文为诗者，韩吏部始。然而春容激昂，于其近体，犹规规然守绳墨，诗之法犹在也。宋世诸儒一切直致，谓理即诗也。取乎平近者为贵，禅人偈语似之矣。拟诸采诗之官，诚不若是浅。苏黄杰出，遂悉取历代言诗者之法，而更变焉，音节凌厉，阐幽揭明，智析于秋毫，数殚于章亥，诗益尽矣止矣，莫能以加矣，故今世学诗者咸宗之。

袁桷《清容居士集》卷四十九《书括苍周衡之诗编》（节录）
《四部丛刊》初编本

宋太宗真宗时，学诗者病晚唐萎苶之失，有意乎玉台文馆之盛，绨组彰施，极其丽密,而情流思荡,夺于援据,学者病之。至仁宗朝,一二巨公浸易其体,高深者极凌厉,摩云决川,一息千里,物不能以逃遁,考诸国风之旨,则蔑有余味矣。欧阳子出,悉除其偏而振絜之,豪宕悦愉悲慨之语,各得其职,今之言文章者,皆其门人,而于诗则不复有同焉。尝深疑之,其力不能似之与?抑其心之和平不得与之同与?降于后宋,言诗者人人殊,而欧阳子之诗讫未有宗之者。滁阳鲍君庭桂仲华以诗一编介余,所从游郝君时升求余叙,语完气平,其于景也不刻削以为能,顺其自然,以合于理之正,考其从来,有似夫欧阳子之旨矣。

袁桷《清容居士集》卷四十九《书鲍仲华诗后》(节录) 《四部丛刊》初编本

言诗者以三百篇为宗,主论固善矣,然而鄙浅直致,几如俗语之有韵者,或病之,则曰:是性情之真,奚以工为?千士一律,迄莫敢议其非是。纥石烈尧臣示其先府君《怡闲吟稿》一编,玩其词旨,藻绘融液,一本于大历贞元之盛,而幽深婉顺,则几于国风之正矣。府君旧贵族,遗言雅闻得于先朝之故老,壮岁辙迹半天下,富盛羁愁、感慨欢悦之事,目受而心会,冥搜远想,不极其摹写不止,用意若是,故成就实足以自见。

袁桷《清容居士集》卷四十九《书纥石烈通甫诗后》(节录)
《四部丛刊》初编本

诗本性情,能知之矣;本于法度,知之不能详矣。风雅颂,体有三焉,释雅颂复有异焉,夫子之别明矣。黄初而降,能知风之为风,若雅颂则杂然不知其要领,至于盛唐犹守其遗法而不变,而雅颂之作,得之者十无二三焉。故夫绮心者流丽而莫返,抗志者豪宕而莫拘,卒至夭其天年,而世之年盛意满者犹不悟,何也?杨刘弊绝,欧梅兴焉,于六义经纬得之而有遗者也。江西大行,诗之法度益不能以振,陵夷渡南糜烂而不可救,入于浮屠老氏证道之言,弊孰能以救哉?

袁桷《清容居士集》卷四十九《跋吴子高诗》(节录) 《四部丛刊》初编本

诗于唐三变焉,至宋复三变焉,派于江西,变之极,有不可胜言者矣。刘南岳少年以诗自名,晚岁独尊杨廷秀,考于风雅无是体,参于唐宋无是体,以断绝直致为工,叱咤转旋,骎骎乎江湖之靡者也。吾乡前哲所为诗,仿韩而不能博,师苏而不能宏,然卒无江西之弊,诵建安黄初之作,推而至于风雅,则亦有径廷矣。

袁桷《清容居士集》卷五十《题乐生诗卷》(节录) 《四部丛刊》初编本

大裘无文,良玉不琢,质至美而无可拣择也。言为心声,而诗章之衍溢,则又若必事于模范，论至于理，尽所谓模范者，特余事耳。黄太史尝言，宁律不谐，不使句俗，以建安黄初之法较之，似若有病。然太史所为诗，锻炼之工过于前人，其所谓不谐者，盖其变体耳。吉安刘明叟示余诗一编，不事雕饰，意气凌厉，理胜而语完，嶰谷之竹，合于自然，不假按抑而宫商敷宣，各当其职手之不能以释，因以夙昔之所闻者书于后而归之。

袁桷《清容居士集》卷五十《题刘明叟诗卷》 《四部丛刊》初编本

唐诗有三变焉，至宋则变有不可胜言矣。诗以赋比兴为主，理固未尝不具，今一以理言，遗其音节，失其体制，其得谓之诗？与陇西闵思齐示所为诗，冲澹流丽，亹亹仿唐人风度，寄兴整雅，将骎骎乎陶韦之畦町矣。近世言诗，莫不以三百篇为主，经纬之分野，不知所以由远自迩，渐入魏晋，诗宁有不工者乎？

袁桷《清容居士集》卷五十《题闵思斋诗卷》（节录） 《四部丛刊》初编本

余幼好读《黄庭》《真诰》二书，私谓学古调诗当准其音节程度，后读陈子昂李太白诸贤诗，飘飘然清逸冲远，纤言腐语刊落俱尽，则知二书要其标准矣。渡江诸贤明切理性，间为禅人偈语，谓与风雩川上相表里，诗道浸废，而所谓道家者流方自治其学，不复寄适于吟咏之末。噫，实吾党有以使之然也。临川道士危切远以《双清诗》一编示余，考其岁年，儒者之言诗者正绝而薛严二师方往来龙虎山中，搜遐挈绪，求遗音于鲁壁之既坏，宫商相宣，更迭振响，岂久于其道而能化者与？夫学诗而为魏晋，有道之语亦少近古，其不至成就，力不逮焉耳。习简易近体，遽谓理趣，譬之酒焉，因其薄醨而强以三齐玄酒第之，不几于过矣。

袁桷《清容居士集》卷五十《书薛严二道士双清编》（节录）
《四部丛刊》初编本

体制、声音，二者居先。无体制，则不师古；无声响，则不审音。故诗家者流往往名世者，率以此道也。

唐人律诗，只是眼前景物，眼前说话，即事起兴，写将出来，便自有高下。有清新富丽者，有雄浑飘逸者，有纤巧刻削寒陋者。体制不一音节亦异。大抵学者要分别得初唐、盛唐、中唐、晚唐及宋、元人诗，某也如何，某也如是。看得多，识得破，吟咏得到，审其音声，则而象之，下笔自然高古。若拘拘法度，得其形而不得其神，无超脱变化，千章一律，抑又次焉。

诗与天地传神，山川出色，所谓“有声画”是也。其景象位置顾笔力如何尔。

佚名撰《诗家模范》（节录） 北京大学出版社 2001 年版张健编
《元代诗法校考》本

黄　溍

黄溍(1277—1357),元代史官,字晋卿,婺州义乌(今浙江义乌县)人。幼聪慧好学,为人循规蹈矩,作文下笔立就数百字,杭州学者刘应龟颇为赏识,收其为徒。二十岁时游学杭州,与隐居浦江仙华山的诗人方凤交游,以诗歌相唱和,学问日进,以“文名于四方”。后因友人力荐,于元大德五年(1301),举为教官,两年后为宪吏。延祐元年,“面举之法行”,第二年被强迫参加考试,中进士,出任台州路宁海县丞,四年后升绍兴路诸暨州判官,又奉省檄监税杭州。历奉翰林应奉、同知制诏兼国史院编修官、翰林百学士、知制诰,升侍讲学士,中奉大夫,同知经筵事,一身数任多职。在京城二十年,“足不登巨公势家之门”,不攀附,不阿谀,时称其“清风高节如冰壶尺玉,纤尘不污”。终年八十一岁,朝廷追封为“江夏郡公”,谥“文献”。黄溍在书法方面造诣颇深,是元代著名的书法家,现存书法作品有《与德懋书贴》、《免颖贴》、《跋兰亭图》等。著作有《日损斋稿》三十三卷,《义乌县志》七卷,《日损斋笔记》一卷,《黄文献集》十卷。

吴正传文集序[①](节录)

溍窃闻,昔人之论文,率谓文主于气,气命于志,志立于学者也。盖三代而下,骚人墨客,以才驱气驾而为文。骄气盈则其言必肆而失于诞,吝气歉[②]则其言必苟而流于谄。譬如一元之运,百物生焉,观其荣耀销落,而气之屈伸可知也。惟夫学足以辅其志,志足以御其气者,气和而声和,故其形于言也,粹然一出于正,兹其所以信于今而贻于后欤?若吾亡友吴正传氏,可谓有志之士矣。正传自羁丱[③]知学,即善记览，工辞章，才思涌溢，亹亹不已。时出为歌诗，尤清俊丽逸，人多诵称之。弱冠因阅西山真氏遗书，乃幡然有志于为己之学。刮摩淬砺，日长月益，讫为醇儒。初，紫阳朱子之门人高弟曰勉斋黄氏，自黄氏四传，曰北山何氏，鲁斋王氏，仁山金氏，白云许氏，皆婺人。正传，金氏里中子，不及受业其门，而耳濡目染其微辞奥义于遗编之中，间以质于许氏，而悉究其旨趣。是以近世言理学者，婺为最盛。然自何氏以来，并高蹈远引，遗荣弗居。正传生今圣时，值文运之聿[④]兴，始以才自奋，浮沉常调几二十年。所至能使政平讼理，民安其业。取知上官，用荐者通朝籍[⑤]，同志之士，方相与庆幸国人有所矜式[⑥]，俄以忧去。寻移疾，上休致之请，遂不起。惜夫所试者小，不得尽展其志之所欲为，可以信今而贻后者，独其文而已。正传既以道自任，晚益邃于文，剖析之精，援据之博，论议之公，视古人可无愧。其所推明者，无非紫阳朱子之学，其好已之道胜，则昌黎韩子之志也。正传冢子[⑦]深前卒，仲子沉，裒其诗文，汇次成若干卷，以授溍，曰："先人所与游，相知之深而居相近者，多已凋谢，而执事[⑧]与东阳张君独存，先人之葬，张君已揭表于墓道。惟是家集，宜有序以传，非执事将谁属?"溍不敢以不敏辞，谨考论其师友源流之懿，使览者知正传之文，非徒以才驱而气驾；其夙知而莫成，由其有志以基之，而又能成之以学也。

《金华黄先生文集》卷十八 《四部丛刊》初编本

【注释】

① 此文以气论文，强调"文主于气，气命于志，志立于学者也"，"惟夫学足以辅其志，志足以御其气者，气和而声和，故其形于言也，粹然一出于正"。其《雱峰文集序》亦云："宇宙间清灵秀淋之气未有积而不发，天不能闷藏而以畀于人，人不能闷藏而复出以为文。"诗论则强调情感："为诗者必发乎情，人同此心，心同此理，则其情亦无以大相远。言诗而本于人情，故闻之者莫不有所契焉，至于格力之高下，语意之工拙，特以其受材之不齐，非可强而致也。后世乃以诗为颛门之学，慕雅淡则宗韦柳，矜富丽则法温李，掇拾摹拟，以求其形似，不为不近，而去人情已远矣。"(《午溪集序》)同时对诗歌的审美作用也有揭示："诗之为用其微矣乎，辅轩之使不至，而挟飞霞、簸明者，徒以自怡于万物之表而

已。夫音奏之悲凉,意象之荒忽,初若澶漫无属,至其使幽人猖士有适而不怼,或者舒扬振导之益,犹有资乎?"(《陈茂卿诗集序》)诗歌是通过"音奏"与"意象"来兴发感动人的。

② 歉——足,通"慊"。

③ 羁丱——儿童的发髻,借指童年。

④ 聿——语助词,无义。

⑤ 通朝籍——上朝做官。"朝籍"为朝官的名册,据汉制,将记有姓名、年龄、身份等的竹片挂在宫门外,经核对,合者乃得入宫内,记名于门籍称"通籍"。

⑥ 矜式——尊重、效法。

⑦ 冢子——长子。"冢"指坟墓,古礼,长子奉持父亲墓奠的祭器,《左传·闵公二年》:"大子,奉冢祀社稷之粢盛,以朝夕视君膳者也,故曰冢子。"

⑧ 执事——婚丧之事的仪仗,此处指主持仪仗的人。

【附录】

宇宙间清灵秀淋之气未有积而不发,天不能闷藏而以畀于人,人不能闷藏而复出以为文。遭时遇主,咏歌帝载,黼黻王度,则如五纬丽天下、烛万物,有目者孰不仰其余光。退而托于空言以俟来哲,则如珠捐璧委而辉山媚川,终不可掩,盖有得于天者不必皆有合于人,显晦虽系乎时,天之所不能闷藏者,人亦不能闷藏之也。此理之所必至,夫何疑焉。

黄溍《金华黄先生文集》卷十八《霁峰文集序》(节录)
《四部丛刊》初编本

荀卿子曰:艺之至者不两能,言人之学力有限,术业贵乎专攻也。若夫天机之精,而造乎自得之妙者,其应也无方,其用也不穷,如泉之有源,不择地而皆可出,岂一艺所得而名欤?且声之与色二物也,人知诗之非色、画之非声,而不知造乎自得之妙者有诗中之画焉、有画中之诗焉,声色不能拘也,非天机之精而几于道者孰能与于此乎?……盖其(唐子华)诗即画、画即诗,同一自得之妙也,荀卿子所谓不两能者,特指夫艺而言之耳,讵为知道者发哉?是故庖丁之技与养生之道同,不知者第见其能庖而已,诚使易其事而为之,则老聃列御寇之徒矣。

黄溍《金华黄先生文集》卷十八《唐子华诗集序》(节录)
《四部丛刊》初编本

记曰:"辞必己出。"古也《骚》不必如《诗》,《玄》不必如《易》,而太史公书不必如《尚书》《春秋》。十三国风之作，大抵发乎情耳矣，然而止乎礼义。发乎情，故千载殊时而五方异感也；止乎礼义，以天地之心为本者也。其为本不二，故言可得而知也。

黄溍《金华黄先生文集》卷三《山南先生集后记》（节录）
《四部丛刊》初编本

孟子称“王者之迹熄而诗亡”，夫诗生于心成于言者也，今之有心而能言者与古异耶？山讴水谣，童儿女妇之所倡答，夫孰非诗？彼特莫知自名其为诗耳。或者幸能探幽发奇，使组绣之丽，被于草木，是固知以诗自名，而非孟子之所谓诗也。吾少尝学文，而知自名其为诗，顾其用恒在于山高水深，风月寂寥之乡，措心立言，能自异于童儿女妇者，无几耳。自吾去丘壑，而吾诗并亡。

黄溍《金华黄先生文集》卷三《题山房集》（节录）
《四部丛刊》初编本

诗之为用其微矣乎，輶轩之使不至，而挟飞霞、簸明者，徒以自怡于万物之表而已。夫音奏之悲凉，意象之荒忽，初若澶漫无属，至其使幽人狷士有适而不怼，或者舒扬振导之益，犹有资乎？览者顾谓其如瑶华琪树，世所罕见，采而有之，或啬于用，若吾亡友陈茂卿之为诗，其亦所谓瑶华琪树者非耶？……茂卿缘情序事，清邃激越，其啬于用与否，予固莫得而知，载而传之四海之大、千岁之久，乌知其不有合也，而茂卿孑孑焉自穷如此，有可为追惜而悼慕乎？然予闻之荆山之韫、丰城之闷，必有俟以彰其用，虽玉烟剑气，非穷山腐壤之所堙灭，物之显晦固系其逢哉。

黄溍《金华黄先生文集》卷三《陈茂卿诗集序》（节录）
《四部丛刊》初编本

予闻为诗者必发乎情，人同此心，心同此理，则其情亦无以大相远。言诗而本于人情，故闻之者莫不有所契焉，至于格力之高下，语意之工拙，特以其受材之不齐，非可强而致也。后世乃以诗为颛门之学，慕雅淡则宗韦柳，矜富丽则法温李，掇拾摹拟，以求其形似，不为不近，而去人情已远矣。伯铢之诗一出于自然，未尝以凌高厉空、惊世骇俗为务，指事托物而意趣深远，固能使人览之而不厌者，由其发乎情而不架虚强作也。

黄溍《午溪集序》（节录）　《四库全书》本《午溪集》卷首

杨　载

杨载(1271—1323),字仲弘,浦城(今属福建省)人,徙居杭州。年四十未仕,以布衣召为国史院编修官。后中进士,官至宁国路总管府推官。杨载当时文名颇大,文章以气为主,赵孟頫等对他都很推重,诗颇具唐风,与虞集、范梈、揭傒斯并称元诗四大家。著有《杨仲弘诗》八卷,文已散佚。

诗法家数[①]·总论(节录)

诗体三百篇,流为楚词,为乐府,为古诗十九首,为苏、李五言,为建安、黄初,此诗之祖也;《文选》刘琨、阮籍、潘、陆、左、郭、鲍、谢诸诗,渊明全集,此诗之宗也;老杜全集,诗之大成也。

诗不可凿空强作,待境而生自工。或感古怀今,或伤今思古,或因事说景,或因物寄意,一篇之中,先立大意,起承转结,三致意焉,则工致矣。结体、命意、炼句、用字,此作者之四事也。体者,如作一题,须自斟酌,或骚,或选,或唐,或江西。骚不可杂以选,选不可杂以唐,唐不可杂以江西,须要首尾浑全,不可一句似骚,一句似选。

诗要铺叙正,波澜阔,用意深,琢句雅,使字当,下字响。观诗之法,亦当如此求之。

凡作诗,气象欲其浑厚,体面欲其宏阔,血脉欲其贯串,风度欲其飘逸,音韵欲其铿锵,若琱刻伤气,敷演露骨,此涵养之未至也,当益以学。

诗要首尾相应,多见人中间一联,尽有奇特,全篇凑合,如出二手,便不成家数。此一句一字,必须着意联合也,大概要沉着痛快、优游不迫而已。

长律妙在铺叙，时将一联挑转，又平平说去，如此转换数匝，却将数语收拾，妙矣！

语贵含蓄，言有尽而意无穷者，天下之至言也，如《清庙》之瑟，一倡三叹，而有遗音者也。

诗有内外意，内意欲尽其理，外意欲尽其象，内外意含蓄[②]，方妙。

诗结尤难，无好结句，可见其人终无成也。诗中用事，僻事实用，熟事虚用。说理要简易，说意要圆活，说景要微妙。讥人不可露，使人不觉。

人所多言，我寡言之；人所难言，我易言之；则自不俗。

诗有三多，读多，记多，作多。

句中要有字眼，或腰，或膝，或足，无一定之处。

作诗要正大雄壮，纯为国事。夸富耀贵、伤亡悼屈一身者，诗人下品。

诗要苦思，诗之不工，只是不精思耳。不思而作，虽多亦奚以为？古人苦心终身，日炼月锻，不曰语不惊人死不休，则曰一生精力尽于诗。今人未尝学诗，往往便称能诗，诗岂不学而能哉？

诗要炼字，字者，眼也。

《诗法家数》　中华书局1981年版何文焕辑《历代诗话》本

【注释】

①《四库全书·杨仲弘集》云："元代诗人，世推虞、杨、范、揭，史称其文章一以气为主，而于诗尤有法度，自其诗出，一洗宋季之陋云云。盖宋代诗派凡数变，西昆伤于雕琢，一变而为元祐之朴雅；元祐伤于平易，一变而为江西之生新；南渡以后，江西宗派盛极而衰，江湖诸人欲变之而力不胜，于是仄径旁行，相率而为琐屑寒陋，宋诗于是扫地矣。载生于诗道弊坏之后，穷极而变，乃复其始，风规雅赡，雍雍有元祐之遗音，史之所称固非溢美。故清思不及范梈，秀韵不及揭傒斯，权奇飞动尤不及虞集，而四家并称终无怍色，盖以此也。"肯定了杨载诗的价值，也梳理了元诗四大家所面临的问题，也是元人诗学探索的出发点——也当在此语境中理解《诗法家数》的基本思想。元人诗法大都掇拾前人论诗之

语，且多为初学者而作，一字一句一联如何写，讲得细致入微，《诗法家数》也大抵如此，但其中确也有理论思考，尤其关于诗之“体制”建构的考究更可见其时诗学发展之趋向：

其一，强调诗之“体制”要“正”：“体者，如作一题，须自斟酌，或骚，或选，或唐，或江西。骚不可杂以选，选不可杂以唐，唐不可杂以江西，须要首尾浑全，不可一句似骚，一句似选”，此论似在说各“体”各有其价值，但其后有云：“然于盛唐大家数，抑亦未敢望其有所似焉”，“今之学者，倘有志乎诗，须先将汉、魏、盛唐诸诗，日夕沉潜讽咏，熟其词，究其旨”，“观魏、汉古诗，蔼然有感动人处，如《古诗十九首》，皆当熟读玩味，自见其趣”，可见后来明人古体学汉魏、近体学盛唐的思路，所以前面的话实际上强调欲诗之体制正，当学汉魏、盛唐而“不可杂以江西”；而强调通过“沉潜讽咏”、“熟读玩味”掌握古人诗法的做法，也被明人尤其格调派所继承。

其二，诗之正体的建构又主要从声音、景象两方面展开，首先看有关声音方面的诗体建构，“律诗要法”强调“中间两联，句法或四字截，或两字截，须要血脉贯通，音韵相应，对偶相停，上下匀称”，“颈联转意要变化，须多下实字。字实则自然响亮，而句法健”，“七言：声响，雄浑，铿锵，伟健，高远”，“五言：沉静，深远，细嫩”，此外还有“下字响”、“音韵欲其铿锵”、“下字要有金石声”、“炼句：要雄伟清健，有金石声”等等，皆是强调声韵和谐之于诗歌的重要性。其次是景象方面的诗体建构，“律诗要法”第二方面强调的是情景如何安排的问题：“破题：或对景兴起”，“颔联：或写意，或写景”，“颈联：或写意、写景、书事、用事引证，与前联之意相应相避”。“作诗准绳”中亦云：“写景：景中含意，事中瞰景，要细密清淡。忌庸腐雕巧”，“写意：要意中带景，议论发明”，“古诗要法”“写景要雅淡，推人心之至情”等等。此外如“绝句之法”强调“有实接，有虚接，承接之间，开与合相关，反与正相依，顺与逆相应，一呼一吸，宫商自谐”，虚实相生、情景交融、宫商自谐也就成为诗体建构的基本要求。

其三，强调诗体建构的整体性，《诗法家数》颇多关于“诗眼”的论述，可见对宋人诗法的继承，但同时也强调：“诗要首尾相应，多见人中间一联，尽有奇特，全篇凑合，如出二手，便不成家数。此一句一字，必须着意联合也，大概要沉着痛快、优游不迫而已。”只顾字句法而“全篇凑合”，正是宋诗的弊端之一。

②“诗有内外意”四句——大抵掇拾唐人诗格之语，旧题白居易《金针诗格》：“诗有内外意：一曰内意，欲尽其理。理，谓义理之理，美、刺、箴、诲之类是也。二曰外意，欲尽其象。象，谓物象之象，日月、山河、虫鱼、草木之类是也。内外意皆有含蓄，方入诗格。”旧题贾岛《二南密旨》：“论六义：风：外意随篇目

白[自]彰，内意随人讽刺。”五代徐寅《雅道机要》：“明意包内外：内外之意，诗之最密也。苟失其辙，则如人去足，如车去轮，其何以行之哉”，“送人：外意须言离别，内意须言进退之道”，“题牡丹：外意须言美艳香盛，内意须言君子时会”，“花落：外意须言风雨之象，内意须言正风将变”等等。

【附录】

夫诗之为法也，有其说焉。赋、比、兴者，皆诗制作之法也。然有赋起，有比起，有兴起，有主意在上一句，下则贴承一句，而后方发出其意者；有双起两句，而分作两股以发其意者；有一意作出者；有前六句俱若散缓，而收拾在后两句者。诗之为体有六：曰雄浑，曰悲壮，曰平淡，曰苍古，曰沉着痛快，曰优游不迫。诗之忌有四：曰俗意，曰俗字，曰俗语，曰俗韵。诗之戒有十：曰不可硬碍人口，曰陈烂不新，曰差错不贯串，曰直置不宛转，曰妄诞事不实，曰绮靡不典重，曰蹈袭不识使，曰秽浊不清新，曰砌合不纯粹，曰俳徊而劣弱。诗之为难有十：曰造理，曰精神，曰高古，曰风流，曰典丽，曰质干，曰体裁，曰劲健，曰耿介，曰凄切。大抵诗之作法有八：曰起句要高远；曰结句要不着迹；曰承句要稳健；曰下字要有金石声；曰上下相生；曰首尾相应；曰转折要不着力；曰占地步，盖首两句先须阔占地步，然后六句若有本之泉，源源而来矣。地步一狭，譬犹无根之潦，可立而竭也。今之学者，倘有志乎诗，须先将汉、魏、盛唐诸诗，日夕沉潜讽咏，熟其词，究其旨，则又访诸善诗之士，以讲明之。若今人之治经，日就月将，而自然有得，则取之左右逢其源。苟为不然，我见其能诗者鲜矣！是犹孩提之童，未能行者而欲行，鲜不仆也。余于诗之一事，用工凡二十余年，乃能会诸法，而得其一二，然于盛唐大家数，抑亦未敢望其有所似焉。

诗学正源

风雅颂赋比兴：诗之六义，而实则三体。风、雅、颂者，诗之体；赋、比、兴者，诗之法。故赋、比、兴者，又所以制作乎风、雅、颂者也。凡诗中有赋起，有比起，有兴起，然《风》之中有赋、比、兴，《雅》、《颂》之中亦有赋、比、兴，此诗学之正源，法度之准则。凡有所作，而能备尽其义，则古人不难到矣。若直赋其事，而无优游不迫之趣，沉着痛快之功，首尾率直而已，夫何取焉？

作诗准绳

立意：要高古浑厚，有气概，要沉着。忌卑弱浅陋。

炼句：要雄伟清健，有金石声。

琢对：要宁粗毋弱，宁拙毋巧，宁朴毋华。忌俗野。

写景：景中含意，事中瞰景，要细密清淡。忌庸腐雕巧。

写意:要意中带景,议论发明。

书事:大而国事,小而家事,身事,心事。

用事:陈古讽今,因彼证此,不可着迹,只使影子可也。虽死事亦当活用。

押韵:押韵稳健,则一句有精神,如柱磉欲其坚牢也。

下字:或在腰,或在膝,在足,最要精思,宜的当。

律诗要法

起承转合:

破题:或对景兴起,或比起,或引事起,或就题起。要突兀高远,如狂风卷浪,势欲滔天。

颔联:或写意,或写景,或书事,用事引证。此联要接破题,要如骊龙之珠,抱而不脱。

颈联:或写意、写景、书事、用事引证,与前联之意相应相避。要变化,如疾雷破山,观者惊愕。

结句:或就题结,或开一步,或缴前联之意,或用事,必放一句作散场,如剡溪之棹,自去自回,言有尽而意无穷。

七言:声响,雄浑,铿锵,伟健,高远。

五言:沉静,深远,细嫩。

五言七言,句语虽殊,法律则一。起句尤难,起句先须阔占地步,要高远,不可苟且。中间两联,句法或四字截,或两字截,须要血脉贯通,音韵相应,对偶相停,上下匀称。有两句共一意者,有各意者。若上联已共意,则下联须各意,前联既咏状,后联须说人事。两联最忌同律。颈联转意要变化,须多下实字。字实则自然响亮,而句法健。其尾联要能开一步,别运生意结之,然亦有合起意者,亦妙。

诗句中有字眼,两眼者妙,三眼者非,且二联用连绵字,不可一般。中腰虚活字,亦须回避。五言字眼多在第三,或第二字,或第四字,或第五字。

杜诗法多在首联两句,上句为颔联之主,下句为颈联之主。

七言律难于五言律,七言下字较粗实,五言下字较细嫩。七言若可截作五言,便不成诗,须字字去不得方是。所以句要藏字,字要藏意,如联珠不断,方妙。

古诗要法

凡作古诗,体格、句法俱要苍古,且先立大意,铺叙既定,然后下笔,则文脉贯通,意无断续,整然可观。

五言古诗:

五言古诗,或兴起,或比起,或赋起。须要寓意深远,托词温厚,反复优游,雍容不迫。或感古怀今,或怀人伤己,或潇洒闲适。写景要雅淡,推人心之至情,写感慨之微意,悲欢含蓄而不伤,美刺婉曲而不露,要有三百篇之遗意方是。观汉、魏古诗,蔼然有感动人处,如古诗十九首,皆当熟读玩味,自见其趣。

七言古诗:

七言古诗,要铺叙,要有开合,有风度,要迢递险怪,雄俊铿锵,忌庸俗软腐。须是波澜开合,如江海之波,一波未平,一波复起。又如兵家之阵,方以为正,又复为奇,方以为奇,忽复是正。出入变化,不可纪极。备此法者,惟李、杜也。

绝句:

绝句之法,要婉曲回环,删芜就简,句绝而意不绝,多以第三句为主,而第四句发之。有实接,有虚接,承接之间,开与合相关,反与正相依,顺与逆相应,一呼一吸,宫商自谐。大抵起承二句固难,然不过平直叙起为佳,从容承之为是。至如宛转变化工夫,全在第三句,若于此转变得好,则第四句如顺流之舟矣。

荣遇:

荣遇之诗,要富贵尊严,典雅温厚。写意要闲雅,美丽清细,如王维、贾至诸公早朝之作,气格雄深,句意严整,如宫商迭奏,音韵铿锵,真麟游灵沼,凤鸣朝阳也。学者熟之,可以一洗寒陋。后来诸公应诏之作,多用此体,然多志骄气盈。处富贵而不失其正者,几希矣。此又不可不知。

登临:

登临之诗,不过感今怀古,写景叹时,思国怀乡,潇洒游适,或讥刺归美,有一定之法律也。中间宜写四面所见山川之景,庶几移不动。第一联指所题之处,宜叙说起。第二联合用景物实说。第三联合说人事,或感叹古今,或议论,却不可用硬事。或前联先说事感叹,则此联写景亦可,但不可两联相同。第四联就题生意发感叹,缴前二句,或说何时再来。

征行:

征行之诗,要发出凄怆之意,哀而不伤,怨而不乱。要发兴以感其事,而不失情性之正。或悲时感事,触物寓情方可。若伤亡悼屈,一切哀怨,吾无取焉。

赠别:

凡送人多托酒以将意,写一时之景以兴怀,寓相勉之词以致意。第一联叙题意起。第二联合说人事,或叙别,或议论。第三联合说景,或带思慕之情,或说事。第四联合说何时再会,或嘱付,或期望。于中二联,或倒乱前说亦可,但不可重复,须要次第。末句要有规警,意味渊永为佳。

咏物:

咏物之诗,要托物以伸意。要二句咏状写生,忌极雕巧。第一联须合直说题目,明白物之出处方是。第二联合咏物之体。第三联合说物之用,或说意,或议论,或说人事,或用事,或将外物体证。第四联就题外生意,或就本意结之。

杨载《诗法家数》(节录)　中华书局 1981 年版何文焕辑《历代诗话》本

范　梈

范梈(1272—1330),一名德机,字亨父,清江(今属江西省)人。家贫早孤,天资颖异,能于流俗中克自树立,固穷守节,竭力养亲,出则假阴阳之技,以给旅食,耽诗工文,用力精深,人罕知者。年三十六,始客京师,即有声诸公间,中丞董士选延之家塾。以朝臣荐,为翰林院编修官。秩满,御史台擢海南海北道廉访司照磨,颇有政声,迁江西湖东。选充翰林应奉,御史台又改擢福建闽海道知事。未几,移疾归故里。天历二年,授湖南岭北道廉访司经历,以养亲辞。是岁,母丧。明年十月,亦以疾卒,年五十九。范梈喜作歌行体,在声调、结构上颇用心,绝句颇有情致,与杨载、虞集、揭傒斯并称元诗四大家。有《范德机诗》七卷、《木天禁语》一卷等传世。

傅与砺诗集序①

孔子曰:诗可以兴,可以观,可以群,可以怨。朱氏释曰:兴者,感发志意,观者,考见得失,群者,和而不流,怨者,怨而不怒,四者之事不同,而其序宜有先后。盖见他日论诗礼乐则首曰“兴于诗”,诗者,志之所之,以其志感人之志者,孰不足以有所感发哉。然则,兴者岂非居先乎?感人之道莫尚乎声音,入焉寂然泯然,忽而歘②起,震奋动荡,沦浃③人之、深而化之敏者,斯其效曷从而至哉!古人云:声音之道与政通。夫声者,合天地之大气轧乎物而生焉,人声之为言又其妙者,则其因于一时盛衰之运,发乎情性之正,而形见乎辞者,可觇④已。故曰:治世之音安以乐,其政和;乱世之音怨以怒,其政乖;亡国之音哀以思,其民困。正得失,动天地,感鬼神,莫近于诗,夫诗道岂不博大哉！要其归主于咏歌感动而已，斯义也，司马太史尝闻之矣，其言曰：三百篇，孔子皆弦歌之，以合韶武雅颂之音，夫既合之，则当时存什一而去千百，必其不合者也。深矣哉，声音之于政也，圣人盖取之矣。新喻傅汝砺，妙年工诗，自古今体五七言，皆廑廑[5]焉，力追古人有唯恐不及意。间示余以所著编曰《牛铎音》者，读之连日不厌，闻其音而乐焉，以为诚识所尚者，因揭孔子之言诗，征以师说，遂演绎以告之。

傅若金《傅与砺诗集》卷首《四库全书》本

【注释】

①《四库全书·范德机诗集提要》云："《苍山感秋》诗也，其语清微妙远，为诗家所称，然椁诗豪宕清遒，兼擅诸胜，实不专此一格"，"椁诗格实高，其机杼亦多自运，未尝规规刻画古人，固未可以唐临晋帖一语据为定论矣"。此《傅与砺诗集》指出"声"之于诗的重要性："兴者岂非居先乎？感人之道莫尚乎声音，入焉寂然泯然，忽而歆起，震奋动荡，沦浃入之、深而化之敏者，斯其效曷从而至哉"，诗道博大而"要其归主于咏歌感动而已"，"兴"很大程度上是通过"声"表现出来的，而诗之声的功能也主要正在"兴"。署名范德机的《木天禁语》分析了诗之所谓"六关"："篇法、句法、字法、气象、家数、音节"，举诗例作了极细致的解析，大抵是元人诗法的一般路数。而《诗学禁脔》大致探究了七言律诗的情景建构问题，分成数"格"举诗例一一解析。此等情景讨论可略见元人关注诗体建构之一斑。

② 歆——感动、感发。

③ 沦浃——常作"沦肌浃髓"，比喻感受极深。

④ 觇——察看、窥视，读若搀。

⑤ 廑——勤劳、殷勤，又作"廑"，古"勤"字。

【附录】

一句造意格　《子初郊墅》：看山酌酒君思我，听鼓离城我访君。腊雪已添桥下水，斋钟不散槛前云。阴移松柏浓还淡，歌杂渔樵断更闻。亦拟城南买烟舍，子孙相约事耕耘。

初联上句以兴下句，而下句乃第一句之主意。第二联、三联，皆言郊墅之景。末联结句羡郊墅之美，亦欲卜邻于其间，有悠然源泉之意。此乃诗家最妙之机也。

物外寄意格　《感事》:长年方忆少年非,人道新诗胜旧诗。十亩野塘留客钓,一轩风雨共僧棋。花间醉任黄鹂语,池上吟从白鹭窥。大造不将垆冶去,有心重立太平基。

初联首言是非之悟,以诗为言,则他事可知,此唐人一种玄解。次联言气象闹杂,行乐无人相似,不与上联相接,似若散缓,然诗之进退正在里许。颈联言闹中自得,与物忘机,宰相之量也。结尾言进退在君,自任者不可不重。八句之意,皆出言外。

一意格　《江陵道中》:三千三百西江水,自古如今要路津。月夜歌谣有渔父,风天气色属商人。沙村好处多逢寺,山叶红时绝胜春。行到南朝征战地,古来名将必为神。

起联以古今言之,有感慨奋厉之意。次联以景物而言。颈联见胜概之无穷。落联言神庙见古之名臣,随世立功而庙食,叹今人何如哉!一句生一句,而全篇旨趣,如行云流水,篇终激厉。

雄伟不常格　《送源中丞赴新罗国》:赤墀赐对使殊方,恩重乌台紫绶光。玉节在船清海怪,金函开诏拜夷王。云晴渐觉山川异,风便宁知道路长。谁得似君将雨露,海东万里洒扶桑。

初句以殊方指新罗也,只起句说尽题目。第二句明其以中丞奉使,无复遗缺,此是妙手。颔联应第一句。颈联言殊方之景。落联“雨露”者天子之泽也,“洒”之一字,又见恩泽之被于殊方也。气象宏丽,节奏高古,实雄伟不常也。

抚景寓叹格　《惜春》:惜春连日醉昏昏,醒后衣裳见酒痕。细水浮花归别浦,断云含雨入孤村。人闲易得芳时恨,地迥难招自古魂。惭愧流莺相厚意,清晨犹为到西园。

初联痛惜韶华,以酒自遣。颔联有“归”“入”二字响,乃句中之眼,详味有无穷之意。颈联上句言芳时往矣,不可再得,下句言古人一去,不可再见。作诗必如此,方为警策,方为妙手。末联上句托物起兴,以鸟之如此,犹且有厚意而复至,何人情炎凉,势去则散,翟公书门之意也。承上句古人不见,乃感古怀今之意。

范德机《诗学禁脔》(选录)　中华书局1981年版何文焕辑《历代诗话》本

内篇:诗之说尚矣。古今论著,类多言病而不处方,是以沉痼少有瘳日,雅道无复彰时。兹集开元、大历以来,诸公平昔在翰苑所论秘旨,述为一编,以俟后之君子,为好学有志者之告。所谓天地间之宝物,当为天地间惜之。切虑久而泯没，特笔之于楮，以与天地间乐育者共之。授非其人，适足招议，故又当慎之。得是说者，犹寐而寤，犹醉而醒。外则用之以观古人之作，万不漏一；内则用之以运自己之机，闻一悟十。若夫动天地，感鬼神，神而明之，则又存乎其人也。是编犹古今《本草》，所载无非有益寿命之品。服食者莫自生狐疑，堕落外道。噫！草木之向阳生而性暖者解寒，背阴生而性冷者解热。此通确之论，至当之理。或专执己见，而不知信，则曰："神农氏误后世人多矣。"岂不为大诬也哉！

六关：篇法、句法、字法、气象、家数、音节。

右一篇诗成，必须精研，合此六关方为佳。不然则过不无矣。

篇法：有以字论者，有以意论者，有以故事论者，有以血脉论者。

七言律诗篇法：唐人李淑，有《诗苑》一书，今世罕传。所述篇法，止有六格，不能尽律诗之变态。今广为十三，檃括无遗。犹六十四卦之动，不出于八卦，八卦之生，不离奇偶，可谓神矣。目曰"屠龙绝艺"，此法一泄，大道显然。

五言长古篇法：分段、过脉、回照、赞叹。

先分为几段几节，每节句数多少，要略均齐。首段是序子，序了一篇之意，皆含在中。结段要照起段。选诗分段，节数甚均，或二句，或三句、四句、六句、八句，皆不参差。杜却不甚如此太拘，然亦不太长不太短也。次要过句，过句名为血脉，引过次段。过处用两句，一结上，一生下，为最难，非老手未易了也。回照谓十步一回头，要照题目，五步一消息，要闲语赞叹，方不甚迫促。长篇怕乱杂，一意为一段，以上四法，备《北征诗》，举一隅之道也。

七言长古篇法：分段、过段、突兀、字贯、赞叹、再起、归题、送尾。

分段如五言，过段亦如之。稍有异者，突兀万仞，则不用过句，陡顿便说他事。杜如此，岑参专尚此法，为一家数。字贯前后，重三叠四，用两三字贯串，极精神好诵，岑参所长。赞叹，如五言。再起，且如一篇三段，说了前事，再提起从头说去，谓反复有情，如《魏将军歌》、《松子障歌》是也。归题乃篇末一二句缴上起句，又谓之顾首，如《蜀道难》、《古别离》、《洗兵马行》是也。送尾则生一段余意结末，或反用，或比喻用，如《坠马歌》曰："君不见嵇康养生被杀戮。"又曰："如何不饮令人哀。"长篇有此便不迫促，甚有从容意思。

五言短古篇法：辞简意味长，言语不可明白说尽，含糊则有余味，如："步出城东门，怅望江南路。前日风雪中，故人从此去。""床前明月光，疑是地上霜。举头望明月，低头思故乡。""开帘见新月，便即下阶拜。细语人不闻，北风吹裙带。"

编修杨仲弘曰：五言短古，众贤皆不知来处。乃只是《选》诗结尾四句，所以含蓄无限意，自然悠长。此论惟赵松雪翁承旨深得之，次则豫章三日新妇晓得。清江知之，却不多用。

七言短古篇法：辞明意尽，与五言相反。如："休洗红，洗红红色变。不惜故缝衣，记得初揉茜。人命百年能几何？后来新妇今为婆。石人前，石桥边，六角黄牛二顷田，带经躬耕三十年。"

乐府篇法：张籍为第一，王建近体次之，长吉虚妄不必效，岑参有气，惜语硬，又次之。张、王最古，上格如《焦仲卿》、《木兰词》、《羽林郎》、《霍家奴》、《三妇词》、《大垂手》、《小垂手》等篇，皆为绝唱。李太白乐府，气语皆自此中来，不可不知也。

要诀在于反本题结，如《山农词》，结却用"西江贾客珠百斛，船中养犬多食肉"是也。又有含蓄不发结者。又有截断顿然结者，如"君不见蜀葵花"是也。

有用字琢对之法，先须作三字对，或四字对起，然后装排成全句。不可逐句思量，却似对偶，不成作手也。或二字对起亦可。路头差处在此。捕风捉影，如何成诗？至谨至谨。

气象：翰苑、辇毂、山林、出世、偈颂、神仙、儒先、石屏之类宋贤也。江湖、闾阎、末学。末学者，道听涂说，得一二字面，便杂据用去，不成一家，又在江湖闾阎之下。已上气象，各随人之资禀高下而发。学者以变化气质，须仗师友所习所读，以开导佐助，然后能脱去俗近，以游高明。谨之慎之。又诗之气象，犹字画然，长短肥瘦，清浊雅俗，皆在人性中流出。得八法便成妙染而洗吾旧态也。此赵松雪翁与中峰和尚述者，道良之语也。漫录于此耳。

储咏曰："性情褊隘者，其词躁；宽裕者，其词平；端靖者，其词雅；疏旷者，其词逸；雄伟者，其词壮；蕴藉者，其词婉。涵养情性，发于气，形于言，此诗之本源也。"

家数：诗之造极适中，各成一家。词气稍偏，句有精粗，强弱不均，况成章乎？不可不谨。

<table>
<tr><td>《三百篇》</td><td>：思无邪</td><td rowspan="9">学者不察，失于</td><td>意见</td></tr>
<tr><td>《离骚》</td><td>：激烈愤怨</td><td>哀伤</td></tr>
<tr><td>《选诗》</td><td>：婉曲委顺</td><td>柔弱</td></tr>
<tr><td>太白</td><td>：雄豪空旷</td><td>狂诞</td></tr>
<tr><td>韩、杜</td><td>：沉雄厚壮</td><td>粗硬</td></tr>
<tr><td>陶、韦</td><td>：含蓄优游</td><td>迂阔</td></tr>
<tr><td>孟郊</td><td>：奇险斩截</td><td>怪短</td></tr>
<tr><td>王维</td><td>：典丽靓深</td><td>容冶</td></tr>
<tr><td>李商隐</td><td>：微密闲艳</td><td>细碎</td></tr>
</table>

已上略举八九家数，一隅三反之道也。

音节：马御史云："东夷、西戎、南蛮、北狄，四方偏气之语，不相通晓，互相憎恶。惟中原汉音，四方可以通行，四方之人皆喜于习说。盖中原天地之中，得气之正，声音散布，各能相入，是以诗中宜用中原之韵。则便官样不凡，押韵不可用哑韵，如五支、二十四盐，哑韵也。"

范德机《木天禁语》（节录）　何文焕《历代诗话》本

旧题范德机门人集录《总论》[①]（节录）

夫作诗之法，只是自己性情中流出。这个道理，亘古亘今，彻上彻下，未尝有丝毫间隔，亦无丝毫形迹，触处皆是，随感而应，大似色里胶青，水中盐味[②]。学者宜向自己脚跟下，把平日闻的见的，尽数扫却，只将古人一个门户，日夜参考将去，看他的受用处，毕竟是何面目，悠然触处磕着，自然得个分晓。只这分作本领，又不可全身滞在里许，自具一只眼，始得下手之法。先运起一个意思，却逐旋安排句法，如人造屋相似，胸中先定下绳墨间架，然后用工。一诗之中，须是先炼意，意思要通畅；然后炼句，句要精警；次又炼字，字要圆活。好处不必多见，贵乎精神流动。

曰："然则又何谓使人兴起？"曰："只是作得意思活动不死杀，言语含蓄有意味，使人读之，若含商嚼羽。如《雄雉》诗曰：'瞻彼日月，悠悠我思。道之云远，曷云能来。'《黍离》曰：'悠悠苍天，此何人哉。'只此数句，含蓄多少意思在，味之使人心下自然感发。如后人之诗，读之惘然，绝无兴起意思。此无他，只是作得死杀了。……"

曰："敢问法度如何？"曰："所谓三宜十忌是也。何谓三宜？一宜意远，二宜句佳，三宜字当。要诗中有意，意中有句，句中有字，字中有味，方是好诗。"曰："何谓十忌？"曰："一忌不知体面，二忌间架不齐，三忌意思不贯，四忌体用不交，五忌语句不伦，六忌文面重叠，七忌音节不调，八忌体制凡陋，九忌不归正理，十忌体物太泛。大抵识得三宜十忌，则能识诗，而又识古人诗之得失矣。然十忌不在三宜之外，三宜为纲，十忌为纪，纲纪全而诗道成矣。"

曰:“或者谓作诗须下实字,实字多则健,虚字多则弱……大抵用景物则实,用人事则虚。一诗之中,全用景物,则过实而窒;全用人事,则过虚而软。故作诗之法,必要虚实均匀,语意和畅,而后为尽善也。”

曰:“或者又曰:善诗者,就景中写意,不善诗者,去意中寻景。如杜诗:‘无边落木萧萧下,不尽长江滚滚来。’‘疏灯自照孤帆宿,新月犹悬双杵鸣。’‘殊方日落玄猿哭,故国霜前白雁来。’即景物之中含蓄多少愁恨意思,并不消言愁恨字眼,但写愁中之景,便自有愁恨之意,若说出‘愁恨’二字,便意思短浅,此说何如?”曰:“故是。然亦有就意中言景,而意思深远者,不可以一概论也……大抵善诗者或道情思,或言景物,皆欲意味深长,不至窒塞,不流腐弱,斯为得体矣。”

张健编《元代诗法校考》 北京大学出版社 2001 年版

【注释】

① 元代诗法托名范德机的颇多,是否为其所撰,今大多已不可考,但大抵也颇可见元人诗学的一般主张。此《总论》多情景之论,“大抵用景物则实,用人事则虚。一诗之中,全用景物,则过实而窒;全用人事,则过虚而软。故作诗之法,必要虚实均匀,语意和畅,而后为尽善也”,“善诗者,就景中写意,不善诗者,去意中寻景”,“然亦有就意中言景,而意思深远者,不可以一概论也”,“大抵善写诗者或道情思,或言景物,即欲意味深长,不至窒塞,不流腐弱,斯为得体矣”。情景交融,诗方有“味”,此其一,这可以说是从诗之结构来说的;其二,“夫作诗之法,只是自己性情中流出。这个道理,亘古亘今,彻上彻下,未尝有丝毫间隔,亦无丝毫形迹,触处皆是,随感而应,大似色里胶青,水中盐味”,只有从性情中自然流出,诗方有味,这是从诗之生成来说的;其三,从诗之功能来看,只有具有“兴起”的诗方有“味”,“(然则又何谓使人兴起?)只是作得意思活动不死杀,言语含蓄有意味,使人读之,若含商嚼羽”。这种含蓄不尽的意味,在《诗家一指》中也多有强调,如:“趣:意之所不尽而有余者之谓趣,是犹听钟而得其希微,乘月而思游汗漫。窅然真用,将与造化者周流,此其趣也”,“格:所以条达神气,吹嘘兴趣,非音非响,能诵而得之,犹清风徘徊于幽林,遇之可爱;微径索纡于遥翠,求之愈深”,而对“境”的描述是“不着一字,窅乎神生”等等。

《诗法源流》值得注意的是分析了唐宋诗的不同:“宋诗比唐,气象迥别”,“唐人以诗为诗,宋人以文为诗。唐诗主于达性情,故与三百篇为近;宋诗主于议论,故与三百篇为远。然达性情者,国风之余;立议论者,国风之变,固未易以优劣也”。这种说法多为后人所认可。

② 色里胶青,水中盐味——本佛家语,《五灯会元》卷二傅翁《心王铭》:“水中盐味,色里胶青,决定是有,不见其形。”“胶青”,指已制成颜料或染料、色泽比较纯净的胶质,《中州记》:“集弦胶,青色如碧玉。”明李贽《观音问·答自信》:“又谓之色里胶青。盖谓之曰胶青,则又是色;谓之曰色,则又是胶青。胶青与色,合而为一,不可取也。”后常用以论诗文等不可见之韵味,兹将今人钱锺书相关阐发引录如次:

> 相传梁武帝时,傅大士翕作《心王铭》,文见《五灯会元》卷二,收入《善慧大士传录》卷三,有曰:“水中盐味,色里胶青;决定是有,不见其形。心王亦尔,身内居停。”《西清诗话》所谓“释语”昉此。盐着水中,本喻心之在身,兹则借喻故实之在诗。元裕之本之,《遗山集》卷三十六《杜诗学引》云:“前人论子美用故事,有着盐水中之喻”云云。后世相沿,如王伯良《曲律·论用事》第二十一云:“又有一等事,用在句中,令人不觉。如禅家所谓撮盐水中,饮水乃知盐味,方是好手”;袁子才《随园诗话》卷七云:“用典如水中着盐,但知盐味,不见盐质。”盖已为评品之常谈矣。实则此旨早发于《颜氏家训·文章》篇,记邢子才称沈休文云:“沈侯文章用事不使人觉,若胸臆语也。”刘贡父《中山诗话》称江邻几诗亦云:“论者谓莫不用事,能令事如己出,天然浑厚,乃可言诗。江得之矣。”特皆未近取譬,遂未成口实耳。瑞士小说家凯勒尝言:“诗可以教诲,然教诲必融化于诗中,有若糖或盐之消失于水内。”拈喻酷肖,而放眼高远,非徒斤斤于修词之薄物细故。然一暗用典实,一隐寓教训,均取譬于水中着盐,则虽立言之大小殊科,而用意之靳向莫二。即席勒论艺术高境所谓内容尽化为形式而已(参观《管锥编》1312 页)。既貌同而心异(《史通》第二十八《模拟》),复理一而事分(河南《程氏遗书》卷十四“明道语”)。故必辨察而不拘泥,会通而不混淆,庶乎可以考镜群言矣。法国诗人瓦勒里言:“诗歌涵义理,当如果实含养料;养身之物也,只见为可口之物而已。食之者赏滋味之美,浑不省得滋补之力焉。”(下引法文略)正亦此旨。较水中着盐糖,词令更巧耳。言之匪艰,三隅可反。不特教训、义理、典故等崇论博学,即雕炼之精工、经营之惨淡,皆宜如水中之盐,不见其形也。(中华书局 1984 年版《谈艺录》第334—335 页)

【附录】

余尝观于风骚以降，汉魏下至六朝弊矣，唐初陈子昂辈，乘一时元气之会，卓然起而振之，开元大历之音，由是丕变，至晚宋又极矣。今天下同文，而治平盛大之音称者绝少，于斯际也，方有望于仲弘也，天又不年假之，岂非命耶？盖仲弘之天禀旷达，气象宏朗，开口论议，直视千古，每大众广席，占纸命辞，敖睨横放，尽意所止，众方拘拘，已独坦坦，众方纡余，已独驰骏马之长坂而无留行。故当时好之者虽多，而知之者绝少，要一代之杰作也。

范梈《杨仲弘集序》(节录) 《四库全书》本《杨仲弘集》卷前

自五星聚奎，而启宋之文治，欧苏王黄出焉，其文章之余，犹足以名世。后山简斋放翁晦翁诚斋，亦其杰者也。然宋诗比唐，气象迥别。今以唐宋诗尕比而观之，虽平生所未读者，亦可辨其孰为唐孰为宋也。盖唐人以诗为诗，宋人以文为诗。唐诗主于达性情，故与三百篇为近；宋诗主于议论，故与三百篇为远。然达性情者，国风之余；立议论者，国风之变，固未易以优劣也。

诗至宋南渡末，而弊又甚焉。高者刻削矜持太过，卑者模仿掇拾为奇。深者钩玄撮怪，至不可解；浅者杜撰张皇，有若俳优。至此而古人作诗之意泯矣。然陷溺其中者，方以能诗自负，见有深理如晦翁之作者，则指之曰“此儒者诗也”；见有浅俚如诚斋之作者，则指之曰：“此俗学诗也”。吁！是岂徒不知诗哉，尤不足以知诚斋晦翁矣。盖晦翁诗如《蒸民》《懿戒》诸作，不害其为二雅之正；诚斋诗如《竹枝》《欸乃》之作，不害其为国风之余也。

余复问作诗下手处，先生曰：“作诗成法，有‘起承转合’四字。以绝句言之，第一句是起，第二句是承，第三句是转，第四句是合。律诗，第一联是起，第二联是承，第三联是转，第四联是合。或一题而作两诗，则两诗通为起承转合。……古之作者，其用意虽未必尽尔，然文者，理势之自然，正不能不尔也。但后世风俗浇薄，情性乖离，故心声之发，自不能与古人合尔。大抵起处要平直，承处要舂容，转处要变化，合处要渊永。起处戒陡顿，承处戒迫促，转处戒落魄，合处戒断送。起处必欲突兀，则承处必不优柔，转处必至窘束，则合处必至匮竭矣。”

又以一诗全首论之，须要有赋有兴有比，或兴而兼比尤妙。三百篇多以兴比重复置之章首，唐律则多以比兴就作景联，古诗比兴或在起处，或在转处，或在合处……诗法虽不尽此，然大要亦不外此。至若升降开合，出没变化之妙，又在自得，非言所能谕者。法度既立，须熟读三百篇，而变化以李杜，然后旁及诸家，而诗学成矣。

余又问曰:“古诗径叙情实,去三百篇为近;律诗牵于对偶声律,去三百篇为远。其亦有优劣耶?”

先生曰:“此诗体之正变也。自选体以上,即纯乎正。唐陈子昂、李太白、韦应物之诗,犹正者多而变者少。杜子美、韩退之以来,则正变相半。变体虽不如正体之自然,而音律乃人声之所同,对偶亦文势之必有。如子美近体,佳处前无古人,亦何恶于声律哉!但人之才情,各有所近,随意所欲,亦可成家,二者固并行而不背也。……”

旧题傅与砺述、范德机意《诗法源流》(节录)

北京大学出版社2001年版张健编《元代诗法校考》本

趣:意之所不尽而有余者之谓趣,是犹听钟而得其希微,乘月而思游汗漫。窅然真用,将与造化者周流,此其趣也。

境:耳闻目击,神寓意会,凡接于形似声响,皆为境也。然达其幽深玄虚,发而为佳言;遇其浅深陈腐,积而为俗意。复如心之于境,境之于心。心之于境,如镜之取象;境之于心,如灯之取影。亦各因其虚明净妙,而实悟自然,故于情想经营,如在图画,不着一字,窅乎神生。

格:所以条达神气,吹嘘兴趣,非音非响,能诵而得之,犹清风徘徊于幽林,遇之可爱;微径萦纡于遥翠,求之愈深。

旧题范德机撰《诗家一指》(节录)

北京大学出版社2001年版张健编《元代诗法校考》本

揭傒斯

揭傒斯(1274—1344),字曼硕,龙兴富州(今江西丰城)人。父来成,宋乡贡进士,傒斯少贫,读书刻苦,父子自为师友,学通五经,程钜夫、卢挚咸器重之,钜夫因妻以从妹,延祐初钜夫、挚列荐于朝授翰林编修,后迁应奉翰林文字、翰林侍讲学士。后又任艺文监丞,至正初,奉诏修宋、辽、金三史,为总裁官。卒于官,追封豫章郡公,赠护军,谥文安,世称“揭文安”。傒斯生平清俭,至老不渝,立朝虽居散地,而急于荐士,扬人之善唯恐不及。为文章语简而当,作诗长于古乐府,选体、律诗长句,伟然有盛唐风,与虞集、杨载、范梈并称元诗四大家。又善书,正、行书师晋人,苍古有力,国家典册及功臣家传赐碑,遇其当笔,往往传诵于人,四方释老氏碑版,购其文若字,袤及殊域,存世书迹有《千字文》、《杂书卷》等。有《文安集》传世。

旧题揭曼硕撰《诗法正宗》[①](选录)

学问有渊源,文章有法度。文有文法,诗有诗法,字有字法。凡世间一能一艺,无不有法。得之则成,失之则否。信手拈来,出意妄作,本无根源,未经师友,名曰杜撰。正如有修无证,纵是一闻千悟,尽属天魔外道。世言三代无文人,《六经》无文法,不知文人莫盛于三代,文法尽出于六经。韩文公[②]言:“其在唐虞,禹其善鸣者也,而假之以鸣;夏之时,五子以其歌鸣;伊尹鸣殷,周公鸣周。周之衰,孔子之徒鸣之,其声大而远。”非盛乎?文公又言:“作为文章,其书满家。上规姚、姒,浑浑无涯;《周诰》、《殷盘》,佶屈聱牙;《春秋》谨严,《左氏》浮夸,《易》奇而法,《诗》正而葩。”又云:“读《书》者如无《诗》,读《易》者如无《春秋》[3]。”文法不出于六经,将安出乎?或者又曰:“古诗作于田夫野老、幽闺妇女,岂有法乎?”是不然。三百五篇出于先王之泽,沉浸酴郁,道化所及,南北同风,性情既正,雅颂自作,及变雅、变风,尤且发乎情、止乎礼义,此人心之诗也。云何三百五篇,删后之诗不能仿佛一语?盖非王者之民不能作也。岂特删后,《春秋》之时,已不能作,孟子所谓“王者之迹熄而《诗》亡,《诗》亡然后《春秋》作”是也。诗之法度,岂无自来哉?诸君方学诗,姑且言其概。诗易吟,亦未易吟。诗者,人之情性,途歌里咏,皆有可采。击壤老人[4],游衢童子[5],敕勒之鲜卑[6],拥棹之越人[7],人人有之,如之何不易?惟古人苦心终身,旬锻月炼,不曰“语不惊人死不休”,则曰“一生精力尽于诗”[8]。今人未尝学诗,往往便谓能诗,岂不学而能哉?以此求工,岂不甚难?甚者未踏李、杜脚板,便已平视鲍、谢,未辩芳洲、杜若,便谓奴仆《离骚》。虽曰一盲引众,岂无明眼遥观,只见其率尔可哂也。若欲真学诗,须是力行五事:

一曰诗本。吟咏本出情性,古人各有风致。学诗者,必先调燮[9]性灵,砥砺风义,必优游敦厚,必风流酝藉,必人品清高,必神情简逸,则出辞吐气,自然与古人相似。文中子[10]谓:“文人之行可见。谢灵运,小人哉,其文傲;沈修文,小人哉,其文冶;鲍照、江淹,古之狷者也,其文急以怨;吴筠、孔珪,古之狂者也,其文怪以怒;谢庄、王融,古之纤人也,其文碎;徐陵、庾信,古之夸人也,其文诞;刘孝绰兄弟,鄙人也,其文淫;湘东王兄弟,贪人也,其文繁;谢朓,浅人也,其文捷;江总,诡人也,其文虚。”此非但作文之病,亦作诗之害。若做得好人,必做得好诗也。

(二曰诗资。三曰诗体。)

四曰诗味。唐司空图教人学诗,须识味外味,坡公尝举以为名言,如所举“绿树连村暗”、“棋声花院闭”、“花影午时天”等句是也。人之饮食,为有滋味,若无滋味之物,谁复饮食之为。古人尽精力于此,要见语少意多,句穷篇尽,目中恍然别有一境界意思,而其妙者,意外生意,境外见境,风味之美,悠然辛甘酸咸之表,使千载隽永,常在颊舌。今人作诗，收拾好语，襞积故实，秤停[11]对偶，迁就声韵，此于诗道有何干涉？大抵句缚于律而无奇，语周于意而无余。语句之间，救过不暇，均为无味。

五曰诗妙。诗妙谓变化神奇，游戏三昧。任渊谓："看后山诗，如参曹洞禅，不犯正位，切忌死语。"又诗之文，识者譬之散圣安禅[12]，凡正言若反，寓言十九，言景见情，词近旨远，不迫切而意独至者皆是也。庄语不可用，谓之不韵；经书语不可用，谓之抄书。至于说道理，字字着相，句句要好，谓之"作诗必此诗"，皆病也。刘宾客谓："诗者，人之神明。"谓当神而明之，大而化之。如林间月影，见影不见月；如水中盐味，知味不知盐；如画不观形似，而观萧散淡泊之意；如字不为隶楷，而求风流萧散之趣。

《诗法正宗》 北京大学出版社2001年版张健编《元代诗法校考》本

【注释】

①《四库全书·文安集提要》云："傒斯与虞集、范梈、杨载齐名，其文章叙事严整，语简而当，凡朝廷大典册及碑版之文，多出于其手，一时推为巨制。独于诗则清丽婉转，别饶风韵，与其文如出二手，然神骨秀削，寄托自深，要非嫣红姹紫、徒矜姿媚者所可比也。"其实，诗文风格不同，已略可见元人对诗之体制不同于文的认识。《诗法正宗》强调"法"的重要性，"文有文法，诗有诗法，字有字法"，"文法不出于六经，将安出乎"，又强调"法"与"性情"之统一，"诗者，人之情性，途歌里咏，皆有可采"。"若欲真学诗，须是力行五事"，即诗本、诗资、诗体、诗味、诗妙，其中"诗味"强调"要见语少意多，句穷篇尽，目中恍然别有一境界意思，而其妙者，意外生意，境外见境，风味之美，悠然辛甘酸咸之表，使千载隽永，常在颊舌。今人作诗，收拾好语，襞积故实，秤停对偶，迁就声韵，此于诗道有何干涉？大抵句缚于律而无奇，语周于意而无余。语句之间，救过不暇，均为无味"，"诗妙"强调"庄语不可用，谓之不韵；经书语不可用"等等，对宋诗的流弊皆有一定的针对性。

② 韩文公——韩愈，以下所引两段话分别出自其《送孟东野序》、《进学解》二文。

③ 读《书》者如无《诗》，读《易》者如无《春秋》——语出欧阳修《答吴充秀才书》："昔孔子老而归鲁，六经之作数年之顷尔，然读《易》者如无《春秋》，读《书》者如无《诗》。"（《欧阳文忠公集》卷四十七）

④ 击壤老人——《太平御览》卷八十有云:“(尧)乃以尹寿许由为师,命伯夔访山川溪谷之音,作乐六章,天下大和,百姓无事,有八十老人击壤于道,观者叹曰:大哉,帝之德也。老人曰:‘吾日出而作,日入而息,凿井而饮,耕田而食,帝何力于我哉!’”

⑤ 游衢童子——《列子·仲尼》:“尧乃微服游于康衢,闻见童谣曰:‘立我蒸民,莫匪尔极,不识不知,顺帝之则。’尧喜问曰:‘谁教尔为此言?’童儿曰:‘我闻之大夫。’问大夫,大夫曰:‘古诗也。’”

⑥ 敕勒之鲜卑——指鲜卑族的《敕勒歌》。

⑦ 拥棹之越人——《说苑》卷十一:“君独不闻夫鄂君子晳之泛舟于新波之中也……越人拥楫而歌……乃召越译乃楚说之曰:今夕何夕兮,搴中洲流,今日何日兮,得与王子同舟,蒙羞被好兮,不訾诟耻,心几顽而不绝兮,知得王子,山有木兮木有枝,心说君兮君不知。”

⑧ 不曰“语不惊人死不休”,则曰“一生精力尽于诗”——分别为杜甫《江上值水如海势聊短述》、陈师道《绝句》二诗之句。

⑨ 调燮——调和元气,谐理阴阳。

⑩ 文中子——指唐人王通,下引语出自其《中说·事君》。

⑪ 秤停——称量平正,比喻恰当。常作“称停”。

⑫ 安禅——佛家语,安静地打坐,犹言“入定”。

【附录】

伯生尝评之曰:杨仲宏诗如百战健儿,范德机诗如唐临晋帖,以余为三日新妇,而自比汉廷老吏也。闻者皆大笑,余独谓范德机诗以为唐临晋帖,终未迫真,今故改评之曰:范德机诗如秋空行云,晴雨卷雷,纵横变化,出入无朕;又如空山道者,辟谷学仙,瘦骨崚嶒,神气自若;又如豪鹰掠野,独鹤叫群,四顾无人,一碧万里——差有可仿佛耳。……其诗道之传,庐陵杨中得其骨,郡人傅若金得其神,皆有盛名。

揭傒斯《文安集》卷八《范先生诗序》(节录)　《四库全书》本

夫为政与诗同,心欲其平也,气欲其和也,情欲其真也,思欲其深,纪纲欲明,法度欲齐,而温柔敦厚之教,常行其中也。孚有之诗,韦出也。读苏州韦公之诗,如单父之琴,武城之弦歌,不知其政之化而俗之迁也。海内之学韦者,吾识二人焉,涿郡卢处道、临川吴仲谷,处道有爵位,于朝有声名在天下,其气完,故独得其深厚而时发以简斋;仲谷,隐者也,其气孤,故独得其幽茂疏淡而时振以岑参、崔正言。今复得孚有焉,孚有生文献之家,袭富贵之业,而性情温厚,辞气闲雅,故其为诗,周旋俯仰举相似焉,此非独善学韦也,亦居相似而性相近也。

揭傒斯《文安集》卷八《萧孚有诗序》(节录) 《四库全书》本

吴　莱

吴莱(1297—1340),原名来凤,字立夫,号深袅山道人,浦阳吴溪(今属浙江省)人,元朝集贤殿大学士吴直方长子。四岁能成诵,七岁能赋诗,十八岁作《论倭文》,文词雄奇,议论俊爽,颇得时人好评。延祐中,以春秋贡于乡,试礼部,不第。延祐七年(1320)被荐礼部,因与执政者不合,退居深袅山中,钻研经史,旁及制度沿革、阴阳律历、兵谋术数、山经地志、字学族谱等学问,著述颇丰,有《尚书标说》、《春秋世变图》、《乐府类编》、《唐律删要》等十一种二百一十五卷,并有《诗传科条》、《春秋经说》、《胡氏传考误》等未完稿。后以御史荐,署饶州路长芗书院山长,未行而卒。门人宋濂等私谥"渊颖先生"。能诗,尤擅古文,喜远游,游遍齐鲁、燕赵、海中洲等地,遇名胜古迹则慷慨高歌,饮酒自慰,自谓有司马子长之风。明初宋濂等从其学,于元末明初影响极大,《四库全书》提要称其"文气皆雄深卓绝","莱与黄缙、柳贯并受业于宋方凤,再转而为宋濂,遂开明代文章之派。故年不登中寿,身未试一官,而在元人中屹然负词宗之目,与缙、贯相埒"。宋濂选编其重要诗文成《渊颖集》十二卷,附录一卷。

古诗考录后序[①]

予尝从黄子学诗,黄子集汉魏以来古诗,凡数十百篇。诗之作尚矣,盖古今之言诗者异焉,古之言诗主于声,今之言诗主于辞,辞者,声之寓也。昔者孔子自卫反鲁,乃与鲁太师言乐,乐既正矣,而后雅颂各得其所。史迁则曰:古诗三百余篇,圣人特取其三百而被之弦歌,所谓洋洋盈耳者,不独主于声也,或因其断章取义而欲以导其言语之所发,或本其直指全体而务以约其性情之无邪,是又不以其辞哉?制氏世世在大乐官,盖颇识其钟鼓之铿锵,而不能言其义,鹿鸣、驺虞、伐檀、文王四调,犹得为汉雅乐之所肄,且混于赵燕楚代之讴者无几,自其辞言,古今义理之极致一也,自其声言,则乐师蒙瞽之任未必能胜,夫齐鲁韩毛,四家之训诂者也。虽然,古之安乐怨怒哀思之音,盖将因其辞之所寓者而尽见之,故当时之闻韶者,则从容和缓,观武者,则发扬蹈厉,是独非以其声辞之俱备然哉?自汉魏以来,诚不可以望古三百篇,至于上下千有余载,作者间出,如以其声,则沈休文之《乐志》[2]、王僧虔之《技录》[3]自能辨之,苟以其辞,则今无越乎黄子之所集者。吾犹恐古之言诗不专主于声,而今之言诗亦不专主于辞也,何则?古之言诗本无定声,亦无定韵,声取其谐,韵取其协,平固未始尝为平,仄固未始尝为仄,清固未始不叶为浊,浊固未始不叶为清。自近世王元长、沈休文之徒[4],始著四声、定八病,无复古人深意。新安吴棫材者,乃用是而补音补韵,先传亦尝取是而叶《诗》、叶《离骚》,盖古今之字文不同,南北之语言或异,而音韵随之,是虽不待于叶而自能叶焉者也。故当观其辞,然则古之言诗者辞,而言乐者则声也。采诗之官不置,乐府之署不设,吾无以声为也。若夫今之言诗,既曰古近二体,古体吾不敢知,而近体乃谓之为律者,何也?又安得不求夫声辞之俱备而后为至哉?考乎古者,考此足矣,试以是而复之黄子,序于末编。

吴莱《渊颖吴先生文集》卷十二 《四部丛刊》初编本

【注释】

① 诗经宋学中有主“声”与主“义”之争,吴莱此文对此作了较为通达的解释:“古之言诗主于声,今之言诗主于辞,辞者,声之寓也”,古之诗乐交融中,不仅乐(器)之音谐,诗之辞(人)之音亦谐,且两种音之间亦相协合,是故,后来诗之乐亡而诗之辞存,失乐之诗之辞之音依然和谐,而由辞之音之谐依然可得乐之大概。其《田居子黄隐君哀颂辞》有云:“盖夫古人之诗,一章一句,动合律吕,被之金石筦弦,播之羽旄干戚,与夫唱叹于工师瞽蒙之口,皆是诗也,何有诗与乐府之别哉?”其《乐府类编后序》分析道:“古之言乐者必本于诗,诗者,乐之

辞而播于声者也”,其后对唐音之不古多有揭示,但接着指出:“然而上自朝廷,下至闾阎委巷,苟观其诗者,则又必因其言辞之所指,声音之所发,而悉悟其心术之所形,气数之所至”,唐之乐音杂乱不古,而唐诗之辞之音和谐,故而由其“声音之所发”而洞悉其“心术”、“气数”。总而言之,“辞”者,“声”之寓也,同时“辞”亦是“义”之寓也,两种艺术样式诗乐交融中的“声辞俱备”,落实到诗这一种语言艺术样式上就表现为“声义俱备”,“近体乃谓之为律者,何也?又安得不求夫声辞之俱备而后为至哉”,而律诗非特为合乐而作,所谓“声辞俱备”正在“声义俱备”也。“古人之诗,一章一句,动合律吕”,可“被之金石筦弦”,而未或不被之金石筦弦者,依然声韵和谐、声情茂美——有明一代与乐交融之词不甚发达,而不合乐之诗则特别追求声情茂美(尤其格调派),亦不可谓失去诗乐交融传统之内在精义也。

② 沈休文之《乐志》——指沈约所撰历史著作《宋书》之《乐志》,其中记载了汉魏及两晋以来乐府的情况,乐府诗章分类而录,并保存有汉魏以来大量乐府诗篇及乐舞文辞,而所谓“古辞”多为汉代遗篇,是研究乐府及诗史的重要文献。

③ 王僧虔之《技录》——南朝齐著名书法家,王羲之四代族孙,喜文史,善音律,工真、行书。著有《论书》。齐高帝时期曾上书请求整顿雅乐,著《宴乐技录》,今已散佚,其部分片断存于宋代郭茂倩的《乐府诗集》中,对研究汉代相和歌的传承与发展具有重要的参考价值。

④ 近世王元长、沈休文之徒——钟嵘《诗品序》记载道:“齐有王元长者,尝谓余云:‘宫商与二仪俱生,自古词人不知之。唯颜宪子乃云律吕音调,而其实大谬。唯见范晔、谢庄颇识之耳。尝欲进《知音论》未就。’王元长创其首,谢、沈扬其波。三贤或贵公子孙,幼有文辩,于是士流景慕,务为精密。襞积细微,专相凌架。故使文多拘忌,伤其真美。余谓文制本须讽读,不可蹇碍,但令清浊通流,口吻调利,斯为足矣。”

【附录】

昨出《古诗考录》,自汉魏以下,迄于陈隋,上下千有余年,正声微茫,雅韵废绝,未有慨然致力于古学者,但所言乐家所采者为乐府,不为乐家所采者为古诗,遂合乐府古诗为一通以定作诗之法,不无疑焉。窃意古者乐府之说,乐家未必专取其辞,特以其声为主,声之徐者为本,疾者为解,解者何?乐之将彻声必疾,犹今所谓阕也。《汉书》云:乐家有制氏,以雅乐世世在大乐官,第能识其钟鼓铿锵而已,不能言其义,此则岂无其辞乎?辞者,特声之寓耳,故虽不究其义独存其声也。

汉初因秦,雅人以制乐,韶为文始,武为五行,房中有寿人,寿人后易名安世,其辞十有九章,乃出于唐山夫人之手。文始、五行,有声无辞,后世又皆变名易服,以示不相沿袭,其声实不全殊也。及武帝定郊祀,立乐府,举司马相如等数十人作为诗赋,又采秦楚燕代之讴,使李延年稍协律吕,以合八音之调,如以辞而已矣,何待协哉,必其声与乐家牴牾者多。然孝惠二年,夏侯宽已为乐府令,则乐府之立又未必始于武帝也,岂武帝之世特为新声、不用旧乐耶?自汉世古辞,号为乐府,沈约《乐志》、王僧虔《技录》则具载其辞,后世已不能悉得其声矣。汉魏以降,大乐官一皆贱隶为之,魏三祖所作及夫歌章古调,率在江左,虽若淫哇绮靡,犹或从容闲雅,有士君子之风,隋文听之,以为华夏正声。当时所有者,六十四曲及鞞铎巾拂等四舞皆存。唐长安中,工技渐缺,其能合于管弦,去吴音浸远,议者谓宜取之吴人,使之传习。开元以后,北方歌工仅能歌其一曲耳,时俗所知多西凉龟兹乐,倘其辞之沦缺,未必止存一曲,岂其声之散漫已久、不可复知耶?奈何后世拟古之作,曾不能倚其声以造辞,而徒欲以其辞胜,齐梁之际,一切见之新辞,无复古意,至于唐世,又以古体为今体,宫中乐《河满子》特五言而四句耳,岂果论其声耶?他若《朱鹭》、《雉子斑》等曲,古者以为标题下则皆述别事,今返形容二禽之美以为辞,果论其声则已不及乎汉世儿童巷陌之相和者矣,尚何以乐府为哉。

传有之:兴于诗,立于礼,成于乐,盖诗之与乐固为二事,诗以其辞言者也,乐府以其声言者也,今则欲毁乐府而尽为古诗,以谓既不能歌,徒与古诗均耳,殆不可令乐府从此而遂废也?又闻学琴者言,琴操多出乎楚汉,或有声无辞,其意辄高远可喜,而有辞者反不逮,是则乐家未必专取其辞而特以其声为主者,又明矣。嘻,今之言乐府者,得无类越人之歌而楚人之说乎?昔者鄂君子晳之泛舟新波之中也,榜枻越人歌之曰:滥兮抃草,滥予昌枑,泽予昌州,州湛州焉,乎秦胥胥,缦予乎昭,澶秦喻惨,惿随河湖。鄂君子晳曰:吾不知越歌,子试为我楚说之。乃召越译而楚说之曰:今夕何夕兮,搴中洲流,今日何日兮,得与王子同舟,蒙羞被好兮,不訾诟耻,心几顽而不绝兮,知得王子,山有木兮木有枝,心说君兮君不知。其声则越,其辞则楚,楚越之相去也不远,犹不能辨,又况自今距古,千有余年,而欲究其孰非孰是,不亦难乎。昔唐史臣吴兢有乐府解题,近世莆田郑樵又为乐府正声、遗声,然性爱奇,卒无所去取,兢则列叙古乐,而复引吴均辈新曲,均岂可与汉魏比伦哉?若樵又以天时人事鸟兽草木各附其类,无时世先后,而欲以当圣人所删之逸诗,是亦无异乎文中子之续诗也。今欲一定作诗之法,且以考古自名,古乐府之名不可以不存,存之则其辞是也,拟之则其声非也,不然,吾愿以李杜为法,太白有乐府,又必摹拟古人已成之辞,要之或其声之有似者,少陵则不闻有乐府矣。幸悉以教我,毋多让焉。

吴莱《渊颖吴先生文集》卷七《与黄明远第三书论乐府杂说》
《四部丛刊》初编本

尝又考古今诸家所赋诗,上起汉魏,下迄于六代陈隋而止,唐以来,古体之作一变今体,不尽录也。间则致书岩南公,有《古今体乐府之辨》曰:夫古诗三百篇之外,后人所为准者,惟汉魏为古体之宗,而唐沈宋则始为今体之倡,然乐府辞乃具古今体,何者?汉魏以还言乐府者,本是古体,及唐李太白宫中行乐辞,梨园之伎悉弦歌之,特是今体律诗,王摩诘渭城歌,世以小秦王调歌之,又谓之阳关词,复是今体绝句。它如古挽歌辞、左氏传所载歌虞殡者,虽不可考,汉魏之间所歌薤露、蒿里,则犹古也。自唐至今之为挽歌者,必以今体五七言四韵为之,何耶?又如古乐府题《胡无人》、《钓竿》等篇,唐徐彦伯沈云卿方以五言今体为之,《河满子》一曲,司空文明又以五言二韵为之,尽今日之所谓律诗绝句者也,此果何耶?唐人诗集,每有标题古诗、律诗、古乐府歌、引、吟、行者,杜少陵集中独无乐府,旧尝累读而深疑之。盖夫古人之诗,一章一句,动合律吕,被之金石筦弦,播之羽旄干戚,与夫唱叹于工师瞽蒙之口,皆是诗也,何有诗与乐府之别哉?或者不悟,且曰此为四言,此为五言,此为七言,此为古诗,此为歌行,此为琴操,呜呼,陋矣,此皆后世拟古者之一失也。昔者曹孟德召李坚为鞞舞辞,欲以闻西园鼓吹之旧,坚以乱离久废不悉古曲,子建乃不泥古曲之名,遂别构之,何后世之言古曲者,就题立意,若宋齐梁诸人之所为者耶?宋齐梁诸人之所为犹若是,则今体之拘拘者吾可得而尽录耶?欲观古今体乐府之变之所自,录者概可见矣。

吴莱《渊颖吴先生文集》卷八《田居子黄隐君哀颂辞》(节录)
《四部丛刊》初编本

初,太原郭茂倩次古今乐府,但取标题,无时世先后,纷乱庞杂,摹拟盗袭,层见间出,厌人视听,今故就茂倩所次,辨其时代,且选其所可学者,使各成家,又从而论之曰:古之言乐者必本于诗,诗者,乐之辞而播于声者也,太史采之,太师肄之,世道之盛衰,时政之治乱,盖必于诗之正变者得之,诗殆难言矣乎。自秦变古,诗乐失官,至汉而始欲修之,燕代荆楚,稍协律吕,街衢巷陌,交相唱和,当世学者司马相如之徒,徒以西蜀雕虫篆刻之辞,而欲立汉家一代之乐府。传及魏晋,流风浸盛,而其所谓乐者,亦止于是。呜呼,今之去汉则又远矣,故今或观乐府之诗者,一切指为古辞,虽其浮淫鄙倍,不敢芟夷,残讹缺漏,不能附益,顾独何哉？诚以古辞重也。魏晋以降，盖惟唐人颇以诗自名家，而乐府至杂用古今体，当其初年，江左齐梁宫闱粉黛之尚存，及其中世，代北蕃夷风沙战伐之或作，是则古之所谓乱世之怨怒、亡国之哀思者，而唐人之辞为尽有之，欲求其如汉魏之古辞者，少矣。……然则唐世之治，固有以致之，而唐人之辞，亦于是乎有以兆之者矣。呜呼，世道之盛衰，时政之治乱，盖必于诗之正变者得之，岂不然哉？然而上自朝廷，下至闾阎委巷，苟观其诗者，则又必因其言辞之所指，声音之所发，而悉悟其心术之所形，气数之所至。……呜呼，诗本所以为乐也，诗殆难言矣乎？今之学者，深沉之思不讲，而讲为粗疏卤莽之语，中和之节不谐，而益为寂寥简短之音，此其心术之所形，气数之所至，不惟赵孟知之，是皆见诮于宋沉者也。

吴莱《渊颖吴先生文集》卷十二《乐府类编后序》（节录）
《四部丛刊》初编本

欧阳玄

欧阳玄(1274—1358),元代文学家、书法家,字原功,号圭斋,浏阳(今属湖南省)人。延祐二年(1315)进士,顺帝时修宋、辽、金三史,为总裁官,至元五年(1339)拜翰林学士承旨。三任成均,两为祭酒,六入翰林,三拜承旨,卒年七十四,谥曰文。书法行草略似苏轼,而刚劲流畅,风度不凡。诗主雅正浑厚,颇近虞集。有《圭斋集》传世。

梅南诗序[①]

诗得于性情者为上,得之于学问者次之;不期工者为工,求工而得工者次之。《离骚》不及三百篇,汉魏六朝不及《离骚》,唐人不及汉魏六朝,宋人不及唐人,皆此之以,而习诗者不察也。高安儒者曰易君南友,恬愉清白之士也,富贵利达不动于其中,游行江湖,以得句为乐,故其为乐府、为诸体诗,往往出于性情之所感触,咸臻其妙,然其学问亦足以副之,二者虽未能定其优劣,而集中之诗伟然,固佳作也。京师近年,诗体一变而趋古,奎章虞先生[②]实为诸贤倡,南友从虞公游,昔人云既见异人当见异书,吾有以知其诗日进而未已也。

《圭斋集》卷八　《四部丛刊》初编本

【注释】

① 欧阳玄诗论大抵反映了其时纠正宋诗流弊而趋向于推崇盛唐的诗歌发展趋向。"京师近年,诗体一变而趋古,奎章虞先生实为诸贤倡",略可见元诗当时的发展趋向,"趋古"的两种表现是强调诗"得于性情"、"不期工者为工"也即"得于自然"。其《萧同可诗序》也描述道:"近时学者,于诗无作则已,作则五言

必归黄初，歌行乐府七言蕲至盛唐。”《罗舜美诗序》亦云：“我元延祐以来，弥文日盛，京师诸名公咸宗魏晋唐，一去金宋季世之弊，而趋于雅正，诗丕变而近于古。”诗求工则尚巧，而“六朝劣于汉魏，得其巧未得其拙也；晚唐愧于盛唐，亦得其巧未得其拙也”（《题娱拙集》）。尚工巧则乏兴致：“盖作诗甚难，多作不可，少作亦不可，多作易强，少作易艰，二者皆不得佳句，非句不能佳，兴乏佳耳。境趣之生，如不欲诗而不能不诗，古今绝唱，率由是得也”（《李希说诗序》），宋诗“求工而得工”的弊端之一正在“兴乏佳耳”。“趋古”另一重要表现是重“声”，其《风雅类编序》指出，风雅之诗“惟其声，不必惟其辞”。后世诗而重音节乃正是对风雅传统的继承，“古人之诗被之弦歌，其入人之深，犹有待于声；今人之诗，简牍而已”（《虚籁集序》）。相应地，宋诗流弊之一正在类近“简牍”而乏茂美声情。

② 奎章虞先生——指虞集。

【附录】

古人之诗被之弦歌，其入人之深，犹有待于声；今人之诗，简牍而已。或一字之工，一言之妙，真能使人心存而不忘，以是往往知音于千里之外，会心于百世之下，求其所以然而莫知，孰使然？非天乎？愚读秀江县春洲诗，清旷简远，拟古精到，有韦柳风，而自名其集曰《虚籁》。嗟乎，瓠者吾知其为匏，简者吾知其为管，今吾与春洲神交冥漠于不识不知之乡，读其诗爱其人，吾不自知吾为何心，此盖南郭子綦之所为隐几者耶？抑又闻达人之诗犹治世之音，人未达，世将治，有识者察焉。天地间有无相推，虚实相感，声之妙万物者其在乎？此孙君勉乎哉！吾有以知君矣。

欧阳玄《圭斋集》卷七《虚籁集序》 《四部丛刊》初编本

风雅之道，先王治天下一要务也。风即风以动之之风，雅即雅乌之雅，以其身能动物也，本于邦国，播于乐府，荐于郊庙，以考风俗，以观世道，尚矣。然惟其声，不必惟其辞，故有声而无辞者有之，无声而有辞者无有也。孔子论韶舞，本惟其声，武王所遭遇与舜不同，世儒因其不同而优劣之，未必圣人意也。周衰，风雅道熄，既而声音之学浸废，无已而求言辞之间，则后世诗为近，盖其志气之盛衰，意趣之高下，音节之淳漓，于风俗世道犹有可考者，是以君子有取也。袁君懋昭作《风雅类编》，介予宗侄贞为之求序，见其凡例，强人意甚多，以世代次序，此得诗谱遗法。起四言至乐府止五言七言绝句，论建精详，去取简当，他日书成，于风雅岂小补哉！余尝典司太常，又尝出为观风使者，留意兹事而弗克遂,伟哉,袁君是编,其为我趣成之。

欧阳玄《圭斋集》卷七《风雅类编序》 《四部丛刊》初编本

盖作诗甚难,多作不可,少作亦不可,多作易强,少作易艰,二者皆不得佳句,非句不能佳,兴乏佳耳。境趣之生,如不欲诗而不能不诗,古今绝唱,率由是得也。希说此稿,开卷第一首杂赋有"我欲近自然,物物由天成",以是求句,何患无佳句也。予兹行喜见佳士佳句之多,虽未见希说,已见其人于诗,何时当握手与共论诗之旨。

欧阳玄《圭斋集》卷八《李希说诗序》(节录) 《四部丛刊》初编本

诗自汉魏以下莫盛于唐,宋东都南渡,名家可数,而可恨者亦多。金人疏越趺宕之音,自谓吴人萎靡,然概之大雅,钧未为得也。至元间,山林遗老闲暇抒思之咏,一二搢绅大夫以其和平之气,弄翰自娱,于是著论源委,益陋旧尚。近时学者,于诗无作则已,作则五言必归黄初,歌行乐府七言蕲至盛唐,虽才趣高下,造语不同,而向时二家所守矩矱,则有不施用于今者矣。是虽辞章一变,世道固可观矣。庐陵萧君同可,集所作诗成巨编,属予序之。予尝及同可论诗矣,凡而晚宋气格之近卑,曲江制作之伤巧,同可禁足而不涉是境也,矧夫驰骛南北之余,揽燕代之雄杰,睹京阙之美富,亦既囊括神奇而用之,宜其诗日造夫高远而未艾也。虽然,人之荣遇,往往于是,占之同可,其自此升矣夫?

欧阳玄《圭斋集》卷八《萧同可诗序》 《四部丛刊》初编本

江西诗在宋东都时宗黄太史,号江西诗派,然不皆江西人也。南渡后,杨廷秀好为新体诗,学者亦宗之,虽杨宗少于黄,然诗亦小变。宋末,须溪刘会孟出于庐陵,适科目废,士子专意学诗,会孟点校诸家甚精,而自作多奇崛,众翕然宗之,于是诗又一变矣。我元延祐以来,弥文日盛,京师诸名公咸宗魏晋唐,一去金宋季世之弊,而趋于雅正,诗丕变而近于古。江西士之京师者,其诗亦尽弃其旧习焉。

欧阳玄《圭斋集》卷八《罗舜美诗序》(节录) 《四部丛刊》初编本

庐陵刘桂隐先生以文集寄余京师,余为之言曰:士生数千载后,言性命道德如面质古人,言成败是非如目击古人,其间命意措辞,则欲求古人之所未道,而又欲不背驰古人其事,可谓难矣。或曰:难可但已乎?曰:不然,有一定之法而蔑一定之用者,圣人之于规矩也,有无穷之言而怀无穷之巧者,造物之于文章也。是故,巧能为文章,不能为规矩,偭故常而为规矩者,狂之于巧者也。法能为规矩而不能为文章，守故常而为文章者，狷之于法者也。今余读刘先生之文，温柔敦厚，欧也，明辩闳隽，苏也，至论其妙，初岂相师也哉？又岂不相师也哉？或曰：妙可闻乎？曰：妙可意悟耳。试从镏先生求之，盖有不可得以言传者矣，而况余乎？虽然，余所谓规矩蔑一定之用、文章怀无穷之巧者，庶乎近之。

欧阳玄《圭斋集》卷八《刘桂隐先生文集序》 《四部丛刊》初编本

《娱拙集》者，吾宗欧阳存中甫之作也。其中古乐府诸篇，情景俱至，追议当时，近体诗清新俊逸，佳句层见，是何吾宗人之多才也。题曰“娱拙”，虽谦辞，实出见解。六朝劣于汉魏，得其巧未得其拙也；晚唐愧于盛唐，亦得其巧未得其拙也。继自今拙日进，则诗日进矣。

欧阳玄《圭斋集》卷十四《题娱拙集》 《四部丛刊》初编本

王　沂

王沂，生卒年未详，字思鲁，祖籍云中（今陕西省榆林县），后徙真定（今河北省定县）。元延祐元年（1314）进士。尝为监县尹。至顺三年（1332）为国史院编修官，元统三年（1335）为国子学博士，后为翰林待制等。王沂历跻馆阁，多居文字之职，庙堂著作多出其手，有《伊滨集》传世。

鲍仲华诗序[①]（节录）

诗造于平淡，非工之至不能也。昔之业是者[②]，齿壮气盛，挟其英锐，其探远取绚烂为绮绣，明洁为珠璧，高之为颠崖峭壑，浩乎为长江巨河，引而跃之为骧龙舞凤。及其年至而功积，华敛而实食，向之英且锐刮落，则平淡可造矣。是盖功力之至而然，不以血气盛衰而言也。苟微[③]志以基之，微学以成之，恃夫才驱气驾，则岁迈月逝，颠秃齿缺，其见于言辞者，若寒蛩之声，槁榴之色，且求与盛年比不可得，尚何平淡之敢言。噫，独诗乎哉。滁上鲍君仲华，早以诗名，诸公间翰林学士袁公伯长，称其言完气平，不刻削以为工，而合乎理之正，有得乎欧阳氏者如此，其知言哉。而仲华欿[④]然不以其能自足，晚而肆志琅琊山水间，以写其怀，以昌其诗，而庶几所谓平淡者。故其自序亦属意韦应物、陶渊明。余慨夫五言之道，近世几绝，仲华独知所希慕，此其志何如哉。

《伊滨集》卷十六　《四库全书》本

【注释】

①《四库全书·伊滨集提要》称王沂“与傅若金、许有壬、周伯琦、陈旅等俱相唱和,故所作诗文,春容和雅,犹有先正轨度”。此文推崇平淡诗风,“诗造于平淡,非工之至不能也”,强调“志以基之”、“学以成之”而能“不刻削以为工”,“言完气平”,方可造平淡之境。《王叔善文稿序》也描述了造平淡之境的过程:“韩退之言其始为文,非三代两汉之书不敢观,非圣人之志不敢存,处若忘,行若遗,戛戛乎难矣。及年益老而学益成,则曰:文无难易,惟其是耳。”而平淡之境又只能得乎自然,“昔之为文者”“皆得于自然之理,有所不能自已而作者”,后之人“雕锼藻缋、刻画破碎之工益多,而文益下,讵有意为之者未必造其妙,而造其妙者在于无意而为之者欤”(《周刚善文稿序》)。无意而有所不能自已者,真性情之自然流露也,其《隐轩诗序》、《熊石心诗序》作了同样的强调。

平淡非枯涩无味,王沂一方面重视“写形与神,如明鉴取影”(《樊彦泽山斋诗卷序》),另一方面也推崇“炳然琮璜之状,琅然笙磬之音”(《送刘秀才序》)即诗之声色双美。其《太微诗序》一文对诗之神之味跟声色形式的关系作了分析。诗而有声色未必有味,而无声色则必无其神与味,这种思路后来多为明人所推演。

② 业是者——以是为业者。

③ 微——非、无。

④ 欿——不自满,读若砍。

【附录】

昔之为文者,大之如天地而人不敢以为远,幽之如鬼神而人不敢以为深,文之为珠玑珪璧而人不敢以为华,质之为瓦棺古篆蒉桴土鼓而人不敢以为朴,是皆得于自然之理,有所不能自已而作者。后之人见其然,莫知其所由然,于是殚精毕力而追之,其雕锼藻缋、刻画破碎之工益多,而文益下,讵有意为之者未必造其妙,而造其妙者在于无意而为之者欤?传称禹之治水,行其所无事也,文岂异是哉?

王沂《伊滨集》卷十三《周刚善文稿序》(节录) 《四库全书》本

易曰:公用射隼于高墉之上,孔子之训曰:隼者,禽也,弓矢者,器也,射之者,人也,其简易明白若此,故曰辞达而已矣。韩退之言其始为文,非三代两汉之书不敢观,非圣人之志不敢存,处若忘,行若遗,戛戛乎难矣。及年益老而学益成,则曰:文无难易,惟其是耳。退之之是、孔子之达也,文至于是、辞至于达而已。余幼时侍先子官江南时，宿儒老先生尚在，听其议论，读其文辞，如是而充拓之远也，如是而含容之深也，如此其精丽也，如此其雄深也，然其论者实理，其序者实事，又以悟文之果止于是而辞之果止于达也。心既识其所以然，及其自为之，则不至焉。既而曰：夫既识其所以然而未至焉者，不学之过也，事皆然，独文乎哉？

王沂《伊滨集》卷十三《王叔善文稿序》(节录)　《四库全书》本

江西刘子简省其兄京师，携诗一篇示余，炳然琮璜之状，琅然笙磬之音也，余戏之曰：昔人有善奕棋者，或偕之通都大邑，见国手与居久之，执礼益谨，而言不及乎攻守与夺救拒之法，但日游奕肆而已。或问，故曰：彼之艺精矣，其高著已识矣，特其浅者未尽识耳，识其浅斯知其所为高矣。

王沂《伊滨集》卷十四《送刘秀才序》(节录)　《四库全书》本

余观樊生写形与神，如明鉴取影，斯亦专且精矣。意其挟专且精者，游乎通邑大都，媒其身以哗世钩货，乃以山名斋，若能遗外声势，而徜徉邱壑者，其进技以道者耶？其亦吾心有得于是而乐之也？夫人物之相好恶必以类，育群物而不倦焉，四方并取而不私焉，山也，古之进技以道者，亦因物而不用吾私焉。生于斯技，其乐之于心而不用其私者耶？乐山仁者也，仁者之迹虽远，而传其名而览其像者，莫不嗟咨涕洟而如见其人焉。彼梼杌嵬琐奸回凶慝，虽赫赫于一时，而随其世泯泯矣，庸讵传其像耶？然则生之心，其有慕于仁者耶？抑亦警不仁而勉之为仁耶？余故叙以问之。

王沂《伊滨集》卷十五《樊彦泽山斋诗卷序》　《四库全书》本

言出而为诗，原于人情之真，声发而为歌，本于土风之素，方其未有诗与歌也，岂无言若声哉？尚而击壤、康衢之谣，降而越棹讴、楚舂相，情有感发，流自性真，又若辽交凉蓟，生而殊言，青越函胡，声亦各异，于是有唐俭、魏陋、卫靡、郑淫，盖有得于天地之自然、莫之为而为之者矣。余尝怪世之宗唐诗者陋中州，是盖不知一代之文有一代之体，犹大而忠质文之异尚，小而咸酸之殊嗜，夫以一己之好恶而欲人之我同，惑矣。三百篇以降，由楚汉迄唐宋金，二千余年，作者盖尽心极力而追之，然卒莫与之并，诗岂易言哉。太原李君文美，早从遗山元先生游，其为诗与乐歌，质不近俚，华不至浮，婉约而达，敷畅而则，甚有似乎遗山也。

王沂《伊滨集》卷十六《隐轩诗序》(节录)　《四库全书》本

音之数不过五，而五音之变不可胜听也；味之和不过五，而五味之化不可胜尝也；色之数不过五，而五色之变不可胜观也。故音者，宫立而五音形矣；味者，甘立而五味停矣；色者，白立而五色成矣；道者，一立而万物生矣。一也者，其道之本欤？及其至也，视之而不见其形，听之而不闻其声，循之而不得其身，无形而有形生焉，无声而五音鸣焉，无味而五味形焉，无色而五色成焉。其全也，纯兮若朴；其散也，混兮若浊。浊而徐清，冲而徐盈，澹兮其若深渊，泛兮其若浮云，若无而有，若亡而存。噫，其亦微矣哉。虽然，孪子之相似者，惟其母能知之；玉石之相类者，惟良工能识之；道之微者，惟圣人能论之。顾余之陋，乌足以言微哉。

王沂《伊滨集》卷十六《太微诗序》(节录) 《四库全书》本

石心之诗，翰林供奉黄君子肃称其不雕刻为工，故其语质，无憔悴之态，故其气平，惟其语质而气平，故真而不杂。余谓言出而为诗，一原于人情之真，声发而为歌，皆本于土风之素，此盖有得于天地之自然、莫之为而为之者。古之作者皆是也，所谓真而不杂者，有味乎其言也哉。

王沂《伊滨集》卷十六《熊石心诗序》(节录) 《四库全书》本

嗜欲炽则神疲而意昏，忧患集则气折而语陋，囿二者之累而求诗之工，难矣哉。蜕氛埃，处闲旷，日与逸人胜士游，固无嗜欲之惑；远声光，遗势利，遐想夫灏气之初、太素之始，又绝乎忧患之挠，士恭得乎濠上者若此，宜其诗之工且多也。由是而工之不已，窅其兴含之弥章，幽其趣韬之弥光，洁其气远之弥芳，澹其味咀之弥长，清其韵聆之弥扬，与夫柳宗元韦应物李太白陈子昂，上下乎清都之境，翱翔乎白云之乡，士恭以是求之，则观鱼之乐亦有合于蒙庄。

王沂《伊滨集》卷二十二《题胡士恭濠上稿》 《四库全书》本

陈绎曾

陈绎曾,生卒年不详,元处州(今浙江丽水)人,字伯敷,举进士,口吃而精敏,诸经注疏,多能成诵。文辞汪洋浩博,又善真草篆书,与陈旅、程文齐名。累官国子助教。元至正三年(1343),任国史院编修,分撰《辽史》。著有《书法本象翰林要诀》、《文筌谱论》、《古今文式》、《科举文阶》等。

文　说[①](节录)

陈文靖公问为文之法,绎曾以所闻于先人者对曰:一养气,二抱题,三明体,四分门,五立意,六用事,七造语,八下字。

养气法

肃:朝廷之文宜肃,圣贤道德宜肃。壮:长江大海之文宜壮,军阵英雄之文宜壮。清:山林之文宜清,风月贞逸宜清。和:宴乐之文宜和,通人达士宜和。奇:鬼神之文宜奇,侠客高士宜奇。丽:宫苑之文宜丽,富贵美人宜丽。古:游览古迹之文宜古,上古人事宜古。远:登高眺远之文宜远,大功业人宜远。

右养气之法,宜澄心静虑,以此景此事此人此物,默存于胸中,使之融化,与吾心为一,则此气油然自生。当有乐处,文思自然流动充满而不可遏矣。切不可作气[②],气不能养而作之,则昏而不可用,所出之言皆浮辞客气[③],非文也。气之变化无方,当以此类推之。

立意法

景:凡天文地理物象皆景也,景以气为主。意:凡议论思致曲折皆意也,意以理为主。事:凡实事故事皆事也,事生于景则真。情:凡喜怒哀乐爱恶欲之真趣皆情也,意出于情则切。凡文体虽众,其意之所从来必由于此四者而出,故立意之法必依此四者而求之,各随所宜,以一为主而统三者于中。凡文无景则枯,无意则粗,无事则虚,无情则诬,立意之法必兼四者。戴帅初[④]先生曰:凡作文发意,第一番来者,陈言也扫去不用,第二番来者,正语也停之不可用,第三番来者,精意也方可用之。韩子所谓陈言之务去,戛戛乎其难哉,其法如此。戴先生又云:作文须三致意焉,一篇之中三致意,一段之中三致意,一句之中三致意。先尚书云:文章犹若理词状也,一本事,二原情,三据理,四按例,五断决。本事者认题也,原情者明来意也,据理者守正也,按例者用事也,断决者结题也,五者备矣,辞贵简切而明白。

下字法

谐音:凡下字有顺文之声而下之者,若音当扬则下响字,若音当抑则下嘔[⑤]字。审意:凡下字有详文之意而下之者,意当明则下显字,意当藏则下隐字,意当尊则下童字,意当卑则下轻字。如此之类,变化无方。

读诸经当以一经为主,诗书必须通习读,诗吟咏古人性情而反之吾心之性情,达之合天下之情性,只作街谈俚语看,不须深难求之鸟兽草木器服之名,却须通习读,考究每章每句,不要拘一说,随用句句有千变万化,只要看得活,推得广,用得实,古注疏是汉唐经师教学者之说,于淫奔逆乱难讲处,多假古事换别意以避之,朱子是,商周鲁十五国,作诗人本情性之说,两不可废。

《文说》《四库全书》本

【注释】

① 今存陈绎曾《文说》颇近时人所谓诗法,具体探究了为文之法的八个方面"一养气,二抱题,三明体,四分门,五立意,六用事,七造语,八下字"。"养气法"大抵继承了前人文以气为主之说,强调"切不可作气,气不能养而作之,则昏而不可用,所出之言皆浮辞客气,非文也","作气"、"客气"即后来清人所谓的"使气之气"、粗豪之气等,这无疑推进了文气说。"立意法"则提到了四要素,

“凡文无景则枯,无意则粗,无事则虚,无情则诬,立意之法必兼四者”,后来叶燮《原诗》提出理、事、情三要素说,并强调意象(景)的重要性,乃是对绎曾此种思想的继承。“下字法”不仅强调“审意”,而且还强调“谐音”,此种说法对明格调派诗之重声、清桐城派文之重声当有启发。此外还强调诵读在掌握文法中的重要性:“诗吟咏古人性情而反之吾心之性情,达之合天下之情性,只作街谈俚语看,不须深难求之鸟兽草木器服之名,却须通习读”,对后人也多有影响。

《四库全书·文说提要》云:“今考绎曾所著《文筌》八卷,附《诗小谱》二卷”,今存署名陈绎曾、石柏之《诗谱》当与此有关。朝鲜人尹春年《文筌序》有云:“或问余曰:子论诗专以声为主,其说可得闻乎?”“古人论诗皆以声为主。姑以杨伯谦《唐音》论之,其曰始音、正音、遗响者,岂无谓欤?况李西涯诗话曰:‘李太白、杜子美为宫,韩退之为角,刘长卿为商。’又曰:‘予欲求声于诗,心口相语。’且以陈公父论诗专取声为最得要领也。则西涯岂欺我哉?至于《唐诗鼓吹》之以鼓吹为名,《雅音会编》之以雅音为号者,亦皆主声也,又何疑乎?”“欲求诗声,当从《文筌》而入”,大抵勾勒了诗之主“声”说的源流,而《诗谱》的理论价值首先当置于此主“声”说发展史中来探察。《诗谱》拎出二十个字、从二十个方面讨论了诗学问题,其中多方面涉及“声”的问题:“五言律诗声起语重”、“七言律诗声起语圆”、“七言律诗颔响亮警峭拔”、“五言律诗声细意长”、“七言律诗声稳语健”云云,考究的也是声音,八“音”、九“律”更是对各体诗的声音安排作了极细致的讨论,十一“变”也涉及声。其理论价值大抵可从三方面来看:其一是声之功能论,进而因声论情,已是极成熟之“声情”论,可知主“声”说绝非仅仅是一种只讲声音形式的技术论,而是强调声情交融的诗学功能论。其二,声之韵味论,集中体现在十八对“八音”的讨论中,八音中大都能造成含蓄、有余的表达效果。其三,声之自然生成论,二十“会”中对此有所讨论。诗之声韵只有是自然生成的,才会具有韵味和情感表现功能。限于诗法之体例,《诗谱》虽未作环环相扣的理论推演,但其中实已蕴涵着较为成熟的诗歌声情体制建构论。

唐宋以来,诗歌体制建构涉及的第二个方面是情景问题,这也构成了《诗谱》理论探讨的第二个主要内容,如云“虚实死活”、“情景事意”,当然集中讨论的是四“情”、五“景”。从理论上来说,其一是在情景交融中强调诗之意象的情感表现功能,四“情”中有所谓“三体”:己、人、物,实际上涉及的就是情(己之情、人之情)与景(物)两要素。其二是强调意象之韵味,这主要是在五“景”中“四玄”论涉及,诗之意象能做到有无相生则能生发出无穷意味。其三是意象之自然生成论,五“景”中有“四真”说,十五“体”中亦多以真论诗。

总之,《诗谱》以诗法体例成文,似极细碎,但若从诗歌声情、意象体制建构两方面来看,其中实蕴涵着极高的理论价值。

② 作气——一般指振奋勇气,此处指气本不足而强作气盛,后来清人称之为"使气",如阙名《静居绪言》有云:"使气之气也浮躁,气盛之气也从容;使气之气鼓激而有之,气盛之气得之自在也"。

③ 客气——参见本卷王柏《题碧霞山人王公文集后》注释③。

④ 戴帅初——指戴表元,帅初其字。

⑤ 嗢——咽也,此处指吞气之音,陈氏《诗谱》有"嗢、细音抑"等描述,参见附录。

【附录】

文者何?理之至精者也。三代以上,行于礼乐刑政之中,三代以下,明于《易》、《诗》、《书》、《春秋》之策。秦人以刑法为文,靡而上者也,自汉以来,以笔札为文,靡斯下矣。呜呼,经天纬地曰文,笔札其能尽诸?战国以上,笔札所著,虽舆歌巷谣、牛医狗相之书,类非汉魏以来高文大策之所能及,其故可知也。彼精于事理之文,假笔札以著之耳,非若后世置事理于精神之表,而惟求笔札之文者也。余成童,剽闻道德之说于长乐敖君善先生,痛悔雕虫之习久矣,比游京师,东平王君继志讲论之隙,索书童时所闻笔札之靡者,以为不直则道不见,直书其靡,使人人之感于是者,晓然知所谓笔札之文不过如此,则靡者不足以玩时愒日,而吾道见矣。因感其言,悉书童习之要,命曰《文筌》焉。夫筌所以得鱼也,得鱼则筌忘矣;文将以见道也,岂其以笔札而害道哉?且余闻之,《诗》者,情之实也,《书》者,事之实也,《礼》有节文之实,《乐》有音声之实,《春秋》有褒贬,《易》有天人,莫不因其实而著之笔札,所以六经之文不可及者,其实理致精故耳。人人之好于文者,求之此,则鱼不可胜食,何以筌为!

陈绎曾《文筌序》 《四库全书》本《稗编》卷七十六

二 式

十八名:

诗:五言章句整洁,声音平淡;七言章名参差,音声雄浑。歌:情扬辞远,音声高畅。吟:情抑辞郁,音声沉细。行:情顺辞直,音声浏亮。曲:情密辞婉,音声缛谐。谣:情谲辞寓,音声质俚。风:情切辞远,音声古淡。唱:与歌、行、曲通。叹:情戚辞老,音长声绝。乐、欢:情和辞直,音声舒缓。解:与歌、曲、叹、乐通。引:情长辞蓄,音声平永。弄:情活辞丽,音声圆壮。调:情逸辞雅,音声清壮。辞:情长辞雅,音声平亮。舞:情通辞丽,音声应节。怨:情沉辞郁,音声凄断。讴:情扬辞直,音声高放。

三 制

三停:

起　古诗混沦包括,意整语圆。　五言律诗声语重。
　　七言律诗声起语圆。　　　　绝句平实,第一二句是。
中　古诗反复变化,意直语畅。
　　七言律诗颔响亮警峭拔。　　绝句精要,第三句是。
结　古诗含蓄不尽,意重语重。　五言律诗声细意长。
　　七言律诗声稳语健。　　　　绝句健次,第四句是。

四 情

三体:

己:发尽真情,去浮取切。

人:以心体之,真切犹己。

物:心体造化,鼓舞天机。

五言古诗:就题取真情,推究到极处,情状毕献于心目间。捡择其极情切处,提出一两转,其余并寓事中,隐然见之。

七言古诗:就题先取景寓情,其间不敢太泄露。

五言律诗:就真情推研到深处用之。

七言律诗:就真情激发到奇绝处用之。

五言绝句:撇情入景。

七言绝句:掉景入情。

五 景

四真:

适:适然意会,就写真景锻炼之。

炼:景少之处,就写真景锻炼之。

扶:枯寂之处,扶取真景锻炼之。

生:幽独之处,别生真景锻炼之。

三奇:

平:景多之处,平中取奇。

奇:景奇之处,其中取奇。

杂:景杂之处,平奇奇平。

四玄:

仙：仙家想景，炼无为有。

天：清都步景，炼有入无。

神：神灵化景，有有无无。

理：至理存景，出有入无。

五言取其空清者用之，七言取其奇壮者用之。

八　音

宫：稳，上平，全浊。商：响，下平，次浊。角：超，上，不清不浊。徵：嘔，去次清。羽：细，入，全清。响、超音扬，嘔、细音抑，稳声和叶，其间而用之，循环无端，然有疏有密，消息用之。

二声：

平：上平下平　仄：上去入。

五言律诗，贵字平仄谐和。

七言律诗，贵拗律，句头欲起，句腰欲嘔，句尾欲响。

八句之内，六响一稳一嘔，结句贵谐和。

五言绝句，贵拗律。

七言绝句，贵谐和。

九　律

五言古诗，主稳，响、起不得暴扬，嘔、细不得骤抑。

七言古诗，情乐者贵响、起，不得骤用嘔、细；情哀者贵嘔、细，不得暴用响、起。音凡叶端一字中本宫，从此高下，取此相间，复终于本宫，累累无端，如贯珠是也。

七言律诗，虽哀亦响、起。

凡律高则用重，律中则用正，律下则用子律，大要欲调匀。

凡律声声有五音，字字有十二律，消息活法用之。

十一　变

四字变：虚实死活。

四句变：情景事意。

五声变：稳响起嘔细。

二篇变：制律、声变。两句不得相并，两联不得相似。起宜重浊，承宜平稳，中宜铿锵，结宜轻清。

十五　体

古体：唐诗分三节：盛唐主辞情，中唐主辞意，晚唐主辞律。

古体

《周南》:不离日用间,有福天下万世意。

《召南》:至诚谆悋,秋毫不犯。

《邶风》:君子处变,渊静自守。

《齐风》:翩翩有侠气。

《唐风》:忧思深远。

《秦风》:秋声朝气。

《豳风》:深知民情而真体之。

《小雅》:忠厚。

宣王《小雅》:振刷精神。

《大雅》:深远。

宣王《大雅》:铺张事业。

《周颂》:天心布声。

《鲁颂》:谨守礼法。

《商颂》:天威大声。

凡读《三百篇》,要会其情不足、性有余处。情不足,故寓之景;性有余,故见乎情。

凡读《离骚》,要见情有余处。

凡读建安诗,于文华中取真实。

三国六朝乐府,犹有真意,胜于当时文人之诗。

汉乐府:真情自然,但不能中节耳。累处乃是好处。

张衡:寄兴高远,遣辞自妙。

唐山夫人:《安世歌》,质古文雅。

蔡琰:真情极切,自然成文。

汉郊祀歌:锻意刻酷,炼字神奇。

《古诗十九首》:景真,情真,事真,意真。澄至清,发至精。

凡读汉诗,先真实,后文华。

陈思王:斲削精洁,自然沉建。

王粲刘桢:真实有余,澄滤不足。

嵇康:人品胸次高,自然流出。

阮籍:天识清虚,礼法疏短。

张华:气清虚,思颇率。

傅玄:思切清古,失之太工。

潘岳:安仁质胜于文,有古意,但澄汰未精耳。

陆机:士衡才思有余,但胸中书太多,所拟能痛割舍乃佳耳。

束晢:全篇锻炼,首尾有法。

张协:逐句锻炼,辞工制率。

郭璞:构思险怪而造语精圆,三谢皆出于此。李杜精奇处皆取此。本出自淮南小山。

刘琨卢谌:忠义之气,自然形见,非有意于诗也。杜子美以此为根本。

陶渊明:心存忠义,心处闲逸,情真景真,意真事真,几于《十九首》矣,但气差缓耳。至其工夫精密,而天然无斧凿痕迹,又有出于《十九首》之表者。盛唐诸家风韵皆出此。

谢瞻:景至清虚,甚有古文。

谢灵运:以险为主,以自然为工。李杜深处多取此。

谢惠连:酌取险怪自然之中,而句句为之。

鲍照:六朝文气衰缓,唯刘越石鲍明远佳处有西汉气骨。李骨杜筋取此。

谢朓:藏险怪于意外,发自然于句中。齐梁以下造语皆出此。

江淹:善观古作,曲尽心手之妙,其自作乃不能尔。故君子贵自立,不可随流俗也。

沈约:佳处斲削,清瘦可爱,自拘声病,气骨东然。唐诸家声律皆出此。

凡读《文选》诗,分三节,东都以上主情,建安以下主意,三谢以下主辞。齐梁诸家,五言未成律体,七言乃多古制,韵度独出盛唐人上一等,但理不胜情,气不胜辞耳。

律　体

右诸家,律诗之端源,而尤近古者,视唐律虽宽,而风度远矣。

绝句体

古乐府,浑然有六篇气象。

六朝诸人,语绝意不绝。

十八　音

八音:

金:韵在断句外,渊然留有余之意。石:韵在断句处,璆然含不足之意。丝:韵在抑扬转折中,悠然有无穷之意。竹:韵在余声转折处,袅袅有不尽之意。匏:韵在众声汇合处,洞有广大之风。土:韵在始终无迹处,浑浑有无端之象。革:韵在声中,振动群听。木:韵在声外,节宣众音。一音独作,各依其韵,众音合奏,并诣其韵。

二十　会

六悟：

声：情意于声，天机之妙，必有心悟，当领会之。文：声发成文，万象之精，必有心悟，当领会之。

五妙：

韵：八音之用，物之至音，未尝有意如此也。材各有识，不知其然而然耳。心悟者随声而叶之，不可执一也。虽到化处，心长要在腔子中，自然出于微妙。

陈绎曾、石柏《诗谱》(选录)

北京大学出版社2001年版张健编《元代诗法校考》本

或问于余曰：子论诗专以声为主，其说可得闻乎？曰：天下之物莫不有声，声因气而动，气因声而彰，此乃本然之理也。何足怪哉？今夫以吾之一身验之，心感于物，则必宣于言，既宣于言，则必形于声。天下安有无声而有言者哉？言犹若是，况诗者乃人言之最精者乎！是故古人论诗皆以声为主。姑以杨伯谦《唐音》论之，其曰始音、正音、遗响者，岂无谓欤？况李西涯诗话曰："李太白、杜子美为宫，韩退之为角，刘长卿为商。"又曰："予欲求声于诗，心口相语。"且以陈公父论诗专取声为最得要领也，则西涯岂欺我哉？至于《唐诗鼓吹》之以鼓吹为名，《雅音会编》之以雅音为号者，亦皆主声也，又何疑乎？但声音之道极玄极妙，故世人未之知，而皆以诗为无声，何不思之甚耶！夫瞽者不能见文章，聋者不能听钟鼓，遂以为无文章、无钟鼓，可乎？世未尝无文章，而瞽者自不见；世未尝无钟鼓，而聋者自不听尔，然则诗果无声乎？特世人未之知耳。曰：然则知诗之声，岂有道乎？曰：不难也。勿听之以耳而听之以心，则可知之矣。世之人徒听之以耳，此所以不能知者也。曰：然则听之以心之说，可得闻乎？曰：心者，本虚灵湛寂之物也，而众欲蔽之，使虚灵者昏昧，湛寂者汩乱也。故凡天下之声，外虽应于耳，而内不属于心矣。是故《大学》曰："心不在焉，听而不闻。"其斯之谓欤？然则不能正心，则凡天下之声，尚不能听，况诗者无声而有声乎？其曰无声者，外之声也；其曰有声者，内之声也。此即严沧浪所谓空中之音也。然苟能正心，则亦何难乎能听之乎？曰：然则欲求诗声，当从何入？曰：余自十年以来，欲求诗声，其于诗传、楚辞、选诗，莫不推之。至于《诗人玉屑》、《诗家一指》及凡古人论诗之书，亦莫不探之，然未得要领。其后幸得《文筌》，反复参究，积有岁月，恍然有悟，虽不及于古之人，然亦不可自谓全无所得也。然则欲求诗声，当从《文筌》而入。问者唯唯而退。

〔朝鲜〕尹春年《文筌序》　北京大学出版社2001年版张健编《元代诗法校考》本

陈　旅

陈旅(1288—1343),字众仲,号荔溪,莆田(今属福建省)人,事迹具元史儒学传。父子修,博通古籍,曾和同郡人郑钺共同校勘郑樵的《通志略》写本,恢复了该书"联比诠次"的本来面目。陈旅笃志于学,在泉州从学名儒傅定保,以荐为闽海儒学官。御史中丞马祖常颇为赏识他,与游京师,又为翰林讲学士虞集所知,常一起讲论研习。后经中书平章政事赵世延延引为国子助教,并参与修纂《经世大典》。元统二年出任江浙儒学副提举,元顺帝至元七年又升任国子监丞,阶文林郎。史称其文"典雅峻洁,必求合于作,不徒以徇世好"。有《陈众仲文集》十三卷、《安雅堂文集》五卷、《安雅堂集》十三卷传世。

跋许益之古诗序[1](节录)

旅尝病夫近世有儒者、诗人之分也,深于讲学而风雅之趣浅,厚于赋咏而道德之味薄,要非其至焉者。其至焉者,无儒与诗人之分也。先生沉潜载籍,大而圣贤心学之蕴,细而名物[2]度数文字句读音义之详,靡不究极。隐居终身,不以自外至者易其素守,计其平日之所以用其心者,殆若未遑他及,而此诗冲澹醒(应为"蕴")藉、音节跌岩而兴致高远,乃若专久于为诗者,是岂可以向所谓儒者目之哉,其庶几吾之所谓至焉者邪?观其诗,想其为人,盖亦一世之豪杰而不见于用者邪?

《安雅堂集》卷十三　《四库全书》本

【注释】

①《四库全书·安雅堂集提要》有云:"史称:'其文典雅峻洁,必求合于古作者,不徒以徇世好。'又称虞集见所作,有'我志将休,付子斯文'之语。张翥序亦称:'矢历至顺间,学士虞公以文章擅四方,其许与君特厚,君亦得相与熏濡,而法度加密。'盖纪实也。苏天爵辑《元文类》,其时作者林立,而不以序属诸他人,独以属旅,殆亦知其文之足以传,信矣。"可见其文章成就。陈旅《跋许益之古诗序》主要揭示了近世儒者、诗人的二分现象,强调"其至焉者,无儒与诗人之分也"。陈旅论诗推崇平淡之味(《静观斋吟稿序》),平淡非平凡,亦非平易(《跋段氏庸音集》),而刻意求工也会导致"味薄"(《周此山集序》)。此外,陈旅《国朝文类序》、《马中丞文集序》等文还以气论诗文。

② 名物——(自然万物的)名号、物色。

【附录】

元气流行乎宇宙之间,其精华之在人有不能不著者,发而为文章焉。然则,文章者,固元气之为也,徒审前人制作之工拙,而不知其出于天地气运之盛衰,岂知言者哉?盖尝考之三代以降,惟汉唐宋之文为特盛,就其世而论之,其特盛者又何其不能多也。千数百年之久,天地气运难盛而易衰乃若此,斯人之荣悴概可知矣。先民有言,三光五岳之气分,大音不完,必混一而后大振,美哉乎其言之也!昔者南北断裂之余,非无能言之人驰骋于一时,顾往往囿于是气之衰,其言荒粗萎冗,无足起发人意,其中有若不为是气所囿者,则振古之豪杰,非可以世论也。

陈旅《安雅堂集》卷四《国朝文类序》(节录) 《四库全书》本

风雅颂不作,诗之变屡矣,大抵与世相为低昂,其变易推也。近世为诗者,言愈工而味愈薄,声愈号而调愈下,日锻月炼,曾不若昔时闾巷刺草之言,世德之衰一至于此。……夫志得意满者,其辞骄以淫,穷而无所遇者,其辞郁以愤,高蹈而长往者,其辞放以傲。先生怀才抱艺,蚤有意于用世,既而托迹丘园,不见征用,且老矣。今考其诗,简澹和平,无郁愤放傲之色,非有德者,能如是乎?传曰:温柔敦厚,诗教也。先生可谓有温柔敦厚之德矣。

陈旅《安雅堂集》卷四《周此山集序》(节录) 《四库全书》本

柳公之文,庞蔚隆凝,如泰山之云,层铺叠涌,杳莫穷其端倪;黄公之文,清圆切密,动中法度,如孙吴用兵,神出鬼没,不可正视,而部伍整然不乱。金华多奇山川,清淑之气钟之于人,故发为文章,光焰有不可掩如此。予方歆艳二公,以为不可几及,客有授予文一编者,读之,见其辞韵沉郁,类柳公,体裁严简,又绝似黄公,惊而问焉,乃二公之乡弟子,宋君濂之为也。因作而曰:大哉文乎!不可无渊源乎!西京而下,唯唐宋为盛,宋姑不论,以吴兴姚铉所集《唐文粹》观之,奚啻三百余姓,虽张苏萧李常杨之流,气逸辞雄,各自名家,终不能返于古,何哉?无所宗也。独韩愈氏吐词持论一本之六经,然后斯文焕然可观。故凡经其指授者,往往以文知名于一世,夫浑涵弥纶之道,淳庞冲雅之音,欲藉是以宣扬之,使其文字各从职而不紊,苟不传之于师,奚可哉?

陈旅《安雅堂集》卷五《宋景濂文集序》(节录) 《四库全书》本

三百篇而下,汉魏诸诗弗可及已,晋宋间则陶渊明为最高,后世之务为平淡者,多本诸此,然而甚难也。盖平则貌凡,淡则味薄,为平淡而貌不凡、味不薄,此以为甚难也。唐大名家如杜少陵诸人,不得专以是体论之,若韦苏州辈,其亦平而不凡,淡而不薄者乎?盖其天趣道韵之妙,有非学力所能致者。鲍溶辈固徒苦尔。余久在京师,四方瑰奇伟丽之观萃焉,比得鄱阳刘芳伯之诗而观之,何其独为是平淡者也?余闻芳伯治《易》、《书》、《诗》三经,沉潜理性之蕴,则其养于中者有素矣。平生隐居清淡之乡,日与云烟水石相上下,悠然以忘老,则其诱于外者,无所乎入矣。中有所养而外无所诱,则其写之于吟咏之间者,岂世之学为诗者所能至哉?余雅慕古制,以家贫逐禄奔走,无好怀,时有酬应之作,皆不过所谓貌凡而味薄者,每一篇成,令人自厌,数欲力变其所为,卒不能变而止耳。何日从芳伯山水间,尽洗尘抱,收清气而养之,或者其可以少自变乎?能少自变,则进而与芳伯共攀前人之逸辔,而相与往来于寥廓之表。

陈旅《安雅堂集》卷五《静观斋吟稿序》(节录) 《四库全书》本

文章何与乎天地之运哉,元化之斡流,神气之推荡,凡以之而生者,则亦以之而盛衰焉。吾尝观礼与乐矣,升降揖让,周旋裼袭之容,屈伸俯仰,缀兆舒疾,廉肉之节文之者也,而乐由天作,礼以地制,礼乐不曰天地之文乎?昔者,圣人之以礼乐为天下也,治与运会,文从而生焉,世之为文章者,盖亦有出于此而已矣。汉唐之治不及三代远甚,而其人之述作乃或有治古之风者,亦幸而际夫天地之运之盛也。赵宋巨儒载道之书与欧曾王苏数子之文,君子于是有所征矣,而其运往治弛,则凡以文鸣者,皆靡然若绪风之泛弱卉也。……公蚤岁吐辞即不类近世人语言,古诗似汉魏,律句入盛唐,散言得西汉之体。尝谓人:学诗文固贵有师授,至于高古奇妙,要必有得于天,吾未尝有所授而为之。计所尝师者,往往为近世人语言,吾固自知吾之所以为者,非由有所授而然也。

陈旅《安雅堂集》卷六《马中丞文集序》(节录)　《四库全书》本

文章贵奇崛而忌奇崛,尚平易而厌平易。古之作者辞淡而旨醇,貌直而思婉,声约而韵充,闾巷刺草之言,被之筦弦,可以感人心、召和气而易风俗,音之庸也。盖谓庸非奇崛、非平易,天下之常言,虽圣人不能易也。旅曩尝有志于是学,道弗明,故其为言不失之奇崛,则失之平易,卒不足有闻于人,而今且衰矣。

陈旅《安雅堂集》卷十三《跋段氏庸音集》(节录)　《四库全书》本

张　翥

张翥(1287—1368),字仲举,世称蜕庵先生,晋宁(今属云南省)人。元至正初,用隐逸荐召为国子助教分教上都,参修宋、辽、金三史,起翰林国史院编修,官累迁翰林学士承旨,致仕加河南行省平章政事,给俸终身。事迹具《元史》本传。早岁居杭州,从学于李存传陆九渊之说,诗法则受于仇远,得其音律之奥,兼能词。《四库全书》提要称其诗:"清圆稳贴,格调颇高,近体长短句极为当时所推,然其古体亦伉爽可诵,词多讽谕,往往得元白张王之遗,亦非苟作。"曾编《忠义录》,史称翥遗稿不传,传者有律诗乐府仅三卷,清王士禛称《蜕庵集》四卷,而《元音》、《乾坤清气集》、《玉山雅集》等书所录翥诗尚有出此集之外者。今有《四库全书》本《蜕庵集》、《蜕岩词》传世。

午溪集序[①](节录)

诗三百篇外,汉魏六朝唐宋诸作毋虑千余家,殆不可一一论。五七言古今律乐府歌行,意虽人殊而各有至处,非用心精诣,未知其所得也。余蚤[②]岁学诗,悉取古今人观之,若有脱然[③]于中者,由是知性情之天、声音之天,发乎文字间,有不容率易模写。然亦师承作者以博乎见闻,游历四方以熟乎世故,必使事物情景融液混圆,乃为窥诗家室堂。盖有变若极而无穷,神若离而相贯,意到语尽而有遗音,则夫抑扬起伏,缓急浓淡,力于刻画点缀而一种风度自然,虽使古人复生,亦止乎是而已矣。丽水陈伯铢父受学外舅此山周君衡,有《午溪集》一编。余尝读此山诗,喜其深远简劲,有诗家高处。既又读午溪诗,大篇短章,何其声之似君衡也。伯铢年正强,才正裕,苟不绝于吟而会通所作焉，古不难到也。

陈镒《午溪集》前　《四库全书》本

【注释】

① 王士禛《居易录》曰："蜕庵元末大家，古今诗皆有法度，无论子昂伯庸辈，即范德机揭曼硕，未知伯仲何如。"可见其时张翥诗歌地位。他又工词，《四库全书·蜕岩词提要》称"其词乃婉丽风流，有南宋旧格"，"翥所宗者，犹白石梦窗之余音"，"又《春从天上来》题下注曰：广陵冬夜与松云子论五音二变十二调，且品箫以定之，清浊高下还相为宫，犁然律吕之均、雅俗之正。则其于倚声之学讲之深矣"。又云："上犹及见仇远传其诗法，下犹及与倪瓒张羽顾阿瑛郯九韶范素诸人与之唱和"，惜乎其文多散佚，兹姑从《四库全书》中辑录其论诗之语数篇，以见其诗学思想之仿佛。《午溪集序》提出："性情之天、声音之天，发乎文字间，有不容率易模写"，《居竹轩诗集序》又详细论述道："余学之大氐诗以法为守，以声为准，以神为用，故法贵整严，法不整严则声为之散矣；而声贵谐婉，声不谐婉则神为之黯矣；而神贵飞动，神不飞动则徒法矣。"《安雅堂集序》云："其思绵丽藻拔而杼机内综也，其势飞骞盼睐而精神外溢也。"这种强调内在情感自然流露为诗歌声音又考究"声"之"法"的声情论，对明人尤其格调派中人的影响很大。

② 蚤——通"早"。

③ 脱然——犹言"释然"。

【附录】

文章至季世其敝甚矣，元兴以来，光岳之气既浑，变雕琢磔裂之习而反诸醇古，故其制作，完然一代之雄盛，文人学士直视史汉魏晋以下盖不论也。方天历至顺间，学士蜀郡虞公以其文擅四方，学者仰之，其许予君特厚，君亦得相与熏濡而法度加密焉。故其所铺张若揖让坛坫，色庄气肃而辞不泛也；其所援据若检校书府，理详事核而序不紊也。其思绵丽藻拔而杼机内综也，其势飞骞盼睐而精神外溢也。此君之所自得，而予常以是观之，今其已矣，讵意夫履君之乡、叙君之文而寓其不已之心乎？炳焉其若存，的焉其遂传。

张翥《安雅堂集序》（节录）　《四库全书》本陈旅《安雅堂集》前

成君原常之为诗，既博取《选》、唐、中州而长之，故发乎情者，虽若愤慨思忧与夫婆娑暇豫也，而无不深致其功焉。余在广陵时，尝与周游乎山僧野士之寓，或临大江、眺群峰，或升蜀冈、坐茂树，未尝不诗是作也。其或风日之朝，灯火之夕，樽俎前而几杖后，未尝不诗是谈也。方其索句，虽与之论说，应答而中实，注思揣练，有得则跃跃以喜，一字或聱，必帖乃已，信乎深致其功也如此。间尝语余曰：吾仕宦无天分，园田无先业，学艺无他能，唯习气在篇什，朝哦夕讽，聊以自娱。其闲逸非复求闻于世也。仲举深知我得不荐之以言而时出以自省乎？余谊不容辞，以跋涉世故，未能一引笔也。今乃不远数千里，缄所作《居竹轩稿》以寻宿诺焉。遂为书于编曰：余学之大氐诗以法为守，以声为准，以神为用，故法贵整严，法不整严则声为之散矣；而声贵谐婉，声不谐婉则神为之黯矣；而神贵飞动，神不飞动则徒法矣。三则犹持衡，然首重则轾，末重则轩，唯适于称焉尔，若诗亦称矣，固平昔所深许者也，又将焉告？

张翥《居竹轩诗集序》　《四库全书》本成廷珪《居竹轩诗集》前

昔人论文章贵有馆阁之气，所谓馆阁，非必掞藻于青琐石渠之上，挥翰于高文大册之间，在于尔雅深厚，金浑玉润，俨若声色之不动，而薰然以和，油然以长，视夫滞涩怪僻、枯寒褊迫至于刻画而细、放逸而豪以为能事者，径庭殊矣。故识者往往以是概观其人之所到，有足征焉。本朝自至元大德以讫于今，诸公辈出，文体一变，扫除俪偶迂腐之语，不复置舌端，作者非简古不措笔，学者非简古不取法，读者非简古不属目，此其风声气习，岂特起前代之衰，而国纪世教，维持悠久，以化成天下者，实有系乎此也。

张翥《圭塘小稿序》（节录）　《四库全书》本《中州名贤文表》卷二十二

呜呼，诗岂易言也哉！大雅希声，宫徵相应，与三光五岳之气并行天地间。一歌一咏，陶冶性灵，而感召休征，其有关于治教，功亦大矣。然自删后至于两汉，正音犹完，建安以来，浸尚绮丽，而诗道微矣。魏晋作者虽优，不能兼备诸体，其铿锵轩昂，上追风雅，所谓集大成者，惟唐而后有之，降是无足采焉。逮及于元静修刘公，复倡古作，一变浮靡之习，子昂赵公起而和之，格律高深，视唐无愧。至若德机范公之清淳，仲弘杨公之雅赡，伯生虞公之雄逸，曼石揭公之森严，更唱迭和于延祐天历间，足以鼓舞学者而风厉天下，其亦盛矣哉！……善赋之士往往主乎性情，工巧非足尚，盖性情所发，出于自然，不假雕绘。观公之诗，知公之所蓄厚矣。春空游云，舒敛无迹，此其冲淡也；昆仑雪霁，河流沃天，此其浑涵也；灏气横秋，华峰玉立，此其清峭也；平沙广漠，万马骤驰，此其俊迈也；风日和煦，百卉竞妍，此其流丽也；写情赋景，兼得其妙，读之使人兴起，诚为一代诗豪矣。

释来复《蜕庵集序》（节录）　《四库全书》本张翥《蜕庵集》前

傅若金

傅若金(1303—1342),字与砺,一字汝砺,新喻(今江西新余)人。出身织席工,后刻苦自学成才,以诗名。受业范梈之门。至顺三年(1332)游大都。顺帝元统三年(1335),曾奉旨出事越南,还授广州路学教授。著有《傅与砺诗文集》。

邓林樵唱序①

自骚雅降而古诗之音远矣,汉魏晋唐之盛,其庶几乎?时之异也,风声气习日变乎流俗,凌夷以至于今,求其音之近古,不已难哉!庐陵邓或之尝采诗至岳阳,得临湘邓舜裳所著集曰《邓林樵唱》者,来长沙以示余。古体幽澹闲远,有自得之趣,近诗亦皆清畅可诵,特异乎流俗,斯殆古音之近者欤?吾闻湘江之滨,楚放臣屈子之所游,其文辞之被兹土者,山巅水厓之居人,必有得其遗音者矣。然屈辞多悲愤悒郁之声,而舜裳所谓樵唱者不类乎是。呜呼,余得之矣,治世之音安以乐,亡国之音哀以思,《邓林樵唱》,其安乐之音乎?吾于是庆舜裳之遭治世而悲屈子之不遇也。

《傅与砺文集》卷四　《四库全书》本

【注释】

①《四库全书·傅与砺诗文集提要》云:傅若金"为同郡范梈所知,得其诗法","若金当元极盛之时,亲承宿老指授,故其诗极有轨度,而文亦和平雅正,无棘吻螯舌之音,虽不能雄视词坛,然亦可以劘诸家之垒矣"。其《邓林樵唱序》以音论诗云:"自骚雅降而古诗之音远矣,汉魏晋唐之盛,其庶几乎?"罗大已《静思集序》有云:"国风雅颂,大抵皆古之乐章,固必以音节为之主,而诗本性

情者也”，“诗之作莫盛于唐，然凡称名家，文章虽有浅深高下，不可一概论，而未有不本于性情”，“近年以来，江湖作者则往往托以音节之似，必求工于词，而不本于性情，譬之刻木为人，衣之宝玉，面目机发，似则似矣，被服瑰奇，美则美矣，然求其神情色态出于天然自得之妙者，终莫知其所在也”，与傅若金思路相近，由此可见由元而明诗学思想发展之趋向。

【附录】

文与时盛衰，道斯系也。文之论，世皆曰主乎气，蒙则以为有志焉不徒谓气也。今夫射不志乎彀不能以中的，御不志乎绥不能以及辙，梓匠轮舆圆不志乎规、方不志乎矩、平直不志乎准绳不能以成器，为文而不志乎古之作者而能合道，鲜矣。是故，志以为主而气以充之，必至之道也。……夫南北之气异，文亦如之，南方作者婉密而不枯，其失也靡；北方简重而不浮，其失也俚；君兼采其长而力惩其失，其能合古之度，不亦宜哉！

傅若金《傅与砺文集》卷四《孟天伟文稿序》（节录）
《四库全书》本

苟不足其所已能，而必之通都大邑文物之会，求名人而私淑之，斯学之善者也，审能是，进于道矣，况文辞乎？诗之道，本诸人情，止乎礼义，古之人非尽学而能者。三百篇虽曹郐小国之风，圣人取之，亦奚必通都大邑之求哉。然吾闻古之时淳俗未去，人知礼义，其性情无大相远，则其言辞固相近也。故虽涂歌里咏，在今之学士大夫且有不能几其语者，而不学可乎？学也而不求诸其上可乎？

傅若金《傅与砺文集》卷五《赠魏仲章论诗序》（节录）
《四库全书》本

国风雅颂，大抵皆古之乐章，固必以音节为之主，而诗本性情者也。夫中人之性情，不能不有所偏，随其所偏，徇其所至，则溢而为声音，发而为言笑，亦各有自得之妙焉，是岂可以人力强同之哉？汉魏而下，诗之作莫盛于唐，然凡称名家，文章虽有浅深高下，不可一概论，而未有不本于性情，掩卷读之，使人自辨未有不得其人之仿佛者，此不可强同之验也。以是知学诗者固当以涵养性情为本，而不当专求工于词也，而近年以来，江湖作者则往往托以音节之似，必求工于词，而不本于性情，譬之刻木为人，衣之宝玉，面目机发，似则似矣，被服瑰奇，美则美矣，然求其神情色态出于天然自得之妙者，终莫知其所在也。又且专掇取古人一二胜处，藻缋织组，骤而读之，动心骇目，又如八珍之馔，五侯之鲭，几使下筋无可拣择，后生晚进慕而效之，如恐不及，直谓太羹玄酒为淡泊，清庙明堂为朴斲，又诗道之一变也。嗟夫，抵掌谈笑似孙叔敖，岂果似孙叔敖哉？亦强为之词耳。彦章之于诗，规矩音节尽出唐人，而不拘拘焉拟规以为圆、摹矩以画方，而自得之妙固在言外，此余之所深爱也。

罗大已《静思集序》（节录） 《四库全书》本郭钰《静思集》前

杨维桢

杨维桢(1296—1370),会稽人(今浙江绍兴),字廉夫,因筑楼铁崖山中,居楼读书五年不下,遂号铁崖,晚号东维子,因善吹铁笛又自称铁笛道人,晚年又号抱遗老人等。元泰定四年(1327)进士,授天台县尹,改钱清场盐司令,十年未调,会修辽、金、宋三史,杨作《正统辨》千言,总裁官欧阳玄读之甚赏。至正初除杭州四务提举,历建德路推官,升江西儒学提举。元末兵乱,避地富春山,后徙居钱塘,张士诚屡召不赴,又迁苏州、松江等地,在松江筑园圃蓬台,和一批文人墨客"笔墨纵横,铅粉狼藉",沉溺声色,放浪形骸,与陆居仁、钱惟善被称为"元末三高士"。明初修纂礼乐,诏征遗逸之士,太祖赐安车指阙。洪武三年(1370)正月至京师,留百余日,以疾请归,太祖命百官于京都西门外设宴欢送,至家卒。维桢一生肆力文艺,于诗文、书画、戏曲、史学等皆有成就。其书法取法汉晋,将章草、隶书、行书之笔意熔于一炉,笔力雄健、恣肆古奥。其诗文个性张扬,且喜做翻案文章,被称为"文妖"。因诗名擅一时,古乐府尤号名家,号铁崖体,在元季文坛独领风骚四十余年,历来对他评价很高。著有《春秋合题著说》、《四书一贯录》、《五经钥键》、《礼经约》、《史义拾遗》、《复古诗集》、《丽则遗音》、《东维子集》、《铁崖古乐府》等。

赵氏诗录序[①]

评诗之品,无异人品也。人有面目骨骼,有情性神气,诗之丑好高下亦然。风雅而降为骚,而降为十九首,十九首而降为陶杜,为二李[②],其情性不野,神气不群,故其骨骼不庳[③],面目不鄙。嘻！此诗之品，在后无尚也。下是为齐梁，为晚唐季宋，其面目日鄙，骨骼日庳，其情性神气可知已。嘻！学诗于晚唐季宋之后，而欲上下陶杜二李，以薄[4]乎骚雅，亦落落乎其难哉！然诗之情性神气，古今无间也，得古之情性神气，则古之诗在也。然而面目未识，而谓得其骨骼，妄矣。骨骼未得，而谓得其情性，妄矣。情性未得而谓得其神气，益妄矣。吾友宋生无逸，送其乡人赵璋之诗来，曰：璋诗有志于古，非锢于代之积习而弗变者也，是敢晋[5]于先生，求一言自信。余既讶宋言而覆其诗，如《桃源》《月蚀》，颇能力拔于晚唐季宋者。它日进不止，其于二李杜陶，庶亦识其面目，识其面目之久，庶乎情性神气者并得之。璋父勉乎哉！毋曰吾诗止于是而已也。

《东维子集》卷七　《四库全书》本

【注释】

①《四库全书·东维子集提要》云："维桢以诗才奇逸，凌跨一时"，"朱国桢《涌幢小品》载王彝尝诋维桢为'文妖'，今观所传诸集，诗歌乐府出入于卢仝、李贺之间，奇奇怪怪，溢为牛鬼蛇神者，诚所不免。至其文，则文从字顺，无所谓翦红刻翠以为涂饰，声牙棘口以为古奥者也"，"观其所论，则维桢之文不得概以妖目之矣"。此《赵氏诗录序》强调由"面目"、"骨骼"而直探古人"情性"、"神气"的路数，也成为后来明代格调派、清代桐城派的基本路数。维桢又反对简单的模拟，而倡导性情、自然（《吴复诗录序》、《李仲虞诗序》、《张北山和陶集序》）。同时他也强调学的重要性（《剡韶诗序》、《两浙作者序》）。所以，他倡导格力以救江湖派之萎靡，而重学也是针对江湖派等之轻学。此外，维桢论诗也颇重"音节"（《卫子刚诗录序》、《郭羲仲诗集序》）。其论乐府更是文采与音节并重（见后）。

② 二李——指李白、李贺。

③ 庳——短。

④ 薄——迫近。

⑤ 晋——进。

【附录】

古风人之诗，类出于闾夫鄙隶，非尽公卿大夫士之作也，而传之后世，有非今公卿大夫士之所可及，则何也？古者，人人有士君子之行，其学之成也尚已，故其出言,如山出云,水出文,草木之出华实也。后之人,执笔呻吟,摸朱拟白,以为诗尚,为有诗也哉!故摹拟愈偪而去古愈远。吾观后之抚拟为诗,而为世道感也,远矣。间尝求诗于摹拟之外,而未见其何人。

杨维桢《东维子集》卷七《吴复诗录序》(节录) 《四库全书》本

删后求诗者尚家数,家数之大无止乎杜,宗杜者要随其人之资所得尔。资之拙者,又随其师之所传得之尔。诗得于师,固不若得于资之为优也。诗者,人之情性也,人各有情性,则人有各诗也。得于师者,其得为吾自家之诗哉!……观杜者不唯见其律,而有见其骚者焉;不唯见其骚而有见其雅者焉;不唯见其骚与雅也,而有见其史者焉:此杜诗之全也。

杨维桢《东维子集》卷七《李仲虞诗序》(节录) 《四库全书》本

诗得于言,言得于志,人各有志有言以为诗,非迹人以得之者也。东坡和渊明诗,非故假诗于渊明也,其解有合于渊明者,故和其诗,不知诗之为渊明、为东坡也。涪翁曰:"渊明千载人,东坡百世士。出处固不同,气味乃相似。"盖知东坡之诗可比渊明矣。……步韵倚声,谓之迹人以得诗,吾不信也。虽然,世之和陶者,不止北山也,又岂人人北山哉?吾尝评陶、谢,爱山之乐同也,而有不同者何也?康乐伐山开道,人数百人,自始宁至临海,敝敌焉不得一日以休,得一于山者,粗矣。五柳先生断辕不出,一朝于篱落间见之,而悠然若莫逆也,其得于山者,神矣。故五柳之咏南山,可学也,而于南山之得之神,不可学也。不可学,则其得于山者,亦康乐之役于山者而已耳。吾于和陶而不陶者亦云。

杨维桢《东维子集》卷七《张北山和陶集序》(节录) 《四库全书》本

或问诗可学乎?曰诗不可以学为也。诗本情性,有性此有情,有情此有诗也。上而言之,雅诗情纯,风诗情杂;下而言之,屈诗情骚,陶诗情靖,李诗情逸,杜诗情厚;诗之状未有不依情而出也。虽然,不可学诗之所出者,不可以无学也。声和平中正,必由于情,情和平中正,或矢于性,则学问之功得矣。或矢曰三百篇有出于匹夫匹妇之口,而岂为尽知学乎?曰:匹妇无学也,而游于先生之泽者,学之至也。发于言辞,止于礼义,与一时公卿大夫君子之言,同录于圣人也,非无本也。

杨维桢《东维子集》卷七《剡韶诗序》(节录) 《四库全书》本

曩余在京师时,与同年黄子肃、俞原明、张志道论闽浙新诗,子肃数闽诗人凡若干辈,而深诋余两浙无诗,余愤曰:言何诞也,诗出情性,岂闽有情性,浙皆木石肺肝乎？……尝论诗与文一技，而诗之工为尤难，不专其业，不造其家，冀传于世，妄也。盖仲容季和，放乎六朝而归准老杜，可立有李骑鲸之气，而君采得元和鬼仙之变，元镇轩轾二陈而造乎晋汉，断江衣钵乎老谷，句曲风格夙宗大历而痛厘去纤艳不逞之习，七人作备见诸体，凡若干什，目曰《两浙作者集》，非徒务厌子肃之言，实以见大雅在浙方作而未已也。

杨维桢《东维子集》卷七《两浙作者序》(节录)　《四库全书》本

(卫子刚诗)音节、兴象皆造盛唐有余地，非诗门之颛主者不能至也。昔人论诗谓穷苦之词易工，欢愉之词难好，子刚之工不得于穷苦，而得于欢愉，可以知其才之高出等辈，不得以休戚之情限也。子刚之年未逾壮，而其词之工已如此，使复益之以春秋，才愈老茂而词愈高古，又岂止今日所睹而已哉！

杨维桢《东维子集》卷七《卫子刚诗录序》(节录)　《四库全书》本

古之诗人，类有道，故发诸咏歌，其声和以平，其思深以长，不幸为放臣逐子出妇寡妻之辞，哀怨感伤而变风变雅作矣。后之诗人，一有婴拂，或饥寒之迫，疾病之楚，一切无聊之窘，则必大号疾呼，肆其情而后止，间有不然，则其人必有大过人者，而世变莫之能移者也。予在钱唐阅诗人之作无虑数百家，有曰古骚辞者，曰古乐府者，曰古琴操者，谈何易易，习其句读，其果得为古风人之诗乎？不也。客有语予诗之学，则曰有三百篇、楚离骚、汉乐歌之辞，生年过五十不敢出一语，作末唐季宋语惧其非诗也？以此自劾，而又以之训人，人且覆诽我，则有未尝不悲今世之无诗也。

杨维桢《东维子集》卷七《郭羲仲诗集序》(节录)　《四库全书》本

诗至律，诗家之一厄也。……余在淞，凡诗家来请诗法无休日，骚选外谈律者十九，余每就律举崔颢《黄鹤》、少陵《夜归》等篇，先作其气，而后论其格也，崔杜之作虽律而有不为律缚者。

杨维桢《东维子集》卷七《蕉囱律选序》(节录)　《四库全书》本

世称老杜为诗史，以其所著备见时事。予谓老杜非直纪事史也，有春秋之法也，其旨直而婉，其辞隐而见，如东灵湫、陈陶、花门、杜鹃、东狩、石壕、花卿、前后出塞等作是也。故知杜诗者，春秋之诗也，岂徒史也哉？虽然，老杜岂有志于春秋者。诗亡然后春秋作，圣人值其时，有不容已者，杜亦然。

杨维桢《东维子集》卷七《梧溪诗集序》(节录)　《四库全书》本

诗之教尚矣。虞廷载赓，君臣之道合，五子有作，兄弟之义章。《关雎》首夫妇之匹,《小弁》全父子之恩。诗之教也,遂散于乡人,采于国史,而被诸歌乐,所以养人心、厚天伦、移风易俗之具实在于是。后世风变而骚,骚变而选,流虽云远,而原尚根于是也。魏晋而下,其教遂熄矣,求诗者类求端序于声病之末,而本诸三纲、达之五常者,遂弃弗寻,国史所资,又何采焉? 及李唐之盛,士以诗命世者,殆百数家,尚有袭六代之敝者,唯老杜氏慨然起,揽千载既坠之绪,陈古讽今,言诗者宗为一代诗史,下洗哇媱,上薄风雅,使海内靡然,没知有百篇之旨,议论杜氏之功者,谓不在骚人之下,噫,比世末学,咸知诵少陵之诗矣,而弗求其旨义之所从出,则又徇末失本,与六代之弊同。

杨维桢《东维子集》卷七《诗史宗要序》(节录) 《四库全书》本

先生尝谓:律诗不古,不作可也。其在钱唐时,为诸生讲律体,始作二十首,多奇对,其起兴如杜少陵,用事如李商隐,江湖陋体为之一变。然于律中又时作放体,此乃得于颓然天纵,不知有四声八病之拘,其可骇愕,如乖龙震虎,排海突岳,万物飞走,辟易无地,观者当以神逸悟之,不当以雄强险厄律之也。句曲张伯雨尝曰:无老铁力者便堕落卢马后大虫耳。故今裒此拗体凡若干首,先生见之,且令某评之如何。太极生顿首曰:真色脱涂抹,天巧谢雕锼。太初生曰:健有排山力,工无剪水痕。安曰:先生拗律自是水犀硬弩,朱屠铁槌人见之,昂然有不可犯之色,然其中自有翕张妙法,此先生拗律体也。先生击几赏之,以为二三子知言。

释安《东维子集》卷七《铁崖先生拗律序》 《四库全书》本

孔子曰:诗可以兴,可以观,可以群,可以怨,之数者,岂泥于章句文辞之末者所能得哉? 孟子论:说诗者不以文害辞,不以辞害意,而以意逆志,是为得之,此孟子之善学诗也。又曰:诗亡然后春秋作,盖孔子录夷王懿王之诗,迄于陈灵之事,而三纲五常,有不忍言者矣。故诗亡春秋作,夫学诗者诚未得于诗,又乌能得于春秋也哉? 士学诗于千百世下,亦有理哉。虽然,食鱼而味者不知有熊掌,食熊掌而味者不知有鱼,夫人莫不饮食,而知味者鲜矣。故善学诗者不知有春秋,善学春秋者不知有诗,非谓二学不相通也,学经贵乎为学之专也,生于诗知食矣,食而饱矣,而味不知,则谓之善学诗,不可也。孔子固疾夫学诗而无知味之得者矣,其曰:诵诗三百,授之以政,不达,虽多亦奚以为? 生以予言勉之,他日授之政也,虽蛮貊之邦行矣,奚往而不达哉!

杨维桢《东维子集》卷十四《学诗斋记》(节录) 《四库全书》本

予疑灵运以诗名宋而犹附丽于人以觅句,何也? 在西堂时,诗思苦,甚至假梦寐见惠连而后得“池塘生春草”句,遂以为绝奇。吁,此三百篇后,词人以兴趣言诗者也,律以六义何有焉?今人一草木取以点缀篇翰,极于雕镂之工,诗道丧矣。谈兴趣者犹以灵运语出于一辞直指,如“高堂多悲风”“明月照积雪”,无俟雕刻而大巧存焉,犹为去古未远也。伯理尝与予论诗大恶,凌跨六朝,直探汉魏,故于春草有得焉。虽然,伯理方将以诗备理教及于民,岂必效永嘉诗人争工于句字间者。

杨维桢《东维子集》卷十五《春草轩记》(节录) 《四库全书》本

沈氏今乐府序[①]

或问骚可以被弦乎?曰:骚,诗之流,诗可以弦,则骚其不可乎?或曰:骚无古今,而乐府有古今,何也?曰:骚之下为乐府,则亦骚之今矣。然乐府出于汉,可以言古,六朝而下皆今矣,又况今之今乎?吁,乐府曰今,则乐府之去汉也远矣。士之操觚[②]于是者,文墨之游耳,其以声文,缀于君臣夫妇仙释氏之典故,以警人视听,使痴儿女知有古今美恶成败之观惩,则出于关、庾氏[③]传奇之变。或者以为治世之音,则辱国甚矣。吁,《关雎》《麟趾》之化,渐渍于声乐者,固若是其班[④]乎?故曰:今乐府者,文墨之士之游也。然而媟雅邪正豪俊鄙野,则亦随其人品而得之。杨、卢、滕、李、冯、贯、马、白[⑤],皆一代词伯,而不能不游于是,虽依比声调,而其格力雄浑正大,有足传者。迩年以来,小叶俳辈类以今乐自鸣,往往流于街谈市谚之陋,有渔樵欸乃之不如者。吾不知又十年二十年后其变为何如也。吴兴沈子厚氏,通文史,善为古歌诗,间亦游于乐府。记余数年前客太湖上,赋《铁龙引》一章,子厚连和余四章,皆效铁龙体,飘飘然有凌云气,心已异之。今年,余以海漕事往吴兴者阅月,子厚时时持酒肴与今乐府至,至必命吴娃度腔,引酒为吾寿。论其格力,有杨、卢、滕、李、冯、贯、马、白诸词伯之风,而其句字无小叶俳辈街谈市谚之陋,关、庾氏而有传,子厚氏其无传,吾不信也已。书成帙,求一言以引重,因为论次乐府之有古今,为《沈氏今乐府序》。

《东维子集》卷十一 《四库全书》本

【注释】

① 杨维桢在元代后期诗风趋向委琐靡弱之际，提倡古乐府，旨在力矫其弊，其《潇湘集序》云："（李孝光）遂相与唱和古乐府辞，好事者传于海内，馆阁诸老以为：李杨乐府出，而后始补元诗之缺，泰定文风为之一变"，其自许如此，而其"铁崖乐府"确也见称于一时。《四库全书·铁崖古乐府提要》充分肯定其历史价值及当时的巨大影响。而杨维桢有关乐府的讨论的确主要是在"乐府""与古诗原不甚分"的意义上展开的。此《沈氏今乐府序》所谓"今乐府"指元曲，强调"格力雄浑正大"之于元曲的重要性。其《周月湖今乐府序》与《沈生乐府序》皆强调"文采"与"音节"兼善。杨维桢拟古乐府学二李（白、贺），而二李拟古乐府并非"倚声之作"，但也非如元白徒拟其"义"，而是也极重语辞本身之声情（详细分析参见本卷吴莱《古诗考录后序》注释①）。杨维桢拟古乐府追求的乃是"文采"、"音节"、"格力（风骨）"高度交融的诗歌创作理想，而非纠缠于与音乐之关系也。杨维桢关于诗文等文章的整体观念是言意并重："言工而弗当，于理义窒而弗达，于辞若是者后世有传焉？无也。又况言庞而弗律，义淫而弗轨者乎？"（《金信诗集序》）杨维桢关注多种文艺样式，也重视所谓"优戏"（《优戏录序》），可见其较为开放的文艺价值观念。

② 操觚——谓作文，"觚"指古人书写时所用的木简。

③ 关、庾氏——指关汉卿、庾天锡。

④ 班——等同。

⑤ 杨、卢、滕、李、冯、贯、马、白——指杨朝英、卢挚、滕王霄、李文蔚、冯海粟、贯云石、马九皋、白朴。

【附录】

士大夫以今乐府鸣者，奇巧莫如关汉卿、庾吉甫、杨淡斋、卢疏斋，豪爽则有如冯海粟、滕玉霄，酝藉则有如贯酸斋、马昂父。其体裁各异，而宫商相宣，皆可被于弦竹者也。继起者不可枚举，往往泥文采者失音节，谐音节者亏文采，兼之者实难也。夫词曲本古诗之流，既以乐府名编，则宜有风雅余韵在焉。苟专逐时变，竞俗趋，不自知其流于街谈市谚之陋，而不见夫锦脏绣腑之为懿也，则亦何取于今之乐府可被于弦竹者哉？四明周月湖，文安美成也，公之八叶孙也。以词家剩馥，播于今日之乐章，宜其于文采音节兼济而无遗恨也。

杨维桢《东维子集》卷十一《周月湖今乐府序》（节录） 《四库全书》本

张右史尝评贺方回乐府，谓其肆口而成，不待思虑，雕琢又推其极至，华如游金张之堂,治如揽嫱施之袪,幽洁如屈宋,悲壮如苏李,具是四工夫岂可以肆口而成哉!盖肆口而成者,情也,具四工者,才也,情至而此,贺才子妙绝一世,而文章巨公不能擅其场者,情之未至也。我朝乐府,辞益简,调益严,而句益流媚不陋,自疏斋酸斋以后,小山局于方,黑刘纵于圆,局于方,拘才之过也,纵于圆,恣情之过也,二者胥失之。松江沈氏端尝从余,朔南士间,听于音,往能吹余大小铁龙,作龙吟曲十二章,遂游笔乐府,积以成帙,求余一言重篇。端披其帙,见其情发于成于才者,亦似矣。生益造其诣,以小山之拘者自通,黑刘之恣者自撙,生之乐府不美于贺才子者,吾不信已。

杨维桢《东维子集》卷十一《沈生乐府序》(节录) 《四库全书》本

言工而弗当,于理义室而弗达,于辞若是者后世有传焉?无也。又况言庞而弗律,义淫而弗轨者乎?自三百篇后,人传之者凡几何人?屈贾苏李,司马杨雄,尚矣,其次为曹刘阮谢陶韦李杜之迭自名家,大抵言出而精,无庞而弗律也,义据而定,无淫而弗轨也。下此为唐人之律,宋人乐章,禅林提唱,无乡牛社下俚之谣,诗之敝极矣。金华金信氏,从余游于松陵泽中,谈经断史,于古歌诗尤工,首诵余古乐府三百,辄能游泳吾辞以深古风人之六义,又自贺曰:吾入门峻矣大矣,吾诗降而下,吾不信也。一日使为吾诗评曰:或议铁雅句律本屈柳《天问》,某曰非也,属比之法实协乎《春秋》,先生之诗,《春秋》之诗欤?诗之《春秋》欤?余为之喜而曰:信可与言诗已。

杨维桢《东维子集》卷七《金信诗集序》(节录) 《四库全书》本

诗三百后一变为骚赋,再变为曲引为歌谣,极变为倚声制辞而长短句,平吴调出焉。至于今乐府之靡杂以街巷齿舌之狡,诗之变盖于是乎极矣。……吾尝求今辞于白石梦窗之后,斤斤得寄间父子焉。遗山天籁之风骨,花间镜上之情致,殆兼而有之。盖风骨过遒则邻于文人诗,情致过媟则沦于诨官语也,其得体裁亦不易易。嗣余响于寄间父子后者,今又得素庵云夫谱之云者,音调可录,节族可被于弦歌者也。诗三百曷无一不可被于弦歌,吾不知亦先有谱后有声邪?抑先有声后有辞邪?寄闲分谱于依永之殊,其腔有可度不可度者,则何如敢于素庵乎质焉?素庵眷然而笑曰:嘻,吾忘律吕于渔樵欸乃中,乌知所谓声依永律和声许事哉!虽然,击辕之歌,野人之雅也,吾谱殆亦自当楚雅乎?

杨维桢《东维子集》卷一《渔樵谱序》(节录) 《四库全书》本

余在吴下时,与永嘉李孝光论古人意,余曰:梅一于酸,盐一于鹹,饮食盐梅而味常得于酸醎之外，此古诗人意也，后之得此意者，惟古乐府而已耳。孝光以余言为韪，遂相与唱和古乐府辞，好事者传于海内，馆阁诸老以为：李杨乐府出，而后始补元诗之缺，泰定文风为之一变，吁，四十年矣。兵兴来，词人又一变，往往务工于语言，而古意浸失，语弥工，意弥陋，诗之去古弥远。

杨维桢《东维子集》卷十一《潇湘集序》（节录） 《四库全书》本

言有高而弗当，义有奥而弗通，若是者后世有传焉？无有也，又况言庞而弗律、义淫而无轨者乎？自孔氏后，立言传世者不知几人焉，其灭没不传、卒与齐民共腐者亦不知几人焉。姑以唐人言之，卢殷之文凡千余篇，李础之诗凡八百篇，樊绍述著《樊子书》六十卷、杂诗文凡九百余篇，今皆安在哉？非其文不传也，言庞义淫，非传世之器也。自今观之，孔孟而下，人乐传其文者，屈原、荀况、董仲舒、司马迁，又其次王通、韩愈、欧阳修、周敦颐、苏洵父子，逮乎我朝，姚公燧、虞公集、吴公澄、李公孝光，凡此十数君子，其言皆高而当，其义皆奥而通也。……予怪言庞而义淫者，往往家自摹刻以传布于世，富者怙资以为，而贵者又怙势以为，意将与十一经、历代诸子史并行而无敝，不知屈氏而次，彼虽欲不传不得也，必藉贵富以传，则贵富灭而文亦灭矣。呜呼，贵富者不足怙以传，而后知文字之果足以传世也。

杨维桢《东维子集》卷六《鹿皮子文集序》（节录） 《四库全书》本

侏儒奇伟之戏，出于古亡国之君。春秋之世，陵轹大诸侯，后代离拆文义，至侮圣人之言为大剧，盖在诛绝之法，而太史公为滑稽者作传，取其谨言微中，则感世道者深矣。钱唐王晔集历代之优辞有关于世道者，自楚国优孟而下，至金人玳瑁头，凡若干条，太史公之旨其有概于中者乎？予闻仲尼论谏之义有五：始曰谲谏，终曰讽谏，且曰吾从者讽乎。盖以讽之效，从容一言之中，而龙逢比干不获称良臣者之所不及也。观优之寓于讽者，如漆城瓦衣两税之类，皆一言之微，有回天倒日之力，而勿烦乎牵裾伏蒲之勃也。则优戏之伎，虽在诛绝，而优谏之功，岂可少乎？他如安金藏之剺肠，申渐高之饮鸩，敬新磨之勉戮疲令，杨花之飞易乱主于治，君子之论且有谓台官不如伶官。至其锡教，及于弥侯解愁。具死也，足以愧北面二君者，则忧世君子不能不三喈于此矣！故吾于晔之编，为叙之如此，使览者不徒为轩渠一噱之助，则知晔之感，太史氏之感也欤！

杨维桢《东维子集》卷十一《优戏录序》 《四库全书》本

君子论诗先情性而后体格。老杜以五言为律体，七言为古风，而论者谓有三百篇之余旨，盖以情性而得之也。刘禹锡赋三阁，石介作宋颂，后之君子又以

《黍离》配三阁,《清庙》《猗那》配宋颂,亦以其所合者情性耳。然则求诗于删后者,既得其情性,而离去齐梁晚唐季宋之格者,君子谓之得诗人之古可也。会稽铁崖先生为古杂诗,凡五百余首,自谓乐府遗声。夫乐府出风雅之变,而闵时病俗,陈善闭邪,将与风雅并行而不悖,则先生诗旨也。是编一出,使作者之集遏而不行,始知三百篇之有余音,而吾元之有诗也。复学诗于先生者有年矣,尝承教曰:"认诗如认人,人之认声认貌易也,认性难也,认神又难也。习诗于古而未认其性与神,罔为诗也。"吁,知认诗之难如此,则可以知先生之诗矣。

吴复《辑录铁崖先生古乐府序》(节录) 《四部丛刊》初编本《铁崖古乐府》前

乐府始于汉武,后遂以官署之名为文章之名。其初郊祀等歌,依律制诗,横吹诸曲,采诗协律,与古诗原不甚分。后乃声调迥殊,与诗异格,或拟旧谱,或制新题,辗转日增,体裁百出,大抵奇矫始于鲍照,变化极于李白,幽艳奇诡、别出蹊径歧于李贺,元之季年,多效温庭筠,体柔媚旖旎,全类小词,维桢以横绝一世之才,乘其弊而力矫之,根抵于青莲、昌谷,纵横排奡,自辟町畦,其高者或突过古人,其下者亦多堕入魔趣。故文采照映一时,而弹射者亦复四起,然其中如《拟白头吟》一篇曰:"买妾千黄金,许身不许心。使君自有妇,夜夜白头吟。"与三百篇风人之旨亦复何异?特其才务驰骋,意务新异,不免滋末流之弊,是其一短耳。去其太甚则可,欲竟废之则究不可磨灭也。

《四库全书·铁崖古乐府提要》(节录)

戴　良

戴良(1317—1383),字叔能,号九灵山人、嚣嚣生,隐居四明时变姓名曰方云林,浦江(今属浙江省)人。初为月泉书院山长,元至正辛丑曾以荐者擢授中顺大夫淮南、江北等处行中书省儒学提举。元末曾至吴中,依张士诚,以不足与谋,又复挈家泛海至登莱,拟归元军。朱元璋定金华,邀讲论经史和治国之道,担任学正,不久弃官隐,变姓名隐居四明山。明太祖召至京师,欲授之官,托老病固辞。因忤逆太祖旨意,终于入狱,次年卒于狱中。幼年不屑科举,曾学医于朱震亨,通经史,善诗文,曾学经史古文于柳贯、吴莱、黄溍,学诗于余阙。著有《春秋经传考》三十二卷,《和陶诗》一卷,《九灵山房集》三十卷。

皇元风雅序[①](节录)

昔者孔子删诗,盖以周之盛世,其言出于民俗之歌谣,施之邦国乡人,而有以为教于天下者,谓之风;作于公卿大夫,陈之朝廷,而有以知其政之废兴者,谓之雅。及其衰也,先王之政教虽不行,而流风遗俗,犹未尽泯,此陈古刺今之作,又所以为风雅之变也。然而气运有升降,人物有盛衰,是诗之变化,亦每与之相为于无穷。汉兴李陵苏武五言之作,与凡乐府诗词之见于汉武之采录者,一皆去古未远,风雅遗音犹有所征也。魏晋而降,三光五岳之气分,而浮靡卑弱之辞,遂不能以复古。唐一函夏[②],文运重兴,而李杜出焉。议者谓李之诗似风,杜之诗似雅。聚奎[③]启宋,欧苏王黄之徒,亦皆视唐为无愧。然唐诗主性情,故于风雅为犹近;宋诗主议论,则其去风雅远矣。

然能得夫风雅之正声，以一扫宋人之积弊，其惟我朝乎？我朝舆地之广，旷古所未有。学士大夫，乘其雄浑之气以为诗者，固未易一二数。然自姚卢刘赵诸先达以来，若范公德机、虞公伯生、揭公曼硕、杨公仲弘以及马公伯庸、萨公天锡、余公廷心，皆其卓卓然者也。至于岩穴之隐人，江湖之羁客，殆又不可以数计。盖方是时，祖宗以深仁厚德涵养天下，垂五六十年之久，而戴白之老，垂髫之童，相与欢呼鼓舞于闾巷间，熙熙然有非汉唐宋之所可及。故一时作者，悉皆餐淳茹和[4]，以鸣太平之盛治，其格调固拟诸汉唐，理趣固资诸宋氏，至于陈政之大，施教之远，则能优入乎周德之未衰，盖至是而本朝之盛极矣！继此而后，以诗名世者，犹累累焉。语其为体，固有山林、馆阁之不同，然皆本之性情之正，基之德泽之深，流风遗俗，班班[5]而在。刘禹锡谓"八音与政通，文章与时高下"，岂不信然欤？

《九灵山房集》卷二十九　《四部丛刊》初编本

【注释】

① 戴良诗文兼善，揭汯《九灵山房集序》云："其文叙事有法，议论有原，不为刻深之辞，而亦无浅露之态，不为纤秾之体，而亦无矫亢之气。"戴良《皇元风雅序》勾勒了元代诗歌发展的情况，强调元诗"格调固拟诸汉唐，理趣固资诸宋氏"，"议者谓李之诗似风，杜之诗似雅。聚奎启宋，欧苏王黄之徒，亦皆视唐为无愧。然唐诗主性情，故于风雅为犹近；宋诗主议论，则其去风雅远矣。"其中有关诗李与杜、唐与宋之分的说法多为后人所沿用。其《夷白斋稿序》亦云"摛辞则拟诸汉唐，说理则本诸宋氏"，并指出宋"南渡之末，卒至经学、文艺判为专门"对文艺创作的影响。文论则重气，其《密庵文集序》云："文主于气，而气之所充，非本于学不可也"，"文以气为主，气由学以充"。

② 一函夏——统一全中国。"夏"指华夏，"函夏"指全中国。

③ 聚奎——犹言文采、文章、文运聚集。"奎"，本指星宿名，其形似文字之画，故《初学记》卷二十一有谓"奎主文章"，后来言文章、文运者多用"奎"字。

④ 餐淳茹和——吸纳淳和之气。

⑤ 班班——繁多貌。

【附录】

文主于气，而气之所充，非本于学不可也。六经而下，以文雄世者，称孟轲氏韩愈氏。孟轲氏曰："我善养吾浩然之气。"韩愈氏曰："气盛则言之短长声之高下皆宜。"然孟轲氏之养气，则既始之以知言，而韩愈氏之气盛，亦惟三代两汉之书是观，圣人之志是存耳。文以气为主，气由学以充，见之二氏可考而知也。后之学者，乃或不是之求，方贵华尚采，粉泽以为工，遒密以为能，吁，亦末矣！是故有见于此，而思务去之者，岂不谓之有志之士乎？

戴良《九灵山房集》卷二十九《密庵文集序》（节录）
《四部丛刊》初编本

余惟古者师出必吹律以占之，而汉之鼓吹铙歌亦皆军中之乐也，后世音乐废缺，乃独歌以诗，而乐府诸作见于军旅者为多，然为古今之所共推者，王粲从军五诗是已。粲仕魏为侍中时，从魏公讨张鲁，鲁降，遂作诗纪其事。先生之诗盖仿粲而作，而其为体，长于本人情、状风物，纵横开合，动荡变化，而洒然之音，悠然之思，可喜可骇，可悲可叹，三读之，不知手足之将鼓舞也。噫，此固有得于古乐之遗音非耶？然乐之道至矣，听之者不过得于心而会于意，至其感人之妙，盖不可得而言也。余于先生之诗，亦惟心得意会而莫能言其妙者焉。

戴良《九灵山房集》卷十二《淮南纪行诗后序》（节录）
《四部丛刊》初编本

古者学成而用，故其为志在乎行事而已。然方未用时，有其志而无其行事，则以其性情之发寓诸吟咏之间焉，及其既用也，而前日之吟咏，乃皆今日行事之所资，则所以发诸性情以明吾志之有在者，夫岂见之空言而已哉！此登高赋诗，所以观乎大夫之能否者，其所由来远矣。后世学不师古，而师之与事，判为二途。于是处逸乐者，则流连光景，以自放于花竹之间而不知返；不幸而有饥寒之迫，摈斥摧挫，流离穷厄之至，则嗟穷悼屈，感愤呼号，莫有纪极于其中。然于时政无所系，于治道无所补，则徒见诸空言而已耳。是故，有见于此而思务去之者，岂不谓之有志之士乎？……余尝以此求诸昔人之作，自三百篇而下，则杜子美其人也。子美之诗，或谓之诗史者，盖其可以观时政而论治道也。今思廉之诗，语其音节步骤，固以兼取二李诸人之所长，而不尽出于子美，若夫时政之有系，治道之有补，则其得之子美者深矣。思廉之齿少于余，而余学诗乃在其后。当其始学时，尝闻诸故老曰：诗之道，行事其根也，政治其干也，学其培也。

戴良《九灵山房集》卷十二《玉笥集序》（节录）
《四部丛刊》初编本

世道有升降，风气有盛衰，而文运随之。故自周衰，圣人之遗言既熄，诸子杂家并起而汩乱之。汉兴,董生司马迁扬雄刘向之徒出,而斯文始近于古,迨其后也,曹刘沈谢之刻镂,王杨卢骆之纤艳,又靡然于当时。至唐之久而昌黎韩子以道德仁义之言起而麾之,然后斯文几于汉。奈何元气仅还,而剥丧戕贼已浸淫于五代之陋,直至宋之刘杨,犹务抽青媲白、错绮交绣以自衒。后七十余年,庐陵欧阳氏又起而麾之,而天下文章复侔于汉唐之盛。未几,欧志弗克遂伸,学者又习于当时之所谓经义者,分裂牵缀,气日以卑。而南渡之末,卒至经学、文艺判为专门,士风颓弊于科举之业。

戴良《九灵山房集》卷十二《夷白斋稿序》(节录)
《四部丛刊》初编本

王　礼

王礼(1314—1389),字子尚,后更字子让,庐陵(今江西吉安)人,元末为广东元帅府照磨,明兴不仕,聘为考官,亦不就。著有《麟原文集》。

吴伯渊吟稿序[①]

余儿时从师学诗,辱教之曰:吾之道本乎性情,寓乎景物,其妙在于有所感发,苟无得于斯,不名为诗。因举古诗优游不迫、意在言外者,每夜讽咏数语,久之真觉淘去尘俗,神思清远。于是令录三百篇中可兴可怨者,及《离骚》而下苏李汉魏等作,沉潜诵玩,参以盛唐诸名家而止。常曰:诗在山巅水涯、人情物态,故纸上踵袭非诗。暇日,率子弟徜徉临眺,仰掇俯拾,无不可诵。然后戒以语忌俗、意忌陈、调忌卑、味忌短,小者不可使多,难者不可使近,得之悠然,挹之渊然,而诗在是矣。其后年益上,思干禄[②]以养亲,竭力为举子业,终岁不一吟者有年,然旧闻隐隐在耳,梦寐犹未忘也。近见一二学者,喜铺张而乏变化,尚朴厚而无兴趣,多或未精,短或未畅,安得起是翁九京之下与共论哉?临川吴君伯渊以其诗示余,有春容而无急迫,有蕴藉而无龃龉,有情景而无典故,真可与言诗矣。由是溯而求之而盛唐而《骚》《选》而三百,优柔涵泳之久,且将有得于诗教,温然为成德,奚啻小技之精而已哉?余之期君也远,故以所得于师者竭焉,使三复斯言,有助我之欢,则非吴下阿蒙[③]矣。

《麟原文集》前集卷五　《四库全书》本

【注释】

① 王礼诗论大抵推崇汉魏、盛唐,以性情为本而以意象、声情为用,此文即强调这一观点。其《钟子温吟稿序》亦云:"近昉以所吟稿示予,宫商相宣,矩矱不偭,情景俱备,浏乎山泉之清,粲乎野芳之丽,真可与言诗矣。""宫商相宣"与"情景俱备"可略见其诗学路数。景象能够表现情感而有韵味,当须自然生成(《跋刘复之鸡肋集》、《赠杨维中诗序》),反之,若故意炫奇而不自然,则必乏情味(《魏松壑吟稿集序》)。此外他还强调体制之正(《胡涧翁乐府序》)。

② 干禄——求官,"干"为平声,"禄"指官吏的俸禄。

③ 吴下阿蒙——比喻人学识尚浅。"吴下"指长江以南地区,"阿蒙"指三国时东吴人吕蒙,语出《三国志·吴书·吕蒙传》注引《江表传》:"学识英博,非复吴下阿蒙。"后《资治通鉴》卷六十六详述其事:"初,权谓吕蒙曰:'卿今当涂掌事,不可不学。'蒙辞以军中多务。权曰:'孤岂欲卿治经为博士邪!但当涉猎,见往事耳。卿言多务,孰若孤?孤常读书,自以为大有所益。'蒙乃始就学。及鲁肃过寻阳,与蒙论议,大惊曰:'卿今者才略,非复吴下阿蒙。'蒙曰:'士别三日,即更刮目相待,大兄何见事之晚乎。'肃遂拜蒙母,结友而别。"

【附录】

(杨维中)一日出所吟示余,欲闻评,洎观其卷中,如"客添江外岁,人改镜中颜",羁愁老恨备至,若古人常道者。如"烟中疏密树,桥外两三家",得之真景,渐近自然。如"倚松看子落,隔竹听泉流",又高人闲趣,超然物外。"暝失林间树,凉添塞下秋",亦清楚可爱。他如《行路难》、《遣兴》等作,皆非余子所能及。……诗自真情实景便异凡俗,然情虽真而不高,景已实而犹浊,亦非吟之善者也。生以余言思之,必有得于景趣之内,得于景趣之外矣。

王礼《麟原文集》卷四《赠杨维中诗序》(节录)　《四库全书》本

《诗大序》曰:在心为志,发言为诗。传曰:志之所至,诗亦至焉。三代古诗何莫非其志之所之也。五言起于苏李,其离别赠答中,情缱绻蔼然词气之表,下至晋隋,陆机之论诗则曰:缘情而绮丽。而文中子亦云:诗者,民之情性也。故诗无情性不得名诗,其卓然可传于后世者,皆其善言情性者也,奈何世道日降,温柔敦厚之教无闻,遂启邵子"删后无诗"之叹,盖不求其本而夸奇斗靡者病之也。古人托物比兴,其鸟兽草木之名,皆取人所同知者,庶几咏歌有足感发,何尝采掇珍异,如丹砂空青金膏水碧,《山海经》所未载,《博物志》所不录,皆左抽右撷,取青媲白,令人乍见如入武库,骇神荡目,不可名状,徐而味之,求其缠绵要眇如山阳之笛依依不能去心，何可得也？

王礼《麟原文集》卷五《魏松壑吟稿集序》（节录）　《四库全书》本

今年余寓东昌，伯循之里也，又尽见其感时怀古、咏物抒情、登览、酬赠、饯别等作，徐而读之，大篇舂容，短章峭洁，流丽而无矜持，疏放而有兴趣，凡意所欲言无不尽达于笔下，如时花吐艳，过者属目，如春禽调吭，闻者快耳，此岂沾沾录录者所可企及哉。虽然，刘梦得有云："心之精微发而为文，文之神妙咏而为诗"，司空表圣亦曰："文之难，而诗尤难"，二贤深于诗道者也，味斯言也，诗果可以易视耶？伯循尝诵诗三百矣，试举一二得于余心者谈之。《常棣》之于兄弟，《伐木》之于朋友，《蓼莪》罔极之感，《东山》体下之心，《伯兮》之思其君子，《旄丘》之责其邻国，《小宛》之相戒，《谷风》之相怨，《燕燕》恩爱之情，《黄鸟》哀痛之恨，何其曲尽人情，微婉恳至，后千百载，能言之士莫或及之，何哉？噫，有三代人物而后三代之词章可睹也，人品不古若而欲词章轶乎秦汉之表，岂理也哉？学者步趋乎圣贤，涵养其气质，则诗之本立矣。本立则其言蔼如，得乎性情之正，不期高远而自高远矣。伯循思其难，务其本，致其思，而使之精养其气而使之平，充其学而使之洽，异时视东昌谈诗之日，犹今日视双江始见之时，则伯循殆将超等夷而名家矣，勉旃，伯循，朝满夕除潢潦也，沿委而溯夫源，其江汉之流乎？

王礼《麟原文集》卷五《萧伯循诗序》（节录）　《四库全书》本

文语不可以入诗，而词语又自与诗别。曾苍山尝谓：词曲必词语婉娈曲折，乃与名体称。世欲畅意者，气使豪放，语直俳伶辈饰妇衣作社舞耳；其不苟句者，刻镂缀簇，求字工，殆宫妆木偶人，形存而神不运——余深以为知言。自《花间集》后，雅而不俚，丽而不浮，合中有开，急处能缓，用事而不为事用，叙实而不至塞滞，惟清真为然，少游少晏次之。宋季诸贤至斯事所诣尤至，姑即乡国论，吾家松竹居士暨胡古潭彭巽吾，皆词林之雄也。国初太原元裕之以此擅名，其后涿郡卢处道，河南张仲美，韵度俱非寻常可及。

王礼《麟原文集》卷五《胡涧翁乐府序》（节录）　《四库全书》本

复之诗，眼前景，意中句，而深稳有至味，如王谢家子弟，风流闲雅不失王孙故态，如山农野老班荆而坐，谈桑麻，话衷曲，语语笃实可听，有诗如此，何相见之晚耶。

王礼《麟原文集》卷十《跋刘复之鸡肋集》（节录）　《四库全书》本

（钟子温）近昉以所吟稿示予，宫商相宣，矩矱不偭，情景俱备，浏乎山泉之清，粲乎野芳之丽，真可与言诗矣。然子温，予心友也，非泛泛常情比，可不以予所闻者助之乎？因忆曩岁尝从参政全公幕下，与杨君伯谦夜论诗道，伯谦曰：予得于范先生者其要有四，盖诗贵简古明畅、理断含蓄，而大忌俗泛陈腐、粗嫩空佻，知此则思过半矣。伯谦不可作矣，而斯语服膺未尝忘也。

王礼《麟原文集》后集卷三《钟子温吟稿序》（节录）　《四库全书》本

诗也者，其人文之精而元气之为也欤？何其愈出愈有而愈无穷也？白乐天尝言：三才各有文，天之文三光首之，地之文五材首之，人之文六经首之，就六经言，诗又首之。自今而观，元气行乎三光五岳之间，所以烟云风雪、晦明变化、山川草木动植荣悴流转而常见者，皆文也，况钟而为人又得五行之秀，宜其能言之士各鸣其所遇以感人心而代不乏焉。盖亦乘元气、吐人文、往过来续而无尽藏也，而亦未易得也。抑尝观夫沧海之珠乎，清圆明丽之可贵，孰非元气之孕也？而诗之美似之。然求珠于海，必腰绠深入乎千寻蛟龙之渊而后得，其难也若此，乃有委于沙砾泥淖而莫之或收，岂不深可慨哉？

王礼《麟原文集》后集卷四《沧海遗珠集序》（节录）　《四库全书》本

黄允济樵唱稿序[①]（节录）

客有问诗法于予者，予应之曰：六义之经纬，古诗法也，而世尠[②]能明之，况其微妙者乎？三代民性淳厚，诗之美者无溢辞，刺者亦优柔不迫、意见言外，盖其风化所及、涵养所致而然，此诗之本也。本既立矣，音响节奏又各有说焉：五言古诗贵乎高古朴茂，如汉魏而渊永有至味；七言歌行沉郁雄浑、开阖曲折，词气如百经战马，乃为尽善；近体律诗又在壮丽痛快，首尾意绎[③]如而不杂；至若绝句，必折旋婉媚，悠然樵歌牧唱之有遗音，妩然宫妆院靓之有姿态，知此则骎骎[④]乎入作者町畦[⑤]矣，复何法之可言乎？里中小友黄允济以其所吟示予，音韵铿锵，布置缜密，读之犁然[⑥]有当于人心，可敬可爱，而意欲有闻于予者，以允济之才之美，何藉予言？

《麟原文集》后集卷三　《四库全书》本

【注释】

① 此文体现了王礼以性情为本而以和谐的音响节奏为用的观点。其《魏

松壑吟稿集序》也以“词气”论诗,“五言起于苏李,其离别赠答中,情缱绻蔼然词气之表”,朱熹论诗多用“词气”,后来明人许学夷《诗源辩体》更是大量使用“声气”范畴,“词气”与“声气”乃汉语古典诗学一重要基本范畴。王礼以上描述了各种诗体音响节奏特点或词气特点,后来清人管世铭《读雪山房唐诗序例》有近似描述:“五言古诗,琴声也,醇至淡泊,如空山之独往;七言歌行,鼓声也,屈蟠顿挫,若渔阳之怒挝。五言律诗,笙声也,云霞缥缈,疑鹤背之初传。七言律诗,钟声也,震越浑锽,似蒲牢之乍吼。五言绝句,磬声也,清深促数,想羁馆之朝击。七言绝句,笛声也,曲折缭亮,类羌城之暮吹。”可见在古人看来,不同诗体不仅仅意味着字数多寡、句式整齐与否等技术性差异,同时也意味着不同的声情特性——这方面陈绎曾有细致的探讨(参见本卷陈绎曾部分)。王礼重声情之论还有不少,参见附录《长留天地间集序》、《陈子泰诗稿序》。

② 尠——极少。

③ 绎——连续不断。

④ 骎骎——盛貌,常用以形容诗文。

⑤ 町畦——比喻规矩、界限、约束。

⑥ 犁然——坚确。

【附录】

美哉,沨沨乎殆有唐之正音而阳明之气也。夫文之在天地间,二气之为也。盖阳明之气,在天为日月星辰,在人为刚直为朴厚为岂弟君子,其于物也为钤为玉为麟为凤为龙为虎为后凋木,在地为原为阜为冈陵,发为文章也,英华俊伟,明白正大,如春阳,如海运,神妙变化而光彩不可掩抑。阴晦之气,在天为雨雪为云雾,在人为谀佞为残忍,其于物也为铅为石为枭为乌为虺为狐为葭菼,在地为汜为巷为洼薮为沮洳,得之于文也,浅涩尘浊晻昧皵皵,如寒荧光,如焦谷芽,读之无足快人意者,则是气之为也。然二气升降无常,而人之气质可变,而况于文乎?自科举来,致力程试之文者,虽一诗歌、一尺牍,往往如吃,是小技之末且未能变,况其大者乎?由是观之,子中天赋高,学力至,其过人也远矣。虽然,诗之为道似易而实难,言近指远者,天下之至言也。先辈有云:诗如镜中灯,水中盐,谓之真不可,谓非真亦不可,盖所咏在此而意见于彼,言有尽,思无穷,非风人所以感物者乎?

王礼《麟原文集》卷四《伯颜子中诗集序》(节录) 《四库全书》本

余闻辨于味而后可以言诗,信也。今夫适于口者,若酰非不酸也,止于酸而已,若醢非不醎也,止于醎而已,以充饥者或辍焉,知其醎酸之外醇美膏腴有所乏耳。苟有物焉,既充乎饥,又适于口,岂不餍饫爽快乎人哉?江西自德机范先生用太白风格一变旧习,流动开合,春容条畅,音响节奏咸赴以合,类皆和平之音,于是学者翕然从之,遂无复涛怒电蹴、鳌掀鲸吼、镵空擢壁、峥冰掷戟之态,然求其一联一句之间,涵滀涸永有无穷之思,得至足之味,使人不知手之舞之足之蹈之,则眇见焉。泰和陈通子泰,故家子弟之淳愿者也,为诗业进士,遭乱,感时伤事,发于咏歌,刘君子高又从而维之,抑扬浏亮,甚非琐琐者所能及也。自是少加以思,将见韵外之致,景外之趣,超诣沉郁,如蓝田日暖,良玉生烟,可望而不可致之目睫之前,斯可名家矣。若然,醇美醎酸之味有不备者欤?

王礼《麟原文集》卷五《陈子泰诗稿序》 《四库全书》本

古者,风俗淳美,民情和厚,故发于声诗,虽下至闾阎畎亩羁夫愁妇,无不由乎衷素,当歌而歌,当怨而怨,其言皆足以动人。是故,高者黄河太华,低者寒泉绝谷,大者钧天广乐,小者幽琴遗响,遇之而神怡,聆之而兴逸,非若后世摹仿步骤,仰探乎风云月露之滋华,俯掇乎草木鱼虫之品类,及玩而味之,求其戚戚于我心者,未之有焉,何也?发之者非其真心也。嗟乎,安得能吟之士,与之诵诗三百以涵养其性情之本哉?……故其(魏德基)为诗也,随意之所欲言,而非众之所能言,无摹仿无蹈袭,异于世之爱惜情思者远甚,使因吾说而推之涵泳乎国风雅颂以为之本,沉浸乎汉魏晋唐以为之佐,岂不愈有过人者哉?

王礼《麟原文集》后集卷一《魏德基诗稿序》 《四库全书》本

三代明王之御天下也,化先于政,知诗之为教,本乎人心,契乎天理,虽赏所未易诱、罚所未易禁者,而诗能动化之。于是设采诗之官以观风,贡之朝廷而达之天下,使人咏叹之间,阴有所创艾感发,其功顾不远且大耶?周道衰,采诗旷厥官而诗教废,由是专任赏罚以为政,而治不古若矣。治不古若,则诗日不如古,宜也。后人读杜诗而不究其意,乃目为小技,岂知诗哉?余尝谓离骚汉魏以来,作者非一人,其传而可诵者,必其善言情性、可兴可戒而不偭乎六义之矩矱者也。三百篇之有六义,犹至圆不能加规,至方不能逾矩,涵泳之久,自然气韵音节从容中道而入人者深,复何卑卑为论者之所能律哉?虽然,文章与时升降,国朝混一,区宇旷古所无,以淳庞朴厚之风气,蕴为冲淡丰蔚之辞章,发情止礼,有体有音,皆可师法,殆将耸元德以四代,轶汉唐而过之,惜采录无官,文采不尽暴于当世,收而辑之,庸非为士者之职乎?

王礼《麟原文集》后集卷二《长留天地间集序》 《四库全书》本

风人之诗既乎性情之正,而复得于“声气”之和,故其言委婉而敦厚,优柔而不迫,为万古诗人之经。

朱子说《关雎》云:“独其‘声气’之和,有不可得而闻者。”盖指乐而言。予谓乐之“声气”本乎诗,诗之“声气”得矣,于乐不可闻可也。

世之习举业者,牵于义理,狃于穿凿,于风人性情“声气”,了不可见,而诗之真趣泯矣……学者苟能心气平和,熟读涵泳,未有不恻然而感,惕然而动者。

风人之诗,诗家与圣门其说稍异。圣门论得失,诗家论体制。至论性情“声气”,则诗家与圣门同也。若搜剔字义,贯穿章旨,不惟与诗家大异,亦与圣门不合矣。

风人之诗,其性情,“声气”,体制,文采,音节,靡不兼善……其性慵“声气”无论,至其体制玲珑,文采备美,音节圆畅,具可概见。

《郑风·女曰鸡鸣》,前二章不过教其早起,弋取凫雁以归,饮酒相乐,未尝一言以及修身齐家之事。然其“声气”之和,乐而不淫,讽咏之久,则渣滓浑化,粗鄙尽除,正不必以末章为重也。

《驷驖》田猎之诗,而末章“声气”,亦甚悠闲也。(卷一)

王钦佩谓:“汉魏变于《雅》《颂》,唐体沿于《国风》。”此但以古律“声气”求之。

灵帝乐府楚声有《招商歌》,“声气”与昭帝《淋池歌》相类。(卷三)

子建乐府五言《七哀》、《种葛》、《浮萍》、《美女》而外,较汉人“声气”为雄,然正非乐府语耳。(卷四)

太冲诗浑朴,与靖节略相类。又太冲常用鱼、虞二韵,靖节亦常用之,其“声气”又相类。(卷六)

休文全集较玄晖“声气”为优,然殊不工。至入录者,则声韵益靡矣。惟休文长篇,“声气”稍雄,然正非乐府语耳。(卷八)

范云五言,在齐梁间“声气”独雄,永明以后,梁武取调,范云取气。(卷九)

至如(虞世南)《出塞》《从军》《饮马》《结客》及魏徵《出关》等篇,“声气”稍雄,与王褒薛道衡诸作相上下,此唐音之始也。(卷十二)

张说五言律,才藻虽不及沈宋,而“声气”犹有可取。(卷十四)

或问:“摩诘五七言律,‘声气’或有类大历者,何也?”曰:大历诸子,时代渐移,而风气始散。摩诘于禅学有悟,其英气渐消,“声气”虽同,而风格自异耳。(卷十六)

子美《饮中八仙歌》中多一韵二用,有至三用者,读之了不自觉。少时熟记,亦不见其错综之妙。或谓:“此歌无首无尾,当作八章。”然体虽八章,文气只似一篇,此亦歌行之变,但语未入元和耳。至“焦遂”二句,如《同谷》第七歌,“声气”俱尽。

子美律诗,大都沉雄含蓄、浑厚悲壮,然有句法奇警而沉雄者,有意思悲感而沉雄者,有"声气"自然而沉雄者……(举杜甫五七言诗数句)皆"声气"自然而沉雄者。然句法奇警、意思悲感者,人或识之,"声气"自然者,则无有识也。学杜者必先得其"声气"为主,否则终非子美耳。学初唐亦然。(卷十九)

七言律,刘(长卿)如"建牙吹角"……在中唐"声气"为雄,其他气虽有降,无不称工。钱(起)"未央月晓"、"紫微晴雪"、"二月黄鹂"三篇,气亦不薄。(卷二十)

胡元瑞云:"……一时并称者……或才情迥绝,以'声气'合而不得离,难概论也。"(卷二十一)

(权德舆)律诗,五言"声气"实胜,而七言则未为工。(卷二十二)

微之《连昌宫词》及七言律一二入选者,"声气"似胜……

微之七言古《连昌宫词》,"声气"浑厚,胜于乐天《长恨歌》,但叙事议论处,终是元和诗人。(卷二十八)

(刘禹锡)七言律如《南荆西蜀》、《南宫幸龙》、《渡头轻雨》三篇,"声气"有类盛唐。(卷二十九)

(许浑)五言律如"倾幕来华馆"、"京洛多高盖"二篇,"声气"犹胜。

(杜牧)七言《早雁》一篇,"声气"甚胜……

杜牧七言绝如《黄沙连海》……五篇,"声气"尚胜。(卷三十)

(马戴五言律)如"斜日挂边树""别离杨柳陌""尧女楼西望"三篇,"声气"亦类盛唐,惜乎结语多弱。

赵嘏七言律有《题双峰院松》一篇,"声气"有类盛唐。

薛逢七言律"老听笙歌"一篇,"声气"亦胜。(卷三十一)

吴融七言律"太行和雪"一篇,气格在初盛唐之间,"十二阑干"、"别墅萧条"、"长亭一望"三篇,"声气"亦胜,其他皆晚唐语也。

赵嘏、吴融全集,远逊许浑,而赵吴七言律一二,"声气"有类初、盛,使不睹诸家全集,定不能别其高下也。

韦庄律诗,七言胜于五言……七言律如"万里只携孤剑去,十年空逐塞鸿归"……"声气"实雄于浑。

(郑谷)五言律如"春亦怯边游"、"万里念江海"二篇,"声气"稍胜。(卷三十二)

王元美云:"明兴,大约立赤帜者二家而已。才情之美,无过季迪;'声气'之雄,次及伯温。……"(后集纂要卷二)

许学夷《诗源辩体》　人民文学出版社 1987 年排印本

祝　尧

祝尧，生卒年不详，字君泽，上饶（今属江西省）人，延祐五年（1318）进士，为江山尹，后迁无锡州同知。著有《古赋辩体》十卷。

古赋辩体[①] · 两汉体引言（节录）

骚人之赋与词人之赋虽异，然犹有古诗之义，辞虽丽而义可则，故晦翁不敢直以词人之赋视之也。至于宋唐以下则是词人之赋多，没其古诗之义，辞极丽而过淫伤，已非如骚人之赋矣，而况于诗人之赋乎？何者？诗人所赋，因以吟咏情性也，骚人所赋有古诗之义者，亦以其发乎情也，其情不自知而形于辞，其辞不自知而合于理；情形于辞故丽而可观，辞合于理故则而可法。然其丽而可观，虽若出于辞而实出于情，其则而可法，虽若出于理而实出于辞；有情有辞，则读之者有兴起之妙趣，有辞有理，则读之者有咏歌之遗音。如或失之于情，尚辞而不尚意，则无兴起之妙而于则乎何有？后代赋家之俳体[②]是已。又或失之于辞，尚理而不尚辞，则无咏歌之遗而于丽乎何有？后代赋家之文体是已。是以三百五篇之诗、二十五篇之骚，莫非发乎情者，为赋为比为兴而见于风雅颂之体，此情之形乎辞者，然其辞莫不具是理；为风为雅为颂而兼于赋比兴之义，此辞之合乎理者，然其理本不出于情。理出于辞，辞出于情，所以其辞也丽，其理也则，而有风比雅兴颂诸义也与。汉兴，赋家专取诗中赋之一义以为赋，又取骚中赡丽之辞以为辞，所赋之赋为辞赋，所赋之人为辞人，一则曰辞，二则曰辞，若情若理有不暇及，故其为丽已异乎风骚之丽，而则之与淫遂判矣。

贾马杨班,赋家之升堂入室者,至今尚推尊之。晦翁云:自原之后作者继起,独贾生以命世英杰之材俯就骚律,非一时诸人所及。定斋[③]云:赋则漫衍其流,体亦丛杂,长卿长于叙事,渊云长于说理。林艾轩[④]云:扬子云、班孟坚只填得腔子满,张平子辈竭尽气力又更不及。如是,则贾生之非所及毋论也,张平子辈之更不及不论也,若长卿、子云、孟坚之徒,诚有可论者。盖其长于叙事,则于辞也长,而于情或昧;长于说理,则于理也长,而于辞或略;只填得腔子满,则辞尚未长,而况于理?要之皆以不发于情故尔。所以渔猎捃摭[⑤],夸多斗靡,而每远于性情,哀荒亵慢,希合苟容,而遂害于义理。间如《上林》《甘泉》,极其铺张,终归于讽谏,而风之义未泯;《两都》等赋,极其眩曜,终折以法度,而雅颂之义未泯;《长门》《自悼》等赋,缘情发义,托物兴辞,咸有和平从容之意,而比兴之义未泯。一代所见,其与几何,诚以其时经焚坑之秦,故古诗之义未免没而或多淫,近风雅之周,故古诗之义犹有存而或可则。古今言赋,自骚之外,咸以两汉为古,已非魏晋以还所及,心乎古赋者,诚当祖骚而宗汉,去其所以淫而取其所以则可也。今故于此备论古今之体制,而发明扬子丽则、丽淫之旨,庶不失古赋之本义云。

《古赋辩体》卷三　《四库全书》本

【注释】

①《四库全书·古赋辩体提要》云:"其书自楚词以下,凡两汉三国六朝唐宋诸赋,每朝录取数篇以辨其体格,凡八卷,其外集二卷则拟骚及操歌等篇,为赋家流别者也。采摭颇为完备。其论司马相如《子虚》《上林》赋,谓问答之体,其源出自《卜居》《渔父》,宋玉辈述之,至汉而盛,首尾是文,中间是赋,世传既久,变而又变,其中间之赋以铺张为靡而专于词者,则流为齐梁唐初之俳体,其首尾之文以议论为便而专于理者,则流为唐末及宋之文体。于正变源流亦言之最确。"此尚是在赋之一体中揭示《古赋辩体》的价值,从更大范围来看,仅就书名而论,后来明代陆续出现了吴讷《文章辨体》、徐师曾《文体明辨》、许学夷《诗源辩体》等,可以说祝尧实际上开启了"辩体"之风。从理论上来讲,赵宋人"以文为诗"、"以诗为词"等淆乱体制的做法,乃是"辩体"的理论出发点。李清照的"词别是一家"说即为"辩体",强调词独特的体制特性不同于诗文,直到清代

词学尚有“辩体”、“尊体”之论。严羽论诗法以“体制”为先,其诗有“别材”、“别趣”说也是“辩体”,是为了强调诗独特的体制特性不同于文——后来明人李东阳所谓“诗在六经中别是一教”,正是对此“辩体”说的继承。可见,在这一历史时期,“辩体”涉及文章诸体,而某一体之辩的理论价值绝不仅仅只局限于这一体,对他体之辩亦有启发,可以说“辩体”已成为此期基本的理论问题——当如此来考察和把握祝尧《古赋辩体》的理论意义,并且实际上祝尧的讨论本身就极具理论性。大抵说来,祝尧的“赋”之体制特性论,主要是围绕“丽与则”、从“诗与文之间”及“情与理之间”这两方面展开的。以下先看“情理之间”。

《两汉体引言》末云:“今故于此备论古今之体制,而发明扬子丽则、丽淫之旨,庶不失古赋之本义云。”此亦《古赋辩体》一书主旨所在。首先,在赋之体制上,祝尧强调,赋之体制的本源在诗学“六义”之中,因此“赋”作为六义之一,本当兼有风比兴雅颂诸义,此方为赋之正体,而汉代“赋家专取诗中赋之一义以为赋”则已是变体了,但在祝尧看来,汉赋变而未失其正,一如《诗经》中的“变风”,在具体分析扬雄《甘泉赋》时指出:“但风比兴雅颂之义虽变,而风比兴雅颂之义终未泯,至于三国六朝以降,辞益侈丽,六义变尽而情失,六义泯尽而理失”,总之,他是以诗之六义为标准来考察赋之体制之正变的。

其次,在赋之内质上,祝尧强调以“情”为本,在分析扬雄作品时指出:“赋之为古,亦观六义所发何如尔。若夫雾縠组丽、雕虫篆刻,以从事于侈靡之辞,而不本于情,其体固已非古,况乎专尚奇难之字以为古,吾恐其益趋于辞之末而益远于辞之本也”,他又通过“情”与“理”的关系对扬雄“诗人之赋丽以则,词人之赋丽以淫”进行了分析,“情形于辞故丽而可观,辞合于理故则而可法”,可以说辞之“丽”乃是出于情感表达的需要,汉兴,“所赋之赋为辞赋,所赋之人为辞人,一则曰辞,二则曰辞,若情若理有不暇及,故其为丽已异乎风骚之丽,而则之与淫遂判矣”,最终的毛病是“皆以不发于情”而“遂害于义理”。而《唐体引言》则更进一步突出了“情”的本体地位:“辞者,情之形诸外也,理者,情之有诸中也,有诸中故见其形诸外,形诸外,故知其有诸中,辞不从外来,理不由他得,一本于情而已矣。若所赋专尚辞、专尚理,则亦何足见其平时素蕴之怀、他日有为之志哉?”尚“辞”无“情”不可,尚“理”无情亦不可。

复次,以上两方面又是高度交融在一起的,关于“楚辞体”,祝尧强调“原最后出,本诗之义以为骚”,“屈宋之辞,家传人诵,尚矣,删后遗音,莫此为古者,以兼六义焉尔”——此乃体制之论,而其内质则是“自情而辞,自辞而理,真得诗人发乎情、止乎礼义之妙,岂徒以辞而已哉”,而荀况赋“措辞工巧,虽有足尚,然其意味终不能如骚章之渊永”,“其辞既不先本于情之所发,又不尽本于理之所存,若视风骚所赋,则有间矣”。六义皆以情为本,而风与兴二义又尤近于情:“(《长门赋》)以赋体而杂出于风比兴之义,其情思缠绵、敢言而不敢怨者,风之义”,“盖六艺中惟风兴二义每发于情,最为动人而能发人之才思。长卿之赋甚多,而此篇最杰出者,有风兴之义也”。

此外,祝尧赋论亦尚自然:“(《上林赋》)子云以为戏者,则以其驾辞多尚虚,而理或至于不实;艾轩以为圣者,则以其运意犹自然,而辞未失于太过。若于此体会,则古人之赋固未可以铺张侈大之辞为佳,而又不可以刻画斧凿之辞为,亦当就情与理上求之。”

② 俳体——“俳谐体”之略称,旧指内容以游戏取笑的诗文。“俳”意谓诙谐、滑稽。

③ 定斋——宋人蔡戡,字定夫,有《定斋集》二十卷。

④ 林艾轩——宋人林光朝,字谦之,有《艾轩集》九卷。

⑤ 捃摭——采取,采集。

【附录】

古今之赋甚多,愚于此编非敢有所去取而妄谓赋之可取者止于此也,不过载常所诵者尔,其意实欲因时代之高下而论其述作之不同,因体制之沿草(似当为“革”)而要其指归之当一,庶几可以由今之体以复古之体云。(卷首)

楚辞体

宋景文公曰:离骚为词赋祖,后人为之,如至方不能加矩,至圆不能过规,则赋家可不祖楚骚乎?然骚者,诗之变也,诗无楚风,楚乃有骚,何邪?愚按:屈原为骚时,江汉皆楚地,盖自文王之化行乎南国,《汉广》、《江有汜》诸诗已列于二南十五国风之先,其民被先王之泽也深,风雅既变,而楚狂凤兮之歌、沧浪孺子清兮浊兮之歌,莫不发乎情、止乎礼义,而犹有诗人之六义,故动吾夫子之听,但其歌稍变于诗之本体,又以兮为读,楚声萌蘖久矣。原最后出,本诗之义以为骚。凡其寓情草木、托意男女以极游观之适者,变风之流也;其叙事陈情、感今怀古、不忘君臣之义者,变雅之类也;其语祀神歌舞之盛则几乎颂矣。至其为赋,则如《骚经》首章之云,比则如香草恶物之类,兴则托物兴辞、初不取义,如《九歌》沅芷澧兰以兴思公子而未敢言之属。但世号楚辞,初不正名曰赋,然赋之义实居多焉。自汉以来,赋家体制大抵皆祖原意,故能赋者要当复熟于此以求古诗所赋之本义,则情形于辞而其意思高远,辞合于理而其旨趣深长,成周先王二南之遗风可以复见于今矣。

(《离骚》)晦翁云:诗之兴多而比赋少,骚则兴少而比赋多。要必辨此而后辞义可寻。然其游春宫、求宓妃之属,又兼风之义;述尧舜、言桀纣之类,又兼雅之义。故淮南王安曰:国风好色而不淫,小雅怨诽而不乱,若离骚者可谓兼之矣。读者诚能体原之心而知其情,味原之行而知其理,则自有感动兴起省悟处。孟轲氏论说诗曰:不以文害辞,不以辞害意,以意逆志,是为得之。凡赋人之赋与赋己之赋,皆当于此体会,则其情油然而生,粲然而见,决不为文辞之所害矣。离,别也,骚,愁也。(卷一)

宋 玉

玉,屈原弟子也,为楚大夫,闵其师忠而放逐,故作《九辨》以述其志。玉赋颇多,然其精者莫精于九辨,昔人以屈宋并称,岂非于此乎?得之太史公曰:屈原之后,楚有宋玉唐勒景差之徒,皆以赋见称。或问杨子云曰:景差唐勒宋玉枚乘之赋也善乎?曰:必也淫,诗人之赋丽以则,词人之赋丽以淫。审此,则宋赋已不如屈而为词人之赋矣。宋黄山谷云:作赋须以宋玉贾谊相如子云为之师,略依仿其步骤,乃有古风。老杜咏吴生画云:画手看时辈,吴生远擅场。盖古人于能事不独求夸,时辈要须前辈中擅场尔。此言尤后学所当佩服,但其言自宋玉以下而不及屈子,岂以骚为不可及邪?

右屈宋之辞,家传人诵,尚矣,删后遗音,莫此为古者,以兼六义焉尔。赋者诚能隽永于斯,则知其辞所以有无穷之意味者,诚以舒忧泄思、粲然出于情,故其忠君爱国隐然出于理,自情而辞,自辞而理,真得诗人发乎情、止乎礼义之妙,岂徒以辞而已哉。如但知屈宋之辞为古,而莫知其所以古,及其极力摹放,则又徒为艰深之言以文其浅近之说,摘奇难之字以工其鄙陋之辞,汲汲焉以辞为古,而意味殊索然矣,夫何古之有?能赋者必有以辨之。

荀卿(名况)

卿,赵人,少游于齐,为稷下祭酒,后以避谗适楚春申君,以为兰陵令,君死卿废,遂家兰陵而终。其时在屈原先,楚赋于斯已盛矣,愚今先屈后荀,固诚逆舛,但以屈子之骚,赋家多祖之,卿赋措辞工巧,虽有足尚,然其意味终不能如骚章之渊永,若欲置之于首,恐误后学。林少颖曰:昔孔子之始删诗也,得周之国风雅颂于自卫反鲁之初,既列而序之末,乃得商颂,又从而附益之,不以世次之先后为嫌也。狂愚不揆,窃自附于圣人之义,览者亦毋以世次之先后为拘,则幸矣。

《礼赋》纯用赋体无别义,后诸篇同,卿赋五篇一律全是隐语,描形写影,名状形容,尽其工巧,自是赋家一体,要不可废。然其辞既不先本于情之所发,又不尽本于理之所存,若视风骚所赋,则有间矣。吁,此楚骚所以为百代词赋之祖也欤?(卷二)

两汉体

贾生(名谊)

《吊屈原赋》用比义,《鹏赋》全用赋体,无他义,故同死生、齐物我之辞,虽有逸气,而其理未免涉于荒忽怪幻,若较之,《吊屈》于比义中,发咏歌嗟叹之情,反复抑扬,殊觉有味。

司马相如

(《子虚赋》)此赋虽两篇,实则一篇,赋之问答体,其原自《卜居》《渔父》篇来,厥后宋玉辈述之,至汉此体遂盛,此两赋及《两都》《二京》《三都》等作皆然,盖又别为一体,首尾是文,中间乃赋,世传既久,变而又变,其中间之赋以铺张为靡而专于辞者,则流为齐梁唐初之俳体,其首尾之文以议论为便而专于理者,则流为唐末及宋之文体。性情益远,六义澌尽,赋体遂失。然此等铺叙之赋,固将进士大夫于台阁,发其蕴而验其用,非徒使之赋咏景物而已。须将此两赋及扬子云《甘泉》《河东》《羽猎》《长扬》、班孟坚《两都》、潘安仁《藉田》、李太白《明堂》《大猎》、宋子京《圜丘》、张文潜《大礼》《庆成》等赋并看,又将离骚《远游》诸篇赡丽奇伟处参看,一扫山林草野之气习,全仿冠冕佩玉之步骤,取天地百神之奇怪使其词夸,取风云山川之形态使其词媚,取鸟兽草木之名物使其词赡,取金璧彩缯之容色使其词藻,取宫室城阙之制度使其词壮,则词人之赋吾既尽之。然后自赋之体而兼取他义,当讽刺则讽刺,而取之风,当援引则援引,而取诸比,当假托则假托,而取诸兴,当正言则正言,而取诸雅,当歌咏则歌咏,而取诸颂,则诗人之赋吾又兼之。吞吐溟渤,黼黻云际,良金美玉,无施不可,汉人所谓感物造端,材知深美,可与图串,故可为列大夫,有不在于斯人与?

(《上林赋》)此篇之末有风义。长卿之赋虽多虚辞滥说,然要其归引之于节俭,此与诗之讽谏何异?扬子云乃曰:靡丽之赋劝百而风一,犹骋郑卫之声,曲终而奏雅,不已戏乎?林艾轩又云:相如,赋之圣者,子云、孟坚如何得似他自然流出。愚谓:子云以为戏者,则以其驾辞多尚虚,而理或至于不实;艾轩以为圣者,则以其运意犹自然,而辞未失于太过。若于此体会,则古人之赋固未可以铺张侈大之辞为佳,而又不可以刻画斧凿之辞为,亦当就情与理上求之。

(《长门赋》)以赋体而杂出于风比兴之义,其情思缠绵、敢言而不敢怨者,风之义。篇中如天飘飘而疾风及孤雌峙于枯杨之类者,比之义,上下兰台、遥望周步、援琴变调、视月精光等语,兴之义。盖六艺中惟风兴二义每发于情,最为动人而能发人之才思。长卿之赋甚多,而此篇最杰出者,有风兴之义也。故晦翁称此文古妙,归来子亦曰此讽也,非高唐洛神之比。愚尝以长卿之《子虚》《上林》较之《长门》,如出二手,二赋尚辞,极其靡丽而不本于情,终无深意远味,《长门》尚意,感动人心,所谓情动于中而形于言,虽不尚辞而辞亦在意之中。由此观之,赋家果可徒尚辞而不尚意乎？尚意,则古之六义可兼,是所谓诗人之赋,而非后世词人之赋矣。(卷三)

扬子云(名雄,西汉人)

赋之为古,亦观六义所发何如尔。若夫雾縠组丽、雕虫篆刻,以从事于侈靡之辞,而不本于情,其体固已非古,况乎专尚奇难之字以为古,吾恐其益趋于辞之末而益远于辞之本也。

(《甘泉赋》)赋也,全是仿司马长卿,真所谓同工异曲者与？盖自长卿诸人就骚中分出侈丽之一体以为辞赋,至于子云,此体遂盛,不因于情,不止于理,而惟事于辞。虽曰因宫室畋猎等事以起兴,然务矜夸而非咏歌,兴之义变甚矣;虽曰取天地百神等物以为比,然涉奇狂而非博雅,比之义变甚矣;虽口陈古者帝工之迹以含讽,然近谀佞而非柔婉,风之义变甚矣;虽曰称朝廷功德等美以仿雅颂,然多文饰而非正大,雅颂之义又变甚矣。但风比兴雅颂之义虽变,而风比兴雅颂之义终未泯,至于三国六朝以降,辞益侈丽,六义变尽而情失,六义泯尽而理失,噫,于此可以观世变矣。

(《长杨赋》)问答赋,如《子虚》《上林》首尾同是文,而其中犹是赋,至子云此赋则自首至尾纯是文,赋之体鲜矣。厥后,唐末宋时,诸公以文为赋,岂非滥觞于此？盖赋之为体,固尚辞,然其于辞也,必本之于情而达之于理,文之为体,每尚理,然其于理也,多略乎其辞而昧乎其情,故以赋为赋,则自然有情有辞而有理,以文为赋,则有理矣而未必有辞,有辞矣而未必有情,此等之作,虽名曰赋,乃是有韵之文,并与赋之本义失之噫。

班 固

(《西都赋》)此赋两篇,亦一篇也,前篇极其眩曜,赋中之赋也,后篇折以法度,赋中之雅也,篇末五诗则又赋中之颂也。昌黎曰诗正而葩,子云曰诗人之赋丽以则,愚谓:先正而后葩,此诗之所以为诗,先丽而后则,此赋之所以为赋。自汉以来,赋者多知赋之当丽,而少知赋之当则,苟有善赋者,以诗中之赋而为赋,先以情而见乎辞,则有正与则之意为骨,后以辞而达于理,则有葩与丽之辞为肉,庶几葩丽而不淫,正则而可尚,发乎情,止乎礼义,是独非诗人之赋欤？何词人之赋足言也。此赋涉雅颂,犹有正与则之余风,愚故于此意言之。

祢 衡

(《鹦鹉赋》)比而赋也,其中兼含风兴之义。虚以物为比,而寓其羁栖流落无聊不平之情,读之可为哀欷。凡咏物题,当以此等赋为法。其为辞也,须就物理上推出人情来,直教从肺腑中流出,方有高古气味。如但赋之以辞,则流于后代之体,以字句之巧为用,工而不知其漠然无情,以体贴之切为著,题而不知其涣然无理,视之虽如织锦,味之乃如嚼蜡,况望其可高耶?此赋宜与鲍明远《野鹅赋》并看。(卷四)

《古赋辩体》《四库全书》本

古赋辩体·外录引言[①]

尝观晁氏续骚以陶公《归去来辞》为古赋之流,疑其诗流为赋,赋又流为他文,何其愈流愈远邪?又观唐元微之曰:诗讫于周,离骚讫于楚,是后诗人流而为二十四名,赋颂铭赞文诔箴诗行吟咏题怨叹章篇操引谣讴歌曲词调,自操以下八名皆是起于郊祭军宾吉凶等乐,由诗以下九名皆属事而作,虽题号不同而悉谓之诗。愚谓:二十四名或为文或为诗,要皆是韵语,其流悉源于诗,但后代铭赞文诔箴之类,终是有韵之文,何可与诗赋例论。亦尝反复推之,然后知后代之赋,本取于诗之义,以为赋名虽曰赋,义实出于诗。故汉人以为古诗之流,后代之文间取于赋之义以为文,名虽曰文,义实出于赋,故晁氏亦以为古赋之流,所谓流者,同源而殊流尔,如是赋体之流固当辩其异,赋体之源又当辩其同,异同两辩,则其义始尽,其体始明,此古赋外录之辩所以继于古赋辩体之辩也欤?

夫自帝王之书有明良之歌[②]、五子之歌[③],诗文虽互见,而诗体实自异。及圣人删商周之诗为一经,而诗体始与文体殊趋[④]。然论诗之体必论诗之义,诗之义六,惟风比兴三义真是诗之全体,至于赋雅颂三义则已邻于文体,何者?诗所以吟咏情性,如风之本义优柔而不直致,比之本义托物而不正言,兴之本义舒展而不刺促[⑤],得于未发之性,见于已发之情,中和之气形于言语,其吟咏之妙,真有永歌嗟叹舞蹈之趣,此其所以为诗而非他文所可混。人徒见赋有铺叙之义则邻于文之叙事者,雅有正大之义则邻于文之明理者,颂有褒扬之义则邻于文之赞德者,殊不知古诗之体六义错综,昔人以风雅颂为三经,以赋比兴为三纬,经其诗之正乎?纬其诗之葩乎?经之以正,纬之以葩,诗之全体始见,而吟咏情性之作有非复叙事明理赞德之文矣,诗之所以异于文者以此。

赋之源出于诗，则为赋者固当以诗为体，而不当以文为体。后代以来，人多不知经纬之相因、正葩之相须，吟咏无所因而发，情性无所缘而见，问其所赋，则曰赋者铺也，如以铺而已矣，吾恐其赋特一铺叙之文尔，何名曰赋？是故为赋者不知赋之体而反为文，为文者不拘文之体而反为赋，赋家高古之体不复见于赋，而其支流轶出赋之本义乃有见于他文者。观楚辞于屈宋之后，代相祖述⑥，续骚后语等编中所载，如二《招》、《惜誓》以下，至王荆公《寄蔡氏女》、邢敦夫《秋风》三迭，皆本于骚，犹曰于赋之体无以异。他如《秋风》、《绝命》、《归去来辞》等作，则号曰辞，吊田横、苌弘等作则号曰文，《易水》、《越人》、《大风》等作则号曰歌，虽异其号，然取于赋之义则同。盖于其同而求其异，则赋中之文诚非赋也；于其异而求其同，则文中之赋独非赋乎？必也分赋中之文而不使杂吾赋，取文中之赋而可使助吾赋。分其所可分，吾知分非赋之义者尔，不以彼名曰赋，而遂不敢分；取其所可取，吾知取有赋之义者尔，不以彼名他文，而遂不敢取：此正鲁男子学柳下惠法⑦也。赋者，其可泥于体格之严而又不知曲畅旁通之义乎？今故以历代祖述楚语者为本，而旁及他有赋之义者，因附益于辩体之后，以为外录，庶几既分非赋之义于赋之中，又取有赋之义于赋之外，严乎其体，通乎其义，其亦赋家之一助云尔。

《古赋辩体》卷九　《四库全书》本

【注释】

① 祝尧既在诗之“六义”中辨析赋之体制特性，表明他认为赋近于诗，所以其赋体辨的第二个方面是在诗与文之间展开的。这方面的辨析价值颇高，而其理论意义则又不局限于赋这一种体裁，后来明人有关诗之体制特性之辨实与其近。

《古赋辩体》尚有“外录”，其所录“以历代祖述楚语者为本，而旁及他有赋之义者”，即收录的是无赋之“名”而有赋之“义”的作品，“赋体之流固当辩其异，赋体之源又当辩其同，异同两辩，则其义始尽，其体始明”，所以，辨明赋之“义”、之“体”，就当辨明赋之“源”，祝尧非常明确地指出：“赋之源出于诗，则为赋者固当以诗为体，而不当以文为体”，“后代之赋，本取于诗之义，以为赋名虽曰赋，义实出于诗”。所以，祝尧反对“以文为赋”。而“以文为赋”滥觞于刘汉、泛滥于赵宋。如上篇附录所引祝尧分析《长杨赋》,又如分析唐杜牧《阿房宫赋》指出:“赋也,前半篇造句犹是赋,后半篇议论俊发、醒人心目,自是一段好文字,赋之本体恐不如此,以至宋朝诸家之赋,大抵皆用此格”,而“宋时名公于文章必辩体,此诚古今的论,然宋之古赋往往以文为体,则未见其有辩其失者”,分析宋子京《圆丘赋》亦云:“盖宋赋虽稍脱俳律,又有文体之弊,精于义理而远于情性,绝难得近古者。”

除了以文为赋外,汉代以后还逐渐出现了赋的律化现象,见《宋体引言》、《三国六朝体引言》的详细描述。祝尧似并不反对骈文的散文化,但反对赋的散文化,《宋体引言》还分析了俳体、文体皆非赋体之正的原因。

此篇《外录引言》对诗体与文体不同的体制特性作了详细的辨析,“吟咏情性”者为诗为赋,“叙事明理”者为文,此似极明了,问题在于:如何区分“情性”与“事”、“理”?这两种因素可谓文章之“所道”,诗学史上有“诗言志”、“诗言意”、“诗缘情”等诸说,此等“志”、“意”、“情”与所谓“理”貌似容易区分,但细加深究,其实又是很难说清楚的。而另一途径则是从“所以道”即语言表达方式入手:上面的引文强调诗“不直致”、“不正言”,则可以说与之相对文的语言表达方式就是“直致”、“正言”,那么,诗之“不直致”、“不正言”的表达方式包括哪些呢?首先是“吟咏”、“永歌嗟叹”也即和谐的语音。

那么,祝尧是否就把和谐的声音视为诗赋的独特体制特性所在呢?在前面的引文中他对赋的律化多有批评,而律化显然是重语音和谐的,又如有云:“以论理为体,则是一片之文,但押几个韵尔,赋于何有”、“以文为赋,则有理矣而未必有辞,有辞矣而未必有情,此等之作,虽名曰赋,乃是有韵之文,并与赋之本义失之”等等——“有韵”当然也是语音和谐的一种方式。如此来看,则祝尧反对和谐语音?祝尧在分析谢惠连《雪赋》时似透露出了玄机:“且歌者,诗人所赋之妙,实以其情,非辞能尽,故形于声而为歌。雪、月二赋篇末之歌,犹是发乎情本义,若《枯树赋》,簇事为歌,何情之可歌哉?”原来,和谐语音有两种不同的组合方式:“理(事、论、意等)—韵(歌、吟咏等)”与“情—韵”。《三国六朝体引言》指出“辞人所赋,赋其辞尔,故不歌而诵;诗人所赋,赋其情尔,故不诵而歌”,“歌者其情”,而“情”在“歌”中;“(贾谊)《吊屈》于比义中,发咏歌嗟叹之情,反复抑扬,殊觉有味”,“咏歌嗟叹之情”者,“声情”也,而“声情”乃“不直致”、“不正言”之情,《三国六朝体引言》亦云:“古人所歌,情至而辞不至,则嗟叹而不自胜,辞尽而情不尽则舞蹈而不自觉,三百五篇所赋皆弦歌之,以此尔。”所以,诗赋之特质不在有韵,而在韵能传情,即“声情”是也;而在“有韵之文”之“理(事、论、意等)—韵(歌、吟咏等)”组合中,“韵”本身并不能传情,因而无茂美之声情。而且咏歌之声还与“兴”密切相关:“(扬雄《甘泉赋》)虽曰因宫室畋猎等事以起兴,然务矜夸而非咏歌,兴之义变甚矣。”《两汉体引言》有云:“又或失之于辞,尚理而不尚辞,则无咏歌之遗而于丽乎何有?后代赋家之文体是已。”所以,尚理会使诗赋丧失茂美声情及特有之感兴功能——此诗赋“文体”化之弊;另一方面,声能传情的前提条件是此声乃情之自然流露,刻意人工雕琢也可以使声和谐,但不能使声获得情感表现力,同样不具有茂美声情和感兴功能——此诗赋“俳体”化之弊也。

诗赋“不直致”、“不正言”的另一独特表达方式是景象、物色,祝尧对景象、物色的情感表现力即情景交融亦多有分析:“(张华《鹪鹩赋》)比而赋也,凡咏物之赋须兼比兴之义,则所赋之情不专在物,特借物以见我之情尔。盖物虽无情,而我则有情,物不能辞,而我则能辞,要必以我之情,推物之情,以我之辞,代物之辞,因之以起兴,假之以成比。虽曰推物之情,而实言我之情,虽曰代物之辞,而实出我之辞。本于人情,尽于物理,其词自工,其情自切,使读者莫不感动,然后为佳。”某种程度上可以说,祝尧所揭示的诗赋的独特体制特性最终就落实为“声情交融”与“情景交融”。

总之,置于上而李清照反对“以诗为词”、严羽反对“以文为诗”、下而明代格调派更是严守诗不同于文之体制特性这样的诗学思想史背景及宋元以来有关诗歌在声情、意象两方面的体制建构之发展趋向中,祝尧《古赋辩体》的理论价值就会凸显出来。“以诗为词”固然扩大了词的表达领域,但同时也削弱了词体的声情表现力;“以文为诗”诚然拓展了诗体的表达空间,但同时也削弱了诗体在声情、意象这两种特有语言表达方式的表现功能。祝尧有云:“赋者,其可泥于体格之严而又不知曲畅旁通之义乎”,他并不反对赋体与他体的相互作用,而其严于诗赋体制之正的旨趣在于,强调使声情、意象这两种语言形式的表达功能充分发挥出来——大抵可将此视为“向内深掘”汉语表现力的追求,而可把“以文为诗”等视为“向外扩展”汉语表现力的追求,只有使这两种趋向保持一定的张力,才能使汉语的文化功能得以充分、全面、和谐、均衡地发展;也只有作如是观,才能较为充分地揭示和把握此间诗体辨正思潮的理论价值。

② 明良之歌——《尚书·虞书》:“乃赓载歌曰:元首明哉,股肱良哉,庶事康哉。传:赓续载成也,帝歌归美股肱,义未足,故续歌,先君后臣,众事乃安,以成其义。”此即所谓明良之歌。

③ 五子之歌——《尚书·夏书》:“太康尸位,以逸豫灭厥德,黎民咸贰,乃盘游无度,畋于有洛之表,十旬弗反。有穷后羿因民弗忍,距于河,厥弟五人御其母以从,徯于洛之汭。五子咸怨,述大禹之戒以作歌。其一曰:‘皇祖有训,民

可近,不可下,民惟邦本,本固邦宁。予视天下愚夫愚妇一能胜予,一人三失,怨岂在明,不见是图。予临兆民,懔乎若朽索之驭六马,为人上者,奈何不敬?'其二曰:'训有之,内作色荒,外作禽荒。甘酒嗜音,峻宇雕墙。有一于此,未或不亡。'其三曰:'惟彼陶唐,有此冀方。今失厥道,乱其纪纲,乃厎灭亡。'其四曰:'明明我祖,万邦之君。有典有则,贻厥子孙。关石和钧,王府则有。荒坠厥绪,覆宗绝祀!'其五曰:'呜呼曷归?予怀之悲。万姓仇予,予将畴依?郁陶乎予心,颜厚有忸怩。弗慎厥德,虽悔可追?'"

④ 趍——通"趋"。

⑤ 剌促——忙碌急迫。

⑥ 祖述——效法遵循前人的学说或行为。

⑦ 鲁男子学柳下惠法——《孔子家语·好生》:"鲁人有独处室者,邻人嫠妇亦独处一室。夜,暴风雨至,嫠妇之室坏,趋而托焉。鲁人闭门而不纳。嫠妇自牖与之言:'子何不仁而不纳我乎?'鲁人曰:'吾闻男女不六十不同居。今子幼,吾亦幼,是以不纳尔也。'妇人曰:'子何不如柳下惠然,妪不逮门之女。'鲁人曰:'柳下惠则可,吾固不可。吾将以吾之不可,学柳下惠之可。'孔子闻之曰:'欲学柳下惠者,未有似于此者。期于至善,而不袭其为,可谓智乎!'"又,刘克庄《答陈卓然书》(《后村先生大全集》卷一百三十一)有云:"贾马而下,于骚皆学柳下惠者也,惟韩、柳,庶几鲁男子之学柳下惠者矣。"祝尧说似本此。

【附录】

三国六朝体引言

梁昭明《文选序》云:诗有六义,二曰赋,今之作者异乎古诗之体,今则全取赋名。愚按:汉艺文志云:不歌而诵谓之赋,则知辞人所赋,赋其辞尔,故不歌而诵;诗人所赋,赋其情尔,故不诵而歌。诵者其辞,歌者其情,此古今诗人、辞人之赋所以异也。尝观古之诗人,其赋古也则于古有怀,其赋今也则于今有感,其赋事也则于事有触,其赋物也则于物有况,情之所在,索之而愈深,穷之而愈妙,彼其于辞,直寄焉而已矣。又观后之辞人,刊陈落腐而惟恐一语未新,搜奇摘艳而惟恐一字未巧,抽黄对白而惟恐一联未偶,回声揣病而惟恐一韵未协,辞之所为罄矣,而愈求妍矣而愈饰,彼其于情,直外焉而已矣。是故,古人所歌,情至而辞不至,则嗟叹而不自胜,辞尽而情不尽则舞蹈而不自觉,三百五篇所赋皆弦歌之,以此尔。后来春秋朝聘燕享之所赋犹取于工歌之声诗,楚骚乱倡、少歌之所赋亦取于乐歌之音节,奈之何汉以前之赋出于情,汉以后之赋出于辞,其不歌而诵,全取赋名,无怪也。盖西汉之赋其辞工于楚骚,东汉之赋其辞又工于西汉,以至三国六朝之赋，一代工于一代，辞愈工则情愈短，情愈短则味愈浅，味愈浅则体愈下。建安七子独王仲宣辞赋有古风，归来子曰：仲宣《登楼》之作去楚骚远，又不及汉，然犹过曹植、陆机、潘岳众作，魏之赋极此矣。诚以其《登楼》一赋，不专为辞人之辞，而犹有得于诗人之情以为风比兴等义。晋初陆士衡作《文赋》有曰：立片言以居要，乃一篇之警策。吕居仁曰：文章无警策则不能动人，但晋宋间人专致力于此，故失于绮靡，而无高古气味。吁，士衡以辞为警策尔，故曰立言居要，居仁以辞能动人尔，故曰绮靡无味，殊不知辞之所以动人者，以情之能动人也，何待以辞为警策然后能动人也哉？且独不见古诗所赋乎，出于小夫妇人之手，而后世老师宿傅不能道。夫小夫妇人亦安知有所谓辞哉，特其所赋出于胸中一时之情不能自已、故形于辞而为风比兴雅颂等义，其辞自深远矣，然指此辞之深远也，情之深远也；至若后世老师宿傅，则未有不能辞者，及其见之于赋，反不能如古者小夫妇人之所为，则以其徒泥于纸上之语，而不得其胸中之趣，故虽穷年矻矻，操觚弄翰，欲求一辞之及于古，亦不可得。又观士衡辈《文赋》等作全用俳体，盖自楚骚“制芰荷以为衣”、“集芙蓉以为裳”等句便已似俳，然犹一句中自作对，及相如“左乌号之雕弓”、“右夏服之劲箭”等语，始分两句作对，其俳益甚。故吕与叔曰：文似相如，殆类俳流。至潘岳首尾绝俳，然犹可也。沈休文等出，四声八病起，而俳体又入于律。为俳者则必拘于对之必的，为律者则必拘于音之必协，精密工巧，调和便美，率于辞上求之。《郊居赋》中尝恐人呼雌霓（音啮）作倪，不复论大体意味，乃专论一字声律，其赋可知。徐庾继出，又复隔句对联以为骈四俪六，簇事对偶以为博物洽闻，有辞无情，义亡体失，此六朝之赋所以益远于古，然其中有士衡《叹逝》、茂先《鷦鹩》、安仁《秋兴》、明远《芜城》《野鹅》等，篇虽曰其辞，不过后代之辞，乃若其情则犹得古诗之余情。愚于此益叹古今人情如此其不相远，古诗赋义如此其终不泯。诗云：中心藏之，何日忘之，六义藏于人心，自有不能忘者，吾乌乎而忘吾情？

（王粲《登楼赋》）赋也，末段自步栖迟以徙倚之下则兼风比兴义，故犹有古味，以此知诗人所赋之六义其妙处皆从情上来，情之不可已也如是夫！

（张华《鷦鹩赋》）比而赋也，凡咏物之赋须兼比兴之义，则所赋之情不专在物，特借物以见我之情尔。盖物虽无情，而我则有情，物不能辞，而我则能辞，要必以我之情，推物之情，以我之辞，代物之辞，因之以起兴，假之以成比。虽曰推物之情，而实言我之情，虽曰代物之辞，而实出我之辞。本于人情，尽于物理，其词自工，其情自切，使读者莫不感动，然后为佳。此赋盖与《鹦鹉》《野鹅》二赋同一比兴，故皆有古意，但《鹦鹉》《野鹅》二赋尤觉情意缠绵，词语凄惋，则其所以兴情处异故也。（卷五）

(颜延之《赭白马赋》)赋也,辞极精密,晋宋间赋,辞虽太工丽,要是赋中所有者,赋家亦不可不察乎此。若使辞出于情,情辞两得,尤为善美兼尽,但不可有辞而无情尔。愚故尝谓:赋之为赋,与有辞而无情,宁有情而无辞。盖有情而无辞,则辞虽浅而情自深,其义不失为高古;有辞而无情,则辞虽工而情不及,其体遂流于卑弱。此赋句意皆出于汉《天马歌》,至唐李杜咏马之作则又出于此矣。

(谢惠连《雪赋》)赋也,二歌及乱涉风比兴义,意味近古。二歌仿《招魂》语意乱辞,别为一体,又骚之变者。且歌者,诗人所赋之妙,实以其情,非辞能尽,故形于声而为歌。雪、月二赋篇末之歌,犹是发乎情本义,若《枯树赋》,簇事为歌,何情之可歌哉?此赋中间极精丽,后人咏雪皆脱胎焉。盖琢句练字,抽画细腻,自是晋宋间所长,其源亦自荀卿云蚕诸赋来。

(鲍照《芜城赋》)赋也,而亦略有风兴之义。此赋虽与黍离、哀郢同情,然黍离、哀郢情过于辞,言穷而情不可穷,故至今读之犹可哀痛;若此赋,则辞过于情,言穷而情亦穷矣,故辞虽哀切,终无深远之味。诗云:知我者谓我心忧,不知我者谓我何求。古人之情岂可于辞上穷之邪?

(鲍照《舞鹤赋》)赋也,形状舞态极工,其若无毛质及整神容以自持等语,皆超诣,末聚舞事结束,正用《啸赋》格。盖六朝之赋,至颜、谢工矣,若明远则工之又工者也,其所以工者,尽辞之妙,而惟其辞之不尽,岂知古人之赋宁不能尽其辞而使之工哉、每留其辞而不使之尽哉?诚欲有余之情溢于不尽之辞,则其意味深远,不在于辞之妙,而在于情之妙也。然以荀卿大传所赋犹或不察,而况于六朝间人耶?(卷六)

唐体引言

疑诗序谓"发乎情止乎礼义"言情言理而不言辞,岂知古人所赋,其有理也、以其有辞,其有辞也、以其有情,其情正,则辞合于理而正,其情邪,则辞背于理而邪,所谓辞者,不过以发其情而达其理。故始之以情,终之以礼义,虽未尝言辞,而辞实在其中,盖其所赋固必假于辞,而有不专于辞者。去古日远,人情为利欲所汩而失其天理之本然,情涉于邪而不正,则以游辞而释之;理归于邪而不正,则以强辞而夺之。易系六辞、轲书四辞,固不出于理之正,而亦何莫不从心上来。吁,辞者,情之形诸外也,理者,情之有诸中也,有诸中故见其形诸外,形诸外,故知其有诸中,辞不从外来,理不由他得,一本于情而已矣。若所赋专尚辞、专尚理,则亦何足见其平时素蕴之怀、他日有为之志哉?方今崇雅黜浮,变律为古,愚故极论律之所以为律,古之所以为古,赋者知此,则其形一国之风、言天下之事,当有得古人吟咏情性之妙者矣。

(杜牧《阿房宫赋》)赋也,前半篇造句犹是赋,后半篇议论俊发、醒人心目,自是一段好文字，赋之本体恐不如此，以至宋朝诸家之赋，大抵皆用此格。潘子真载曾南丰曰：牧之赋宏壮巨丽，驰骋上下，累数百言，至“楚人一炬、可怜焦土”，其论盛衰之变判于此。然南丰亦只论其赋之文，而未及论其赋之体。后山《谈丛》云：曾子固短于韵语，若韵语是其所短，则其以文论赋，而不以赋论赋，毋怪焉。（卷七）

宋体引言

王荆公评文章尝先体制，观苏子瞻《醉白堂记》曰韩白优劣论尔。后山云：退之作记，记其事尔，今之记，乃论也。少游谓《醉翁亭记》亦用赋体，范文正公《岳阳楼记》用对句说景，尹师鲁曰传奇体尔。宋时名公于文章必辩体，此诚古今的论，然宋之古赋往往以文为体，则未见其有辩其失者。晦翁云：东汉文章渐趋对偶，汉末以后只做属对文字，韩文公尽扫去，方成古文，当时信他者少，亦变不尽；及欧公一向变了，亦有欲变而不能者，所以做古文自是古文，四六自是四六，却不衮杂。后山又云：宋初士大夫例能四六，杨文公笔力豪赡，体亦多变，而不脱唐末五代之气。喜用方语，以切对为工，乃进士赋体尔。欧阳少师始以文体为对属。愚考，唐宋间文章，其弊有二，曰俳体，曰文体。为方语而切对者，此俳体也，自汉至隋，文人率用之，中间变而为双关体，为四六体，为声律体，至唐而变深，至宋而变极。进士赋体又其甚焉，源远根深，塞之非易。晦翁又谓，文章到欧阳曾苏方是畅。然所谓欲变不能者，岂特四六也哉？后山谓，欧公以文体为四六，但四六对属之文也，可以文体为之。至于赋，若以文体为之，则专尚于理，而遂略于辞、昧于情矣。俳律卑浅，固可去，议论俊发亦可尚，而风之优柔、比兴之假托、雅颂之形容皆不复兼矣。非特此也，赋之本义当直述其事，何尝专以论理为体邪？以论理为体，则是一片之文，但押几个韵尔，赋于何有？今观《秋声》《赤壁》等赋，以文视之，诚非古今所及，若以赋论之，恐坊雷大使舞剑，终非本色。学者当以荆公、尹公、少游等语为法，其曰论体、赋体、传奇体，既皆非记之体，则文体又果可为赋体乎？本以恶俳，终以成文，舍高就下，俳固可恶，矫枉过正，文亦非宜。俳以方为体，专求于辞之工；文以圆为体，专求于理之当；殊不知专求辞之工而不求于情，工则工矣，若求夫言之不足与咏歌嗟叹等义有乎否也？专求理之当而不求于辞，当则当矣，若求夫情动于中与手舞足蹈等义有乎否也？故欲求赋体于古者，必先求之于情，则不刊之言自然于胸中流出，辞不求工而自工，又何假于俳？无邪之思自然于笔下发之，理不求当而自当，又何假于文？胸中有成思，笔下无费辞，以乐而赋则读者跃然而喜，以怨而赋则读者愀然以吁，以怒而赋则令人欲按剑而起，以哀而赋则令人欲掩袂以泣。动荡乎天机，感发乎人心，而兼出于风比兴雅颂之义焉，然后得赋之正体，而合赋之本义。苟为不然,虽能脱于对语之俳,而不自知又入于散语之文。渡江前后,人能龙断声律,盛行赋格、赋范、赋选粹,辩论体格,其书甚众,至于古赋之学,既非上所好,又非下所习,人鲜为之。就使或为,多出于闲居暇日以翰墨娱戏者,或恶近律之俳,则遂趍于文;或恶有韵之文,则又杂于俳;二体衮杂,迄无定向,人亦不复致辨。近年选场以古赋取士,昔者无用,今则有用矣。尝考春秋之时,觇国盛衰,别人贤否,每于公卿大夫士所赋知之。愚不知今之赋者,其将承累代之积弊,嘎啾咿嘤,而使天丑其行邪?抑将侈太平之极观、和其声而鸣国家之盛邪?则是赋也,非特足以见能者之材智,而亦有关吾国之轻重,学者可不自勉?嗟夫!谁谓华高企其齐而古体高乎哉?谁谓河广一苇航之古体远乎哉?慎勿以无田甫田、维莠骄骄之心以自阻。

(宋子京《圆丘赋》)赋也,虽规规模仿,然语极工丽,犹是强追古躅者,若视当时《五凤楼》等作,则又浅陋于此矣。盖宋赋虽稍脱俳律,又有文体之弊,精于义理而远于情性,绝难得近古者。

(欧阳修《秋声赋》)此等赋实自《卜居》《渔父》篇来,迨宋玉赋风与大言小言等,其体遂盛,然赋之本体犹存,及子云《长杨》纯用议论说理,遂失赋本真。欧公专以此为宗,其赋全是文体,以扫积代俳律之弊,然于三百五篇吟咏情性之流风远矣。后山《谈丛》云:欧阳永叔不能赋,其谓不能者,不能进士律赋尔,抑不能风所谓赋耶?迂斋云:此赋模写工,转折妙,悲壮顿挫,无一字尘涴,自是文中著翘者。

(苏辙《屈原庙赋》)赋而杂出于风比兴之义,反复优柔,沉着痛快,以古意而为古辞,何患不古?

(苏辙《黄楼赋》)赋也,虽不及他义,然无当时文体之病。尝谓,自汉以来,赋者知赋之当丽,而不知赋之当则;自宋以来,赋者虽知赋之当则,而又不知赋之当丽;故各堕于一偏,正所谓矫枉过正者也。此篇却有丽则意思。

(苏叔党《飓风赋》)小坡此赋尤为人脍炙,若夫文体之弊,乃当时所尚,然此赋前半篇犹是赋,若其《思子台赋》则自首至尾,有韵之论尔,文意固不害其为精妙,而去六义之赋远矣。

(黄山谷)山谷长于诗,而尤以楚辞自喜,然不诗若者,以其大有意于奇也。晦翁云:古人文章大率只是平说而意自长,如离骚只是平白说去,自是好。后来黄鲁直恁地着气力做,只是不好。

(《悼往赋》)赋也,起二句有比义,中间发乎情,有风义。山谷诸赋中此篇犹有意味,他如江西道院、休亭煎茶等赋,不似赋体,只是有韵之铭赞,如此类例不复录。(卷八)

外 录

休斋云:诗变而骚,骚变而为辞,皆可歌也,辞则兼风骚之声而尤简邃者。愚谓,辞与赋,一体也,特名异尔。故古人合而名曰辞赋,骚号楚辞,《渔父》篇亦号辞,是其例也。(卷九)

操

《风俗通》云:琴曲曰操,操者,言其穷厄犹不失其操也。然舜南风歌亦被之琴,岂谓穷厄乎?亦歌之别名尔。晁氏曰:孔子于三百篇皆弦歌之,操亦弦歌之辞也。离骚本古诗之衍者,至汉而衍极,故离骚亡操,与诗赋同出而异名,盖衍复于约者,约故去古不远,然则后之欲学离骚者,惟约犹近之。

歌

《汉艺·文志》云:不歌而诵谓之赋。然骚中《抽思》篇有少歌,荀卿《赋篇》内佹诗有少歌,及《渔父》篇末又引沧浪孺子歌,则赋家亦用歌为辞,未可泥不歌而诵之言也。是故,后代赋者多为歌以代乱,亦有中间为歌者,盖歌者,乐家之音节,与诗赋同出而异名尔。今故载历代本谓之歌而有六义可以助赋者。(卷十)

《古赋辩体》(摘录) 《四库全书》本

钟嗣成

钟嗣成(约1279—约1360)，字继先,号丑斋,大梁(今河南开封)人。至元末、大德初间进学于杭州官学,是邓文原、曹鉴、刘濩的受业弟子，屡试明经不中。任掾史于江浙行省,久不得擢迁。后杜门著书。与戏曲家赵良弼、屈恭之、刘宣子、李齐贤等是同窗学友。除《录鬼簿》外,据《录鬼簿续编》载,其“有文集若干卷藏于家”,还著有《寄情韩翊章台柳》、《汉高祖诈游云梦》等杂剧七种。著有不少散曲,今存小令五十一首,散套《丑斋自序》一首。

录鬼簿[①]序

贤愚寿夭、死生祸福之理,固兼乎气数而言,圣贤未尝不论也。盖阴阳之屈伸,即人鬼之生死,人而知夫生死之道,顺受其正,又岂有岩墙桎梏之厄哉？虽然,人之生斯世也,但以已死者为鬼,而不知未死者亦鬼也,酒罂饭囊,或醉或梦,块然泥土者,则其人与已死之鬼何异？此固未暇论也。其或稍知义理,口发善言,而于学问之道,甘于暴弃,临终之后,漠然无闻,则又不若块然之鬼为愈也。予尝见未死之鬼,吊已死之鬼,未之思也,特一间耳。独不知天地开辟,亘古及今,自有不死之鬼在,何则？圣贤之君臣,忠孝之士子,小善大功,著在方册[②]者,日月炳焕,山川流峙,及乎千万劫无穷已,是则虽鬼而不鬼者也。余因暇日,缅怀故人,门第卑微,职位不振,高才博识,俱有可录,岁月弥久,湮没无闻,遂传其本末,吊以乐章;复以前乎此者,叙其姓名,述其所作,冀乎初学之士,刻意词章,使冰寒于水,青胜于蓝,则亦幸矣,名之曰《录鬼簿》。嗟乎！余亦鬼也。使已死未死之鬼,作不死之鬼得以传远，余又何幸焉？若夫高尚之士，性理之学，以为得罪于圣门者，吾党且啖蛤蜊，别与知味者道。至顺元年龙集庚午月建甲申二十二日辛未，古汴锺嗣成序。

马廉校注《录鬼簿新校注》文学古籍刊行社 1957 年版

【注释】

①《录鬼簿》是元代重要的戏曲史料性著作，全书为上、下两卷。上卷包括“前辈已死名公有乐府行于世者”、“方今名公”、“前辈已死名公才人有所编传奇行于世者”三类，下卷包括“方今已亡名公才人余相知者为之作传，以《凌波曲》吊之”、“已死才人不相知者”、“方今才人相知者，纪其姓名行实并所编”、“方今才人闻名而不相知者”等几类。两卷共载录一百五十二位杂剧及散曲作家、四百余种剧目，同时，元代戏曲发展的线索，如院本的创作、杂剧作家的南迁、南戏的写作及后期杂剧的音乐采用南北合套等诸般情况，亦大略可见，有元一代曲家赖之以传。《录鬼簿》成书于至顺元年（1330），不久，作者又至少作了两次修改和增补，至明初，戏曲家贾仲明又增补了吊词，后又有《录鬼簿续编》一卷，约成书于洪熙、宣德（1425—1435）年间，原本未题撰人名氏，因附于贾氏所增补内容后，或以为乃贾氏所撰写，体例与《录鬼簿》相似，记述了元、明间戏曲家、散曲家的简略事迹。

元曲、杂剧虽为一代之文艺而盛行于其时，但在当时的文艺价值体系中，传统的诗文仍处显要位置，理论上予以研究和推扬的材料极少，钟嗣成所描述的“门第卑微，职位不振，高才博识”大抵能反映其时剧作家们的地位和特点，而与“酒罂饭袋”、“未死之鬼”相比，钟嗣成视他们为“虽鬼而不鬼”而可不朽，撰写此书正是为了使他们流传后世，同时对“高尚之士，性理之学”也有婉讽，对杂剧的价值予以了充分的肯定。“冀乎初学之士，刻意词章，使冰寒于水，青胜于蓝”云云则可见其激励后学、推动杂剧继续发展之意。在创作论上，钟嗣成反对斧凿，推崇“和顺积中，英华自然发外”，“盖风流蕴籍，自天性中来”，强调音律的重要性及作品“感动咏叹”的审美效果等。

② 方册——指典籍，宋程大昌《演繁露》卷七：“方册云者，书之于版，亦或书之于竹简也。通版为方，联简为册。”

【附录】

盖文章政事，一代典刑，乃平昔之所学；而歌曲词章，由乎和顺积中，英华自然发外者也。自有乐章以来，得其名者止于如此。盖风流蕴籍，自天性中来；若夫村鄙固陋,不必论也。

《录鬼簿》卷上(选录)

文学古籍刊行社 1957 年版马廉校注《录鬼簿新校注》

(宫天挺)文章人莫能敌;乐章歌曲,特余事耳。(吊云:)豁然胸次扫尘埃,久矣声名播省台。先生志在乾坤外,敢嫌他、天地窄。更词章压倒元白。凭心地,据手策,无比英才。

(郑光祖)公所作不待备述,名香天下,声振闺阁,伶伦辈称"郑先生",皆知其为德辉也。惜乎所作贪于俳谐,未免多于斧凿,此又别论焉。(吊云:)乾坤膏馥润肌肤,锦绣文章满肺腑,笔端写出惊人句。解番腾、今共古,占词场老将伏输。《翰林风月》,《梨园乐府》,端的是曾下工夫。

(金仁杰)所述虽不骈俪,而大概多有可取。(吊云:)心交元不问亲疏,契饮何须论有无。谁知一上金陵路,叹亡之命矣夫。梦西湖何不归欤?魂来处,返故居,比梅花想更清癯。

(范康)明性理,善讲解,能词章,通音律。因王伯成《李太白贬夜郎》,乃编《杜子美游曲江》,一下笔即新奇,盖天姿卓异,人不及故也。(吊云:)诗题雁塔写秋空,酒满槙船棹晚风,诗筹酒令闲吟咏。占文场、第一功,扫千军笔阵元戎。龙蛇梦,狐兔踪,半生来弹指声中。

(曾瑞)公善丹青,能隐语,小曲有《诗酒余音》行于世。(吊云:)江湖儒士慕高名,市井儿童诵瑞卿。衣冠济楚人钦敬,更心无宠辱惊。乐优游不解趋承。身如在,死若生,想音容难见丹青。

(沈和)能词翰,善谈谑,天性风流,兼明音律。以南北调合腔,自和甫始,如《潇湘八景》、《欢喜冤家》等,极为工巧。后居江州,近年方卒,江西称"蛮子关汉卿"者是也。(吊云:)五言常写和陶诗,一曲能传冠柳词,半生书法欺颜字。占风流、有我师,是梨园南北分司。当时事,子细思,不似当时。

(鲍天佑)初业儒,长事吏,簿书之役,非其志也。跬步之间,惟务搜奇索古而已。故其编撰,多使人感动咏叹。余尝与谈论节要,至今得其良法。才高命薄,今犹古也,竟止昆山州吏而卒。(吊云:)半生词翰在宫商,两字推敲付锦囊。耸吟肩有似风魔状,苦劳心、呕断肠。视荣华总是干忙。谈音律,论教坊,占断排场。

(陈以仁)能博古,善讴歌。其乐章间出一二,俱有骈俪之句。(吊云:)钱塘文物尽飘零,赖有斯人尚老成。为朝元恐负虚皇命。凤箫寒、鹤梦惊,驾天风直上蓬瀛。芝堂静,蕙帐清,照虚梁落月空明。

(范居中)公之精神秀异,学问该博,尝出大言于肆,以为笔不停思,文不阁笔。诸公知其才,不敢难也。善琴操,能书法。其妹亦有文名,大德年间被旨赴都,公亦北行。以才高不见遇,卒于家。有乐府及南北腔行于世。(吊云:)向歆传业振家声,羲献临池播令名。操焦桐只许知音听,售千金、价未轻。有谁如父子才能?冰如玉,玉似冰,映壶天表里澄清。

(沈惠)诗酒之暇,惟以填词和曲为事。有《古今砌话》,亦成一集。其好事也如此。(吊云:)道心清净绝无尘,和气雍容自有春。吴山风月收拾尽,一篇篇、字字新。且思君赋尽停云。一生梦,百岁身,到头来衰草荒坟。

(赵良弼)公经史问难、诗文酬唱,及乐章小曲、隐语传奇,无不究竟。所编《梨花雨》,其辞甚丽。后补嘉兴路吏,迁调杭州。天历元年冬卒于家。公之风流酝籍,开怀待客,人所不及,然亦以此见废。能裁字,善丹青,但以末伎,不备录。(吊云:)闲中袖手刻新词,醉后挥毫写旧诗,两般总是龙蛇字。不风流、难会此,更文才夙世天姿。感夜雨同窗志,梦秋风两鬓丝,住人间能有多时?

(睢景臣)心性聪明,酷嗜音律。维扬诸公俱作《高祖还乡》套数,惟公〔哨遍〕制作新奇,皆出其下。又有[南吕·一枝花]《题情》云:"人归燕子楼,帐冷鸳鸯锦,酒空鹦鹉礅,钗折凤凰金。"亦为工巧,人所不及也。(吊云:)吟髯捻断为诗魔,醉眼慵开为酒酡。半生才便作三间些,叹翻成《薤露歌》。等闲间苍鬓成皤。功名事,岁月过,又待如何?

(周文质)学问该博,资性工巧,文章新奇。家世儒门,俯就府吏。善丹青,能歌舞,明曲调,谐音律。(吊云:)丹墀未叩玉楼宣,黄土应埋白骨冤。羊肠曲折云千变,料人生、亦枉然。叹孤坟落日寒烟。竹下泉声细,梅边月影圆,因思君歌舞十全。

(黄天泽)公有乐府,播于市人耳目,无贤愚皆称赏。(吊云:)一心似水道为邻,四体如春德润身。风流才调真英俊,轶前贤、继后尘。谩苍天委任斯文。岐山凤,鲁甸麟,时有亨屯。

《录鬼簿》卷下(选录)

文学古籍刊行社 1957 年版马廉校注《录鬼簿新校注》